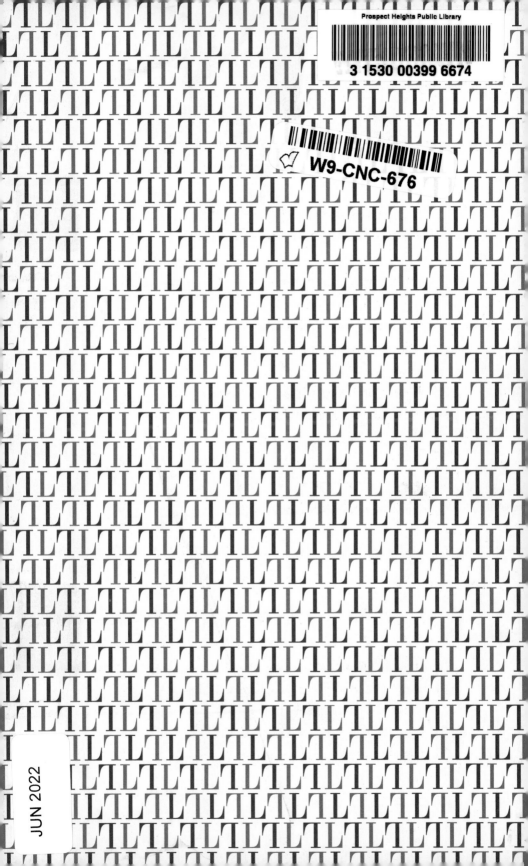

Al paraíso

Al paraíso

Hanya Yanagihara

Traducción del inglés de
Laura Manero Jiménez y Laura Martín de Dios

Lumen

narrativa

Título original: *To Paradise*

Primera edición: febrero de 2022

© 2022, Hanya Yanagihara
Todos los derechos reservados. Publicado en estados Unidos por Doubleday,
una división de Penguin Random House LLC, New York,, y distribuido en Canadá
por Penguin Random House Canada Limited,Toronto
© 2022, Penguin Random House Grupo Editorial, S.A.U.
Travessera de Gràcia, 47-49. 08021 Barcelona
Mapas: John Burgoyne
© 2022, Laura Manero Jiménez y Laura Martín de Dios, por la traducción

Printed in Spain – Impreso en España

ISBN: 978-84-264-1078-8
Depósito legal: B-18.896-2021

Compuesto en M. I. Maquetación, S. L.
Impreso en Unigraf, S. L. (Móstoles, Madrid)

H 4 1 0 7 8 8

Para Daniel Roseberry
que me acompañó en todo momento

y

para Jared Hohlt
siempre

Índice

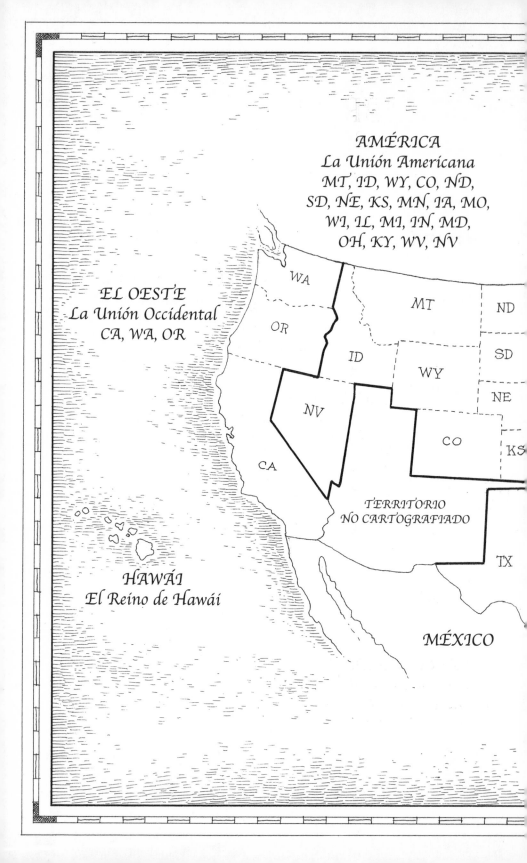

AMÉRICA
La Unión Americana
MT, ID, WY, CO, ND,
SD, NE, KS, MN, IA, MO,
WI, IL, MI, IN, MD,
OH, KY, WV, NV

EL OESTE
La Unión Occidental
CA, WA, OR

WA

OR

MT

ND

ID

SD

WY

NE

NV

CO

KS

CA

TERRITORIO
NO CARTOGRAFIADO

TX

HAWÁI
El Reino de Hawái

MÉXICO

LIBRO I
1893

CANADÁ

MN

WI

MI

IA

IL IN OH

MO KY WV VA

AR TN NC

MS AL GA SC

LA

FL

NY

PA

VT

ME

NH

MA
CT

RI

NJ

DE

MD

EL NORTE
La República de Maine
ME

LOS ESTADOS LIBRES
PA, NJ, NY, NH, MA,
VT, RI, DE, CT

LAS COLONIAS
Las Colonias Unidas
GA, SC, VA, NC, TN, LA,
MS, AL, TX, AR, FL

LIBRO II
1993

ARCHIPIÉLAGO
DE HAWAI'I

O'AHU

LIPO-WAO-NAHELE

Hau'ula

O'AHU

Honolulu

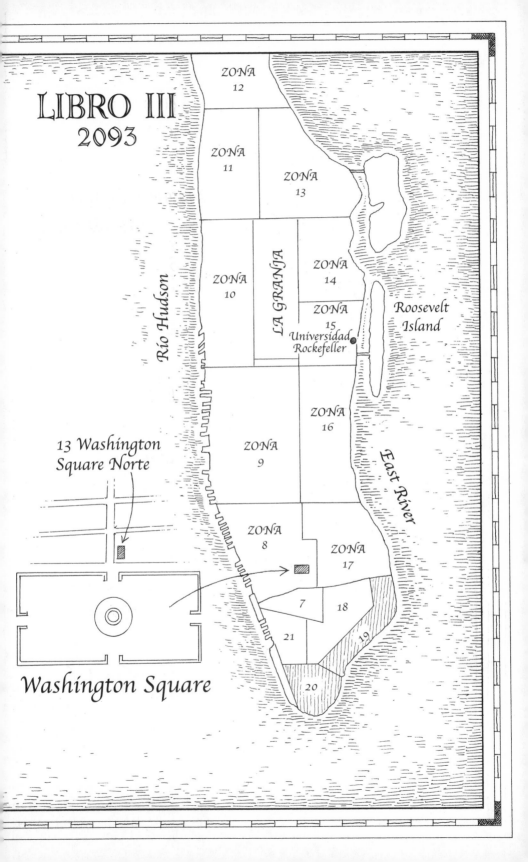

LIBRO III
2093

ZONA 12

ZONA 11

ZONA 13

ZONA 10

LA GRANJA

ZONA 14

ZONA 15

Universidad Rockefeller

Río Hudson

Roosevelt Island

ZONA 16

ZONA 9

East River

13 Washington Square Norte

ZONA 8

ZONA 17

ZONA 7

ZONA 18

ZONA 21

ZONA 19

ZONA 20

Washington Square

LIBRO I

Washington Square

I

Había adquirido la costumbre de dar un paseo por el parque antes de cenar: diez vueltas, algunas noches tan lentas como le apeteciera, otras a paso vivo, y luego regresaba a los peldaños de la puerta de entrada y subía a su habitación para lavarse las manos y enderezarse la corbata antes de bajar de nuevo y sentarse a la mesa. Ese día, sin embargo, cuando iba a salir, la pequeña criada que le tendía los guantes se dirigió a él:

—El señor Bingham dice que le recuerde que hoy vienen a cenar su hermano y su hermana.

—Sí, gracias por recordármelo, Jane —repuso, como si en efecto se le hubiera olvidado, a lo que la muchacha hizo una leve reverencia y cerró la puerta tras él.

Debería haber ido más deprisa que si fuera dueño de su tiempo, pero se descubrió haciendo adrede todo lo contrario: caminando con paso tranquilo, reparando en cómo resonaba en el aire frío el decidido repiqueteo de los tacones de sus botas sobre los adoquines. El día había llegado a su término, casi, y el cielo tenía ese tono de tinta púrpura especialmente intenso que no era capaz de ver sin acordarse, con dolor, de cuando iba a la escuela y contemplaba cómo las sombras lo oscurecían todo y los contornos de los árboles se desvanecían ante él.

Pronto tendrían el invierno encima, y él solo se había puesto el abrigo fino, pero aun así siguió adelante con los brazos bien cruzados sobre el pecho y las solapas levantadas. Incluso después de que las campanas tocaran las cinco, agachó la cabeza y continuó andando, y no fue hasta terminar la quinta circunnavegación cuando, con un suspiro, dio media vuelta para dirigirse al norte por uno de los senderos que llevaban a la casa, subió los pulcros peldaños de piedra y vio que la puerta se abría antes incluso de que él llegara a lo alto, y que el mayordomo alargaba la mano para hacerse cargo de su sombrero.

—En el salón, señor David.

—Gracias, Adams.

Se detuvo ante las puertas de la estancia, se pasó las manos varias veces por el pelo —una costumbre nerviosa que tenía, igual que la de alisarse el rizo del flequillo cuando leía o dibujaba, o la de deslizar el índice bajo la nariz cuando pensaba o esperaba su turno ante el tablero de ajedrez, o cualquier otra de la serie de tics a los que era dado— antes de volver a suspirar y abrir ambas puertas a un tiempo con un gesto que transmitía un aplomo y una convicción que, por supuesto, no poseía. El grupo al completo se volvió para mirarlo, pero con indiferencia, ni contentos ni consternados de verlo. Era una silla, un reloj, un chal echado sobre el respaldo del sofá; algo que el ojo había registrado tantas veces que la mirada pasaba por alto, algo cuya presencia resultaba tan familiar que ya se había esbozado e incorporado a la escena antes de que se alzara el telón.

—Otra vez tarde —dijo John sin darle oportunidad de abrir la boca, aunque con un tono suave con el que no parecía querer regañarlo, si bien con John nunca se sabía del todo.

—John —lo saludó David haciendo caso omiso del comentario de su hermano y estrechándole la mano, igual que a su marido, Peter—. Eden... —Le dio un beso primero a su hermana y luego a la mujer de esta, Eliza, en la mejilla derecha—. ¿Dónde está el abuelo?

—En la bodega.

—Ah.

Todos continuaron de pie en silencio y, por un instante, David sintió el apuro que con frecuencia le provocaba que ellos tres, los hermanos Bingham, no tuvieran nada que decirse —o que, más bien, no supieran cómo hacerlo— si no estaban en presencia de su abuelo, como si lo único que justificara la existencia del otro en sus vidas no fuera el hecho de compartir la misma sangre o el mismo pasado, sino él.

—¿Un día ajetreado? —preguntó John, dirigiéndole una mirada fugaz pero con la cabeza inclinada sobre su pipa, así que David no pudo interpretar la intención del comentario.

Cuando dudaba, solía adivinar el verdadero propósito de su hermano observando el rostro de Peter; Peter hablaba menos pero era más expresivo, y a menudo David pensaba que ambos funcionaban como una sola unidad comunicativa: Peter iluminaba con los ojos y la mandíbula lo que decía John, o John articulaba los ceños, las muecas y las leves sonrisas que afloraban a la cara de Peter; sin embargo, en esa ocasión Peter se mantuvo igual de circunspecto que lo había sido la voz de John, por lo que no le sirvió de ayuda y se vio forzado a contestar como si la pregunta careciera de segundas intenciones, lo cual tal vez fuera cierto.

—No demasiado —dijo, y la realidad contenida en esa respuesta, su obviedad, su irritabilidad, resultó tan cruda e incontestable que de nuevo pareció que la sala se sumía en el silencio, y que incluso John se avergonzaba de haber formulado aquella pregunta.

Así pues, David quiso intentar algo que hacía a veces, y que resultaba peor, que consistía en explicarse, en tratar de dar voz y forma a lo que eran sus días.

—He estado leyendo...

Ah, pero se libró de una humillación mayor porque ahí estaba su abuelo, que entró en el salón sosteniendo en alto una oscura botella de vino cubierta por una capa de polvo que parecía fieltro gris ratón y soltó una exclamación triunfal —¡la había encontrado!— antes incluso de reunirse con ellos y decirle a Adams que había un cambio de planes y que la decantara ya para tomarla con la cena.

—Vaya, mirad esto, en el tiempo que he tardado en dar con esa dichosa botella, aquí tenemos otra encantadora aparición —añadió, y obsequió a David con una sonrisa antes de volverse hacia el grupo para incluirlos a todos, como invitándolos a seguirlo al comedor, cosa que hicieron, donde disfrutarían de una de sus habituales cenas mensuales de domingo, los seis en sus sitios habituales alrededor de la mesa de roble resplandeciente (el abuelo en la cabecera, David a su derecha y Eliza a la de él, John a la izquierda del abuelo y Peter a la suya, Eden en el extremo contrario) y con su habitual conversación intrascendente y murmurada: novedades del banco, novedades de los estudios de Eden, novedades de los niños, novedades de las familias de Peter y Eliza.

Fuera, el mundo bramaba y ardía en llamas (los alemanes se internaban cada vez más en África, los franceses seguían abriéndose paso a mandobles en Indochina y, más cerca, los últimos horrores de las Colonias: tiroteos y ahorcamientos y palizas, inmolaciones, sucesos demasiado terribles para imaginarlos siquiera y, aun así, a la vez tan próximos), pero a ninguna de esas cosas, sobre todo a las más cercanas, se le permitía penetrar en la nube de las cenas del abuelo, en las que todo era suave y lo duro se volvía maleable; hasta el lenguado al vapor había sido cocinado con tal maestría que apenas había que tomarlo con la cuchara, pues las espinas se rendían ante el más delicado roce de la cubertería de plata. Y a pesar de ello, quizá más incluso por ello, era difícil impedir que el exterior se inmiscuyera, de manera que en el postre, un *syllabub* de vino de jengibre con la nata batida hasta conseguir una consistencia de ligerísima espuma de leche, David se preguntó si los demás estarían pensando, como él, en esa preciosa raíz de jengibre que alguien había encontrado y desenterrado en las Colonias y que había llegado hasta ellos, a los Estados Libres, donde Cook la había comprado a un precio desorbitado; ¿a quién habían obligado a cavar y recolectar esas raíces?, ¿de qué manos habían sido arrebatadas?

Acabada la cena se reunieron de nuevo en el salón, y después de que Matthew sirviera el café y el té, el abuelo cambió de postura en su asiento, de manera apenas perceptible, tras lo cual Eliza se levantó de repente.

—Peter —dijo—, hace tiempo que quiero enseñarte la ilustración de una curiosa ave marina de ese libro que te comenté la semana pasada, y me prometí que no pasaría de hoy. Abuelo Bingham, si me permite...

El abuelo asintió.

—Desde luego, hija.

Y entonces Peter se puso de pie también y ambos salieron, del brazo, mientras Eden parecía orgullosa de tener una esposa tan en sintonía con cuanto la rodeaba que era capaz de adivinar cuándo los Bingham querían estar a solas y sabía retirarse con elegancia. Eliza era pelirroja y rolliza, y cuando recorrió el salón las pequeñas cuentas de cristal que decoraban las lámparas de la mesa temblaron y tintinearon, pero en ese otro sentido era rápida y ligera, y todos habían tenido ocasión de agradecerle esa perspicacia suya.

Así pues, iban a mantener la conversación que el abuelo le había anunciado ya en enero, cuando el año estaba recién estrenado. Y sin embargo, mes tras mes habían esperado, y mes tras mes, después de cada cena familiar —primero en el Día de la Independencia, luego en Pascua, en el Día de los Mayos, en el cumpleaños del abuelo y en todas las demás ocasiones especiales para las que el grupo se había reunido—, no habían hablado, ni en esa ocasión, ni en la siguiente, ni en la otra, y ahí estaban de pronto, ese segundo domingo de octubre, por fin a punto de abordar el tema. Los demás también comprendieron al instante de qué se trataba, así que se produjo un despertar general, un regreso a las bandejas y a los platitos de las galletas mordidas y las tazas de té medio llenas, un descruzar de piernas y un erguir de columnas, salvo por el abuelo, que en cambio se hundió más en el asiento mientras el sillón crujía bajo su peso.

—Para mí ha sido importante educaros a los tres con rectitud —empezó a decir después de uno de sus silencios—. Sé que otros abuelos no mantendrían esta conversación con vosotros, ya sea por su sentido de la discreción, ya sea porque prefieren no enfrentarse a las discusiones y las decepciones que le seguirán por fuerza. ¿Por qué habría de hacerlo nadie, si esas discusiones pueden producirse cuando uno ya no esté y así no tenga que verse involucrado en ellas? Pero yo no soy esa clase de abuelo para vosotros tres y nunca lo he sido, de manera que considero mejor hablaros sin ambages. Os lo advierto... —hizo una pausa y los miró a cada uno de ellos, fijamente, por turnos—, esto no significa que tenga la intención de tolerar desengaños: que os anuncie lo que estoy a punto de anunciaros no significa que haya lugar a reconsideraciones; este es el punto final de la cuestión, no el principio. Os lo anuncio para evitar malentendidos y especulaciones: lo oiréis de mi boca y con vuestros propios oídos, no os enteraréis por una hoja de papel en el despacho de Frances Holson, todos vestidos de negro.

»No debería sorprenderos saber que tengo intención de dividir mi patrimonio en partes iguales entre los tres. Todos poseéis objetos personales y bienes de vuestros padres, desde luego, pero yo os he asignado a cada uno alguno de mis tesoros particulares, cosas que creo que, o bien vosotros, o bien vuestros hijos, disfrutaréis, a título individual. Sin embargo, tendréis que esperar hasta que no esté entre vosotros para descubrir de qué objetos se trata. He apartado dinero para los hijos que podáis tener. Para los que tenéis ya, he abierto fondos fiduciarios: Eden, hay uno para Wolf y para Rosemary, respectivamente; John, también hay uno para Timothy. Y David, existe una cantidad equivalente para tus posibles herederos.

»Bingham Brothers seguirá controlado por la junta directiva, y las participaciones se dividirán entre vosotros tres. Cada uno conservará un puesto en la junta. En caso de que decidierais vender vuestras participaciones, la penalización sería considerable y estaríais obligados a ofrecer a vuestros hermanos la oportunidad de comprar primero y a un precio reducido. La venta deberá ser aprobada también por el resto de la junta. Ya he hablado de ello con cada uno de vosotros por separado. Nada de lo que estoy diciendo debería cogeros de nuevas.

Volvió a cambiar de postura, y también lo hicieron los hermanos, pues sabían que el verdadero enigma era lo que anunciaría a continuación, como también sabían, y sabían que su abuelo sabía, que la decisión, cualquiera que fuera, no gustaría a alguna combinación de los tres; solo faltaba por saber cuál sería esa combinación.

—Eden —empezó el hombre—, tú te quedarás con Frog's Pond Way y con el apartamento de la Quinta Avenida. John, tú tendrás la propiedad de Larkspur y la casa de Newport.

Y entonces el aire pareció tensarse y centellear, pues todos comprendieron lo que significaba eso: que David recibiría la casa de Washington Square.

—Y para David —dijo el abuelo, despacio—, Washington Square. Y la casita del Hudson. —De pronto se le vio cansado y se hundió más aún en el asiento a causa de lo que parecía un agotamiento real, no fingido, y el silencio se alargó más aún, imperturbable—. Y eso es todo, esa es mi decisión —concluyó entonces—. Quiero que cada uno de vosotros exprese su conformidad, de viva voz, ahora.

—Sí, abuelo —murmuraron los tres, y entonces David halló la presencia de ánimo para añadir—: Gracias, abuelo.

John e Eden, despertando de sus propios trances, siguieron su ejemplo.

—De nada —dijo el anciano—. Aunque... esperemos que pasen todavía muchos años antes de que Eden se ponga a derribar mi adorada cabaña de Frog's Pond. —Le sonrió, y ella logró corresponderle el gesto.

Después de eso, y sin que fuera necesario decirlo, la velada llegó a un abrupto final. John tocó la campanilla para que Matthew fuera a buscar a Peter y a Eliza y preparara sus coches de caballos, y luego intercambiaron apretones de manos y besos y despedidas, y todos ellos fueron hasta la puerta, donde los hermanos de David y sus cónyuges se cubrieron con abrigos y chales y se envolvieron en bufandas, y esa escena, que solía prolongarse y resultar extrañamente bulliciosa, con comentarios de última hora sobre la comida, anuncios y detalles inconexos que habían olvidado compartir sobre sus vidas fuera de allí, se convirtió en algo tibio y breve; mientras tanto, Peter como Eliza mostraban ya esa expresión expectante, indulgente y compasiva que cualquiera que hubiera entrado en la órbita de los Bingham por obra y gracia de un matrimonio aprendía a adoptar al poco de tomar el título de consorte. Y de pronto todos se marcharon tras una última ronda de abrazos y adioses que incluyeron a David en sus gestos, si bien no en calidez ni en espíritu.

Después de esas cenas dominicales, su abuelo y él solían tomar, o bien otra copa de oporto, o bien un poco más de té en la sala de estar, y comentar cómo se había desarrollado la velada: pequeñas observaciones solo rayanas en el chismorreo, las del abuelo ligeramente más afiladas, tanto por estar en su derecho como por ser su costumbre —¿no había reparado David en que Peter estaba un poco pálido?, ¿no parecía un hombre insufrible el profesor de anatomía de Eden?—, pero esa noche, en cuanto la puerta se cerró y los dos se quedaron de nuevo solos en la casa, el abuelo anunció que estaba cansado, que había sido un día largo y que subía a acostarse.

—Desde luego —repuso David, aunque nadie estaba pidiéndole permiso; también él quería quedarse a solas para reflexionar sobre lo ocurrido, de manera que le dio un beso en la mejilla y permaneció un minuto más en el dorado resplandor de las velas de la entrada de la que algún día sería su casa, antes de dar media vuelta para subir a su habitación, no sin antes pedirle a Matthew que le prepararan otra ración de *syllabub*.

II

Creía que no sería capaz de dormir y, en efecto, durante lo que parecieron muchas horas continuó despierto, consciente de que estaba soñando, y sin embargo, seguía insomne; del tacto almidonado de las sábanas de algodón bajo su cuerpo, y de que por la manera en que doblaba la pierna izquierda, formando un triángulo, se levantaría dolorido y agarrotado por la mañana. No obstante, por lo visto al final sí logró conciliar el sueño, porque cuando volvió a abrir los ojos vio unas finas líneas de luz blanca allí donde las cortinas no llegaban a encontrarse, y oyó el chacoloteo de los cascos de los caballos recorriendo las calles y, al otro lado de su puerta, el trajín de las criadas yendo con cubos y escobas de aquí para allá.

Los lunes siempre le resultaban deprimentes. Despertaba con el terror de la noche anterior todavía sin diluir, y normalmente intentaba levantarse temprano, antes aún que el abuelo, para poder sentir que también él se incorporaba al torrente de actividad que impulsaba la vida de la mayoría de la gente, que también él, igual que John o Peter o Eden, tenía obligaciones que atender o, igual que Eliza, lugares a los que acudir, en vez de saberse ante un día tan indefinido como cualquier otro, uno que debía empeñarse en llenar por su cuenta y riesgo. No era cierto que no tuviera nada: al menos nominalmente era el director de la fundación benéfica del banco, y quien aprobaba los desembolsos a los diferentes individuos y causas que, vistos de forma colectiva, componían una especie de historia familiar —los combatientes de la resistencia que encabezaban la campaña meridional, las instituciones benéficas que trabajaban para alojar y reunir a los fugitivos, el grupo que fomentaba la educación del Negro, las organizaciones que se ocupaban del abandono y la desatención infantil, las que educaban a las pobres masas clamorosas de inmigrantes que llegaban a diario a sus costas, todas esas gentes con las que algún que otro miembro de la familia se había encontrado a lo largo de su vida y que lo habían conmovido y a quienes ahora ayudaban de alguna forma—; y sin embargo, su responsabilidad solo alcanzaba a dar el visto bueno a los cheques y a la cuenta mensual de ingresos y gastos que su secretaria, una eficiente joven llamada Alma que en la práctica dirigía ella sola la fundación, ya había entregado a los contables y a los abogados de la empresa; él únicamente estaba allí para aportar su apellido en tanto Bingham. También trabajaba de voluntario en tareas diversas, tales como las que realizaría una persona bien formada y todavía joven, o casi: preparaba paquetes de gasas y vendas y ungüentos de hierbas para los combatientes de las Colonias, tejía calcetines para los pobres, impartía una clase semanal de dibujo en la escuela de expósitos que financiaba su familia. Pero, en conjunto, las horas dedicadas a todos esos empeños y actividades sumaban tal vez una semana de cada mes, de manera que el resto del tiempo lo pasaba en soledad y sin otra ocupación. En ocasiones tenía la sensación de que solo estaba esperando a que su vida se consumiera, de modo que al final del día se metía en la cama con un suspiro, consciente de haber conseguido dejar atrás un pedacito más de su existencia y avanzado otro centímetro en dirección a su conclusión natural.

Esa mañana, sin embargo, se alegró de haberse despertado tarde porque todavía no sabía muy bien cómo asimilar lo sucedido la noche anterior, y agradeció poder reflexionar sobre ello con la mente más clara. Pidió huevos con una tostada y té, que comió y bebió en la cama mientras leía el periódico matutino —otra purga en las Colonias de la que no se especificaban detalles; un tedioso ensayo de un filántropo excéntrico muy conocido por sus opiniones, a menudo radicales, que volvía a exponer el argumento de que los privilegios de la ciudadanía debían extenderse también al Negro que había vivido en los Estados Libres ya antes de que estos se fundaran; un largo artículo, el noveno en otros tantos meses, para conmemorar el décimo aniversario de la finalización del puente de Brooklyn y cómo había cambiado el tráfico comercial de la ciudad, esta vez con grandes y detalladas ilustraciones de sus pilones imponentes cerniéndose sobre el río—, y luego se lavó y se vistió y salió de casa al tiempo que informaba a Adams de que comería en el club.

Hacía un día fresco y soleado que, estando la mañana avanzada, irradiaba una energía alegre y jovial: era lo bastante temprano para que todo el mundo siguiera mostrándose aplicado y optimista —ese podía ser el día en que la vida diera el grato giro con que soñaban desde hacía tiempo, que se toparan de pronto con un dinero caído del cielo o que los conflictos meridionales cesaran, o simplemente que esa noche tuvieran dos lonchas de beicon en lugar de una para cenar—, y todavía no lo bastante tarde para que esas esperanzas hubieran quedado frustradas una vez más. Cuando caminaba, por regla general lo hacía sin un destino concreto en mente, dejaba que sus pies decidieran la dirección, y en ese momento torció a la derecha para enfilar la Quinta Avenida y al pasar saludó con la cabeza al mozo de cuadra, que estaba enganchando el caballo pardo en las caballerizas de delante de la cochera.

La casa: ahora que ya no se encontraba en su interior, esperaba ser capaz de estudiarla con algo más de objetividad, aunque ¿de qué serviría? Ni siquiera había pasado en ella la primera parte de su infancia, ni él ni ninguno de sus hermanos —ese honor le había correspondido a una mansión, grande y fría, algo más al norte, al oeste de Park Avenue—, pero sí había sido allí donde ellos y él, y sus padres antes, se habían reunido en todos los acontecimientos familiares importantes, y cuando sus padres murieron, cuando se los llevó la enfermedad, fue a esa casa a donde se trasladaron los tres. En el hogar de su infancia tuvieron que abandonar cualquier objeto que fuera de tela o de papel, cualquier cosa que pudiera albergar una pulga, cualquier cosa que pudiera arder; recordaba haber llorado por un muñeco de crin de caballo que le encantaba, y a su abuelo prometiéndole que le compraría otro, y cuando los tres entraron en sus respectivas habitaciones de Washington Square, allí estaban sus antiguas vidas recreadas en fiel detalle: sus muñecos y juguetes y mantas y libros, sus alfombras y trajes y abrigos y cojines. Al pie del emblema de Bingham Brothers se leían las palabras *Servatur Promissum* —«Una Promesa Cumplida»—, y en ese momento los hermanos constataron que también iban dirigidas a ellos, que su abuelo mantendría todo lo que les dijera, y durante las más de dos décadas que habían estado a su cargo, primero como niños y luego como adultos, nunca había faltado a esa promesa.

El control de su abuelo sobre la nueva situación en que tanto él como ellos se encontraron de pronto era tan completo que se produjo lo que solo más adelante recordaría como un cese casi inmediato del duelo. Por supuesto, no debió de ser así, ni para él ni para sus hermanos ni para el abuelo, a quien de repente le habían arrebatado a su único hijo, pero David quedó tan pasmado ante lo que ahora consideraba la solidez, la totalidad de su abuelo y del mundo que había creado para ellos que ya no era capaz de imaginar esos años de ninguna otra forma. Era como si, desde que nacieron, el abuelo hubiera estado planeando convertirse algún día en su tutor e instalarlos en una casa donde antes había vivido solo, acostumbrada únicamente a sus ritmos, y no que la situación le hubiera sobrevenido. Más adelante, David tendría la sensación de que la casa, espaciosa ya de por sí, había abierto habitaciones nuevas, de que alas y espacios habían aparecido como por arte de magia para acomodarlos, de que el cuarto que acabó considerando (y consideraba) suyo se había materializado por pura necesidad en lugar de haber sido reformado para convertirlo en lo que era y no lo que había sido, una salita auxiliar con poco uso. A lo largo de los años, el abuelo diría que sus nietos le habían dado sentido a la casa, que sin ellos no habría sido más que un batiburrillo de salas, y era mérito del hombre que los tres, David incluido, lo aceptaran como cierto, que hubieran llegado a creer realmente que ellos le habían otorgado a la casa —y, por lo tanto, a la vida misma del abuelo— algo esencial y poco común.

Suponía que todos ellos pensaban en la casa como si fuera suya, pero a él le gustaba imaginar, siempre, que era su guarida particular, un lugar en el que no solo vivía, sino donde lo entendían. Ahora, como adulto, de vez en cuando era capaz de verla tal como lo hacían los extraños: sus interiores componían una colección bien organizada, sin dejar de ser excéntrica, de objetos que el abuelo había ido reuniendo en sus viajes por Inglaterra y el Continente, e incluso las Colonias, donde había pasado una temporada durante un breve periodo de paz; pero la impresión que persistía por encima de todo era la que se había formado de niño, cuando podía pasarse horas yendo de una planta a otra, abriendo cajones y armarios, mirando bajo las camas y los sofás, sintiendo los suelos de madera frescos y suaves bajo sus rodillas desnudas. Guardaba un vivo recuerdo de cuando era un muchachito y una mañana se quedó en la cama hasta tarde, contemplando una franja de luz que entraba por la ventana mientras comprendía que aquel era su hogar, y del sosiego que esa revelación le transmitió. Incluso más adelante, cuando se vio incapaz de salir de la casa, de su habitación, cuando su vida se redujo a tan solo su cama, jamás pensó en ella como algo que no fuera un santuario; sus paredes no solo mantenían alejados los terrores del mundo, sino que lo sostenían a él mismo en pie. Y de pronto iba a ser suya, y él de ella, y por primera vez sintió que la casa era agobiante, un lugar del que quizá no lograra escapar ya jamás, un lugar del que era dueño y esclavo.

Tales eran los pensamientos que lo ocuparon el tiempo que tardó en llegar a la calle Veintidós, y aunque ya no le apetecía entrar en el club —un círculo que frecuentaba cada vez menos por reticencia a encontrarse con sus antiguos compañeros de clase—, el hambre lo llevó hasta allí dentro, donde pidió té y pan con fiambres y comió, deprisa, antes de salir y dirigirse de nuevo al norte, un paseo en el que recorrió todo Broadway hasta el extremo meridional de Central Park antes de dar media vuelta y regresar a casa. Para cuando llegó a Washington Square, pasaban de las cinco y el cielo volvía a teñirse de ese azul oscuro y solitario, y ya solo le dio tiempo de cambiarse y arreglarse antes de oír que, abajo, su abuelo hablaba con Adams.

No había esperado que el abuelo mencionara lo sucedido la noche anterior, no con el servicio rondando por allí, pero, incluso después de retirarse a la sala de estar y quedarse a solas con sus copas, el abuelo siguió hablando únicamente del banco y de la actividad de ese día, y de un cliente nuevo de Rhode Island, propietario de una flota de barcos considerable. Matthew llegó con el té y un bizcocho con una gruesa cobertura de vainilla; Cook, que sabía que a David le gustaba, lo había decorado por encima con virutas de jengibre confitado. Su abuelo devoró su trozo con rapidez y elegancia, pero David fue incapaz de disfrutarlo tanto como otras veces, ya que estaba demasiado expectante ante lo que pudiera comentar el anciano sobre la conversación de la noche anterior, y también porque temía decir algo inconveniente sin querer, desvelar de algún modo sus sentimientos contradictorios y parecer desagradecido. Al cabo, sin embargo, su abuelo le dio dos caladas a la pipa sin mirarlo y empezó a hablar:

—Bueno, tengo otro asunto que comentar contigo, David, pero con toda la agitación de anoche, evidentemente, no pude hacerlo.

Era su oportunidad de darle las gracias una vez más, pero el abuelo la desestimó con un gesto de la mano que se llevó también el humo de su tabaco.

—No hace falta que me lo agradezcas. La casa es tuya. Al fin y al cabo, te encanta.

—Sí —empezó a decir David, puesto que era cierto, aunque todavía pensaba en los extraños sentimientos que lo habían asaltado ese día mientras reflexionaba a lo largo de numerosas manzanas acerca del motivo por el que la perspectiva de heredar la casa no le transmitía seguridad, sino más bien una especie de pánico—. Pero...

—Pero ¿qué? —preguntó el abuelo, mirándolo a su vez con expresión extraña.

David, preocupado por si le había parecido vacilante, se apresuró a continuar:

—Lo siento por Eden y John, nada más.

A lo que el abuelo volvió a agitar la mano.

—A Eden y a John no va a pasarles nada —aseguró enérgicamente—. No tienes que preocuparte por ellos.

—Abuelo —dijo, y sonrió—, tú tampoco tienes que preocuparte por mí.

A lo que su abuelo no repuso nada, y entonces ambos se sintieron incómodos, tanto por la mentira como por su magnitud, tan desproporcionada que ni siquiera los buenos modales exigían una rectificación.

—He recibido una proposición de matrimonio para ti —anunció su abuelo al fin, rompiendo ese silencio—. Una buena familia: los Griffith, de Nantucket. Empezaron como constructores navales, por supuesto, pero ahora poseen su propia flota, además de un negocio de pieles, pequeño pero lucrativo. El nombre de pila del caballero es Charles; está viudo. Su hermana, viuda también, vive con él y juntos crían a los tres hijos de ella. Él pasa la temporada de comercio en la isla y el invierno en el Cabo.

»No conozco a la familia personalmente, pero gozan de una posición muy respetable; participan bastante en el gobierno local, y el hermano del señor Griffith, con quien su hermana y él dirigen el negocio, es el jefe de la asociación de comerciantes. Tienen otra hermana más, que reside en el Norte. El señor Griffith es el mayor; sus padres aún viven, y fueron los abuelos maternos del señor Griffith quienes empezaron el negocio. La proposición le llegó a Frances a través de su abogado.

Supuso que debía decir algo.

—¿Cuántos años tiene el caballero?

El abuelo carraspeó.

—Cuarenta y uno —reconoció.

—¡Cuarenta y uno! —exclamó David con más vehemencia de lo que habría querido—. Disculpa —añadió—. Pero... ¡cuarenta y uno! ¡Caray, si es un anciano!

Al oír eso, el abuelo sonrió.

—No tanto —dijo—. No para mí, ni para la mayor parte del mundo. Pero, sí, es mayor. Que tú, cuando menos. —Y entonces, al ver que David no decía nada, añadió—: Hijo, ya sabes que no pretendo que te cases si no lo deseas, pero es algo que hemos comentado, algo en lo que has expresado interés. De otro modo no habría considerado siquiera la oferta. ¿Prefieres que le diga a Frances que rechazas la proposición? ¿O quieres concertar un encuentro?

—Siento que me estoy convirtiendo en una carga para ti —murmuró David al fin.

—No —repuso el abuelo—. En una carga no. Como siempre he dicho, ningún nieto mío tiene por qué casarse a menos que lo desee. Pero sí pienso que podrías considerarlo. No tenemos por qué darle a Frances una respuesta inmediata.

Guardaron silencio. Era cierto que habían pasado muchos meses —un año, quizá, o más— desde que recibiera la última proposición o hubiera despertado interés de algún tipo, aunque no sabía si era por haber rechazado las últimas dos ofertas con tanta premura e indiferencia, o porque a la postre había corrido la voz de sus reclusiones entre la alta sociedad, algo que el abuelo y él se habían esforzado por ocultar con tanta diligencia. Era cierto que la idea del matrimonio le inspiraba cierto temor, y sin embargo, ¿no era también preocupante que esa última proposición llegara de una familia a la que no conocían? Sí, tendría una condición y un estatus adecuados —en caso contrario, Frances no habría osado mencionárselo al abuelo—, pero también significaba que ellos dos, el abuelo y Frances, habían decidido empezar a considerar posibilidades procedentes de fuera del círculo de conocidos de los Bingham, de las personas con quienes se relacionaban, esas cincuenta y tantas familias que habían construido los Estados Libres y entre quienes no solo sus hermanos y él, sino también sus padres y el abuelo antes que ellos, habían pasado toda la vida. Peter pertenecía a esa pequeña comunidad, igual que Eliza, pero de pronto era evidente que el primogénito de los Bingham, de casarse, tendría que encontrar a su cónyuge fuera de ese círculo exclusivo, tendría que dirigirse a otro grupo de personas. Los Bingham no miraban por encima del hombro ni eran arrogantes, no eran la clase de personas que no se relacionaban con comerciantes y vendedores, con gentes que habían emprendido una nueva vida en el país siendo una cosa y, gracias a su trabajo y su inteligencia, se habían convertido en otra. La familia de Peter sí, pero ellos no. Y sin embargo, David no podía evitar sentir que los había decepcionado, que su presencia deslustraba el legado que tanto se habían esforzado por erigir sus antepasados.

Con todo, también sentía que, pese a lo que decía su abuelo, sería inapropiado rechazar la proposición de buenas a primeras: él era el único responsable de su situación actual, y, como dejaba bien claro la aparición de los Griffith, sus opciones se reducían, a pesar de su apellido y del dinero de su abuelo. Así pues, le dijo a su abuelo que aceptaría la cita, y este —con lo que era, ¿o no?, una expresión de alivio mal disimulada— contestó que se lo comunicaría a Frances enseguida.

Tras aquello se sintió cansado, así que se excusó y subió a su habitación. Aunque ya no se parecía en nada a la que había sido cuando él llegó para ocuparla, la conocía tan bien que era capaz de recorrerla incluso a oscuras. Una segunda puerta conducía a lo que fuera el cuarto de juegos de sus hermanos y él, y que ahora era su estudio, y fue allí a donde se retiró con el sobre que le había entregado el abuelo antes de subir a acostarse. Contenía un pequeño grabado del hombre, Charles Griffith, y lo estudió con atención a la luz de la lámpara. El señor Griffith era rubio, tenía cejas finas y un rostro redondeado y de facciones amables, además de un bigote poblado, aunque no en exceso; David vio que era corpulento incluso en ese retrato que solo mostraba la cara, el cuello y el principio de los hombros.

De repente lo invadió el pánico, fue a la ventana y la abrió, deprisa, para respirar el aire frío y limpio. Reparó en que era tarde, más de lo que había creído, y todo estaba tranquilo a sus pies. ¿De verdad tenía que plantearse su marcha de Washington Square tan poco después de haber imaginado con angustia que quizá nunca pudiera abandonar la casa? Giró sobre sus talones y contempló la sala intentando visualizar cuanto contenía —las estanterías de libros; el caballete; el escritorio, con sus papeles y tintas y el retrato enmarcado de sus padres; la *chaise longue*, que tenía desde sus años de universidad, con los ribetes de color escarlata ya aplastados y ajados por la edad; el chal con bordados de cachemir y tejido en una lana suavísima, que el abuelo le había regalado hacía dos navidades tras encargarlo especialmente a la India; todo ello dispuesto para su comodidad o su deleite, o ambas cosas— reubicado en una casa de madera de Nantucket, junto con él.

Pero fue en vano. El lugar de aquellos objetos estaba allí, en esa casa. Era como si hubieran brotado de la casa misma, como si fueran algo vivo que se marchitaría y moriría si se trasplantaba a otro lugar. Y pensó entonces si acaso no sucedería lo mismo con él. ¿No era él también algo que la casa, pese a no haberlo engendrado, sí había criado y alimentado? Si se marchaba de Washington Square, ¿cómo iba a saber nunca cuál era su lugar en el mundo? ¿Cómo podía abandonar esas paredes que lo habían contemplado impasibles e impertérritas durante sus diferentes etapas? ¿Cómo abandonar esos suelos, sobre los que oía a su abuelo a altas horas de la noche, cuando le llevaba un caldo de huesos y los medicamentos en los meses que era incapaz de salir de su habitación? No siempre era un lugar feliz. En ocasiones había sido horrible. Pero ¿cómo iba a sentir tan totalmente suyo ningún otro lugar?

III

Una vez al año, la semana antes de Navidad, a los pupilos de la Escuela e Institución Benéfica Hiram Bingham los invitaban a un almuerzo en una de las salas de juntas de Bingham Brothers. Había jamón, dulces, manzanas estofadas, natillas y, al terminar, Nathaniel Bingham, su benefactor y el propietario del banco, se acercaba a saludarlos en persona acompañado por dos de sus empleados, ambos antiguos alumnos de esa misma escuela, que ofrecían la promesa de una vida adulta que todavía era (y seguiría siéndolo, por desgracia, para la mayoría de ellos) demasiado remota y abstracta para poder visualizarla. El señor Bingham daba un breve discurso que los animaba a ser aplicados y obedientes, y luego los niños formaban dos filas y todos recibían, de uno de los empleados, una barrita plana y gruesa de caramelo de menta.

Los tres hermanos asistían a ese almuerzo, y el momento preferido de David no era ver la expresión de los rostros de los niños cuando se encontraban ante el festín, sino más bien la cara que ponían cuando entraban en el vestíbulo del banco. Entendía su respeto reverencial porque él tampoco dejaba nunca de experimentarlo: el inmenso suelo de mármol plateado, pulido hasta sacarle brillo; las columnas jónicas talladas en esa misma piedra; la grandiosa cúpula del techo, con relucientes incrustaciones que configuraban un mosaico; los tres murales que ocupaban las tres paredes enteras, pintados hasta tan arriba que prácticamente se veía uno obligado a adoptar una posición suplicante para verlos bien. El primero retrataba a Ezra, el padre de su tatarabuelo, héroe de guerra, distinguiéndose en la batalla contra Gran Bretaña a favor de la independencia; el segundo, a su tatarabuelo Edmund marchando hacia el norte, a Nueva York, con algunos de sus compañeros utopistas de Virginia para fundar lo que acabaría conociéndose como los Estados Libres; el tercero, a su bisabuelo Hiram, a quien no había conocido, fundando Bingham Brothers y siendo investido alcalde de Nueva York. Todos los paneles mostraban, en un segundo plano y ejecutadas en marrones y grises, escenas de la historia tanto de la familia como del país: el sitio de Yorktown, donde Ezra había luchado, y su esposa y sus hijos pequeños en casa, en Charlottesville; Edmund casándose con su marido, Mark, y las primeras guerras con las Colonias, que los Estados Libres ganarían pero pagando un alto precio humano y económico; Hiram y sus dos hermanos, David y John, de jóvenes, desconocedores de que, de ellos tres, solo Hiram, el pequeño, llegaría a cumplir los cuarenta años y que solo él tendría un heredero, su hijo Nathaniel, el abuelo de David. En la parte baja de cada panel había una placa de mármol con una única palabra grabada —URBANIDAD, HUMILDAD, HUMANIDAD—, que junto con la frase del emblema del banco constituían el lema de la familia Bingham. El cuarto panel, el que quedaba por encima de las magníficas puertas principales que se abrían a Wall Street, estaba vacío, era una suave extensión en blanco, y allí quedarían inmortalizados algún día los logros del abuelo de David: cómo había convertido Bingham Brothers en la institución financiera más poderosa no solo de los Estados Libres, sino de toda América; cómo, hasta que ayudó a América a financiar su lucha en la guerra de la Rebelión y aseguró la autonomía de su país, había conseguido proteger la existencia de los Estados Libres de cualquier intento de desmantelarlos y acabar con los derechos de su ciudadanía; cómo había costeado el reasentamiento del Negro y ayudado a sus representantes libres, una vez que estaban en el país, a rehacer su vida en el Norte o el Oeste, igual que también a fugitivos de las Colonias. Cierto, Bingham Brothers ya no era la única institución ni, como argüirían algunos, la más potente de los Estados Libres, en especial con el reciente auge de los bancos judíos arribistas que habían empezado a establecerse en la ciudad, pero sí seguía siendo, y en eso todos convenían, la más influyente, la de mayor prestigio, la de mayor fama. Al abuelo de David le gustaba decir que, a diferencia de los recién llegados, Bingham no confundía ambición con codicia ni inteligencia con taimería; su responsabilidad era tanto para con los Estados mismos como para con la gente a la que servía. «El gran señor Bingham», llamaban los periódicos a Nathaniel, en ocasiones con burla, como cuando emprendía alguno de sus proyectos más ambiciosos —por ejemplo su propuesta, una década atrás, de promover el sufragio universal también en toda América—, pero casi siempre con sinceridad, pues el abuelo de David era, indiscutiblemente, un gran hombre, alguien cuyas hazañas y cuyo semblante merecían quedar inmortalizados sobre yeso, con el artista balanceándose de manera temeraria a gran altura sobre el suelo de piedra en un asiento hecho de cuerda y tabla e intentando no mirar abajo mientras aplicaba lustrosas pinceladas de pintura por la superficie.

No existían, empero, ni un quinto ni un sexto panel: no se había destinado ningún espacio para su padre, el segundo héroe de guerra de la familia, ni para sus hermanos y él. Aunque...

¿qué retrataría su tercio de panel? ¿A un hombre, en la casa de su abuelo, a la espera de que una estación se difuminara en la siguiente, de que le fuera revelado al fin el sentido de su vida?

Sabía que esa autocompasión, esa complacencia, resultaba poco atractiva e indecorosa, así que recorrió a grandes pasos el vestíbulo en dirección a las imponentes puertas de roble que había al fondo, donde el que era secretario de su abuelo, un hombre a quien sus hermanos y él habían conocido como Norris desde que tenían memoria, ya estaba esperándolo.

—Señor David —dijo—. Cuánto tiempo sin verle.

—Hola, Norris —contestó él—. Así es. Todo bien, espero.

—Sí, señor David. ¿Y usted?

—Sí, muy bien.

—El caballero ya está aquí. Lo llevaré con él. Su abuelo querrá verlo después.

Siguió a Norris por un pasillo con paneles de madera. Era un hombre estilizado y pulcro, de rasgos delicados y bien definidos, cuyo pelo, cuando David era joven, había sido de un dorado brillante, pero con las décadas se había descolorido hasta adoptar un tono apergaminado. Su abuelo era muy franco en cuanto a casi todos los asuntos de su persona y su vida familiar, pero con respecto a Norris se mostraba evasivo; todo el mundo daba por sentado que había algo entre Norris y su abuelo, pero, pese a la consabida tolerancia de Nathaniel Bingham por todas las clases sociales e igual de consabida escasa paciencia con las convenciones, jamás había presentado a Norris como su compañero ni había insinuado jamás, ni ante sus nietos ni ante nadie, que pudiera llegar a unirse legalmente a él. Norris entraba y salía de la casa con total libertad, pero no tenía allí cama ni habitación; desde que los niños Bingham eran muy pequeños, nunca se había dirigido a ellos sin anteponer a su nombre un «señorito» o «señorita», y hacía mucho que ellos habían dejado de sugerirle que lo hiciera; asistía a algunos acontecimientos familiares, pero nunca estaba invitado a participar en las conversaciones con el abuelo en el salón después de cenar, tampoco en Navidad ni en Pascua. David ni siquiera sabía con certeza dónde vivía el hombre —creía haber oído una vez, en algún lugar, que ocupaba un piso que el abuelo le había comprado cerca de Gramercy Park hacía años—, ni disponía de mayor información acerca de su lugar de procedencia ni de su familia, solo sabía que había llegado de las Colonias antes de que David naciera y que trabajaba como chico del carbón en Bingham Brothers cuando el abuelo lo conoció. En compañía de los Bingham se mostraba discreto y callado, pero también se encontraba a gusto; a ellos les resultaba tan familiar que a veces se olvidaban de él, su presencia se daba por sentada, pero su ausencia pasaba inadvertida.

Norris se detuvo entonces frente a una de las salas de reuniones privadas y abrió la puerta, y tanto el hombre como la mujer que la ocupaban se levantaron de sus sillas y se volvieron para verlo entrar.

—Los dejo a solas —dijo Norris, y cerró la puerta sin hacer ruido mientras la mujer se acercaba a él.

—¡David! —exclamó—. Hacía mucho que no te veía. —Se trataba de Frances Holson, abogada del abuelo desde siempre, que, junto con Norris, estaba al tanto de casi todos los detalles de las vidas de los Bingham. También ella era una constante, pero su lugar en el firmamento familiar era más significativo y recibía mayor reconocimiento; ella había concertado los matrimonios tanto de John como de Eden, y estaba decidida, o eso parecía, a hacer otro tanto con él—. David —continuó—, es un placer presentarte al señor Charles Griffith, de Nantucket y

Falmouth. Señor Griffith, este es el joven de quien tanto ha oído hablar, el señor David Bingham.

No parecía tan mayor como David había temido y, pese a su tez clara, tampoco era rubicundo; Charles Griffith era alto y grandullón, pero con aplomo, ancho de hombros, y de torso y cuello gruesos. Llevaba una chaqueta de corte impecable, de lana suave y de calidad, y bajo el bigote asomaban unos labios bien definidos y todavía rosados, que en ese momento se curvaron en una sonrisa. No era apuesto, o no exactamente, pero irradiaba destreza, vigor y salud, que se combinaban para crear la apariencia de algo casi agradable.

Cuando habló, su voz también resultó ser atractiva, grave y algo pastosa, de una suavidad y delicadeza que contrastaban con la corpulencia y la fuerza que sugería su apariencia.

—Señor Bingham —dijo mientras se estrechaban la mano—. Es un placer conocerlo. He oído hablar mucho de usted.

—Y yo de usted —repuso él, aunque no sabía mucho más que la primera vez que oyera el nombre de Charles Griffith, casi seis semanas antes—. Muchas gracias por bajar hasta aquí. Espero que haya tenido buen viaje.

—Sí, sin contratiempos —contestó Griffith—. Y, por favor, llámeme Charles.

—Entonces tú debes llamarme David.

—¡Bueno! —intervino Frances—. Los dejaré a solas para que hablen de sus cosas, caballeros. David, avisa cuando terminéis y Norris acompañará al señor Griffith a la salida.

Esperaron a que se marchara y cerrara la puerta para sentarse. Entre ambos quedaba la mesita, con una bandeja de galletas de mantequilla y una tetera de lo que David, únicamente por el olor, sabía que era un Lapsang Souchong, carísimo y muy difícil de conseguir y el té preferido de su abuelo, reservado solo para las ocasiones más especiales. Sabía que esa era la forma que tenía su abuelo de desearle buena suerte, un gesto que lo conmovió al tiempo que lo entristeció. Charles ya tenía té, pero David se sirvió una taza y, al llevársela a los labios, Charles hizo lo propio y dieron un sorbo al unísono.

—Es bastante fuerte —comentó, pues era consciente de que a muchos el sabor de ese té les parecía demasiado intenso; Peter, que lo detestaba, lo describió una vez como «una fogata humeante en forma líquida».

Pero...

—Me gusta mucho —dijo Charles—. Me recuerda a la época que pasé en San Francisco; allí solía encontrarse con bastante facilidad. Era caro, por supuesto, pero no tan exclusivo como aquí, en los Estados Libres.

Eso le sorprendió.

—¿Estuviste viviendo en el Oeste?

—Sí. Fue, oh..., hará veinte años. Mi padre acababa de renovar el trato que teníamos con nuestros tramperos de pieles del Norte, y para entonces San Francisco, por supuesto, ya era rica. Se le ocurrió que debía trasladarme allí y abrir una oficina desde la cual realizar algunas ventas. Así que eso hice. Fue una experiencia maravillosa, la verdad; yo era joven y la ciudad estaba creciendo, no podría haber escogido mejor momento para vivir allí.

Eso le impresionó; nunca había conocido a nadie que de verdad hubiera vivido en el Oeste.

—¿Es cierto todo lo que se cuenta?

—En su mayoría. Allí se respira cierto aire de... de insalubridad, supongo. Y de libertinaje, sin duda. A veces no las tenías todas contigo: tanta gente tratando de abrirse camino por su cuenta, tanta gente queriendo hacerse rica, tanta gente destinada a ver sus sueños frustrados... Pero también resultaba liberador, a pesar de que nunca podías bajar la guardia. Allí, las fortunas eran tan efímeras como las personas: el hombre que te debía dinero podía desaparecer al día siguiente y no había forma de dar con él nunca más. Logramos mantener la oficina abierta tres años, pero entonces llegó el setenta y seis y, por supuesto, tuvimos que marcharnos en cuanto aprobaron las leyes.

—Aun así —repuso David—, te envidio. ¿Sabes que yo ni siquiera he estado en el Oeste?

—Pero has viajado mucho por toda Europa, según me ha contado la señorita Holson.

—Hice el Grand Tour, sí. Pero eso no tiene nada de libertino..., a menos que consideres libertino ver montones y montones de Canalettos, Tintorettos y Caravaggios.

Charles se echó a reír entonces, y después de eso la conversación fluyó con naturalidad. Siguieron hablando sobre sus respectivas correrías —Charles resultó ser un hombre muy viajado, sus negocios no solo lo habían llevado al Oeste y a Europa, sino también a Brasil y a Argentina—, y de Nueva York, donde Charles había vivido una vez y donde seguía manteniendo una residencia que visitaba a menudo. Mientras conversaban, David intentaba detectar el acento de Massachusetts que había percibido en muchos de sus compañeros de clase, con esas vocales planas y amplias, y esa peculiar cadencia galopante, pero no lo consiguió. Charles tenía una voz agradable aunque sin características reseñables, que desvelaba muy poco de sus orígenes.

—No quisiera parecerte demasiado atrevido por mencionarlo —dijo Charles—, pero en Massachusetts todos sentimos gran curiosidad, y desde hace mucho, por esta tradición de concertar matrimonios.

—Sí —repuso David, riendo sin ofenderse—. A los demás estados les ocurre lo mismo, y lo entiendo; es una práctica local, que se limita a Nueva York y Connecticut.

Los matrimonios concertados habían empezado a darse alrededor de un siglo antes entre las primeras familias que se establecieron en los Estados Libres como medio para crear alianzas estratégicas y consolidar su riqueza.

—Entiendo por qué se originó aquí, estas fueron siempre las provincias más ricas, pero ¿por qué crees que ha perdurado tanto?

—No sabría decirlo con certeza. Según la teoría que sostiene mi abuelo, se debe a que de esos matrimonios pronto surgieron dinastías importantes, de manera que su continuidad pasó a ser fundamental para la solidez financiera de los Estados. Habla del tema como podría hablarse del cultivo de árboles... —Charles rio ante aquel comentario, y a David le resultó agradable—. Se trata de conservar un entramado de raíces sobre el que la nación pueda prosperar y florecer.

—Bastante poético para un banquero. Y patriótico.

—Sí, mi abuelo es ambas cosas.

—Bueno, supongo que el resto de los estadolibrenses debemos agradecer nuestro continuo bienestar a vuestra querencia por los matrimonios concertados.

David sabía que lo decía para provocarlo, pero su voz era amable, así que le devolvió la sonrisa.

—Sí, supongo. Le daré las gracias a mi abuelo de tu parte, y de parte de tus conciudadanos de Massachusetts. ¿En Nueva Inglaterra nunca se conciertan? Había oído que sí.

—Sí, aunque con mucha menos frecuencia, y cuando lo hacemos es por motivos similares, para unir a familias de ideas afines, pero las consecuencias nunca son de tanto calado como aquí. Mi hermana pequeña arregló hace poco un matrimonio entre su criada y uno de nuestros marineros, por ejemplo, pero fue porque la familia de la criada tiene un pequeño negocio maderero y la del marinero una cordelería, y ambas deseaban unir sus recursos..., por no hablar de que los jóvenes se gustaban mucho, aunque eran demasiado tímidos para iniciar el proceso del cortejo por sí solos.

»Pero, como ya he dicho, son uniones irrelevantes para el resto del país. Así que, sí, por favor, agradéceselo a tu abuelo de nuestra parte. Aunque tengo la sensación de que también habría que darles las gracias a tus hermanos; la señorita Holson dice que sus matrimonios también fueron concertados.

—Sí, con familias con las que mantenemos una estrecha relación desde hace mucho. Peter, el marido de mi hermano John, es de la misma ciudad; Eliza, la mujer de Eden, de Connecticut.

—¿Tienen hijos?

—John y Peter tienen uno; Eden y Eliza, dos. Y tú ayudas a criar a tus sobrinos, según tengo entendido, ¿verdad?

—Sí, así es, y los quiero como si fueran mis hijos, aunque algún día me gustaría tener los míos propios.

David sabía que debía coincidir con él al respecto, que debía decir que también deseaba tener hijos, pero se vio incapaz. Sin embargo, Charles llenó con naturalidad el espacio que debería haber ocupado su respuesta y le habló de sus sobrinos, de sus hermanas y su hermano, de la casa de Nantucket, y la conversación volvió a fluir hasta que el caballero se levantó por fin, y David hizo lo propio.

—Debo marcharme ya —anunció Charles—, pero he pasado un rato muy agradable y me alegro mucho de que accedieras a conocerme. Regresaré a la ciudad dentro de dos semanas; espero que también accedas a que volvamos a vernos.

—Sí, desde luego —dijo él, y tocó la campanilla.

Se estrecharon la mano de nuevo antes de que Norris escoltara a Charles hasta la salida, tras lo cual David llamó a la puerta que había en el otro extremo de la sala y, después de oír una voz que lo invitaba a pasar, entró directamente en el despacho de su abuelo.

—¡Ah! —exclamó el hombre al tiempo que se levantaba del escritorio y le entregaba a su contable un fajo de papeles—. ¡Ya estás aquí! Sarah...

—Sí, señor, enseguida —dijo ella, y cerró la puerta sin hacer ruido al salir.

El abuelo rodeó el escritorio y tomó asiento en una de las dos sillas que había frente a él mientras indicaba a David que se sentara en la otra.

—Bueno —dijo el hombre—, no me andaré con rodeos, y tú tampoco deberías; estaba ansioso por verte y saber qué impresión te has llevado del caballero.

—Ha sido... —empezó a decir David, y titubeó—. Ha sido agradable —terminó al cabo—. Más de lo que imaginaba.

—Me gusta oírlo —comentó el abuelo—. ¿De qué habéis hablado?

Le refirió su conversación, aunque dejó para el final que Charles había vivido en el Oeste, y cuando lo mencionó vio que las plateadas cejas del patriarca se enarcaban.

—No me digas... —murmuró el anciano, y David supo lo que estaba pensando: que ese dato no aparecía en el informe que habían encargado sobre Charles Griffith, y, puesto que Bingham Brothers tenía acceso a las figuras más prominentes de todas las profesiones (médicos, abogados, investigadores), se preguntaba qué otras cosas desconocerían, qué otros misterios quedarían por descubrir—. ¿Volverás a verlo? —se interesó el abuelo cuando David terminó su relato.

—Regresará dentro de dos semanas y me ha preguntado si podíamos vernos de nuevo; le he dicho que sí.

Creía que esa respuesta satisfaría a su abuelo, pero, en cambio, el hombre se levantó con expresión meditabunda y se acercó a uno de los grandes ventanales, donde acarició con suavidad el borde de la larga y pesada cortina de seda mientras contemplaba la calle. Permaneció un momento así, en silencio, pero cuando dio media vuelta, había recuperado aquella apreciada y conocida sonrisa que siempre lograba que David se sintiera arropado, por agobiante que le resultara su existencia.

—Bueno —dijo el abuelo—, entonces es un hombre muy afortunado.

IV

Las semanas pasaron volando, como ocurría siempre en las postrimerías del otoño, y aunque nadie podía alegar que la llegada de la Navidad fuera inesperada, parecían estar condenados a que los pillara desprevenidos, por firmemente que el año anterior hubieran prometido disponerlo todo con suficiente antelación a fin de que ese Acción de Gracias los menús estuvieran decididos, los regalos de los niños comprados y envueltos, los sobres con el aguinaldo para el servicio cerrados y los adornos colgados.

Fue en mitad de esa actividad de principios de diciembre cuando David se citó por segunda vez con Charles Griffith; habían asistido a un concierto de las primeras obras de Liszt, interpretadas por la Orquesta Filarmónica de Nueva York, y luego habían ido paseando hasta un café situado en el extremo meridional del Central, donde David se detenía a veces a tomar café y pastelitos cuando salía a caminar por la ciudad. Como en la ocasión anterior, entablaron conversación con facilidad y charlaron sobre libros que habían leído, obras y exposiciones a las que habían asistido y sobre la familia de David, que era lo mismo que decir de su abuelo y, en menor medida, de sus hermanos.

Era consabido que los matrimonios concertados exigían una intimación apresurada y el consiguiente abandono de las convenciones clásicas, por lo que llevaban un rato conversando cuando David se atrevió a preguntar a Charles sobre su primer marido.

—Ah. Bien..., creo que ya sabes que se llamaba William —dijo Charles—, William Hobbes, y que murió hace nueve años. —David asintió—. Fue un cáncer. Se originó en la garganta, y se lo llevó muy rápido.

»Procedía de una familia de langosteros del Norte y trabajaba de maestro en una pequeña escuela de Falmouth... Nos conocimos poco después de mi regreso de California. Fue una época muy feliz para los dos; éramos jóvenes y aventureros, y yo aprendía a llevar el negocio familiar junto con mis hermanos. En verano, cuando no había escuela, me acompañaba a Nantucket, donde vivíamos todos juntos en la casa familiar: mi hermana, la que viene después de mí, con su marido y sus hijos; mi hermano con su mujer y las hermanas de esta; mis padres; mi otra hermana y su familia cuando bajaban a visitarnos. Un año, mi padre me envió a la frontera para que conociera a algunos tramperos que teníamos allí, y pasamos casi toda la temporada en Maine y Canadá con nuestros socios, yendo de un sitio a otro. Una tierra de una belleza excepcional.

»Creía que pasaría con él el resto de mi vida. Decidimos que seríamos padres más adelante, que tendríamos un niño y una niña. Iríamos a Londres, a París, a Florencia... Él era mucho más refinado, y yo quería ser quien le enseñara los frescos y las estatuas sobre los que William siempre había leído. Creía que sería quien lo acompañaría a esos museos. Era mi sueño: visitaríamos las catedrales, comeríamos mejillones junto al río, yo vería esos lugares que consideraba hermosos pero que nunca había sabido apreciar como lo haría él, pero esta vez los vería con él y, por lo tanto, sería como si los viera por primera vez.

»Cuando eres marino, o cuando has pasado bastante tiempo entre ellos, sabes que es una insensatez hacer planes, que Dios hace y deshace a su antojo y nuestros designios nada valen ante los suyos. Aun sabiéndolo, no pude resistirme. Aun sabiendo que cometía una imprudencia, no pude resistirme y di rienda suelta a mis sueños. Imaginé la casa que construiría para nosotros en lo alto de un acantilado, con vistas a las rocas y al mar, rodeada de lupinos.

»Pero entonces murió, y un año después le siguió el marido de mi hermana pequeña en la enfermedad del ochenta y cinco, y desde entonces, como sabes, he vivido con ella. Los tres años posteriores a que me arrebataran a William me consagré al trabajo, y en el trabajo encontré solaz. Aunque, curiosamente, cuanto más lejana queda su muerte, más pienso en él... Y no solo en él, sino en la compañía que nos hacíamos y en que siempre imaginé que sería así. Mis sobrinos ya casi son adultos, mi hermana está prometida, y durante estos últimos años me he dado cuenta de que... —Se interrumpió de pronto, ruborizado—. He hablado demasiado y con demasiada liberalidad —dijo, al cabo—. Te ruego que aceptes mis disculpas.

—No hay nada que disculpar —aseguró David con voz tranquila, a pesar de que le había sorprendido, que no incomodado, la franqueza de aquel hombre, la confesión velada de lo solo que se sentía.

Sin embargo, luego ninguno de los dos supo cómo retomar la conversación y la cita finalizó poco después; Charles le dio las gracias, como marcaba la etiqueta, pero no le propuso una tercera entrevista, y los dos recogieron los abrigos y los sombreros. Una vez en la calle, Charles partió hacia el norte en su coche de caballos, y David hacia el sur en el suyo, de vuelta a Washington Square. De camino a casa reflexionó sobre el extraño encuentro y concluyó que, a pesar de esa extrañeza, no había resultado desagradable; de hecho, ser depositario de la confianza de otra persona, que le hubieran permitido ser testigo de tal vulnerabilidad, había hecho que se sintiera *relevante*, pues no había otra palabra.

Así pues, estaba menos preparado de lo que debería cuando, acomodados en el salón tras la comida de Navidad (pato, con la piel crujiente e hinchada por el calor del horno, acompañado de grosellas como perlas carmesíes), John anunció con un deje triunfal:

—Bueno, David, he oído que te corteja un caballero de Massachusetts.

—No lo corteja —se apresuró a intervenir su abuelo.

—Entonces ¿se trata de una proposición? ¿Y bien? ¿Quién es el caballero?

David dejó que el abuelo lo retratara con cuatro pinceladas: armador y comerciante, el Cabo y Nantucket, viudo y sin hijos. Eliza fue la primera en decir algo.

—Parece un hombre encantador —comentó sin rebozo (¡la querida y alegre Eliza, con sus pantalones grises de lana y un largo pañuelo de seda de cachemira anudado al grueso cuello!) mientras el resto de la familia guardaba silencio.

—¿Y te trasladarías a Nantucket? —preguntó Eden.

—No lo sé —confesó David—. No me lo he planteado.

—Entonces no has aceptado —dijo Peter. Era una afirmación, no una pregunta.

—No.

—¿Y vas a hacerlo? —insistió su cuñado.

—No lo sé —repitió David, cada vez más nervioso.

—Pero si...

—Basta —terció el abuelo—. Es Navidad; además, es él quien decide, no nosotros.

La velada llegó a su fin poco después; sus hermanos fueron a recoger a los niños y a las niñeras a la habitación de John, que habían acondicionado como cuarto de juegos para los hijos de Eden y los suyos, y tras las despedidas y las palabras corteses de rigor, su abuelo y él volvieron a quedarse solos.

—Acompáñame —le pidió el abuelo, y David lo hizo, retomando el asiento que siempre ocupaba en la sala de estar del anciano: frente a este, algo a la izquierda—. No he querido entrometerme, pero reconozco que siento curiosidad; al fin y al cabo, ya os habéis visto dos veces. ¿Crees que el caballero tiene alguna posibilidad?

—Soy consciente de que debería saberlo, pero no es así. Eden y John se decidieron enseguida. Ojalá yo lo tuviera tan claro como les ocurrió a ellos.

—Olvídate de Eden y John. Ellos son ellos y tú eres tú, y no conviene precipitarse a la hora de tomar este tipo de decisiones. Lo único que se espera de ti es que consideres la oferta del caballero con toda seriedad, y que si la respuesta es negativa, lo pongas en su conocimiento de manera inmediata, o se lo comuniques a Frances para que lo haga ella, aunque, en verdad, después de dos citas, tendrías que hacerlo tú. En cualquier caso, debes tomarte tu tiempo, sin sentirte mal por ello. Cuando emparejaron a tus padres, tu madre tardó seis meses en aceptar. —Sonrió levemente—. Aunque no tienes por qué seguir su ejemplo.

David también sonrió, y al momento formuló la pregunta ineludible:

—Abuelo, ¿qué sabe de mí? —Al ver que el hombre no contestaba y continuaba concentrado en su vaso de whisky, insistió—: ¿Está al tanto de mis reclusiones?

—No —dijo el abuelo con rotundidad, levantando la cabeza de inmediato—. No sabe nada. Y no tiene por qué saberlo, no es asunto suyo.

—Pero... —balbuceó David— ¿callarlo no sería actuar de mala fe?

—Por supuesto que no. La mala fe implica ocultar algo significativo de manera intencionada, y no se trata de algo significativo, sino de una información que no debería afectar a su decisión.

—Tal vez no debería, pero ¿lo haría?

—Si lo hiciera, entonces no sería un hombre con quien valiera la pena casarse.

La lógica de su abuelo, irrebatible por lo general, era tan errada que, aun en el caso de que David acostumbrara contradecirlo, no lo habría hecho por miedo a echar por tierra la historia que el anciano edificara. Si sus reclusiones no revestían la menor importancia, entonces ¿por qué no debían divulgarse? ¿Y qué mejor manera de juzgar el verdadero carácter de Charles Griffith que contárselo todo sin faltar a la verdad? Además, si sus dolencias no eran realmente motivo de vergüenza, ¿por qué ambos se habían tomado la molestia de ocultarlas? Cierto, ellos tampoco conocían de antemano todo lo que habría convenido saber de Charles —tras la primera cita, el abuelo había lamentado no estar al tanto de la época que había pasado en San Francisco—, pero lo que sí conocían era simple e irrefutable. No existían pruebas de que Charles Griffith no fuera un hombre honorable.

Temía que su abuelo, sin ser consciente de ello, y proclive a sentirse insultado si alguien lo insinuara, hubiera decidido que las debilidades de David suponían una carga razonablemente asumible para Charles a cambio de desposarse con un Bingham. Cierto, Charles era rico —no tanto como los Bingham, cosa harto difícil—, pero era un nuevo rico. Cierto, era inteligente, pero no culto: no había estudiado en la universidad, no sabía latín ni griego y, sí, había viajado, pero no en búsqueda de conocimientos, sino por negocios. Cierto, tenía mundo, pero carecía de sofisticación. David no se consideraba alguien que diera importancia a ese tipo de cosas, pero se preguntó si sus defectos habrían llevado a su abuelo a concebirlos a Charles y a él como el debe y el haber de un libro mayor: sus dolencias como contrapartida de la falta de refinamiento de Charles; su escasa productividad como contrapartida de la edad avanzada de Charles. En la parte inferior, ¿acabarían cuadrando las dos columnas y aparecería un cero subrayado en tinta de puño y letra de su abuelo?

—Pronto empezará un nuevo año —comentó el anciano rompiendo el silencio—, y los años nuevos siempre son más reveladores que los pasados. Tomarás una decisión, y será un sí o un no, y los años continuarán acabando y empezando una y otra vez, decidas lo que decidas.

Con esas palabras, David comprendió que estaba despidiéndolo, así que se levantó y se inclinó para darle un beso de buenas noches antes de subir a su habitación.

El nuevo año casi se les echó encima sin que se dieran cuenta, y los Bingham volvieron a reunirse para celebrar su llegada. El último día del año, cumplían la tradición de invitar a los miembros del servicio a tomar una copa de champán con la familia en el comedor, y todos juntos —los nietos y bisnietos, las criadas y los lacayos, el cocinero, el mayordomo, el ama de llaves, el cochero y demás subordinados— se reunían alrededor de la mesa donde momentos antes las criadas habían dispuesto botellas de vino espumoso encajadas en recipientes de cristal llenos de hielo, arreglos de naranjas con clavo, platos de nueces tostadas y fuentes de pasteles de picadillo de fruta, para oír al abuelo brindar por el nuevo año.

—¡Seis años para el siglo veinte! —anunció con satisfacción, y el personal de servicio rio con nerviosismo porque no le gustaban los cambios ni la incertidumbre, y la idea de que acabara una época y empezara otra lo intimidaba, aun sabiendo que todo continuaría igual en la casa de Washington Square: David ocuparía la habitación de siempre, sus hermanos irían y vendrían y Nathaniel Bingham sería su señor por siempre jamás.

Unos días después del festejo, David tomó un coche de caballos para ir al orfanato. Era una de las primeras instituciones de su clase con que contaba la ciudad, y los Bingham habían sido sus principales benefactores desde su fundación, datada solo unos años después de la creación de los Estados Libres. A lo largo de las décadas, el número de residentes del orfanato disminuía o aumentaba según el momento de riqueza relativa o pobreza agravada que vivieran las Colonias; el viaje al norte era arduo y no estaba exento de dificultades, y muchos niños quedaban huérfanos cuando sus padres fallecían por el camino, en su huida a los Estados Libres. La peor época se había vivido tres décadas atrás, durante la guerra de Rebelión y justo a su fin, poco antes de que naciera David, cuando el número de refugiados alcanzó su cénit en Nueva York después de que los gobernadores de dicho Estado y Pensilvania enviaran a la caballería a la frontera meridional de este último para hallar y trasladar a los fugitivos de las Colonias, en misión humanitaria. Todos los niños sin padres a los que encontraban —así como algunos con padres, aunque claramente incapaces de hacerse cargo de ellos— eran enviados, dependiendo de su edad, o bien a una escuela de oficios, o bien a una institución benéfica de los Estados Libres, donde los ofrecerían en adopción.

Como la mayoría de aquella clase de organizaciones benéficas, la de Hiram Bingham daba acogida a muy pocos niños de corta edad, pues la demanda era tal que los adoptaban enseguida; salvo que estuvieran enfermos, fueran deformes o sufrieran algún retraso, pocas veces permanecían más de un mes en el orfanato. Los hijos de los hermanos de David procedían de dicha institución, y llegado el día en que David deseara un heredero, también él lo encontraría allí. El hijo de John y Peter era un huérfano colono, y a los de Eden y Eliza los habían rescatado de la chabola inmunda de una desdichada pareja de inmigrantes irlandeses que a duras penas podían alimentarlos. A menudo se entablaban debates acalorados, tanto en la prensa como en los salones, acerca de qué debía hacerse con el número creciente de inmigrantes que conseguían alcanzar las costas de Manhattan —en esos momentos, procedentes de Italia, Alemania, Rusia y Prusia, por no mencionar Oriente—; sin embargo, debían reconocer, aunque fuera a regañadientes, que los inmigrantes europeos proveían de niños a las parejas que deseaban tenerlos, lo que no ocurría solo en su ciudad, sino en todos los Estados Libres.

Tan encarnizada era la pugna por una criatura que hacía poco el gobierno había emprendido una campaña para animar a la gente a adoptar a niños mayores. Sin embargo, en general había resultado un fracaso; de todos era bien sabido, incluso de los propios niños, que los mayores de seis años tenían muy pocas posibilidades de encontrar un hogar, de ahí que la institución de los Bingham, igual que otras, se centrara en enseñar a sus tutelados a leer y hacer cuentas a fin de que estuvieran preparados para aprender un oficio. Cuando cumplieran catorce años, pasarían a ser aprendices de sastre, carpintero, costurera, cocinera o cualquier otra ocupación cuyo desempeño fuera esencial para preservar la prosperidad y el funcionamiento de los Estados Libres. O se unirían a la milicia o a la armada y servirían a su país de ese modo.

No obstante, mientras tanto eran niños, y en calidad de tales acudían a la escuela, como exigía la ley en los Estados Libres. La nueva filosofía en educación promulgaba que se convertirían en ciudadanos y adultos mejores y más sanos si se les enseñaba no solo lo indispensable para manejarse en la vida (matemáticas, lectura, escritura), sino también el arte, la música y el deporte. Por eso el verano anterior, cuando su abuelo solicitó su colaboración en la búsqueda de un profesor de arte para la institución, David sorprendió a todos, empezando por sí mismo, al ofrecerse a asumir dicha responsabilidad, pues ¿acaso no había estudiado arte muchos años? ¿No había estado buscando algo, una tarea útil, con que dar forma a sus días?

Impartía clases los miércoles a última hora de la tarde, poco antes de la cena de los niños, lo cual, al principio, le había hecho preguntarse si el motivo de sus risitas y su comportamiento inquieto era él o se debía a la proximidad de la hora de comer; incluso había contemplado la posibilidad de pedir a la gobernanta que le adelantara la clase, pero la mujer infundía temor en los adultos (aunque, curiosamente, un gran cariño en sus tutelados), y si bien se habría visto obligada a acceder a su petición, lo intimidaba demasiado para presentársela. Siempre había recelado de los niños, de esas miradas directas y resueltas que parecían verlo de una manera en que los adultos ya no se molestaban en conseguir o habían olvidado, pero con el tiempo primero acabó acostumbrándose a ellos y luego les tomó cariño, y con el paso de los meses ellos también fueron mostrándose más tranquilos y calmados en su callada presencia y se esforzaban por replicar sobre el papel con sus carboncillos el cuenco azul y blanco de estilo chino y con membrillos que David había dispuesto sobre un taburete, al frente del aula.

Ese día oyó la música antes incluso de abrir la puerta —algo conocido, una canción popular, una canción que no consideraba adecuada para los oídos infantiles—, y alargó la mano hacia el pomo, que giró con brusquedad; sin embargo, antes de que pudiera mostrar su enojo o consternación, de repente se vio asaltado por varias imágenes y sonidos que lo dejaron mudo y paralizado.

Allí, al frente del aula, se hallaba el destartalado piano, largo tiempo olvidado y relegado a un rincón de la clase, con la madera tan combada que el instrumento, suponía David, debía de estar desafinado. Sin embargo, lo habían reparado, limpiado y colocado en medio de la sala como si se tratara de un elegante piano de cola, y sentado a él había un joven, tal vez unos años menor que David, de cabello oscuro, engominado hacia atrás como si fuera de noche y estuviera en una fiesta, y rostro atractivo, animado y hermoso, un semblante que complementaba su bonita voz, con la que entonaba:

¿Por qué vives solo? ¿Por qué así estás?
¿No tienes hijos? ¿Tampoco un hogar?

Tenía la cabeza echada atrás, exponiendo el cuello, un cuello largo pero fuerte y flexible, como una serpiente, y David se quedó mirando el músculo que se movía en su garganta mientras cantaba, una perla que se deslizaba arriba y abajo:

Las luces brillaban en el salón,
la música entonaba un dulce son.
Llegó mi amada, mi amor, mi todo,
«Querría agua, ¿me traes un poco?».
A mi regreso, un hombre había,
cubriendo a besos a la amada mía.

Era de esas canciones que se oían en lugares de reputación dudosa, en teatros de variedades y *minstrels*, y por lo tanto muy inapropiada para cantársela a los niños, sobre todo a esos, que dadas sus circunstancias debían de sentir una inclinación natural hacia aquel tipo de entretenimientos sensibleros. Aun así, David se descubrió incapaz de articular palabra, tan cautivado como los niños por aquel hombre, por su voz dulce y grave. Solo había oído aquella canción interpretada a tiempo de vals, almibarada y lastimera, pero el joven la había transformado en algo alegre y animado, y la empalagosa historia —una niña le pide a su anciano tío soltero que le explique por qué nunca se ha enamorado, no ha tenido pareja ni ha formado una familia— se había convertido en algo chispeante y lleno de vida. En parte, David la odiaba porque intuía que tal vez llegara un día en que pudiera cantarla por experiencia propia, que en ella residía su destino inevitable; sin embargo, en esa versión, el protagonista parecía entonarla con desenfado y despreocupación, como si, lejos de considerarla un menoscabo, la soltería lo hubiera librado de un futuro sombrío.

> *Tras el final del baile, tras el primer albor,*
> *tras la partida de todos, tras el último adiós,*
> *más de un corazón roto hallarás, mi primor,*
> *muchos anhelos se tuercen, tras el cotillón.*

El joven acabó con una floritura, se levantó e hizo una reverencia ante los veintitantos niños allí reunidos, que habían estado escuchando extasiados y que en ese momento rompieron en ovaciones y aplausos. David envaró la espalda y se aclaró la garganta.

Al oír el carraspeo, el hombre lo miró y lo obsequió con una sonrisa, tan amplia y radiante que David volvió a aturullarse.

—Niños, creo que os he hecho llegar tarde a la clase siguiente —dijo—. No, nada de gruñidos, que es de mala educación. —David se ruborizó—. Id a buscar vuestros cuadernos de dibujo y nos veremos la semana que viene.

Sin dejar de sonreír, echó a andar en dirección a David, que seguía en la puerta.

—Permítame decirle que se trata de una canción muy extraña para unos niños —comentó, procurando por todos los medios sonar severo, pero, lejos de sentirse ofendido, el hombre rio como si David estuviera gastándole una broma.

—Supongo que sí —reconoció de buen talante, y a continuación, sin darle oportunidad de replicar, añadió—: Qué descortés por mi parte, no solo he hecho que se retrasara o, mejor dicho, he retrasado su clase, ¡porque usted ha llegado a tiempo!, sino que tampoco me he presentado. Soy Edward Bishop, el nuevo profesor de música de esta magnífica institución.

—Ya veo —contestó David, sin saber muy bien cómo había cedido las riendas de la conversación tan deprisa—. Bueno, debo decir que me ha sorprendido mucho oír...

—Y sé quién es usted —lo interrumpió el joven, aunque de manera tan encantadora, tan efusiva, que volvió a desarmarlo—. Es el señor David Bingham, de los Bingham de Nueva York. Supongo que no hace falta que añada lo de «Nueva York», ¿verdad? Aunque seguro que hay más Bingham en alguna parte de los Estados Libres, ¿no cree? Los Bingham de Chatham, por ejemplo, o los Bingham de Portsmouth. Me pregunto qué deben de sentir todos esos Bingham de menor importancia sabiendo que su apellido siempre remitirá a una sola familia, que no es la suya, y que, por lo tanto, están condenados a ser una decepción constante cuando les pregunten: «Ah, ¿de esos Bingham?», y se vean obligados a responder, con una disculpa: «Oh, me temo que no, de los Bingham de Utica», y a ver la cara larga de su interlocutor.

David se quedó sin habla ante aquel discurso articulado con tanta alegría y agilidad, y respondió de manera forzada lo único que se le ocurrió:

—Nunca lo había pensado.

Lo cual provocó de nuevo la risa del joven, aunque se trató de una risa suave, como si David hubiera dicho algo ingenioso y hubieran compartido una confidencia.

—Bueno, señor David Bingham —dijo a continuación sin abandonar el tono alegre mientras posaba la mano en el brazo de David—, ha sido un placer conocerlo, y le pido disculpas de nuevo por alterar el horario.

Después de que la puerta se cerrara tras él, fue como si algo fundamental abandonara la habitación; los niños, que habían estado despiertos y atentos hasta ese momento, de pronto languidecieron, abatidos, e incluso David se sintió decaído, como si su cuerpo fuera incapaz de seguir representando la farsa de entusiasmo y rectitud que exigía una vida ejemplar.

Aun así, trató de sacar la clase adelante.

—Buenas tardes, niños —saludó, y recibió un tibio «Buenas tardes, señor Bingham» en respuesta mientras disponía sobre el taburete el bodegón del día: un jarrón vidriado de color cremoso en el que colocó varias ramas de acebo.

Como de costumbre, ocupó su lugar al fondo del aula, tanto para poder supervisar a los niños como para dibujar también si así lo deseaba. Sin embargo, ese día era como si el único objeto que ocupaba la habitación fuera el piano, situado detrás del taburete y su triste adorno floral; y a pesar de su aspecto maltrecho, parecía la pieza más hermosa y fascinante de la estancia: un faro, algo brillante y puro.

Miró a la alumna que tenía a la derecha, una niñita desaliñada de ocho años, y vio que no solo estaba esbozando (con poca traza) el jarrón y las flores, sino también el piano.

—Alice, solo hay que dibujar la naturaleza muerta —le recordó.

Ella alzó la carita demacrada en la que resaltaban sus grandes ojos y aquellos dos dientes protuberantes que parecían fragmentos de hueso.

—Lo siento, señor Bingham —susurró, y David suspiró.

¿Cómo no iba a querer incluir el piano cuando ni siquiera él era capaz de apartar los ojos del instrumento, como si también él albergara la esperanza de hacer aparecer al pianista con solo desearlo, como si su fantasma continuara en el aula?

—No pasa nada, Alice —dijo—. Empieza de nuevo en una hoja limpia.

A su alrededor, los demás niños estaban callados y huraños; incluso los oía moverse en sus asientos. Era absurdo que le afectara tanto, pero no podía evitarlo; creía que les gustaba su clase, o que al menos les gustaba casi tanto como a él había acabado gustándole enseñarles, pero tras presenciar su arrobamiento anterior, sabía que aquello había dejado de ser cierto, si es que lo había sido alguna vez. Él era como darle un mordisco a una manzana, pero Edward Bishop era esa manzana horneada en una tarta de corteza hojaldrada y mantecosa espolvoreada de azúcar, y después de probar algo así no había vuelta atrás.

Esa noche, a pesar del buen humor de su abuelo —¿acaso era todo el mundo tan feliz?—, se mostró huraño durante la cena, que apenas probó aunque habían servido su plato favorito, pichón asado y unos cardos guisados, y cuando el anciano le preguntó, como todos los miércoles, qué tal había sido la clase, se limitó a murmurar un «Bien, abuelo», cuando por lo general trataba de hacerlo reír contándole anécdotas de lo que habían dibujado los niños, de lo que le habían preguntado y cómo había repartido la fruta o las flores del bodegón entre los alumnos que lo habían hecho mejor.

Pero el abuelo pareció no darse cuenta de su introspección, o al menos decidió no comentar nada, y después de la cena, cuando subía fatigosamente la escalera que conducía a la sala de estar, David tuvo una ridícula visión de Edward Bishop y de lo que podría estar haciendo mientras él se preparaba para pasar otra noche en casa, cerca del fuego, sentado frente a su abuelo: el joven estaría en uno de esos locales que David solo había visitado una vez, con el largo cuello expuesto y la boca abierta como si entonara una canción, rodeado de otros hombres y mujeres jóvenes y apuestos, todos ataviados con sedas de vivos colores, y el ambiente sería festivo, y el aire olería a lirios y champán mientras, sobre sus cabezas, una araña de cristal tallado arrojaría trémulos destellos luminosos por toda la estancia.

V

Los seis días hasta la clase siguiente transcurrieron con mayor lentitud de lo habitual, y el miércoles David llegó tan pronto, animado por la expectativa, que decidió dar un paseo para tranquilizarse y hacer tiempo.

La institución ocupaba un edificio de planta cuadrada y grandes dimensiones, sencillo pero bien mantenido, situado en la esquina de la Doce Oeste con Greenwich Street, un emplazamiento que había ido perdiendo respetabilidad a lo largo de las décadas con la llegada, tres manzanas al norte y una al oeste, de los burdeles a esos barrios de la ciudad. Cada pocos años, los administradores de la escuela debatían si buscar una nueva ubicación, pero al final siempre decidían quedarse donde estaban, pues formaba parte de la idiosincrasia de la ciudad que polos evidentemente opuestos —los ricos y los pobres, los arraigados y los recién llegados, los inocentes y los delincuentes— vivieran muy cerca unos de otros, dado que no había suficiente espacio disponible para posibilitar las divisiones naturales. David bajó por Perry Street, dobló hacia el oeste y subió por Washington Street, pero tras completar el circuito dos veces, reconoció que hacía mucho frío incluso para él y se vio obligado a detenerse y a echarse el aliento en las manos mientras regresaba al coche de caballos para recoger el paquete que había llevado consigo.

Hacía meses que prometía a los niños dejarles dibujar algo fuera de lo habitual, pero ese día, cuando le entregó el objeto a Jane para que lo envolviera en papel y lo atase con cordel, comprendió que también esperaba que Edward Bishop lo viera cargando con algo tan extraño y aparatoso que despertara su curiosidad, incluso que lo acompañara para ver cómo lo desenvolvía, que quedara impresionado. Naturalmente, aquello no lo enorgullecía, como tampoco la emoción que lo embargaba cuando atravesó el vestíbulo de camino al aula, consciente de su respiración acelerada, del corazón en su pecho.

Sin embargo, cuando abrió la puerta no encontró nada —ni música, ni joven, ni arrobamiento—, solo a sus alumnos, jugando, peleándose y gritando, y, tras advertir su presencia, avisándose con empujones para guardar silencio.

—Buenas tardes, niños —saludó mientras se rehacía de la sorpresa—. ¿Dónde está vuestro profesor de música?

—Ahora viene los jueves, señor —oyó que contestaba uno.

—Ah —musitó, reparando tanto en su desilusión, esa cadena de hierro alrededor del cuello, como en la vergüenza que le producía.

—¿Qué hay en el paquete, señor? —preguntó otro alumno, y David se dio cuenta de que seguía apoyado contra la puerta, sujetando con manos inertes el objeto que acunaba en los brazos.

De pronto le pareció algo ridículo, una farsa, pero era lo único que les había llevado para dibujar, y no había nada más en el aula con que componer un cuadro, así que lo acercó a la mesa que había al frente de la sala y lo desenvolvió, con cuidado, para mostrarles la estatua: un duplicado en yeso de un torso romano de mármol. Su abuelo era dueño del original, comprado durante su propio Grand Tour, y había encargado una réplica cuando David aprendía a dibujar. No tenía ningún valor monetario, pero David lo había reproducido muchas veces a lo largo de los veintitantos años que hacía que lo tenía, y mucho antes de que viera el pecho de otro hombre, la escultura le había enseñado todo lo que sabía sobre anatomía, sobre cómo los músculos se superponen a los huesos, y la piel a los músculos, sobre el único y femenino pliegue que aparecía en un lado del abdomen cuando te agachabas en una dirección, sobre los dos surcos que, como flechas, apuntaban hacia la ingle.

Al menos había despertado el interés de los niños, que incluso parecían impresionados, y cuando lo depositó en el taburete, les habló de las estatuas romanas y de que la mayor expresión del talento de un artista se encontraba en la representación de la forma humana. Mientras observaba cómo dibujaban, mirando el papel primero y lanzando luego ojeadas breves y fugaces a la estatua, pensó en John, quien consideraba que aquellas clases eran una pérdida de tiempo. «¿Para qué educarlos en algo que no desempeñará ningún papel en sus vidas de adulto?», se preguntaba. John no era el único que pensaba de ese modo; incluso el abuelo, a pesar de la indulgencia que le profesaba, creía que se trataba de un pasatiempo peculiar, cuando no cruel, exponer a los niños a aficiones e intereses cuyo cultivo exigía un tiempo, y sobre todo un dinero, de los que probablemente nunca dispondrían. Sin embargo, David sostenía que les enseñaba algo para cuyo disfrute solo se necesitaba un pedazo de papel y un poco de tinta o un trozo de carboncillo; además, defendía ante su abuelo, si el servicio entendiera mejor el arte, si conociera su valor e importancia, tal vez sería más considerado y apreciaría más las obras que contenían las casas que limpiaban y cuidaban, ante lo cual el abuelo —quien a lo largo de los años había visto varias de sus posesiones destruidas sin querer a manos de criadas y lacayos torpes— no pudo por menos que reír y reconocer que tal vez tuviera razón.

Esa noche, después de acompañar un rato al abuelo, regresó a su habitación y recordó que por la tarde, sentado al fondo del aula dibujando junto a sus alumnos, había imaginado a Edward Bishop apoyado en el taburete, no el busto de yeso, y que tras dejar el lápiz se había obligado a pasearse entre los niños, examinando sus esbozos para distraerse.

Al día siguiente, jueves, estaba tratando de encontrar un motivo para volver a visitar la escuela cuando le notificaron que Frances deseaba verlo a fin de revisar una discrepancia que había aparecido en los libros de contabilidad relacionada con la fundación de los Bingham, la cual financiaba todos sus variados proyectos. Naturalmente, no tenía excusa para no estar disponible, y sabía que Frances también lo sabía, de manera que se vio obligado a acercarse hasta el centro de la ciudad, donde repasaron los libros hasta que descubrieron que una mancha había transformado un uno en un siete, y de ahí el descuadre. Un siete por un uno, qué error tan ridículo..., y, sin embargo, de no haberlo encontrado, habrían hecho llamar a Alma para que rindiera cuentas, y puede que los Bingham incluso hubieran prescindido de sus servicios. Cuando acabaron, aún habría tenido tiempo para llegar a la escuela antes de que terminara la clase de Edward, pero su abuelo le pidió que se quedara a tomar un té y, una vez más, no disponía de motivos para rechazar la invitación; su ocio era tan notorio que se había convertido en su propia cárcel..., en un horario, a falta de este.

—Pareces muy nervioso —observó el abuelo mientras le servía un poco de té—. ¿Te esperan en algún sitio?

—No, en absoluto —contestó.

Se marchó tan pronto como se lo permitió la buena educación, subió al carruaje y le pidió al cochero que se apresurara, por favor, aunque cuando llegaron a la Doce Oeste ya pasaban bastante de las cuatro y era poco probable que Edward siguiera rondando por allí, sobre todo con el frío que hacía. Sin embargo, ordenó al cochero que esperara y se dirigió al aula con paso decidido, cerrando los ojos y tomando aire antes de girar el pomo y soltándolo al no oír nada procedente del interior.

—Señor Bingham —oyó que alguien decía entonces—, ¡qué sorpresa verlo aquí!

A pesar de que había ido con la esperanza de que se produjera ese encuentro, al abrir los ojos y toparse con Edward Bishop, con la sonrisa radiante de siempre, los guantes en la mano y la cabeza ladeada como si acabara de formularle una pregunta, se descubrió incapaz de responder y su expresión debió de delatar en parte dicha confusión, porque Edward se acercó a él con un gesto repentino de preocupación.

—Señor Bingham, ¿se encuentra bien? —quiso saber—. Está usted muy pálido. Venga, siéntese en una de estas sillas, le traeré un poco de agua.

—No, no —consiguió musitar al fin—, estoy perfectamente. Es solo... Pensé que quizá me dejé aquí ayer el cuaderno de dibujo... Lo he estado buscando y al no encontrarlo... Pero ya veo que he debido de extraviarlo en alguna otra parte... Siento haberlo interrumpido.

—¡Pero si no me ha interrumpido! Perder el cuaderno de dibujo... Qué lástima, no sé lo que haría si perdiera el mío. Permítame que eche un vistazo.

—No se moleste —le pidió David con un hilo de voz.

Se trataba de una burda mentira, el aula disponía de tan pocos muebles que escaseaban los lugares donde pudiera encontrarse su cuaderno de dibujo imaginario, pero Edward ya se había puesto a buscarlo abriendo los cajones vacíos de la mesa que había al frente del aula, mirando en el armario vacío que se alzaba detrás de la mesa, junto a la pizarra, incluso agachándose, a pesar de las protestas de David, para echar un vistazo debajo del piano (como si David no hubiera visto de inmediato el cuaderno de dibujo —a salvo en su estudio— de haberse encontrado allí). Edward acompañaba la búsqueda con exclamaciones de preocupación y disgusto en solidaridad con David. Tenía una manera de expresarse muy afectada, histriónica y deliberadamente anticuada —con todos esos «¡Oh!» y «¡Ah!»—, pero resultaba menos irritante de lo que cabría esperar. Era un habla forzada y natural al mismo tiempo, y, lejos de sonar pretenciosa, parecía reflejar cierta sensibilidad artística, un asomo de vivacidad y buena disposición, como si Edward Bishop hubiera renunciado a mostrarse demasiado serio, como si la seriedad, esa con que la mayoría de las personas se enfrentan al mundo, fuera lo afectado, y no el entusiasmo.

—Pues parece que no está aquí, señor Bingham —anunció el joven al final, irguiéndose y mirándole a los ojos con una expresión, un atisbo de sonrisa, que David no supo interpretar.

¿Se trataba de un coqueteo, incluso de una seducción, una confirmación de los papeles que interpretaban en esa curiosa pantomima? ¿O era de carácter (lo más probable) jocoso, incluso burlón? ¿A cuántos hombres con planes y afectos ridículos habría soportado Edward Bishop en su corta vida? ¿Cómo de larga era la lista a la que David debía añadir su nombre?

Le habría gustado poner fin a aquel teatrillo, pero no sabía cómo. A pesar de ser su autor, comprendió demasiado tarde que no había elaborado una conclusión antes de empezar.

—Ha sido muy amable al buscarlo —dijo, desolado, bajando la vista al suelo—, pero estoy seguro de que sigue en casa y que no lo he encontrado por no haberlo dejado en su sitio. No debería haber venido... No quiero molestarlo más.

«Nunca más —se prometió—. Nunca más volveré a molestarte». Y aun así, permaneció donde estaba.

Se hizo un silencio, y cuando Edward habló, lo hizo con una voz distinta, menos excesiva, menos todo.

—No ha sido ninguna molestia, en absoluto —aseguró y, tras otra pausa, añadió—: Hace mucho frío en esta aula, ¿no cree?

(Lo hacía. La gobernanta no caldeaba el edificio durante las horas lectivas, pues, según aseguraba, ello aumentaba la concentración de sus tutelados y les enseñaba determinación. Los niños se habían acostumbrado al frío, pero los adultos no lo habían conseguido: no había maestro o miembro del personal que no fuera envuelto en abrigos y chales. David había visitado el instituto una vez a última hora de la tarde y le había sorprendido encontrarlo caldeado, incluso acogedor).

—Sí, siempre —contestó, aún abatido.

—Había pensado ir a tomar un café para entrar en calor —comentó Edward, y al ver que David no decía nada, pues una vez más este dudaba acerca de cómo interpretar aquella declaración, insistió—: Si le apetece, hay un café a la vuelta de la esquina.

Accedió incluso antes de saber que iba a hacerlo, antes de poder poner objeción alguna, antes de analizar el verdadero significado de la invitación, y acto seguido, para su sorpresa, Edward se abotonaba el abrigo, salían de la escuela y doblaban hacia el este para bajar por Hudson Street. No hablaron, aunque Edward canturreó algo por el camino, otra canción popular, y por un momento David no supo qué pensar. ¿Sería Edward todo fachada? Había dado por sentado que, detrás de las sonrisas y los gestos, de aquellos dientes blancos y perfectos, había una persona seria, pero ¿y si no era así? ¿Y si no era más que un frívolo, un hombre entregado al hedonismo?

Aunque ¿qué más daba si lo era?, se dijo a continuación. Le había propuesto ir a tomar un café, no matrimonio, pero al recordárselo pensó en Charles Griffith y en que no había vuelto a tener noticias suyas desde su último encuentro, antes de Navidad, y sintió que el calor ascendía por su cuello a pesar del frío.

Llegaron al café, que se asemejaba más a una especie de salón de té que a una cafetería: era un local estrecho y de suelo irregular, con mesas de madera tambaleantes y taburetes sin respaldo. La parte delantera hacía las veces de tienda, por lo que tuvieron que abrirse paso como pudieron entre la clientela que examinaba los distintos barriles de café en grano, flores de camomila desecadas y hojas de menta, los cuales servían en bolsitas de papel y pesaban en una balanza de latón los dos empleados chinos del establecimiento, que sumaban los números en un ábaco de cuentas de madera cuyo repiqueteo constante dotaba al lugar de su propia música de percusión. A pesar de todo, o tal vez gracias a ello, el ambiente era animado y agradable, y los dos hombres encontraron donde sentarse cerca de la chimenea, que cada dos por tres escupía chispas chisporroteantes que dibujaban espirales en el aire como si fueran fuegos artificiales.

—Dos cafés —le pidió Edward a la camarera, una chica oriental rolliza, que asintió y se alejó al trote.

Se miraron un momento a los ojos, sentados frente a frente, hasta que Edward sonrió, y David le sonrió a su vez, y sonrieron al ver que se sonreían, tras lo cual se echaron a reír los dos al mismo tiempo. Entonces Edward se inclinó hacia él, como si fuera a hacerle una confidencia, pero apenas había abierto la boca cuando entró un nutrido grupo de hombres y mujeres —estudiantes universitarios, a juzgar por el tono y el aspecto—, que se acomodaron en una mesa cercana a la suya sin interrumpir siquiera el debate que mantenían, el mismo que llevaba décadas estando de moda entre los jóvenes en edad universitaria, incluso desde antes de la guerra de Rebelión.

—Lo único que digo es que nuestro país no podrá considerarse libre hasta que acoja al Negro como ciudadano de pleno derecho —decía una guapa jovencita de facciones afiladas.

—Pero si es bien recibido —protestó el joven que tenía enfrente.

—Sí, pero solo si va de camino a Canadá o al Oeste. ¡No deseamos que se quede! Y cuando decimos que abrimos las fronteras a cualquier colono no nos referimos a él, ¡aun cuando está más perseguido que aquellos a quienes ofrecemos refugio! ¡Nos creemos mucho mejores que América y las Colonias, y no lo somos!

—Pero el Negro no es como nosotros.

—¡Por supuesto que lo es! ¡He conocido, bueno, yo no, mi tío, cuando viajaba por las Colonias, a varios de ellos que son exactamente como nosotros!

Varios estudiantes protestaron ante aquellas palabras, tras lo que intervino un joven de acento flemático y arrogante:

—Anna aún querrá hacernos creer que incluso había pieles rojas como nosotros y que no deberíamos haberlos erradicado, sino haberlos abandonado en su estado salvaje.

—¡Pero es que el Indio era como nosotros, Ethan! ¡Está más que documentado!

Toda la mesa recibió sus palabras a gritos y, entre el jaleo que organizaban, el repiqueteo de los ábacos, más contundente que antes, y el calor que desprendía el hogar que quedaba a su espalda, David empezó a sentirse mareado, lo que debió de traslucir su rostro, ya que Edward volvió a inclinarse sobre la mesa y le preguntó, casi a voz en cuello, si prefería ir a otro sitio, a lo que David contestó que sí.

Edward fue a buscar a la camarera para decirle que ya no era necesario que les sirvieran los cafés, y a continuación se abrieron paso junto a la mesa de los estudiantes y entre los clientes que esperaban bolsas de té y se encontraron de nuevo en la calle, que, a pesar de su vida y actividad, pisaron con alivio, pues les pareció espaciosa y tranquila.

—A veces hay mucho ruido en el café —dijo Edward—, sobre todo hacia el final de la tarde, tendría que haberlo recordado. Pero está bien, por lo general, de verdad.

—No lo dudo —murmuró David con educación—. ¿Conoce algún otro lugar cerca al que podamos ir?

Aunque llevaba seis meses dando clase en la escuela, no era un barrio por el que soliera pasear. Sus visitas a esa zona de la ciudad eran breves y tenían un propósito, y se consideraba demasiado mayor para frecuentar los pubs y los cafés baratos que atraían a los estudiantes hasta aquellas calles.

—Bueno, podríamos ir a mi piso —dijo Edward al cabo de un momento—, si no le importa. Está muy cerca.

A David le sorprendió la invitación, pero también se sintió complacido ya que ¿acaso no era justamente ese tipo de comportamiento lo que lo había atraído de Edward desde el principio? El atisbo de un espíritu libre, aquella despreocupada indiferencia ante las convenciones, aquella dispensa de viejos formalismos y modos de conducta. Edward era moderno y, en su presencia, David se sentía igual; tanto era así que aceptó de inmediato, envalentonado por la irreverencia de su nueva amistad, y Edward, tras asentir con la cabeza como si hubiera esperado esa respuesta (a pesar del aturdimiento momentáneo de David ante su propia audacia), le mostró el camino y echó a andar calle arriba hasta que doblaron por Bethune Street. La flanqueaban viviendas elegantes, casas nuevas de ladrillo rojo en cuyas ventanas parpadeaban velas —solo eran las cinco de la tarde, pero el anochecer empezaba a perfilarse a su alrededor—; sin embargo, Edward continuó caminando y las dejó atrás hasta llegar a un gran edificio, destartalado y en otros tiempos señorial, muy cerca del río, una de aquellas mansiones en las que se criara el abuelo de David, aunque en malas condiciones, con una puerta de madera hinchada de la que Edward tuvo que tirar varias veces para poder abrirla.

—Cuidado con el segundo escalón, falta una parte —avisó antes de volverse hacia David—. No es Washington Square, no se lo negaré, pero es mi casa.

Lo dijo a modo de descargo, pero la sonrisa —¡esa sonrisa radiante!— convirtió sus palabras en algo distinto: no tanto en un alarde, quizá, como en una declaración de principios.

—¿Cómo sabe que vivo en Washington Square? —preguntó él.

—Es de dominio público —contestó Edward, aunque la respuesta parecía insinuar que, en cierta manera, vivir en Washington Square era mérito de David, algo digno de felicitación.

Una vez en el interior (tras haber evitado el enojoso segundo escalón), David vio que la mansión había sido reconvertida en una casa de huéspedes: a la izquierda, donde debería encontrarse el salón, había una especie de sala de desayunos con media docena de mesas de estilos diferentes y una docena de sillas, cada una también de su estilo. Saltaba a la vista que los muebles no eran de buena calidad, pero entonces advirtió, en un rincón, un bello secreter de finales de siglo parecido al que tenía su abuelo en su propio salón, y se acercó a observarlo. Daba la impresión de que hiciera meses que no lo pulían, y el empleo de un aceite cualquiera había arruinado el acabado: la superficie estaba pegajosa al tacto y, al apartar la mano, comprobó que una gruesa capa de polvo le manchaba los dedos. No obstante, en su momento debió de ser un mueble magnífico y, adelantándose a su pregunta, Edward comentó:

—La propietaria de la casa era rica, o eso he oído. No como los Bingham, por descontado —ahí estaba de nuevo: una mención a su familia y su fortuna—, pero pudiente.

—¿Y qué ocurrió?

—Un marido dado en exceso al juego que luego huyó con la cuñada. O eso me han dicho. Vive en el último piso, aunque apenas la veo; es bastante anciana, y una prima lejana lleva ahora la casa.

—¿Cómo se llama? —preguntó David; si la propietaria había sido rica de verdad, su abuelo la conocería.

—Larsson. Florence Larsson. Venga, mi habitación está por aquí.

La alfombra de la escalera estaba desgastada en algunas partes y totalmente raída en otras, y mientras ascendían, Edward le informó de cuántos inquilinos se alojaban en la casa (doce, contándolo a él) y cuánto tiempo llevaba viviendo allí (un año). No parecía en absoluto acomplejado por su entorno, por la pobreza y el estado descuidado de cuanto lo rodeaba (la humedad había descolorido el papel de pared con motivos de ramilletes y había dejado grandes manchas amarillentas e irregulares que componían un estampado caprichoso), ni por vivir en una casa de huéspedes. Naturalmente, David sabía que muchas personas usaban esa clase de alojamientos, pero no conocía a ninguna, y mucho menos había entrado en ese tipo de edificios, por lo que contemplaba cuanto lo rodeaba con curiosidad y una leve inquietud. ¡Cómo era posible que la gente viviera así en esa ciudad! Según Eliza, cuyas labores caritativas incluían reasentar y encontrar alojamiento a refugiados de las Colonias y a inmigrantes europeos, las condiciones de la mayoría de los nuevos residentes eran deplorables; les había hablado de familias de hasta diez personas apiñadas en una sola habitación, de ventanas que no se calafateaban ni cuando más frío hacía, de niños que acababan con escaldaduras por acercarse demasiado a un hogar sin rejilla al tratar de calentarse de alguna manera, de tejados a través de los que llovía directamente en las habitaciones. Ellos escuchaban esas historias negando con la cabeza y el abuelo chasqueaba la lengua, y luego la conversación se encauzaba hacia otro tema —los estudios de Eden, por ejemplo, o una exposición de cuadros que Peter había visitado hacía poco— y el recuerdo de las míseras viviendas de Eliza se desvanecía. Y mira por dónde allí estaba David Bingham, en uno de esos hogares que ninguno de sus hermanos se atrevería a pisar jamás. De pronto fue consciente de estar viviendo una aventura, aunque el orgullo momentáneo lo avergonzó de inmediato pues, a decir verdad, estar de visita no exigía valentía alguna.

Al llegar al descansillo del tercer piso, Edward dobló a la derecha y David lo siguió hasta una habitación situada al final del pasillo. Todo estaba en silencio alrededor, aunque cuando abrió la puerta, Edward se llevó un dedo a los labios y señaló la de al lado.

—Estará durmiendo.

—¿Tan pronto? —susurró David a su vez. (¿O debería haber dicho tan tarde, en realidad?).

—Trabaja de noche. Es estibador, no sale de casa hasta pasadas las siete más o menos.

—Ah —musitó David, de nuevo turbado ante su ignorancia acerca del funcionamiento del mundo.

Entraron en la habitación y Edward cerró la puerta con suavidad. Estaba tan oscuro que David no veía nada, pero olió a humo y, ligeramente, a sebo. Edward anunció que encendería unas velas, y él vio que la habitación iba adquiriendo formas y colores con el siseo de las cerillas.

—Siempre tengo las cortinas cerradas, así se conserva más el calor —explicó Edward, aunque entonces las abrió del todo, y la estancia quedó por fin a la vista.

Era más pequeña que el estudio de David en Washington Square, y uno de los rincones estaba ocupado por un camastro sobre el que habían estirado una manta de lana áspera con sumo cuidado. Al pie de la cama se veía un baúl, medio despellejado, y a la derecha de esta, un armario de madera empotrado. En el otro lado de la habitación había una mesa estrecha y minúscula, rodeada de pilas de libros, todos bastante usados, sobre la que descansaba una lámpara de aceite antigua, un fajo de hojas y papel secante. Vio también un taburete, tan ostensiblemente barato como el resto del mobiliario. En el rincón opuesto a la cama había una sólida chimenea de ladrillo y, colgando de un brazo de hierro, una pesada cacerola negra y antigua, como las que recordaba de su infancia, cuando salía al jardín trasero de la casa de más al norte de la ciudad y observaba a las criadas remover la colada en grandes calderos de agua hirviendo. Flanqueaban la chimenea dos grandes ventanales en los que las ramas desnudas de los alisos dibujaban sombras enmarañadas.

A David le pareció un lugar insólito, de esos que uno conocía a través de los periódicos, y una vez más le asombró su presencia allí; el hecho de encontrarse en esa habitación le resultaba más destacable que el de hallarse en compañía del inquilino de la habitación.

En ese momento reparó en su descortesía y se volvió hacia Edward, que esperaba de pie en el centro de la estancia, con los dedos entrelazados delante de él en lo que David, a pesar de lo poco que hacía que se conocían, comprendió que se trataba de una muestra inusitada de vulnerabilidad y, por primera vez en su breve trato, advirtió una especie de titubeo en la expresión del otro hombre, algo que no había visto antes, una revelación que le infundió tanto más ternura como más valor, de modo que cuando Edward dijo al fin: «¿Le apetece un té?», se vio capaz de dar un paso adelante, solo uno, si bien la estancia era tan diminuta que quedó a escasos centímetros de Edward Bishop, tan cerca que podía contar sus pestañas, tan negras y húmedas como trazos de tinta.

—Sí, por favor —dijo adoptando una voz deliberadamente suave, como si temiera hacerlo volver en sí con cualquier otro tono, y que huyera sobresaltado—. Le estaría muy agradecido.

Así pues, Edward fue a buscar agua, y tras su marcha, David tuvo oportunidad de inspeccionar la habitación y cuanto contenía con mayor detenimiento y tranquilidad, y comprender que la ecuanimidad con que había aceptado la realidad de Edward no era tal, sino conmoción. Edward, ahora caía en la cuenta, era pobre.

¿Qué esperaba? Que fuera como él, desde luego, un hombre culto y educado que impartía clases en la escuela por caridad y no —como en ese momento se veía obligado a considerar probable, incluso seguro— por dinero. Se había fijado en la belleza de su rostro, en el corte de su ropa y había supuesto una afinidad, una semejanza, que no existía. Se sentó en el baúl que custodiaba los pies de la cama y miró el abrigo de Edward, que este había dejado allí antes de salir de la habitación: sí, la lana y la confección eran de calidad, pero las solapas (a las que les dio la vuelta para inspeccionarlas más de cerca) eran un tanto demasiado anchas para la moda vigente, y los hombros habían adquirido un brillo satinado por el desgaste, y parte de la tapeta estaba zurcida con hileras de puntadas diminutas, y la manga tenía

un pliegue de haber sacado el dobladillo. Se estremeció levemente, tanto por su error de cálculo como por lo que sabía que
era un defecto personal: Edward no había querido engañarlo,
David había decidido que Edward era una cosa y había hecho
caso omiso de los indicios que lo contradecían. Había buscado
señales en las que reconocerse, y en las que reconocer su mundo, y tras encontrarlas, o encontrar algo lo bastante semejante,
había abandonado la búsqueda, no había visto nada más. «Un
hombre de mundo», así lo había recibido su abuelo al día siguiente de regresar de su viaje de un año por Europa, y David lo
había creído, incluso coincidía con él. Sin embargo, ¿de veras
era un hombre de mundo? ¿O solo lo era de un mundo creado a
imagen y semejanza de los Bingham? Un mundo pródigo y variado, pero, ahora era consciente, enormemente reducido. Allí
estaba, en la habitación de una casa a apenas quince minutos en
coche de caballos de Washington Square y, sin embargo, para él
más exótica que Londres, que París, que Roma; todo cuando lo
rodeaba le resultaba tan familiar como si se hallara en Pekín o
en la luna. Y aún había algo peor: esa sensación de incredulidad
que hablaba de una candidez no solo deplorable, sino también
peligrosa; incluso al entrar en la casa había seguido aferrándose
a la idea de que Edward vivía en ese lugar por diversión, a modo
de pobreza fingida.

Esa revelación, junto con el frío que hacía en la habitación,
un frío que casi parecía húmedo de tan penetrante y pertinaz, le
hizo comprender lo absurda que resultaba su presencia allí, de
modo que se puso de pie, volvió a abrocharse el abrigo, del que
no había llegado a desprenderse, y estaba a punto de irse, preparándose para encontrarse con Edward Bishop en la escalera y
presentarle sus excusas y disculpas, cuando su anfitrión regresó
cargado con una cacerola de cobre repleta de agua.

—Hágase a un lado, por favor, señor Bingham —dijo con fingida formalidad tras recuperar el aplomo, y vertió el agua en la tetera antes de arrodillarse para encender el fuego. Las llamas cobraron vida con la misma prontitud que si las hubiera invocado.

David permaneció de pie todo el rato, sin saber qué hacer, y cuando Edward se volvió para mirarlo, se sentó en el camastro, resignado.

—¡Oh, qué impertinencia por mi parte acomodarme en su cama! —exclamó, levantándose.

Edward sonrió.

—Es el único sitio que hay —contestó este con naturalidad—. Por favor.

Así que David volvió a ocupar su asiento.

El fuego hizo que la habitación resultara más acogedora, menos lúgubre, aunque las ventanas se empañaron por el vaho, y cuando Edward le sirvió el té —«Me temo que no es té de verdad, solo un poco de manzanilla desecada»—, David se sintió menos incómodo, instalados ambos por un momento en el agradable silencio que se hizo mientras bebían.

—Si le apetece, tengo galletas.

—No, no, gracias.

Tomaron un sorbo.

—Hay que volver a ese café, aunque quizá un poco antes.

—Sí, estaría bien.

Durante unos instantes pareció que los dos trataban de encontrar un tema de conversación.

—¿Y qué cree usted? ¿Deberíamos dejar entrar al Negro? —preguntó Edward, en tono burlón, y David, devolviéndole la sonrisa, negó con la cabeza.

—Lamento su situación, por supuesto —contestó sin vacilación, haciéndose eco de la opinión de su abuelo—, pero es mejor que encuentren un lugar propio donde vivir, en el Oeste, por ejemplo.

Según su abuelo, no se trataba de que resultara imposible educar al Negro; de hecho, nada más lejos de la realidad, y ahí radicaba el problema, pues una vez que el Negro se instruyera, ¿acaso no querría disfrutar de las oportunidades que ofrecían los Estados Libres? Recordó que su abuelo solo se referiría al asunto del Negro como «la cuestión del Negro», nunca como el dilema del Negro o el problema del Negro, porque «en cuanto lo llamemos así, nos tocará solucionarlo». «La cuestión del Negro es el pecado que reside en el corazón de América —solía comentar—. Pero no somos América, y no es nuestro pecado». En este tema, como en muchos otros, David sabía que su abuelo hacía gala de su buen juicio y jamás se le había ocurrido discrepar.

Se hizo un nuevo silencio, interrumpido únicamente por el tintineo de las tazas de porcelana al toparse con los dientes. Edward le sonrió.

—Parece sobrecogido por las circunstancias en que vivo.

—No, sobrecogido no —contestó David, aunque lo estaba.

De hecho, estaba tan aturdido que sus habilidades sociales, sus modales, lo habían abandonado por completo. Una vez, siendo un estudiante apocado al que le costaba hacer amigos y a quien sus compañeros solían ignorar, su abuelo le había dicho que cuanto necesitaba para resultar interesante era hacer preguntas a los demás. «No hay nada que a la gente le guste más que hablar de sí misma —había asegurado el abuelo—. Y si alguna vez te hallas en una situación en la que temes por el lugar o la posición que ocupas, cosa que no debería ocurrir, eres un Bingham, recuerda, y el mejor muchacho que conozco, en ese caso lo único que debes hacer es preguntarle a tu interlocutor algo sobre él o ella misma, y a partir de ese momento te considerarán la persona más fascinante que hayan conocido jamás». Naturalmente, se trataba de una exageración, pero el abuelo llevaba razón, y una vez que puso en práctica el consejo, al que había recurrido en innumerables ocasiones desde entonces, quizá el lugar que ocupaba entre sus compañeros no hubiera variado, pero sin duda había evitado lo que tenía todos los visos de convertirse en una vida de ignominia.

Incluso en ese momento era consciente de que Edward resultaba, con mucho, la figura más misteriosa y cautivadora de los dos. Él era David Bingham, su vida era por todos conocida. ¿Cómo se sentiría uno siendo alguien anónimo, alguien con un apellido que no significaba nada, alguien con la libertad de pasar por la vida como una sombra, con la libertad de cantar una tonadilla de teatro de variedades en un aula sin que corriera la voz entre todos sus conocidos, de vivir en una habitación gélida de una casa de huéspedes con un vecino que se despertaba cuando otros se acomodaban en sus salones para tomar una copa y conversar, de ser alguien sin obligaciones para con nadie? No era tan romántico para desearlo necesariamente; no le entusiasmaría vivir en esa fría y pequeña celda tan cerca del río, tener que ir a por agua cada vez que sintiera sed en lugar de limitarse a tirar con decisión del cordón de la campanilla; ni siquiera estaba seguro de que fuera capaz de hacerlo. Sin embargo, ser tan conocido conllevaba cambiar la aventura por la certeza y, por lo tanto, quedar relegado a una vida carente de sorpresas. Incluso en Europa, había pasado de un conocido de su abuelo a otro, nunca había tenido la oportunidad de labrarse su propio camino porque ya lo había hecho alguien antes por él, despejándolo de obstáculos de cuya existencia jamás tendría noticia. Era libre y, al mismo tiempo, no lo era.

Así pues, cuando empezó a preguntarle a Edward sobre su persona, sobre quién era y cómo había acabado llevando esa vida, lo hizo con un interés sincero, y mientras Edward hablaba, con la misma naturalidad y fluidez que si llevara años esperando que David apareciera en su vida y quisiera saber de él; mientras escuchaba con atención la historia de Edward, David sintió que lo invadía un orgullo nuevo y desagradable, por estar allí, en aquel lugar inverosímil, por estar charlando con un hombre extraño, hermoso e inverosímil, y porque aunque veía el cielo oscurecerse en la ventana velada por el vaho y, por lo tanto, sabía que su abuelo estaría sentándose a cenar y preguntándose por su paradero, no hizo ademán ni de presentar sus disculpas ni de marcharse. Era como si lo hubieran hechizado y, consciente de ello, hubiera decidido rendirse en lugar de resistirse, dejar atrás el mundo que creía conocer por otro, y todo porque quería intentar ser, no la persona que era, sino aquella con la que soñaba.

VI

A lo largo de las semanas siguientes, vio a Edward primero una, luego dos, luego tres, luego cuatro veces más. Se encontraban después de la clase de Edward o de la suya. En la segunda ocasión todavía mantuvieron las apariencias y se dirigieron primero al café, pero en las posteriores fueron directos a la habitación de Edward, donde se quedaban todo lo que David se atrevía antes de tener que regresar al coche de caballos, que lo esperaba frente a la escuela, y apresurarse para llegar a casa antes de que el abuelo anunciara su deseo de cenar; cuando volvió del primer encuentro, el anciano no se había enfadado, pero sí había mostrado cierta curiosidad al ver que aparecía tan tarde, y aunque en aquella ocasión David había eludido sus preguntas, sabía que si el incidente del retraso se repetía, pronto se volverían más insistentes, y no se sentía preparado para responderlas.

De hecho, no estaba muy seguro de cómo describir su amistad con Edward en caso de verse obligado. Por las noches, después de que el abuelo y él tomaran una copa y conversaran en la sala de estar («¿Te encuentras bien? —preguntó el anciano después de la tercera cita secreta de David—. Te veo desacostumbradamente... distraído»), se retiraba a su estudio, dejaba constancia en su diario de lo que hubiera descubierto ese día sobre Edward y luego se sentaba a releerlo como si fuera una de esas novelas de misterio que tanto gustaban a Peter, y no algo que en realidad había oído de primera mano.

Tenía veintitrés años, cinco menos que David, y durante dos había estudiado en un conservatorio de Worcester, Massachusetts. Sin embargo, pese a contar con una beca, no disponía de dinero suficiente para sacarse el título, así que se había trasladado a Nueva York hacía cuatro años para buscar trabajo.

—¿Y a qué te has dedicado? —le preguntó David.

—Oh, a un poco de todo —le respondió él, lo que no fue faltar a la verdad, o al menos no por completo: Edward había sido, durante breves periodos, ayudante de cocina («Un horror. Apenas si sé hervir un huevo, como has podido ver por ti mismo»), ayo («Terrible. Desatendía del todo la educación de mis pupilos y me limitaba a dejarles comer dulces»), aprendiz de carbonero («Lo cierto es que no sé por qué llegué a pensar siquiera que podía ser un trabajo para el que estaría ni mínimamente capacitado») y modelo artístico («Mucho más tedioso de lo que nadie imaginaría. Te colocas en una postura incomodísima hasta que te duele todo y te mueres de frío mientras una clase llena de viudas con sonrisas bobaliconas y vejetes de mirada lasciva intentan retratarte»). Por último, no obstante (y a través de una vía que quedó sin precisar) encontró trabajo como pianista en un pequeño club nocturno.

(—¡Un club nocturno! —no pudo evitar exclamar David.

—¡Sí, sí, un club nocturno! ¿Dónde, si no, habría podido aprender todas esas canciones inapropiadas que tanto ofenden a los oídos Bingham? —Aunque eso último lo dijo con coquetería, y ambos se sonrieron).

Estando en el club nocturno recibió una oferta para impartir clases en la institución (también eso quedó sin explicar, y David elaboró una breve y gratificante fantasía en la que la gobernanta irrumpía en el oscuro local, agarraba a Edward por la parte de atrás del cuello de la camisa y tiraba de él escalera arriba, lo arrastraba por la calle y lo metía en la escuela), y desde hacía poco intentaba complementar sus ingresos dando clases particulares, aunque sabía que encontrar ese tipo de trabajo sería difícil, cuando no prácticamente imposible.

(—Pero si estás de sobra cualificado —protestó David.

—Hay muchos otros más cualificados y con mejores referencias que yo. Vamos, tú tienes sobrinos, ¿verdad? ¿Contratarían tus hermanos a alguien como yo? ¿No buscarían, sé sincero, a tutores formados en el Conservatorio Nacional, o a músicos profesionales, para que dieran clase a sus queridos hijos? Oh, no, no te sientas mal, no tienes por qué disculparte; sé que es cierto, que las cosas son así y punto. Un joven sin posibles y todavía sin consolidar, sin una titulación siquiera de un centro de enseñanza superior de tercera categoría, no está muy demandado y nunca lo estará).

Disfrutaba enseñando. Sus amigos (no ofreció detalles al respecto) se burlaban de él por su trabajo, modesto como era en todos los sentidos, pero a él le gustaba, le gustaba estar con los niños.

—Me recuerdan a lo que fui —dijo, aunque, una vez más, no explicó en qué sentido.

Igual que David, sabía que los alumnos a su cargo jamás llegarían a ser músicos, que tal vez nunca podrían permitirse siquiera el lujo de asistir a una representación musical, pero creía que al menos podría contribuir a sus vidas aportando ese granito de dicha, de deleite, algo que pudieran atesorar, una fuente de placer que nadie podría arrebatarles jamás.

—Así lo veo yo también —exclamó David, emocionado por que alguien opinara lo mismo que él sobre la educación de los niños—. Puede que nunca lleguen a tocar música, lo más probable es que ni uno solo de ellos..., pero les aportará cierto refinamiento, ¿verdad? Y ¿no merece eso la pena?

Tras esas palabras, algo, una especie de nube, ensombreció rápida y brevemente el rostro de Edward, y por un momento David se preguntó si no habría dicho algo ofensivo. Pero...

—Tienes mucha razón —fue lo único que contestó su nuevo amigo, y la conversación siguió derroteros diferentes.

Todo eso dejó por escrito, junto con las anécdotas que Edward le contaba de sus vecinos, que también le hacían reír y lo pasmaban: un anciano soltero que nunca salía de su habitación y a quien, sin embargo, Edward había visto hacerle llegar sus zapatos a un limpiabotas que esperaba en la acera descolgándolos por la ventana en un cubo; el estibador, cuyos ronquidos en ocasiones oían a través de la delgada pared; el chico de la habitación que quedaba encima, del que Edward juraba que se pasaba el día dando clases de baile a señoras mayores, y como prueba aportaba el ruido de sus tacones repicando en la madera. Era consciente de que a Edward le parecía un ingenuo, y también de lo mucho que disfrutaba dejándolo atónito, intentando, a menudo, escandalizarlo. Y él estaba encantado de concederle eso: sí era un ingenuo, y disfrutaba dejándose escandalizar. En presencia de Edward se sentía mayor a la vez que más joven, y también ingrávido; se le ofrecía la oportunidad de revivir la juventud, de experimentar por fin esa sensación de abandono que imbuía a los jóvenes, solo que él ya tenía edad suficiente para saber apreciar ese tesoro. «Mi niño inocente», había empezado a llamarlo Edward, y aunque podría haberse sentido tratado con condescendencia por el empleo de ese apelativo cariñoso —porque sí era condescendiente, ¿verdad?— no lo hacía. Para Edward, a fin de cuentas, no era un ignorante, sino inocente, algo pequeñito y precioso, algo que cuidar y proteger de cuanto existía fuera de las paredes de la casa de huéspedes.

Pero era lo que Edward le había contado en su tercer encuentro lo que desde entonces ocupaba gran parte de su tiempo y muchos de sus pensamientos. Aquel día habían intimado por primera vez; Edward se levantó a media frase (estaba hablándole de un amigo suyo que trabajaba como tutor de matemáticas para una familia supuestamente rica de la que David no había oído hablar), corrió las cortinas y luego se reunió con él en la cama con total naturalidad, y aunque ni mucho menos era su primera experiencia —como cualquier hombre de aquella ciudad, rico o pobre, David tomaba de vez en cuando un coche de caballos hasta el extremo oriental de Gansevoort Street, unas cuantas manzanas al norte de la casa de huéspedes, donde los hombres como él acudían a la hilera sur de edificios, los hombres que buscaban mujeres a la hilera norte, y los que perseguían algo del todo distinto se acercaban al extremo occidental de la calle, donde había unos cuantos salones que satisfacían deseos más específicos, entre ellos una casa solitaria y bien cuidada que se dedicaba solo a clientas del género femenino—, le pareció algo extraordinario, como si aprendiera a caminar de nuevo, o a comer, o a respirar: una sensación física que durante mucho tiempo había aceptado de una forma determinada se desvelaba de pronto como algo por completo diferente.

Al terminar se quedaron tumbados el uno junto al otro, y la cama de Edward era tan estrecha que ambos tuvieron que volverse de lado o David se habría caído del colchón. También de eso se rieron.

—¿Sabes? —empezó a decir David, y sacó el brazo de debajo de esa manta de lana que casi le resultaba insoportable de lo mucho que picaba, era como estar cubierto por una maraña de ortigas («Tengo que buscarle otra», se dijo), para posarlo sobre la suave piel de Edward, bajo la cual notó las ondulaciones de las costillas—, me has contado muchas cosas de ti, pero todavía no me has dicho de dónde eres ni me has hablado de tu familia.

—En un principio, esa reticencia solo le había intrigado, pero había acabado por resultarle ligeramente inquietante; temía que a Edward le avergonzaran sus orígenes, que pudiera pensar que él los reprobaría. Sin embargo, David no era esa clase de persona: Edward no tenía nada que temer—. ¿De dónde eres? —preguntó al silencio en que Edward seguía sumido—. De Nueva York no —añadió—. ¿De Connecticut? ¿De Massachusetts?

Al fin Edward contestó.

—De las Colonias —dijo en voz baja, y al oírlo David se quedó sin habla.

Jamás había conocido a nadie de las Colonias. Oh, sí que había visto colonos: todos los años, Eliza e Eden organizaban un acto benéfico en su casa a fin de recaudar fondos para los refugiados, y siempre había un fugitivo o una fugitiva, por lo general reciente, que hablaba de su experiencia con voz temblorosa, con ese timbre meloso y agradable que tenían los colonos. Cada vez más llegaban no por motivos religiosos, ni para escapar de la persecución, sino porque en las décadas posteriores a su derrota (si bien sus ciudadanos jamás utilizarían ese término) en la guerra de Rebelión, las Colonias se habían empobrecido paulatinamente; no del todo, por supuesto, no estaban arruinadas, pero jamás volverían a disfrutar de una riqueza como la que tuvieran antaño, y mucho menos una similar a la que los Estados Libres habían acumulado a lo largo del siglo aproximado que había transcurrido desde su fundación. Sin embargo, no era esa clase de inmigrantes a quienes cobijaban su hermana y su mujer, sino a los rebeldes, los que acudían al norte porque permanecer donde habían nacido y crecido habría implicado correr peligro, porque deseaban vivir en libertad. La guerra había terminado, pero la lucha continuaba; para muchos las Colonias seguían siendo un lugar espantoso, donde las escaramuzas y las redadas nocturnas estaban a la orden del día.

Así que, no, no ignoraba el caos que reinaba en las Colonias. Pero lo de Edward era algo muy diferente: se trataba de alguien a quien empezaba a conocer, con quien había conversado y reído, y en cuyos brazos yacía en esos momentos, desnudos ambos.

—Pues no das la impresión de ser un colono —dijo al cabo, y al oírlo, para alivio suyo, Edward rio.

—No, ya lo sé... Es que hace muchos años que vivo aquí —explicó.

Despacio al principio, y en un torrente después, su historia se abrió camino. Había llegado a los Estados Libres, a Filadelfia, siendo niño. Cuatro generaciones de su familia habían vivido en Georgia, cerca de Savannah, donde su padre había sido maestro en una escuela masculina. Cuando él tenía casi siete años, sin embargo, les anunció que debían partir de viaje. Eran seis: su madre, su padre, sus tres hermanas —dos mayores, la tercera menor que Edward— y él.

David echó cuentas.

—Entonces, debió de ser en el setenta y siete, ¿no?

—Sí. Ese otoño.

Lo que siguió fue el típico relato de fugitivos; antes de la guerra, los estados sureños se oponían a los Estados Libres, pero no fiscalizaban los movimientos de sus ciudadanos a lo largo y ancho del país. Tras la guerra y la posterior secesión de la Unión por parte del sur, en cambio, pasó a ser ilegal viajar de los Estados Libres a los sureños, que recibieron el nuevo nombre de

Colonias Unidas, y también que los colonos cruzaran al norte. Sin embargo, muchos de ellos lo hacían de todos modos. El viaje al norte era arduo, y largo, y por regla general se hacía a pie. El sentido común hacía pensar que era más seguro moverse en grupo, pero ese grupo no podía consistir en más de una decena de personas, y tampoco debía contar con más de cinco niños, porque se cansaban enseguida y les costaba más conservar la calma en caso de que apareciera una patrulla. Se oían historias terribles sobre intentos frustrados: niños que lloraban al ser arrancados de los brazos de sus padres y que, según se rumoreaba, acababan vendidos a familias locales para trabajar como mozos de labranza; esposas separadas de sus maridos y obligadas a casarse de nuevo; encarcelamientos; muerte. Las peores eran las de personas como ellos, que huían a los Estados Libres con la esperanza de vivir allí legalmente. No hacía mucho, Eliza había tenido como invitados a dos hombres, dos recién llegados que habían viajado con unos amigos, otra pareja, de Virginia. Estaban a menos de media milla de Maryland, desde donde querían continuar hasta Pensilvania, y habían hecho un alto para descansar junto a un roble. Allí se tumbaron, abrazados, pero justo cuando empezaban a relajarse oyeron los primeros cascos de caballos, y al instante se pusieron en pie y echaron a correr. Sin embargo, la segunda pareja fue más lenta, y cuando oyeron los gritos de sus amigos al caer, ninguno de los dos se volvió, sino que apretaron el paso más de lo que jamás se habrían creído capaces. Tras ellos, cada vez más cerca, oían otros cascos, pero lograron cruzar la frontera con apenas unos metros de ventaja, y solo entonces se giraron y vieron al patrullero que, con el rostro oculto entre las sombras de la capucha, tiraba con fuerza de las riendas del caballo y patinaba al detenerse antes de apuntarlos con el rifle. Era ilegal que un patrullero cruzara la frontera para capturar a un fugitivo, y mucho más para matarlo, pero todo el mundo sabía que solo hacía falta una bala para burlar esa ley. La pareja dio media vuelta y echó a correr de nuevo mientras los relinchos del caballo resonaban en el aire, tras ellos, durante lo que les parecieron millas, y no fue hasta el día siguiente, ya a salvo en el interior del estado, cuando se permitieron llorar por sus amigos, no solo porque habían imaginado que empezarían juntos sus vidas en los Estados Libres, sino porque todo el mundo sabía lo que le ocurría a la gente como ellos cuando los atrapaban: palizas, quemaduras, torturas..., muerte. Al relatar la historia en el salón de Eliza e Eden, los hombres volvieron a derramar lágrimas, y David, igual que todos los demás presentes, los escuchó horrorizado. Aquella noche, al regresar a Washington Square, reflexionó sobre lo sumamente afortunado que era por haber nacido en los Estados Libres y no haber conocido ni tener que conocer jamás una barbarie tal como la que sufrieron esos caballeros.

La familia de Edward había viajado sola. El padre no había contratado a ningún traficante, quien, si era de fiar (como lo eran algunos), aumentaba en gran medida las probabilidades de éxito de la fuga; tampoco habían viajado con otra familia, lo cual era preferible porque así una pareja podía dormir mientras la otra cuidaba de los niños. Desde Georgia tenían alrededor de dos semanas de trayecto, pero al final de la primera el tiempo cambió, empezó a refrescar hasta que el frío se hizo inclemente, y apenas les quedaban reservas de comida.

—Mis padres nos despertaban muy temprano, al rayar el alba, y mis hermanas y yo salíamos a recolectar bellotas —explicó Edward—. No podíamos arriesgarnos a encender una hoguera, así que mi madre las aplastaba hasta hacer una pasta y nos las comíamos machacadas encima de unas galletas marineras.

—Qué horror —murmuró él. Se sentía ridículo, pero no se le ocurría qué más decir.

—Sí, fue horrible. Sobre todo para mi hermana pequeña, Belle. Solo tenía cuatro años y no entendía que debía guardar silencio; solo sabía que tenía hambre y no sabía por qué. No paraba de llorar, y mi madre tenía que taparle la boca con la mano para que no nos delatara.

Ni su padre ni su madre desayunaban ni almorzaban. Guardaban la comida que les quedaba para las cenas, y por las noches todos se acurrucaban juntos para retener el calor. Edward y su padre intentaban encontrar un bosquecillo donde dormir, o al menos una hondonada, y allí se cubrían con hojas y ramas, tanto para protegerse del viento como para tratar de ocultar su olor a los perros de las patrullas. ¿Qué era peor, recordaba haber pensado Edward ya entonces, el terror o el hambre? Ambas cosas definían su día a día.

Cuando por fin llegaron a Maryland, fueron directos a uno de los centros que un amigo le había mencionado a su padre, y allí se quedaron varios meses. El padre de Edward enseñaba a leer y daba clases de matemáticas a los hijos de los demás fugitivos; su madre, costurera experta, arreglaba las prendas estropeadas que el centro recogía para que sus residentes se ganaran unas míseras monedas. En primavera ya habían salido de allí y se habían puesto en camino una vez más —un viaje con dificultades, pero no tan duro, ya que al menos ahora estaban dentro de la Unión—, en esta ocasión hacia los Estados Libres, donde siguieron rumbo al norte hasta Nueva York. Una vez allí, en la ciudad, el señor Bishop logró por fin encontrar ocupación en una imprenta (debido a los prejuicios que imperaban en los Estados Libres y la Unión acerca del nivel educativo de la población de las Colonias, muchos refugiados instruidos no conseguían trabajos acordes con sus conocimientos), y los seis se instalaron en un pequeño apartamento de Orchard Street.

Aun así, dijo Edward (y David detectó un deje de sinceridad, de orgullo, en su voz), casi todos lograron salir adelante. Sus padres habían muerto, se los llevó la gripe del 90, pero sus dos hermanas mayores eran maestras de escuela en Vermont, y Belle, enfermera, vivía con su marido, médico de profesión, en New Hampshire, en Mánchester.

—De hecho, el único que ha fracasado soy yo —dijo, y suspiró con teatralidad, aunque David tuvo la sensación de que, hasta cierto punto, Edward creía que era cierto, y que le pesaba.

—Tú no has fracasado —señaló, y lo atrajo más hacia sí.

Permanecieron en silencio un rato, y David, con la barbilla apoyada en la cabeza de Edward, se puso a trazar líneas en su espalda.

—Tu padre... —dijo entonces— ¿era como nosotros?

—No, como nosotros no, aunque si tenía algo en contra de quienes son como nosotros nunca lo reconoció. No creo que fuera el caso.

—¿Era devoto del reverendo Foxley, entonces?

Muchos de los fugitivos creían en secreto en las enseñanzas del famoso utopista, defensor del amor abierto y uno de los fundadores de los Estados Libres. En las Colonias lo consideraban un hereje, y era ilegal poseer sus textos.

—No, no... No era muy religioso.

—Entonces, si me permites la pregunta, ¿por qué quiso venir al norte?

En ese momento, David notó que Edward suspiraba, y su cálido aliento le acarició el pecho.

—Debo ser sincero y decir que, aun después de todo este tiempo, ni yo mismo lo sé. Al fin y al cabo, en Georgia vivíamos bien. Éramos conocidos; teníamos amigos.

»Siendo ya lo bastante mayor para permitirme la impertinencia, le pregunté por qué habíamos emprendido el viaje. Y todo lo que me dijo fue que quería que tuviéramos una vida mejor. ¡Una vida mejor! Pasó de ser un respetado maestro a trabajar de impresor; una ocupación respetabilísima, desde luego, pero un hombre dedicado al cultivo de la mente no suele considerar mejor una vida dedicada al trabajo manual. Así que nunca acabé de entenderlo. Su respuesta no me satisfacía... y supongo que jamás lo hará.

—Tal vez... —apuntó David en voz baja—, tal vez lo hiciera por ti.

Edward permaneció callado. Y luego...

—No creo que pudiera saberlo teniendo yo seis años —dijo.

—Quizá sí. Mi padre lo supo, creo que lo supo de todos nosotros. Bueno, puede que de Eden no; era poco más que una niña de pecho cuando mi madre y él murieron. Pero de John y de mí, aun siendo tan pequeños... Sí, creo que lo sabía.

—¿Y no le inquietaba?

—No, ¿por qué habría de inquietarle? Su propio padre era como nosotros. Para él no teníamos nada de extraño, ni de repulsivo.

Al oírlo, Edward resopló divertido y se apartó de él rodando sobre la espalda. Ya había caído la noche y la habitación estaba a oscuras; David tendría que marcharse pronto, a menos que se saltara otra cena. Pero lo único que deseaba era yacer en la cama estrecha y dura de Edward Bishop, sufriendo los terribles picores de la sencilla manta de lana que lo tapaba, sintiendo la calidez residual del fuego que iba extinguiéndose en la chimenea y el cuerpo de Edward a su lado.

—Sabes cómo llaman a los Estados Libres en las Colonias, ¿verdad? —preguntó este, y David, que si bien no prestaba mucha atención a lo que pensaban o dejaban de pensar de ellos en las Colonias tampoco era ajeno a los apodos crueles y vulgares con que se referían a su país, en lugar de responder a la pregunta de Edward, le tapó la boca con la mano.

—Lo sé —dijo—. Bésame.

Y Edward lo hizo.

Después regresó a Washington Square, para lo cual se vistió a desgana y se aventuró a salir al frío, pero más tarde, en su estudio, comprendió que esa conversación, ese encuentro, lo había cambiado. Tenía un secreto, y su secreto era Edward, y no solo él, su piel blanca y suave y su pelo oscuro y sedoso, sino las experiencias de Edward, lo que había visto y sufrido; procedía de otro lugar, de otro mundo, y al compartir su vida con David, había conseguido que también la suya fuera de pronto más rica, más profunda, extática y misteriosa, todo a la vez.

En esos momentos, en su estudio, volvió a revisar su diario y releyó detalles que conocía de sobra con la misma atención que si los encontrara por vez primera: el segundo nombre de Edward (Martins, el apellido de soltera de su madre); la pieza de música preferida de Edward (la *Suite para violonchelo n.º 1 en sol mayor*, de Bach); la comida preferida de Edward («No te rías: es el maíz hervido y refrito con beicon. ¡Que no te rías! ¡No olvides que soy de Georgia!»). Estudió esas páginas escritas por él mismo con un afán que hacía años que no sentía, y cuando por fin se retiró, incapaz de dejar de bostezar, lo hizo con sumo placer, pues sabía que pronto empezaría el nuevo día y eso significaba que volvería a ver a Edward. Le emocionaba la afinidad que lo unía a él, pero igual de emocionante era la intensidad de esa afinidad y la rapidez con que se había impuesto. Se sentía, quizá por primera vez en su vida, intrépido, temerario; como si atravesara una extensa llanura galopando a lomos de un caballo desbocado sin asirse a apenas nada, con la respiración entrecortada por la risa y el miedo.

Durante muchos años —muchísimos— se había preguntado si le ocurría algo, pero también si no tendría alguna tara. No se trataba de que no lo invitaran a las mismas fiestas que a John y a Eden, sino de lo que sucedía en ellas. Aquello se remontaba a cuando eran jóvenes, a cuando todo el mundo los conocía simplemente como los hermanos Bingham y a él solo lo identificaban como el mayor, no «el soltero» ni «el que no está casado» ni «el que sigue viviendo en Washington Square»: entraban en una fiesta subiendo los anchos y bajos escalones de piedra de una mansión recién construida en Park Avenue, Eden y John delante, ella con el brazo engarzado en el de él, David conformando la retaguardia, y al hacer su aparición en el resplandeciente salón de iluminación centelleante, creía oír una ovación mientras las mejillas de John e Eden recibían los besos de admiradores que suspiraban de emoción al verlos llegar.

¿Y él? A él también lo saludaban, desde luego; sus conocidos y sus iguales eran muy educados, y él era un Bingham, así que nadie se habría atrevido a no mostrarse cuando menos cordial, no delante de él. Sin embargo, durante el resto de la fiesta se sentía extraño, como si estuviera en otro lugar, flotando por encima de la sala, y en la cena, donde nunca lo sentaban con los jóvenes y alegres anfitriones, sino con los amigos y familiares de los padres —junto a la hermana del padre, por ejemplo, o el anciano tío de la madre—, percibía su innegable diferencia en toda su intensidad y notaba que los integrantes de su círculo habían identificado y tomado en cuenta aquello que tanto se había esforzado por ocultar. Desde el otro extremo de la mesa llegaban de vez en cuando estallidos de risas, y su vecino o vecina de asiento negaba con la cabeza con gesto indulgente antes

de volverse hacia él y comentar algo sobre la irreprimible frivo-
lidad de los jóvenes, y que había que permitirles ciertas libertades. En ocasiones, tras ese tipo de comentarios reparaban en
su desliz y se apresuraban a añadir que también él debía de tener sus momentos de alborozo, pero no siempre; lo avejentaban
antes de tiempo, desterrado de la isla de la juventud no por su
edad, sino por su temperamento.

O tal vez no se debiera a su temperamento, sino a otra cosa.
Nunca había sido una persona alegre ni desenfadada, ni siquiera
de niño. Una vez oyó que su abuelo comentaba el tema de su
seriedad con Frances y añadía que, puesto que él era el mayor,
su duelo fue el más intenso cuando sus hermanos y él perdieron
a sus padres. Sin embargo, carecía de las cualidades que solían
acompañar a esa clase de introversión: diligencia, determinación, inquietud intelectual. Se amoldaba mejor a los peligros del
mundo que a sus placeres y alegrías; para él, ni siquiera el amor
era un estado de júbilo, sino una fuente de ansiedad y miedo:
¿de verdad su amado le correspondía?, ¿no irían a abandonarlo?
Había sido testigo primero del cortejo de Eden y luego del de
John, los había visto regresar a casa a altas horas con las mejillas
arreboladas a causa del vino y del baile, y había reparado en la
impetuosidad con que tomaban las cartas de la bandeja que les
tendía Adams, y en cómo rasgaban los sobres antes aún de salir
a toda prisa de la habitación con los labios dibujando ya una
sonrisa. Que él no hubiera experimentado esa misma clase de
felicidad era motivo tanto de dolor como de inquietud; últimamente había empezado a temer no solo que nadie llegara a amarlo nunca, sino que él fuera incapaz de recibir ese amor, lo cual le
parecía muchísimo peor. Su encaprichamiento con Edward,
pues, ese despertar que sentía en su interior, no solo resultaba
embriagador en sí mismo, sino que se veía intensificado por el

alivio que le procuraba: a fin de cuentas, no le ocurría nada malo. No tenía ninguna tara, únicamente aún no había encontrado a la persona que habría de desatar en él toda su capacidad para el placer. Sin embargo, de pronto había sucedido y por fin experimentaba esa especie de transformación que el amor había obrado en todo aquel a quien conocía y que a él siempre lo había eludido.

Esa noche tuvo un sueño: sucedía al cabo de muchos años. Edward y él vivían juntos en Washington Square. Los dos estaban sentados, uno al lado del otro, en los sillones del salón, donde ahora también había un piano debajo de la ventana que daba al extremo septentrional del parque. A sus pies tenían a tres pequeños de pelo oscuro, una niña y dos niños, leyendo libros ilustrados. La niña llevaba un lazo de terciopelo escarlata en lo alto de su brillante melena. El fuego estaba encendido y sobre la repisa de la chimenea había un arreglo de ramas de pino. David sabía que fuera nevaba, y del comedor llegaba el aroma de las perdices asadas, así como el gorgoteo del vino que ya estaban sirviendo en las copas y de la vajilla que estaban colocando en la mesa.

En esa visión, Washington Square no era una prisión ni nada que temer; era su hogar, el hogar de todos ellos, y aquella era su familia. Comprendió que, al final, había acabado sintiendo la casa como suya..., y lo sentía así porque también se había convertido en la de Edward.

VII

El miércoles siguiente, salía hacia su clase cuando Adams acudió presto a la puerta.

—Señor David, el señor Bingham ha mandado aviso desde el banco esta mañana... Le pide que hoy esté en casa exactamente a las cinco en punto —le informó.

—Gracias, Matthew, ya me encargo yo —le dijo David al ayuda de cámara, y tomó la caja de fruta que ese día llevaba para que la dibujaran sus alumnos antes de dirigir su atención al mayordomo—. ¿Ha dicho por qué, Adams?

—No, señor. Solo que requiere su presencia.

—Muy bien. Puedes decirle que cuente con ello.

—Está bien, señor.

Se lo había solicitado con educación, pero David sabía que no era una petición, sino una orden. Tan solo unas semanas antes —¡apenas unas semanas! ¿De verdad había pasado nada más que un mes escaso desde que conociera a Edward, desde que su mundo se redibujara?— habría sentido miedo, angustia por lo que su abuelo pudiera tener que decirle (sin motivo alguno, ya que el hombre jamás había sido desagradable con él y casi nunca le había reñido, ni siquiera de niño), pero ahora lo único que sentía era irritación, pues implicaba que dispondría de menos tiempo que de costumbre para estar con Edward. Después de la clase, por lo tanto, se fue directo a la casa de huéspedes, y cuando quiso darse cuenta ya estaba vistiéndose de nuevo para marcharse, con la promesa de que regresaría pronto.

Se entretuvieron un momento en la puerta de la habitación; David con el abrigo y el sombrero, Edward envuelto en la horrible manta que tanto raspaba.

—¿Mañana, entonces? —preguntó Edward con un anhelo tan desinhibido que David, poco acostumbrado a ser la persona de cuya respuesta afirmativa dependía la felicidad de otro, sonrió y asintió.

—Mañana —confirmó, y por fin Edward lo soltó y él bajó la escalera con paso alegre.

Cuando subía los peldaños de su casa, se descubrió inesperadamente nervioso ante la cita con su abuelo, como si fueran a reencontrarse después de no haberse visto en varios meses y no en menos de veinticuatro horas. Pero el abuelo, que ya lo esperaba en la sala de estar, se limitó a recibir el beso de David igual que siempre, y ambos se sentaron con un jerez a conversar sobre temas intrascendentes hasta que Adams entró para anunciar la cena. Bajaban la escalera cuando se atrevió a preguntar en un susurro por el motivo del mensaje, pero su abuelo le contestó con un «Después de cenar».

También la cena transcurrió sin pena ni gloria, y cerca del final David empezó a sentirse inusitadamente molesto con su abuelo. ¿Acaso no había ninguna noticia, nada que tuviera que comunicarle? ¿No había sido más que una táctica para recordarle su dependencia, el hecho —del que era muy consciente— de que no era ni mucho menos el señor de la casa, ni siquiera un adulto, sino alguien a quien se le permitía ir y venir a su antojo solo en teoría? Oyó las respuestas cada vez más cortantes con que respondía a las preguntas del anciano y tuvo que corregirse antes de cruzar la línea entre mostrarse taciturno y ser un maleducado. Porque ¿qué otra cosa podía hacer, qué podía argüir? Aquella no era su casa. Él no era dueño de sí mismo. No se diferenciaba del servicio, de los empleados del banco, de los alumnos de la escuela: dependía de Nathaniel Bingham y siempre lo haría.

Así pues, un tumulto de emociones —irritación, autocompasión, ira— bullía en su interior cuando, sentado en su sillón habitual junto a la chimenea de la primera planta, su abuelo le entregó una carta gruesa y muy estropeada, con los bordes rígidos y ondulados por haberse mojado y secado después.

—Esto ha llegado hoy a la oficina —dijo sin inflexión alguna en la voz, y David, extrañado, le dio la vuelta y vio la dirección de Bingham Brothers en el sobre, enviado a su atención y con sello de Massachusetts—. Una entrega urgente —explicó su abuelo—. Llévatela, léela y luego vuelve.

David se levantó en silencio, fue a su estudio y se sentó un momento con el sobre en las manos antes de rasgar el papel.

20 de enero de 1894

Querido David:

No tengo otra forma de empezar esta carta más que con mis más profundas y sinceras disculpas por no haber escrito antes. Me horroriza pensar que haya podido causarte sufrimiento o inconveniencia alguna, aunque quizá esté concediéndome demasiada importancia; quizá no hayas pensado en mí tan a menudo como yo lo he hecho en ti estas últimas casi siete semanas.

No deseo excusar mi falta de modales, pero sí querría explicar por qué no me he puesto en contacto antes, ya que no quisiera que tomaras mi silencio por falta de devoción.

Poco después de dejarte a principios de diciembre, me vi obligado a emprender un viaje al Norte para visitar a nuestros tramperos de pieles. Como creo que mencioné, mantenemos desde hace tiempo un acuerdo con una familia de tramperos del norte de Maine, y a lo largo de los años se ha convertido en un aspecto importante de nuestro negocio. En ese viaje estuve acompañado por mi sobrino mayor, James, que la pasada primavera dejó los estudios para trabajar en nuestra empresa. A mi hermana, como es natural, no le entusiasmó la idea, y tampoco a mí —habría sido el primero de nuestra familia en licenciarse en la universidad—, pero ya es un adulto, así que no tuvimos más remedio que aceptarlo. Se trata de un joven maravilloso, muy alegre y entusiasta, pero, puesto que lo suyo no es la mar y, de hecho, tiene propensión a marearse, mis hermanos, mis padres y yo decidimos que le convendría formarse para acabar encargándose de nuestro negocio de pieles.

Este año ha hecho un frío desacostumbrado en el Norte y, como te comenté, nuestros tramperos viven muy cerca de la frontera con Canadá. Nuestra visita iba a ser básicamente de cortesía; yo les presentaría a James, y ellos se lo llevarían para mostrarle cómo capturan a los animales, cómo los desuellan y curan las pieles, y luego regresaríamos al Cabo a tiempo para celebrar la Navidad. Pero no fue eso lo que ocurrió.

En un principio, todo se desarrolló tal como estaba previsto. James trabó amistad enseguida con uno de los miembros de la familia, un joven muy agradable e inteligente llamado Percival, que fue quien pasó varios días introduciendo a James en el oficio mientras yo me quedaba en la casa, debatiendo sobre cómo ampliar nuestra oferta. Quizá te preguntarás por qué nos interesamos tanto en las pieles cuando es una industria que lleva en declive los últimos sesenta años; nuestros socios, sin duda, sentían curiosidad. Pero, precisamente porque ahora los británicos han abandonado la zona casi por completo, creo que se nos presenta la oportunidad de consolidar nuestro negocio vendiendo no solo castor, sino ante todo visón y armiño, que son pieles mucho más suaves y elegantes, y para las que estoy convencido de que habrá un selecto pero considerable grupo de clientes exclusivos. Esa familia, los Delacroix, también son unos de los escasísimos representantes europeos del ramo, lo cual significa que son mucho más de fiar y están mucho más hechos a las realidades y las complejidades del negocio que otros.

La tarde del quinto día de nuestra visita estaba reservada para actividades de ocio e iba a terminar con una cena en honor a nuestra asociación. Algo antes, mientras dábamos una vuelta por la propiedad de los Delacroix, pasamos junto a un pequeño y precioso estanque que estaba helado, y James expresó su deseo de patinar en él. Hacía un frío glacial, pero el día era apacible y estaba despejado, y puesto que el estanque se encontraba a solo unos centenares de metros de la casa principal y el chico se había comportado, le dije que tenía permiso.

No llevaba fuera ni una hora cuando, de súbito, el tiempo cambió. En cuestión de minutos, los cielos se pusieron primero blancos, luego de un tono peltre intenso y después casi negros. Y entonces, de repente, empezó a nevar con unos copos compactos.

Lo primero que pensé fue en James, y fue lo primero que pensó también Olivier, el patriarca de la familia, que llegó corriendo en mi busca a la vez que yo salía corriendo en la suya. «Enviaremos a Percival con los perros —dijo—. Se conoce tan bien el camino que podría hacerlo a oscuras». En aras de su seguridad, ató un extremo de una cuerda muy larga al pie de la barandilla de la escalera y el otro al cinturón de su sobrino, y le dijo al chico, armado con un hacha y un cuchillo por precaución, que regresara tan deprisa como le fuera posible.

Allá que se fue el muchacho, tranquilo y sin miedo, mientras Olivier y yo nos quedábamos junto a la escalera, viendo cómo la cuerda se desovillaba y, al final, se tensaba. A esas alturas, nevaba con tal intensidad que, de pie junto a la puerta, solo veía blanco. Y entonces empezó a soplar el viento, al principio con suavidad, pero después con una fiereza tal, aullando de tal forma que me vi obligado a entrar del todo.

Aun así, la cuerda seguía tensa. Olivier le dio dos tirones bruscos y, varios segundos después, recibió otros dos tirones bruscos en respuesta. Para entonces, el padre del chico, Marcel, el hermano pequeño de Olivier, se había unido a nosotros, callado e inquieto, así como también su otro hermano, Julien, sus respectivas mujeres y sus ancianos padres. Fuera, el viento soplaba con tal violencia que hasta la sólida cabaña se estremecía.

Y entonces, de repente, la cuerda se destensó. Habían pasado unos veinte minutos desde que Percival saliera, y cuando Olivier tiró de ella de nuevo, nadie le devolvió la señal. Los Delacroix son una gente estoica: uno no puede vivir en la parte del mundo que ellos habitan, con el clima que tienen (por no mencionar los demás peligros: los lobos, los osos, los pumas y, por supuesto, el Indio), y perder los nervios en una situación desesperada. Sin embargo, todos adoraban a Percival, así que un rumor nervioso empezó a circular entre quienes nos habíamos congregado en la entrada.

Se produjo una rauda discusión entre murmullos sobre cómo actuar. Percival se había llevado consigo dos de los mejores perros de caza de la familia, que le ofrecerían cierta protección; los animales estaban entrenados para trabajar en equipo, así que podíamos confiar en que uno se quedaría con él mientras el otro regresaba a la casa en busca de ayuda. Eso suponiendo que, por ejemplo, Percival no hubiera enviado a ambos perros en busca de James y les hubiera ordenado que se quedaran junto a él. A esas alturas, la nieve y el viento eran tan intensos que toda la casa parecía escorarse de un lado a otro y las ventanas traqueteaban en sus marcos como dientes que casteñetean.

Todos habíamos ido calculando cuánto tiempo llevaba fuera: diez minutos, veinte minutos, media hora. A nuestros pies, como una serpiente muerta, yacía la cuerda.

Y entonces, casi cuarenta minutos después de que Percival saliera, se oyó en la puerta un golpe sordo que al principio tomamos por el viento, pero después comprendimos que era el ruido que hacía una criatura al lanzarse contra ella. Marcel, con un grito, se apresuró a descorrer el pesado cerrojo de madera, y cuando Julien y él abrieron se encontraron ante uno de los perros con el pelaje cubierto por una capa de nieve tan gruesa que parecía que lo habían asado a la sal y, aferrado a su lomo, James. Tiramos de él para entrarlo en la casa —aún llevaba puestos los patines, que, como reparamos después, seguramente lo habían salvado, pues le habían permitido avanzar al subir la cuesta—, y las mujeres de Julien y de Olivier corrieron hacia él con mantas y se lo llevaron a un dormitorio; habían estado calentando agua para cuando los muchachos regresaran, y oímos sus carreras de aquí para allá con baldes llenos, así como el sonido del agua que vertían en la tina metálica. Olivier y yo intentamos interrogarlo, pero el pobre chico estaba tan helado, tan exhausto, tan histérico, que lo que decía tenía muy poco sentido. «Percival», repetía una y otra vez. «Percival». Sus ojos iban de un lado a otro de una forma que lo hacía parecer enloquecido, y debo admitir que sentí miedo. Algo había ocurrido, algo que había aterrorizado a mi sobrino.

«James, ¿dónde está?», inquirió Olivier.

«El estanque —balbuceó James—. El estanque». Pero no pudimos sacarle más información.

Según nos contó Julien después, en la entrada el perro que había regresado no hacía más que golpear y rascar con las patas, suplicando que lo dejaran salir. Marcel lo agarró del collar y trató de apartarlo, pero el animal estaba desesperado, gañía e intentaba zafarse, hasta que al final, por orden de su padre, volvieron a descorrer el cerrojo y el perro se precipitó hacia la blancura.

De nuevo empezó la espera, y después de vestir a James con ropa limpia de franela y sostenerlo mientras la mujer de Julien le hacía beber un poco de ponche caliente, lo acosté en la cama y regresé junto al grupo reunido en la entrada a tiempo de oír otra vez ese desesperante golpe contra la puerta, que en esa ocasión Marcel abrió al instante con un grito de alivio que pronto se transformó en un gemido. Allí, ante el umbral, estaban los dos perros, helados de frío, exhaustos y sin aliento, y entre ellos, Percival, con el pelo atrapado en carámbanos y su hermoso rostro juvenil preso de ese característico tono azul tan poco terrenal que solo puede significar una cosa. Los perros lo habían arrastrado desde el lago.

La hora siguiente fue espantosa. El resto de los niños, los hermanos y primos de Percival, a quienes sus padres habían ordenado que se quedaran arriba, bajaron corriendo y vieron a su querido hermano muerto por congelación, y a sus padres lamentándose, y empezaron a sollozar también. No recuerdo cómo conseguimos calmarlos ni cómo logramos enviarlos a todos a la cama, solo sé que la noche parecía interminable y que, fuera, el viento seguía aullando —ahora casi con maldad— y no dejaba de nevar. No fue hasta entrada la tarde del día después cuando al fin James despertó y recuperó el sentido, y entonces consiguió relatar, tembloroso, lo que había pasado: al llegar la tormenta, sintió pánico e intentó regresar por su cuenta, pero la nieve era tan densa y el viento tan fiero que no hacían más que lanzarlo de vuelta al estanque. Y entonces, justo cuando se había convencido de que moriría allí, oyó un tenue ladrido, vio el extremo del brillante gorro carmesí de Percival y supo que estaba salvado.

Percival le tendió un brazo y James se aferró a él, pero en ese momento llegó una ráfaga de viento más fuerte aún, y Percival resbaló y cayó con él en el hielo, donde ambos quedaron tendidos. De nuevo se pusieron en pie y avanzaron juntos poco a poco hacia el borde del estanque, pero cayeron otra vez. En esta segunda ocasión, sin embargo, puesto que el viento había vuelto a empujarlos, Percival aterrizó en una postura extraña. Empuñaba el hacha en una mano, James explicó que pensaba clavarla en la orilla y usarla como asidero para sacarlos de allí, pero en lugar de eso atravesó el hielo, que se resquebrajó bajo ellos.

«¡Dios santo! —dijo James que exclamó Percival—. James, sal del hielo».

Él obedeció —los perros se acercaron al agua para que pudiera agarrar sus collares y sujetarse a ellos— y luego se volvió para alcanzar a Percival, que de nuevo se deslizaba sobre sus botas por la superficie helada en dirección a tierra firme. Pero antes de que pudiera alcanzarlo, otra racha lo golpeó y lo empujó hacia atrás una tercera vez, cayó de espaldas cerca de la grieta que se había extendido como una telaraña, y entonces, explicó James, el hielo profirió un crujido escalofriante, se partió y el agua se tragó a Percival.

James gritó, de miedo y desesperación, pero entonces la cabeza de Percival emergió. Mi sobrino agarró el extremo de la cuerda, que ya no estaba atada al cinturón de Percival, y se la lanzó. Pero cuando este intentó tirar de ella para salir de allí, el agujero del hielo se abrió más aún y su cabeza volvió a sumergirse.

En ese momento, por supuesto, James ya estaba desesperado, pero Percival, rememoró, seguía muy tranquilo. «James, re-
gresa a la casa y diles que envíen ayuda —pidió—. Rosie (uno de
los perros) se quedará conmigo. Llévate a Rufus y cuéntales lo
que ha pasado». Y al ver que James dudaba, añadió: «¡Corre!
¡Date prisa!».

De manera que James lo dejó allí, se volvió y vio que Rosie
empezaba a abrirse camino por el hielo hacia Percival, y que este
alargaba un brazo hacia ella.

No habían avanzado más que unos metros cuando oyó un
ruido sordo tras él; el viento soplaba con tal furia que amortigua-
ba todo lo demás, pero James dio media vuelta, y Rufus y él regresaron al estanque, apenas capaces de ver nada entre la nieve.
Ahí estaba Rosie, corriendo en círculos sobre el hielo, ladrando
sin parar, y entonces Rufus se acercó a ella y los dos se quedaron muy juntos, gimoteando. A través de la nevada, James vio el
guante rojo de Percival aferrado a la superficie, pero no la cabeza
del joven. Lo que sí notó fueron unas sacudidas en el agua, una
especie de movimientos violentos. Y entonces el guante rojo resbaló y Percival desapareció. James corrió al estanque, pero en
cuanto lo pisó, la superficie se rompió en placas y se le empapa-
ron los pies, y lo único que pudo hacer fue alcanzar la orilla a
gatas antes de que volviera a resquebrajarse. Les gritó a los perros, pero Rosie, por mucho que la llamara, no quería moverse
de su témpano de hielo. Fue Rufus el que lo guio de vuelta a la
casa, aunque durante muchos minutos pudo oír el gimoteo de
Rosie, sus gañidos llevados por el viento.

Mientras nos contaba la historia no había dejado de llorar,
pero entonces empezó a sollozar y a dar bocanadas de aire. «¡Lo
siento, tío Charles! —decía—. ¡Lo siento mucho, señor Delacroix!».

«Ni siquiera tuvo tiempo de hundirse —dijo Marcel con una voz extraña, débil y estrangulada—. No, si los perros lograron rescatarlo».

«No sabía nadar —añadió Olivier en voz baja—. Intentamos enseñarle, pero nunca aprendió».

Como podrás imaginar, pasamos otra noche horrible, y yo estuve al lado de James, estrechándolo contra mí y hablándole en susurros hasta que por fin volvió a conciliar el sueño. Al día siguiente la nieve y el viento cesaron, los cielos se tornaron de un azul resplandeciente y las temperaturas bajaron más aún. Varios de los primos de Percival y yo abrimos un sendero hasta el nevero, donde Marcel y Julien dejarían el cadáver de Percival hasta que la tierra se hubiera descongelado lo bastante para poder enterrarlo en condiciones. James y yo nos marchamos un día después y dimos un rodeo para detenernos en Bangor y enviar noticia de lo sucedido a mi hermana.

Desde entonces, como podrás imaginar, las cosas han cambiado mucho. Y ni siquiera lo digo desde un punto de vista comercial, sobre lo cual no me atrevo a preguntar; he enviado a los Delacroix nuestro más sentido pésame, y mi padre ordenó que les hicieran llegar la cantidad necesaria para construir un ahumadero que tenían intención de levantar, pero no hemos recibido respuesta alguna por su parte.

James está muy cambiado. Se ha pasado todas las fiestas en su habitación, casi no come, rara vez habla. Se queda sentado con la mirada perdida, a veces llora, pero casi siempre guarda silencio, y nada que sus hermanos o su madre o yo podamos hacer parece suficiente para recuperar al James de siempre. Por mucho que le diga que él no tuvo la culpa, es obvio que se responsabiliza de la tragedia del fallecimiento de Percival. Mi hermano ha asumido el control del negocio de manera temporal mientras mi hermana y yo pasamos todo el tiempo posible junto al chico, con la esperanza de que logre atravesar la bruma en que está sumido, con la esperanza de poder, algún día, volver a oír su preciosa risa. Temo por él y por mi querida hermana.

Sé que esto sonará horrible, y egoísta, pero estos días, estas semanas, mientras estoy sentado con él no hago más que rememorar una y otra vez nuestra conversación, esa de la que me fui sintiéndome avergonzado —por cuanto dije de más, por lo sentimental que me puse, por la gran carga que deposité en ti—, y me pregunto qué pensarás de mí. No lo digo como reproche, pero me intriga saber si has decidido no escribirme por eso, aunque, desde luego, también puedes haber tomado mi silencio por falta de interés y haberte sentido ofendido, cosa que comprendería.

La muerte de Percival también me ha hecho pensar más a menudo en William, en la tristeza que me consumió cuando murió y en cómo, durante los breves ratos que compartí contigo, empecé a imaginar que tal vez sería capaz de vivir de nuevo con un compañero, alguien con quien compartir las alegrías de la vida, pero también sus penas.

Espero que sepas perdonar mi escasez de comunicados, y que esta larguísima carta contribuya de alguna manera a convencerte de que mi interés y mi afecto siguen intactos. Regresaré a tu ciudad dentro de dos semanas y espero de veras que me permitas visitarte de nuevo, aunque solo sea para disculparme en persona.

Os deseo a tu familia y a ti que tengáis buena salud y os traslado con retraso mis felicitaciones navideñas. Espero tu respuesta.

Un saludo muy cordial,

CHARLES GRIFFITH

VIII

David se quedó sentado sin más un rato, aturdido por la historia que relataba Charles, una historia que tuvo el efecto de desinflar de forma brusca su atolondrada felicidad, pero también el resentimiento que pudiera albergar contra su abuelo. Pensó con lástima en el pobre y joven James, cuya vida, tal como decía Charles, había quedado transformada, y a quien ese incidente perseguiría por los restos; él no había tenido la culpa, pero jamás se convencería del todo. Se pasaría la vida adulta, o bien disculpándose por lo que creía haber hecho, o bien negándolo. Una senda lo convertiría en un débil, la otra haría de él un amargado. Y el pobre Charles..., ¡haber vuelto a rozar la muerte con los dedos, verse de nuevo asociado con la pérdida de alguien tan joven!

Sin embargo, también se avergonzó de sí mismo, porque hasta que el abuelo le entregó la carta prácticamente se había olvidado de Charles Griffith.

O... quizá no lo había olvidado, pero sí había dejado de interesarle. La idea del matrimonio, de igual manera, ya no despertaba en él la misma fascinación de antes, aunque esa fascinación hubiese estado atemperada por la cautela. De repente le parecía una muestra de pusilanimidad permitir que lo empujaran a casarse, renunciar al amor a cambio de estabilidad, o de respetabilidad, o de formalidad. ¿Por qué habría de resignarse a una vida de

colores apagados cuando existían otras posibilidades? Se imaginó
—de forma injusta, lo sabía, pues nunca había visto la casa de
Charles Griffith— en una construcción espaciosa pero sencilla,
de listones blancos de madera, bordeada por hermosos arriates de
hortensias, sentado en una mecedora con un libro en el regazo,
contemplando el mar como una vieja dama a la espera de oír los
pasos pesados de su marido en el porche delantero. En ese instante volvió a enfurecerse con su abuelo, y con el deseo de este de
condenarlo a una existencia gris. ¿Acaso su abuelo creía que era
incapaz de imaginar algo mejor para sí mismo? ¿Y él? ¿Creía,
pese a defender lo contrario, que lo que más le convenía era una
institución, si no en el sentido literal, al menos sí una familiar?

Preso de esa confusión mental regresó a la sala de estar de su
abuelo y cerró la puerta quizá con un ápice de fuerza de más, lo
cual provocó que el anciano lo mirara sorprendido.

—Disculpa —masculló él.

A lo que su abuelo solo repuso:

—¿Qué tenía que decirte?

Le entregó las páginas sin decir nada, y este las tomó, abrió
las gafas y se puso a leer. David lo observó, capaz de discernir
por las arrugas de su frente hasta qué punto se había adentrado
en la narración de Charles.

—¡Santo cielo! —exclamó el abuelo al cabo, mientras se quitaba las gafas y doblaba las patillas—. Pobres muchachos. Pobre
familia. Y pobre señor Griffith... Parece destrozado.

—Sí, es horrible.

—¿Qué quiere decir con eso de que le avergüenza vuestra última conversación?

Le habló a su abuelo, brevemente, de la soledad de Charles y
de lo franco que había sido con él, y su abuelo negó con la cabeza, no con reprobación, sino compasivo.

—Bueno —dijo tras un silencio—, ¿y vas a verte con él de nuevo?

—No lo sé —repuso David tras un silencio similar, bajando la vista al regazo.

Siguió un tercer silencio.

—David, ¿sucede algo? —preguntó el abuelo con delicadeza.

—¿A qué te refieres?

—Has estado algo... distante últimamente. ¿Te encuentras bien?

Reparó entonces en que su abuelo pensaba que estaba recayendo en uno de sus episodios, y, por mucho que eso lo irritara, también sintió ganas de reír a causa de la errada interpretación de su vida que hacía el anciano, de lo poco que lo conocía en realidad, aunque comprender eso también lo entristeció.

—Me encuentro perfectamente.

—Pensaba que disfrutabas de la conversación del señor Griffith.

—Y lo hago.

—Es evidente que él parece disfrutar de la tuya, David. ¿No crees?

Entonces David se puso de pie, alcanzó el atizador y lo hundió en el fuego mientras observaba cómo chisporroteaban y rodaban los troncos bien apilados.

—Supongo. —Y como el abuelo no repuso nada, añadió—: ¿Por qué quieres que me case?

Reparó en el tono sorprendido de su abuelo.

—¿Qué quieres decir?

—Sostienes que la decisión es mía, pero es evidente que más bien parece tuya. Tuya y del señor Griffith. ¿Por qué quieres que me case? ¿Es porque piensas que no sabría encontrar algo mejor por mí mismo? ¿Porque no me crees capaz de cuidar de mí mismo?

No tuvo el valor de volverse para mirar a su abuelo a la cara, pero de pronto sintió que la suya ardía, tanto a causa del fuego como de ese alarde de impertinencia.

—No sé, ni entiendo, qué ha motivado esto —empezó a decir el abuelo, despacio—. Como te he dicho, y no solo a ti, sino a todos, he trabajado para asegurarme de que el único motivo por el que mis nietos necesiten casarse sea la compañía. Tú, David; fuiste tú quien manifestó interés en esa posibilidad, y ese es el único motivo por el que Frances empezó a insinuar que estábamos abiertos a proposiciones. Y fuiste tú, como sabes, quien rechazó varias ofertas antes de conocer siquiera a los caballeros; candidatos perfectamente aceptables, debo añadir. De manera que cuando llegó la del señor Griffith, Frances sugirió, y yo estuve de acuerdo, que harías bien en instarte a intentarlo al menos, a considerar siquiera darle esa satisfacción al hombre antes de hacer perder más tiempo a todo el mundo.

»Esto, David, todo esto, es por tu felicidad futura. No para deleite mío, ni para el de Frances, te lo aseguro. Lo hacemos por ti, y solo por ti, y si te parezco resentido, o molesto, no es mi intención. Solo estoy desconcertado. El único a quien le compete tomar las decisiones es a ti, y si este proceso se puso en marcha fue por deseo expreso tuyo.

—O sea, que como he rechazado a tantos candidatos anteriores, me queda..., ¿quién? ¿Un hombre al que nadie más tomaría en consideración? ¿Un viudo? ¿Un viejo sin educación?

Al oír eso, su abuelo se levantó tan deprisa que David temió que fuese a pegarle, pero el hombre lo agarró de los hombros y lo obligó a mirarlo a los ojos.

—Me dejas atónito, David. No os crie ni a tus hermanos ni a ti para que hablarais de otras personas de esa manera. Tú eres joven, sí, más que él. Pero te creía sensato, y ese hombre es claramente bondadoso, y hay muchos matrimonios que se basan en mucho, muchísimo menos. No sé qué ha inspirado esta... esta rabieta, estos recelos tuyos.

»Es evidente que siente afecto por ti. Puede que incluso se haya enamorado. Imagino que estaría más que dispuesto a discutir cualquier inquietud que puedas tener acerca de dónde viviríais, por ejemplo. Él posee una casa en la ciudad; nunca le ha insinuado a Frances que debáis trasladaros a Massachusetts, si es eso lo que te preocupa. Pero si de verdad no estás interesado en el caballero tienes la obligación de decírselo. Se lo debes. Y tienes que hacerlo en persona, con amabilidad y gratitud.

»No sé qué te está pasando, David. Este último mes has cambiado. Quería hablar contigo de ello, pero ya apenas te veo.

Su abuelo se interrumpió, y David volvió a mirar el fuego, ardiendo de vergüenza.

—Ay, David —dijo su abuelo en voz baja—. No sabes lo importante que eres para mí... Lo cierto es que no te falta razón: sí deseo que estés con alguien que cuide de ti. No porque crea que eres incapaz de cuidar de ti mismo, sino porque considero que serías más feliz junto a otra persona. En los años que han pasado desde que regresaste de Europa, cada vez has ido apartándote más del mundo. Sé que tus dolencias han sido una dura prueba; sé hasta qué punto te consumen y, más aún, lo mucho que te avergüenzan. Pero, hijo, ese hombre se ha enfrentado a la enfermedad y ha sufrido una gran pena en el pasado, y no ha huido ni de lo uno ni de lo otro; es, por consiguiente, un hombre digno de ser tenido en cuenta, porque se trata de alguien que velará siempre por tu felicidad. Esa es la persona que deseo para ti.

Permanecieron de pie en silencio, uno al lado del otro; el abuelo lo miraba, y David miraba el suelo.

—Dime, David, ¿hay alguien más en tu vida? —preguntó el hombre, despacio—. Puedes contármelo, hijo.

—No, abuelo —le dijo sin levantar la vista.

—Entonces, debes escribir al señor Griffith enseguida para decirle que aceptas su propuesta de volver a veros. Y en ese encuentro debes, o bien romper relaciones por completo, o bien informarle de tu intención de continuar adelante con ellas. Y si finalmente decides seguir hablando con él, David, cosa que, aunque no me lo hayas preguntado, creo que deberías hacer, entonces tiene que ser con sinceridad y una generosidad de espíritu de la que te sé capaz. Se lo debes a ese hombre. ¿Me prometes que lo harás?

Y David dijo que lo haría.

IX

Los días siguientes fueron desacostumbradamente ajetreados —la familia se reunió una noche para celebrar el cumpleaños de Wolf, y el de Eliza la noche después—, de manera que no fue hasta el jueves posterior cuando tuvo oportunidad de quedar con Edward frente a la escuela, tras su clase, y luego ir paseando con él a la casa de huéspedes. Por el camino, Edward entrelazó su brazo izquierdo con el derecho de David, y David, que jamás había caminado del brazo de nadie, lo atrajo más hacia sí, aunque antes miró atrás para ver si el cochero se había fijado, pues no quería que informara de ello a Adams y, por lo tanto, a su abuelo.

Esa tarde, mientras yacían juntos —David había llevado una suave manta de lana en un delicado tono gris paloma que Edward recibió entre exclamaciones de admiración, y se habían envuelto en ella—, Edward le habló de sus amigos.

—Una pandilla de inadaptados —dijo riendo, casi con fanfarronería, y eso parecían ser: estaba Theodora, la hija pródiga de una familia rica de Connecticut que aspiraba a ser cantante «en uno de tus detestados clubes nocturnos»; Harry, un joven pobre como una rata pero de una belleza incomparable que era compañero de «un acaudalado banquero... a quien seguro que tu abuelo conoce»; Fritz, un pintor que daba la impresión de no ser más que un holgazán (aunque, por supuesto, eso David no lo dijo); y Marianne, que estudiaba en una escuela de arte e impartía clases de dibujo para ganar algo de dinero. Todos eran tal para cual: jóvenes, pobres (aunque solo algunos de nacimiento), despreocupados. David se los describió: Theodora, guapa, delgada, nerviosa, con una melena oscura y lustrosa; Harry, rubio con ojos negros y labios carnosos; Fritz, cetrino e inquieto, con una sonrisilla fina y amplia; Marianne, de expresión cándida y abundantes rizos color melocotón.

—Me gustaría mucho conocerlos algún día —dijo, aunque no estaba seguro de que fuera así; prefería fingir que no existían, que Edward era suyo y de nadie más.

Y Edward, como si lo intuyera, se limitó a sonreír y a decir que tal vez algún día.

Demasiado pronto llegó el momento de marcharse, y mientras se abrochaba el abrigo, dijo:

—Nos vemos mañana, entonces.

—Oh, no... Olvidé decírtelo. ¡Mañana me voy!

—¿Te vas?

—Sí, una de mis hermanas, una de las dos de Vermont, dará a luz pronto y voy a verla a ella y a los demás.

—Ah —repuso David. (¿Se lo habría dicho Edward de no haberle propuesto que quedaran? ¿Se habría presentado él en la casa de huéspedes como de costumbre y se habría sentado en el salón a esperar que hiciera acto de presencia? ¿Cuánto tiempo habría aguantado —horas, sí; pero ¿cuántas?— antes de reconocer su fracaso y retirarse a Washington Square?)—. ¿Y cuándo volverás?

—A finales de febrero.

—¡Pero eso es mucho tiempo!

—¡No tanto! Febrero es corto. Además, no será a finales finales; el veinte de febrero. ¡Eso no es nada! Y te escribiré. —Una sonrisa lenta e insinuante se dibujó en el rostro de Edward, que apartó la manta de golpe, se puso de pie y tomó a David entre sus brazos—. ¿Por qué? ¿Vas a echarme de menos?

—Sabes que sí. —Se sonrojó.

—¡Pero eso es precioso! Me siento muy halagado.

Con el paso de las semanas, el discurso de Edward había perdido parte de su teatralidad, de su expresividad dramática, pero todo eso regresó de pronto, y al oír de nuevo esas inflexiones, David se sintió incómodo; lo que antes no le había importunado de repente le parecía falso, poco sincero y extrañamente perturbador, y se despidió de Edward con tristeza genuina, aunque también con algún otro sentimiento, algo innombrable pero desagradable.

Para la semana siguiente, no obstante, toda esa incomodidad que sentía se había disipado y había sido remplazada por pura añoranza. ¡Qué deprisa lo había cambiado Edward! ¡Qué anodina resultaba su vida sin él! Ahora sus tardes volvían a estar vacías y las pasaba igual que antes: leyendo, dibujando y bordando, aunque la gran parte de su tiempo se dedicaba a soñar despierto, o a dar lánguidos paseos por el parque. Incluso se descubrió acercándose al establecimiento donde estuvieron a punto de compartir su primer café, y esta vez se sentó y pidió una taza, que bebió despacio, lanzando raudas miradas hacia la puerta cada vez que se abría, como si la persona que entraba por ella pudiera ser Edward.

Regresaba de una visita a ese café cuando Adams le informó de que había llegado una carta para él, que resultó ser de Charles Griffith, quien lo invitaba a cenar en su casa cuando acudiera a la ciudad, la semana siguiente. David aceptó, con educación pero sin emoción alguna, con la sola intención de acceder al ruego de su abuelo, y al del propio Charles, de disculparse en persona, y la noche de la cita regresó tan tarde del café a casa que apenas si tuvo tiempo de cambiarse y echarse un poco de agua en la cara antes de montar en el coche de caballos que estaba aguardándolo.

La casa de Charles Griffith se encontraba cerca del hogar de la infancia de David, aunque daba directamente a la Quinta Avenida. Aquella había sido una casa grande, pero la de Charles lo era más aún, y mucho más magnífica, con una ancha escalinata curva de mármol que llevaba a la planta noble, donde lo esperaba su anfitrión, que se levantó en cuanto David entró en el salón. Se dieron la mano con formalidad.

—David... Me alegro mucho de verte.

—Y yo a ti.

Y, para su sorpresa, resultó ser cierto. Tomaron asiento en el espléndido salón —David imaginó los comentarios desdeñosos de Peter, quien daba mucha importancia a esos detalles, si algún día veía ese sitio, con sus telas y colores ostentosos en exceso, sus sofás mullidos en exceso, su profusión de lámparas resplandecientes, sus paredes con brocados y sin apenas ningún cuadro—, y de nuevo la conversación fluyó con naturalidad. David se interesó por James y vio que una expresión de pena ensombrecía los rasgos de Charles («Gracias por preguntar. Me temo que está más o menos igual»); también hablaron del silencio continuado de la familia Delacroix y de cómo había pasado las fiestas cada uno.

—Recuerdo que dijiste que el estofado de ostras era uno de tus platos preferidos —dijo Charles cuando se sentaron a cenar.

—Así es —repuso David mientras sacaban a la mesa una sopera de la que salían tentadores aromas y le servían un cucharón en su plato. Lo probó. El caldo era espeso y sabroso; las ostras, grandes y mantecosas—. Está delicioso.

—Me alegra que te guste.

El gesto lo conmovió, y ese estofado —un plato tan humilde y honesto, más humilde y honesto aún en el comedor recargado, con aquella mesa larga y brillante donde podrían haber cabido veinte personas, pero, en cambio, solo acomodaba a dos, y cuencos con flores recién cortadas allí donde se mirara—, así como la afabilidad que lo había inspirado, despertaron en él tal gratitud hacia Charles que quiso corresponderle de alguna manera.

—¿Sabías —empezó a decir mientras aceptaba una segunda ración— que nací no muy lejos de aquí?

—Sentía curiosidad —contestó Charles—. Me explicaste que tus padres murieron siendo tú aún muy pequeño.

—Sí, en el setenta y uno. Yo tenía cinco años; John, cuatro e Eden, dos.

—¿Fue a causa de la gripe?

—Sí... Se los llevó muy deprisa. Mi abuelo nos acogió inmediatamente después.

Charles negó con la cabeza.

—Pobre hombre... Perder a su hijo y a su nuera...

—Sí, y tener que cargar con tres diablillos, ¡todo en menos de un mes!

Charles rio.

—Seguro que erais muy buenos.

—Uy, te aseguro que no. Aunque, por difícil que fuera yo, John era peor.

Ambos se echaron a reír, y David se sorprendió relatando, como no había hecho en mucho tiempo, los pocos recuerdos que atesoraba de sus padres: los dos trabajaban para Bingham Brothers, su padre como banquero, su madre como abogada. Él los recordaba siempre a punto de salir: por las mañanas, al trabajo; por las tardes, a cenas y a fiestas, o a la ópera o al teatro. Conservaba una imagen vaga y vaporosa de su madre como una mujer esbelta y elegante, de nariz recta y larga, y con una buena mata de cabello oscuro, pero no estaba seguro de si se trataba de un recuerdo real o si lo había construido inspirándose en un pequeño dibujo de la mujer que le habían dado cuando ella murió. De su padre recordaba menos aún. Sabía que era rubio y de ojos verdes —su abuelo lo había adoptado, cuando aún era muy pequeño, a una familia alemana que trabajaba para él y que tenía demasiados hijos y muy poco dinero, y lo había criado solo—, y que de él habían heredado David y sus hermanos la tez. Recordaba que era un hombre dulce, pero también más dado a jugar con ellos que su madre, y que los domingos, cuando regresaban de la iglesia, les decía a David y a John que se colocaran ante él y extendía los brazos con los puños apretados. Podían elegir —David, una semana; John, la siguiente— para descubrir en qué puño ocultaba caramelos, y si no lo acertaban, siempre daba media vuelta para alejarse y, cuando ellos protestaban regresaba sonriente y se los entregaba de todas formas. El abuelo solía decir que David tenía el temperamento de su padre y que John e Eden se parecían a su madre.

La mención de sus hermanos le dio pie a hablar de ellos, y comentó que en los años que John y Peter llevaban casados habían empezado a parecerse cada vez más en cuanto a sensibilidad y costumbres, y que ambos trabajaban para Bingham Brothers; como un eco de sus padres, John era banquero, y Peter, abogado. Luego estaba Eden, con sus estudios en la facultad de Medicina, y el trabajo benéfico de Eliza. Charles los conocía de nombre —como todo el mundo, pues continuamente aparecían en las columnas de sociedad, ya hubieran asistido a una gala o celebrado una fiesta de disfraces: Eden descrita con admiración por su estilo y su ingenio, John retratado como un hábil conversador—, y le preguntó si estaban unidos, y, aunque a David no le importaba demasiado la opinión de Charles, acabó soltando una mentirijilla al contestar que sí.

—O sea, que Eden y tú sois los rebeldes, entonces, ya que no habéis entrado en el negocio familiar. O tal vez lo sea John..., ya que, al fin y al cabo, ¡lo superáis en número!

—Sí —repuso David, aunque cada vez más angustiado, pues sabía la dirección que tomaría la conversación enseguida. Por eso ofreció la respuesta antes de que Charles pudiera plantear la pregunta—: Yo quería trabajar con mi abuelo, de veras que sí, pero... —Y, para su horror y bochorno, se vio incapaz de terminar la frase.

—Bueno —dijo Charles, a media voz, en el silencio dejado por David—, tú eres un artista maravilloso, según me han dicho, y los artistas no deberían pasarse la vida deslomándose en un banco. Seguro que tu abuelo estaría de acuerdo. Caray, si un miembro de mi familia llegara a mostrar algún talento artístico de algún tipo, por mínimo que este fuera, ¡puedes estar seguro de que no esperaríamos que se pusiera a cuadrar cuentas, trazar rutas marítimas, contemporizar con comerciantes ni cerrar tratos! Pero, tristemente, parece que hay muy pocas probabilidades, pues los Griffith, lamento decir..., ¡somos gente prosaica hasta lo indecible! —Se echó a reír, y el ambiente se relajó.

David se recobró y por fin rio con Charles, embargado por una oleada de gratitud hacia él.

—El pragmatismo es una virtud —opinó.

—Puede. Pero demasiado pragmatismo, igual que demasiado de cualquier otra virtud, resulta muy aburrido, creo yo.

Después de cenar y de tomar una copa, Charles lo acompañó abajo, a la puerta de la casa. Por la forma en que se entretenía, la forma en que le tomó una mano entre las suyas, David se dio cuenta de que Charles deseaba besarlo, y aunque había pasado una velada agradable, aunque incluso era capaz de reconocer que el hombre le gustaba, y mucho, fue incapaz de contemplar el rostro de Charles, sonrojado por el vino, y esa barriga que ni siquiera el buen corte de su chaleco lograba disimular, y no compararlo desfavorablemente con Edward, con su porte esbelto y sobrio, con su tez suave y pálida.

Charles no le solicitaría una muestra de afecto y David lo sabía, de manera que este se limitó a poner su otra mano sobre las de él en lo que esperaba que fuese un gesto concluyente, y le dio las gracias por la encantadora velada.

Si Charles se sintió decepcionado, no lo dejó entrever.

—No hay de qué —dijo—. Verte ha supuesto una pequeña alegría en un año muy complicado.

—Pero si el año acaba de empezar...

—Cierto. Aunque, si quisieras verme otra vez, eso me garantizaría que solo va a mejorar.

Sabía que debía responder que sí o, de lo contrario, decirle a Charles que rechazaba su proposición de matrimonio, que estaba profundamente agradecido de haberla recibido y había sido un gran honor —lo cual era verdad—, y que le deseaba buena suerte y que encontrara la felicidad.

Sin embargo, por segunda vez esa noche le faltaron las palabras, y Charles, como si interpretara el silencio de David a modo de consentimiento, se limitó a inclinarse para besarle la mano antes de abrir la puerta al frío nocturno, donde el segundo cochero de David aguardaba en la acera con su abrigo negro salpicado de nieve, sosteniendo abierta la portezuela del coche con paciencia.

X

A lo largo de la semana siguiente (igual que había hecho durante la anterior), le escribió a diario. Edward le había prometido que le enviaría las señas de su hermana en la primera carta, pero hacía casi dos semanas que se había ido y David no había recibido ni una sola misiva. Había preguntado en la casa de huéspedes si disponían de una dirección donde enviarle correspondencia, incluso había soportado un encuentro con la aterradora gobernanta, pero ni lo uno ni lo otro le había reportado más información. Aun así, continuó escribiendo una carta diaria, que uno de los criados entregaba en la casa de huéspedes de Edward por si este los ponía al corriente de su paradero.

David sentía que aquella falta de rumbo derivaba en desesperación y todas las tardes ideaba un plan para el día siguiente, algo que lo mantuviera alejado de Washington Square hasta la hora de la primera entrega de correo, momento en que estaría apeándose del coche o doblando la esquina a pie después de haber ido al museo, o al club, o a charlar con Eliza, por quien sentía especial predilección y a quien solía visitar cuando sabía que Eden estaba en clase. El abuelo se había abstenido deliberadamente de preguntarle sobre la cena con Charles Griffith, y David tampoco se había ofrecido a contarle nada. La vida retomó el ritmo habitual anterior a Edward, si bien de pronto los días eran más grises que antes. David se obligaba a esperar hasta media hora después de que llegara el correo antes de pisar los escalones de la entrada, y se obligaba a no preguntar ni a Adams ni a Matthew si había algo para él, como si gracias a ello fuera a materializarse una carta para recompensar su disciplina y paciencia. Sin embargo, los días se sucedían y con el correo solo llegaron dos cartas de Charles, ambas solicitándole que lo acompañara al teatro. La primera la declinó, con cortesía y sin demora, aduciendo obligaciones familiares; la segunda la ignoró, contrariado porque no era de Edward, hasta rozar la grosería, momento en que redactó una breve nota de disculpa informándolo de que se había resfriado y debía guardar cama.

Al inicio de la tercera semana de la ausencia de Edward, se dirigió al oeste en el coche de caballos y, con la carta del día en la mano, decidió obtener respuestas por sí mismo acerca de su paradero. Sin embargo, la única persona a la que encontró en la casa de huéspedes fue la demacrada y diminuta criada que parecía dedicar la mayor parte del tiempo a arrastrar un balde de agua sucia de una habitación a otra para fregar los suelos.

—Qué voy a saber yo, señor —masculló sin demasiada convicción, con los ojos clavados en los zapatos de David y apartándose de la carta que este le tendía, como si quemara—. No dejó recado de cuándo volvía.

David abandonó la casa, pero se detuvo en la acera para mirar hacia la ventana de Edward, que tenía corridas las cortinas oscuras, igual que los últimos dieciséis días.

Sin embargo, esa noche recordó algo que tal vez lo ayudara, y mientras el abuelo y él ocupaban sus asientos habituales tras la cena, preguntó:

—Abuelo, ¿has oído hablar de una mujer llamada Florence Larsson?

El hombre lo miró con expresión intrigada, aunque serena, y luego apretó el tabaco en la pipa y dio una calada.

—Florence Larsson —repitió—. Hacía mucho, mucho tiempo que no oía ese nombre. ¿Por qué quieres saberlo?

—Oh, Charles mencionó que su secretario vivía en una casa de huéspedes de su propiedad —contestó, consternado no solo por la rapidez con que se le había ocurrido la argucia, sino por haber involucrado a Charles en el asunto.

—Entonces es cierto —murmuró el abuelo, casi para sí mismo, antes de suspirar—. No llegué a conocerla en persona, la verdad, es incluso mayor que yo; sinceramente, me sorprende que siga viva, pero cuando tenía más o menos tu edad se vio implicada en un terrible escándalo.

—¿Qué ocurrió?

—Bueno. Era hija única de un hombre acomodado, un médico, creo, y estudiaba para seguir los pasos de su padre. Pero entonces, una noche, conoció a un hombre, no recuerdo cómo se llamaba, en la fiesta de una prima suya. Según parece, era sumamente apuesto, con grandes encantos y sin un solo centavo, uno de esos que se presentan sin más y a quienes nadie conoce, y que, aun así, gracias a su buen porte y su conversación ingeniosa, son capaces de hacerse un hueco entre lo más granado de la sociedad.

—Pero ¿qué ocurrió?

—Lo que suele ocurrir en estos casos, lamento decir. El hombre la cortejó, ella cayó rendida a sus pies, el padre amenazó con repudiarla si se casaba con él..., y aun así la joven lo desoyó. Era dueña de una fortuna que había heredado de su difunta madre, y poco después de casarse, el hombre huyó con todo, hasta el último centavo. La dejó en la ruina más absoluta, y a pesar de que la joven consiguió volver a casa de su padre, este, un hombre sin corazón por lo que se cuenta, le guardaba tanto rencor que cumplió su amenaza y la desheredó. Si aún vive, residirá en la casa que pertenecía a su difunta tía, y supongo que llevará en ella desde la muerte de su padre. Según dicen, nunca se recuperó. No continuó los estudios, no volvió a casarse; ni siquiera volvió a plantearse la posibilidad, por lo que tengo entendido.

David sintió que se le helaba la sangre.

—¿Y qué pasó con el hombre?

—Quién sabe. Durante muchos años circularon rumores. Que si lo habían visto aquí o allá, que si había emigrado a Inglaterra o al Continente, que si había vuelto a casarse con esta o aquella heredera... Pero todo eran conjeturas y, en cualquier caso, no volvió a saberse de él. David..., ¿qué ocurre? ¡Te has puesto pálido!

—No es nada —consiguió decir él—. Creo que no me ha sentado muy bien el pescado de la cena.

—Vaya por Dios, con lo que te gusta el lenguado.

Arriba, de vuelta en la seguridad de su estudio, trató de tranquilizarse. Las comparaciones, que habían surgido sin él pretenderlo, eran ridículas. Sí, Edward sabía que tenía dinero, pero nunca le había pedido nada —incluso había aceptado la manta con cierta incomodidad—, y desde luego nunca habían hablado de matrimonio. Aun así, había algo en esa historia que lo molestaba, como si se tratara del eco de otra, de una historia peor, una historia que había oído pero que no lograba recordar por mucho que lo intentara.

Esa noche no pudo dormir y, por primera vez en mucho tiempo, pasó la mañana siguiente en la cama, rechazando todas las propuestas de desayuno que le hicieron las criadas y contemplando una mancha de humedad que recorría el zócalo, en la intersección de las dos paredes. Aquella mancha amarillenta era su secreto. Cuando estuvo recluido, la había mirado durante horas, convencido de que si apartaba los ojos o parpadeaba, al abrirlos de nuevo la habitación se transformaría en un lugar desconocido, en un sitio aterradoramente oscuro y pequeño: la celda de un monje, la bodega de un barco, el fondo de un pozo. La mancha lo anclaba al mundo y exigía toda su concentración.

Durante sus reclusiones, a veces ni siquiera era capaz de tenerse en pie, pero ahora no estaba enfermo, solo temía algo que no se atrevía a nombrar, así que al final se obligó a asearse y vestirse, y para cuando se decidió a bajar, ya había empezado a anochecer.

—Una carta para usted, señor David.

Sintió que se le aceleraba el pulso.

—Gracias, Matthew.

Sin embargo, tras apoderarse de la carta que descansaba en la bandeja de plata, la dejó en una mesa, se sentó y descansó las manos en el regazo, tratando de aplacar su corazón, de prolongar y sosegar sus respiraciones. Finalmente, con cuidado, alargó el brazo y recuperó la carta. «No es de él», se dijo.

Y no lo era. Se trataba de otra misiva de Charles, interesándose por su salud y preguntándole si querría acompañarlo a un recital de poesía el viernes por la noche: «Es de los sonetos de Shakespeare, a los que sé que tienes en gran aprecio».

Permaneció allí sentado, con la carta en la mano, mientras su decepción se mezclaba con algo que, una vez más, no logró identificar. Luego, antes de poder cambiar de opinión, llamó a Matthew, pidió papel y tinta, se apresuró a redactar una respuesta para Charles, aceptando la invitación, y volvió a tenderle el sobre a Matthew, diciéndole que lo entregara de inmediato.

Después de eso, las fuerzas que le quedaban lo abandonaron y se levantó para emprender el lento ascenso al piso de arriba, de vuelta a sus aposentos, donde llamó a la criada y le dijo que le dijera a Adams que le dijera a su abuelo que continuaba encontrándose mal y que esa noche tendría que excusarlo durante la cena. Luego se detuvo en mitad del estudio y miró alrededor tratando de encontrar algo —un libro, un cuadro, una carpeta de dibujos— con que distraerse, con que apaciguar el desasosiego que crecía en su interior.

XI

El recital estaba a cargo de una compañía de teatro integrada solo por mujeres, más dotadas de entusiasmo que de talento, pero bastante jóvenes, por lo que a pesar de su falta de experiencia resultaban frescas e interesantes de ver, y no les costó obtener el aplauso del público al final del espectáculo.

Cuando salieron del teatro, él no tenía hambre pero Charles sí, y este le propuso —esperanzado, supuso David— ir a comer algo a su casa.

—Algo ligero —insistió, y David, que no tenía nada que hacer y necesitaba distraerse, aceptó.

Cuando llegaron, Charles lo acompañó al salón de arriba, el cual, a pesar de ser tan inapropiadamente excesivo como el de abajo —alfombras tan gruesas que daba la impresión de pisar el pellejo de un animal; cortinas de gloria que crujían, como el papel quemado, si uno las rozaba— al menos era más pequeño, y por eso menos intimidante.

—¿Cenaremos aquí? —preguntó David.

—¿Te apetece? —repuso Charles, enarcando las cejas—. Le he pedido a Walden que prepare el comedor, pero si te parece bien, sin duda preferiría quedarme aquí.

—Lo que tú decidas —contestó David, perdiendo el interés al instante, no solo por la cena, sino por todo lo relativo a ella.

—Voy a avisarlo —dijo Charles, y tiró de la campanilla—. Pan, queso, mantequilla y puede que algo de embutido —pidió al mayordomo cuando este acudió a la llamada, y se volvió hacia David en busca de una aprobación que este le dio con un leve asentimiento de la cabeza.

David parecía empeñado en mostrarse callado, pueril y hosco, pero, una vez más, las agradables maneras de Charles no tardaron en animarlo a entablar conversación. Le habló de sus otros sobrinos: de Teddy, que cursaba el último año de estudios en Amherst («Así que le arrebatará a James el título de ser el primero de la familia en licenciarse en la universidad, y pienso premiarlo por ello»), y de Henry, que estaba a punto de matricularse en Pensilvania («Así que, ya ves, voy a tener que venir al sur, bueno, claro, ¡para mí esto es el sur!, más a menudo»). Hablaba de ellos con tanto amor, tanto afecto, que David se descubrió irracionalmente celoso, a pesar de que no existía el menor motivo para ello: su abuelo jamás le había dirigido una palabra desagradable, todo habían sido facilidades. Sin embargo, tal vez su envidia procedía de otro sitio, tal vez la había suscitado comprender lo orgulloso que Charles estaba de ellos y saber que él no había hecho nada para inspirar un orgullo semejante en su abuelo.

Continuaron charlando sobre distintos aspectos de sus vidas a lo largo de la velada: sus familias; los amigos de Charles; las guerras que se libraban en el sur; la relajación de las tensiones entre su país y Maine, donde, gracias a la situación de semiindependencia de dicho estado respecto de la Unión, los ciudadanos de los Estados Libres disfrutaban de mayor tolerancia, si bien no acababan de ser aceptados, y sus relaciones con el Oeste, donde el peligro potencial había aumentado. A pesar de lo desalentador de algunos de aquellos temas, a David le resultaba fácil estar con Charles, y en más de una ocasión se descubrió tentado de confiarse a él con respecto a Edward, como si se tratara de un amigo y no de alguien que le hubiera propuesto matrimonio, y hablarle de sus ojos oscuros y vivaces, del rubor que le nacía en la depresión del cuello cuando hablaba de música o de arte, de las dificultades que había superado para abrirse camino en la vida. Pero entonces recordaba dónde estaba, y quién era Charles, y se contenía. Si no podía tener a Edward entre sus brazos, deseaba tener su nombre en los labios; hablar de él era devolverlo a la vida. Deseaba presumir de él, deseaba decirle a quien quisiera escucharlo que esa era la persona que lo había escogido, que esa era la persona con quien pasaba los días, que esa era la persona que lo había devuelto a la vida. Sin embargo, a falta de todo ello, tendría que conformarse con su secreto, que guardaba en su interior como una pequeña llama de fuego incandescente, algo puro que ardía con intensidad, que solo lo reconfortaba a él y que temía que se extinguiera si lo examinaba con demasiada atención. Cuando pensaba en Edward casi tenía la sensación de estar invocándolo, un fantasma que solo él podía ver, apoyado en el secreter del fondo de la estancia, detrás de Charles, sonriéndole a David y solo a él.

Y aun así, sabía muy bien que Edward no estaba allí, ni en cuerpo ni en alma. Con el transcurso de las semanas, mientras seguía aguardando sus noticias y le escribía cartas diligentemente (cuya balanza entre lo que esperaba que fueran anécdotas divertidas sobre su vida y la ciudad y las expresiones de afecto y añoranza se había inclinado casi por completo hacia estas últimas), la preocupación había dado paso a la confusión, y la confusión al desconcierto, y el desconcierto al dolor, y el dolor a la frustración, y la frustración a la rabia, y la rabia a la desesperación, hasta que había vuelto a encontrarse al principio del ciclo.

Ahora, aquellas sensaciones, agudizadas por un anhelo vivo y profundo, podían asaltarlo en cualquier momento a la vez, de manera que era incapaz de diferenciarlas. Curiosamente, hallarse en presencia de Charles, una persona considerada en cuya compañía podía relajarse, las exacerbaba más aún y, por lo tanto, resultaban más agobiantes: sabía que si le confiaba su sufrimiento recibiría consejo, o al menos consuelo, pero la crueldad de su situación estribaba en que Charles era la única persona a la que jamás podría contárselo.

Estaba sumido en esos pensamientos, dándole vueltas y más vueltas al dilema en que se encontraba, como si la solución fuera a anunciarse por arte de magia en la siguiente revisión del problema, cuando reparó en que Charles había dejado de hablar y él había estado tan absorto en su disyuntiva personal que había dejado de escuchar.

Se disculpó atropellada y profusamente, pero Charles se limitó a negar con la cabeza, abandonó la silla que ocupaba y se acercó al diván de David para sentarse a su lado.

—¿Hay algún problema? —preguntó.

—No, no, lo siento mucho, creo que solo estoy cansado. Entre eso y el calor tan agradable de la chimenea, me temo que me he quedado un poco traspuesto. Por favor, discúlpame.

Charles asintió y le tomó la mano.

—Aun así, pareces muy inquieto —insistió—. Incluso angustiado. ¿Se trata de algo que no puedes contarme?

Sonrió para que Charles no se preocupara.

—Eres tan bueno conmigo... —dijo y, con mayor fervor, añadió—: Tan bueno... Qué bonito debe de ser tener un amigo como tú.

—Pero si ya me tienes como amigo —repuso Charles, sonriéndole a su vez, y David comprendió que había dicho lo que no debía, que estaba haciendo justo lo que su abuelo le había recomendado que no hiciera. Daba lo mismo que fuera sin querer—. Espero que me consideres tu amigo —prosiguió Charles bajando la voz—, pero también algo más.

Posó las manos en los hombros de David y lo besó, y continuó besándolo hasta que al final hizo levantar a David y empezó a desabrocharle los pantalones, y David dejó que Charles lo desnudara y esperó a que él se desvistiera también.

En el coche de caballos, de camino a casa, lamentó lo estúpido que había sido, cómo, en su estado de confusión, había acabado haciendo creer a Charles que podía estar interesado en ser su marido. Sabía que cada vez que se veían, con cada conversación que mantenían, con cada nota que contestaba, avanzaba por un camino que lo conducía de manera inexorable a un único destino. Aún estaba a tiempo de detener aquello, de proclamar su retirada —no le había dado su palabra, no habían firmado ningún documento, y aunque se hubiera portado mal y hubiera hecho lo que no debía, no estaría rompiendo ninguna promesa—, pero si lo hacía, sabía que tanto Charles como su abuelo tendrían motivos más que justificados para sentirse heridos, si no furiosos, y que la culpa sería solo suya. En parte, había aceptado las invitaciones de Charles en gratitud a su compasión (y debía reconocer que para recompensarlo por el cariño que le profesaba, cuando dudaba del afecto de Edward), pero los demás motivos eran bastante menos honorables y generosos: una concupiscencia frustrada e inspirada por otra persona, el deseo de castigar a Edward por su silencio y la imposibilidad de localizarlo, la necesidad de distraerse para no pensar en sus problemas. Y al hacerlo, había creado un problema nuevo (si bien en este caso el único responsable era él), un problema en el que innegablemente él era el codiciado, el objeto de los anhelos de otro. Le horrorizó albergar esos pensamientos, saberse tan orgulloso y egoísta que había animado no solo a una persona, sino a una buena persona a crearse falsas esperanzas y expectativas porque él tenía el orgullo herido y deseaba que lo adularan.

Sin embargo, tan abrumadora era esa necesidad, ese anhelo de contener los desapacibles sentimientos que la ausencia y el silencio prolongado de Edward habían despertado en él, que a lo largo de las tres semanas siguientes —tres semanas en que el veinte de febrero quedó atrás, tres semanas durante las que no tuvo la menor noticia de Edward— regresó a casa de Charles una y otra vez. Ver a Charles, el entusiasmo y la emoción que no se molestaba en ocultar, hacían que David se sintiera poderoso y se mostrara displicente; cuando lo contemplaba peleándose con los botones, torpe en su impaciencia tras haber cerrado la puerta del salón de arriba con apremio y echado la llave en cuanto Walden lo hacía pasar, se sentía como un seductor, un hechicero, pero después, cuando Charles le susurraba palabras tiernas al oído, lo único que lo invadía era la vergüenza ajena. Sabía que lo que hacía no estaba bien, que era incluso cruel —se fomentaba mantener relaciones íntimas antes del matrimonio concertado entre hombres, pero por lo general solo una o dos veces, y únicamente para determinar la compatibilidad con el posible prometido— y, sin embargo, se descubrió incapaz de dejarlo aun cuando, para sus adentros, sus motivaciones eran cada vez menos defendibles, aun cuando aquel desdén inesperado y del todo injustificable hacia Charles empezó a condensarse en una especie de repugnancia. Algo que también lo confundía. No disfrutaba demasiado de las relaciones con Charles —a pesar de que recibía con agrado su atención, así como la fuerza física y la excitación constante y permanente de Charles, lo consideraba un hombre muy serio, aburrido a la par que vulgar—,

pero al continuar con ellas el recuerdo de Edward iba volviéndose inexplicablemente más nítido, pues se dedicaba a compa-
rar al uno con el otro, y siempre concluía que el primero no
daba la talla. Cuando sentía el cuerpo voluminoso de Charles
moviéndose contra el suyo, anhelaba la esbelta delgadez de Edward, se imaginaba hablándole de Charles, y a Edward riendo
con aquella risita suave y fascinante. Sin embargo, no había un
Edward con quien hablar, con quien compartir sus burlas crueles y veladas sobre la persona que sí tenía enfrente, alguien per-
severante, leal y atento en todos los sentidos: Charles Griffith.
Esa nueva antipatía hacía Charles nacía precisamente de su disponibilidad, y aun así esa misma y generosa disponibilidad hacía que David se sintiera menos vulnerable, menos impotente
ante el silencio persistente de Edward. Había llegado a albergar
un leve odio hacia Charles, por el amor que este le profesaba y,
sobre todo, por no ser Edward. Ese rechazo incipiente hacía que
estar con Charles le pareciera un sacrificio, un delicioso castigo
autoimpuesto, un acto casi religioso de degradación que demostraba —aunque solo fuera para sí mismo— lo que se hallaba
dispuesto a soportar a fin de volver a estar con Edward algún día.

—Creo que estoy enamorado de ti —le dijo Charles una
noche a principios de marzo, cuando David se disponía a marcharse, mientras se abotonaba la camisa y buscaba la corbata.

A pesar de que lo había dicho con suma claridad, David fingió no haberlo oído y se limitó a musitar una somera despedida
volviendo la cabeza. Sabía que, a esas alturas, su frialdad, su reticencia ya manifiesta a corresponder esas declaraciones de afecto desconcertaban a Charles, incluso lo herían, y también era
consciente de que con el trato que le dispensaba estaba perpe-
tuando una pequeña pero muy real especie de maldad mediante
la que pagaba honor con crueldad.

—Tengo que irme —anunció en medio del silencio que había acogido la declaración de Charles—, pero te escribiré mañana.

—¿De verdad? —preguntó Charles, con voz suave, y David sintió de nuevo esa mezcla de impaciencia y ternura.

—Sí, lo prometo —contestó.

Volvió a ver a Charles un domingo por la tarde, y cuando ya se iba este le preguntó —como hacía siempre tras sus encuentros— si quería quedarse a cenar, si quería asistir a tal concierto o ir a ver aquella otra obra de teatro. David siempre ponía excusas, consciente de que la sombra de la pregunta que sabía que Charles no se atrevía a formular se alargaba según se sucedían las citas, hasta que empezó a dar la sensación de que esa sombra se hubiera materializado en una niebla en cuyas tinieblas lóbregas e impermeables se adentraban con cada paso que daban. David había vuelto a pasar buena parte de la velada pensando en Edward, intentando imaginar que Charles era Edward, y aunque siempre se mostraba educado con Charles, cada vez lo trataba con mayor formalidad, pese a la intimidad creciente de su relación.

—Espera —le pidió Charles—, no te vistas tan deprisa, deja que te mire un poco más.

Pero David dijo que su abuelo estaba esperándolo y se marchó antes de que Charles se lo pidiera de nuevo.

Cada visita lo hacía sentir peor: por cómo trataba al pobre y bueno de Charles; por cómo se comportaba, siendo un Bingham y el representante de su abuelo; por cómo lo hacía conducirse el deseo que lo consumía por Edward. No obstante, cualesquiera que fueran los motivos por los que Edward no le escribía, no podía culparlo de sus decisiones, que eran únicamente suyas, y en lugar de sobrellevar la angustia solo y con valentía, había dejado que también contagiara a Charles.

Aunque recurría a Charles para distraerse, su compañía también suscitaba preguntas incómodas y nuevas dudas: cada vez que este hablaba de sus amigos, de sus sobrinos, de sus socios, David recordaba que Edward le había impedido localizarlo. Edward solo mencionaba a sus amigos por sus nombres de pila, nunca por sus apellidos; incluso comprendió que ni siquiera conocía el apellido de casadas de sus hermanas. Cada vez que Charles le hacía preguntas sobre él, su infancia y sus años de escuela, sobre su abuelo y sus hermanos, recordaba que Edward casi nunca se había interesado por esas cuestiones, algo en lo que no había caído hasta ese momento. ¿Acaso le daba igual? Recordó con amargura aquella ocasión en que creyó que Edward buscaba su aprobación, y en lo agradecido que este se había mostrado cuando se la concedió, pero ahora comprendía lo equivocado que estaba y que había sido Edward quien había llevado las riendas en todo momento.

El miércoles siguiente, estaba ordenando el aula tras la clase de dibujo cuando oyó el eco de su nombre resonando en el pasillo. La semana anterior, el piano, que hasta entonces había permanecido al frente de la clase, como un monumento a Edward y a su desaparición posterior, había sido relegado a su rincón, donde el abandono lo devolvería a su estado de deterioro natural.

Se dio la vuelta y vio que la gobernanta entraba en el aula con paso decidido, mirándolo con desaprobación, como siempre.

—Vamos, a vuestras habitaciones, niños —dijo a unos pocos rezagados mientras les daba palmaditas en la cabeza o en el hombro a medida que la saludaban. Luego se volvió hacia él—. Señor Bingham, ¿qué tal van las clases?

—Muy bien, gracias.

—Es muy amable por su parte venir a enseñar a mis niños. Ya sabe que le tienen mucho cariño.

—Y yo a ellos.

—Me he acercado para entregarle esto —dijo la gobernanta, y le tendió un sobre blanco y delgado que extrajo del bolsillo y que a David, al ver la letra, estuvo a punto de caérsele—. Sí, es del señor Bishop —añadió la mujer, mordaz, escupiendo el apellido de Edward—. Parece que por fin se ha dignado volver con nosotros.

A lo largo de las semanas que había durado la desaparición de Edward, la gobernanta había sido la única aliada, inesperada e involuntaria, de David, la única persona que conocía tan interesada como él en el paradero de Edward. Sus motivaciones para recuperarlo, no obstante, eran muy distintas: según le confió la mujer cuando David finalmente se obligó a preguntarle, Edward le había suplicado que le concediera un permiso para atender una emergencia familiar; debía retomar las clases el veintidós de febrero, pero la fecha había pasado y no habían recibido noticias de él, así que a la mujer no le había quedado más remedio que suprimir la asignatura de manera definitiva.

(—Creo que su madre, que vive en Nueva Inglaterra, está muy enferma —dijo la gobernanta, que parecía molesta por el inconveniente.

—Creo que es huérfano —se atrevió a apuntar David, tras un silencio—. ¿No se debía a que su hermana había dado a luz?

La gobernanta lo consideró unos instantes.

—Estoy bastante segura de que dijo su madre —repuso—. No le habría concedido un permiso por un parto. Pero, bueno, puede que me equivoque —reconoció, suavizando el tono. Durante todas las interacciones con David, siempre había un momento en que la mujer recordaba de manera manifiesta que se trataba del benefactor de la escuela y corregía el tono y las formas según correspondía—. Sabe Dios que no pasa un día sin que venga alguien a contarme su vida y sus problemas, y no puedo estar pendiente de hasta el último detalle. Dijo que estaba en Vermont, ¿no? ¿Y que tenía tres hermanas?

—Sí —contestó David, muy aliviado—. Exacto).

—¿Cuándo la ha recibido? —preguntó entonces con un hilo de voz, deseando sentarse y que la mujer se marchase para poder abalanzarse sobre la carta.

—Ayer —resopló ella—. Se pasó por aquí, ¡hay que tener valor!, para pedir el finiquito, y aproveché para leerle la cartilla. Le dije que había decepcionado a los niños y que había sido un egoísta al irse y no volver cuando había prometido. Y entonces él...

David la interrumpió:

—Gobernanta, lo siento mucho, pero he de irme —dijo—, están esperándome y no puedo demorarme.

La mujer envaró la espalda, claramente herida en su orgullo.

—Por supuesto, señor Bingham —contestó—. Nada más lejos de mi intención que causarle algún contratiempo. Al menos a usted lo veré la semana que viene.

El coche de caballos aguardaba a pocos metros de la puerta de la escuela, pero fue incapaz de esperar un minuto más y abrió la carta en los mismos escalones de la entrada, donde estuvo a punto de caérsele otra vez debido a que los dedos le temblaban de frío y emoción.

5 de marzo de 1894

Mi queridísimo David:

Qué pensarás de mí. Estoy tan avergonzado, tan abochornado..., no sabes cuán profundamente siento lo ocurrido. Lo único que puedo decir es que mi silencio solo responde a las circunstancias y que he pensado en ti cada minuto de cada hora de cada día. Ayer, tras mi regreso, tuve que contenerme para no arrojarme ante los escalones de tu casa de Washington Square y esperar para suplicar tu perdón, pues no sabía cómo sería recibido.

Y sigo sin saberlo. Pero, si estás dispuesto a concederme el privilegio de intentar resarcirte, te ruego acudas a la casa de huéspedes, a cualquier hora del día.

Hasta entonces, queda a tu disposición

Tu amado EDWARD

XII

No tenía alternativa. Envió al cochero a casa con un mensaje para su abuelo en el que le decía que esa noche había quedado con Charles Griffith, y luego, dando media vuelta y abochornado por la mentira, esperó a que el hombre doblara la esquina antes de echar a correr, sin importarle lo que pudiera pensar la gente. La perspectiva de volver a ver a Edward superaba toda posible vergüenza.

Tan pronto como la macilenta criada de siempre le franqueó la entrada a la casa de huéspedes, se precipitó escalera arriba y solo se detuvo al llegar al último descansillo, consciente de que bajo la emoción también se ocultaban otros sentimientos: duda, confusión, rabia. Sin embargo, no bastaron para disuadirlo. No había acabado de llamar a la puerta cuando esta se abrió y Edward se arrojó a sus brazos y empezó a besarlo por todas partes, ansioso como un cachorrillo, con lo que hizo desaparecer los recelos previos de David, que se vieron arrastrados por el alivio y la felicidad.

No reparó en el rostro de Edward hasta que consiguió separarse apenas un poco de él: tenía el ojo derecho morado y el labio inferior partido y cosido, cubierto de sangre seca.

—¡Edward, mi querido Edward! Pero ¿qué te ha pasado?

—Este es uno de los motivos por los que no he podido escribirte —contestó Edward casi con descaro, y una vez que consiguieron calmarse, empezó a explicarle lo sucedido durante su malhadada visita a sus hermanas.

Al principio, dijo Edward, todo había ido bien. Salvo por el frío implacable, el viaje había transcurrido sin incidentes, y había hecho una parada de tres noches en Boston pasar visitar a unos viejos amigos de la familia antes de continuar hacia Burlington, donde lo recibieron sus tres hermanas: Laura, que estaba a punto de dar a luz, Margaret y, por descontado, Belle, que se había desplazado desde New Hampshire. Laura y Margaret, de edades similares, siempre habían estado muy unidas y vivían juntas en una gran casa de madera con sus respectivos maridos, cada pareja en una planta, por lo que decidieron acomodar a Belle con Laura y a Edward con Margaret.

Todas las mañanas, Margaret partía temprano para ir a la escuela, pero Laura, Belle y Edward pasaban el día charlando, riendo y admirando los jerséis, mantas y calcetines diminutos que Laura, Margaret y sus maridos habían tejido, y cuando Margaret regresaba por la tarde, se sentaban delante del fuego y hablaban de sus padres y de los recuerdos de su infancia mientras los maridos de Laura y Margaret —el de Laura también era maestro; el de Margaret, contable— se ocupaban de las tareas que generalmente realizaban las hermanas a fin de que todos pudieran pasar más tiempo juntos.

(—Por supuesto les hablé de ti —dijo Edward.

—Ah, ¿sí? —se sorprendió David, halagado—. ¿Qué les contaste?

—Que había conocido a un hombre excepcional y muy apuesto y que lo echaba mucho de menos.

David se sonrojó complacido, pero se limitó a animarlo a seguir).

Habían transcurrido seis días desde el principio de la maravillosa visita cuando Laura dio a luz a un niño sano al que llamó

Francis, como el padre de los cuatro. Era el primer niño de la siguiente generación de los Bishop y todos lo celebraron como si fuera su propio hijo. Habían decidido que Edward y Belle se quedarían otras dos semanas más o menos y, a pesar del agotamiento de Laura, todos estaban contentos: había seis adultos para desvivirse por un bebé. Aun así, estar los cuatro juntos después de tanto tiempo también les hizo pensar en sus padres, y las lágrimas acudieron en más de una ocasión cuando hablaban de lo mucho que se habían sacrificado por ellos a fin de darles una vida mejor en los Estados Libres y de cuánto los complacería ver a sus hijos reunidos, a pesar de sus esperanzas frustradas.

(—Estábamos todos tan ocupados que apenas tuve tiempo de hacer nada más —dijo Edward adelantándose a la pregunta de David de por qué no le había escrito—. Pensaba en ti a todas horas, empezaba mentalmente un centenar de cartas y entonces el niño se ponía a llorar o había que calentar leche o tenía que ayudar a mis cuñados en las labores del hogar, ¡no sabía la de trabajo que da un niño tan pequeño!, y el tiempo que podría haber dedicado a escribir se esfumaba.

—Pero ¿por qué no me enviaste al menos la dirección de tus hermanas? —preguntó David, odiándose por el temblor de su voz.

—¡Ay! Eso solo puedo atribuirlo a mi estupidez: estaba seguro, segurísimo de que te la había dado antes de irme. De hecho, me resultaba muy raro que no me hubieras escrito tú; todos los días preguntaba si había algo para mí cuando una de mis hermanas entraba con el correo, pero nunca llevaba nada. No sabes lo triste que me sentía, temía que me hubieras olvidado.

—Como ves, no era así —murmuró David, tratando de disimular el despecho al señalar el abochornante paquete de cartas con que la criada había hecho un atadillo y que descansaban, sin leer, sobre el baúl al pie de la cama de Edward.

Pero Edward, anticipándose una vez más al amor propio herido de David, lo envolvió en un abrazo.

—Las he guardado con la esperanza de volver a verte y poder explicarte mi ausencia en persona —dijo—, y luego, después de que me perdonaras, como desesperadamente esperaba, y espero que hagas, leerlas juntos para que me cuentes lo que sentías y pensabas cuando las escribías, y así sería como si nunca nos hubiéramos separado y hubiéramos estado siempre juntos).

Tras cerca de dos semanas, Edward y Belle se prepararon para partir; irían a Mánchester, donde Edward se quedaría varios días con su hermana antes de regresar a Nueva York. Sin embargo, cuando llegaron a casa de Belle y esta llamó a su marido al entrar por la puerta, solo los recibió el silencio.

Al principio no le dieron importancia.

—Seguirá en la clínica —aventuró Belle alegremente, y envió a Edward arriba, a la habitación de invitados, mientras ella iba a la cocina a preparar algo de comer. Pero cuando Edward bajó, la encontró de pie, inmóvil, en mitad de la sala, con los ojos clavados en la mesa, y cuando se volvió hacia él estaba muy pálida—. Se ha ido —dijo.

—¿Cómo que se ha ido? —preguntó Edward, pero al mirar alrededor advirtió que la cocina llevaba al menos una semana sin utilizarse: el hogar estaba manchado de hollín y apagado; los platos, las teteras y las cacerolas, secos y cubiertos por una fina capa de polvo.

Le arrebató a Belle la nota que tenía en la mano y reconoció en ella la letra de su cuñado, quien se disculpaba con ella y le decía que no la merecía, pues se había ido para empezar una nueva vida con otra persona.

—Sylvie. Nuestra criada. Tampoco está —murmuró Belle, y se desvaneció.

Edward la agarró antes de que se desplomara en el suelo y la tumbó en la cama.

¡Qué tristes fueron los días siguientes! La pobre Belle alternaba el silencio y el llanto, y Edward envió una carta a sus hermanas para informarlas de la desdichada noticia. Acudió furioso a la clínica de su cuñado Mason, pero las dos enfermeras aseguraron que no sabían nada; incluso fue a denunciar su desaparición a la policía, pero le dijeron que no podían involucrarse en asuntos domésticos.

—Es que no se trata de un asunto doméstico cualquiera —protestó Edward—. Ese hombre ha abandonado a su mujer, mi hermana, una esposa buena y leal, y ha huido mientras ella estaba en Vermont, cuidando a su hermana embarazada. ¡Hay que encontrarlo y llevarlo ante la justicia!

Los agentes se mostraron comprensivos, pero insistieron en que no había nada que hacer, y con cada día que pasaba Edward sentía que su rabia y su desesperación aumentaban, pues ver a su hermana, muda y con la mirada perdida frente al hogar apagado, el pelo recogido de cualquier manera en un moño, frotándose las manos y con el mismo vestido de lana de los últimos cuatro días, lo hizo más consciente que nunca de su impotencia y lo decidió, si no ya a recuperar al marido de su amada hermanita, al menos sí a vengarla.

Y entonces, una noche, estaba en la taberna del lugar, bebiendo sidra y pensando en la triste situación de Belle, cuando ¿a quién vio entrar sino a Mason?

(—Estaba igual que siempre —contestó Edward respondiendo a la pregunta de David—. En ese momento caí en la cuenta de que había pensado que, de volver a encontrármelo, lo hallaría cambiado, como si de algún modo su falta de integridad y su conducta canallesca tuvieran que reflejarse en su cara. Pero no fue así. Gracias a Dios que no estaba con esa joven, Sylvie, o no habría podido hacer lo que hice).

No había decidido nada cuando se acercó a Mason con paso decidido, pero en cuanto vio que su cuñado lo reconocía, echó el puño atrás y le propinó un puñetazo en la cara. Tras recuperarse de la sorpresa inicial, Mason respondió, pero varios clientes se apresuraron a separarlos y detener la riña, aunque, según apuntó Edward con cierta satisfacción, no antes de que él consiguiera ponerlos al corriente de la conducta despreciable de su antiguo cuñado.

—Mánchester es muy pequeño —dijo—. Todo el mundo se conoce y Mason no es el único médico de la ciudad. Su reputación se resentirá, lo que le estará bien empleado, pues ha sido él mismo quien ha comprometido su porvenir comportándose así.

Edward dijo que su reacción horrorizó a Belle —de hecho, reconoció que él tampoco tenía la conciencia tranquila, no por agredir a Mason, sino porque el enfrentamiento había reportado más dolor y vergüenza a su hermana—, si bien quería pensar que, aunque no lo dijera, también la había complacido. Al día siguiente, después de que Belle le hubiera curado las heridas y suturado el labio («Nada más lejos de mi intención que alardear, pero estoy seguro de que Mason se llevó la peor parte, aunque también debo reconocer que liarme a puñetazos no fue lo más inteligente, teniendo en cuenta mi profesión»), mantuvieron una larga conversación tras la que concluyeron que Belle no podía continuar en Mánchester —donde vivía toda la familia de Mason— ni con aquel matrimonio. Laura y Margaret ya les habían enviado un telegrama, al que siguió una carta, animando a Belle a ir a vivir con ellas a Vermont: disponían de sitio de sobra en la casa, y a Belle, que, como David recordaba, se había formado como enfermera, no le costaría encontrar un buen trabajo. Sin embargo, ella no quería interferir en un momento tan dichoso y absorbente para Laura y, además, según le confió a Edward, deseaba un poco de tranquilidad, disponer de tiempo y espacio para pensar. Así pues, los hermanos resolvieron que Belle acompañaría a Edward a Boston, donde él volvería a pasar varias noches en casa de los amigos de la familia antes de regresar definitivamente a Nueva York. Belle también les profesaba un gran cariño, que era recíproco, y allí podría considerar sus opciones con más calma: se divorciaría de Mason, eso era seguro, pero aún debía decidir si se quedaba en Mánchester o se reunía con sus hermanas en Vermont.

—Así que ya ves —concluyó Edward—, el viaje no fue en absoluto lo que había imaginado, y las buenas intenciones que tenía desaparecieron ante la difícil situación de Belle. Hice mal, hice muy mal al no darte noticias de mí, pero estaba tan absorbido por los problemas de mi hermana que desatendí todo lo demás. No tengo disculpa, lo sé..., pero espero que lo entiendas. Por favor, dime que me perdonas, querido David. Por favor, dime que sí.

¿Lo perdonaba? Sí y no: naturalmente que lo sentía por Belle, y aun así, en su egoísmo, continuaba pensando que Edward podría haber encontrado un momento para enviarle aunque fueran unas líneas; es más, que Edward debería haberlo hecho, porque si hubiera confiado en él, David habría podido ayudarlo de alguna manera. No sabía cómo, pero le habría gustado tener la oportunidad de intentarlo.

Sin embargo, expresarlo en voz alta habría sido muy infantil, muy mezquino.

—Claro —no tuvo más remedio que responder—. Mi pobre Edward. Claro que te perdono.

Y fue recompensado con un beso.

No obstante, la historia de Edward no acababa ahí. Para cuando llegaron a casa de sus amigos, los Cooke, Belle estaba mucho más tranquila, más decidida, y Edward sabía que pasar unos días con ellos la ayudarían a reunir fuerzas. Los Cooke, Susannah y Aubrey, eran un matrimonio algo mayor que Margaret; Susannah, que también era una fugitiva colona, había vivido con sus padres en el edificio contiguo al de los Bishop, y los hijos de ambas familias eran amigos desde pequeños. En esos momentos, su marido y ella eran dueños de una pequeña fábrica textil en Boston y vivían en una bonita casa de reciente construcción, cerca del río.

Edward se alegraba de volver a verlos, sobre todo porque Susannah y Belle se tenían mucho cariño, y Susannah acabó asumiendo el papel de una tercera hermana mayor: las dos se retiraban a la habitación de Belle y hablaban hasta entrada la noche mientras Edward y Aubrey se quedaban en el salón jugando al ajedrez. Sin embargo, llevaban ya cuatro noches allí cuando Aubrey y Susannah anunciaron a los hermanos Bishop que deseaban hablar con ellos acerca de un asunto importante, así que después de cenar pasaron al salón y los Cooke les comunicaron que tenían grandes noticias.

Hacía poco más de doce meses, un francés con quien habían tenido trato a lo largo de los años se había puesto en contacto con la pareja y les había presentado una propuesta irresistible: consolidar California como la región productora de seda preferente del Nuevo Mundo. El francés, Étienne Louis, ya había adquirido un terreno de unas dos mil hectáreas al norte de Los Ángeles, plantado cerca de trescientos árboles y construido criaderos que podían alojar decenas de miles de gusanos y huevos. Con el tiempo, la granja se convertiría en su propia colonia autosuficiente: Louis ya había empezado a contratar a las primeras de lo que esperaba que fuera un centenar de personas expertas en las distintas fases del proceso de la obtención de la seda, desde el cuidado de los árboles, la alimentación de los gusanos y la recolecta de los capullos hasta, naturalmente, el hilado y la confección posterior de la seda. Los trabajadores serían, en su mayoría, chinos —muchos se habían quedado sin empleo tras la finalización de la vía férrea transcontinental, sin posibilidad de regresar a su hogar ni, a causa de las leyes del 92, de traer a sus familias desde Oriente, y un número alarmante había caído en la indigencia, la depravación y la adicción al opio, entre otras actividades indeseables—, de modo que Louis y los Cooke apenas tendrían que invertir una miseria en sueldos; la ciudad de San Francisco, donde vivía la gran mayoría de ellos, incluso estaba ayudando a Louis a encontrar posibles candidatos a quienes él debía convencer para que se trasladaran al sur. El plan era que la colonia empezara a funcionar a principios de otoño.

Los hermanos Bishop recibieron el anuncio de los Cooke con tanta emoción como los Cooke sintieron al ponerlos al corriente de la buena nueva. Era, según coincidieron los cuatro, un proyecto magnífico: la población de California crecía tan deprisa y la industria textil estaba tan poco desarrollada que estaban seguros de que obtendrían unos beneficios considerables. Todo el mundo sabía la fortuna que una persona lista y trabajadora podía amasar en el Oeste, y los Cooke no solo eran una persona lista y trabajadora, sino dos. Estaban llamados al éxito. Una noticia alentadora, sobre todo después de una semana tan difícil.

Sin embargo, aquella no era la única sorpresa que los Cooke les tenían reservada, pues su intención era pedirles a Belle y a Edward que se encargaran de supervisar la empresa.

—Íbamos a proponéroslo de todas maneras —aseguró Susannah—. Tanto a vosotros dos como a Mason. Pero ahora, y querida Belle, sabes muy bien que lo digo sin malicia, esto parece providencial. Es una nueva oportunidad para ti, una nueva vida, la ocasión de empezar de nuevo.

—Es muy generoso de vuestra parte —dijo Belle, una vez recuperada de la sorpresa—, pero... ¡ni Edward ni yo sabemos nada de tejidos ni de llevar una fábrica!

—Cierto —convino Edward—. Queridos Susannah y Aubrey, nos sentimos muy halagados, pero es evidente que necesitáis a alguien con experiencia en estos asuntos.

Sin embargo, Susannah y Aubrey insistieron. Habría un capataz, y el propio Aubrey viajaría allí en otoño para encontrarse con Louis y supervisar el negocio en los inicios. Cuando Belle y Edward llegaran, aprenderían sobre la marcha. Lo importante para los Cooke era contar con gente de su confianza. El Oeste encerraba tantos misterios que necesitaban socios de los que poder fiarse y cuyo pasado y reputación conocieran a fondo.

—¿Y en quiénes confiamos más, a quiénes conocemos mejor que a vosotros? —exclamó Susannah—. ¡Belle y tú sois casi como nuestros hermanos!

—Pero ¿y Louis?

—Naturalmente que confiamos en él, pero no lo conocemos tanto como a vosotros.

Belle se echó a reír.

—Querido Aubrey —dijo—, yo soy enfermera y Edward es pianista. ¡No sabemos nada ni de la cría de los gusanos de seda, ni de las moreras, ni de tejidos ni del mundo de los negocios! Madre mía, ¡os arruinaríamos!

Continuaron dándole vueltas y más vueltas, enzarzados en un debate acalorado pero cordial, hasta que por fin Aubrey y Susannah consiguieron arrancarles la promesa de que considerarían la oferta, tras lo cual, puesto que era ya muy tarde, se fueron a la cama, pero felicitándose y sonrientes porque, si bien los Bishop seguían considerándolo improbable, se sentían halagados por la petición y llenos de gratitud una vez más ante la generosidad y la confianza de sus amigos.

Edward debía partir al día siguiente, pero Belle y él dieron un pequeño paseo tras despedirse de los Cooke, antes de subir él a la diligencia. Durante un rato, los hermanos caminaron en silencio, del brazo, hasta que se detuvieron a contemplar unos patos que descendían sobre el río y, tras sumergir las patas palmeadas en el agua, volvían a alzar el vuelo entre fuertes y enojados graznidos, indignados por lo fría que estaba.

—Como si no lo supieran —comentó Edward, atento al espectáculo—. ¿Qué vas a hacer? —le preguntó a su hermana a continuación.

—No estoy muy segura —confesó Belle. Pero poco después, cuando se acercaban a la casa de sus amigos, donde esperaba el equipaje de Edward, dijo—: Pero creo que podríamos valorar su oferta.

—¡Belle, por Dios!

—Para nosotros sería una nueva oportunidad, Edward, una aventura. Aún somos jóvenes, ¡yo solo tengo veintiún años! Y, déjame acabar, no estaríamos solos del todo, nos tendríamos el uno al otro.

Esta vez fueron ellos dos quienes se enzarzaron en un debate acalorado, hasta que Edward estuvo a punto de perder la diligencia y se vieron obligados a despedirse, con afecto, mientras Edward le prometía que consideraría la oferta de los Cooke, a pesar de que no tenía intención de hacerlo. Pero una vez que estuvo en la diligencia, y a lo largo de las muchas horas que duró la primera parte del viaje, se descubrió dándole vueltas a la idea. ¿Por qué no ir al oeste? ¿Por qué no probar a hacer fortuna? ¿Por qué no querer vivir una aventura? Belle tenía razón: eran jóvenes y el éxito de la empresa estaba asegurado. Y aunque no fuera así, ¿acaso no había deseado siempre huir del aburrimiento? ¿Alguna vez había considerado Nueva York su hogar? De todos modos sus hermanas vivían lejos, y estaba solo en una ciudad cuya crueldad gratuita —económica, social, climática— repercutía en él y le agriaba el carácter, y de ahí que, si bien tenía apenas veintitrés años, se sintiera mucho mayor y estuviera cansado de vivir en un lugar donde nunca lograba entrar en calor, donde siempre andaba mal de dinero, donde aún sentía, con mayor frecuencia de lo que habría imaginado, que estaba de paso, que era un niño de las Colonias a la espera de alcanzar su destino final. Y también volvió a pensar en sus padres, que habían realizado un viaje largo y transformador. ¿No había llegado el momento de imitarlos y emprender su propio viaje? Laura y Margaret habían encontrado su hogar en los Estados Libres y se alegraba por ellas, pero, si era sincero consigo mismo, debía reconocer que, desde que tenía memoria, siempre había anhelado esa sensación de satisfacción, de seguridad, que ellas poseían y que a él lo rehuía año tras año.

Tras varios días sumido en esas cavilaciones, se encontró de vuelta en Nueva York, y fue como si la ciudad, intuyendo que su convicción flaqueaba, hubiera reunido sus cualidades más desagradables para volcarlas sobre él en un esfuerzo por ayudarlo a alcanzar la conclusión inevitable, la correcta. Cuando volvió a poner un pie en sus calles, no lo posó en el suelo, sino en un gran charco que se había formado en una rodada del camino, una balsa de agua helada y sucia que lo dejó calado hasta la mitad de la pantorrilla. Luego llegaron los olores, los sonidos, las imágenes: los vendedores ambulantes, encorvados como mulas, tirando de sus carros de madera, y el traqueteo de las ruedas deformes al saltar de la acera a las calzadas cubiertas de barro; los niños de rostros grises y mirada hambrienta que salían derrengados de la fábrica donde habían pasado horas cosiendo botones a prendas mal confeccionadas; los quincalleros, desesperados por vender sus baratijas, cosas que nadie quería salvo quienes vivían en la miseria, los pobres diablos que no tenían ni un centavo para comprar una cebolla tan esmirriada, seca y dura como una concha de ostra, o un puñado de alubias entre las que se retorcían larvas de un blanco grisáceo; los mendigos, los charlatanes y los carteristas; la caterva de pobres, ateridos y en apuros, que trataban de sacar adelante sus vidas insignificantes en aquella ciudad despótica, orgullosa y despiadada, donde los únicos testigos de tanta miseria humana eran las gárgolas de piedra, de mirada lasciva y maliciosa, que los contemplaban con sonrisas burlonas desde sus atalayas por encima del bullicio de las calles, apostadas en lo alto de edificios imponentes. Y luego la casa de huéspedes, donde la criada le había entregado una amenazadora carta de desahucio de la invisible Florence Larsson, a quien había apaciguado pagando un mes de alquiler por adelantado además del que había quedado pendiente a causa del largo viaje, y cuya escalera había subido una vez más, esa escalera que olía a repollo y a humedad incluso en verano, hasta llegar a la habitación helada con vistas a los desoladores árboles negros y desnudos que contenía sus escasas posesiones. Y fue entonces, al echarse el aliento en los dedos para recuperar la sensibilidad y poder ir a buscar agua a fin de empezar la tarea cansina de entrar en calor, cuando tomó la decisión: iría a California. Ayudaría a los Cooke a levantar su negocio de la seda. Se convertiría en un hombre rico, un hombre fiel a sí mismo. Y si alguna vez regresaba a Nueva York —aunque no se le ocurría ningún motivo para ello—, lo haría sin sentirse pobre, sin sentir que le debía nada a nadie. Nueva York nunca haría de él un hombre libre, pero California tal vez sí.

Se hizo un largo silencio.

—Entonces te vas —concluyó David, aunque apenas podía articular palabra.

Edward había evitado mirarlo a los ojos mientras hablaba, pero en ese momento los volvió hacia David.

—Sí —dijo. Y añadió—: Y tú te vienes conmigo.

—¿Yo? —balbuceó David al fin—: ¡Yo! No, Edward. No.

—¿Se puede saber por qué no?

—¡Edward! No... Yo... No. Este es mi hogar. No puedo marcharme.

—Pero ¿por qué no? —Edward bajó de la cama y, arrodillándose a sus pies, le tomó las manos entre las suyas—. Piénsalo, David... Piénsalo. Estaríamos juntos. Sería una vida nueva para ambos, una vida nueva juntos, una vida nueva juntos lejos del frío, al calor del sol. David, ¿no deseas estar conmigo? ¿No me quieres?

—Sabes que te quiero —reconoció este, desconsolado.

—Y yo a ti —dijo Edward con vehemencia, pero esas palabras, que David había esperado y anhelado oír con tanto fervor, se vieron eclipsadas por las circunstancias excepcionales en que se habían pronunciado—. David, podríamos estar juntos. Por fin podríamos estar juntos.

—¡También podemos aquí!

—David, mi amor, sabes que no es así. Sabes que tu abuelo jamás te permitiría estar con alguien como yo.

¿Cómo iba a rebatir sus palabras si sabía que era cierto? Y sabía que Edward también lo sabía.

—Pero en el Oeste nunca podríamos estar juntos, Edward. ¡Sé sensato! Es muy peligroso ser como nosotros fuera de aquí; nos meterían en la cárcel, incluso podrían matarnos.

—¡No nos pasará nada! Sabemos ser discretos. David, solo corren peligro las personas que son, que son... que demuestran excesivamente quiénes son, que hacen alarde de ello, que llaman la atención. No somos ese tipo de personas, y nunca lo seremos.

—¡Pues claro que somos ese tipo de personas, Edward! ¡No nos diferenciamos en nada! Si sospecharan de nosotros, si nos descubrieran, las consecuencias serían terribles. Si no podemos vivir siendo nosotros mismos, entonces ¿cómo vamos a ser libres?

En ese momento, Edward se levantó y le dio la espalda, y cuando se volvió de nuevo, su expresión se había suavizado y se sentó junto a él en la cama, reclamando sus manos.

—Perdona que te lo pregunte, David —dijo en voz baja—, pero ¿ahora eres libre? —Y, viendo que David no sabía qué responder, prosiguió—: David. Mi niño inocente. ¿Alguna vez has pensado cómo sería tu vida si tu apellido no le importara a nadie? ¿Si pudieras escapar de la prisión de quien estás destinado a ser y convertirte en quien quieres ser? ¿Si el apellido Bingham fuera uno más, como Bishop, Smith o Jones, en lugar de una palabra cincelada en mármol en lo alto de un gran monolito?

»¿Y si fueras solo el señor Bingham, igual que yo soy solo el señor Bishop? El señor Bingham de Los Ángeles: un artista de talento, un hombre querido, bueno e inteligente, el marido, sí, puede que en secreto, pero no por ello menos cierto, de Edward Bishop. El que vivió con él en una casita rodeada de un huerto inmenso de árboles de hojas plateadas en una tierra que no conocía el hielo, ni el invierno, ni la nieve. El que llegó a comprender quién podría querer ser. El que, con el tiempo, tal vez unos años, puede que muchos, podría regresar al este con su esposo, o ir él solo a visitar a su amado abuelo. El que me tendría en sus brazos todas las noches y amanecería conmigo todas las mañanas, y a quien su esposo amaría siempre, quizá incluso más porque sería suyo y solo suyo. El que, cuando lo deseara, podría ser el señor David Bingham de Washington Square, Nueva York, los Estados Libres, el nieto mayor y más querido de Nathaniel Bingham, pero también algo menos, y por lo tanto algo más; el que decidiría a quién quería pertenecer, sin pertenecer a nadie al mismo tiempo. David, ¿ese no podrías ser tú? ¿No podría ser quien eres en realidad?

David se levantó, soltándose de Edward de un tirón, y salvó el único paso que lo separaba de la chimenea, en la que, aun estando apagada, negra y vacía, posó la mirada como animada por un fuego.

Edward continuó hablando a su espalda:

—Estás asustado. Y lo entiendo. Pero siempre me tendrás a mí. A mí, mi amor, mi afecto y admiración por ti, David, que siempre serán tuyos. Además, en cierta manera, ¿vivir en California sería tan distinto a vivir en Nueva York? Aquí somos libres como sociedad, pero no como pareja. Allí no seríamos libres como sociedad, pero sí seríamos una pareja, pues así nos consideraríamos el uno al otro, viviríamos juntos sin nadie que nos mirara con desaprobación, sin nadie que nos lo impidiera, sin nadie que nos dijera que no podemos estar unidos dentro de las paredes de nuestra casa. David, dime: ¿de qué sirven los Estados Libres si no podemos ser realmente libres?

—¿Me quieres de verdad? —consiguió preguntar David al fin.

—¡Oh, David! —exclamó Edward, levantándose y acercándose a él para estrecharlo por detrás, lo cual hizo que David se estremeciera al recordar, de manera involuntaria, el cuerpo fornido de Charles pegado al suyo—. Quiero pasar el resto de mi vida contigo.

En el instante mismo en que se volvió hacia Edward ya estaban arrancándose la ropa, y cuando más tarde, yaciendo agotados, David sintió que volvía a invadirle el desconcierto, se sentó y comenzó a vestirse mientras Edward lo miraba.

—Debo irme —anunció antes de recuperar los guantes, que habían caído debajo de la cama.

—David —dijo Edward, que se envolvió en la manta, se puso de pie y se detuvo delante de él para obligarlo a mirarlo—. Por favor, piensa en mi oferta. Ni siquiera se lo he dicho a Belle todavía, pero ahora que he hablado contigo, le comunicaré mi decisión..., y me gustaría informarla, ya sea en esa carta, ya sea en otra no mucho más lejana, de que me reuniré con ella como hombre casado, con mi marido.

»Los Cooke proponían que, en caso de aceptar, uno de nosotros fuera en mayo y el otro en junio a más tardar. Belle no tiene nadie más en quien pensar, así pues la convenceré para que sea ella quien abra camino, y no solo lo hará bien, sino que además le gustará. Pero, David..., yo iré en junio. Pase lo que pase. Y espero, de verdad espero, no hacer el viaje solo. Por favor, dime que lo pensarás. Por favor... ¿David? Por favor.

XIII

Tradicionalmente, la familia Bingham celebraba una fiesta el doce de marzo para conmemorar el aniversario de la independencia de los Estados Libres, si bien la reunión tenía una intención más reflexiva que festiva y estaba ideada para que sus amistades y conocidos repasaran la colección de objetos y recuerdos familiares que documentaban la creación del país y el papel importante que los Bingham habían desempeñado en su fundación.

Sin embargo, ese año la fecha coincidiría con la inauguración de un pequeño museo, obra de Nathaniel Bingham. Los documentos y recuerdos de la familia constituían el grueso de la colección, pero esperaban que otras familias fundadoras también donaran objetos, cartas, diarios y mapas procedentes de sus propios archivos. Varias ya lo habían hecho, entre ellas la de Eliza, y confiaban en que muchas más siguieran su ejemplo tras la apertura del museo.

La noche de la inauguración, David se encontraba delante del espejo del dormitorio, cepillando su chaqueta a conciencia, aunque ya lo había hecho antes Matthew y la prenda no precisaba más cuidados. En cualquier caso, David tampoco prestaba atención a lo que hacía, pues el movimiento no tenía otro propósito que ayudarlo a templar los nervios.

Sería la primera velada que pasaría fuera de casa desde la última vez que viera a Edward, hacía casi una semana. Tras aquella noche insólita, había regresado a Washington Square y se había metido en la cama, que no había abandonado durante seis días. Su abuelo se había asustado, convencido de que David había enfermado de nuevo; aun así, a pesar de lo culpable que este se sentía por el engaño, también parecía una explicación más sencilla que tratar de transmitir el profundo desasosiego que se había apoderado de él, pues aunque hubiera dispuesto de palabras con que expresarlo, habría tenido que encontrar el modo de presentar a Edward, quién era y qué significaba para él; una conversación para la que distaba mucho de sentirse preparado. Así pues, guardó cama, mudo e inmóvil, y dejó que el médico de la familia, el señor Armstrong, que acudió a examinarlo, le abriera los ojos y la boca, le tomara el pulso y refunfuñara al encontrarlo en ese estado; que las criadas le subieran bandejas con sus platos preferidos, para volver a retirarlas, intactas, horas después; que Adams le llevara a diario (David estaba convencido que siguiendo órdenes de su abuelo) flores recién cortadas —anémonas, peonías y ramilletes variados—, adquiridas a saber dónde a un precio desorbitado en las últimas semanas del crudo invierno. Pasó horas incontables sin hacer más que mirar la mancha de agua. Sin embargo, a diferencia de un verdadero periodo de convalecencia, durante el que no habría pensado en nada, esta vez solo podía pensar en la partida inevitable de Edward, en su propuesta insólita, en la conversación que habían tenido y cuyo significado no había sabido desentrañar por completo en su momento, pero que rememoraba una y otra vez, cuestionando lo que Edward entendía por libertad y su insinuación de que David estaba encadenado, atado a su abuelo y a su apellido y, por lo tanto, a una vida que no le pertenecía, cuestionando la convicción de Edward acerca de que conseguirían librarse de las penas con que se castigaba a quienes violaban las leyes contra la sodomía que imperaban en aquellas tierras. Esas leyes habían existido siempre, pero desde que las habían endurecido en el 76, el Oeste, hasta ese momento tierra de oportunidades —tanto era así que varios legisladores de los Estados Libres incluso habían sopesado la idea de intentar hacerse con el territorio—, en cierto modo había acabado siendo más peligroso que las Colonias pues, a diferencia de estas, si bien era ilegal intentar obtener pruebas para destapar ese tipo de actividad ilícita, en el caso de que se descubriera, las consecuencias eran graves por tratarse de una conducta imperdonable. Ni siquiera el dinero podía garantizar la libertad de un acusado. Lo que no había podido hacer era discutir con Edward en persona, pues este ni había pasado a visitarlo ni le había enviado ninguna nota, un hecho que habría molestado a David de no haber estado tan inmerso en el dilema que se le ofrecía.

Ahora bien, a pesar de que Edward no se había puesto en contacto con él, Charles sí lo había hecho, o al menos lo había intentado. Había transcurrido más de una semana desde la última vez que David lo viera y, con el paso de los días, las notas de Charles habían ido adquiriendo un tono cada vez más suplicante, incapaces de disimular la desesperación de su autor, una desesperación que David recordaba de sus últimas cartas a Edward. No obstante, el día anterior habían entregado un ramo enorme de jacintos azules, cuya tarjeta —«Mi querido David, la señora Holson me ha informado de que no te encontrabas bien, cosa que lamento profundamente. Sé que estás en las mejores manos, pero si necesitas o deseas algo, solo tienes que decirlo, estoy a tu entera disposición. Mientras tanto, recibe un fuerte abrazo y todo mi cariño»— transmitía lo que David interpretó como un alivio evidente ante la constatación de que, al final, su silencio no se debía al desinterés, sino a una indisposición. Miró las flores y la tarjeta de Charles y comprendió que había vuelto a olvidarse de su existencia, que había bastado con la vuelta de Edward a su vida para que todo lo demás perdiera interés o resultara intrascendente.

Aun así, la mayoría de sus cavilaciones giraban en torno a irse o, mejor dicho, si podía planteárselo siquiera. El temor al Oeste y lo que podría ocurrirles tanto a Edward como a él en aquellas tierras era incuestionable y, creía, justificado. Pero ¿y el temor a dejar a su abuelo, a dejar Washington Square? ¿Acaso no lo frenaba eso también? Sabía que Edward tenía razón: mientras viviera en Nueva York, siempre se debería a su abuelo, a la familia, a la ciudad y al país. Eso también era incuestionable.

De lo que no podía dudarse, sin embargo, era de que deseaba otra vida, una vida distinta. Siempre lo había creído así. De hecho, cuando estaba realizando su Grand Tour, incluso había jugado a ser otra persona. Un día, se encontraba en el vestíbulo de los Uffizi, contemplando el Corredor Vasariano, con esa simetría que desconcertaba por su perfección divina, cuando un joven, moreno y esbelto, se detuvo a su lado.

—Extraordinario, ¿verdad? —comentó el joven al cabo de un momento, rompiendo el silencio, y David se volvió para mirarlo.

Se llamaba Morgan, era de Londres, hijo de un abogado, y se encontraba realizando su propio Grand Tour, a pocos meses de volver a casa para, según dijo:

—Nada. O nada interesante, al menos. Un puesto en el bufete de mi padre, como insiste él, y supongo que, con el tiempo, sentar la cabeza con la joven que me encuentre mi madre. Como insiste ella, en este caso.

Pasaron la tarde juntos, paseando por las calles, deteniéndose a tomar café y pastas. A aquellas alturas de su viaje, David apenas había hablado con nadie que no fueran los amigos de su abuelo, que lo acogían y alojaban en cada destino, y charlar con otro hombre de su edad fue como volver a sumergirse en el agua, reconocer su tacto sedoso sobre la piel y recordar lo grato que podía ser.

—¿Le espera una mujer en casa? —le preguntó Morgan cuando cruzaban la piazza di Santa Croce, y David, sonriendo, contestó que no—. Un momento —dijo, mirándolo con detenimiento—. ¿De qué parte de América ha dicho que era, exactamente?

—No lo he dicho —repuso David, de nuevo con una sonrisa, sabedor de lo que pasaría a continuación—. Y no soy americano. Soy de Nueva York.

Al oír aquello, Morgan agrandó los ojos.

—¡Entonces es estadolibrense! —exclamó—. ¡He oído hablar mucho de su país! Pero prefiero que me lo cuente usted.

A partir de ese momento, la conversación giró en torno a los Estados Libres: a las relaciones con América, en esos momentos bastante cordiales, que les permitían conservar sus propias leyes respecto al matrimonio y la religión, aunque habían adoptado las impositivas y democráticas de la Unión; al apoyo, económico y militar, que habían prestado a la Unión durante la guerra de Rebelión; a Maine, uno de sus mayores simpatizantes, y donde la seguridad de los estadolibrenses estaba más o menos garantizada; a las Colonias y el Oeste, donde corrían mayor o menor peligro; a cómo las Colonias habían perdido la guerra, pero se habían escindido de todas maneras, hundiéndose aún más en la pobreza y la degradación año tras año, al tiempo que se exacerbaba la deuda con los Estados Libres y, por lo tanto, el resentimiento; a la batalla que los Estados Libres sostenían en ese momento para obtener el reconocimiento internacional como nación propia y distinta, un reconocimiento que los demás países, salvo los reinos de Tonga y Hawái, les negaban. Morgan, que había estudiado historia moderna en la universidad, le hacía un sinfín de preguntas y, a medida que las respondía, David empezó a darse cuenta de lo mucho que amaba y añoraba su país, un sentimiento que se agudizó después de que visitaran la sórdida habitación de la pensión destartalada del joven. Como le había ocurrido otras veces a lo largo de aquel viaje, esa noche, el paseo de vuelta a la casa en la que se alojaba sirvió para recordarle la suerte que tenía de vivir en un país donde nunca tendría que aguardar escondido tras una puerta a que alguien le dijera que ya podía salir sin ser visto, donde podía cruzar una plaza del brazo de su amado (si llegaba a tenerlo algún día) igual que lo hacían las parejas formadas por hombre y mujer (pero no por otras combinaciones) que veía en las plazas del Continente, donde un día podría casarse con el hombre que amara. Vivía en un país en el que todos los hombres y las mujeres tenían derecho a ser libres y vivir con dignidad.

No obstante, el otro hito destacable de esa ocasión consistió en que, ese día, David no había sido David Bingham, sino Nathaniel Frear, un nombre que improvisó a partir del de su abuelo y el apellido de su madre, hijo de un médico, que se encontraba en su gira de un año por Europa antes de volver a Nueva York para estudiar en la facultad de Derecho. Se inventó media docena de hermanos, un hogar modesto y alegre situado en una parte de la ciudad poco refinada pero acogedora, y una vida acomodada pero no en exceso. Cuando Morgan le contó que la magnífica residencia de un antiguo compañero de estudios iba a disponer de agua corriente y caliente en todos los cuartos de baño, David no le confesó que la casa de Washington Square contaba con instalación de agua caliente y que solo tenía que empujar a un lado la llave del grifo para que de inmediato brotara de él un chorro transparente. En su lugar, se maravilló junto a Morgan de la fortuna de su compañero de estudios y de las innovaciones de la vida moderna. No renegó de su país —hacerlo le habría parecido una suerte de traición—, pero sí de su propia biografía, y algo en aquella decisión aligeró su ánimo, hasta el punto de la euforia incluso, tanto que cuando llegó a casa de su anfitrión —un *palazzo* imponente propiedad de un antiguo compañero de facultad de su abuelo, un expatriado de los Estados Libres, y su esposa, una *contessa* ceñuda y de paso torpe con quien obviamente se había casado por su título—, el amigo de su abuelo lo miró de arriba abajo y sonrió con suficiencia.

—Entonces ¿has tenido un buen día? —dijo alargando las palabras al reparar en su expresión soñadora y distraída, y David, que había pasado la semana en Florencia partiendo temprano por la mañana y regresando a altas horas de la noche para evitar las manos del amigo de su abuelo, que siempre parecían encontrar la manera de revolotear sobre su cuerpo como aves de rapiña que un día se lanzarían en picado sobre su presa, se limitó a sonreír y asintió.

No solía pensar mucho en esa anécdota, pero al hacerlo ahora sus intentos por recordar cómo se había sentido en el momento del engaño fueron vanos, y comprendió que el éxtasis que había experimentado podía atribuirse en parte a que era consciente de la poca solidez del engaño. Podría haber revelado quién era en realidad en cualquier momento e incluso Morgan habría conocido su apellido. Solo él sabía que se trataba de una representación, pero debajo de esta había algo real, algo sustancial: su abuelo, su riqueza, su apellido. Si se iba al Oeste, en el caso de que su apellido se asociara con algo, solo sería con el vicio. En los Estados Libres y en el Norte, ser un Bingham significaba ser respetado e incluso reverenciado. Pero en el Oeste, ser un Bingham suponía una abominación, una perversión, una amenaza. No se trataba de que pudiera cambiarse el apellido en California, sino de que se vería obligado a hacerlo porque ser quien era resultaría demasiado peligroso.

El mero hecho de albergar esas ideas lo llenaba de remordimientos, sobre todo porque la aparición de su abuelo, quien lo visitaba por la mañana antes de irse al banco y luego un par de veces por la tarde, antes y después de cenar, solía sacarlo de su ensimismamiento con un respingo. La tercera visita era siempre la más larga; el abuelo se sentaba en la silla que había junto a la cama de David y, sin preámbulos, se ponía a leerle el periódico o un libro de poemas. A veces, simplemente le contaba cómo había ido el día y lo obsequiaba con un monólogo pausado e ininterrumpido que para David era como estar flotando en un río de aguas plácidas. Aquello, sentarse a su lado y hablar o leer, era el método con que su abuelo había tratado todas sus dolencias anteriores, y si bien su generosa constancia no había demostrado ser eficaz —o eso le había oído decir una vez David al médico cuando informaba a su abuelo—, era estabilizadora, y predecible, y por lo tanto tranquilizadora, algo que, como la mancha del papel de pared, lo anclaba a este mundo. Aun así, dado que en esa ocasión no se trataba de una de sus dolencias, sino de una simulación voluntaria, lo único que sentía al escuchar a su abuelo era vergüenza, vergüenza por estar causándole preocupación, y una aún mayor por plantearse siquiera darle la espalda, y no solo a él, sino también a los derechos y la seguridad de los que disfrutaba gracias a la lucha de su abuelo y sus antepasados.

Su abuelo no le había recordado la inauguración del museo, pero, solo por aliviar esa vergüenza, el día de la apertura David pidió que le prepararan un baño y le plancharan el traje. Se miró ataviado ya con las prendas cepilladas y vio que estaba pálido y ojeroso, pero nada podía hacer al respecto, y tras descender la escalera con paso vacilante y llamar a la puerta del estudio de su abuelo —«¡Entra, Adams!»—, se vio recompensado con el asombro del anciano:

—¡David! Mi querido muchacho... ¿Te encuentras mejor?

—Sí —mintió él—. Además, ¿cómo iba a perderme lo de esta noche?

—David, no es necesario que asistas si sigues enfermo —protestó el abuelo, pero David intuía lo mucho que deseaba que fuera, y consideraba que era lo mínimo que podía hacer después de haber pasado tantos días planteándose traicionarlo.

El paseo hasta la casa solariega de la calle Trece que su abuelo había adquirido para el museo al oeste de la Quinta Avenida apenas habría durado unos minutos, pero el anciano decidió que, dado el frío que hacía y la debilidad de David, era mejor tomar un coche de caballos. A su llegada, fueron a recibirlos John, Peter, Eden y Eliza, Norris y Frances Holson, además de socios, amigos y conocidos de los Bingham, y varias personas que David nunca había visto pero a quienes su abuelo saludó calurosamente. Mientras el director del museo, un historiador atildado y diminuto que llevaba mucho tiempo al servicio de la familia, ilustraba a unos invitados sobre uno de los objetos expuestos, una serie de láminas que representaban la antigua propiedad de los Bingham cerca de Charlottesville, la granja y las tierras a las que Edmund, hijo de un terrateniente acaudalado, renunció para emprender su aventura en el norte y fundar los Estados Libres, los Bingham siguieron al patriarca por la sala, exclamándose tanto ante lo que recordaban como ante lo que no: ahí, bajo el cristal de la vitrina, tenían el pergamino, ya casi hecho jirones, en el que el tatarabuelo de David, Edmund, había redactado la constitución primigenia de los Estados Libres, en noviembre de 1790, firmado por los catorce miembros fundadores, los primeros utopistas, entre ellos la tatarabuela materna de Eliza, y que prometía libertad de matrimonio, abolía la esclavitud y la servidumbre contractual y, a pesar de que al Negro se le negaba la plena ciudadanía, también prohibía por ley los abusos y las torturas a los que se veía sometido; ahí tenían la Biblia que Edmund había consultado en sus estudios con el reverendo Samuel Foxley cuando ambos eran estudiantes de Derecho en Virginia, y con quien había concebido su futuro país, donde tanto hombres como mujeres tendrían la libertad de amar a quien quisieran, una idea que Foxley había formulado tras un encuentro en Londres con un teólogo idiosincrático prusiano que más tarde contaría con Friedrich Daniel Ernst Schleiermacher entre sus estudiantes y discípulos, y quien lo había animado a interpretar el cristianismo desde un punto de vista cívico y emocional; ahí tenían los primeros esbozos de la bandera de los Estados Libres realizados por la hermana de Edmund, Cassandra: un rectángulo de lana de color escarlata con una pirámide en el centro en la que se distribuían un pino, una mujer y un hombre, coronada por ocho estrellas dispuestas en semicírculo, una por cada estado miembro —Pensilvania, Connecticut, New Jersey, Nueva York, New Hampshire, Massachusetts, Vermont y Rhode Island—, y el lema «Pues la libertad es dignidad, y la dignidad libertad» bordado debajo; ahí tenían las propuestas de ley para garantizar el acceso a la educación de las mujeres y, en 1799, el sufragio. Ahí tenían la correspondencia que Edmund mantuvo entre 1790 y 1791 con un amigo de la universidad, testimonio de las degradantes condiciones de los futuros Estados Libres, de los bosques infestados de un Indio vengativo, de los bandidos y los ladrones, de la lucha para ganarse el apoyo de los residentes, de una victoria lograda con rapidez, no con pistolas ni derramamiento de sangre, sino con recursos e infraestructuras, de los fanáticos religiosos, aquellos a quienes repelían las creencias de los Estados Libres, sobornados y enviados al sur, del Indio empujado en masa al oeste o aniquilado, discretamente, en grandes redadas en los mismos bosques donde una vez sembró el terror, del Negro nativo que no había ayudado en la lucha por hacerse con el control del territorio (así como el Negro refugiado de las Colonias) trasladado a Canadá o al oeste en caravanas. Ahí tenían una copia de los documentos entregados en mano en la Casa Presidencial el 12 de marzo de 1791, en Filadelfia, donde los estados anunciaban la intención de independizarse de América, pero juraban defender el país a perpetuidad contra cualquier ataque, nacional o extranjero; ahí tenían la respuesta mordaz del presidente Washington acusando a Foxley y a Bingham, los autores de la carta, de traición, de privar al país de su riqueza y sus recursos; ahí tenían páginas y más páginas donde se recogían las negociaciones, y en las que Washington, finalmente y a su pesar, concedía derecho de existencia a los Estados Libres, pero solo a discreción del presidente y si los Estados Libres juraban que nunca incorporarían ningún otro estado o territorio americano futuro a su causa, y que seguirían pagando impuestos a la capital americana como si les rindieran vasallaje.

Ahí tenían un grabado, de 1793, de la boda de Edmund con el hombre con quien viviera desde la muerte de su esposa, acaecida tres años antes al dar a luz, y la primera unión legal entre dos hombres en el nuevo país, oficiada por el reverendo Foxley, y otro, de cincuenta años después, que documentaba el matrimonio de dos de los lacayos más antiguos y leales de los Bingham. Ahí tenían una ilustración de Hiram prestando juramento como alcalde de Nueva York en 1822 (a su lado aparecía un diminuto Nathaniel, por entonces apenas un crío, con la mirada alzada en actitud reverente); ahí tenían una copia de la carta que Nathaniel dirigió al presidente Lincoln, en la que los Estados Libres juraban lealtad a la Unión al inicio de la guerra de Rebelión y, a su lado, la respuesta, el original de Lincoln agradeciéndoselo, un documento tan famoso que todos los niños estadolibrenses podrían recitar su contenido de memoria, la promesa implícita del presidente americano de que respetarían su derecho de autonomía, el compromiso tantas veces reiterado de defender la existencia de los Estados en Washington, D. C.: «... y no solo contaréis con mi eterna Gratitud, sino que además recibiréis de nosotros el reconocimiento jurado de vuestra Nación como una más entre Iguales». Ahí tenían el acuerdo redactado poco después de esa carta entre el Congreso de América y el de los Estados Libres, según el cual estos últimos prometían pagar cuantiosos impuestos a América a cambio del derecho irrevocable a la libertad de culto, educación y matrimonio. Ahí tenían la declaración legal que permitía la adhesión de Delaware a los Estados Libres poco después del final de la guerra, una decisión voluntaria que, sin embargo, había vuelto a poner en peligro la existencia del país. Ahí tenían los estatutos de la Sociedad Abolicionista de los Estados Libres, cofundada por Nathaniel, que concedían al Negro paso franco y ayuda económica para reasentarse en América o el Norte, después de que los Estados Libres hubieran tenido que protegerse de la afluencia de refugiados pues sus ciudadanos, naturalmente, no deseaban ver sus tierras invadidas, aun cuando se compadecían de su penosa situación.

América no era para todo el mundo —no era para ellos— y, aun así, allí donde se mirara había recordatorios de la cuidadosa y constante labor que se había llevado y seguía llevándose a cabo para aplacar a ese país, para conservar la autonomía y la independencia de los Estados Libres: ahí tenían el primer proyecto del arco que coronaría el parque en conmemoración del general George Washington —como el parque en sí—, y que el vecino de los Bingham mandara construir hacía cinco años, en yeso y madera; ahí estaban los bocetos posteriores del arco, que se reconstruiría con mármol brillante extraído de la cantera que la familia Bingham poseía en Westchester, material que el abuelo de David —irritado ante la idea de que lo eclipsara un hombre de negocios de poca monta que vivía al otro lado de la Quinta Avenida y en una casa no tan majestuosa como la suya— había sufragado casi en su totalidad.

David había visto todo aquello muchas veces, pero, aun así, tanto él como los demás examinaban la colección con la misma atención que si fuera nueva por completo. De hecho, apenas se oía un susurro en la sala, únicamente el rumor de las faldas de seda de las mujeres y la tos y los carraspeos ocasionales de los hombres. Estaba contemplando la letra angulosa de Lincoln, la tinta que se había desvaído hasta adoptar un tono mostaza oscuro, cuando no oyó sino que sintió la presencia de alguien detrás de él, y al erguirse y volverse vio que se trataba de Charles, y que su expresión mudaba de la sorpresa y la felicidad al pesar y el dolor.

—Eres tú —musitó Charles con voz estrangulada.

—Charles —dijo él sin saber cómo proceder, y se hizo un silencio antes de que el otro se le acercara trastabillando.

—Me habían dicho que estabas enfermo —balbuceó y, al ver que David asentía, añadió—: Lamento mucho abordarte de esta manera... Frances me invitó... Creía... Es decir... No deseo ponerte en un aprieto, ni que pienses que trataba de sorprenderte.

—No, no... No lo he pensado. He estado enfermo... Pero para mi abuelo era importante que viniera, así que... —David hizo un gesto de impotencia con las manos—, aquí estoy. Gracias por las flores. Eran preciosas. Y por la tarjeta.

—De nada —dijo Charles, pero parecía tan desdichado, tan angustiado que David estaba a punto de acercarse creyendo que iba a desplomarse cuando fue Charles quien dio un paso hacia él—. David —dijo en voz baja y apremiante—, sé que no es el lugar ni el momento para hablar de esto, pero... estoy... Es decir..., tú... ¿Por qué no has...? He estado esperando...

A pesar de los susurros y la contención de sus movimientos, David se quedó paralizado, convencido de que todos los presentes debían de percibir el fervor, la angustia que envolvía a Charles, y no solo eso, sino que también debían de saber que él era la causa de dicha angustia, que él era la fuente de tal aflicción. Pese a su conmoción, por ambos, fue capaz de distinguir hasta qué punto el encuentro había afectado a Charles: las mejillas descolgadas, el rostro redondo y bondadoso lleno de rojeces y sudado.

Charles estaba abriendo la boca para decir algo cuando Frances apareció a su lado y le dio unas palmaditas en el brazo, tomándolo del codo.

—¡Charles! —exclamó—. Dios mío, ¡parece que vaya a desmayarse! ¡David, que alguien le traiga agua al señor Griffith!

La gente se apartó mientras Frances acompañaba a Charles a un banco y Norris salía con discreción en busca de un vaso de agua.

Sin embargo, David había reparado en la mirada fugaz que Frances le había lanzado —desaprobatoria, incluso indignada— antes de llevarse a Charles de allí, y se dispuso a marcharse de inmediato, comprendiendo que debía escapar antes de que Charles se recuperara y Frances fuera en su búsqueda. Pero al darse la vuelta de manera tan repentina estuvo a punto de tropezar con su abuelo, que se encontraba a su espalda, viendo cómo Frances se alejaba.

—¿Qué demonios está pasando? —preguntó el abuelo y, antes de que David supiera qué contestar, añadió—: Vaya, ¿es el señor Griffith? ¿Está indispuesto? —Echó a andar hacia Charles y Frances al tiempo que se volvía para echar un vistazo a la sala—. ¿David? —lo llamó, dirigiéndose al espacio que había ocupado su nieto instantes antes—. ¿David? ¿Dónde te has metido?

Pero David ya se había ido.

XIV

Cuando abrió los ojos, por un momento se sintió desconcertado; ¿dónde estaba? Y entonces recordó: ah, sí. Estaba en casa de Eden y Eliza, en uno de sus dormitorios.

Desde que saliera huyendo de la fiesta dos noches atrás, se había refugiado en la casa de su hermana en Gramercy Park. No había tenido noticias del abuelo —aunque Eden, antes de desaparecer hacia su clase a la mañana siguiente, le había asegurado que estaba furioso—, ni de Edward, a quien había enviado una breve nota, y tampoco de Charles. Se había librado, al menos por el momento, de tener que dar explicaciones.

Se lavó, se vistió y fue a ver a los niños a su habitación antes de bajar a la planta baja, donde encontró a Eliza en el salón, vestida con pantalones y arrodillada en el suelo, con la alfombra cubierta de madejas enmarañadas, calcetines grises de lana y pilas de camisas de dormir de algodón.

—¡Ah, David! —exclamó con una de sus sonrisas radiantes al levantar la mirada—. ¡Pasa y ayúdame!

—¿Qué estás haciendo, querida Liza? —preguntó él acuclillándose a su lado.

—Estoy preparando estos artículos para los refugiados. Mira, cada paquete lleva un par de calcetines, dos camisas de dormir, dos de estas madejas de lana y dos agujas de tejer... Están en esa caja que tienes ahí al lado. Se atan así, allí hay bramante y un cuchillo, y los paquetes terminados se meten luego en esta caja, la que tengo aquí.

David sonrió —era difícil sentirse muy desgraciado cerca de Eliza— y ambos se abstrajeron en sus respectivas tareas.

—Bueno, tienes que contármelo todo de tu señor Griffith —dijo Eliza tras varios minutos trabajando en silencio.

David se estremeció.

—No es «mío»...

—Pues parecía muy agradable, o lo que pude ver, al menos, antes de que se indispusiera.

—Sí que es agradable. Mucho, la verdad.

Y empezó a hablarle a Eliza de Charles Griffith: de su bondad y su generosidad; de su diligencia; de su carácter práctico, con sus inesperadas incursiones en el romanticismo; de su seguridad al hablar, que nunca caía en la pedantería; de las veces que le habían roto el corazón y la elegante resignación con que lo sobrellevaba.

—Bueno —comentó Eliza tras una pausa—. Parece un hombre encantador, David. Y también parece que te quiere. Pero... tú no le correspondes.

—No lo sé —reconoció él—. Creo que no.

—¿Y por qué no?

—Porque —empezó a decir David, y entonces se dio cuenta de cuál sería su respuesta: «Porque no es Edward». Porque cuando lo tenía entre sus brazos, no sentía lo mismo que con Edward, porque carecía de la vivacidad de Edward, de la impredecibilidad de Edward, del encanto de Edward.

Al compararlo con Edward, la coherencia de Charles se asemejaba al tedio, su solidez a la timidez, su diligencia a la monotonía. Ambos, Edward y Charles, deseaban un compañero, pero

Charles lo buscaba en la autocomplacencia, en la regularidad, mientras que Edward iba tras un compañero de aventuras, alguien intrépido y valiente. Uno le ofrecía una visión de quien era; el otro, de quien esperaba llegar a ser. Sabía cómo sería la vida con Charles. Charles saldría a trabajar por las mañanas y David se quedaría en casa, y cuando Charles regresara por las tardes, disfrutarían de una tranquila cena juntos y luego él se vería obligado a someterse a las manos carnosas de Charles, a ese bigote que pinchaba y a esos besos y cumplidos entusiastas en exceso. De vez en cuando lo acompañaría a una cena con sus socios —el marido guapo, rico y joven del señor Griffith— y cuando David se excusara, los amigos y compañeros de Charles lo felicitarían por haber pescado a tan buen partido —joven y encantador..., ¡y un Bingham, además! Griffith, picarón, ¡tú sí que eres un hombre con suerte!—, y Charles soltaría una risa socarrona, abochornado y orgulloso y perdidamente enamorado, y esa noche querría estar con David una y otra vez, se metería en su dormitorio a hurtadillas, levantaría una esquina de la colcha y su garra avanzaría en busca de su cuerpo. Hasta que llegaría un día en que David se miraría en el espejo y comprendería que se había convertido en Charles —la misma cintura gruesa, el mismo pelo ralo—, y también que había entregado sus últimos años de juventud a un hombre que lo había envejecido antes de tiempo.

Sin embargo, desde que Edward le había hecho su propuesta, David fantaseaba con algo diferente, soñaba con un futuro distinto. Volvería del trabajo que hiciera en la granja de seda —tal vez podría dedicarse a documentar los árboles, realizar bocetos botánicos y supervisar su vigor— a la casita donde Edward y él vivirían juntos. Tendrían dos dormitorios, cada uno con una cama, por si algún día los denunciaban y registraban su casa, pero en cuanto la noche bajara su telón sobre la tierra, sería a una misma habitación a la que se retirarían, y sería en esa habitación, en esa cama, donde harían lo que les placiera, como en una continuación sin fin de sus encuentros en la casa de huéspedes. Vivir una vida llena de matices, una vida llena de amor: ¿no era eso lo que soñaba todo el mundo? Al cabo de menos de dos años, cuando cumpliera los treinta, recibiría parte de su fortuna, la que le habían legado sus padres, pero Edward ni siquiera había mencionado su dinero —solo lo había mencionado a él y su vida juntos—, de manera que ¿cómo y por qué motivo podía negarse a seguirlo? Cierto, sus antepasados habían luchado a brazo partido para fundar un país en el que fuera libre, pero ¿no habían garantizado también, y por lo tanto alentado, otra clase de libertad, una mayor en tanto que era más pequeña? La libertad de estar con la persona deseada; la libertad de anteponer su propia felicidad a cualquier otra consideración. Él era David Bingham, un hombre que siempre se comportaba de forma correcta, que nunca se precipitaba al tomar decisiones; pues ahora empezaría de cero, igual que había hecho su tatarabuelo Edmund con gran coraje, pero el suyo sería el coraje del amor.

Comprender eso lo imbuyó de algo muy similar a la euforia, se puso en pie y le preguntó a Eliza si podía tomar prestado su coche de caballos, y ella respondió que sí, aunque cuando él se dispuso a salir le tiró de la manga y lo atrajo hacia sí.

—Ten cuidado, David —le dijo con discreción.

Pero él se limitó a rozarle la mejilla con los labios y corrió escalera abajo, salió a la calle y comprendió que debía decir las palabras en voz alta para que fueran reales, y que debía hacerlo antes de empezar a pensárselo una vez más.

Por el camino cayó en la cuenta de que no tenía forma de saber si Edward estaría en la casa de huéspedes, pero subió de todos modos, y cuando este le abrió la puerta, David se arrojó a sus brazos de inmediato.

—Iré —se oyó decir—. Iré contigo.

La escena fue memorable. Los dos llorando, llorando y aferrándose el uno al otro, tirando de la ropa del otro, del pelo del otro, de manera que quien los viera no habría sabido distinguir si habían caído en un estado de duelo desgarrado o de éxtasis.

—Al no recibir respuesta tuya, estaba convencido de que habías decidido no venir —confesó Edward cuando ya se habían calmado un tanto.

—¿Respuesta?

—Sí, a la carta que te envié hace cuatro días... diciéndote que le había contado a Belle que tenía esperanzas de convencerte y pidiéndote la oportunidad de permitirme intentarlo de nuevo.

—¡No he recibido ninguna carta!

—¿No? Pero si la envié... ¡Me pregunto qué habrá pasado con ella!

—Bueno... Es que... No he estado en casa, no en la mía... Pero ya te lo explicaré después. —Porque una vez más los había poseído la urgencia, la pasión.

No fue hasta mucho más tarde, acomodados en su postura habitual en la pequeña y dura cama de Edward, cuando este preguntó:

—¿Y qué ha dicho tu abuelo de todo esto?

—Bueno, verás... No se lo he contado. Todavía.

—¡David! Cariño mío. ¿Y qué dirá?

Y justo en ese momento se abrió una brecha minúscula en su felicidad. Pero...

—Terminará aceptándolo —repuso David con firmeza, más para oírselo decir que porque lo creyera—. Lo hará. Puede que tarde un tiempo, pero lo hará.

»Además, de todos modos no puede detenerme. A fin de cuentas, soy adulto, ya no estoy bajo su protección legal, y dentro de dos años recibiré parte de mi dinero.

Edward se acurrucó más a su lado.

—¿No tiene forma de retenerlo?

—En absoluto. Al fin y al cabo, no es suyo, me lo dejaron mis padres.

Se quedaron callados, y luego Edward dijo:

—Bueno, hasta entonces no tienes de qué preocuparte. Yo ganaré un sueldo y me ocuparé de los dos.

Y David, a quien nadie le había ofrecido nunca mantenerlo, se sintió conmovido y besó el rostro vuelto hacia arriba de Edward.

—He ahorrado casi hasta el último penique de mi asignación desde que era niño —dijo para tranquilizarlo—. Es más que probable que la cifra ascienda a miles. No quiero que te preocupes por mí.

De hecho, era él quien se ocuparía de Edward, y lo sabía. Edward querría trabajar, porque era aplicado y ambicioso, pero David conseguiría que su vida no solo fuera intrépida, sino también cómoda. Habría un piano para Edward, libros para él y todo lo que tenía en Washington Square: alfombras orientales en tonos rosados, porcelana blanca y delicada, sillas tapizadas de seda. California sería su nuevo hogar, su nuevo Washington Square, y David haría que les resultara tan acogedor y agradable como pudiera.

Se pasaron toda la tarde allí tumbados, y cayó la noche y por una vez David no tenía que estar en ningún otro lugar: no despertó de golpe de su siesta para, preso del pánico al ver que había oscurecido, vestirse a toda prisa, dejar los brazos implorantes de Edward, correr al coche y rogarle al mozo de cuadra —pero, bueno, ¿era eso una sonrisilla burlona? ¿Por él? ¡Cómo se atrevía!— que se apresurara cuanto pudiera, como si estuviera en la escuela de nuevo y fuera un niño a punto de perderse el último toque de campana, después del cual las puertas del comedor se cerraban a cal y canto y él tendría que subir a acostarse sin cenar. Ese día, y esa noche después, durmieron y despertaron, durmieron y despertaron, y cuando por fin se levantaron para hervir unos huevos en la chimenea, Edward le impidió mirar el reloj de bolsillo.

—¿Qué importa? —preguntó—. Tenemos todo el tiempo del mundo, ¿o no?

Y en su lugar le encargó que rebanara una hogaza de pan moreno, que tostaron sobre las llamas.

Al día siguiente se levantaron tarde y hablaron sin cesar sobre su nueva vida en común: las flores que David plantaría en el jardín, el piano que Edward compraría («Pero solo cuando tengamos cierta estabilidad», dijo con voz grave, y David se echó a reír. «Yo te compraré uno», le prometió, con lo que estropeó su propia sorpresa, pero Edward negó con la cabeza y dijo: «No quiero que gastes tu dinero en mí; es tuyo»), lo bien que le caería Belle a David, y él a ella. Después llegó la hora de que David saliera hacia su clase —las dos semanas anteriores se había ausentado, y le había dicho a la gobernanta que impartiría una clase especial el martes, en lugar del miércoles—, y se obligó a vestirse para ir a ver a sus alumnos, a quienes mandó dibujar lo que les apeteciera, y luego, sin dejar de sonreír, estuvo paseándose entre ellos mientras lo hacían, mirando de vez en cuando sus bocetos de rostros asimétricos, de perros y gatos de mirada aviesa, de margaritas plasmadas con tosquedad y rosas de pétalos puntiagudos. Y más tarde, cuando regresó a casa, encontró un fuego recién encendido y una mesa llena de viandas que Edward había comprado con el dinero que él le había dado, y al propio Edward, a quien David le relató las anécdotas de la tarde..., anécdotas como las que antes le contaba a su abuelo, y se sonrojó al recordarlo: ¡un hombre adulto con su abuelo por única compañía! Pensó en ellos dos, en las noches tranquilas que pasaban en el salón, en cómo él se retiraba después a su estudio, donde dibujaba en su cuaderno. Llevaba la vida de un inválido, pero al fin había recobrado la salud; ya estaba curado.

La tarde de su llegada a la casa de Edward había enviado el coche de caballos de Eden y Eliza de vuelta con una nota, pero la tercera noche se oyeron unos golpes en la puerta, y cuando David abrió, se topó con una desaliñada criada que le tendía una carta. La tomó y la remplazó por una moneda.

—¿De quién es? —preguntó Edward.

—De Frances Holson. —Frunció el ceño—. La abogada de la familia.

—Bueno, léela. Me volveré de cara a esa pared y fingiré haberme ido a otra habitación para, así, dejarte intimidad.

16 de marzo

Querido David:

Escribo para darte noticias aciagas. El señor Griffith ha caído enfermo. La fiebre se apoderó de él la noche de la inauguración del museo; tu abuelo se ocupó de que llegara bien a su casa.

No puedo saber con certeza qué ha ocurrido entre vosotros, pero sí veo que siente devoción por ti, y creo que si eres el hombre que conozco y he conocido desde niño, tendrás la bondad de hacerle una visita, máxime cuando considera que existe un acuerdo entre vosotros. Quería partir hacia el Cabo justo después de la fiesta, pero se ha visto obligado a retrasar su marcha. Y sospecho que no es solo que se haya visto obligado; lo ha preferido así con la esperanza de verte. Deseo que tu conciencia y tu buen corazón le concedan ese favor.

No veo motivo para mencionar nada de esto a tu abuelo.

Atentamente,

F. HOLSON

Frances debía de haber averiguado su paradero a través de Eden, que sin duda lo sabía gracias al cochero, ese traidor, aunque no podía por menos de estarle agradecido a la abogada de confianza y amiga de la familia por su discreción; si bien con su nota le hacía llegar una regañina, sabía que Frances no lo delataría ante su abuelo, pues siempre lo había consentido, incluso ya de pequeño. Estrujó el papel, lo lanzó al fuego y, luego, desafiando a Frances, volvió a meterse en la cama e hizo un gesto para disipar las preocupaciones de Edward. Más adelante, sin embargo, cuando de nuevo estaban el uno en los brazos del otro, pensó en Charles y le embargaron la pena y la rabia: pena por Charles, rabia hacia sí mismo.

—Estás muy serio —dijo Edward en voz baja, acariciándole la mejilla—. ¿No quieres contármelo?

De modo que terminó por hacerlo: le habló de la petición de su abuelo, de la proposición de Charles, del propio Charles, de sus encuentros, de que este se había enamorado de él. Sus anteriores fantasías, aquellas en las que Edward y él se reían juntos de los torpes gestos de Charles en la cama, le hicieron ruborizarse de vergüenza y en modo alguno debían cumplirse... Edward lo escuchó en silencio, comprensivo, lo cual hizo que a David le remordiera aún más la conciencia: había tratado a Charles de una forma execrable.

—Pobre hombre —dijo Edward al cabo, y con pesar—. Debes hablar con él, David. A menos... A menos que, efectivamente, estés enamorado de él.

—¡Por supuesto que no! —exclamó David con pasión—. ¡Estoy enamorado de ti!

—Pues entonces... —dijo Edward, acercándose más a él—, de verdad que debes hablar con él. David, tienes que hacerlo.

—Lo sé —repuso—. Sé que tienes razón. Mi buen Edward. Deja que me quede aquí contigo una noche más y mañana iré a verlo.

Y acordaron que dormirían, ya que, por muchas ganas que tuvieran de seguir hablando, ambos estaban muy cansados. De modo que apagaron las velas de un soplido y, aunque David pensaba que la tarea que debía afrontar al día siguiente lo mantendría despierto, no fue así; por lo visto, solo necesitó apoyar la cabeza en la única y delgada almohada de Edward y cerrar los ojos para que el sueño lo arropara y sus inquietudes se desvanecieran en las tinieblas de sus ensoñaciones.

XV

—Señor Bingham —dijo Walden con sequedad—. Siento mucho haberle hecho esperar.

David se puso tenso. Walden nunca le había caído muy bien, pues conocía a los de su calaña: londinense, contratado por Charles a un precio sin duda exorbitante, se debatía entre sentirse infravalorado por ser el mayordomo de un nuevo rico, alguien sin pedigrí... y orgulloso de sí mismo por ostentar un sentido de la autoridad tan irreprochable que un hombre acaudalado había ido a buscarlo al otro lado del océano para seducirlo y tenerlo a su lado. Naturalmente, como sucede con todos los enamoramientos, su entusiasmo también había decaído, y ahora Walden se encontraba atrapado en ese territorio tan vulgar del Nuevo Mundo, trabajando para alguien con posibles, pero de un gusto chabacano. David le recordaba que podría haber conseguido algo mejor, que podría haberse empleado al servicio de un nuevo rico cuyo dinero al menos no fuera tan nuevo.

—No pasa nada, Walden —repuso David con frialdad—. Al fin y al cabo, no había anunciado mi visita.

—En efecto. Echábamos de menos verlo por aquí, señor Bingham.

El comentario fue impertinente y pretendía ruborizarlo, cosa que logró, pero como David no contestó, al cabo Walden continuó:

—Me temo que el señor Griffith sigue bastante débil. Se pregunta, aunque entenderá que prefiera usted no hacerlo, si querría subir a verlo a sus aposentos.

—Por supuesto, me parece bien. Si a él no le importa.

—Oh, le aseguro que no. Por favor..., creo que ya conoce el camino.

Walden dijo esto último con amabilidad, pero David se levantó de un salto, furioso, y siguió al mayordomo por la escalinata, sonrojado al recordar que Walden había sido testigo en diversas ocasiones de cómo un Charles anhelante lo conducía a su dormitorio con la mano posada en la parte baja de su espalda, y él, al pasar, había detectado en el rostro del mayordomo el asomo de una sonrisa que era a la vez burlona y salaz.

Ya en la puerta, dejó atrás a Walden y su reverencia formal e irónica —«Señor Bingham»— y entró en la habitación, que estaba a oscuras, con las cortinas corridas sobre los cielos de media mañana, e iluminada por una única lámpara cerca de la cabecera de la cama de Charles. El propio Charles estaba incorporado en ella, apoyado en hileras de cojines y todavía en bata. A su alrededor había esparcidos muchos papeles, y tenía una pequeña mesita con un tintero y una pluma que apartó entonces de sus piernas.

—David —dijo en voz baja—. Ven aquí para que te vea.

Alargó una mano y encendió la lamparita del otro lado de la cama, y David avanzó y acercó una silla.

Le sorprendió el aspecto tan desmejorado de Charles, el rostro y los labios grises, las bolsas flácidas y caídas bajo los ojos, su escaso pelo sin peinar y alborotado, y parte de ese asombro debió de reflejarse en su expresión, porque Charles le ofreció una especie de sonrisa temblorosa.

—Debería habértelo advertido antes de que entraras —dijo.

—En absoluto —repuso David—. Siempre es un placer verte. —Una afirmación tan sincera como falsa, y Charles, como si lo intuyera, compuso una mueca apenada.

Había temido —y más adelante reconocería que casi esperado— que Charles sufriera mal de amores, que estuviera perdidamente enamorado de él, así que cuando le explicó que había contraído un resfriado sintió una leve e inesperada punzada de decepción, acompañada de un alivio mucho mayor.

—Hacía años que no me ocurría nada igual —dijo Charles—, pero creo que ya he pasado lo peor, aunque todavía me canso al subir y bajar la escalera. Me temo que he pasado la mayor parte del tiempo atrapado entre esta habitación y mi estudio, repasando estos... —señaló el despliegue de papeles— libros y estas cuentas, y ocupándome de la correspondencia. —David empezó a murmurar que lo sentía, pero Charles lo interrumpió con un gesto que no fue brusco sino aseverativo—. No tienes por qué. Te lo agradezco, pero me pondré bien; ya me estoy recuperando.

Se produjo entonces un largo silencio durante el que Charles lo miró y David miró el suelo, y cuando por fin tomó la palabra, Charles lo hizo también.

—Lo siento —se dijeron el uno al otro. Y luego, al mismo tiempo—: Tú primero..., por favor.

—Charles —empezó él—, eres un hombre maravilloso. Disfruto mucho conversando contigo. No solo eres una buena persona, sino también muy sensata. Me he sentido y me siento honrado por el interés y el afecto que me has demostrado. Pero... no puedo casarme contigo.

»Si hubieras sido un hombre desalmado, o egoísta, mi conducta para contigo sería aceptable. Pero considerando la clase de hombre que eres, es censurable. No tengo excusa, ni justificación, ni defensa. He obrado y sigo obrando muy mal contigo, y el pesar por el dolor que haya podido causarte me perseguirá el resto de la vida. Mereces a alguien mucho mejor que yo, no cabe duda. Desearía que algún día pudieras perdonarme, aunque no lo espero. Aun así, yo siempre te desearé lo mejor; de eso estoy seguro.

No sabía muy bien qué iba a decir, ni siquiera mientras subía la escalera hacia la habitación de Charles. En ese momento reparó en que desde hacía un tiempo todo eran disculpas: de Charles, por no escribirle; de Edward, también por no escribirle; suyas, dirigidas a Charles. Solo quedaba otra que ofrecer, la que debía a su abuelo, si bien era incapaz de planteárselo siquiera, al menos por ahora.

Charles guardó silencio, y durante un rato continuaron allí sentados, envueltos en el eco de las palabras de David, y cuando por fin Charles se animó a hablar, lo hizo con los ojos cerrados y la voz ronca y quebrada:

—Lo sabía. Sabía que esa iba a ser tu respuesta. Lo sabía, y he tenido días... semanas, si te soy sincero, para prepararme. Pero oírlo de tus labios... —Calló.

—Charles —musitó.

—Dime... No, mejor no. Aunque... David, sé que soy mayor que tú y que no tengo ni una cuarta parte de tu apostura, pero... he pensado mucho en ello mientras anticipaba esta conversación, y me pregunto si no habría alguna forma de estar juntos en que... en que tú pudieras encontrar satisfacción también con otros.

Al principio no entendió lo que Charles quería decirle, pero en cuanto lo comprendió, suspiró, hondamente conmovido.

—Oh, Charles, eres muy apuesto —mintió, a lo que este reaccionó con una sonrisa triste, pero sin decir nada—, y muy bueno. Pero tú no deseas esa clase de matrimonio.

—No —reconoció Charles—, es cierto. Aunque si es la manera de estar contigo...

—Charles... No puedo.

El hombre suspiró y volvió la cabeza sobre la almohada. Durante un rato no dijo más. Luego:

—¿Estás enamorado de otro?

—Sí —contestó David, y su respuesta los sobresaltó a ambos. Fue como si hubiera proferido una palabra malsonante, un insulto espantoso, y ninguno de ellos supiera cómo reaccionar.

—¿Desde cuándo? —preguntó Charles en voz baja y sombría. Y al ver que David no respondía—: ¿Antes de que intimáramos? —Y luego, de nuevo—: ¿Quién es?

—Desde no hace mucho —murmuró David—. No. Nadie. Un hombre al que he conocido.

Era una traición reducir a Edward a un cualquiera, a una figura sin nombre, pero también sabía que no debía herir los sentimientos de Charles, que bastaba con reconocer la existencia de Edward en voz alta sin dar más detalles.

Se produjo un tercer silencio, y entonces Charles, que estaba desplomado sobre los almohadones con la cara vuelta hacia el otro lado, se incorporó un poco con un susurro de sábanas.

—David, debo decirte algo o lo lamentaré siempre —empezó, hablando despacio—. Debo tomarme seriamente tu declaración de amor por otro, por mucho que me duela... Y me duele. Pero hace ya algún tiempo que me pregunto si no estarás... asustado. Tal vez no del matrimonio, pero sí de tener que ocultarme tus secretos, y si será esa la causa de tus reticencias, lo que te ha mantenido alejado de mí.

»Estoy enterado de tus dolencias, David. No preguntes quién me lo contó, pero hace un tiempo que lo sé, y ahora deseo decirte, aunque tal vez, o casi seguro, tendría que haberlo hecho antes, que esa información nunca me ha disuadido de querer convertirte en mi marido, de desear compartir mi vida contigo.

David se alegró de estar sentado, pues se sintió desfallecer, peor aún, era como si le hubieran arrancado la ropa y se encontrara en mitad de Union Square, rodeado de una muchedumbre que se burlaba de él y señalaba su desnudez lanzándole a la cabeza hojas viscosas de col putrefacta mientras los caballos de carga hacían cabriolas a su alrededor. Charles tenía razón: de nada servía intentar descubrir quién había desvelado su secreto. Por muy fría que pudiera ser la relación con sus hermanos, sabía que no se trataba de nadie de la familia; esa clase de información casi siempre la difundía el servicio, y aunque el de los Bingham era leal y tenían criados que trabajaban para ellos desde hacía décadas, siempre había algunos que se marchaban en busca de otros empleos, mejores, e incluso quienes no se iban hablaban entre sus iguales. Habría bastado con que una doncella se lo contara a su hermana, fregona en otra casa, quien se lo habría comentado entonces a su pretendiente, cochero de otra casa más, quien se lo habría trasladado al segundo ayuda de cámara, quien luego se lo habría relatado a su propio pretendiente, el ayudante de cocina, quien para ganarse el favor de su superior se lo habría contado al cocinero mismo, quien luego se lo habría confiado a su amigo ocasional y némesis perpetua, el mayordomo, la figura que, aún más que el señor de la casa, dictaba los ritmos y por lo tanto los pequeños placeres de la vida de este, y quien a su vez, después de que el joven amigo de su señor se hubiera marchado esa noche de vuelta a su mansión de Washington Square, habría llamado a la puerta del dormitorio y, tras pedir permiso para entrar, se habría aclarado la garganta y lanzado un: «Discúlpeme, señor... He sopesado si debía decir

algo o no, pero me siento en la obligación moral de hacerlo»,
y su señor, irritado y acostumbrado a esa clase de dramas que
tanto gustaban al servicio, y conocedor de cuánto les molestaba
y a la vez entusiasmaba estar al corriente de los aspectos más íntimos de las vidas de sus empleadores, habría dicho: «Bueno, ¿de
qué se trata? ¡Suéltalo, Walden!», y Walden, agachando la cabeza
en una pantomima de humildad, así como para ocultar la sonrisa que no podía reprimir y que ya afloraba en sus largos y finos
labios, habría contestado: «Se trata del joven señor Bingham,
señor».

—¿Pretendes amenazarme? —susurró David cuando se recobró.

—¡Amenazarte! ¡No, David, por supuesto que no! Me has
malinterpretado. Solo quería tranquilizarte y decirte que, si es
tu pasado lo que te ha hecho ser comprensiblemente cauteloso,
no tienes nada que temer de mí, que...

—Porque no te lo recomiendo. Olvidas... que sigo siendo
un Bingham. En cambio, ¿tú? Tú no eres nadie. Nada. Puede
que tengas dinero. Puede que incluso goces de cierta posición
en Massachusetts. Pero ¿aquí? Aquí nadie te prestará oídos. Nadie te creerá jamás.

Esas feas palabras quedaron pendiendo en el aire, entre ambos, y durante un buen rato ninguno de los dos dijo nada. Después, en un movimiento rápido y repentino, tan repentino que
David se puso de pie pensando que Charles pretendía golpearle,
este apartó la colcha y se levantó, apoyando una mano en la
cama para no perder el equilibrio, y cuando habló, su voz sonó
metálica, incomparable a nada que David hubiera oído hasta la
fecha.

—Parece que estaba equivocado. Acerca de cuáles podían ser
tus miedos. Acerca de ti, en general. Pero ahora ya he dicho

todo lo que quería decir y ya no tenemos por qué volver a hablar jamás.

»Te deseo lo mejor, David... De corazón. Espero que ese hombre al que amas te corresponda, y que te ame para siempre, que disfrutéis de una larga vida juntos y no te encuentres a mi edad como yo, un bobo en camisón delante de un hermoso joven a quien confiaste tu corazón, a quien creías una persona decente, y buena, y que ha resultado no ser ninguna de las dos cosas, sino un niño malcriado. —Le volvió la espalda—. Walden te acompañará a la salida —dijo, pero David, quien nada más terminar de hablar se había dado cuenta con horror de lo que había hecho, se quedó petrificado en su sitio.

Transcurrieron unos segundos, y cuando quedó claro que Charles no volvería a girarse hacia él, también David dio media vuelta y caminó hasta la puerta, donde estaba seguro de que Walden esperaba, al otro lado, con la oreja pegada a la madera y una sonrisa dibujada en los labios, pensando en cómo les relataría esa inusitada anécdota a sus compañeros durante la cena del personal de esa noche.

XVI

Se descubrió abandonando la casa como en trance, y una vez fuera se detuvo en la acera, aturdido. A su alrededor, el mundo le resultó increíblemente vívido: el cielo era de un azul agresivo, los pájaros piaban a un volumen angustiante, el olor del estiércol de los caballos, pese al frío, tenía una intensidad desagradable, los puntos de las costuras de sus delicados guantes de cabritilla eran tan precisos y diminutos y numerosos que con facilidad habría podido perderse contándolos.

En su interior arreciaba una tormenta, y para contrarrestarla desencadenó otra más: dio instrucciones al cochero para que lo llevara de tienda en tienda, gastando dinero como nunca lo había hecho en cajas de merengues delicados, níveos como la manteca; en un pañuelo de cachemir del mismo negro que los ojos de Edward; en una fanega de naranjas, hermosas y tan fragantes como flores; en una lata de caviar, cada una de cuyas cuentas brillaba como una perla. Gastó sin mesura y solo en cosas extravagantes: nada de lo que compró era necesario y, de hecho, la mayoría se pudriría o se estropearía antes de que pudiera consumirlo en un tiempo razonable. Pero siguió comprando más y más, y, si bien algunos paquetes se los llevaba consigo, la mayoría los enviaba directamente a casa de Edward, de ahí que cuando por fin llegó a Bethune Street tuviera que esperar al pie de la escalera mientras dos repartidores alzaban un árbol de naranjitas chinas en flor para entrarlo por la puerta y otros dos salían cargados con un cajón vacío que había contenido un juego de té completo de porcelana de Limoges, decorado con animales de la jungla africana. Arriba, Edward estaba en el centro de su habitación, con las manos en la cabeza, decidiendo dónde colocar el árbol... o intentándolo.

—Madre mía —no dejaba de repetir—. Supongo que habría que ponerlo ahí... O, no, aquí, quizá. Aunque... No, ahí tampoco... —Y cuando vio a David, profirió un grito de sorpresa y alivio y tal vez también de exasperación—. ¡David! —exclamó—. ¡Mi vida! ¿Qué significa todo esto? No, por favor, mejor ahí, diría yo. —Eso iba dirigido a los repartidores—. ¡David! ¡Cariño, qué tarde vuelves! ¿Qué has estado haciendo?

En respuesta, David empezó a sacarse cosas de los bolsillos y a lanzarlas sobre la cama: el caviar, una cuña de queso White Stilton, una cajita de madera que contenía virutas de su jengibre confitado preferido, bombones rellenos de licor, cada uno envuelto en un pedazo de papel de seda de colores alegres; todo dulce, todo delicioso, comprado solo para deleitar, para conjurar con su magia el remordimiento que lo envolvía como una nube. Se había dejado llevar por tal frenesí que había comprado por múltiplos: no una tableta de chocolate con grosellas espinosas, sino dos; no un cucurucho de castañas confitadas, sino tres; no otra manta de lana suave para complementar la que ya le había regalado a Edward, sino dos más.

Pero eso solo lo descubrieron, entre risas, después de darse un atracón, y para cuando fueron capaces de recuperar el sentido —desnudos pese a estar sudando, aun en el frío húmedo de la habitación, tumbados en el suelo porque la cama estaba enterrada en paquetes—, ambos se sostuvieron la barriga y se lamentaron con teatralidad por todo el azúcar, la grasa cremosa y sustanciosa, el pato ahumado y el *pâté* que acababan de devorar.

—Oh, David —dijo Edward—, ¿no te arrepentirás de esto?

—Por supuesto que no —contestó este, y no lo hacía; jamás se había comportado así. Tenía la sensación de que todo aquello había sido necesario y de que nunca se sentiría dueño de su fortuna hasta que empezara a comportarse como tal.

—No viviremos así en California —murmuró Edward, con tono soñador.

En lugar de contestar, David se puso de pie y buscó los pantalones, que había lanzado a un rincón remoto (o lo más posible) de la habitación y metió la mano en el bolsillo.

—¿Qué es esto? —preguntó Edward al aceptar la cajita de cuero y abrir la tapa con bisagra.

—Ah... —repuso él.

Era una palomita de porcelana, una reproducción perfecta, con el minúsculo pico abierto en pleno canto, los ojos negros y brillantes.

—Es para ti, porque eres mi pequeño pajarillo —explicó David—, y porque espero que siempre lo seas.

Edward sacó la figura de su cajita y la sostuvo en la palma hueca de su mano.

—¿Me estás pidiendo que me case contigo? —preguntó en voz baja.

—Sí —dijo David—, así es.

Y Edward lo rodeó con los brazos.

—Por supuesto que acepto —dijo—. ¡Pues claro que sí!

Jamás volverían a ser tan felices como aquella noche. A su alrededor, y en su interior, todo era deleite. Sobre todo David se sentía renacido: en un solo día había rechazado una proposición de matrimonio, pero había presentado la suya. Esa noche se sentía invencible; él era el artífice de cada átomo de felicidad que contenía la habitación: cada sensación dulce sobre la lengua, cada suave cojín sobre el que apoyar la cabeza, cada aroma que perfumaba el aire, todo se debía a él. Todo lo había proporcionado él. Por debajo de esos triunfos, no obstante, fluyendo como un río oscuro y envenenado, discurría su vergüenza: las auténticas barbaridades que le había dicho a Charles y, por debajo aún de eso, su conducta, la falta de respeto con que lo había tratado, la forma en que lo había utilizado debido a la angustia y al miedo, a su necesidad de halagos y atención. Y más abajo aún, el fantasma de su abuelo, a quien había traicionado y para quien ninguna disculpa sería nunca suficiente. Cada vez que la certeza de todo ello amenazaba con desbordarlo, volvía a hacerla descender metiéndose otro bombón en la boca, o en la de Edward, o consiguiendo que Edward lo tumbara boca abajo.

Y aun así, sabía que nada bastaría jamás, que había empañado su reputación y que esa mancha era irreversible. De modo que, a la mañana siguiente, cuando la pequeña criada llamó a la puerta y se quedó boquiabierta ante la escena que ofrecía aquella habitación mientras le entregaba una nota escueta e ineludible de su abuelo, supo que al fin lo habían encontrado, y también que lo único que le quedaba era regresar a Washington Square, donde respondería de su ignominia... y declararía su libertad.

XVII

¡Su hogar! Solo llevaba fuera algo menos de una semana y, sin embargo, qué extraño le parecía ya; qué extraño, y al mismo tiempo qué familiar, el olor de la cera para muebles y de las azucenas, del té Earl Grey y del fuego. Y, por supuesto, de su abuelo: su tabaco y su colonia de azahar.

Se había dicho que no debía ponerse nervioso al entrar a Washington Square —aquella era su casa... o lo sería—, y sin embargo, cuando llegó a lo alto de los peldaños titubeó: normalmente entraría con paso firme, pero por un momento sintió que debía llamar, y si la puerta no se hubiera abierto de súbito (era Adams, que acompañaba a Norris a la salida), tal vez se habría quedado allí para siempre. Norris abrió los ojos de manera perceptible al verlo allí, pero enseguida se rehízo y le deseó las buenas tardes, a lo que añadió que esperaba volver a verlo pronto, e incluso Adams, cuya formación era mucho mejor que la del odioso Walden, arqueó las cejas sin percatarse, pero enseguida las bajó con rigor para que formasen un ceño, como si quisiera castigarlas por su rebeldía.

—Señor David, tiene muy buen aspecto. Bienvenido a casa. Su abuelo está en la sala de estar.

Le dio las gracias a Adams al tiempo que le entregaba el sombrero y le permitía hacerse cargo del abrigo, y luego subió. Los domingos la cena se servía pronto, de manera que también él había llegado con tiempo, poco después de la hora de comer de su abuelo. Estando alejado de Washington Square, se había percatado de lo mucho que había acabado midiendo el tiempo según el metrónomo de esa casa: el mediodía no era solo el mediodía, era cuando su abuelo y él terminaban de comer el fin de semana; las cinco y media de la tarde no eran solo las cinco y media de la tarde, era cuando volvían a sentarse a la mesa para cenar. Las siete de la mañana era cuando su abuelo salía hacia el banco; las cinco de la tarde era cuando regresaba. Su reloj, sus días venían determinados por el abuelo, y durante todos esos años había cedido ante él sin planteárselo siquiera. Incluso desde el exilio, sentía el viejo dolor de esas cenas de domingo y veía tan claramente como si de un cuadro se tratara a sus hermanos y a su abuelo reunidos alrededor de la superficie reflectante de la mesa del comedor, olía las grasas sustanciosas de la codorniz asada.

Se detuvo frente a la puerta de la sala de su abuelo, esperó y respiró profundamente antes de golpear por fin la puerta con un nudillo y, al oír su voz, entrar. Cuando lo hizo, su abuelo se levantó, algo poco habitual en él, y los dos quedaron de pie en silencio, mirándose como si el otro fuera alguien a quien hubieran visto una vez y luego olvidado.

—David —dijo el abuelo con voz anodina.

—Abuelo —repuso él.

El anciano se le acercó.

—Deja que te vea —pidió, y tomó las mejillas de David entre sus manos para volverle un ápice la cabeza hacia uno y otro lado, como si los misterios de la vida actual de David pudieran estar escritos en su rostro, antes de bajarlas de nuevo a los costados con una expresión que no traslucía nada—. Siéntate —le dijo, y David ocupó su asiento de costumbre.

Durante un rato guardaron silencio, hasta que su abuelo tomó la palabra:

—No empezaré por donde podría: reprendiéndote, o interrogándote, aunque no prometo que sea capaz de resistirme a nada de ello durante lo que dure esta conversación. De momento, no obstante, quisiera mostrarte dos cosas.

David vio que su abuelo se ponía a rebuscar en una caja que había en la mesa, junto a él, y sacaba un atado de cartas, decenas de ellas sujetas con un cordel, y al recibirlas, reparó en que eran todas de Edward y alzó la mirada, indignado.

—No —le advirtió su abuelo antes de que tuviera oportunidad de decir nada—. Ni te atrevas.

Y David, aunque furioso, deshizo el nudo apresuradamente y abrió el primer sobre en silencio. Dentro encontró la primera de las cartas que le había escrito a Edward cuando este partiera a visitar a sus hermanas y, en una hoja aparte, su respuesta. El segundo sobre, abierto ya aunque resellado, contenía otra de sus cartas y otra de las respuestas de Edward. También el tercero, y el cuarto, y el quinto; todas las cartas a las que Edward nunca había contestado, por fin respondidas. Al leerlas, no pudo contener una gran sonrisa ni el temblor de sus manos; por lo romántico del gesto, porque comprendió lo mucho que había necesitado esas respuestas, por la crueldad que suponía que se las hubieran ocultado, por el alivio de que no las hubieran abierto y solo él pudiera leerlas, solo él pudiera verlas. Esa era la carta a la que se había referido Edward, la que había hecho entregar dos días antes del acto en el museo, mientras David yacía en su cama, abúlico y atormentado, esa y muchas otras más. Aquella era la prueba del amor de Edward por él, su devoción estaba en cada palabra, en cada hoja de papel cebolla; aquella era la causa de que no hubiera tenido noticias suyas durante su reclusión: porque Edward había estado escribiéndole todas esas cartas. De repente tuvo una visión de sí mismo, metido en cama y contemplando la mancha, mientras al oeste de allí Edward garabateaba a la luz de las velas con la mano agarrotada y dolorida, ambos desconocedores del sufrimiento del otro, pero ambos pensando solo en el otro.

Y entonces se encolerizó, y no obstante, una vez más, su abuelo empezó a hablar antes de que pudiera hacerlo él:

—No debes ser muy duro al juzgarme, hijo..., aunque me disculpo por habértelas ocultado. Pero estabas tan enfermo, tan alterado, que no podía saber si esto te perjudicaría más aún. Era una cantidad tan extraordinaria de cartas que pensé que podían ser de... de... —Se interrumpió.

—Bueno, pues no lo eran —espetó él.

—Ahora lo sé —prosiguió su abuelo, y adoptó una expresión adusta—. Lo cual me lleva a lo segundo que necesito que leas.

De nuevo rebuscó en la caja y esta vez le entregó a David un gran sobre marrón que contenía un taco de hojas cosidas, la superior inscrita con grandes letras: CONFIDENCIAL. PARA EL SEÑOR NATHANIEL BINGHAM, A PETICIÓN SUYA.

De pronto David sintió que lo asaltaba un temor y sostuvo las páginas en su regazo con cuidado de no mirarlas. Pero...

—Léelo —dijo su abuelo con la misma voz anodina y tensa. Y como David se negaba a moverse—: Que lo leas.

17 de marzo de 1894

Estimado señor Bingham:

Hemos terminado el informe sobre el caballero en cuestión, Edward Bishop, y recogido los detalles de la vida de dicho individuo en estas páginas.

El sujeto nació siendo Edward Martins Knowlton el 2 de agosto de 1870, en Savannah, Georgia, hijo de Francis Knowlton, maestro de escuela, y Sarabeth Knowlton (de soltera Martins). Los Knowlton tuvieron otro hijo, una niña, Isabelle (conocida como Belle) Harriet Knowlton, nacida el 27 de enero de 1873. El señor Knowlton era un maestro muy querido, pero también un conocido jugador empedernido, y la familia a menudo incurría en deudas. Knowlton pidió mucho dinero prestado a su familia y a la de su mujer, pero cuando se supo que robaba dinero de las arcas de la escuela lo despidieron y amenazaron con una probable pena de cárcel. Por entonces se descubrió también que estaba mucho más endeudado de lo que sabía incluso su propia familia; había acumulado cientos de dólares en deudas y no tenía forma de devolverlos.

La noche antes de comparecer ante el tribunal, Knowlton huyó con su esposa y sus dos hijos. Los vecinos encontraron la casa casi exactamente como la habían dejado, aunque con muestras de que habían partido a toda prisa; habían arramblado con los artículos no perecederos de la alacena y todos los cajones estaban abiertos. Un calcetín infantil había quedado olvidado en la escalera. Las autoridades empezaron la búsqueda de inmediato, pero se cree que Knowlton buscó refugio en una casa clandestina, con toda probabilidad arguyendo persecución religiosa.

A partir de ahí se pierde el rastro de Knowlton y de su mujer. Los dos niños, Edward y Belle, aparecen registrados en una casa refugio de Frederick, Maryland, el 4 de octubre de 1877, pero identificados como huérfanos. Según las notas del refugio, ninguno de los niños podía o quería hablar sobre lo ocurrido con sus padres, pero el chico sí dijo en algún momento que «el hombre del caballo los encontró y nosotros nos escondimos», lo cual llevó al director del centro a la conclusión de que los progenitores

Knowlton habían sido capturados por una patrulla de las Colonias justo antes de cruzar a Maryland y que los niños fueron encontrados más adelante y acompañados al refugio por un buen samaritano.

Los hermanos permanecieron en la casa otros dos meses antes de ser trasladados, junto con otros niños sin padres encontrados en la zona, a un hospicio para huérfanos de las Colonias en Filadelfia el 12 de diciembre de 1877. Allí los adoptó casi de inmediato una pareja de Burlington, Vermont, Luke y Victoria Bishop, que ya tenían dos hijas, Laura (de ocho años) y Margaret (de nueve), también huérfanas de las Colonias, aunque ambas fueron adoptadas siendo niñas de pecho. Los Bishop eran ciudadanos acomodados y respetables: el señor Bishop poseía una próspera industria maderera, que dirigía junto a su esposa.

Pero la relación entre los Bishop y su nuevo hijo, que al principio fue grata, no tardó en agriarse. Mientras que Belle enseguida se adaptó a su nueva vida, Edward se resistía. El chico era muy atractivo, además de inteligente y encantador, pero, en palabras de Victoria Bishop, «carecía del menor espíritu de trabajo y autocontrol». De hecho, mientras que sus hermanas terminaban diligentemente sus deberes y tareas domésticas, Edward siempre encontraba formas de eludir sus responsabilidades; incluso incurrió en mezquinos chantajes para obligar a Belle a que hiciera sus tareas por él. Aunque gozaba de un ingenio manifiesto, era un alumno abúlico y, de hecho, lo expulsaron de la escuela tras descubrir que había copiado en un examen de matemáticas. Le encantaban los dulces, y muchas veces afanaba caramelos en la tienda. Y aun así, tal como recalcó su madre adoptiva, sus hermanas lo adoraban, sobre todo Belle, a pesar de las mañas de las que se valía a menudo para manipularla. Según la mujer, tenía una paciencia excepcional con los animales, entre ellos el perro cojo de la familia, y también era un cantante nato, leía y escribía de maravilla y era muy afectuoso. Aunque contaba con pocos amigos de verdad, pues prefería estar con Belle, era popular, tenía muchos conocidos y nunca parecía sentirse solo.

Cuando el chico cumplió diez años, la familia adquirió un piano (el señor Bishop había aprendido a tocarlo en su juventud) y, si bien todos los niños recibieron clases, fue Edward quien demostró un mayor talento y una habilidad natural. «Parecía calmar algo en su interior», comentó la señora Bishop, y añadió que su marido y ella se sintieron «aliviados» al ver que su hijo tal vez había encontrado un gusto por algo. Contrataron profesores particulares solo para él, y se sintieron gratificados al ver que Edward por fin se aplicaba en algo con tanta diligencia.

A medida que el niño crecía, los problemas de los Bishop con él aumentaron. Su madre señala que para ellos era un enigma; pese a su capacidad, la escuela le aburría, empezó a saltarse clases y una vez más lo sorprendieron cometiendo una serie de pequeños hurtos (lápices, calderilla y cosas por el estilo) entre sus compañeros de clase, lo cual dejó perplejos a sus padres, que jamás le habían negado nada de lo que deseara. Cuando lo expulsaron de la tercera escuela privada en otros tantos años, contrataron a un profesor particular para que pudiera acabar sus estudios; Edward consiguió sacarse el título a duras penas, y a partir de entonces asistió a un conservatorio de poco prestigio en el oeste de Massachusetts, donde estudió un solo curso antes de hacerse con una pequeña herencia que recibió de un tío suyo y poner rumbo a la ciudad de Nueva York, donde se instaló en la casa de Harlem de su tía abuela materna Bethesda. Sus dos progenitores vieron con buenos ojos el arreglo: desde que había enviudado, nueve años antes, Bethesda había empezado a sufrir lagunas mentales y, aunque contaba con un nutrido servicio, pues era bastante adinerada, les pareció que la presencia de Edward podía resultarle beneficiosa; la mujer siempre le había profesado mucho cariño y, al no tener hijos propios, lo consideraba como a uno.

El primer otoño tras dejar la escuela, Edward regresó a visitar a su familia por Acción de Gracias y todos pasaron un agradable fin de semana. Después de que el joven se marchara a Nueva York y sus hermanas a sus respectivas casas (Laura y Margaret, que acababa de casarse, vivían en Burlington, cerca de sus padres, y Belle se preparaba para estudiar en una escuela de enfermería de New Hampshire), la señora Bishop decidió hacer un poco de limpieza. Fue entonces cuando, en su dormitorio, descubrió que faltaba su collar preferido, uno de perlas con cadena de oro que su marido le había regalado por su aniversario. Se puso a buscarlo de inmediato, pero tras muchas horas y tras comprobar todos los lugares donde podría estar, seguía sin localizarlo. Fue entonces cuando comprendió cómo podía haber desaparecido o, más bien, quién podía haberlo hecho desaparecer, y como para quitarse esa idea de la cabeza se embarcó en la tarea de reorganizar y volver a doblar todos los pañuelos de su marido, cosa que por supuesto no tenía necesidad alguna de hacer, pero sintió que debía.

La acongojaba preguntarle a Edward si había cogido el collar, y no se atrevía a comentarlo con su marido, que era mucho menos tolerante que ella con su hijo, y sabía que diría algo que más adelante lamentaría. Se prometió no volver a sospechar de Edward, pero después de que la Navidad llegara y se fuera, y con ella sus hijos, y con ellos, o mejor dicho, con uno de ellos (como descubrió más adelante), también un brazalete de filigrana de plata, de nuevo se vio obligada a enfrentarse a sus sospechas. Ignoraba por qué Edward no le decía claramente que necesitaba dinero, pues ella se lo habría dado, aunque su marido no. Sin embargo, en la siguiente ocasión que su hijo fue a visitarlos, la mujer escondió todo lo que pudiera quedar a mano del muchacho en una caja que metió en el fondo del baúl candado que guardaba en el armario, para así ocultar a su propio hijo sus objetos de valor.

De la vida que llevaba Edward sabía muy poco. Había oído comentar a conocidos que cantaba en un club nocturno, lo que la tenía preocupada; no por la reputación de la familia, sino por su hijo, que, aunque inteligente, era muy joven, y quizá por ello fácilmente influenciable. Le escribía cartas, pero él rara vez respondía, un silencio ante el que procuraba no preguntarse si quizá no lo conocía en absoluto. Pero al menos sabía que el muchacho estaba con su tía, y aunque Bethesda seguía perdiendo la cabeza, de vez en cuando recibía una carta lúcida de la mujer en la que le hablaba con calidez y aprecio de su sobrino nieto y de su presencia allí.

Entonces, hace poco más de dos años, su relación con Edward terminó por completo. Un día recibió un colérico telegrama del abogado de su tía en que la ponía al tanto de que el banco de Bethesda lo había alertado de que habían retirado grandes sumas de dinero de su cuenta. La señora Bishop partió de inmediato hacia Nueva York, donde en el curso de una preocupante serie de reuniones le fue revelado que, a lo largo de los últimos doce meses, el propio Edward había firmado el reintegro de cantidades cada vez más considerables del fondo fiduciario de su tía; una investigación realizada por el banco (uno de sus competidores, le tranquilizará saber) desveló que Edward había seducido al ayudante del fideicomisario de Bethesda Carroll, un joven sencillo y crédulo, que visiblemente agitado confesó haberse saltado las normas de la entidad a sabiendas para ayudar a Edward a hacerse con los fondos que deseaba (miles de dólares, aunque la señora Bishop se negó a especificar la cantidad exacta). En la casa, la mujer descubrió que su tía estaba cuidada, pero era por completo ajena a cuanto la rodeaba y ni siquiera sabía quién era Edward; descubrió también que faltaban pequeños objetos como piezas de plata y porcelana o el collar de diamantes de su tía. Le pregunté cómo podía estar segura de que había sido su hijo y que no se los había llevado alguno de los muchos asistentes de su tía o el personal, y en ese momento se echó a llorar y dijo que llevaban años trabajando para la mujer y nunca había desaparecido nada; la única incorporación nueva a la vida de su tía, según admitió entre lágrimas, era su hijo.

Pero ¿dónde se encontraba el joven? Daba la impresión de haberse esfumado. La señora Bishop lo buscó e incluso contrató a un investigador, pero aún no había dado con su paradero cuando se vio obligada a regresar a Burlington.

Durante todo ese tiempo, la mujer había logrado ocultar a su marido los deslices de su hijo. No obstante, ahora que sus actividades habían traspasado el límite de la legalidad, se vio obligada a confesar. Como temía, el hombre reaccionó de forma violenta y desheredó a Edward por completo, y tras convocar a sus hijas para ponerlas al tanto de la depravación de su hermano, les prohibió que volvieran a tener trato con él. Las tres se echaron a llorar, pues lo querían, y Belle se mostró especialmente abatida.

Aun así, el señor Bishop permaneció impasible: no debían volver a hablar con su hermano, y si él intentaba ponerse en contacto con ellas, no debían responderle. «Cometimos un error —recordaba su mujer que dijo, y aunque el hombre se apresuró a añadir—: Contigo no, Belle», la señora Bishop declaró: «Vi el rostro de mi hija y supe que era demasiado tarde». Sin embargo, aun cuando les hubieran permitido estar en contacto con Edward, no habrían podido hacerlo, pues parecía haber desaparecido de la faz de la tierra. El investigador que había contratado su madre seguía buscándolo, pero concluyó que debía de haberse marchado de la ciudad, y quizá del estado, y tal vez incluso de los Estados Libres. Durante casi un año hubo silencio, y entonces, hará unos seis, el investigador escribió una vez más a la señora Bishop: había localizado a Edward. Se encontraba en Nueva York, tocaba el piano en un club nocturno cerca de Wall Street, uno muy popular entre los jóvenes adinerados de la alta sociedad, y vivía en una sencilla habitación de una casa de huéspedes de Bethune Street. La señora Bishop se quedó perpleja al recibir esa información: ¡una casa de huéspedes! Pero ¿adónde había ido a parar el dinero, todo lo que le había quitado a su tía? ¿Acaso era Edward jugador, como lo fuera su difunto padre? No había advertido señales de semejante comportamiento, pero, dado lo mucho que al parecer desconocía de su hijo, tampoco resultaba inverosímil. Ordenó al investigador que siguiera las idas y venidas de Edward durante una semana para ver si podía recabar más información sobre sus quehaceres cotidianos, pero también esa táctica resultó infructífera: Edward no entró en ningún banco ni visitó ningún garito de apuestas. En lugar de eso, sus movimientos se restringían a su habitación y a una mansión de las inmediaciones de Gramercy Park. Tras investigar algo más, comprobaron que se trataba de la residencia de un tal señor Christopher D. (he eliminado su apellido de este informe para proteger su intimidad y la de su familia), un hombre de buena cuna, de veintinueve años, que vivía con sus ancianos padres, el señor y la señora D., quienes poseen un negocio comercial y una fortuna considerable. El investigador describió al joven señor D. como «solitario» y «hogareño», y por lo visto Edward Bishop logró seducirlo bastante deprisa, a tal punto que el señor D. le propuso matrimonio (y Edward aceptó) tres meses después de conocerse. Sin embargo, parece ser que los padres, al enterarse de la proposición de su hijo y desaprobarla con rotundidad, convocaron a Edward a una reunión en la que le ofrecieron conseguirle un trabajo como profesor en una fundación benéfica que conocían, además de una suma en efectivo, a cambio de su promesa de poner fin de manera definitiva a la relación con su hijo y heredero. Edward aceptó, le entregaron el dinero y él dejó de tener contacto alguno con el joven señor D., de quien todavía hoy dicen que está «hundido», y, según me contó el investigador de los Bishop, ha realizado intentos reiterados y cada vez más desesperados de encontrar a su antiguo prometido. (La fundación benéfica, siento informar, es la Escuela e Institución Benéfica Hiram Bingham, donde hasta el mes de febrero Edward Bishop estaba contratado como profesor de música).

Y así llegamos a la situación actual del señor Bishop. Según la gobernanta de la institución, el señor Bishop (a quien describió con desdén como un «fantasioso» y «un cabeza hueca», aunque admitía que era sumamente popular entre sus estudiantes: «El profesor más popular que hemos tenido nunca, lamento decirlo») solicitó un permiso hacia finales de enero para ir a cuidar de su madre enferma en Burlington. (Una mentira flagrante, puesto que la señora Bishop goza y siempre ha gozado de una salud excelente). Edward sí viajó hacia el norte, pero ahí, de nuevo, su relato difiere de la verdad. Su primera parada fue para ver a unos amigos de Boston, los Cooke, un hermano y una hermana que fingen ser matrimonio por motivos que retomaré más adelante en mi exposición. Su segunda parada fue en Mánchester, donde Belle vivía en una casa de huéspedes respetable mientras terminaba su formación de enfermería. Por lo visto, Belle, a pesar de las advertencias de su padre, había seguido en contacto con Edward desde que lo desterraran de la familia, e incluso le había enviado parte de su asignación mensual. No está muy claro qué ocurrió exactamente entre los hermanos, pero a finales de febrero, por lo menos una semana después de la fecha en que Edward le había comunicado a la gobernanta que regresaría, los dos viajaron a Burlington, donde al parecer Belle esperaba reconciliar a su padre con su hermano. Laura, la más joven de las hermanas mayores, había dado a luz hacía poco, y Belle debió de suponer que sus padres se mostrarían más indulgentes.

Huelga decir que la visita no se desarrolló tal como los hermanos esperaban. El señor Bishop estalló en ira al ver a su hijo díscolo, y se produjo un acalorado intercambio de palabras; a esas alturas ya se había enterado de que Edward había robado joyas y objetos personales de su mujer, y se lo echó en cara. El joven, al oírlo, arremetió de repente contra su madre, quien aún hoy sigue convencida de que su hijo solo reaccionó así por el sofoco del momento y que en realidad no tenía intención alguna de hacerle daño, pero esa acción alarmó al señor Bishop, quien asestó a Edward tal puñetazo que lo derribó. A eso le siguió una refriega, todas las mujeres intentaron separarlos y, en el tumulto, la señora Bishop recibió un golpe en la cara.

No quedó claro si fue Edward quien se lo propinó, pero poco importaba ya. El señor Bishop ordenó a su hijo que abandonara la casa y le dijo a Belle que ella tenía elección: podía permanecer en la familia, o marcharse con su hermano, pero no ambas cosas. Para perplejidad de los Bishop, la joven se marchó y les dio la espalda sin dirigir una sola palabra a la familia que la había criado. (Tal es, según me confió la señora Bishop entre lágrimas, el poder del atractivo de Edward y el embrujo que es capaz de ejercer sobre aquellos a quienes ha seducido).

Edward y Belle (esta dependiendo ahora completamente de su hermano) huyeron juntos. Regresaron a Mánchester para recoger los objetos de valor de la joven (y, sin duda, su dinero) y luego siguieron hacia Boston, a ver a los Cooke. Igual que los Bishop, también los Cooke fueron huérfanos de las Colonias, y como ellos, también fueron adoptados por una familia acomodada. Se cree que Aubrey, el hermano, conoció a Edward en Nueva York cuando este vivía con la tía Bethesda, y así empezó una relación (muy apasionada y sincera, a decir de todos) que dura hasta hoy. Aubrey era, y es, un hombre de una belleza espectacular, de unos veintisiete años, educado y familiarizado con las costumbres de la alta sociedad. Su hermana y él tenían prácticamente asegurada una vida fácil, pero cuando Aubrey contaba veinte años y su hermana, Susannah, diecinueve, sus padres murieron de repente a raíz de un atropello, y al arreglar los papeles resultó que ese dinero que sus hijos siempre habían supuesto suyo no existía, pues había ido menguando tras años de malas inversiones y deudas abrumadoras.

Un hombre o una mujer diferentes habrían recurrido a un trabajo honrado, pero no fue así como reaccionaron Aubrey y Susannah. En lugar de eso, fingiendo ser dos jóvenes recién casados, empezaron a acechar por separado a hombres y mujeres (no discriminaban en ese sentido) también casados y solitarios, siempre de gran fortuna, a menudo atrapados en matrimonios infelices, a quienes ofrecían su amistad y su compañía. Después, tras conseguir que se enamoraran de ellos, les exigían dinero bajo la amenaza de desenmascararlos ante sus cónyuges. Todas sus víctimas pagaban sin excepción, demasiado temerosas de las consecuencias y demasiado humilladas por su propia credulidad, y entre los dos, los Cooke reunieron una cantidad considerable que, junto con el dinero que supuestamente Edward robó a su tía y el que le pagaron los padres del pobre señor D., pretenden utilizar para abrir un negocio de tejidos de seda en el Oeste. Según mis fuentes, Edward y los Cooke llevan por lo menos un año preparándolo; su plan consiste en que, conscientes de las leyes del 76, Edward finja estar casado con Susannah Cooke, y Belle con Aubrey.

Hacia noviembre del año pasado, el plan estaba casi listo para ejecutarse cuando una plaga acabó con la mayoría de las moreras. Presos del pánico, Aubrey y Edward acordaron que intentarían encontrar al menos un recurso económico más. Saben que es solo cuestión de tiempo que una de las víctimas de los Cooke alce la voz y se encuentren con graves problemas legales. Lo único que necesitaban era una última suma, suficiente para mantenerse durante la apertura de la granja y los primeros años de negocio.

Y entonces, en enero de este año, Edward Bishop conoció a su nieto.

XVIII

El informe continuaba, pero no pudo seguir leyendo. Además, temblaba de tal manera —y la habitación estaba sumida en tal silencio— que oía el tableteo seco del papel al sacudirse en sus manos y sus jadeos bruscos y entrecortados. Tenía la sensación de que lo hubieran golpeado en la cabeza con algo denso pero blando, un cojín tal vez, que lo había dejado aturdido y sin respiración. Fue consciente de que sus dedos soltaban la hoja, de que se levantaba, vacilante, de que se inclinaba hacia delante y de que entonces alguien —su abuelo, cuya presencia casi había olvidado— lo detenía y lo ayudaba a sentarse en el sofá repitiendo su nombre. Como desde lejos, oyó que su abuelo llamaba a Adams, y cuando volvió en sí, estaba sentado derecho y su abuelo le acercaba una taza de té a los labios.

—Lleva un poco de jengibre y miel —dijo—. Bebe despacio. Así, buen chico. Sí, muy bien. Y esto es una galleta de melaza... ¿La tienes? Muy bien.

Cerró los ojos y echó la cabeza atrás. Volvía a ser David Bingham, y era débil, y su abuelo lo reconfortaba, y era como si no hubiera leído el informe del investigador, como si no hubiera descubierto lo que contenían aquellas páginas, como si no hubiera conocido a Edward. Estaba hecho un verdadero lío. Eso era peligroso. Y aun así, por mucho que quisiera, por mucho que intentara deshilvanar los hilos de la historia, no podía. Era como si la hubiera vivido en lugar de leerla y, al mismo tiempo, creía que no tenía nada que ver con él, ni con el Edward que conocía, que era, al fin y al cabo, la única versión de Edward que importaba. Por un lado, estaba la historia que acababa de devorar, un ancla que se hundía veloz en las aguas a miles de leguas de profundidad, cada vez más hondo, hasta acabar engullida por la arena en el fondo marino. Y sobrevolándolo todo estaba el rostro de Edward y los ojos de Edward, Edward volviéndose hacia él, sonriente, preguntándole «¿Me quieres?», su cuerpo rozando las olas como un pájaro, su voz susurrante debido al viento. «¿Confías en mí, David? —preguntó la voz, la voz de Edward—. ¿Me crees?». Pensó en la piel de Edward sobre la suya, en la dicha de su rostro cuando veía a David en el umbral de su habitación, en cómo Edward le había acariciado la punta de la nariz y le había dicho que en cuestión de un año estaría salpicada de pecas, puntitos del color del caramelo, un regalo del sol californiano.

Abrió los ojos y miró a su abuelo a la cara, aquel rostro severo y hermoso, a los ojos grises de pedernal, y supo que debía decir algo, aunque cuando lo hizo sus palabras los sorprendieron a ambos: a David, porque sabía que era lo que sentía en realidad; a su abuelo, porque —aunque prefería fingir lo contrario— también lo sabía.

—Es todo mentira —dijo.

Vio que la expresión preocupada de su abuelo se tornaba incrédula.

—¿Que es mentira? ¡¿Que es mentira?! David... Es que no sé qué decir. ¿Eres consciente de que el informe viene de Gunnar Wesley, el mejor investigador privado de la ciudad, puede que incluso de todos los Estados Libres?

—Pero no sería la primera vez que comete un error. ¿Acaso no se le pasó por alto que el señor Griffith había vivido un tiempo en el Oeste?

No necesitó acabar la frase para saber que no debería haber mencionado a Charles.

—Por el amor de Dios, David, eso no tenía importancia. Además, no se trataba de una etapa de su vida que el señor Griffith pretendiera ocultar, el descuido de Wesley no fue más que eso, un descuido, sin mayores consecuencias. Pero la información que reunió era correcta.

»David, David. No estoy enfadado. Te aseguro que no. Lo estuve, cuando recibí esto. Pero no contigo, sino con ese... ese estafador que se ha aprovechado de ti. O que al menos lo ha intentado. David. Hijo mío. Sé que para ti es duro leer esas cosas, pero ¿acaso no es mejor saberlo ahora, antes de que se cometa un daño irreparable, antes de que este asunto ponga en peligro tu relación con el señor Griffith? Si descubriera que este era el tipo de persona con el que estabas relacionándote...

—Nada de esto es de la incumbencia del señor Griffith —se oyó decir David con una voz tan fría y cortante que no la reconoció.

—¡Que no es de su incumbencia! David, está haciendo grandes concesiones por ti, excepcionalmente grandes, diría. Pero ni siquiera un hombre tan abnegado como el señor Griffith estaría dispuesto a pasar por alto algo semejante. ¡Por supuesto que es de su incumbencia!

—No, ni lo es ni lo será, pues he declinado su oferta —dijo David, y sintió, en lo más hondo de su ser, una chispa de triunfo ante el asombro mudo de su abuelo y la manera en que había retrocedido, como si se hubiera quemado.

—¡La has declinado...! David, ¿cuándo lo has hecho? ¿Y por qué?

—Hace poco. Y antes de que lo preguntes, no, no hay posibilidad de reconsiderarlo, ni por su parte ni por la mía, porque no ha acabado bien. En cuanto al motivo, es sencillo: no lo quiero.

—¡Que no lo...! —En ese momento, el abuelo se levantó con brusquedad y cruzó la habitación hasta el rincón opuesto, y a continuación volvió sobre sus pasos para enfrentarse a David de nuevo—. Con todo respeto, David: no eres quién para juzgarlo.

Se oyó reír, una carcajada estridente y desagradable.

—Y entonces ¿quién? ¿Tú? ¿Frances? ¿El señor Griffith? Ya soy adulto. En junio cumpliré veintinueve años. Solo yo puedo juzgarlo. Estoy enamorado de Edward Bishop y pienso seguir con él, digáis lo que digáis tú, Wesley o quien sea.

Creía que su abuelo estallaría; sin embargo, el anciano se quedó muy callado, y antes de intervenir de nuevo, agarró el respaldo de la silla con ambas manos.

—David, me prometí que nunca volvería a hablar de esto. Lo juré. Sin embargo, debo hacerlo, y por segunda vez esta noche, porque guarda relación con tu situación actual. Perdóname, hijo mío, pero ya creíste estar enamorado antes, y quedó demostrado, de la peor manera posible, que no era cierto.

»Crees que miento, crees que cometo un error. Te lo aseguro, no es así. Y también te aseguro que daría mi fortuna por equivocarme respecto al señor Bishop, y la tuya por impedir que te haga daño.

»Él no te quiere, hijo mío. Está enamorado, pero de otra persona. Lo que quiere es tu dinero, la idea de que sea suyo. Como alguien que te quiere de verdad, me duele decir esto, tener que pronunciarlo en voz alta, pero debo hacerlo, porque no permitiré que vuelvan a romperte el corazón, y aún menos cuando podría haberlo evitado.

»Antes me has preguntado por qué me gustaba el señor Griffith para ti, y te he contestado con sinceridad: porque, a juzgar por el informe de Frances, era alguien que no te haría daño, que lo único que buscaría en ti sería tu compañía, que nunca te abandonaría. Eres inteligente, David, perspicaz. Pero en estas cuestiones te conduces con imprudencia, y llevas haciéndolo mucho tiempo, desde que eras un muchacho. No puedo atribuirme tus méritos, pero sí puedo protegerte de tus defectos. Ya tampoco puedo enviarte lejos, aunque si estuvieras dispuesto, si quisieras, lo haría con gusto. Sin embargo, sí puedo advertirte, encarecidamente, que no vuelvas a cometer el mismo error.

A pesar de la alusión anterior de su abuelo, jamás habría imaginado que mencionaría lo ocurrido hacía siete años, los sucesos que, según creía a veces, lo habían cambiado para siempre. (Si bien sabía que no era cierto, que lo ocurrido casi parecía predestinado). Tenía veintiún años a la sazón, había acabado la universidad y estaba cursando un año en la escuela de arte antes de incorporarse a Bingham Brothers. Un día, a principios de trimestre, salía del aula cuando se le cayeron los útiles y, al agacharse para recogerlos, vio que había alguien a su lado, un compañero de clase llamado Andrew, un joven tan luminoso, con un encanto tan natural, que David, tras reparar en su existencia el primer día, no le había dedicado ni un solo pensamiento más; ese joven distaba mucho de ser el tipo de persona que ni siquiera querría conocerlo. En su lugar, había hecho esfuerzos por hablar y entablar amistad con hombres como él, los callados, sobrios y apocados, con quienes, en las semanas precedentes, había logrado salir a tomar un té o a comer, encuentros durante los que hablaban de los libros que habían leído o las obras de arte que esperaban replicar cuando reunieran mayor experiencia. Esas eran las personas con quienes se identificaba: por lo general, hermanos pequeños de hermanos mayores más inquietos; alumnos competentes, pero no destacados; bien parecidos, pero no excepcionalmente apuestos; buenos conversadores, pero no memorables. Eran, todos, herederos de fortunas que oscilaban entre modestas y cuantiosas; habían pasado, todos, de casa de sus padres a un internado, de ahí a un *college* y luego de vuelta a casa de sus padres, donde permanecerían hasta que les concertaran un matrimonio con un hombre o una mujer adecuados; algunos incluso se casarían entre sí. Varios eran chicos sensibles y de temperamento artístico, cuyos padres les habían concedido un año de indulgencia antes de volver a estudiar o incorporarse a las empresas familiares como banqueros, armadores, comerciantes o abogados. David lo sabía y lo aceptaba: era uno de ellos. Ya por entonces, John, que estudiaba derecho y economía —y aunque solo tenía veinte años, el matrimonio con Peter, que también era compañero de clase, ya había sido concertado—, era el primero de su *college*, e Eden, la representante del alumnado de su escuela. La fiesta anual que su abuelo celebraba a mediados de verano rebosaba de amigos, decenas de ellos, que gritaban y reían bajo las velas que el servicio había colgado previamente por todo el jardín.

Pero David nunca había sido así, y sabía que nunca lo sería. Había pasado gran parte de su vida dado de lado: su apellido lo había protegido de acosos y abusos, pero los demás casi siempre lo rehuían, nadie buscaba su amistad ni lo echaba de menos. Así pues, cuando esa tarde Andrew le dirigió la palabra por primera vez, y luego, a lo largo de los días y semanas sucesivos, continuó hablándole, cada vez con mayor asiduidad, David sintió que se transformaba en alguien al que no reconocía. Ahí estaba, riéndose a carcajadas por la calle, como Eden; ahí estaba, discutiendo con gesto ceñudo y siendo considerado adorable por ello, como hacía John cuando Peter lo acompañaba. Siempre había disfrutado de las relaciones íntimas, a pesar de que era demasiado tímido para buscarlas —prefería acudir al burdel del que era cliente desde los dieciséis años, donde sabía que nunca lo rechazarían—, pero con Andrew pedía lo que quería y se le concedía; estaba envalentonado, entusiasmado con aquella nueva percepción de lo que significaba ser un hombre, alguien cuya existencia importaba, joven, rico. ¡Ah!, recordaba haber pensado, ¡así que era eso! ¡Eso era lo que sentía John, lo que sentía Peter, lo que sentía Eden, lo que sentían sus compañeros de clase con sus gritos alegres, con sus risas estentóreas!

Era como si la locura se hubiera apoderado de él. Presentó a Andrew —hijo de unos médicos de Connecticut— al abuelo, y cuando tras la cena, durante la que el anciano había permanecido prácticamente callado, una cena en la que Andrew había hecho gala de todo su ingenio mientras David sonreía ante lo que decía y se extrañaba del silencio de su abuelo, este le había dicho que Andrew le había parecido «demasiado afectado y bullicioso», David había desestimado sus palabras con frialdad. Y cuando, al cabo de seis meses, Andrew empezó a mostrarse distraído en su presencia, y luego dejó de visitarlo, y luego comenzó a evitarlo por completo, y David se dedicó a enviarle ramos de flores y cajas de bombones —declaraciones de amor excesivas y bochornosas— sin recibir respuesta alguna, y más adelante las cajas de bombones le fueron devueltas con los lazos intactos, las cartas aún cerradas, los paquetes de libros raros sin abrir, continuó haciendo caso omiso de su abuelo, de sus atentas preguntas, de sus esfuerzos por distraerlo con propuestas para ir al teatro, a conciertos, a viajar al extranjero. Y entonces, un día, paseaba desganado por las inmediaciones de Washington Square cuando vio a Andrew del brazo de otro hombre de su misma clase, la clase a la que David había dejado de asistir. Solo lo conocía de vista, pero sabía que era ese tipo de personas con quienes se identificaba Andrew, personas de las que se había apartado para pasar más tiempo —tal vez por curiosidad— con David. Ambos se parecían, dos jóvenes llenos de vida, paseando y charlando, radiantes de felicidad, y él se descubrió echando a caminar tras ellos en un primer momento aunque a continuación arrancó a correr, se abalanzó sobre Andrew y proclamó a gritos su amor, su añoranza y su desconsuelo mientras este, impresionado al principio y alarmado después, primero trató de tranquilizarlo y luego lo apartó de un empujón al tiempo que su amigo azotaba a David en la cabeza con los guantes en una escena convertida en esperpento por los transeúntes que se detuvieron a contemplarla entre risas y gestos burlones. Al final, Andrew le propinó un fuerte empellón y David cayó hacia atrás mientras los otros dos salían a la carrera, tras lo cual él, aún desesperado, se encontró en brazos de Adams, Adams, que gritó a los mirones que se fueran mientras medio acompañaba y medio arrastraba a David de vuelta a casa.

No salió durante días, ni de la cama ni de la habitación. Lo atormentaba pensar en Andrew, y en su situación degradante, pero cuando no estaba pensando en uno, pensaba en la otra. Creía que si se olvidaba del mundo, este también se olvidaría de él, y mientras las semanas sucedían a los días continuó en la cama tratando de no pensar en nada, o al menos no en él inmerso en la vertiginosa inmensidad del mundo, y al cabo, tras muchas semanas, el mundo acabó reduciéndose a algo manejable: su cama, su habitación, las visitas benévolas de su abuelo, cada mañana y cada noche. Al final, tras cerca de tres meses, algo cambió, fue como si David hubiera estado encogido en una cáscara que alguien —no él— hubiera roto a golpecitos, y de allí hubiera emergido débil, pálido e insensibilizado, o eso creía, ante Andrew y su propia humillación. Juró que nunca más volvería a dejarse llevar así por la pasión, que nunca volvería a sentirse tan colmado de adoración, tan repleto de felicidad; una promesa que no solo haría extensible a las personas, sino también al arte, de manera que cuando el abuelo lo envió a Europa durante un año con la excusa de hacer un Grand Tour (aunque en realidad, ambos lo sabían, se trataba de una medida para evitar a Andrew, que seguía viviendo en la ciudad, y con su pretendiente, por entonces ya su prometido), David se paseó liviano entre los frescos y los cuadros que colgaban de todos los techos y las paredes, pues alzaba la vista hacia ellos y no sentía nada.

Cuando regresó a Washington Square catorce meses después, estaba más sosegado, más distante, pero también más solo. Sus amigos, aquellos chicos callados cuya amistad había descuidado y a quienes se había quitado de encima en cuanto empezó a tratar con Andrew, habían hecho su vida y ya apenas los veía. Asimismo, John e Eden parecían más desenvueltos que nunca: John se casaría pronto e Eden iba a la universidad. Había ganado algo, cierto aislamiento, mayor entereza; pero también lo había perdido: se cansaba enseguida, ansiaba la soledad, y el primer mes en Bingham Brothers —donde empezó siendo un empleado más, como habían hecho tanto su padre como su abuelo cuando entraron en la empresa— fue tan agotador que lo llevó al borde de la extenuación, sobre todo si pretendía compararse con John, que estaba formándose al mismo tiempo que él y cuya destreza numérica y ambición general, sin embargo, hicieron que destacara desde el principio. Fue el abuelo quien sugirió que David podía haber contraído una enfermedad en el Continente, algo desconocido y debilitante, y que le convendrían unas semanas de reposo, pero ambos sabían que era una patraña y que estaba ofreciéndole un modo de excusarse sin tener que reconocer su fracaso. Cansado, David aceptó, y esas semanas se convirtieron en meses, luego en años, y jamás regresó al banco.

Hizo cuanto estuvo en su mano por olvidar la emoción arrolladora, la pasión, que lo embargara por Andrew, pero a veces lo asaltaban los recuerdos de esa época, también la humillación que los acompañaba, y volvía a retirarse a su habitación y a su cama. Esos episodios, a los que el abuelo y él acabarían refiriéndose como sus «reclusiones» —y que su abuelo, con delicadeza, definía ante Adams y sus hermanos como su «problema nervioso»— solían ir precedidos o seguidos de una etapa obsesiva, días que pasaba sumido en un frenesí de compras compulsivas, pintando o paseando sin descanso o sin salir del burdel: todo lo que hacía en su vida normal, pero intensificado y llevado al límite. Sabía que se trataba de una forma de evadirse, pero él no había inventado aquellas vías de escape; las habían inventado para él y se encontraba a su merced, hacían que su cuerpo se viera invadido por la actividad o permaneciera inmóvil. Dos años después de su regreso de Europa, recibió una tarjeta de Andrew donde le anunciaba la adopción de su primer hijo, una niña, junto a su marido, y David le envió una nota de felicitación. Sin embargo, esa misma noche empezó a preguntarse cuál había sido el propósito de la comunicación de Andrew. ¿Se la había enviado de manera intencionada o por descuido? ¿Se trataba de un gesto de amistad o pretendía burlarse de él? Le escribió una carta más larga en la que se interesaba por él y le confesaba cuánto lo echaba de menos.

A partir de ese momento fue como si en su interior hubiera cedido un dique y empezó a escribir una carta tras otra, unas veces echándole la culpa y otras suplicándole, condenándolo e implorándole. Tras la cena, pasaba la velada en la sala de estar con el abuelo, tratando de controlar el temblor de los dedos, crispados por la impaciencia, con la mirada fija en el tablero de ajedrez, aunque en su mente solo veía el escritorio con el papel y el secante, y en cuanto se le presentaba la oportunidad se iba, salvaba los últimos escalones a la carrera y volvía a escribir a Andrew para después llamar a Matthew a altas horas de la noche a fin de que entregara la última misiva. La ignominia, cuando llegó —como sabía que ocurriría—, fue enorme: un abogado que representaba a la familia del marido de Andrew solicitó una reunión con Frances Holson y extrajo del maletín, con aire grave, una pila de cartas que David había dirigido a Andrew, docenas de ellas, las últimas veintitantas ni siquiera estaban abiertas, y le dijo a Frances que David debía dejar de molestar a su cliente. Frances habló con el abuelo, y el abuelo habló con él, y aunque se expresó con delicadeza, la angustia de David alcanzó tal intensidad que esa vez fue el abuelo quien lo recluyó en su habitación y dispuso que una criada lo vigilara día y noche, preocupado porque pudiera hacerse daño a sí mismo. David era consciente de que fue entonces cuando sus hermanos le perdieron el poco respeto que aún sentían por él, cuando se convirtió, en todo lo que la palabra abarcaba, en un inválido: alguien cuyo estado normal oscilaba entre la salud y la enfermedad de tal manera que su bienestar quedaba reducido a meros intervalos, breves respiros antes de recaer en su enajenación natural. Sabía que se había convertido en un problema para su abuelo, y aunque el anciano ni siquiera lo hubiera insinuado, temía no tardar mucho en pasar de ser una dificultad a transformarse en una carga. No salía, no conocía a nadie; era evidente que tendrían que buscarle pareja ya que él sería incapaz de encontrar marido por sí mismo. Aun así, rechazaba a todos los candidatos que Frances le presentaba, incapaz de enfrentarse ni a la energía ni a los ardides que requeriría engañar a alguien para que se casara con él. Las ofertas fueron reduciéndose de manera gradual hasta que cesaron y, llegado el momento, seguramente Frances y el abuelo hablaron de encontrarle un hombre de otra índole —así lo habría expuesto Frances: «Alguien de otra índole, quizá un hombre algo más maduro», ¿qué opinaba Nathaniel?—, tras lo cual el casamentero se puso en contacto con Charles Griffith, a quien le habría presentado el expediente de David como posible candidato.

Aquello era su fin. Ese año cumpliría veintinueve. Si Charles estaba al tanto de sus reclusiones, también lo estarían los demás, no debía engañarse. Con cada año que pasaba, su fortuna significaba menos, pues el mundo prosperaba; quizá no todavía, pero solo era cuestión de décadas que surgiera una familia más rica que los Bingham, y él habría rechazado todas las oportunidades y seguiría viviendo en Washington Square, con el pelo ya cano, la piel arrugada, gastando su dinero en entretenimientos —libros, papel de dibujo, pinturas, hombres— como hace un niño en caramelos y juguetes. No solo deseaba creer a Edward, necesitaba creerlo; si se iba a California, dejaría atrás su hogar y a su abuelo, pero ¿acaso no era posible que también dejara atrás su enfermedad, su pasado, sus humillaciones? ¿Su historia, tan entrelazada con la misma Nueva York que no había manzana por la que paseara que no hubiera sido escenario de una situación embarazosa? ¿Acaso no podía taparla con una sábana y guardarla al fondo del armario como el abrigo de invierno? ¿De qué valía la vida si se le negaba la oportunidad, por pequeña que fuera, de sentir que era su verdadero dueño y podía hacer con ella cuanto se le antojara, moldearla como arcilla o romperla en añicos como la porcelana?

Comprendió que el abuelo esperaba una respuesta.

—Me quiere —contestó con un susurro—. Lo sé.

—Hijo mío...

—Le he pedido que se case conmigo —continuó, sin poder contenerse—. Y ha aceptado. Vamos a irnos juntos a California.

Al oír esas palabras, el anciano se hundió en su asiento y se volvió hacia el fuego, y cuando se giró de nuevo, a David le sorprendió ver que le brillaban los ojos.

—David —se decidió a decir, en voz baja—, si te casas con ese hombre, tendré que desheredarte... Lo sabes, ¿verdad? Lo haré porque debo, porque es la única manera que tengo de protegerte.

Lo sabía y, aun así, al oírlo fue como si la tierra se abriera bajo sus pies.

—Aún me quedará el fideicomiso de mis padres —dijo David al fin.

—Sí, así es. Eso no puedo evitarlo, por mucho que quiera. Pero mi asignación, David, mi legado..., olvídate de todo eso. Washington Square no será tuyo salvo que me prometas que no te irás con esa persona.

—No puedo prometértelo —contestó él, también al borde de las lágrimas—. Abuelo... Por favor. ¿No quieres que sea feliz?

El anciano inspiró hondo y soltó el aire.

—No quiero que te pase nada malo, David. —Suspiró de nuevo—. David, hijo... ¿Qué prisa hay? ¿Por qué no puedes esperar? Si te quiere de verdad, él esperará. ¿Y ese tal Aubrey? ¿Y si Wesley no está equivocado y te vas con ese Edward a California, un lugar poco seguro para nosotros, permíteme que te recuerde, de hecho, en el que tu vida podría correr peligro, y descubres que te han engañado, que ellos dos son pareja y tú eres su títere?

—No es verdad. No puede serlo. Abuelo, si vieras cómo se porta conmigo, cuánto me quiere, lo bien que me trata...

—¡Pues claro que te trata bien, David! ¡Te necesita! Los dos te necesitan, Edward y su amante. ¿No lo ves?

La rabia se apoderó de David, una rabia que había ido acumulándose en su interior y a la que no se había atrevido a dar voz por miedo a que, al ponerlo en palabras, se hiciera realidad.

—No sabía que tuvieras un concepto de mí tan pobre, abuelo... ¿Acaso es tan difícil, tan imposible creer que alguien pueda quererme por quien soy y no por lo que soy? ¿Un hombre joven, atractivo y hecho a sí mismo?

»Ahora veo que nunca me has considerado merecedor de alguien como Edward; te has avergonzado de mí, y lo entiendo, entiendo los motivos. Pero ¿no es posible que yo sea otra persona, alguien a quien eres incapaz de ver, alguien que ha despertado dos veces el amor en dos hombres distintos en el lapso de un año? ¿No es posible que, por muy bien que me conozcas, solo conozcas una faceta de mí, que esa familiaridad te haya impedido ver quién soy en realidad? ¿No es posible que, con tu actitud protectora, me hayas subestimado, hayas perdido la capacidad de verme de otra manera?

»Tengo que irme, abuelo... Debo hacerlo. Dices que si me marcho tiraré mi vida por la borda, pero creo que, si me quedo, la enterraré. ¿Ni siquiera me concedes el derecho a vivir mi propia vida? ¿Eres incapaz de perdonarme por lo que voy a hacer?

Estaba suplicándole, pero su abuelo se levantó de nuevo; no de manera airada, ni para zanjar la cuestión, sino con gran cansancio, como si estuviera transido de dolor. De pronto, con gran violencia, volvió la cabeza hacia la derecha con un gesto brusco y se tapó la cara con la mano del mismo lado, y David comprendió que su abuelo estaba llorando. La imagen lo sorprendió, pero por un momento fue incapaz de discernir de dónde procedía la desolación que lo arrasó al instante.

Hasta que lo entendió. No era solo por las lágrimas en sí, sino porque comprendió que, con ellas, su abuelo asumía que al final David le desobedecería. Y no solo eso, sino también que su abuelo no cedería, y que cuando David dejara Washington Square lo haría para siempre. Continuó sentado, inmóvil, consciente de que esa sería la última vez que estaría en esa sala de estar, delante del fuego, la última vez que aquel sería su hogar. Comprendió que a partir de ese momento su vida no estaba allí. Sino con Edward.

XIX

La ciudad solo se mostraba indulgente a finales de abril, y durante unas pocas y preciadas semanas los árboles se vestían de flores de color rosa y blanco, el aire quedaba limpio de polvo y la brisa era suave.

Ese día Edward ya había salido, y David también lo haría más tarde, pero agradecía el silencio —si bien este nunca era absoluto en la casa de huéspedes—, pues necesitaba serenarse antes de ponerse en marcha.

Llevaba poco más de cuatro semanas viviendo con Edward en esa habitación. Tras dejar a su abuelo y salir de Washington Square aquella noche, se había dirigido directamente a la casa de huéspedes, pero Edward no estaba. Aun así, la criada menuda le había franqueado el paso a la habitación fría y oscura, y David había esperado sentado unos minutos, inmóvil, antes de levantarse y ponerse a inspeccionar el cuarto, al principio de manera metódica y luego febril, sacando y volviendo a colocar la ropa del arcón de Edward, hojeando hasta el último libro, rebuscando entre sus papeles, pateando los tablones del suelo para comprobar si había alguno suelto bajo el que pudiera esconderse secretos. Encontró respuestas, supuso, pero ignoraba si eran las que buscaba: un pequeño aguafuerte de una chica guapa y morena oculto en un ejemplar de la *Eneida*: ¿sería Belle? Un daguerrotipo de un hombre apuesto con una sonrisa de complicidad y un sombrero ladeado: ¿sería Aubrey? Un fajo de billetes enrollados, atado con un cordón: ¿sería dinero robado a la tía Bethesda, o sus ahorros de la institución? Una hoja crujiente de papel cebolla entre las páginas de su Biblia en la que alguien había escrito «Siempre te querré» con letra briosa: ¿sería de una de sus madres? ¿De la primera o la segunda? ¿De Belle? ¿Bethesda? ¿Aubrey? ¿Otra persona? El segundo baúl, un regalo suyo a Edward, con cierres de latón y correas de cuero, contenía el pajarillo de porcelana y varias libretas de partituras en blanco, pero faltaba el juego de té que había guardado antes de ir a ver a su abuelo —un gesto ceremonial que simbolizaba el inicio de la mudanza, la creación del nuevo hogar que compartirían—, así como la cubertería de plata que había comprado.

Estaba tratando de desentrañar el significado de aquella ausencia cuando entró Edward, momento en que se volvió y vio el desorden que había organizado, las posesiones de Edward tiradas por todas partes y al propio Edward delante de él con expresión inescrutable; y después de que la primera pregunta absurda abandonara sus labios, la única que se le ocurrió porque ni siquiera sabía por dónde empezar con lo demás —«¿Dónde está el juego de té que te regalé?»—, rompió a llorar y cayó de rodillas en el suelo. Edward se abrió paso entre las montañas de ropa y libros, se agachó a su lado y lo abrazó, y David se volvió y sollozó con la cara hundida en el abrigo de Edward. Incluso después de recuperar el habla, continuó lanzándole preguntas de manera brusca y entrecortada, una tras otra, sin orden ni lógica aparentes, pero todas igual de apremiantes: ¿Edward estaba enamorado de otro? ¿Cuál era la auténtica relación que lo unía a Aubrey? ¿Le había mentido acerca de quién era? ¿De su familia? ¿Para qué había ido a Vermont en realidad? ¿Lo quería? ¿Lo quería? ¿Lo quería de verdad?

Edward trataba de responderlas a medida que se las formulaba, pero David lo interrumpía antes de que pudiera acabar ninguna explicación, pues era incapaz de comprender nada de lo que le decía. Lo único que se había llevado de Washington Square era el manojo de cartas con las que Edward había contestado las suyas y el informe de Wesley, el cual extrajo por último del bolsillo del abrigo, aún entre sollozos, para tendérselo a Edward, quien cogió las páginas y empezó a leerlas, primero con curiosidad y luego con rabia; y ser testigo de esa rabia, de los «¡Maldita sea!» y «¡Qué demonios!» en los que prorrumpía Edward, fue lo que, curiosamente, apaciguó el desasosiego de David. Al terminar, Edward arrojó el informe al otro lado de la habitación, al hogar manchado de hollín, y se volvió hacia David.

—Mi pobre David —dijo—. Mi pobre e inocente David. ¿Qué pensarás de mí? —Tras lo cual su expresión se endureció—. Jamás creí que sería capaz de hacerme esto —masculló—, pero lo ha hecho y ha puesto en peligro la relación que más valoro.

Dijo que se explicaría, y eso hizo: sus padres, en efecto, habían fallecido, sus hermanas mayores vivían en Vermont y la más pequeña en New Hampshire. Sin embargo, reconoció que se había producido un cisma entre la hermana de su madre, Lucy, que era la cuidadora de su tía abuela Bethesda, y él. También era cierto que Edward había vivido con Bethesda un tiempo después de dejar el conservatorio —«No quería decírtelo porque deseaba que creyeras que era independiente, deseaba que me admiraras. Sería muy cruel que esa omisión, motivada por mis miedos, te hiciera ahora desconfiar de mi sinceridad»—, pero había buscado un alojamiento propio al cabo de unos meses.

—Quiero muchísimo a mi tía abuela, desde siempre. Mi tía y ella llegaron poco después de que nos asentáramos en los Estados Libres, y ha sido lo más parecido que tengo a una abuela. Pero eso de que sea rica, y no digamos ya que yo le haya robado dinero, es ridículo.

—Entonces ¿qué motivos tendría Lucy para decir algo así?

—¿Quién sabe? Es una mujer rencorosa y mezquina, sin marido, ni hijos, ni amigos, pero con una imaginación vívida, como puedes ver. Mi madre siempre nos decía que debíamos ser amables con ella, pues tenía una amargura fruto de una soledad prolongada, y nosotros lo éramos, tanto como podíamos, pero esto es intolerable, ha ido demasiado lejos. Además, en cualquier caso, mi tía abuela Bethesda murió hace dos años, y desde entonces no he vuelto a ver a mi tía Lucy, tía solo de nombre; aunque esto demuestra, de la peor manera posible, que sigue viva y que sigue siendo una persona vengativa que solo desea hacer daño.

—¿Murió? Pero antes, cuando has hablado de Bethesda, has dicho que la quieres muchísimo, como si aún estuviera viva.

—No, no lo está. Pero ¿acaso no puedo seguir queriéndola muchísimo? Mi afecto por ella perduró tras su muerte.

—Entonces ¿no te adoptó una pareja de los Estados Libres?

—¡No, claro que no! Las mentiras de Lucy sobre los robos que según ella he perpetrado (inventados, solo se me ocurre, por pasatiempo y resentimiento hacia mi juventud) me horrorizan, pero que niegue la existencia de mi familia, y de la suya, debo añadir, me asquea por completo. ¡Como ha podido negar que mis padres...! Esa mujer no está en sus cabales. Ojalá Belle estuviera aquí para que pudieras oír de sus labios que todo es absolutamente mentira, y para que te hablara de mi tía.

—¿Y...? ¿Y no podría?

—Pues claro, de hecho es una idea magnífica; le escribiré esta noche a fin de que conteste las preguntas que tengas.

—Bueno, hay más... Muchas más.

—¿Cómo no va a haberlas, después de ese informe? (Con todo mi respeto por tu abuelo, debo reconocer que me sorprende un poco que haya depositado tanta confianza en alguien dispuesto a creer cualquier cosa que le cuente una mujer solitaria y claramente perturbada). ¡Ay, mi pobre David! Ni te imaginas cómo me indigna que la... maledicencia de esa mujer te haya causado tanto sufrimiento. Permíteme que te lo explique.

Y eso hizo. Edward tenía respuesta para todas las cuitas de David. No, podía asegurarle que no estaba enamorado de Aubrey, quien, de todos modos, estaba casado con Susannah (¡Su hermana! ¡Por el amor de Dios, claro que no! ¡Lo que había que leer, cuánta depravación!); además, Aubrey no era como ellos. Solo eran buenos amigos, nada más, David lo comprobaría por sí mismo en California, e «Incluso no me sorprendería que acabarais haciendo mejores migas que él y yo; los dos sois personas muy prácticas, ¿sabes? ¡Al final seré yo quien tendrá que desconfiar!». Sí, había tenido una relación con Christopher D., y sí, había acabado mal («Se encaprichó conmigo, y no lo digo para jactarme, sino porque fue así, y después de que me propusiera matrimonio y yo lo rechazara, se obsesionó conmigo, y yo, me avergüenza decirlo, empecé a evitarlo porque no sabía cómo hacerle entender que no estaba enamorado de él. A pesar de su prepotencia, soy el único responsable de mi cobardía, algo de lo que me arrepiento profundamente»), pero no, ni Edward había estado con él por su dinero ni sus padres habían tratado de intervenir en favor de su hijo; le presentaría al señor D. para que se lo preguntara él mismo. ¡No, claro que lo haría! ¡Por supuesto! No tenía nada que ocultar. No, nunca le había robado nada a nadie, y menos aún a sus padres, quienes, de todas maneras, tampoco poseían nada que pudiera sustraerles aunque él hubiera sido esa clase de persona. «De todas las crueldades que contenía ese informe, la mayor de todas es la negación de mi familia, de mi infancia, de los sacrificios que hicieron mis padres por mis hermanas y por mí, y las calumnias vertidas sobre mi padre. ¿Que era un jugador? ¿Un fugitivo? ¿Un embustero? Era el hombre más honrado que he conocido. Que lo hayan ninguneado así para hacerlo pasar por un... un delincuente es una ruindad en la que no habría creído capaz de caer ni siquiera a Lucy».

Continuaron hablando y discutiendo y, tras más de una hora, Edward le tomó las manos en un arrebato.

—David, mi niño inocente. Puedo refutar todo lo que contienen esas páginas, y lo haré, pero hay algo primordial de lo que debo desengañarte: ni te quiero ni deseo empezar una vida contigo por tu dinero. Tu dinero es tuyo, y no lo necesito. Siempre he vivido con lo justo y, de haber tenido dinero, tampoco habría sabido qué hacer con él. Además, pronto dispondré del mío propio y, sin ánimo de ofender, lo prefiero así.

»Me has preguntado qué he hecho con el juego de té. Lo he vendido, David, pero no me he dado cuenta del error que he cometido hasta ahora, de que se trataba de algo que me habías regalado por amor, y yo, deseando demostrarte que podía ocuparme de ti, que podía ocuparme de los dos, lo he cambiado por dinero. Pero ¿no ves que, a mi manera, también lo he hecho por amor? No quiero tener que pedirte nada... No quiero que te falte de nada. Me ocuparé de los dos. Querido David. ¿No quieres estar con alguien que no espere que seas David Bingham, sino solo un querido compañero, un marido leal, un amado cónyuge? Toma —Edward metió la mano en el bolsillo del pantalón y extrajo un monedero, que depositó con fuerza en la mano de David—, aquí está el dinero que me han dado por él. Iré mañana y volveré a comprarlo, si quieres. Y lo mismo haré con la cubertería de plata. O también podrías quedarte el dinero. Podríamos gastarlo en nuestra primera comida en California o en tu primera caja de pinturas. Pero lo importante es que lo gastemos juntos, en nuestra vida juntos.

A David le dolía la cabeza. Estaba abrumado. Las lágrimas se le habían secado en las mejillas y notaba la piel tirante, con un ligero hormigueo. No tenía fuerzas ni en las piernas ni en los brazos, y se apoderó de él un cansancio tan profundo que cuando Edward empezó a desnudarlo y luego lo tumbó en la cama, no sintió ni la emoción ni la excitación que solían invadirlo en tales momentos, solo una especie de apatía, y aunque respondía a las órdenes de Edward, lo hacía como aturdido, como si ya no fuera dueño de sus brazos y sus piernas, y estos se movieran por voluntad propia. No dejaba de pensar en lo que había dicho su abuelo —«Los dos te necesitan, Edward y su amante»—, y cuando despertó de madrugada se desembarazó con delicadeza del brazo de Edward, se vistió en silencio y salió de la casa de huéspedes.

Era tan temprano que las velas aún parpadeaban en los faroles y la luz estaba teñida de tonos grises. El repiqueteo de las botas sobre los adoquines lo acompañó hasta el río, donde se detuvo a contemplar las aguas rompiendo contra el muelle de madera. Iba a ser un día húmedo, húmedo y frío, y se abrazó, con la mirada perdida en la otra orilla. Andrew y él paseaban a veces junto al río y charlaban, aunque todo aquello parecía ahora muy lejano, sucesos con décadas de antigüedad.

¿Qué iba a hacer? Ahí, en esa orilla del río, estaba el Edward que conocía; allá, en la otra, el Edward al que su abuelo creía conocer, y entre ellos se extendía una masa de agua infranqueable; no muy ancha, pero profunda y aparentemente insalvable.

Si se iba con Edward, perdería a su abuelo para siempre. Si se quedaba, perdería a Edward. ¿Creía a Edward? Sí y no. No hacía más que recordar lo indignado que se había mostrado la noche anterior —indignado, recordó, no nervioso; no había caído en contradicciones, o en muy pocas, cuando había tratado de explicarse, y las que habían aflorado no parecían ni preocupantes ni relevantes—, y eso bastaba para saber que decía la verdad. Pensó en la ternura con que Edward le había hablado, lo había tocado, abrazado. Nada de eso eran imaginaciones, sin duda. ¿Cómo iba a ser una pantomima? El ardor con que se amaban, la pasión de sus encuentros..., ¿cómo iba a ser una farsa? Ahí tenía Nueva York y todo lo que le era conocido. Allá, con Edward, un lugar distinto, un lugar donde nunca había estado, aunque comprendió que llevaba buscándolo toda la vida. Creía haberlo hallado con Andrew, pero había sido un espejismo. Jamás lo habría encontrado con Charles. ¿Acaso no era aquel el objetivo último, el motivo por el que sus ancestros habían fundado ese país? ¿Para que él pudiera amar como quisiera, para permitirse ser feliz?

No tenía respuestas, así que dio media vuelta y regresó a la casa de huéspedes, donde lo esperaba Edward. La misma dinámica se repitió durante varios días: David era el primero en despertar, daba un paseo hasta el río y a su regreso retomaba el interrogatorio, que Edward soportaba con paciencia, incluso con benevolencia. Sí, la joven de la ilustración era Belle; no, el hombre del daguerrotipo no era Aubrey, sino un antiguo pretendiente, del conservatorio, y si le molestaba, quemaría la imagen —¿Lo veía? ¡Ya estaba haciéndolo!—, pues aquel hombre no significaba nada para él, ya no; sí, la nota era de su madre. Siempre tenía explicaciones para todo, y David las aceptaba, una tras otra, hasta que, al anochecer, volvía a sentirse desorientado y exhausto, momento en el que Edward lo desnudaba y lo llevaba a la cama, y el ciclo volvía a empezar.

No hallaba sosiego.

—Mi querido David, si continúas teniendo dudas, entonces tal vez no deberíamos casarnos —dijo Edward una tarde—. Aun así, yo querría seguir contigo, pero tu fortuna estaría a salvo.

—Entonces ¿no quieres casarte conmigo?

—¡Claro que sí! ¡Naturalmente que quiero! Pero si no hay otra manera de convencerte de que no tengo ni intención ni deseos de hacerme con tu dinero...

—Aunque nos casáramos, nuestro matrimonio no tendría ninguna validez en California, de modo que tampoco supondría un gran sacrificio para ti, ¿no?

—Sería más que un sacrificio si tuviera la intención de robarte tu dinero, porque, de ser así, debería casarme contigo ahora, quedarme con todo lo que tienes y luego dejarte. Pero esa no es mi intención, ¡por eso lo he propuesto!

En los meses y años venideros, pensaría en esa época y se preguntaría si la recordaba bien: ¿no hubo un momento, una hora, un día, en que decidió, de manera categórica y concluyente, que amaba a Edward y que su amor por él superaría todas las incertidumbres que seguían atormentándolo a pesar de sus explicaciones? Pero no, no hubo ningún momento, ninguna revelación que pudiera fechar y de la que dejar constancia por escrito. Si acaso, con cada día que no regresaba a Washington Square, con cada carta —al principio solo de su abuelo, pero luego de Eliza, John, Eden, Frances e incluso Norris— que ignoraba, bien arrojándolas al fuego, bien guardándolas sin abrir junto al manojo de cartas de Edward que David se había llevado consigo, con cada prenda, libro y libreta que ordenó que le enviaran desde casa de su abuelo, con cada día que decidía no soli-

citar una entrevista con Christopher D. para hablar con él, con
cada semana que no preguntaba si Edward había enviado realmente una carta a Belle para pedirle que corroborara su relato,
y con cada semana que pasaba sin respuesta por parte de ella,
declaraba su intención de empezar otra vida, una vida nueva,
una vida distinta.

Había transcurrido cerca de un mes de la misma manera,
y aunque Edward nunca le había pedido que se comprometiera
de forma concluyente a acompañarlo a California, David no
protestó cuando este compró dos billetes para el Transcontinental Express, no puso objeciones cuando sus pertenencias desaparecieron en uno de los baúles, ocultas entre las de Edward. Edward iba de un lado para otro —haciendo planes, maletas,
hablando por los codos—, y cuanto más atareado se mostraba,
más apático se sentía David. Cada mañana se recordaba que todavía estaba a tiempo de detener lo que parecía destinado a ocurrir, que la decisión aún se hallaba en sus manos, por humillante
que fuera, tanto en ese momento como en el futuro; pero cuando llegaba la noche se había dejado arrastrar un poco más por la
emoción de Edward y cada día se alejaba más de la orilla. A pesar de todo, tampoco sentía deseos de resistirse, ¿por qué habría
de hacerlo? Qué agradable, qué tentador era que lo necesitaran
tanto como Edward lo necesitaba, que lo quisieran, lo besaran,
le susurraran y lo amaran tanto, que no le preguntaran ni se in-
teresaran por su fortuna, que lo desnudaran con tanta avidez y lo
contemplaran con un deseo tan desinhibido. ¿Cuándo había experimentado algo parecido? Porque no le había ocurrido nunca
y, pese a todo, no tenía dudas: eso era la felicidad, eso era vivir.

Aun así, en momentos más tibios —esos de antes del amanecer—, David también era consciente de que el mes no había
transcurrido sin contratiempos. Apenas sabía valerse por sí mis-

mo en ese mundo, nunca se había ocupado de las tareas del hogar y en algunos momentos su inexperiencia había creado tensiones entre ellos; no sabía hervir un huevo, ni remendar un calcetín, ni clavar un clavo. La casa de huéspedes no disponía de aseos interiores, solo de uno exterior, y la primera y gélida vez que David lo visitó, utilizó sin saberlo el agua disponible para todos los residentes, lo cual dio lugar a que Edward se dirigiera a él con sequedad. «Pero ¿qué sabes hacer?», le espetó después de que David le confesara que nunca había encendido un fuego, y «Ya me dirás cómo vamos a vivir de bordar, tejer y dibujar», tras lo cual David salió furioso y recorrió las calles con los ojos arrasados de lágrimas, y cuando por fin regresó —por el frío y porque tampoco tenía otro sitio a donde ir—, Edward estaba allí (con un fuego crepitando) para recibirlo con ternura y disculpas, para conducirlo a la cama, donde le prometió que le haría entrar en calor. Tras la reconciliación, le pidió a Edward que se mudaran a otra parte, un lugar más espacioso y moderno, que lo pagaría él con mucho gusto, pero Edward lo besó entre los ojos y dijo que debían ahorrar y que, de todas maneras, David debía familiarizarse con esas tareas puesto que tendría que llevarlas a cabo en California, donde, al fin y al cabo, vivirían en una granja. Así pues, intentó mejorar. Si bien obtuvo un éxito relativo.

De pronto solo faltaban cinco días, cuatro, tres, dos para la partida —la habían adelantado para llegar a California poco después que Belle—, y la pequeña habitación había pasado abruptamente de estar abarrotada a estar desierta, con todas sus pertenencias repartidas en tres baúles grandes de viaje, el último de los cuales David había hecho traer de Washington Square. La noche anterior a su penúltimo día en la ciudad, Edward comentó que, antes de partir, sería conveniente contar con todos los fondos de los que David pudiera disponer, así que, al día siguiente, él saldría temprano para comprar las últimas cuatro cosas que podían necesitar y quedó sobreentendido que David iría a ver a su abuelo.

No se trataba de una petición poco razonable; de hecho, era inevitable. Aun así, esa mañana, cuando David salió de la casa de huéspedes, una de las últimas veces que lo haría en su vida, y descendió los escalones agrietados hasta la calle, sintió el bofetón de la belleza sucia y descarnada de la ciudad; de los árboles emplumados de diminutas hojas de un verde vivo por encima de su cabeza; del agradable y resonante tabaleo de los caballos al pasar; de la industriosa actividad que lo rodeaba: las asistentas fregando los portales, el chico del carbón tirando poco a poco de la carretilla, el deshollinador con su balde, silbando una melodía alegre. Formaba y no formaba parte de ellos, al fin y al cabo todos eran ciudadanos de los Estados Libres, y juntos habían hecho de su país, de su ciudad, lo que era, ellos con su trabajo y David con su dinero.

Pensaba tomar un coche de caballos, pero al final fue dando un tranquilo paseo; echó a andar hacia el sur y luego dobló al este, caminando por las calles como en sueños, como si los pies, antes que los ojos, supieran cuándo sortear una pila de excrementos, un trozo de nabo, un huidizo gato callejero; se sentía como una llama esbelta avanzando por las queridas e inmundas calles que había recorrido toda la vida, sin que sus zapatos dejaran huella, sin hacer ruido, viendo cómo la gente se apartaba de su camino antes de tener que anunciarse con un carraspeo siquiera. Así pues, cuando por fin llegó a Bingham Brothers, se sentía lejos de allí, incluso flotando, como si se cerniera a varios metros por encima de la ciudad y emprendiera el lento descenso alrededor del edificio de piedra antes de aterrizar con suavidad en los escalones y cruzar las puertas, aparentemente de la misma manera que había hecho durante cerca de veintinueve años, pero de una forma por completo distinta.

Atravesó el vestíbulo, franqueó las puertas que conducían a las oficinas del banco y luego dobló a la izquierda, donde se encontró con el empleado encargado de las cuentas de la familia y donde retiró todos sus ahorros; la moneda de los Estados Libres se aceptaba en el Oeste, pero con reservas, y David había avisado de antemano de que necesitaba el dinero en oro. Esperó mientras pesaban y envolvían con tela los lingotes, los apilaban en una pequeña maleta negra de piel y abrochaban las hebillas.

El banquero, un empleado nuevo al que no conocía, le tendió la maleta con una reverencia.

—Permítame desearle mucha suerte, señor Bingham —dijo con gravedad, y David, repentinamente sin respiración, con el brazo lastrado por el peso del metal, solo pudo agradecérselo con un gesto de la cabeza.

De nuevo, parecía que todo el mundo estaba al tanto de su historia, y tras despedirse del empleado y enfilar por última vez el pasillo largo y alfombrado que conducía al despacho de su abuelo, creyó oír un murmullo colectivo, casi un rumor, aunque no se cruzó con nadie. Casi había llegado ante la puerta cerrada del despacho cuando por fin vio a alguien, a Norris, que salía de pronto de una antesala.

—Señor David —dijo—, su abuelo está esperándole.

—Gracias, Norris —contestó con voz estrangulada; apenas podía hablar, las palabras lo asfixiaban.

Se volvió para llamar a la puerta cuando, de manera inesperada, Norris le tocó el hombro. David dio un respingo; Norris nunca lo había tocado, ni a él ni a sus hermanos, y cuando miró al hombre le sorprendió ver que tenía los ojos empañados.

—Le deseo toda la felicidad del mundo, señor David —dijo.

Un momento después había desparecido y David accionaba la manilla de latón de la puerta de su abuelo para entrar en la sala, y —¡ah!— ahí estaba, tras su escritorio, poniéndose en pie pero sin indicarle que pasara, como era su costumbre, sino esperando a que cruzara la suave alfombra, tan afelpada que aunque se te cayera una copa de cristal, como le sucedió a David una vez de pequeño, esta rebotaba con delicadeza sobre la superficie en lugar de hacerse añicos. Vio que los ojos de su abuelo se volvían hacia la maleta al instante y supo que sabía qué ocultaba en su interior; de hecho, sabía cuánto oro contenía hasta el último centavo, y al tomar asiento sin que su abuelo hubiera pronunciado aún ni una palabra, olió a humo, a tierra, y cuando abrió los ojos vio que estaba sirviendo una taza de té Lapsang Souchong y notó de nuevo el escozor de las lágrimas. Entonces cayó en la cuenta: solo había una taza, y era la de su abuelo.

—He venido a despedirme —dijo David tras un silencio tan espeso que no pudo soportarlo, aunque sí oyó el temblor de su voz. Al ver que su abuelo no respondía, insistió—: ¿No vas a decir nada?

Había acudido con intención de defender su causa —los desmentidos de Edward, lo mucho que Edward se preocupaba por él, cómo Edward había aliviado sus preocupaciones—, pero en ese momento lo comprendió: no era necesario. A sus pies tenía una maleta llena de oro, como en un cuento de hadas, y era suya, y a poco más de una milla de allí había un hombre que lo amaba y con el que recorrería muchas millas más, acompañados, eso esperaba David, de su amor, porque creía en él; porque necesitaba hacerlo.

—Abuelo —dijo de modo vacilante, y cuando vio que su abuelo se limitaba a beber un sorbo de té, insistió, y luego otra vez, y luego en un grito—: ¡Abuelo! —Y aun así el hombre continuó impertérrito, llevándose la taza a los labios.

—Aún estás a tiempo, David —dijo el anciano por fin, y su voz, la paciencia que destilaba, esa autoridad que David nunca había tenido ni necesidad ni motivo ni deseo de cuestionar, le partió el alma, y hubo de reprimirse para no doblarse sobre sí mismo y agarrarse el vientre por el dolor—. Tienes elección. Conmigo estás a salvo, aún puedo protegerte.

En ese momento supo, como lo había sabido siempre, que nunca conseguiría explicarse: nunca dispondría del argumento definitivo, nunca dispondría de las palabras adecuadas, nunca sería otra cosa que el nieto de Nathaniel Bingham. ¿Quién era Edward Bishop comparado con Nathaniel Bingham? ¿Qué valía el amor frente a lo que su abuelo era y simbolizaba? ¿Quién era él frente a todo aquello? No era nadie, no era nada, un hombre enamorado de Edward Bishop que estaba haciendo, tal vez por primera vez en su vida, algo que deseaba hacer, algo que lo aterraba pero que solo podía atribuírsele a él. Quizá estuviera cometiendo una imprudencia con esa decisión, pero la había tomado él. Alargó el brazo hacia abajo, deslizó los dedos por el asa de la maleta, la agarró con fuerza y se levantó.

—Adiós —susurró—. Te quiero, abuelo.

Estaba a medio camino de la puerta cuando su abuelo lo increpó en un tono que jamás le había oído emplear:

—¡Eres un necio, David!

Aun así continuó andando, y ya estaba cerrando la puerta tras él cuando oyó que su abuelo lo llamaba con voz más lastimera que admonitoria, dos sílabas traspasadas de angustia:

—¡David!

Nadie lo detuvo en su trayecto hasta la salida. Enfiló de nuevo el pasillo alfombrado, cruzó luego las impresionantes puertas y a continuación el vestíbulo de mármol, y por fin estaba fuera, con Bingham Brothers a su espalda y la ciudad frente a él.

Una vez, cuando sus hermanos y él eran pequeños, probablemente poco después de que fueran a vivir a Washington Square, mantuvieron una conversación con su abuelo acerca del Cielo, y tras las explicaciones que les dio, John se había apresurado a comentar: «A mí me gustaría que el mío estuviera hecho de helado», pero David, por entonces poco aficionado a las cosas frías, había discrepado: el suyo sería de tartas. No le costaba imaginarlo: océanos esponjosos de crema de mantequilla, montañas de bizcocho, árboles de los que colgaban cerezas confitadas. No quería ir al Cielo de John, quería ir al suyo. Aquella noche, cuando el abuelo fue a darle las buenas noches, le había preguntado, preocupado, cómo sabía Dios lo que quería cada uno. Cómo podía estar seguro de que se encontraban en el lugar con el que habían soñado. Su abuelo se había echado a reír. «Lo sabe, David —había dicho—. Lo sabe, y creará todos los Cielos necesarios».

Así pues, ¿y si aquello fuera el Cielo? ¿Lo sabría, de ser así? Tal vez no. Pero sí sabía que tampoco el lugar del que provenía lo era; ese tal vez fuera el Cielo de otra persona, pero no el suyo. El suyo se hallaba en otro lado, aunque no se aparecería ante él, más bien tendría que encontrarlo. De hecho, ¿acaso no era eso lo que le habían enseñado toda la vida, a lo que le habían dicho que debía aspirar? Había llegado el momento de buscar. Había llegado el momento de ser valiente. De andar solo. Esperaría allí un minuto más, con la pesada maleta en la mano, y luego respiraría hondo y daría el primer paso: el primer paso camino a una nueva vida, el primer paso... camino al paraíso.

LIBRO II

Lipo-wao-nahele

Parte I

La carta llegó a la oficina el día de la fiesta. Casi nunca recibía correo, y cuando lo hacía, en realidad no era para él —solía tratarse de ofertas de suscripción a publicaciones y revistas de derecho que iban dirigidas al «Asistente legal» y que el chico de reparto dejaba en un atado sobre una de las mesas—, de modo que hasta que se tomó el café de la tarde no se molestó en retirar la goma elástica del fajo de sobres para revisarlos, y de repente se topó con su nombre. Al ver la dirección del remitente, se quedó sin respiración de una forma tan rotunda que durante unos instantes no oyó nada más que un viento seco y caliente.

Se guardó el sobre en el bolsillo del pantalón y se apresuró a ir a la sala de archivo, el lugar más íntimo de toda la planta, donde lo sacó y lo apretó contra su pecho antes de abrirlo con tanta prisa que hasta rasgó la carta que había dentro. Sin embargo, ya estaba tirando de la hoja de papel cuando decidió devolverla al sobre, que dobló por la mitad e hizo desaparecer en el bolsillo de la camisa. Después tuvo que sentarse en una pila de viejos libros de derecho y soplarse las manos unidas, algo que solía hacer cuando estaba nervioso, hasta que se sintió preparado para salir.

Cuando regresó a su escritorio ya eran las cuatro menos cuarto. Ese día había pedido permiso para salir a las cuatro, pero fue a preguntarle a su encargada si podía irse unos minutos antes. Por supuesto, repuso ella, y añadió que era un día tranquilo, que ya se verían el lunes. Él le dio las gracias y escondió la carta en la bolsa.

—Buen fin de semana —le deseó la encargada al verlo marcharse.

Igualmente, dijo él.

De camino al ascensor tenía que pasar por delante del despacho de Charles, pero no se asomó a despedirse de él, porque habían acordado que era más seguro fingir que no tenían mayor relación que cualquier otro socio sénior con un asistente legal júnior. Al principio de salir juntos, David se descubría pasando por delante del despacho de Charles una decena de veces al día con la esperanza de verlo haciendo algo prosaico, cuanto más prosaico mejor: alisarse el pelo hacia atrás mientras leía una carta; dictar una nota en su grabadora; pasar páginas de un libro de derecho; hablar por teléfono mientras contemplaba el río Hudson por la ventana, de espaldas a la puerta. Charles jamás dejaba entrever que se hubiera dado cuenta, pero David estaba seguro de que sabía cuándo pasaba.

Eso había motivado una de sus primeras discusiones: la falta de señales por parte de Charles.

—Bueno, y ¿qué quieres que haga, David? —preguntó Charles una noche cuando estaban en la cama, aunque no a la defensiva—. Tampoco es que pueda pasarme por la zona de los asistentes legales cada vez que quiera. O llamarte, siquiera: Laura ve en su teléfono a quién llamo, y al final acabaría atando cabos.

Él no contestó, solo apretó la cara contra el cojín, y Charles suspiró.

—No es que no quiera verte, de verdad —añadió con delicadeza—. Pero es complicado. Ya sabes cómo son las cosas.

Al final se les ocurrió un código: cada vez que David pasara por delante del despacho y Charles no estuviera ocupado, este carraspearía y daría vueltas a un lápiz entre los dedos; esa sería su señal de que lo había visto. Era una bobada —David jamás se atrevería a contarles a sus amigos que así era como se relacionaban en la oficina; ya desconfiaban bastante de Charles—, pero también resultaba gratificante. «Larsson, Wesley me tiene de día, pero tú me tienes de noche», solía decir Charles, cosa igual de gratificante.

Aun así, ellos te sacan más horas facturables que yo, le dijo una vez a Charles.

—Eso no es cierto —repuso él—. Tú tienes los fines de semana y los festivos, además de las noches. —Alargó un brazo, alcanzó la calculadora (Charles era la única persona con quien se había acostado, o salido, que tenía una calculadora en la mesita de noche y que además recurría a ella de manera habitual durante discusiones y peleas) y empezó a apretar botones—. El día tiene veinticuatro horas; la semana, siete días —dijo—. A Larsson, Wesley le dedico..., ¿qué? Doce horas durante cinco días, más, vale, otras siete sumando las del fin de semana. Eso hace un total de sesenta y siete. Ciento sesenta y ocho horas que tiene la semana, menos sesenta y siete... significa que durante ciento una horas semanales, como mínimo, estoy a tu entera y completa disposición. Y eso sin contar las que paso pensando en ti en Larsson, o pensando en ti e intentando no pensar en ti.

¿Cuántas son esas?, preguntó. A esas alturas, ambos sonreían.

—Montones —contestó Charles—. Incontables. Decenas de miles de dólares en horas facturables. Más que ninguno de mis clientes.

En ese momento pasó por delante del despacho de Charles, este carraspeó y le dio vueltas a un lápiz entre los dedos, y David sonrió: lo había visto. Ya podía marcharse.

En casa, todo estaba bajo control. Eso le dijo Adams cuando llegó. «Todo está bajo control, señor David». Como siempre, parecía ligeramente descolocado... por David en sí, por su presencia en la casa, por tener que servirle, y ahora, además, porque el joven parecía creer que podía contribuir de alguna manera a organizar una cena como las que Adams llevaba organizando más años de los que David llevaba vivo.

Hacía un año, cuando se trasladó a la casa, le pidió a Adams una y otra vez que lo llamara David, y no señor David, pero eso Adams jamás lo haría, o al menos no lo hacía. Adams nunca se acostumbraría a él, ni él a Adams. Después de una de las primeras noches que pasó con Charles, estaban retozando en la cama por la mañana, a punto de montárselo, cuando oyó que alguien pronunciaba el nombre de Charles con gravedad, y no pudo evitar soltar un grito y dar un respingo, y al levantar la mirada se encontró con Adams en la puerta del dormitorio.

—Ya puedo subirle el desayuno, señor Charles, a menos que prefiera esperar.

—Esperaré, Adams, gracias.

Cuando el mayordomo salió, Charles se acercó de nuevo a él, pero David lo apartó y él se echó a reír.

—¿Cómo ha sido ese ruidito que has hecho? —dijo Charles para incordiarlo, y soltó varios ladridos agudos—. Como una marsopa —añadió—. Adorable.

¿Siempre hace eso?, preguntó él.

—¿Adams? Sí. Sabe que me gusta seguir mi rutina.

Da un poco de repelús, Charles.

—Pero si Adams es inofensivo... Quizá un poco anticuado, pero es un mayordomo estupendo.

Con el paso de los meses había intentado abordar el tema de Adams con Charles, pero nunca lo conseguía, en parte porque no era capaz de articular del todo sus reparos. Adams siempre lo trataba con un respeto digno y sobrio, y aun así, David sabía que de algún modo ese hombre lo reprobaba. Cuando le habló de él a Eden, su mejor amiga y antigua compañera de piso, ella puso los ojos en blanco.

—¿Cómo que un mayordomo? —dijo—. No me jodas, David. De todas formas, seguramente les pone pegas a todos los ligues de Chuck. —(Así era como Eden llamaba a Charles: Chuck. De manera que todos sus amigos habían acabado llamándolo Chuck también).

Yo no soy un ligue, la corrigió.

—Ah, vale, lo siento —repuso Eden—. Eres su... novio. —Frunció los labios y pestañeó deprisa; no soportaba la monogamia, y tampoco a los hombres. «Menos a ti, David —solía decir—. Pero tú no cuentas».

Vaya, gracias, respondía él entonces, y ella se echaba a reír.

Pero David sabía que no era cierto que Adams pusiera reparos a todos los novios de Charles, porque una vez había oído sin querer una conversación entre Adams y Charles acerca de un ex de este, Olivier, con quien salía antes de conocer a David.

—También ha llamado el señor Olivier —informó Adams mientras le daba los recados, y David, que estaba justo al otro lado de la puerta del estudio, percibió algo diferente en su voz.

—¿Cómo lo has encontrado? —preguntó Charles. Olivier y él seguían siendo amigos, pero solo se veían una o dos veces al año, a lo sumo.

—Muy bien —contestó Adams—. Por favor, dele recuerdos míos.

—Lo haré, descuida —aseguró Charles.

De todos modos, intentar quejarse de Adams no servía de nada, porque Charles jamás prescindiría de él: había sido el mayordomo de sus padres cuando él era adolescente y, al morir ambos, Charles, su único hijo, no solo heredó la casa, sino también a Adams. David nunca podría contarles eso a sus amigos; convertirían el hecho de que Charles empleara a un hombre de setenta y cinco años para un puesto físicamente exigente en una forma de explotación geriátrica, a pesar de que David sabía que a Adams le gustaba desempeñar su trabajo tanto como a Charles poder garantizárselo. Sus amigos nunca lo habían entendido; no entendían que, para algunas personas, el trabajo era lo único que justificaba su existencia.

—Sé que tener mayordomo parece anacrónico —dijo Charles (pocos de sus propios amigos lo tenían, ni siquiera aquellos con más dinero que él, o los que procedían de familias más ricas y con mayor abolengo que la suya)—, pero cuando te has educado con uno resulta difícil prescindir de él. —Suspiró—. No espero que ni tú ni nadie lo entienda. —David guardaba silencio—. Esta casa es tan mía como de Adams —añadió Charles. Era algo que comentaba a menudo, y David sabía que en cierto modo lo decía en serio, aunque no fuera así.

Ocupación no equivale a propiedad, le recordó a Charles, citando a un profesor suyo de primer año de Derecho, y Charles se abalanzó sobre él (también esa vez estaban en la cama).

—¿De verdad estás dándome lecciones sobre principios legales? —preguntó—. ¿A mí? No podrías ser más adorable.

«No lo entenderías», le decía Charles, sobre eso y sobre muchos otros asuntos, y cuando lo hacía, a David de repente le venía a la mente el rostro de su abuela. ¿Habría dicho su abuela alguna vez que su casa era tan suya como de Matthew y de Jane? No lo creía. Su casa pertenecía únicamente a los Bingham, y la única forma de convertirse en un Bingham era por nacimiento o casándose con uno.

Por otro lado, ni a Matthew ni a Jane se les habría ocurrido pensar jamás que la casa Bingham fuese suya, y David sospechaba que Adams compartía esa visión: aquella era la casa de Charles y siempre lo sería, y aunque el mayordomo formara parte de ella, lo hacía solo como una silla o un armarito auxiliar: una pieza de mobiliario, en todo caso nada con motivaciones, deseos propios o sentido de la autonomía. Adams podía actuar como si fuera suya —solo había que verlo en esos momentos, haciéndole el vacío a la organizadora de fiestas mientras dirigía al personal del catering a la cocina y a los transportistas al comedor, donde tenían que apartar los muebles—, pero, aunque su autoridad era hasta cierto punto innata, gran parte de ella emanaba de su relación con Charles, cuyo nombre Adams solo invocaba cuando era necesario, y aun así no pocas veces.

—Sabes perfectamente que al señor Griffith no le gustan —regañaba en esos momentos a la florista, que estaba plantada ante él, protestando e intentando convencerlo, mientras aferraba contra el pecho un cubo de plástico verde lleno de azucenas medio abiertas—. Ya lo hemos hablado. Dice que huelen a funeral.

—Pero ¡mira todas las que he encargado! —(La florista, al borde del llanto).

—Pues te sugiero que te pongas en contacto con el señor Griffith e intentes convencerlo tú misma —dijo Adams, consciente de que la joven jamás lo haría.

En efecto, la florista dio media vuelta y se alejó.

—¡Hay que deshacerse de las azucenas! —informó a su equipo sin detenerse, y por lo bajo añadió—: Capullo.

David la siguió con la mirada y sintió su marcha como un triunfo personal. Era él quien debería haber coordinado las flores. Tras la última gran fiesta —poco después de trasladarse a la casa—, le insinuó a Charles que las flores le habían parecido algo apagadas y demasiado aromáticas: unos ramos muy perfumados distraían la atención de la comida.

—Tienes razón —comentó Charles—. La próxima vez te encargarás tú de ellas.

¿De verdad?

—Desde luego. ¿Qué sé yo de flores? Tú eres el experto —dijo Charles, y le dio un beso.

En aquel momento le pareció un privilegio, un regalo, pero desde entonces había aprendido que, cuando Charles reconocía que no sabía nada de algo, solo era porque creía que el tema carecía de relevancia. Era capaz de conseguir que su desconocimiento de la materia que fuera (flores, béisbol, fútbol, arquitectura modernista, literatura y arte contemporáneos, comida sudamericana) sonara a alarde; no sabía del tema porque no había motivo alguno para hacerlo. Tal vez tú supieras de ello, pero porque te gustaba perder el tiempo; él, en cambio, tenía cosas más importantes que aprender y recordar. De todos modos, al final todo había quedado en nada: Charles se había acordado de decirle a la organizadora de fiestas que no contratara a la misma florista, pero había olvidado comentarle que David se encargaría de las flores. Él se había pasado el último mes planificando los arreglos, llamando a diferentes tiendas del Flower District para preguntar si podrían conseguirle un pedido especial de stephanotis y proteas, y no había sido hasta dos semanas antes, cuando Charles y él estaban tomando una copa en la sala de estar y Charles le pidió a Adams que lo pusiera al día sobre la organizadora de fiestas —«Sí, ha contratado a otra florista»—, cuando David comprendió que al final no se encargaría de las flores.

Esperó a que el mayordomo saliera para preguntarle a Charles al respecto, tanto porque intentaban no discutir delante de Adams como porque quería repasar primero las palabras para sí y asegurarse de no dar la impresión de estar lloriqueando. Aunque de todos modos lo pareció.

Creía que supervisaría yo las flores, dijo en cuanto Adams salió de la estancia.

—¿Qué?

¿Te acuerdas? Dijiste que podía encargarme.

—Ay, dios mío. ¿Eso dije?

Sí.

—No me acuerdo. Pero si tú lo dices, será que sí. Ay, David, lo siento. —Y como él no replicó, añadió—: No estás enfadado, ¿verdad? Solo son flores. David, ¿estás enfadado?

No, mintió.

—Sí que lo estás. Lo siento, David. Te encargarás la próxima vez, te lo prometo.

Él asintió, y entonces Adams reapareció para anunciar que la cena estaba lista, y los dos pasaron al comedor. Mientras cenaban, David intentó mostrarse alegre porque eso era lo que le gustaba a Charles, pero después, en la cama, este se volvió hacia él en la oscuridad y le preguntó:

—Sigues molesto, ¿verdad?

Se le hacía difícil explicar por qué lo estaba; sabía que parecería mezquino.

Solo quiero ayudar, empezó a decir. Solo quiero sentir que aquí hago algo.

—Pero si ya me ayudas —repuso Charles—. Todas las noches que estás aquí conmigo, me estás ayudando.

Bueno..., gracias. Pero... me gustaría sentir que hacemos algo los dos juntos, que de alguna manera contribuyo a tu vida.

Me siento como... como si en esta casa solo ocupara espacio, aunque en realidad no sirvo de nada. ¿Sabes a lo que me refiero?

Charles se quedó muy callado.

—Lo entiendo —dijo al cabo—. La próxima vez, David, te lo prometo. Y... he estado pensando..., ¿por qué no invitamos a algunos de tus amigos a cenar un día? Solo amigos tuyos. Tú conoces a todos los míos, pero tengo la sensación de que yo apenas he visto a los tuyos.

¿De verdad?

—Sí. Esta también es tu casa; quiero que sepan que aquí también son bienvenidos.

Esa noche se quitó un peso de encima, pero desde entonces Charles no había repetido el ofrecimiento y David tampoco se lo había recordado, en parte porque no estaba seguro de que Charles lo hubiera dicho en serio, pero también porque no estaba convencido de querer que sus amigos conocieran a Charles, para empezar. Que a esas alturas, cuando ya llevaban tanto de relación, aún no se lo hubiera presentado había pasado de ser poco habitual a resultar sospechoso: ¿qué escondía David?, ¿qué era lo que no quería que vieran? Sabían la edad que tenía Charles, sabían que era rico y cómo se habían conocido..., ¿qué otra cosa podía avergonzarle? De manera que, sí, aceptarían la invitación, pero para reunir pruebas, y al terminar la cena saldrían todos juntos y comentarían qué podría haber motivado a David a estar con Charles, qué podría haber visto en un hombre treinta años mayor que él.

«A mí se me ocurre una cosa...», casi oía decir a Eden.

Sin embargo, David se preguntaba a menudo si era solo la diferencia de edad lo que le hacía sentirse como un niño cuando estaba con Charles, y además de un modo que nunca había experimentado estando con su propio padre, que tenía cinco años menos que su novio. No había más que verlo en ese momento: agazapado en la escalera que subía de la planta del salón a la primera, sentado en un escalón que sabía que le proporcionaba una vista estupenda de la planta baja y al mismo tiempo lo ocultaba por completo, y desde donde podía contemplar a la florista, que todavía refunfuñaba mientras cortaba el cordel de los hatillos de ramas de enebro, y justo detrás de ella a los dos transportistas, con las manos protegidas por guantes blancos de algodón, llevándose despacio el armarito auxiliar de madera del siglo XVIII, como si fuera un ataúd, del lugar que ocupaba en el comedor a la cocina, donde se quedaría esa noche. También de niño se había agazapado en la escalera a escuchar cómo discutían primero su abuela y su padre y, más adelante, su abuela y Edward, listo para levantarse y regresar corriendo a su habitación y meterse bajo las sábanas si era necesario.

Su papel de esa noche había quedado relegado al de mero supervisor.

—Serás el control de calidad —dijo Charles—. Te necesito ahí para que te asegures de que todo está como debe.

Pero él sabía que solo lo decía por amabilidad; su presencia allí, como en muchos otros lugares, era indefinida y en última instancia estéril. Lo que pensara, sus opiniones, apenas contaban. En la casa de Charles, sus propuestas tenían tanto peso como en el bufete.

«La autocompasión es una cualidad poco atractiva en un hombre», oyó decir a su abuela.

¿Y en una mujer?

«También es poco atractiva, pero comprensible —diría su abuela—. Una mujer tiene mucho más por lo que compadecerse».

Sabía que esa noche (igual que todas las demás), su verdadero trabajo consistía en estar atractivo y presentable, y por lo menos eso sí era capaz de conseguirlo, de modo que se puso de pie y subió el siguiente tramo de escaleras para ir a la habitación que compartía con Charles. Hasta hacía cinco años, cuando Charles compró un pequeño apartamento en un edificio una manzana al norte, Adams había dormido justo encima, en la tercera planta, en lo que ahora era otra suite para invitados. David lo imaginaba arrodillado en el suelo, todavía con el traje negro, con la oreja pegada a la moqueta para escuchar a Charles y a Olivier allí abajo. No le gustaba esa imagen, en la que el rostro de Adams siempre estaba vuelto hacia el otro lado porque no lograba determinar cuál habría sido su expresión; y sin embargo, seguía teniéndola.

La fiesta de esa noche se celebraba en honor a otro exnovio de Charles, pero de hacía tanto tiempo —de los tiempos del internado— que David no veía amenaza alguna ni necesidad de estar celoso. Peter era la primera persona con quien Charles se había acostado, cuando Peter tenía dieciséis años y Charles catorce, y desde entonces habían mantenido una estrecha amistad, que a veces se aventuraba en el terreno del sexo durante unos meses o unos años, aunque no en la última década.

Pero Peter estaba muriéndose. Por eso la fiesta se celebraba un viernes, y no un sábado, como solía preferir Charles: porque al día siguiente Peter tenía un billete para Zúrich, donde se reuniría con un antiguo compañero de clase de la universidad, suizo, que ahora era médico y había accedido a administrarle una inyección de barbitúricos que le pararía el corazón.

A David le costaba comprender cuáles eran los verdaderos sentimientos de Charles al respecto. Estaba disgustado, por supuesto —«Estoy disgustado», decía Charles—, pero ¿qué significaba «disgustado», en realidad? Charles no había llorado, no se había enfadado ni se había quedado paralizado, no como David cuando murió su primer amigo, hacía siete años, y como le había ocurrido con cuantos lo habían seguido desde entonces; cuando le contó a David la decisión de Peter, lo hizo con suma naturalidad, casi como si se tratara de algo que se le había olvidado comunicarle antes, y cuando David se quedó sin respiración y casi se le saltaron las lágrimas (a pesar de que no conocía muy bien a Peter y de que, además, tampoco le resultaba muy simpático), fue Charles quien tuvo que consolarlo a él. Charles había querido acompañar a Peter, pero este le había dicho que no, arguyendo que sería demasiado difícil para él. Pasaría su última velada con Charles, pero luego, a la mañana siguiente, subiría al avión solo con el enfermero a quien había contratado para que lo acompañara.

«Al menos no acabará con él la enfermedad —comentaba Charles. Lo decía a menudo. Unas veces directamente a David y otras en momentos aleatorios, casi como un anuncio, aunque la única persona que había para oírlo era él—. Al menos no acabará con él la enfermedad... Al menos no morirá así». Peter estaba muriéndose a causa de un mieloma múltiple con el que había convivido nueve años.

—Y ya me ha llegado la hora —le dijo Peter, con una alegría intencionada e irónica, a un conocido suyo y de Charles al que hacía mucho que no veía, en la última cena de Charles—. Se me acabaron las prórrogas, pobre de mí.

—¿Es por...?

—Ay, dios mío, no. Un aburrido cáncer, de los de toda la vida, me temo.

—Siempre te resististe a las modas, Peter.

—Prefiero pensar que soy tradicional. Las tradiciones son importantes, ¿sabes? Alguien tiene que preservarlas.

David se puso un traje —los buenos se los había comprado Charles, pero dejó de llevarlos en el trabajo cuando otro asistente legal empezó a comentar lo bien que vestía— y escogió una corbata, pero luego decidió que no llevaría: con el traje bastaría. No conocía a nadie más de su edad que vistiera traje fuera del trabajo, exceptuando a Eden, que lo hacía con ánimo subversivo. Sin embargo, cuando se acercó a su lado del armario para volver a guardar la corbata, pasó junto a su bolsa y, encajada en un lado, vio la carta.

Se sentó en la cama y se quedó mirándola. Sabía que esa carta no contendría nada bueno; hablaría de su padre, y serían malas noticias, y él tendría que regresar a su hogar, a su verdadero hogar, para verlo, ver a una persona que en ciertos aspectos ya había dejado de existir para él: se había convertido en un fantasma, en alguien que aparecía solo en sus sueños, en alguien que hacía tiempo que había abandonado el reino de la conciencia para desaparecer allá donde estuviera, en alguien inasequible para él. Durante la década transcurrida desde la última vez que lo había visto, David había puesto todo su empeño en no pensar nunca en él, porque pensar en él era como sucumbir a una corriente de resaca tan poderosa que temía no lograr escapar de ella y que lo arrastrara tan lejos de tierra firme que jamás pudiera regresar. Todos los días despertaba y practicaba no pensar en su padre igual que un atleta practicaba los esprints o un músico las escalas. Y, de pronto, esa constancia estaba a punto de sufrir un revés inesperado. Lo que contuviera ese sobre daría pie a una serie de conversaciones con Charles, o al menos a una muy larga, a una que tendría que iniciar anunciándole que debía irse. «¿Por qué? —preguntaría Charles. Y luego—: ¿Adónde? ¿Quién? ¿No habías dicho que estaba muerto? Espera, más despacio... ¿Quién?».

Decidió que no tendrían esa conversación esa noche. Iban a celebrar la fiesta de Peter. Él ya había superado el luto por su padre, lo había llorado durante años, así que lo que fuera que dijese esa carta podía esperar. La hizo desaparecer en la bolsa, como si al no leerla también impidiera que su contenido se hiciese realidad, como si quedara suspendido en algún lugar entre Nueva York y Hawai'i, algo que casi había ocurrido pero que él, al no concederle atención, había conseguido mantener a raya.

———

La fiesta empezaba a las siete y Charles había jurado que llegaría a casa a las seis, pero a las seis y cuarto seguían sin noticias de él, y David estaba junto a la ventana, mirando la calle y las sombreadas vistas de Washington Square más allá, esperando a que apareciera.

Cuando iba a la universidad, el club de teatro de la facultad llevó a escena una obra sobre una heredera del siglo XIX que albergaba la esperanza de casarse con un hombre del que su padre desconfiaba, pues estaba convencido de que solo la cortejaba por su dinero. La heredera era una joven del montón, y el hombre era apuesto, y nadie —ni su padre, ni su tía solterona de sonrisa afectada, ni sus amigas, ni el autor ni el público— creía que su amado pudiera sentir una atracción sincera por ella; la heredera era la única que lo creía así. La terquedad de esa convicción debía servir de testimonio de su necedad, pero David la veía como una fortaleza nacida de una entereza extraordinaria, la misma que él admiraba en Charles. En la primera escena del segundo acto se veía a la mujer junto a la ventana de su casa, con el pelo peinado con raya en medio, recogido en un moño en la nuca y con dos tirabuzones, semejantes a cortinas, colgando a ambos lados de su rostro dulce y redondeado, mientras el vestido, de rígida seda de color melocotón, susurraba en torno a ella. Parecía tranquila y despreocupada; tenía las manos en el talle, una sobre la otra. Esperaba a su amado, segura de que este acudiría a buscarla.

Y allí estaba él, en una pose similar, esperando también a su amado. Al contrario que la heredera, David tenía menos motivos para estar inquieto, y sin embargo lo estaba. Pero ¿por qué? Charles lo amaba, lo cuidaría siempre, le había ofrecido una vida que él jamás habría podido permitirse, aunque a veces le daba la sensación de no ser su verdadero dueño, sino un suplente, alguien al que habían hecho salir corriendo al escenario en mitad de una escena que no lograba recordar, y que intentaba seguir el pie de los demás actores con la esperanza de que sus frases volvieran a él.

Cuando conoció a Charles, hacía un año y medio, vivía con Eden en un apartamento de una habitación en la calle Ocho con la Avenida B, y aunque a Eden le fascinaba su calle —borrachos quejumbrosos que te gritaban sin explicación alguna, solo para sobresaltarte; chicos de pelo largo que de vez en cuando aparecían desmayados en los escalones del portal por la mañana—, a él no. Había comprobado que debía salir hacia el bufete a las siete en punto: un poco antes y se encontraría con los juerguistas y los camellos sin éxito de la noche anterior, que regresaban a casa dando tumbos; un poco después y tendría que esquivar a los primeros pordioseros del día, que mascullaban pidiendo suelto mientras arrastraban los pies por Tompkins Square Park en dirección a St. Marks Place.

—¿Tienes suelto? ¿Tienes suelto? ¿Tienes suelto? —pedían.

No, lo siento, no llevo nada, murmuró una mañana, agachando la cabeza como si se avergonzara, mientras intentaba eludir al hombre.

Normalmente bastaba con eso, pero aquel día el mendigo —blanco, con una barba rubia desgreñada, enredada de mugre, de la que se había recogido un mechón con un alambre de cerrar bolsas— se puso a seguirlo tan de cerca que David notaba las puntas de sus zapatos tropezar con sus talones y hasta olía su aliento acre, con un deje a cerdo.

—Mentira —le siseó—. ¿Por qué me mientes? Sé que llevas dinero en el bolsillo, oigo el tintín de las monedas. ¿Por qué me mientes? Porque eres uno de esos, un puto hispano, un puto hispano, ¿verdad?

Se asustó; solo eran las siete y media, y la calle estaba casi desierta, pero había por allí algunas personas que se detuvieron a mirarlos con cara de embobados, como si los dos estuvieran representando un teatrillo para su disfrute. (Era una de las cosas que no había tardado en odiar de ese lugar: cómo los neoyorquinos se vanagloriaban de pasar de los famosos, mientras que contemplaban con una avidez impúdica los dramas menores de la gente corriente que se desarrollaban en las calles). A esas alturas ya había llegado casi a la Tercera Avenida, y en una de esas escasas salvaciones que a veces ofrecía la ciudad, el autobús estaba aproximándose a la parada; diez pasos y estaría a salvo. Diez, nueve, ocho, siete. Y entonces se subió y se volvió.

¡No soy hispano!, le gritó al hombre con voz chillona a causa del miedo.

—¡Bah! —se burló el mendigo, que no hizo ademán de acercarse al autobús. Una especie de dicha teñía su voz, el deleite de haber obtenido respuesta—. ¡Puto amarillo! ¡Puto chino! ¡Puto maricón! ¡Puto espagueti! ¡Tu puta madre!

El hombre se inclinó conforme se cerraba la puerta y, cuando el bus arrancó, David se volvió al oír un golpetazo en el costado, miró por la ventanilla y lo vio, esta vez con un solo zapato, cojeando por la calle para recuperar el otro.

Al llegar a la oficina, después de cruzar la ciudad por la Cincuenta y seis con dirección a Broadway, ya se había recobrado un poco, pero entonces vio su reflejo en la cristalera del edificio y se dio cuenta de que el bolígrafo le había reventado y tenía toda la parte derecha de la camisa empapada de tinta azul oscuro. Arriba, fue al lavabo, pero lo encontró inexplicablemente cerrado y, casi sin respiración a causa del pánico, optó por el servicio de los ejecutivos, que estaba vacío. Allí se puso a limpiarse la camisa dando toquecitos al tuntún, lo cual disipó un poco la tinta, pero no lo suficiente. Ahora se había manchado los dedos y también una mejilla. ¿Qué iba a hacer? Era un día caluroso, no había cogido la americana. Tendría que bajar a una tienda y comprarse otra camisa, pero no tenía dinero para eso; ni para la camisa ni para perder la paga de la hora que tardaría en comprarla.

Todavía estaba limpiándose y maldiciendo cuando la puerta se abrió y, al levantar la mirada, vio a Charles. Sabía quién era: uno de los socios sénior y, suponía, guapo. Nunca había pensado mucho en él, más allá de reconocer que era... Charles era poderoso, y mayor. Dedicarle más tiempo a decidir si estaba bueno resultaba tan contraproducente como potencialmente peligroso. Sabía que las secretarias también lo consideraban guapo, y sabía que Charles no estaba casado, lo que era un tema de especulación entre ellas.

—¿Crees que será homosexual? —había oído que una compañera le susurraba a otra.

—¿El señor Griffith? —repuso esta—. ¡No! No tiene pinta.

Entonces David empezó a disculparse... por estar en el servicio de los ejecutivos, por estar cubierto de tinta, por estar vivo.

Charles, sin embargo, ni siquiera prestó atención a sus disculpas.

—Sabes que esa camisa está para tirar, ¿verdad? —comentó, y David alzó la vista sin dejar de dar toquecitos con un papel y se lo encontró sonriendo—. Supongo que no tendrás otra.

No, admitió él. Señor.

—Charles —dijo este sin dejar de sonreír—. Charles Griffith. Luego te estrecho la mano.

Sí, dijo él. Claro. David Bingham.

Resistió el impulso de volver a disculparse por estar en el servicio de los ejecutivos. «La tierra no tiene dueño —solía decirle Edward, cuando todavía se llamaba Edward—. Tienes derecho a estar donde quieras». Se preguntó si Edward opinaría que ese mismo principio era aplicable al baño para directivos de un bufete legal en pleno Manhattan. Seguramente sí, aunque el concepto mismo de un bufete legal, de un bufete legal de Nueva York, de David trabajando en un bufete legal de Nueva York, le repugnaría antes aún de llegar a la absurdidad de que el bufete en cuestión tuviera diferentes lavabos según el rango del empleado. «Qué vergüenza, Kawika, qué vergüenza. Yo no te eduqué para eso».

—Espera aquí —dijo Charles, y salió, y David, que se miró en el espejo y cobró conciencia de la magnitud del desastre (tenía un borrón de tinta por encima del ojo derecho que empezaba a calarle en la piel como si fuera un hematoma), alcanzó el montón de toallas de papel y se metió en uno de los compartimentos por si entraba otro socio. Pero cuando la puerta del servicio volvió a abrirse, solo era Charles, con una caja de cartón plana debajo del brazo—. ¿Dónde estás? —preguntó.

Él asomó la cabeza por la puerta del compartimento.

Aquí, dijo.

A Charles pareció hacerle gracia.

—¿Qué haces ahí escondido? —preguntó.

Se supone que no debo estar aquí, dijo. Soy asistente legal, añadió a modo de aclaración.

La sonrisa de Charles se ensanchó un poco más.

—Bueno, asistente legal —repuso, y levantó la tapa de la caja para enseñarle una camisa blanca, limpia y bien doblada—, esto es todo lo que tengo. Creo que te irá un poco grande, pero será mejor que ir por ahí como si fueras el lado oscuro de la luna, ¿verdad?

O en topless, se oyó decir, y vio que Charles aguzaba la mirada y lo examinaba.

—Sí —dijo tras un breve silencio—. O en topless. Eso no podemos permitirlo.

Gracias, dijo al aceptar la caja. Por el tacto del algodón supo que la camisa era cara, le quitó la ballena y el cartón del cuello y la desabotonó con los dedos teñidos de tinta. Estaba a punto de colgarla en la parte de atrás de la puerta del compartimento y empezar a desabrocharse la suya cuando Charles alargó la mano.

—Deja que te la aguante —dijo, y se echó la camisa limpia sobre el brazo, como en la caricatura de un anticuado camarero, mientras David comenzaba a desvestirse.

Le pareció de mala educación cerrar la puerta en ese momento para exigir intimidad, y, de hecho, Charles no se movió, siguió allí de pie, en silencio, mirando cómo se desabotonaba la camisa, se la quitaba, la cambiaba por la que él sostenía y luego se abrochaba la nueva. David era muy consciente del sonido de la respiración de ambos, y de que no llevaba camiseta interior, y de que se le había erizado la piel a pesar de que en el servicio no hacía mucho frío. Cuando terminó y se remetió los faldones por dentro —volviéndose para apartarse de Charles cuando se desabrochó el cinturón; qué torpe y falto de gracia era el proceso de vestirse y desvestirse—, se lo agradeció de nuevo.

Gracias por aguantarme la camisa, dijo. Por todo. Ya me ocupo yo de ella.

Pero Charles sonrió de oreja a oreja.

—Me parece que será mejor que la tires —comentó—. No creo que tenga salvación.

Sí, coincidió él, pero no añadió que debía intentarlo; solo tenía seis camisas, y no podía permitirse perder una.

Se sintió envuelto por la camisa, un globo de algodón seco y almidonado, y cuando salió del compartimento Charles soltó un soplido divertido.

—Había olvidado eso... —señaló, y David miró abajo a su izquierda, donde, justo a medio torso, vio las iniciales de Charles bordadas en negro: CGG—. En fin —dijo Charles—, yo que tú lo taparía. No podemos permitir que nadie piense que me has robado una camisa. —Y entonces le guiñó un ojo y se marchó, mientras David se quedaba allí como un tonto. Un instante después, la puerta volvió a abrirse y la cara de Charles reapareció—. Viene Delacroix. —Delacroix era el director ejecutivo de la empresa. Volvió a hacerle un guiño y se fue.

—Hola —saludó Delacroix, que entró y se quedó mirándolo, pues era evidente que no lo reconocía, aunque se preguntaba si debía... David no tenía el aspecto de alguien que usaría el servicio de los ejecutivos, pero a esas alturas cualquiera de menos de cincuenta le parecía un niño, así que a saber. Tal vez ese tipo también era socio.

Hola, respondió David con todo el aplomo que pudo, y se escabulló.

Se pasó el resto del día con el brazo doblado en ángulo recto sobre la barriga para ocultar el monograma. (Por la noche se le ocurrió que simplemente podría haber pegado un trozo de papel encima con celo para cubrirlo). Aunque nadie se fijó, él se sentía marcado, señalado, y cuando, al salir de la sala de archivo, vio a Charles acercándose con otro socio, se sonrojó y casi se le cayeron los libros, y luego alcanzó a ver la espalda de Charles antes de que doblara la esquina del pasillo. Al final del día estaba agotado, y esa noche el brazo le flotaba por sí solo hacia el torso, sometido ya a base de disciplina.

El día siguiente era sábado, y pese a que frotó con energía, Charles resultó tener razón: la camisa era insalvable. Se había planteado si bastaría con lavar y planchar la de Charles él mismo, pero eso habría implicado mezclarla con su propia colada para llevarla a la lavandería, y, por algún motivo, meter esa camisa en la misma bolsa de malla que contenía su ropa interior y sus camisetas le avergonzaba. Así que la llevó a la tintorería y se gastó un dinero que no tenía.

El lunes, se aseguró de llegar al bufete antes que de costumbre, e iba camino del despacho de Charles cuando se dio cuenta de que no podía dejarle la caja frente a la puerta sin más. Se detuvo, pensando qué hacer, y de repente ahí estaba Charles, con su traje y su corbata, sosteniendo el maletín y mirándolo con la misma expresión divertida que le había dirigido la semana anterior.

—Hola, asistente legal David —saludó.

Qué hay, dijo él. Hummm... Te he traído tu camisa. (Tarde, cayó en que debería haberle llevado algo como detalle de agradecimiento, aunque no se le ocurría el qué y ya era tarde). Gracias, muchísimas gracias. Me salvaste. Está limpia, añadió como un idiota.

—No esperaba menos —dijo Charles, todavía sonriendo, y abrió la puerta del despacho. Aceptó la caja y la dejó en el escritorio mientras David esperaba en el umbral—. ¿Sabes? —añadió tras una pausa, volviéndose hacia él—, creo que, después de esto, me debes un favor.

Ah, ¿sí?, acabó diciendo él.

—Creo que sí —insistió Charles, y se le acercó—. Te salvé, ¿verdad? —Sonrió de nuevo—. ¿Por qué no salimos a cenar juntos algún día?

Oh, dijo David. Y luego, otra vez: Oh. Vale. Sí.

—Bien —dijo Charles—. Te llamaré.

Oh, repitió. Claro. Sí. Vale.

Eran los únicos que habían llegado a la oficina tan temprano y, aun así, ambos hablaban en voz baja, casi en susurros, y cuando David se alejó para regresar a la zona de los asistentes legales, sintió que le ardían las mejillas.

Quedaron para cenar el jueves y, siguiendo instrucciones de Charles, él salió de la oficina primero, a las siete y media, y fue solo al restaurante, un local oscuro y tranquilo donde lo sentaron en un reservado y le dieron una carta enorme encuadernada en piel. Charles llegó a las ocho y pocos minutos, y David vio que el *maître* lo saludaba y le susurraba al oído algo que hizo sonreír y poner los ojos en blanco a Charles. Cuando se sentó, le sirvieron un martini sin que tuviera que pedirlo.

—Otro para él —informó Charles al camarero señalando a David con la cabeza, y cuando se lo llevaron, levantó su copa con gesto sarcástico y la entrechocó con la suya—. Por los bolígrafos que no estallan —dijo.

Por los bolígrafos que no estallan, repitió él.

Más adelante recordaría esa noche y comprendería que había sido la primera cita de verdad que había tenido nunca. Charles había pedido por los dos (chuletón, poco hecho, con espinacas y patatas asadas al romero como guarnición) y había dirigido la conversación. No tardó en quedar claro que suponía ciertas cosas sobre David, y David no lo sacó de su error. Además, la mayoría no iban tan desencaminadas: sí, era pobre, no había recibido una educación de primera, era un ingenuo y no había estado en ninguna parte. Y aun así, bajo esas verdades subyacían una serie de factores que Charles, en el juzgado, habría descrito como atenuantes: no siempre había sido pobre, sí había disfrutado de una educación de primera un tiempo, no era del todo ingenuo y sí había vivido en un lugar al que ni Charles ni nadie a quien conociera podría ir jamás.

Estaban dando buena cuenta de los chuletones cuando David reparó en que no le había preguntado a Charles nada sobre él.

—Ay, no, ¿qué quieres que te cuente? Me temo que soy muy aburrido —repuso este, pero con esa despreocupación de la que solo era capaz la gente que se sabía de todo menos aburrida—. Ya habrá tiempo para eso. Háblame de tu apartamento.

Y David, embriagado tanto por la ginebra como por la desacostumbrada sensación de que verse tratado como si fuera una fuente de gran fascinación y sabiduría, lo hizo: le habló de los ratones y los marcos de las ventanas veteados de mugre, de la triste *drag queen* cuyo lugar de descanso preferido eran los escalones del portal y cuya balada preferida para berrear a las dos de la madrugada era «Waltzing Matilda», y de su compañera de piso, Eden, que era artista, principalmente pintora, aunque de día trabajaba como correctora de pruebas en una editorial. (No mencionó que Eden lo llamaba todos los días al bufete a las tres de la tarde y que ambos se pasaban una hora hablando, David susurrando al teléfono y fingiendo ataques de tos para disimular la risa).

—¿De dónde eres? —preguntó Charles después de haber sonreído o reído con todas las historias de David.

De Hawai'i, contestó, y entonces, sin darle tiempo a volver a preguntar, añadió: De O'ahu. Honolulu.

Charles lo conocía, por supuesto, como todo el mundo, y David estuvo un rato hablando de su vida por encima: sí, todavía le quedaba familia allí; no, no tenían mucha relación; no, su padre había muerto; no, nunca conoció a su madre; no, ni hermanos ni hermanas, y su padre también había sido hijo único. Sí, una abuela, la paterna.

Charles ladeó la cabeza y lo miró fijamente unos instantes.

—Espero que no te parezca una grosería —dijo—, pero ¿qué eres? ¿Eres...? —Se interrumpió, sin saber cómo continuar.

Hawaiano, respondió él con rotundidad, aunque no era toda la verdad.

—Pero tu apellido...

Nos viene de un misionero. Los misioneros estadounidenses empezaron a llegar en número considerable a las islas a principios del siglo XIX; muchos de ellos acabaron casándose con la gente del lugar.

—Bingham... Bingham... —murmuró Charles, pensativo, y David adivinó lo que vendría a continuación—. ¿Sabes? En Yale hay un colegio mayor que se llama Bingham Hall. Viví allí durante mi primer año en la universidad. ¿Tienes alguna relación? —Sonrió y enarcó las cejas; ya daba por hecho que no.

Sí, es un antepasado.

—¿De verdad? —repuso Charles, y se reclinó en el asiento al tiempo que su sonrisa se desvanecía.

Se quedó callado, y David comprendió que, por primera vez, lo había sorprendido, sorprendido y desconcertado, y que Charles se preguntaba si, al final, lo que había supuesto de David sería cierto.

Había pasado menos de una hora con Charles, pero ya sabía que no le gustaba que lo sorprendieran, no le gustaba tener que recalibrar sus opiniones, la forma en que había decidido ver las cosas. Más adelante, después de irse a vivir con él, recordaría ese momento y reconocería que podría haber redirigido el rumbo de su relación; ¿y si, en lugar de responder como lo hizo, hubiera dicho algo como: «Oh, sí, pertenezco a una de las familias más antiguas de Hawai'i. Desciendo de la realeza. Todo el mundo sabe quiénes somos. Si las cosas hubieran salido de otro modo, habría sido rey»? Y habría dicho la verdad.

Pero ¿de qué servía la verdad? Una vez, cuando estaba en su universidad de tercera, David le contó la historia abreviada de su familia a su novio del momento —un jugador de lacrosse que, fuera del dormitorio, o bien lo ignoraba, o bien fingía que no existía—, y el chico le puso mala cara. «Muy gracioso, tío. Y yo desciendo de la reina de Inglaterra. Claro que sí». Él insistió, y por fin su novio rodó en la cama para apartarse de él, aburrido de sus cuentos. A partir de entonces, aprendió a no decir nada, porque parecía mejor y más fácil mentir que pasar por mentiroso. Aunque había dejado a su familia muy atrás, no quería que nadie se mofara de ella; no quería que le recordaran que la fuente del orgullo de su abuela era, para la mayoría de la gente, objeto de ridículo. No quería pensar en su pobre y desaparecido padre.

Así pues:

Somos de la parte arruinada de la familia, dijo en cambio, y Charles rio, aliviado.

—Cosas que pasan —comentó.

En el taxi hacia el centro permanecieron callados. Charles, con la vista al frente, posó una mano en la rodilla de David, que la tomó y la deslizó hasta su entrepierna y vio, entre las sombras, que el perfil de Charles cambiaba porque sonreía. Esa noche se despidieron castamente —Charles lo dejó en la Segunda Avenida porque a David le daba demasiada vergüenza que viera el edificio donde vivía; la casa de Charles distaba solo kilómetro y medio de allí, aunque bien podría haber estado en otro país—, pero a lo largo de las siguientes semanas volvieron a quedar otra vez, y otra, y seis meses después de su primera cita se trasladó a la casa de Charles en Washington Square.

Sentía que, durante los meses que había convivido con Charles, había envejecido y rejuvenecido a la vez. Aislado de sus propios amigos, pasaba más tiempo con los de Charles, asistiendo a cenas donde los más educados trataban de incluirlo en la conversación y los que no lo eran tanto lo convertían en el centro de ella. Al final, no obstante, tanto unos como otros se olvidaban de él y su coloquio pasaba a tratar asuntos más arcanos relacionados con la justicia o el mercado de valores, y él se excusaba y se retiraba con discreción a esperar a Charles en la cama. A veces iban a cenar a casa de algún amigo de Charles, donde escuchaba en silencio mientras los demás charlaban sobre temas diversos —personas de las que él no había oído hablar nunca, libros que no había leído, estrellas del cine que le traían sin cuidado, acontecimientos que se produjeron cuando él ni siquiera había nacido— hasta que llegaba la hora de volver a casa (temprano, por suerte).

Pero también era consciente de que se sentía como un niño. Charles le escogía la ropa, decidía adónde irían de vacaciones y qué comerían: todas esas cosas que él había tenido que hacer por su padre, todas esas cosas que deseaba que su padre hubiera hecho por él. Sabía que debería sentirse infantilizado por lo manifiestamente desigual que era su vida en pareja, y sin embargo no lo hacía; le gustaba, le resultaba relajante. Era un alivio estar con alguien tan asertivo; era un alivio no pensar. La seguridad de Charles, que abarcaba todos los aspectos de su vida, era tranquilizadora. Daba órdenes a Adams o al cocinero con la misma autoridad cálida y enérgica que usaba con David cuando estaban en la cama. A veces se sentía como si reviviera su infancia, esta vez con Charles como padre, y eso le inquietaba, porque

Charles no era su padre..., era su amante. Aun así, la sensación persistía: tenía a alguien que le permitía ser el objeto de preocupación, nunca el preocupado; tenía a alguien cuyos ritmos y patrones eran explicables y fiables y, una vez aprendidos, podía confiar en que se mantendrían en el tiempo. Desde el principio había sabido que en su vida faltaba algo, pero solo al conocer a Charles comprendió que se trataba de la lógica; la fantasía, en la vida de Charles, estaba relegada a la cama, e incluso allí tenía sentido únicamente a su manera.

Nunca había pensado demasiado con qué tipo de hombre viviría algún día, pero se había amoldado con tanta facilidad a su papel de novio de Charles, de propiedad de Charles, que solo en momentos muy puntuales comprendía, con un vuelco en el estómago, que en realidad había acabado pareciéndose a su padre de un modo que jamás habría predicho ni imaginado: alguien que solo ansiaba ser amado y cuidado, recibir órdenes. Y en esos momentos —momentos en que se quedaba junto a la ventana delantera, en la penumbra, con la mano en la cortina, mirando hacia la plaza oscurecida por si veía a Charles, esperando como un gato a que su amo regresara a casa— se daba cuenta de a quién se recordaba: no solo a la rica heredera con su preciosísimo vestido rosa, sino a su propio padre. A su padre, de pie junto a la ventana de su casa, cuando iba a anochecer, agotado tras aguardar todo el día con angustia e ilusión, vigilando todavía la calle por si Edward llegaba con su viejo coche destartalado, esperando para bajar corriendo los escalones del porche y reunirse con su amigo, deseando que lo arrancara de los brazos de su madre y de su hijo, y de toda la decepción contenida en su insignificante e ineludible vida.

El primer timbrazo de la puerta sonó cuando Charles todavía estaba vistiéndose.

—Maldita sea —dijo—. ¿Quién llega a la hora a la que lo han invitado?

Los estadounidenses, repuso David, quien lo había leído en un libro, y Charles rio.

—Es verdad —dijo, y lo besó—. ¿Te importaría bajar y darle conversación a quienquiera que sea? Tardaré diez minutos.

¡¿Diez?!, exclamó con fingida indignación. ¿Todavía necesitas diez minutos más para arreglarte?

Charles le azotó con su toalla.

—No todos podemos estar tan guapos como tú recién salidos de la ducha —dijo—. Algunos tenemos que esforzarnos.

Así que bajó, sonriendo de oreja a oreja. A menudo tenían conversaciones de ese tipo —en las que alababan el físico del otro a la vez que menospreciaban el propio—, pero solo en privado, porque ambos sabían que eran guapos y también que reconocerlo en voz alta no solo resultaba poco atractivo, sino, en esos días, potencialmente cruel. Ambos eran vanidosos, y sin embargo, la vanidad era una muestra de autocomplacencia, una señal de vida, un recordatorio de su buena salud, algo por lo que dar las gracias. En ocasiones, cuando salían juntos, o incluso en el apartamento de algún amigo con otros hombres, cruzaban una mirada fugaz y enseguida apartaban los ojos porque comprendían que había algo obsceno en sus mejillas, todavía turgentes, y en sus brazos, todavía protegidos por músculo. Dependiendo de la compañía, eran una provocación.

Abajo, ni se veían ni se olían azucenas por ninguna parte, solo estaba Adams, que regresaba a la cocina con una bandeja de plata en la que ya no quedaba ninguna bebida. En el comedor, supervisado antes por David, el personal del catering disponía fuentes de comida alrededor de los arreglos de acebo y fresias; Charles le había sugerido a Peter sushi, pero este había rechazado la idea.

—Mira, no será en mi lecho de muerte donde empiece a comer «pescado» —había comentado—. No después de toda una vida evitándolo a conciencia. Tú prepárame algo normal, Charles. Algo normal y bueno.

Así que Charles le pidió a la organizadora de fiestas que contratara a un cocinero especializado en gastronomía de inspiración mediterránea, y la mesa estaba quedando repleta de platos de terracota con ternera fileteada y calabacines a la brasa, cuencos de espaguetis cabello de ángel aliñados con olivas y tomates secos. Las camareras, con sus camisas y pantalones negros, eran todas mujeres; aunque no había logrado encargarse de las flores, David sí había encontrado la forma de solicitar a la empresa de catering preferida de Charles que el equipo fuese íntegramente femenino. Sabía que Charles se molestaría al ver que habían sustituido al equipo habitual —todos ellos jóvenes, rubios y varones, y a quienes en la última fiesta David vio echándole miraditas a Charles, y a este disfrutando de su atención—, pero también sabía que ya lo habría perdonado para cuando se metieran en la cama, porque a Charles le gustaba que David se pusiera celoso, le gustaba que le recordaran que todavía tenía opciones.

El comedor, donde Charles y él cenaban todas las noches si no salían, era anticuado y decadente, estaba prácticamente intacto desde cuando los padres de Charles vivían allí. El resto de la casa se había renovado hacía una década, cuando Charles se trasladó a ella, pero esa estancia todavía conservaba la mesa original, alargada y de caoba pulida, con el aparador de estilo federal a juego, el papel de pared verde oscuro con estampado de enredaderas de campanillas, los cortinajes de seda Dupioni verde oscuro, la hilera de retratos de los antepasados de Charles, los primeros Griffith que llegaron a América desde Escocia, y el reloj con esfera de marfil de ballena color crema —herencia de la que Charles estaba muy orgulloso— en lo alto de la repisa de la chimenea, entre todos ellos. Charles no tenía una buena explicación de por qué no había transformado esa sala, y cuando David estaba allí siempre recordaba el comedor de su abuela, un lugar muy diferente, tanto en su ambiente general como en los detalles, pero asimismo intacto, y más que la estancia en sí recordaba las cenas familiares: lo nervioso que se ponía su padre, a quien se le caía el cucharón en la sopera, con lo que salpicaba de sopa todo el mantel; lo mucho que se enfadaba su abuela.

—Por el amor de dios, hijo —decía—. ¿No puedes ir con más cuidado? ¿No ves lo que has hecho?

—Lo siento, mamá —murmuraba su padre.

—Ya ves el ejemplo que estás dando —proseguía su abuela, como si su padre no hubiera dicho nada. Y luego, volviéndose hacia David, añadía—: Tú serás más cuidadoso que tu padre, ¿verdad que sí, Kawika?

Sí, prometía él, aunque se sentía culpable por ello, como si así traicionara a su padre, y cuando este iba a su habitación por la noche para arroparlo le decía que quería ser igual que él. A su padre se le saltaban entonces las lágrimas, tanto porque sabía que David mentía como porque agradecía oírlo.

—No seas como yo, Kawika —le decía, y le daba un beso en la mejilla—. No lo serás. Serás mejor que yo, estoy convencido.

—Nunca sabía qué contestar a eso, de modo que solía quedarse callado, y su padre posaba un beso en las yemas de sus dedos y se las ponía en la frente—. Venga, a dormir —insistía—. Mi Kawika. Hijo mío.

De repente sintió un mareo. ¿Qué pensaría su padre de él ahora? ¿Qué le diría? ¿Cómo reaccionaría si supiera que su hijo había recibido una carta que tal vez contuviera noticias sobre él, malas noticias, y había decidido no leerla? «Mi Kawika. Hijo mío». Sintió un fuerte impulso de correr arriba, sacar la carta del sobre de un tirón y devorarla, dijera lo que dijese.

Pero no, no podía; si lo hacía, echaría a perder la velada. Por el contrario, se obligó a entrar en la sala de estar, donde ya estaban acomodados tres viejos amigos de Peter y Charles: John, Timothy y Percival. Eran los amigos más simpáticos, de los que lo repasaban con la mirada una única vez, deprisa, cuando entraba, y el resto de la noche solo lo miraban a la cara. «Las Tres Hermanas», los llamaba Peter, porque los tres estaban solteros y les faltaba glamour, y porque Peter los encontraba sosos y aburridos: «las Solteronas». Timothy y Percival estaban enfermos; Timothy a ojos vistas, Percival en secreto. Se lo había confesado a Charles hacía siete meses, y este se lo contó a David.

—Tengo buen aspecto, ¿verdad? —le preguntaba Percival a Charles cada vez que se veían—. Estoy igual, ¿verdad? —Era el editor jefe de una editorial pequeña y prestigiosa; temía que lo despidieran si los dueños de la empresa se enteraban.

—No te despedirán —decía siempre Charles—. Y si lo intentan, sé exactamente a quién podrías llamar. Les pondrás una demanda que los vas a dejar temblando, y yo te ayudaré.

A Percival no parecía interesarle nada de eso.

—Pero estoy igual, ¿verdad?

—Sí, Percy... Estás igual. Estás estupendo.

Entonces miró a Percival. Los demás tenían copas de vino, pero él sostenía una taza de té en la que David sabía que se infusionaba una bolsita de hierbas medicinales que le compraba a un acupunturista de Chinatown de quien juraba que estaba fortaleciéndole el sistema inmunitario. Observó a Percival mientras seguía distraído con su té: ¿de verdad estaba igual? Habían pasado cinco meses desde la última vez que lo había visto..., ¿estaba más delgado? ¿Se le veía el cutis más grisáceo? Era difícil decirlo; todos los amigos de Charles le parecían algo enfermos, lo estuvieran o no. Todos habían perdido algo, cierta cualidad, por muy bien que se conservaran o vigorosos que fueran: era como si la luz se hubiera disipado en su piel, de manera que incluso sentados allí, en el benévolo resplandor de las velas que Charles había acabado prefiriendo para esas reuniones, no parecían hechos de carne, sino de algo frío y cenagoso. No de mármol, sino de tiza. Una vez intentó explicárselo a Eden, que se pasaba los fines de semana dibujando desnudos, y ella puso los ojos en blanco.

—Es porque son viejos —opinó.

A continuación miró a Timothy, a quien se veía claramente enfermo, con los párpados tan violáceos como si les hubiera dado un brochazo de pintura, los dientes demasiado largos, el pelo todo encrespado. Timothy había ido al internado con Peter y Charles, una época de la que Charles había comentado: «No te creerías lo guapo que era. El chico más guapo de toda la escuela». Se lo dijo después de que David conociera a Timothy, y en la siguiente ocasión lo observó en busca de aquel chico del que Charles se había enamorado. Era actor, sin éxito, había estado casado con una mujer hermosa y luego fue amante de un hombre muy rico durante décadas, pero cuando este murió, sus hijos adultos lo obligaron a abandonar la casa de su padre, y Timothy se fue a vivir con John. Nadie sabía cómo se ganaba la vida John, que era un tipo grandullón y alegre —procedía de una familia modesta del Medio Oeste, nunca había tenido un trabajo que le durara más que unos meses y tampoco era lo bastante atractivo para ser un mantenido—, y sin embargo, tenía una casa para él solo en la ciudad, en el West Village, y comía a todo lujo (aunque, como señalaba Charles, solo cuando pagaba otro). «El día que alguien como John deje de ser capaz de sobrevivir en esta ciudad gracias a sus misteriosos medios, ya no merecerá la pena vivir en ella», decía Charles con cariño. (Para ser alguien tan categórico en cuanto a que cada uno debía ganarse su pan, tenía una extraordinaria cantidad de amigos que no parecían dedicarse a nada en absoluto; eso era algo que a David le gustaba de él).

Como siempre, los tres lo saludaron y se interesaron por lo que estaba haciendo y por cómo se encontraba, pero él tenía poco que contar y, casi enseguida, la conversación volvió a girar en torno a ellos y las cosas que habían hecho juntos de jóvenes.

—... ¡Bueno, eso no es nada comparado con cuando John salió con aquel indigente!

—Para empezar, yo no diría que «saliéramos», y además...

—¡Vuelve a contarnos esa historia!

—Está bien. Sería hace, ¿qué?, unos quince años, cuando trabajaba en aquella tienda de marcos en la Veinte, entre la Quinta y la Sexta...

—Donde te despidieron por robar...

—¿Perdona? A mí no me despidieron por robar. Me despidieron por ser contumazmente lento e incompetente, y por ofrecer un mal servicio a los clientes. Por robar me despidieron de la librería.

—Ah, bueno, pues usted perdone.

—En fin, ¿puedo continuar? El caso es que cada vez que salía de la línea F en la calle Veintitrés veía a un tío, monísima ella, que parecía uno de esos artistas desaliñados con camisa de cuadros escoceses y barba de tres días. Siempre llevaba una bolsa de la compra y solía estar en la Sexta, cerca del solar que quedaba en la esquina sudeste. Total, que le echo el ojo, y la maciza me lo echa a mí, y nos tiramos así varios días. Y entonces, al cuarto, me acerco y nos ponemos a hablar. «¿Vives por aquí cerca?», me dice. Y yo: «No, trabajo en esta manzana». Y ella: «Bueno, podríamos meternos en el callejón»... En realidad no era un callejón, sino un pasadizo estrecho entre la pared trasera de un aparcamiento y un edificio que iban a demoler y..., bueno, que allá nos metimos.

—Ahórranos los detalles.

—¿Estás celosa?

—¿Qué? No.

—En fin, el caso es que al día siguiente voy por la misma calle y ahí vuelve a estar, y volvemos a meternos en el callejón. Y un día después vuelvo a verla otra vez, y pienso: Hummm..., aquí pasa algo raro. ¡Y entonces me doy cuenta de que lleva puesto exactamente lo mismo que las otras dos veces! Ropa interior incluida. Y también de que huele un poco fuerte. En realidad, dejad que me corrija: olía muy fuerte. Pobrecilla. No tenía donde caerse muerta.

—¿Y te marchaste?

—¡Claro que no! Ya que estábamos allí...

Todos se echaron a reír, y entonces Timothy se puso a cantar:

—*La da dee la dee da, la da dee la dee da...*

Y Percival se le unió:

—*She's just like you and me, but she's homeless; she's homeless...*

David los dejó solos, sonriendo; le gustaba verlos juntos a los tres, le gustaba que nadie pareciera interesarles tanto como ellos mismos. ¿Cuán diferente habría sido la vida de su padre si Edward hubiera sido más como Timothy, Percival o John, si su padre hubiera tenido un amigo que convirtiera su pasado en anécdotas pensadas para entretener, y no en algo para controlarlo? Intentó imaginar a su padre en la casa de Charles, en esa fiesta. ¿Qué pensaría? ¿Qué haría? Lo imaginó con su sonrisa tímida apenas esbozada, de pie tras la barandilla de la escalera, mirando a los demás hombres, pero temeroso de unirse a ellos, suponiendo que no le harían caso, igual que le había ocurrido durante casi toda la vida. ¿Qué existencia habría llevado su padre si se hubiera marchado de la isla, si hubiera aprendido a desoír a su madre, si hubiera encontrado a alguien que lo quisiera? Eso podría haber dado lugar a un futuro en el que David no existiera. Se quedó allí de pie, evocando esa otra posible vida: su padre, paseando a lo largo del arco del extremo norte del Washington, con una novela bajo el brazo, caminando bajo los árboles de finales de otoño, de hojas rojas como manzanas, el rostro vuelto hacia el cielo. Sería domingo, y él habría quedado con un amigo para ir al cine y luego a cenar. Pero entonces la imagen se tambaleaba: ¿quién era ese amigo? ¿Era un hombre o una mujer? ¿Se trataba de una relación romántica? ¿Dónde vivía su padre? ¿De qué vivía? ¿Adónde iría al día siguiente, y al otro? ¿Era un hombre acomodado? Y, si no, ¿quién se ocupaba de él? Sintió que lo invadía una especie de desesperación: por cómo su padre lo eludía incluso en la ficción, por ser incapaz de imaginar una vida feliz para él. No había logrado salvarlo; ni siquiera lograba reunir el valor para saber qué había sido de él. Ya lo había abandonado en vida y ahora volvía abandonarlo, en sus fantasías. ¿Ni siquiera era capaz de soñar para él una existencia mejor, más amable? ¿Qué decía de él, como hijo, que no fuera capaz ni de eso?

Aunque tal vez, pensó, tal vez la culpable de que no lograra imaginar a su padre en una vida diferente no fuera la falta de empatía; quizá se debiera a su infantilismo, a que nunca se había comportado como los demás padres ni como ningún otro adulto que conociera, ni entonces ni ahora. Sus paseos, por ejemplo, que empezaron cuando David tendría seis o siete años. Su padre lo despertaba a altas horas de la noche, le tendía una mano y él la aceptaba, y juntos recorrían las calles del vecindario en silencio, enseñándose mutuamente cómo la noche transformaba cuanto conocían: el arbusto con flores colgantes que eran como cornetas del revés; la acacia del terreno del vecino, que a oscuras parecía encantada y maligna, como algo llegado de un país muy lejano donde ellos serían dos exploradores avanzando sobre una nieve que crujía bajo sus botas, y a lo lejos habría una granja con una única ventana iluminada de un amarillo ahumado por una única vela, y dentro habría una bruja disfrazada de viuda amable, y dos tazones con una sopa tan espesa como las gachas, salada con taquitos de tocino y dulce gracias a los trocitos de boniato asado.

Durante esos paseos, siempre llegaba un momento en que se daba cuenta de que podía ver, que la noche, aunque al principio parecía una pantalla negra y sin contornos, apagada y silenciosa, era más brillante de lo que aparentaba, y pese a que siempre se prometía que determinaría el momento exacto en que eso ocurría, en que sus ojos se habituaban a esa luz diferente, filtrada, nunca era capaz: sucedía de una forma tan gradual, tan ajena a su participación que era como si su mente existiera no para controlar su cuerpo, sino para admirar las habilidades de este, su capacidad de adaptación.

Mientras caminaban, su padre le contaba historias de su infancia, le enseñaba lugares donde jugaba o se escondía de niño, y esas noches las historias no le parecían tristes como cuando las relataba su abuela, sino simplemente historias: sobre los chicos del barrio, que le lanzaban aguacates desde un árbol cuando volvía del colegio a casa; sobre la vez que le hicieron trepar al mango de su propio jardín delantero y luego le dijeron que si bajaba le darían una paliza, y durante horas, hasta que oscureció, hasta que el último de ellos tuvo que abandonar por fin su puesto de vigilancia e irse a casa a cenar, su padre se quedó en lo alto del árbol, agazapado en el espacio levemente inclinado y liso que formaban las ramas al reunirse en el tronco, y, cuando por fin bajó —las piernas le temblaban de hambre y agotamiento—, tuvo que entrar en su casa y explicarle a su madre, que lo esperaba con la cena en la mesa, callada y furiosa, dónde había estado.

¿Por qué no le dijiste entonces lo que te había pasado?, le preguntó a su padre.

—Ay... —repuso este, y entonces se detuvo—. No era lo que quería oír. No quería oír que, en realidad, esos chicos distaban mucho de ser mis amigos. Le resultaba bochornoso. —David seguía callado, escuchándolo—. Pero eso a ti no te pasará, Kawika —añadió su padre—. Tú tienes amigos. Estoy orgulloso de ti.

Guardó silencio mientras la historia de su padre y la tristeza que destilaba calaban en él, pasaban junto a su corazón y seguían camino hacia los intestinos, un yunque de plomo, y al recordarlo sintió el mismo pesar, solo que esta vez se expandió por su cuerpo como si fuera algo que le hubieran inyectado en el torrente sanguíneo. Se volvió con la intención de ir a la cocina con cualquier pretexto inventado —supervisar el emplatado de la comida; decirle a Adams que Percival no tardaría en necesitar más agua caliente—, y entonces vio a Charles bajar la escalera.

—¿Qué ocurre? —preguntó al verlo, y se le desvaneció la sonrisa—. ¿Ha pasado algo?

No, no. No ha pasado nada, dijo él, pero Charles de todas formas alargó los brazos y David fue hacia ellos, hacia la cálida solidez de Charles, su contundente y tranquilizadora presencia.

—Se arreglará, David, sea lo que sea —dijo Charles tras un silencio, y él asintió con la cabeza contra su hombro.

Sabía que todo se arreglaría; se lo había dicho Charles, y David lo amaba, y estaba muy lejos de donde estuvo una vez, y no le ocurriría nada que Charles no supiera solucionar.

A las ocho ya habían llegado los doce invitados, Peter el último de todos, cuando ya estaba nevando. Charles, David y John lo habían subido por los escalones de la entrada en la pesada silla de ruedas, David y John flanqueándolo mientras Charles lo sostenía desde atrás.

Había visto a Peter hacía poco, en Acción de Gracias, y le impresionó cuánto había empeorado en tres semanas. El testimonio más llamativo era la silla de ruedas —de respaldo alto y con reposacabezas—, pero también la pérdida de peso, cómo la piel, sobre todo en la cara, parecía haberse encogido de manera que los labios apenas conseguían cerrarse sobre los dientes. O quizá, más que encogerse, era como si se la hubieran estirado, como si alguien le hubiera agarrado el cuero cabelludo desde la nuca y lo hubiera ido recogiendo hasta que la piel había quedado dolorosamente tirante y los ojos amenazaban con salirse de las órbitas. En cuanto lo entraron, los amigos de Peter se reunieron a su alrededor, y David advirtió que también ellos quedaban impactados por su aspecto: nadie parecía saber qué decir.

—¿Qué? ¿Es que nunca habéis visto a un moribundo? —preguntó Peter con total tranquilidad, y todos apartaron la mirada.

Era una pregunta retórica, y cruel, pero Charles contestó con un «Claro que sí, Peter», con su habitual tono pragmático. Había ido a buscar una manta de lana al estudio y estaba colocándosela sobre los hombros y remetiéndosela alrededor del torso.

—Bueno, vamos a buscarte algo de comer. ¡A ver todo el mundo! La cena está dispuesta en el comedor; por favor, servíos vosotros mismos.

El plan original de Charles era celebrar la ocasión sentados alrededor de una mesa, pero Peter lo había disuadido. Le dijo que no sabía si tendría fuerzas para aguantar una larga velada frente a la mesa y, además, el objetivo de aquel encuentro era despedirse de todos. Necesitaba poder moverse con libertad, hablar con la gente y retirarse cuando quisiera. Charles se dirigió a él mientras los demás desfilaban hacia el comedor sin prisa, casi a desgana:

—David, ¿podrías traerle un plato a Peter? Voy a ayudarlo a sentarse en el sofá.

Claro, contestó él.

En el comedor se respiraba un ambiente de animación exagerada mientras los invitados se servían más comida de la que podrían terminarse y declaraban en voz alta que ese día se saltarían la dieta. Estaban allí por Peter, pero nadie hablaba de él. Sería la última vez que lo verían, la última vez que se despedirían de él, y de pronto la fiesta le pareció macabra, grotesca, y se apresuró a ir de fuente en fuente, colándose, para llenar el plato de Peter de carnes, pastas y verduras estofadas antes de hacerse con otro y cargarlo con todo lo que le gustaba a Charles, ansioso por alejarse de allí.

Cuando regresó a la sala de estar, Peter estaba sentado en un extremo del sofá, con las piernas en la otomana, y Charles a su lado, inclinado hacia él, con el brazo derecho alrededor de los hombros de Peter y la cara de este pegada al cuello. Al acercarse David, Charles se volvió y sonrió, y David vio que había estado llorando, y Charles nunca lloraba.

—Gracias —le dijo, y le tendió el plato a Peter—. ¿Ves?, nada de pescado. Como pediste.

—Excelente —contestó este, volviendo el rostro cadavérico hacia David—. Gracias, jovencito.

Así lo llamaba: jovencito. No le gustaba, pero ¿qué iba a hacerle? Después de ese fin de semana ya nunca más tendría que volver a soportar que lo llamara «jovencito». Se avergonzó al instante de lo que había pensado, casi como si lo hubiera dicho en voz alta.

A pesar de las firmes opiniones de Peter sobre la comida, no tenía apetito; dijo que hasta el olor le producía arcadas. Aun así, el plato que le había preparado David permaneció el resto de la velada en la mesita que había a su derecha, con un juego de cubiertos envueltos en una servilleta de tela bajo el borde, como si en algún momento fuera a cambiar de idea, alcanzarlo y acabárselo todo. No era la enfermedad lo que le había quitado el apetito a Peter, sino la nueva tanda de quimioterapia que había empezado a recibir hacia poco más de un mes. En cualquier caso, una vez más el tratamiento no había servido de nada: el cáncer no había remitido, a diferencia de su fortaleza física.

Eso había dejado desconcertado a David cuando Charles se lo comentó. ¿Por qué se había sometido Peter a un tratamiento de quimioterapia si ya sabía que iba a quitarse la vida? A su lado, Charles suspiró, pero no contestó nada.

—Es difícil renunciar a la esperanza —dijo al fin—. Hasta el último momento.

Conforme más invitados fueron apareciendo en la sala de estar con sus platos de comida e, indecisos, fueron repartiéndose entre los sillones, los reposapiés y el segundo sofá como cortesanos alrededor del trono del rey, David decidió que ya podía ir a buscar algo para él. El comedor estaba vacío, el contenido de las fuentes había menguado, y mientras se llenaba el plato con lo que podía, apareció un camarero procedente de la cocina.

—Oh, disculpe —dijo—. Sacaremos más enseguida. —Vio que David iba a servirse un bistec—. Traeré una remesa recién hecha.

David lo siguió con la mirada mientras el camarero se alejaba. Era joven, atractivo y varón (todo lo que había prohibido terminantemente), y cuando regresó, David esperó a un lado, callado, mientras aquel sustituía la fuente vacía por la nueva.

Se ha acabado en nada, comentó David.

—Bueno, no me extraña. Está muy bueno. Nos han dejado probarlo antes.

El camarero levantó la vista y sonrió, y David le devolvió la sonrisa. Se hizo un breve silencio.

David, se presentó.

—James.

—Encantado —dijeron al unísono, y se echaron a reír.

—Entonces ¿es una fiesta de cumpleaños? —preguntó James.

No..., no. Es por Peter..., el tipo de la silla de ruedas. Está... está enfermo.

James asintió, y se hizo un nuevo silencio.

—Bonita casa —comentó, y David también asintió.

Sí, es bonita, dijo.

—¿De quién es?

De Charles... ¿El tipo rubio y grandote? ¿El del jersey verde? «Mi novio», tendría que haber dicho, pero no lo hizo.

—Ah... Ah, sí. —James aún sujetaba la fuente, que hizo rotar sobre sus manos, y volvió a levantar la mirada y a sonreír—. ¿Y tú qué?

¿Yo qué de qué?, preguntó en el mismo tono de flirteo.

—¿Qué haces aquí?

No mucho.

James señaló la sala de estar con un gesto de barbilla.

—¿Alguno de esos es tu novio?

No contestó. Habían transcurrido dieciocho meses desde su primera cita y a veces aún le sorprendía que Charles y él fueran pareja. No se trataba solo de que Charles fuera mucho mayor que él, sino también de que era el tipo de hombre que nunca lo había atraído: demasiado rubio, demasiado rico, demasiado blanco. Sabía la imagen que daban juntos, sabía lo que decía la gente.

—Bueno, ¿y qué si piensan que eres un chapero? —preguntó Eden cuando se sinceró con ella—. Los chaperos también son personas.

Lo sé, lo sé, dijo él. Pero esto es distinto.

—Tu problema —insistió Eden— es que no puedes aceptar que la gente piense que no eres más que un morenito insignificante.

Y sí, era cierto, le preocupaba que la gente diera por sentado que era pobre, que no tenía estudios y que se aprovechaba de Charles por su dinero. (Eden: «Es que eres pobre y no tienes estudios. Además, ¿qué te importa lo que piensen de ti esos vejestorios gilipollas?»).

Pero ¿y si, en cambio, su pareja fuera James; los dos jóvenes, pobres y no blancos? ¿Y si estuviera con alguien en quien se viera reflejado al mirarlo, aunque solo fuera superficialmente? ¿Era el dinero, la edad o la raza de Charles lo que hacía que David se sintiera inútil e inferior tan a menudo? ¿Sería más decidido, menos pasivo, si las cosas entre su novio y él estuvieran más equilibradas? ¿Dejaría de sentirse como un traidor?

Aunque justo eso estaba siendo al ocultar su relación con Charles, al sentirse culpable.

Sí, le dijo a James. Charles. Charles es mi novio.

—Ah —musitó James, y David vio que algo (¿lástima?, ¿desdén?) asomaba fugazmente en su rostro—. Qué pena —añadió, sonriendo de oreja a oreja mientras empujaba las puertas dobles de la cocina, en la que desapareció con la fuente tras dejar a David solo una vez más.

Cogió el plato y se fue, agobiado tanto por un bochorno intenso como por una especie de rabia hacia Charles, aunque eso resultaba menos explicable, por no ser el tipo de persona con quien debería estar, por hacer que se sintiera avergonzado. Sabía que era injusto: deseaba la protección de Charles y deseaba ser libre. A veces, cuando Charles y él estaban en el estudio uno de esos sábados por la noche que decidían quedarse en la ciudad, viendo en vídeo una de esas películas en blanco y negro que tanto le gustaban a Charles de su juventud, oían en la calle a grupos de gente que pasaban por delante de su casa de camino a un club, un bar o una fiesta. Los reconocía por las risas, por el tono de voz; no quiénes eran en concreto, sino qué tipo de personas eran, esa tribu de jóvenes sin blanca y sin futuro a la que él mismo había pertenecido hasta hacía dieciocho meses. A veces se sentía como uno de sus ancestros, persuadido para subir a un barco y cruzar los mares de medio mundo, obligado a exhibirse en pedestales de facultades de Medicina de Boston, Londres y París para que médicos y estudiantes pudieran examinar sus intrincados tatuajes, el collar de cordón hecho de cabello humano trenzado... Charles era su guía, su acompañante, pero también su guardián, y ahora que lo habían separado de su pueblo ya no le permitirían volver a él. La sensación se intensificaba en las noches de verano, cuando dejaban las ventanas abiertas y, a las tres de la madrugada, lo despertaban grupos de transeúntes que cantaban medio borrachos mientras daban vueltas por el Washington y sus voces se perdían de manera gradual entre los árboles. Entonces miraba a Charles, tumbado en la cama a su lado, y sentía una mezcla de lástima, amor, asco e irritación; desaliento por estar con alguien tan distinto a él, gratitud por que ese alguien fuera Charles. «La edad solo es un número», había dicho uno de sus amigos más insustanciales queriendo ser amable, pero se equivocaba: la edad era un continente distinto, y mientras siguiera con Charles estaría varado en él.

Tampoco es que tuviera otro sitio a donde ir. Su futuro era algo vago e intangible. No era el único; a muchos amigos y compañeros de estudios les ocurría lo mismo, se dejaban llevar por la corriente, de casa al trabajo y del trabajo a casa antes de salir por la noche a bares, clubes o apartamentos de otra gente. No tenían dinero, y quién sabía cuánto tiempo les quedaba para disfrutar de la vida. Rondar los treinta, y no digamos ya los cuarenta o los cincuenta, era como comprar muebles para una casa hecha de arena: ¿quién sabía cuándo la barrerían las olas o cuándo empezaría a desmoronarse y caerse a pedazos? Era mucho mejor emplear el dinero que ganabas en demostrarte que seguías vivo. Tenía un amigo, Ezra, que tras la muerte de su amante había empezado a atiborrarse de comida y a gastarse en ella todo lo que tenía. Una vez, David había ido a un restaurante con él y había contemplado con horror cómo engullía un bol de sopa wonton, al que siguió un wok de tirabeques y castañas de agua, al que siguió un plato de lengua de ternera estofada, al que siguió un pato Pekín entero. Comió con una especie de determinación inalterable y desprovista de placer, limpiando con el dedo los últimos chorretones de salsa, apilando los platos vacíos unos sobre otros como si fueran formularios cumplimentados. Le resultó repulsivo, aunque David también lo entendía: la comida era real, la comida era una prueba de vida, de que seguías siendo dueño de tu cuerpo, de que este podía y seguía respondiendo a lo que le metieras, de que podías hacerlo funcionar. Tener hambre significaba estar vivo, y estar vivo significaba necesitar alimento. Ezra había ido ganando peso con el paso de los meses, al principio poco a poco, pero cada vez más deprisa, y ahora estaba gordo. Sin embargo, mientras estuviera gordo no estaría enfermo, y lo mismo pensarían los demás al ver sus mejillas encendidas y sonrosadas, los labios y las yemas de los dedos casi siempre pringosos de grasa... Allí donde iba dejaba prueba de su existencia. Incluso esa novedosa vulgaridad suya era una especie de grito, un desafío; era un cuerpo que ocupaba más espacio del que le correspondía, del que era de buena educación abarcar. Había hecho de sí mismo una presencia imposible de ignorar. Se había hecho innegable.

Sin embargo, David no le encontraba tanto sentido a la distancia que él mismo había interpuesto entre su vida y él. No estaba enfermo. No era pobre, y mientras estuviera con Charles, nunca lo sería. Aun así, continuaba sin saber qué propósito tenía su vida. Había terminado un año en la facultad de Derecho antes de que sus problemas económicos lo obligaran a dejar los estudios y aceptar el puesto de asistente legal en Larsson, Wesley, hacía tres años, y Charles siempre le decía que debería volver a la universidad.

—La que quieras, la mejor en la que puedas entrar —le decía. (David había estudiado en una pública, pero sabía que Charles querría algo mejor para él)—. Te lo pago yo, hasta que acabes.

Ante los reparos de David, lo miraba desconcertado.

—¿Por qué no? —preguntaba—. Ya hiciste un curso, es evidente que es lo que querías estudiar. Y se te da bien. Así que ¿por qué no lo retomas?

No podía decirle a Charles que, en realidad, el derecho no lo apasionaba demasiado; que ni siquiera entendía por qué se había matriculado en la facultad de Derecho, para empezar... Quizá porque creía que a su padre le habría hecho ilusión, que le habría hecho sentirse orgulloso. Estudiar Derecho entraba dentro de la amplísima categoría de ser capaz de cuidar de sí mismo, una virtud en la que su padre siempre hiciera hincapié, una habilidad de la que él mismo siempre había carecido.

¿Tenemos que hablar de esto?, le preguntaba a Charles.

—No; si no quieres, no —decía Charles—, pero no me gusta ver a alguien tan brillante como tú perdiendo el tiempo como asistente legal.

Me gusta ser asistente legal. No soy tan ambicioso como desearías que fuese, Charles.

Y Charles suspiraba.

—Lo único que quiero que seas es feliz, David —decía—. Solo me gustaría saber qué quieres hacer en la vida. Cuando tenía tu edad, yo lo quería todo. Quería ser influyente, quería presentar un caso ante el Tribunal Supremo y quería que me respetaran. ¿Qué quieres tú?

Quiero estar aquí, respondía siempre, contigo, y Charles suspiraba de nuevo, pero también sonreía; frustrado, pero también complacido.

—David —protestaba, y la discusión, si podía llamarse así, acababa.

Esas noches de verano, sin embargo, a veces creía saber exactamente qué quería. Quería estar en un lugar intermedio entre donde estaba, una cama vestida con sábanas caras de algodón junto al hombre que había llegado a amar, y en la calle, bordeando el parque, chillando y agarrándose a sus amigos cuando una rata salía corriendo de entre las sombras a pocos centímetros de sus pies, borracho, pasado de vueltas, una causa perdida, consumiendo su vida sin que nadie albergara sueños para él, ni siquiera él mismo.

———————

Dos camareras circulaban por la sala de estar rellenando vasos de agua y recogiendo platos vacíos mientras Adams servía los combinados. El servicio de catering contaba con una barman, pero David sabía que se encontraba secuestrada en la cocina después de que Adams, quien prefería preparar personalmente las bebidas y no permitía que nadie alterara sus costumbres, hubiera rechazado su ayuda. No había fiesta en la que Charles no recordara a la organizadora que diera instrucciones a la empresa de catering de que no llevara ningún barman, pero la empresa de catering siempre llevaba a alguien «por si acaso» y esa persona acababa, siempre, relegada a la cocina sin que le permitieran realizar su trabajo.

Desde donde estaba, junto a la escalera, David vio entrar a James en la sala de estar, vio a los demás invitados mirándolo, vio cómo se fijaban en su culo, en sus ojos, en su sonrisa. Ahora que David no estaba en la estancia, era el único no blanco allí. James se inclinó sobre las Tres Hermanas y dijo algo que David no alcanzó a oír pero que les hizo reír; luego se enderezó y se alejó con una pila de platos. Unos minutos después, regresó con platos limpios y la fuente de pasta, que fue ofreciendo por toda la sala llevándola en equilibro sobre la palma de la mano derecha mientras mantenía la izquierda, apretada en un puño, a la espalda.

¿Y si pronunciaba su nombre cuando saliera de la estancia? James miraría alrededor, sorprendido, lo vería, sonreiría y se acercaría a él, y David lo tomaría de la mano y lo conduciría al armario de techo inclinado que había debajo de la escalera, donde Adams guardaba las bolas de naftalina, las velas y las bolsitas de arpillera rellenas de virutas de cedro que remetía entre los jerséis de Charles cuando ya no hacía frío y los guardaba, las mismas que a Charles le gustaba arrojar al fuego para que el humo fuera más aromático. El armario era lo bastante alto para que cupieran de pie en él y lo bastante hondo para acoger a una persona arrodillada; ya sentía el tacto de su piel bajo los dedos, ya oía los gruñidos de ambos. Luego James se iría y retomaría sus obligaciones, y David esperaría, contaría hasta doscientos antes de salir él también, correría arriba, al cuarto de baño que compartía con Charles, para enjuagarse la boca antes de volver a la sala de estar, donde James ya estaría ofreciendo a los invitados una nueva ración de bistec o de pollo, y se sentaría junto a Charles. Tratarían de no prestarse atención el resto de la velada, pero cada vez que se paseara por la habitación James lo miraría de reojo, y él haría lo mismo, y cuando los del catering estuvieran recogiendo le diría a Charles que creía que se había olvidado el libro y bajaría sin darle tiempo a contestar, y encontraría a James justo cuando estuviera poniéndose el abrigo, le deslizaría en la mano un trozo de papel con el número de teléfono del trabajo y le diría que lo llamara. A partir de entonces se verían durante semanas, tal vez meses, siempre en casa de James, hasta que un día James empezaría a salir con otro o se mudaría, o simplemente se aburriría, y David no volvería a saber de él. Lo imaginó, lo sintió y lo disfrutó con tanta intensidad que era como si ya hubiera sucedido y estuviera rememorándolo, pero cuando James apareció por fin en su campo de visión, de regreso a la cocina, se escondió y volvió la cara hacia la pared para evitar la tentación de abrir la boca.

¡Ese deseo constante! ¿Se debía a que era peligroso mantener relaciones sexuales como antes, a que Charles y él eran monógamos, o era solo que estaba inquieto?

—Eres joven —dijo Charles riendo, lejos de sentirse ofendido, cuando se lo contó—. Es normal. Se te pasará en los próximos sesenta años más o menos.

Sin embargo, no estaba seguro de que se tratara de eso, o quizá no solo de eso. Quería más vida. No sabía qué haría con ella, pero la deseaba..., y no únicamente la suya, la de todo el mundo. Más, más y más, hasta hartarse.

Sin poder remediarlo, pensó en su padre, en lo que su padre anhelaba. Amor, suponía, afecto. Pero nada más. La comida no le interesaba, ni el sexo, ni viajar, ni los coches, ni la ropa o las casas. Una Navidad —el año antes de irse a Lipo-wao-nahele, lo cual significaba que él tendría nueve años—, en el colegio les habían pedido que averiguaran qué querían sus padres para esas fiestas porque luego lo harían en la clase de manualidades. Naturalmente, no podrían hacer lo que sus padres deseaban de verdad, pero las madres y los padres de los demás niños parecieron entenderlo y respondieron algo plausible. «Siempre he querido un dibujo bonito de ti», dijo la madre de uno, o: «Me gustaría tener un marco de fotos nuevo». Pero el padre de David le tomó la mano.

—Te tengo a ti —dijo—. No necesito nada más.

Pero tienes que querer algo, insistió él, frustrado, y su padre negó con la cabeza.

—No —repitió—. Tú eres mi mayor tesoro. Teniéndote a ti, no necesito nada más.

Al final, David tuvo que explicarle el aprieto a su abuela, quien se levantó y se fue derecha al porche, donde su padre estaba tumbado leyendo el periódico y esperando a Edward, y le espetó:

—¡Wika! ¡Como no le digas a tu hijo algo que pueda hacerte, suspenderá el trabajo de clase que le han mandado!

Acabó haciéndole un adorno de barro que cocieron en el horno del colegio. Era tosco, estaba a medio esmaltar, tenía forma de lo que pretendía ser una estrella y llevaba el nombre de su padre —el de ambos— grabado en la superficie, pero a su padre le encantó y lo colgó sobre su cama (ese año no habían comprado árbol), tras clavar la alcayata él mismo. Recordaba que su padre casi se había echado a llorar, y la vergüenza ajena que sintió él al verlo tan feliz por algo tan tonto, feo y desmañado, algo que había hecho deprisa y corriendo, en apenas unos minutos, ansioso por salir a jugar con sus amigos.

O quizá esa necesidad constante de sexo era culpa de Charles. No le atraía cuando se conocieron —David había tonteado con él de manera automática, no porque sintiera una verdadera atracción— y si aceptó la invitación a cenar, fue por curiosidad, no por deseo. Sin embargo, algo cambió a mitad de la cena, y la segunda vez que se vieron, al día siguiente, en casa de Charles, el encuentro fue apasionado y apenas intercambiaron una palabra.

Aun así, a pesar de la atracción mutua, retrasaron durante semanas el momento de mantener relaciones sexuales completas porque ambos querían evitar la conversación que debían tener antes, la conversación que estaba escrita en los rostros de tantísimos conocidos.

Al final, fue David quien la sacó a colación.

Mira, dijo, yo no lo tengo, y vio que a Charles le cambiaba la cara.

—Gracias a dios —contestó. David esperó que Charles dijera que él tampoco, pero no lo hizo—. Nadie lo sabe —confesó—, pero tú deberías. Aparte de Olivier, mi ex, no lo sabe nadie más, solo mi médico, él, yo, y ahora tú. Ah, y Adams, naturalmente. Pero nadie del trabajo. Y no pueden saberlo.

Por un momento se quedó sin palabras, pero Charles continuó hablando, atropellando su silencio.

—Estoy sanísimo —aseguró—. Me tomo los medicamentos y los tolero bien. —Hizo una pausa—. Nadie tiene por qué saber nada.

Le sorprendió, y luego le sorprendió que le sorprendiera. Se había enrollado e incluso había salido con hombres que lo tenían, pero Charles parecía la antítesis de esa enfermedad, una persona en quien no se atrevería a anidar. Sabía que era absurdo, pero eso sentía. Cuando se convirtió en su pareja, los amigos de Charles le preguntaban —medio en broma y medio en serio— qué narices había visto en su viejo, viejísimo amigo («Que os den», decía Charles, sonriendo), y David contestaba que su seguridad («Atención, que no ha dicho que seas guapo, Charlie», comentó Peter). Y aunque era cierto, no era solo eso lo que lo atraía, o no lo único; era la capacidad de Charles para proyectar una especie de indestructibilidad, su firme convicción de que todo tenía arreglo, de que todo tenía solución siempre que se dispusiera de dinero suficiente, de los contactos adecuados y de un poco de cabeza. Incluso la muerte tendría que rendirse ante Charles, o eso parecía. Era esa actitud, que poseería toda la vida, lo que David más echaría de menos cuando ya no estuviera.

Y era justamente esa actitud lo que permitía a David olvidar —no siempre, pero sí a ratos— que Charles estaba contagiado. Lo veía tomarse los medicamentos, sabía que visitaba a su médico el primer lunes de cada mes a la hora de la comida, pero durante horas, días, semanas, era capaz de fingir que la vida de Charles, y su vida con él, no tendría fin, como un rollo de pergamino que se desenrollaba siguiendo un largo camino de hierba. Era capaz de burlarse de Charles porque pasaba mucho tiempo delante del espejo, por cómo se aplicaba la crema facial antes de acostarse, dándose toquecitos y haciendo muecas con la boca, por cómo contemplaba su reflejo después de salir de la ducha, sujetándose la toalla alrededor de la cintura con una mano mientras giraba el cuello para verse por detrás, por cómo se examinaba los dientes, dándose golpecitos con la uña en las encías. El escrutinio personal de Charles estaba motivado por la vanidad y la inseguridad de los hombres maduros, sí, cualidades que exacerbaba la presencia de David, su juventud; pero también era, y David lo sabía —lo sabía, aunque intentaba hacer caso omiso—, una expresión del miedo de Charles: ¿estaba perdiendo peso? ¿Tenía las uñas descoloridas? ¿Se le hundían las mejillas? ¿Le había aparecido una lesión? ¿Cuándo se anunciaría la enfermedad en su cuerpo? ¿Cuándo harían mella los medicamentos que habían mantenido la enfermedad a raya hasta entonces? ¿Cuándo se convertiría en ciudadano de la tierra de los enfermos? Fingir era una tontería, y aun así ambos lo hacían, salvo cuando resultaba peligroso; Charles fingía y David se lo permitía. ¿O era David quien fingía y Charles quien se lo permitía? En cualquier caso, el resultado era el mismo: apenas hablaban de la enfermedad, ni siquiera pronunciaban su nombre.

Sin embargo, a pesar de que Charles se negaba a reconocerla en sí mismo, jamás cerraba los ojos cuando afectaba a sus amigos. Percival, Timothy, Teddy, Norris: Charles les prestaba dinero, les concertaba visitas con su médico, contrataba a personas que se encargaran de la cocina, de la casa, de su salud, que se atrevieran, se dignaran, a ayudarlos. Incluso había hecho que Teddy, quien había muerto poco antes de que David empezase a salir con Charles, se trasladara al estudio de al lado del dormitorio, y fue allí, rodeado de la colección de ilustraciones botánicas de Charles, donde pasó los últimos meses de vida. Cuando falleció, fue Charles, junto con otros amigos de Teddy, quien buscó a un sacerdote comprensivo, organizó el velatorio, repartió las cenizas entre todos. Al día siguiente fue a trabajar. El trabajo era un mundo completamente aparte de ese otro, y Charles parecía aceptar que no debían solaparse, que la muerte de su amigo no era excusa suficiente para llegar tarde o para no acudir. No esperaba que nadie de Larsson, Wesley entendiera o compartiera su duelo, como tampoco su amor. Más adelante, David comprendería que Charles estaba agotado, pero nunca se quejaba, porque el agotamiento era un privilegio de los vivos.

Y ese era otro de los aspectos que a David le avergonzaba de sí mismo, le avergonzaba porque estaba asustado, porque le producía rechazo. No quería mirar el rostro demacrado de Timothy; no quería enfrentarse a las muñecas de Peter, tan esqueléticas que había cambiado su reloj metálico por uno infantil de plástico que, aun así, se deslizaba por su brazo como una pulsera. Había tenido amigos que habían enfermado, pero los esquivaba, les lanzaba besos en lugar de dárselos en la mejilla, cambiaba de acera para evitar hablar con ellos, se entretenía frente a edificios en los que antes entraba sin pensárselo, esperaba en la esquina mientras Eden iba a abrazarlos, eludía habitaciones que anhelaban recibir visitas. ¿No era suficiente con tener veinticinco años y verse obligado a vivir así? ¿No bastaba con ese valor? ¿Cómo podía esperarse de él que hiciera más, que fuera más?

Su comportamiento, su cobardía... habían motivado la primera gran pelea con Eden.

—Eres un cabrón —le soltó Eden entre dientes cuando lo encontró abajo, sentado en los escalones del portal de un amigo, después de haber estado esperándola media hora a pesar del frío. No había sido capaz de soportarlo: los olores de la habitación, la claustrofobia, el miedo y la resignación—. ¡¿Cómo te sentirías tú, David?! —le gritó, y cuando él reconoció que estaba asustado, ella resopló—. ¿Que tienes miedo? ¿Que tú tienes miedo? Joder, David, espero que le eches más huevos cuando yo muera.

Y lo hizo: cuando Eden agonizaba, veintidós años después, fue él quien se sentó a su lado, noche tras noche, durante meses; fue él quien la recogía a la salida de las sesiones de quimioterapia; fue él quien la sostuvo en brazos ese último día, quien le acarició la espalda mientras su piel se quedaba tersa y fría. De la misma manera que otros deciden llevar una vida más saludable, él decidió ser mejor persona, más valiente, y cuando Eden al fin murió, lloró amargamente, no solo porque lo había dejado, sino porque nadie se había sentido tan orgulloso de él, nadie había visto cuánto se había esforzado por no salir huyendo. Ella era la última testigo de su persona, y ya no estaba, y el recuerdo de la transformación que se había operado en David desapareció con ella.

Décadas después, cuando ya era un anciano y Charles llevaba mucho tiempo muerto, su marido, mucho más joven que él —la historia se repetía, pero a la inversa—, sentiría una curiosa nostalgia de esos años y una curiosa fascinación por la enfermedad, que él insistía en llamar «la peste».

—¿No tenías la sensación de que todo se desmoronaba a tu alrededor? —le preguntaría, dispuesto a mostrarse indignado en nombre de David y sus amigos, dispuesto a ofrecerle comprensión y consuelo, y David, que para entonces habría convivido con la enfermedad casi tanto tiempo como su marido llevaba vivo, contestaría que no.

Probablemente Charles sí, diría, pero yo no. El año que empecé a mantener relaciones sexuales fue el mismo en que pusieron nombre a la enfermedad, toda mi vida sexual y adulta ha estado ligada a ella.

—Pero ¿cómo podíais seguir adelante cuando mataba a tanta gente? ¿No os parecía imposible? —preguntaría su marido, y David no sabría cómo explicar lo que quería que Aubrey entendiera.

Sí, a veces sí, diría, despacio. Pero todos seguíamos adelante, no nos quedaba más remedio. Íbamos a entierros y a hospitales, pero también a trabajar, a fiestas, a exposiciones, íbamos a hacer recados y hacíamos el amor, salíamos con otras personas y éramos jóvenes e idiotas. Nos ayudábamos unos a otros, es cierto, nos queríamos, pero también nos criticábamos a las espaldas, nos burlábamos, nos peleábamos y a veces éramos amigos y novios que dejábamos mucho que desear. Hacíamos tanto lo uno como lo otro, lo hacíamos todo.

No dijo que no fue hasta años después cuando llegó a comprender lo extraordinaria que había sido aquella época, lo numerosos que habían sido los terrores que la habían asolado, lo extraño que resultaba que algunas de las cosas que recordaba con mayor claridad fueran trivialidades, detalles aleatorios, pequeñeces que solo tenían importancia para él; no las habitaciones de hospital o los rostros, sino esa vez que Eden y él decidieron permanecer despiertos toda la noche y bebieron un café tras otro hasta que se quedaron tan aturdidos que perdieron la capacidad del habla, o el gato gris y blanco que vivía en la pequeña floristería de Horatio con la Octava Avenida a la que solía ir, o el tipo de bagels que le gustaban a Nathaniel, el hombre al que había amado y con el que había vivido después de Charles: de semillas de amapola y con crema de salmón ahumado y cebollino. (Le había puesto su nombre al hijo que tuvo con Aubrey, el primer primogénito varón Bingham en generaciones que no se llamaría David). Tampoco sería hasta años después cuando comprendería todo lo que había aceptado como normal aunque, en realidad, no lo era en absoluto: haber pasado su primera juventud acudiendo a entierros en lugar de planeando su futuro, y que sus fantasías nunca excedieran el año. Veía que toda esa década había ido a la deriva, que la había atravesado con la fría indiferencia de un sonámbulo..., pues despertar habría conllevado la abrumadora carga de todo lo que había visto y soportado. Otros fueron capaces de hacerlo, pero él no; él prefirió consentirse, inventar un lugar seguro, uno que el mundo exterior no pudiera invadir por completo. La suya había sido una generación suspendida en el tiempo; unos habían encontrado consuelo en la rabia y otros en el silencio. Sus amigos salieron a la calle, se manifestaron y gritaron contra el gobierno y las farmacéuticas; arrimaron el hombro, se sumergieron en el horror que los rodeaba. Pero él no hizo nada, como si no hacer nada garantizara que nada le pasaría; fueron tiempos convulsos, pero él escogió el inmovilismo, y aunque su pasividad y su miedo lo avergonzaban, ni siquiera la vergüenza había bastado para motivarlo a comprometerse más con el mundo que lo rodeaba. Deseaba sentirse protegido. Deseaba desentenderse. Era consciente de que buscaba lo mismo que su padre en Lipo-wao-nahele. Y como su padre, se había equivocado al elegir: en lugar de enfrentarse a su rabia, se había escondido de ella. Sin embargo, esconderse no había evitado que las cosas sucedieran. Lo único que había conseguido era que no lo encontraran.

Ya eran las nueve de la noche; los platos de la mesa del comedor habían sido retirados y sustituidos por postres y, una vez más, todo el mundo se animó a cortarse un trozo de la tarta de piñones, del pastel de polenta glaseado con rodajas de naranja caramelizada o del bizcocho de dos chocolates, elaborado a partir de una receta de la cocinera de la abuela de Charles que él servía en todas las cenas que celebraba. Una vez más, David siguió a los invitados al comedor para llenar los platos de Peter y Charles.

Cuando volvió, James estaba dejando una fuente de albaricoques e higos secos, almendras saladas y chips de chocolate negro en la mesita de café que había cerca del sofá donde seguían sentados Charles y Peter. David observó cómo los dos observaban a James con gesto atento, pero inescrutable.

—Gracias, jovencito —dijo Peter, y James se puso derecho.

David evitó mirarlo cuando se cruzaron en la entrada y el brazo izquierdo de James rozó el suyo. Tras dejar el plato de Peter a su lado, le tendió el otro a Charles, quien le tomó la mano. Junto a ellos, Peter los observaba tan inescrutable como hacía un momento.

Había conocido a todos los amigos íntimos de Charles antes que a Peter, y la resistencia evidente por parte de Charles a presentárselo sumada a la frecuente aparición de su nombre y sus opiniones en sus conversaciones —«Peter ya ha visto esa nueva producción en el Signature y dice que no vale nada»; «Tengo que pasarme por la librería Three Lives y comprar esa biografía que Peter me ha recomendado»; «Peter ha dicho que tenemos que ir a ver la exposición de Adrian Piper en la galería Paula Cooper en cuanto inauguren»— lo ponía nervioso. Cuando se conocieron, tres meses después de que Charles y él iniciaran su relación, el nerviosismo se había concentrado hasta convertirse en una ansiedad que se mezclaba con la de Charles.

—Espero que la comida esté bien —comentó Charles, preocupado, mientras David buscaba un calcetín, hasta que se dio cuenta de que estaba en la cama, donde lo había dejado cinco minutos antes—. Peter es muy tiquismiquis. Y tiene un gusto excelente, así que si no está a la altura dirá algo. —(«Peter parece un capullo», había dicho Eden cuando David le habló de él, o al menos del Peter al que conocía de oídas, y David tuvo que reprimirse para no repetir sus palabras en voz alta en ese momento).

Aquella faceta de Charles lo fascinaba y lo preocupaba al mismo tiempo, tan aturullado y confuso. Hasta cierto punto era un alivio comprobar que incluso Charles dudaba de sí mismo; pero, por otro lado, no podían empezar la noche sintiéndose los dos tan inseguros; él contaba con que Charles lo defendiera.

¿Por qué estás tan nervioso?, le preguntó. Es amigo tuyo de toda la vida.

—Por eso mismo estoy nervioso —contestó Charles, deslizando la maquinilla bajo el mentón—. ¿No tienes un amigo cuya opinión te importa más que la de nadie?

No, dijo David, aunque pensó en Eden.

—Bueno, pues algún día lo tendrás —afirmó Charles—. Maldita sea. —Se había cortado y rasgó un trocito de papel higiénico para apretárselo contra la piel—. Si tienes suerte, claro. Siempre hay que tener un amigo que te inspire un poco de miedo.

¿Por qué?

—Porque eso significa que tendrás a alguien que no te lo ponga fácil, que te obligue a ser mejor en algún sentido, en el que más temas, y su aprobación será la responsable de que lo consigas.

¿De verdad era así? Pensó en su padre, quien sin duda temía a Edward. Deseaba su aprobación, eso era cierto, y Edward no se lo había puesto fácil, eso también era cierto. Sin embargo, Edward no pretendía que su padre fuera mejor, ni más listo, ni más culto, ni que pensara por sí mismo. Solo quería que su padre... ¿Qué? Que le diera la razón, lo obedeciera, le hiciera compañía. Había intentado hacerle creer que esa obediencia estaba al servicio de una misión más elevada, pero no era así; a fin de cuentas, se trataba de encontrar a alguien que lo admirara, que era lo que parecía querer todo el mundo. La clase de amigo que describía Charles era alguien que deseaba que fueras más tú mismo; sin embargo, Edward había querido justo lo contrario para el padre de David. Había querido reducirlo a algo que no pensara.

Bueno, dijo, pero ¿no se supone que un amigo debería tratarte bien?

—Para eso te tengo a ti —contestó Charles, sonriéndole en el espejo.

Cuando por fin conoció a Peter, le sorprendió lo cautivadoramente feo que era. No se trataba de que sus facciones fueran desagradables —tenía los ojos grandes y claros, como los de un perro, y la nariz afilada y pretenciosa, y unas cejas largas y oscuras, cada una de las cuales parecía formar una unidad compacta en lugar de haber crecido como una colección de pelos individuales—, pero la combinación carecía de armonía, aunque resultaba fascinante. Era como si todos los rasgos que conformaban su cara se empeñaran en ser solistas y no miembros de un conjunto.

—Peter —dijo Charles, y lo abrazó.

—Charlie —contestó Peter.

Durante la primera parte de la cena, fue Peter quien habló. Parecía una persona con una opinión informada y firme sobre casi cualquier tema, y su soliloquio, alentado por los breves comentarios y las preguntas de Charles, pasó de los trabajos de reapuntalamiento de su edificio a la recuperación de una variedad de calabaza casi extinta, los fallos de una novela reciente muy elogiada, los encantos de una antología no muy conocida de ensayos breves de un monje japonés del siglo XIV que se había reeditado hacía poco, la relación entre los antimodernistas y los antisemitas, y por qué que no veranearía en Hidra pero sí en Rodas. David no sabía nada acerca de ninguno de esos temas, pero descubrió que, a pesar de su creciente desasosiego, Peter despertaba su interés. No tanto por lo que decía —era incapaz de seguir apenas nada—, sino por su forma de decirlo: tenía una voz grave y bonita, y hablaba como si disfrutara de la textura de las palabras que se deslizaban por su lengua, como si las pronunciara solo porque le gustaba la sensación que le producía.

—Bueno, David —dijo Peter volviéndose hacia él, lo que David sabía que acabaría haciendo—. Charles ya me ha contado cómo os conocisteis. Háblame de ti.

No hay mucho que contar, empezó a decir, y le lanzó una mirada fugaz a Charles, quien lo alentó a proseguir con una sonrisa. Relató cuanto Charles ya conocía mientras Peter lo miraba con esos ojos claros y lobunos. Suponía que se mostraría inquisitivo, que empezaría a hacerle las mismas preguntas que le hacía todo el mundo —Entonces ¿tu padre no ha trabajado nunca? Pero ¿nunca, nunca? ¿Y no conociste a tu madre? ¿Ni siquiera un poco?—, sin embargo, se limitó a asentir y no dijo nada.

Soy aburrido, concluyó, disculpándose, y Peter asintió de nuevo, despacio y muy serio, como si David hubiera dicho algo profundo.

—Sí, tienes razón —dijo—, pero eres joven. La juventud es lo que tiene.

No supo cómo tomárselo, pero Charles solo sonrió.

—¿Significa eso que tú eras aburrido cuando tenías veinticinco, Peter? —preguntó con tono burlón, y Peter volvió a afirmar con la cabeza.

—Pues claro, y tú también, Charles.

—¿Y cuándo empezaste a volverte interesante?

—Eso es mucho suponer, ¿no? Pero diría que en estos últimos diez años.

—¿Tan poco?

—Y eso... yo —dijo Peter, haciendo reír a Charles.

—Serás perra... —espetó este con cariño.

Esa noche, en la cama, Charles comentó el encuentro.

—Creo que ha ido bien —dijo, y David le dio la razón, aunque no estaba de acuerdo.

Desde entonces había visto a Peter en contadas ocasiones, pero siempre se producía una pausa en la conversación en la que este volvía su gran cabeza hacia David y preguntaba: «Bueno, ¿qué te cuentas desde la última vez que te vi, jovencito?», como si la vida no fuera algo que David estuviera experimentando, sino algo que le hubieran concedido. Luego Peter empeoró, por lo que David empezó a verlo incluso con menor frecuencia, y tras esa noche jamás volvería a verlo. Charles había dicho que Peter moriría sintiéndose frustrado: era un poeta de renombre, pero llevaba las últimas tres décadas escribiendo una novela para la que no había encontrado editorial.

—Siempre creyó que ese sería su legado —dijo Charles.

David no conseguía comprender del todo la importancia que Charles y sus amigos daban a su propio legado. A veces, en aquellas fiestas, la conversación derivaba hacia cómo los recordarían cuando murieran, hacia lo que dejarían tras de sí. En ocasiones lo hacían en tono satisfecho o desafiante o, las más, lastimero; no solo se trataba de que alguno de ellos creyera que su legado no estaba a la altura, sino de que era demasiado complicado, demasiado comprometido. ¿Quién los recordaría y qué recordaría? ¿Evocarían sus hijos los momentos en que jugaban con ellos a tomar el té, les leían o les enseñaban a pasarse la pelota? ¿O revivirían en cambio que habían abandonado a sus madres, que se habían ido de su casa de Connecticut para trasladarse a apartamentos en la ciudad, donde los niños nunca se encontraban a gusto, por mucho que se esforzaran? ¿Pensarían sus amantes en ellos cuando rebosaban salud y al pasear por la calle los hombres se volvían literalmente para mirarlos, o pensarían en ellos como eran en ese momento, casi ancianos pese a no ser tan mayores, con rostros y cuerpos de los que la gente huía? Se habían ganado a pulso el reconocimiento y el lugar que ocupaban en vida, pero no podrían controlar en quiénes se convertirían una vez muertos.

¿Y qué más daba? Los muertos no se enteraban de nada, no sentían nada, no eran nada. Cuando le contó las cuitas de Charles y sus amigos a Eden, esta dijo que la preocupación por el legado era una fijación típica del varón blanco.

¿A qué te refieres?, preguntó él.

—Solo quienes tienen posibilidades verosímiles de pasar a los anales de la historia están tan obsesionados con la manera en que quedarán inmortalizados —repuso—. Los demás estamos demasiado ocupados tratando de salir adelante.

Él rio, la tildó de melodramática y la acusó de una misandria reaccionaria, pero esa noche, en la cama, pensó en lo que Eden había dicho y se preguntó si no tendría razón. «Si hubiera tenido un hijo —comentaba Charles a veces—, sentiría que dejo algo tras de mí, una especie de impronta en el mundo». Sabía a qué se refería, pero también le desconcertaba que Charles fuera incapaz de ver lo que implicaba semejante declaración: ¿desde cuándo tener un hijo garantizaba nada? ¿Y si no le gustabas? ¿Y si no le importabas? ¿Y si tu hijo se convertía en un adulto despreciable, alguien con quien te avergonzabas de que te relacionaran? Entonces ¿qué? Una persona era el peor legado posible, porque el ser humano era impredecible por definición.

Su abuela lo sabía. Cuando era muy pequeño, le preguntó por qué lo llamaban Kawika si en realidad se llamaba David. Todos los primogénitos de su familia se llamaban David y, aun así, a todos se los conocía como Kawika, la hawaianización de David.

Si nos llaman Kawika a todos, ¿por qué nos pusieron David?, preguntó en voz alta delante de ella, y a su padre —estaban sentados a cenar— se le escapó ese leve sonido que profería cuando tenía miedo o estaba preocupado.

Sin embargo, no había nada que temer, su abuela no solo no se enfadó, sino que incluso le sonrió.

—Porque el rey se llamaba David —contestó.

El rey, que era su antepasado; al menos eso lo sabía.

Aquella noche, su padre fue a verlo antes de dormir.

—No le hagas esas preguntas a tu abuela —dijo.

¿Por qué?, preguntó él, pues ella no se había enfadado.

—Puede que contigo no —dijo su padre—, pero luego, conmigo... Me ha preguntado por qué no te estoy enseñando mejor esas cosas. —Su padre parecía tan agobiado que le prometió que no volvería a hacerlo y le pidió disculpas, y él suspiró aliviado y se inclinó para besarlo en la frente—. Gracias —dijo—. Buenas noches, Kawika.

En aquel momento no habría sabido cómo explicarlo, era muy pequeño, pero ya entonces era consciente de que su abuela se avergonzaba de su padre. En mayo, cuando acudieron a la fiesta anual de la asociación benéfica de su abuela, fue David quien entró en el palacio con ella, fue a David a quien presentó a sus amistades mientras sonreía complacida viendo cómo lo besaban en la mejilla y le decían lo guapo que estaba. Él sabía que su padre se había quedado atrás, en algún lugar, sonriéndole al suelo, sin esperar ni recibir ningún reconocimiento. Cuando los invitados se hubieron trasladado fuera para cenar en los jardines del palacio, David volvió a entrar sin que nadie lo viera y fue a buscar a su padre, quien seguía en la sala del trono, sentado en el saledizo de una ventana y medio oculto tras las cortinas de seda, contemplando los jardines iluminados con antorchas.

Papá, dijo. Ven a la fiesta.

—No, Kawika —repuso su padre—. Ve tú, diviértete. Allí no soy bien recibido.

Pero él insistió y su padre, al final, dijo:

—Solo iré si tú vienes conmigo.

Pues claro, contestó, y le tendió la mano, que su padre tomó, y salieron juntos para unirse a la fiesta, que había seguido sin ellos.

Su padre fue el primer legado frustrado de su abuela; David sabía que él era el segundo. Cuando decidió marcharse de Hawai'i, convencido de que se iba para siempre, fue a anunciárselo a su abuela; no porque deseara su aprobación (ya le dijo entonces que era algo que le traía sin cuidado), ni porque esperara que intentara disuadirlo, sino porque quería pedirle que cuidara de su padre, que lo protegiera. Sabía que con su despedida también estaba renunciando a los derechos asociados a su nacimiento: las tierras, el dinero, su fideicomiso. Sin embargo, le parecía un sacrificio menor, menor y teórico, porque, para empezar, nunca había sido dueño de nada de todo aquello. No le pertenecía a él en concreto, sino a la persona que ostentara su apellido, al que también renunciaría.

Por entonces llevaba dos años viviendo en la Isla Grande. A su vuelta había ido a la casa de O'ahu Avenue, donde había encontrado a su abuela en el jardín de invierno, sentada en la silla con respaldo de rejilla, aferrando con fuerza los extremos de los brazos con sus largos y fuertes dedos. Dijo lo que tenía que decir y ella guardó silencio, hasta que, al final, lo miró de una vez por todas un momento y luego se volvió de nuevo.

—Qué decepción —dijo—. Tu padre y tú, los dos. Después de todo lo que he hecho por ti, Kawika. Después de todo lo que he hecho.

Ya no me llamo Kawika, repuso él. Me llamo David.

Y acto seguido, dio media vuelta y huyó de allí antes de que su abuela pudiera añadir nada: «No mereces llamarte Kawika. No mereces ese nombre».

Meses más tarde, recordaría aquella conversación y lloraría, porque en otro tiempo —durante años— su abuela estaba orgullosa de él y le pedía que se sentara a su lado, en el sofá de dos plazas, pegado a ella.

—No temo a la muerte —le decía—, y ¿sabes por qué, Kawika?

No, contestaba él.

—Porque sé que seguiré viva a través de ti. Mi fin último, mi vida, sobrevivirá contigo, mi orgullo y mi alegría. Mis vivencias, y nuestra historia, viven en ti.

Pero no había sido así, o al menos no como ella pretendía. La había decepcionado en muchos aspectos. La había abandonado, había rechazado su hogar, su fe, su apellido. Vivía en Nueva York, con un hombre, un hombre blanco. Nunca hablaba de su familia, ni de sus antepasados. Nunca entonaba los cánticos que le habían enseñado a entonar, nunca bailaba las historias que le habían enseñado a bailar, nunca recitaba la historia que le habían enseñado a venerar. Su abuela había dado por sentado que sobreviviría a través de él, y no solo ella, sino también su abuelo, y el abuelo de este. David siempre se había dicho que la había traicionado porque ella nunca había querido lo suficiente a su propio hijo, el padre de David, pero últimamente se preguntaba si la traición había sido deliberada o si era atribuible a una tara personal, a una frialdad intrínseca. Sabía cuánto se alegraría Charles si, tras una de sus conversaciones, le prometiera que él sería su legado, que Charles viviría para siempre a través de él. Sabía cuánto le conmovería que lo hiciera. Y aun así nunca se decidía. No porque fuera mentira —amaría a Charles, continuaría hablando de Charles a sus futuros amantes, a su futuro marido, a su futuro hijo, a sus futuros colegas y amigos durante décadas después de que aquel hubiera muerto: lo que había aprendido con él, los lugares que habían visitado juntos, cómo olía, lo valiente y generoso que era, cómo le había enseñado a comer tuétano, caracoles y alcachofas, lo sexy que era, cómo se habían conocido, cómo se habían despedido—, sino porque no quería volver a ser el legado de nadie; conocía el miedo de no sentirse a la altura, la pesada carga de la decepción. No volvería a hacerlo nunca más, sería libre. Lo que no sabría hasta ser mucho mayor era que nadie era libre, nunca, que conocer a alguien y amarlo implicaba asumir la tarea de recordarlo, aunque dicha persona aún viviera. Nadie podía huir de ese deber, y a medida que envejecías, aprendías a ansiar esa responsabilidad aun cuando hubiera veces que hastiara, esa convicción de que tu vida era parte integral de la de otro, de que la existencia de otra persona quedaba marcada en cierta manera por la relación que tuviera contigo.

Ahora, de pie junto a Charles, respiró hondo. Tarde o temprano tendría que hablar con Peter, tendría que despedirse de él. Llevaba semanas pensando en qué decirle; sin embargo, sabía que todo lo que él consideraba trascendente Peter lo encontraría manido, y cualquier cosa complaciente y anodina le parecía una pérdida de tiempo. Él tenía algo de lo que Peter carecía

—vida, la promesa y la expectativa de más años— y, aun así, lo intimidaba. Hazlo ya, se dijo. Habla con él ahora que la sala aún está vacía y no te oirá nadie.

Pero cuando se sentó por fin a la izquierda de Charles, este y Peter no interrumpieron la conversación que mantenían en voz baja, así que se apoyó en Charles, quien le tomó la mano de nuevo y se la apretó antes de volverse hacia él sonriendo.

—Tengo la sensación de no haberte visto en toda la noche —dijo.

La noche es joven, igual que yo, contestó David, una vieja broma que solían hacerse, y Charles le puso la mano en la nuca y le acercó el rostro.

—¿Me ayudas? —preguntó.

Charles le había avisado con antelación de que necesitaría que le echara un cable con Peter, así que se levantó y lo ayudó a trasladarlo a la silla antes de sacarlo de la sala de estar y llevarlo al fondo del pasillo a la izquierda, pasado el armario de techo inclinado, al aseo encajado debajo de la escalera. Charles le había contado que ese cuarto de baño era legendario: en otras fiestas, en otros tiempos, cuando Charles era más joven y alocado, la gente se escapaba allí, en parejas o tríos, en mitad de cenas y reuniones a altas horas, mientras los demás seguían sentados en el comedor o en la sala de estar, bromeando sobre los desaparecidos, y a su vuelta los felicitaban entre vítores y risas.

¿Alguna vez entraste con alguien?, le preguntó David, y Charles sonrió.

—Pues claro —dijo—. ¿Qué te crees? Soy un machote estadounidense.

Adams lo denominaba «el tocador», un término que pretendía ser decoroso, aunque a los amigos de Charles les parecía graciosísimo.

Sin embargo, en la actualidad el tocador no era más que eso, un baño, y en esos momentos había dos personas en su interior solo porque una estaba ayudando a la otra a usar el retrete. David ayudó a Charles a ayudar a Peter a levantarse (pues, a pesar de lo delgado que estaba, curiosamente pesaba más de lo que aparentaba, y las piernas apenas le respondían), y una vez que Charles tuvo a Peter abrazado por el pecho, este les hizo un gesto con la cabeza, y David cerró la puerta y esperó fuera, tratando de no prestar atención a los ruidos que hacía Peter. Siempre le dejaba perplejo y lo impresionaba la cantidad de residuos que el cuerpo era capaz de producir hasta el último instante, incluso cuando apenas se le daba nada que digerir. Todas las actividades placenteras —comer, follar, beber, bailar, pasear— iban desapareciendo sin cesar, una tras otra, hasta que solo quedaban los poco dignos movimientos de tripas y las evacuaciones, la esencia de lo que era el cuerpo —cagar, mear, llorar, sangrar— al tiempo que se drenaba de líquidos, como un río empeñado en secarse.

Oyó que abrían el grifo, que alguien se lavaba las manos, y luego Charles lo llamó. Él abrió la puerta, colocó la silla en la posición adecuada, ayudó a Peter a sentarse en ella y volvió a ponerle el cojín en la espalda. Había estado evitando los ojos de Peter, convencido de que le molestaría su presencia, pero al enderezar la espalda, Peter levantó la vista y los dos se miraron. Fue un intercambio fugaz, tanto que Charles, que estaba recolocándole el jersey, ni siquiera se percató, pero después de llevar a Peter de vuelta a la sala de estar —que los invitados habían ocupado de nuevo, envueltos en ese aire impregnado de azúcar, chocolate y el café que Adams estaba sirviendo en tazas—, David se apretó una vez más contra el costado de Charles, sintiéndose como un crío, pero también porque deseaba protegerse de la rabia, la furia, la necesidad indescriptible que había visto en el rostro de Peter. David sabía que no iban dirigidas a él en concreto sino a lo que representaba: estaba vivo, y cuando acabara la noche subiría dos plantas y puede que Charles y él hicieran el amor o puede que no, y al día siguiente se despertaría y decidiría qué quería para desayunar y qué le gustaría hacer ese día, ya fuera ir a la librería, o a ver una película, o a comer, o a un museo, o simplemente a dar una vuelta. Y a lo largo de ese día tomaría cientos de decisiones, tantas que perdería la cuenta, tantas que ni siquiera sería consciente de estar haciéndolo, y con cada decisión afianzaría su presencia, el lugar que ocupaba en el mundo. Con cada decisión, Peter estaría alejándose un poco más de la vida, de su recuerdo, estaría convirtiéndose en historia a cada minuto, a cada hora, hasta que llegaría un día en que sería olvidado por completo: un legado compuesto de nada, un recuerdo en la memoria de nadie.

Durante la mayor parte de la noche, los invitados de Peter habían estado revoloteando a su alrededor en lugar de entablar conversación con él. A veces, alguien que lo tenía cerca se volvía hacia él en mitad de una conversación con otra persona —«¿Te acuerdas de esa noche, Peter?»; «Aquel tipo, Peter, ¿cómo se llamaba? Ya sabes, el que conocimos en Palm Springs»; «Peter, estamos hablando de aquel viaje que hicimos en el setenta y ocho»—, pero principalmente hablaban entre ellos y dejaban a Peter allí sentado, en el extremo del sofá, con Charles a su lado. Hacía mucho que David se había percatado de que todos temían a Peter, pero no tanto como esa noche, porque era la última vez que lo verían y la presión para despedirse de él era tan grande que acababan ignorándolo. Pese a todo, Peter parecía satisfecho con la situación. Había algo majestuoso en su calma, en su forma de pasear la mirada entre sus amigos, reunidos allí por él, mientras asentía de vez en cuando ante lo que Charles le decía, como un perro grande y viejo sentado a la vera de su amo mientras vigilaba la estancia, consciente de que esa noche su dueño no corría ningún peligro.

Pero entonces, de pronto, como si respondieran a una orden que solo ellos habían oído, empezaron a acercarse a Peter, uno tras otro, y a inclinarse para hablarle al oído. John fue de los primeros, y David le dio un leve codazo a Charles, quien hizo ademán de levantarse para dejarle un poco de intimidad a Peter, pero este le colocó una mano en la pierna y Charles volvió a sentarse. De modo que David y él se quedaron y vieron que John regresaba a su silla, en la otra punta de la estancia, y que lo sustituía Percival, y luego Timothy, y luego Norris y Julien y Christopher, quienes, por turnos, tomaron las manos de Peter entre las suyas y se inclinaron o arrodillaron o sentaron a su lado y le hablaron con voz suave en la última conversación que mantendrían. David oía muy poco de lo que decían, o nada, pero Charles y él permanecieron allí, como si Peter fuera el emperador, los demás sus ministros, que acudían con nuevas procedentes de todo el reino, y ellos sus sirvientes, que no debían oír nada de aquello y aun así les impedían huir a la cocina, el lugar que les correspondía.

Naturalmente, no se trataba de confidencias, sino de banalidades intercambiadas con la intimidad de un secreto. Hablaban como si Peter fuera un anciano e hiciera tiempo que hubiera perdido la memoria. «Pues claro que me acuerdo», respondía por lo general, de la misma manera que contestaba: «Todavía no se me ha ido tanto la cabeza», cuando alguien empezaba una historia con un: «¿Te acuerdas?». Sin embargo, en ese momento parecía haber adquirido una nueva clase de gracia que se manifestaba en forma de paciencia, y permitía que todos lo abrazaran con fuerza y le hablaran como si no necesitaran que les respondiese. Nunca habría imaginado que Peter tuviera interés en ser bueno a la hora de morirse, y mucho menos que fuera capaz de ello, pero ahí estaba sentado, regio y magnánimo, escuchando a sus amigos, sonriendo de vez en cuando, asintiendo con la cabeza y dejando que le sujetaran la mano.

—¿Recuerdas aquel verano de hace diez años que alquilamos aquella casa en ruinas en los Pines, Peter, y que una mañana bajaste y había un ciervo en medio de la sala de estar comiéndose las nectarinas que Christopher había dejado en la encimera?

—Siempre me he sentido mal por esa vez que nos peleamos... Ya sabes de cuándo te hablo. Siempre lo he lamentado y me habría gustado retirarlo. Lo siento mucho, Peter. Por favor, dime que me perdonas.

—Peter, no sé cómo voy a hacer esto, todo esto, sin ti. Ya sé que las cosas no siempre han sido fáciles entre nosotros, pero voy a echarte de menos. Me has enseñado tantas cosas... Gracias por todo.

Se había dado cuenta de que la gente nunca quería tanto de ti como cuando estabas muriéndote: querían que recordaras, querían sosiego, querían perdón. Querían reconocimiento y redención; querían que les hicieras sentir mejor por quedarse mientras que tú te ibas, por odiarte porque los dejabas y porque eso además los aterrorizaba, porque tu muerte les recordaba la suya, igual de inevitable, por sentirse tan incómodos que ni siquiera sabían qué decir. Morirse conllevaba repetir lo mismo una y otra vez, como Peter estaba haciendo en esos momentos: «Sí, lo recuerdo». «No, estaré bien». «No, estarás bien». «Claro,

cómo no voy a perdonarte». «No, no tienes por qué sentirte culpable». «No, no tengo dolores». «No, sé lo que quieres decir».
«Sí, yo también te quiero, yo también te quiero, yo también te
quiero».

David escuchaba todo aquello, todavía apretado contra el
costado de Charles, que lo rodeaba a él con el brazo izquierdo y
los hombros de Peter con el derecho. Había hundido la cara en
el pecho de Charles, como un niño, para escuchar su respiración pausada y regular, para sentir el calor de su cuerpo contra
la mejilla. Charles tenía la mano izquierda debajo del brazo izquierdo de David, quien levantó su mano y entrelazó los dedos
con los de Charles. Ninguno de los dos era imprescindible para
esa parte de la velada, pero si los observaran desde arriba, los
tres parecerían un solo organismo, una criatura tricéfala y de
doce patas que asentía y escuchaba con una de sus cabezas
mientras las otras dos permanecían inmóviles y en silencio, las
tres vivas gracias a un único corazón enorme, uno que latía con
regularidad y sin queja alguna en el pecho de Charles y que enviaba una sangre limpia y brillante a través de los metros de arterias que conectaban sus tres formas para colmarlas de vida.

Todavía era temprano, pero los invitados ya se preparaban para
marcharse.

—Está cansado —se decían unos a otros, refiriéndose a Peter. Y a él le preguntaban—: ¿Estás cansado?

A lo que Peter respondía, una y otra vez:

—Sí, un poco.

Hasta que su voz adquirió cierto hastío, que tanto podía deberse a que al final se le había agotado la paciencia como a una

fatiga genuina. Pasaba gran parte del día durmiendo, según le había contado a Charles, y por la noche conseguía adormecerse hasta las doce, pero entonces se desvelaba y «se encargaba de cosas».

¿Cómo qué?, le preguntó David en una comida, unos seis meses antes, poco después de que Peter hubiese decidido lo de Suiza.

—Poner mis papeles en orden. Quemar cartas que no quiero que acaben en las manos equivocadas. Terminar la lista de regalos anexada a mi testamento, decidir a quién le doy el qué. Hacer una lista de personas de las que quiero despedirme. Hacer una lista de personas a las que no quiero que inviten a mi sepelio. No tenía ni idea de que morirse implicara hacer tantas listas: haces listas de personas que te caen bien y de personas a las que detestas; listas de personas a las que quieres dar las gracias y de personas a las que quieres pedir perdón; listas de personas a las que quieres ver y de personas a las que no; listas de las canciones que quieres que toquen en tu funeral y de los poemas que te gustaría que leyeran y de la gente a la que a lo mejor te apetecería invitar.

»Eso, claro, si has tenido la suerte de no perder la cabeza. Aunque últimamente me pregunto si de verdad es una suerte ser tan consciente, tener pleno conocimiento de que, a partir de ahora, se acabó cualquier progreso. Nunca serás más culto, ni más erudito, ni más interesante que ahora mismo; todo lo que haces y experimentas desde el momento en que empiezas a morir de verdad no sirve para nada, es un vano intento de cambiar el final de la historia. Y aun así, de todas formas sigues intentándolo: lees lo que te falta por leer y ves lo que te falta por ver. Pero no con un fin concreto, ¿sabéis?, solo por costumbre, porque eso es lo que hacen los humanos.

Pero ¿acaso tiene que haber un objetivo?, preguntó él con timidez. Siempre le ponía nervioso dirigirse a Peter, pero no pudo contenerse; debía de haber pensado en su padre.

—No, claro que no. Pero nos han enseñado que así debe ser, que la experiencia, el aprendizaje, es un camino a la salvación; que ese es el sentido de la vida. Pero no es verdad. El ignorante muere igual que el erudito. Al final no hay ninguna diferencia.

—Bueno, pero ¿dónde queda el placer? —preguntó Charles—. Ese sí es un buen motivo.

—Desde luego, el placer. Pero lo cierto es que el placer no cambia nada. Aunque tampoco es que uno deba hacer o dejar de hacer cosas solo porque al final todo dé igual.

¿Tienes miedo?, preguntó.

Peter se quedó callado, por lo que David temió haber sido irrespetuoso, pero entonces contestó:

—No tengo miedo porque me preocupe que vaya a dolerme. —Lo dijo despacio, y al levantar la mirada, sus enormes ojos claros parecieron aún más enormes y aún más claros que otras veces—. Tengo miedo porque sé que lo último que pensaré será en todo el tiempo que he desperdiciado, en toda la vida que he malgastado. Tengo miedo porque moriré sin estar orgulloso de cómo he vivido.

A continuación se hizo un silencio, y luego la conversación cambió de rumbo. David se preguntó si Peter todavía sentía lo mismo; si, aun ahora, seguiría pensando que había desperdiciado su vida. Se preguntó si por eso había intentado lo de la quimioterapia, al final, si había decidido probarlo una vez más, si tal vez esperaba cambiar de opinión, si esperaba sentirse de otro modo. David sí lo esperaba; esperaba que Peter no se sintiera como antes. Era imposible preguntarlo —«¿Todavía crees que has desperdiciado tu vida?»—, así que no lo hizo, aunque más tarde desearía haber encontrado una forma de preguntárselo. Pensó en su padre, igual que siempre, en cómo había conseguido mantener la vida a distancia..., ¿o se habría distanciado él mismo de la vida? Ese fue su único acto de rebeldía, y David lo odiaba por ello.

En la sala de estar, las Tres Hermanas estaban poniéndose los abrigos y anudándose las bufandas, tras lo cual besaron a Peter y después se despidieron de Charles.

—¿Estás bien? —oyó que le preguntaba este a Percival—. Iré a verte la semana que viene, ¿de acuerdo?

Y la respuesta de Percival:

—Sí, estoy bien. Gracias, Charlie..., por todo.

A David siempre le conmovía esa faceta de Charles: su cualidad maternal, los cuidados que prodigaba. De repente acudió a su mente la imagen de una de esas madres que aparecían en los cuentos que su padre y él solían leer juntos, con pañuelo en la cabeza y delantal, mujeres agradablemente regordetas que vivían en una casa de piedra en una aldea sin nombre de un país europeo sin nombre, y que metían en los bolsillos de sus hijos guijarros que habían calentado en el horno para que no se les congelaran los dedos durante la caminata hasta la escuela.

Sabía que Charles había pedido a Adams que les dijera a los del catering que empaquetaran las sobras para que los invitados se llevaran lo que quisieran, aunque Charles lo hacía con la idea de que John y Timothy salieran de allí con las manos llenas. En la cocina encontró a varias camareras metiendo los últimos pastelitos y galletas en envases de cartón, y los envases en bolsas de papel, mientras otras cargaban con grandes cajas de platos sucios hacia la furgoneta, que estaba aparcada en la parte trasera de la casa, en el patio que una vez separara el edificio principal de la cochera, que ahora era un garaje. Como comprobó con decepción y alivio, James no estaba por ninguna parte, y David se quedó hipnotizado un momento mirando la ternura con que una joven posaba el último cuarto de tarta de queso en un recipiente de plástico, colocándolo como si fuera un bebé al que arroparan en su cuna.

Lo único que no guardaron fue el bloque deforme de chocolate negro, con marcas y lleno de virutas en algunas partes, como una batería de coche extra grande. Eso, así como el bizcocho de dos chocolates, era el sello de la casa de las fiestas de Charles, y la primera vez que David lo vio, que vio a un camarero sacar un punzón, clavarlo en un lado y golpearlo con un pequeño martillo mientras otro sostenía un plato para atrapar las esquirlas que saltaban, quedó cautivado. Le parecía tan improbable como ridículo que alguien encargara un cubo de chocolate tan grande que hubiera que tallarlo con martillo y cincel hasta que los lados quedaban como roídos por los ratones, y más improbable aún que él saliera con alguien que creía que algo así era excepcional. Después se lo describió a Eden, que puso una cara rara y dijo cosas que no ayudaban mucho, como: «Por eso va a llegar la revolución», y: «Tú más que nadie deberías saber que consumir azúcar es un acto de colonialismo hostil», pero David se dio cuenta de que estaba tan fascinada como él por lo que parecía la fantasía de un niño hecha realidad. Después de aquello, ¿a quién iba a sorprenderle descubrir que la casa estaba hecha de pan de jengibre, las nubes de algodón de azúcar, o los árboles del Washington de corteza de menta? Se convirtió en un chiste habitual entre ellos: la tortilla que hacía Eden estaba buena, opinaba David, pero no a la altura de una montaña de chocolate; la chica con la que Eden se había acostado la noche anterior no había estado mal, comentaba esta, pero no era una montaña de chocolate.

—En la próxima fiesta, tienes que hacerle una foto para demostrarme la magnitud de la depravación capitalista de Charles —dijo Eden. Siempre le preguntaba cuándo tendría lugar la siguiente reunión, cuándo vería la prueba de una vez por todas.

De ahí la emoción cuando por fin pudo invitarla a la siguiente fiesta de Charles, su reunión prenavideña anual. Aquello había sido el año anterior, poco después de haberse mudado allí, y le había costado pedírselo, pero Charles había reaccionado entusiasmado.

—¡Por supuesto que puedes traerla! —exclamó—. Estoy impaciente por conocer a esa fierecilla tuya.

Ven, le dijo a Eden. Y ven con hambre.

Ella puso los ojos en blanco.

—Solo voy por la montaña de chocolate —repuso, y aunque intentó sonar displicente, David supo al instante que también ella estaba emocionada.

Sin embargo, la noche de la fiesta David esperó y esperó, pero Eden no aparecía. Se trataba de una cena formal, así que su sitio quedó vacío y la servilleta permaneció doblada sobre el plato. Estaba abochornado y muerto de preocupación, pero Charles fue considerado.

—Ha debido de surgirle algo —le susurró a David cuando este regresó a su silla después de llamarla por tercera vez—. No te preocupes. Seguro que está bien. Seguro que tiene un buen motivo.

Estaban tomando el café en la sala de estar cuando Adams se le acercó con gesto de desaprobación.

—Señor David —le dijo en voz baja—, hay una persona, una tal señorita Eden, que pregunta por usted.

Se sintió aliviado y furioso: con Adams, por su condescendencia, y con Eden, por llegar tarde, por hacerlo esperar y tenerlo preocupado.

Hazla pasar, por favor, Adams, dijo.

—No quiere entrar. Ha pedido que salga usted. Espera en el patio.

Se levantó, fue al armario a por su abrigo, salió por la puerta trasera después de pasar entre la marabunta de camareros, y allí encontró a Eden, esperando en los adoquines. Sin embargo, cuando estaba a punto de salir de la casa se detuvo a mirarla un momento y la vio estudiando las ventanas de iluminación cálida, empañadas por el vapor, a los guapos camareros en mangas de camisa y con corbata negra, vio las nubecillas que expulsaba al respirar. Y de repente, con tanta claridad como si lo hubiera dicho ella en voz alta, comprendió que se había sentido intimidada. La imaginó torciendo hacia el oeste con decisión por Washington Square North, parando delante de la casa, comprobando el número una y otra vez, y luego, despacio, subiendo los peldaños de la entrada. La imaginó mirando dentro, viendo una habitación llena de hombres de mediana edad, la mayoría de ellos ostensiblemente ricos, aunque llevaran tejanos y jersey; la imaginó flaqueando. Imaginó todas sus dudas antes de levantar el dedo para llamar al timbre, recordándose que valía lo mismo que ellos, que de todos modos no le importaba lo que pensaran, que solo eran un hatajo de blancos ricos y viejos, y que ella no tenía nada de que disculparse ni de que avergonzarse.

Y la imaginó después, viendo entrar a Adams en la sala de estar para anunciar que la cena estaba servida, y aunque ella ya sabía que Charles tenía mayordomo, no habría esperado llegar a verlo, y mientras la sala se vaciaba Eden se habría fijado y habría descubierto que el cuadro de la pared del fondo, el que colgaba encima del sofá, era un Jasper Johns, un Jasper Johns auténtico —no la reproducción que ella tenía colgada con chinchetas en su dormitorio—, ese que Charles se había comprado como regalo por su trigésimo cumpleaños y del que David nunca le había hablado. Entonces habría dado media vuelta, habría bajado los peldaños de manera apresurada y habría dado una vuelta al Washington diciéndose que podía entrar, que la aceptarían, que su mejor amigo vivía en esa casa y que ella tenía todo el derecho a estar allí también.

Pero no habría sido capaz. Así que se habría quedado fuera, justo al otro lado de la calle, apoyada contra la fría verja de hierro que rodeaba el Washington, viendo cómo los camareros presentaban la sopa, y luego la carne, y luego la ensalada, cómo servían el vino y, aunque no habría podido oírlos, cómo se contaban chistes y todos reían. Y no habría sido hasta después de que los invitados se hubieran levantado cuando ella, a esas alturas tan aterida de frío que apenas podría moverse y con los pies insensibilizados en esas viejas botas de combate remendadas con cinta aislante, habría visto a uno de los camareros salir a la Quinta Avenida para fumarse un pitillo y después desaparecer hacia la parte trasera de la casa y se habría dado cuenta de que había otra entrada para el servicio, y allá que se habría ido, habría hundido el timbre, habría dado el nombre de David y se habría negado a entrar en esa casa dorada.

Al verla, David supo que una parte de ella jamás lo perdonaría, no le perdonaría que —aunque sin querer— hubiera hecho que se sintiera incómoda, como una donnadie. Siguió inmóvil al otro lado de la puerta, vestido con el jersey y los pantalones que Charles le había comprado, las prendas más suaves que se había puesto nunca, y vio a Eden luciendo lo que ella denominaba su vestuario de gala —un abrigo de caballero de espiguilla de lana, muy desgastado y tan largo que rozaba el suelo; un traje marrón de una tienda de segunda mano con la tela brillante de tanto uso; una vieja corbata de comercial a rayas de color naranja y negro; un fedora echado para atrás que dejaba ver su rostro redondeado y anodino; el fino bigote que se dibujaba con un delineador de ojos sobre el labio superior para las ocasiones especiales—, y comprendió que al invitarla allí, al hacer que presenciara la vida que él llevaba en esa casa, le había arrebatado la diversión de ponerse esa ropa, de ser quien era. Él la apreciaba muchísimo, era su mejor amiga, era la única a quien le había contado la verdadera historia de lo que ocurrió con su padre. «Al que se meta contigo lo rajo», le decía Eden cuando cruzaban una zona peligrosa de Alphabet City o el Lower East Side, y él intentaba no sonreír, porque ella era un retaco, y tan regordeta y cosquillosa que la mera idea de verla cargando contra su atacante, navaja en mano, le provocaba una enorme sonrisa, pero también sabía que lo decía en serio: ella lo protegería, siempre, contra cualquiera. Sin embargo, al invitarla allí, él no le había ofrecido la misma protección. En su mundo, entre sus amigos, era Eden: brillante, ocurrente y singular. En el mundo de Charles, en cambio, sería la persona que veían los demás: una sinoamericana masculina, bajita y con sobrepeso, poco femenina, poco atractiva, sin ningún encanto, escandalosa, vestida con ropa barata de segunda mano y un bigote pintado con maquillaje, alguien a quien la gente ignoraba o de quien se reía, como sin duda habrían hecho los amigos de Charles, aunque se esforzaran por evitarlo. Y de pronto el mundo de Charles se había convertido también en el de él, por primera vez se había abierto una trinchera en su amistad y no había forma de que ella cruzara a su lado, ni forma de que él regresara al de ella.

Abrió la puerta y se acercó a Eden. Ella levantó la cabeza, lo vio y se miraron en silencio.

Eden, dijo él. Entra. Te estás congelando.

Pero ella negó con la cabeza.

—Ni lo sueñes.

Por favor. Hay té, o vino, o café, o sidra, o...

—No puedo quedarme —dijo. «Entonces ¿para qué has venido?», quiso preguntar David, pero no lo hizo—. Me esperan en otro sitio —añadió ella—, solo he pasado para darte esto. —Y le entregó un paquetito con formas irregulares envuelto en papel de periódico—. Ábrelo después —pidió, y él se lo guardó en el bolsillo del abrigo—. Será mejor que me vaya —dijo Eden.

Espera, dijo David, y corrió otra vez dentro, donde los camareros estaban acabando de envolver las sobras y de cubrir la montaña de chocolate con papel de aluminio. Se hizo con ella —Adams enarcó las cejas, pero no dijo nada— y bajó la escalera a todo correr, rodeándola con ambos brazos.

Toma, le dijo a Eden, y se la entregó. Es la montaña de chocolate.

David reparó en su sorpresa mientras ella se la acomodaba en los brazos al tiempo que se escoraba un poco a causa de su peso.

—Joder, David —dijo—. ¿Qué coño voy a hacer con esto? Él se encogió de hombros.

No lo sé, dijo. Pero es tuya.

—¿Cómo voy a llevármela a casa?

¿En taxi?

—No tengo dinero para pillar un taxi. Y no... —dijo cuando él metía ya una mano en el bolsillo—. No quiero que me des dinero, David.

No sé qué quieres que diga, Eden, repuso, y luego, como ella no contestó, añadió: Lo amo. Lo siento, pero es lo que hay. Lo amo.

Continuaron un rato allí de pie, callados, en el frío nocturno. Dentro se oía el pum-pum-pum de la música house que empezaba a sonar.

—Pues que te den, David —dijo Eden en voz baja, y se volvió y se marchó, cargando aún con la montaña de chocolate y barriendo el suelo tras ella con el dobladillo del abrigo de una forma que, por un momento, le confirió un aire majestuoso.

La siguió con la mirada hasta que dobló la esquina. Luego volvió a entrar en la casa y regresó al lado de Charles.

—¿Va todo bien? —preguntó este, y David asintió.

Después de eso, se apañaron como pudieron. Al día siguiente llamó a Eden a casa y habló con el contestador automático —el mensaje seguía siendo el que había grabado él—, pero ella no contestó y tampoco le devolvió la llamada. Estuvieron un mes entero sin hablar, y todas las tardes David se quedaba mirando su teléfono en Larsson, Wesley, intentando obligarlo mentalmente a que sonara para oír la voz ronca, áspera y seca de Eden al otro lado de la línea. Y entonces, por fin, una tarde de finales de enero, ella llamó.

—No pienso disculparme —le advirtió.

No espero que lo hagas, repuso él.

—No te vas a creer lo que me pasó en fin de año. ¿Te acuerdas de esa chica a la que me estaba tirando? ¿Theodora?

«Pues tú tampoco te vas a creer lo que me pasó a mí», podría haber dicho él, porque para entonces Charles ya lo había llevado de viaje sorpresa a Gstaad, era la primera vez que había salido del país, y allí había aprendido a esquiar y había comido una pizza cubierta con una lluvia de virutas de trufa, y una sopa aterciopelada a base de espárragos blancos triturados y nata, y Charles y él habían hecho un trío —el primero de David— con uno de los profesores de esquí, y durante unos días se había olvidado por completo de quién era. Pero no llegó a contárselo a Eden; quería que pensara que nada había cambiado, y ella, por su parte, también dejó que fingiese que lo creía.

Lo que tampoco le dijo nunca fue «gracias». Aquella noche, después de que se marcharan primero ella y luego los invitados, Charles y él subieron a su habitación.

—¿Está bien tu amiga? —preguntó Charles cuando se metieron en la cama.

Sí, mintió. Había entendido mal la hora. Lo siente mucho y se ha disculpado. Supo entonces que Eden y Charles jamás se conocerían, pero los modales eran importantes para Charles, y David quería que Eden, o al menos la idea de Eden, le cayera bien.

Charles se quedó dormido, pero él siguió despierto, pensando en ella. Y entonces recordó que le había dado algo, se levantó de la cama y bajó la escalera para buscar a tientas su abrigo, en el armario, y luego el paquetito duro. Lo había envuelto en una página de *The Village Voice* en la que se anunciaban acompañantes, su papel de regalo estándar, y luego lo había atado con cordel, así que tuvo que cortarlo con un cuchillo.

Dentro había una pequeña escultura de barro con dos figuras, dos hombres de pie, pegados uno frente al otro, dándose las manos. Eden había empezado a trabajar con arcilla apenas unos meses antes de que David se fuera del piso y, aunque las formas eran imperfectas, constató que había mejorado: las líneas eran más naturales, los contornos más seguros, las proporciones más refinadas. Pero la pieza seguía teniendo un aspecto de algún modo primitivo, transmitía realidad más que realismo, y también eso era intencionado: Eden intentaba repoblar el mundo con estatuillas como las que los saqueadores occidentales habían destruido a lo largo de los siglos. Examinó la obra con más atención y se dio cuenta de que los dos hombres pretendían ser Charles y él; Eden había reproducido el bigote de Charles con una serie de incisiones cortas en vertical, había captado los laterales muy rasurados de su pelo. En la base había dejado marcadas las iniciales de ellos dos y la fecha, y debajo de estas, sus propias iniciales.

A Eden no le gustaba Charles; por principio y porque le había quitado a su mejor amigo. Pero en aquella escultura los había reunido a los tres: Eden se había labrado un sitio en la vida de David y Charles.

Subió la escalera y regresó al dormitorio que compartía con Charles; fue al armario que compartía con Charles, metió la escultura dentro de un calcetín de deporte y lo escondió en el fondo del cajón de la ropa interior que compartía con Charles. Nunca se la enseñó, e Eden nunca preguntó por ella, pero años más tarde, cuando David se mudó de casa, la reencontró y la colocó en la repisa de la chimenea de su nuevo apartamento, de donde de vez en cuando la cogía y la sostenía en la mano. Durante su infancia, había pasado tantos años sintiéndose solo que, cuando empezó a salir con Charles, creyó que jamás volvería ni a estar ni a sentirse solo.

Se equivocaba, por supuesto. Con Charles continuó sintiéndose solo, y esa sensación se agudizó cuando él ya no estuvo. Era un sentimiento que nunca desaparecía. Pero aquella escultura era un recordatorio de otra cosa. Al fin y al cabo, no había estado solo antes de conocer a Charles; había pertenecido a Eden. Solo que no lo sabía.

Pero ella sí.

———

Los invitados se marcharon, los del catering se marcharon, y la casa quedó sumida en esa curiosa desolación que siempre se apoderaba de ella después de una fiesta: le habían requerido que rindiera con esplendor unas horas y de pronto regresaba a su anodina existencia habitual. Las Tres Hermanas, las últimas en marcharse, por fin se fueron con media docena de bolsas de papel llenas de recipientes de comida, John incluso ronroneó con deleite al recibirlas. También habían echado ya a Adams, aunque este, antes de irse, se inclinó formalmente ante Peter, y Peter inclinó la cabeza a su vez.

—Buena suerte, señor Peter —dijo con solemnidad—. Espero que tenga un buen viaje.

—Gracias, Adams —dijo Peter, quien solía llamarlo «señorita Adams» a sus espaldas—. Por todo. Has sido muy bueno conmigo estos años..., con todos nosotros. —Se estrecharon la mano.

—Buenas noches, Adams —dijo Charles, que estaba detrás de Peter—. Gracias por esta noche; ha salido todo perfecto, como de costumbre.

Y el mayordomo volvió a asentir con la cabeza y abandonó la sala de estar para ir a la cocina. Cuando los padres de Charles vivían y tenían cocinero a jornada completa, y ama de llaves a jornada completa, y doncella y chófer además de a Adams, se esperaba que todo el personal usara la puerta trasera para sus idas y venidas. Hacía mucho que Charles había revocado esa norma, pero de todas formas Adams seguía llegando y marchándose solo por la entrada de la cocina; al principio porque, según creía Charles, le incomodaba interrumpir una tradición tan antigua, pero últimamente porque estaba mayor, y la escalera de atrás tenía los peldaños más bajos, la huella más ancha.

Al verlo salir, David se preguntó, como hacía a veces, qué vida llevaría Adams fuera de allí. ¿Cómo vestía, con quién y cómo hablaba cuando no estaba en la casa de Charles, cuando no llevaba su traje, cuando no estaba sirviendo? ¿Qué hacía en su apartamento? ¿Qué aficiones tenía? Libraba los domingos, además del tercer lunes de cada mes, y tenía cinco semanas de vacaciones, dos de las cuales eran a primeros de enero, cuando Charles se iba a esquiar. Un día, David se lo preguntó a Charles y este le dijo que creía que Adams tenía una cabaña alquilada en Key West, y que se iba allí a pescar, pero no estaba seguro. Sabía muy poco de la vida de Adams. ¿Había estado casado? ¿Tenía novio, o novia? ¿Había tenido pareja alguna vez? ¿Y amigos? En los primeros tiempos de su relación, cuando todavía estaba acostumbrándose a la presencia de Adams, David le había preguntado a Charles todas esas cosas, y este, abochornado, se había reído.

—Es horrible —dijo—, pero no sé responder a ninguna de esas preguntas.

¿Cómo puede ser?, repuso él antes de caer en la cuenta de lo que estaba diciendo, aunque Charles no se ofendió.

—Es difícil de explicar —repuso—, pero hay personas en tu vida... sobre las que simplemente es mucho más sencillo no saber demasiado.

Se preguntó entonces si él era una de esas personas en la vida de Charles, alguien cuyo atractivo no solo quedaría malogrado por las complicaciones de su historia, sino que había sido elegido porque parecía carecer de historia alguna. Sabía que a Charles no le asustaban las vidas difíciles, pero quizá David le había resultado atractivo por parecer tan simple, alguien sin marcar aún por la edad ni la experiencia. Sin madre, sin padre, un año en la facultad de Derecho, una infancia vivida lejos de allí y en el seno de una familia de clase media, guapo pero sin llegar a intimidar, listo pero sin destacar especialmente por ello, alguien que tenía preferencias y deseos, pero no tan inamovibles para no estar dispuesto a acomodarse a los de Charles. Veía que, para Charles, él estaba definido por sus ausencias: de secretos, de exnovios problemáticos, de enfermedades, de pasado.

Luego estaba Peter: alguien a quien Charles conocía íntimamente y que, a su vez, tal como David empezaba a comprender de manera tardía, sabía más sobre Charles de lo que él sabría jamás. Por mucho que siguiera con él, por mucho que llegara a aprender de él, Peter siempre tendría un poco más de Charles; no solo años, sino épocas. Lo había conocido de niño, y de joven, y de hombre de mediana edad. Le había dado su primer beso, su primera mamada, su primer cigarrillo, su primera cerveza, su primera ruptura. Juntos habían aprendido todo lo que les gustaba: qué comida, qué libros, qué obras teatrales, qué arte, qué ideas, qué personas. Había conocido a Charles antes de que se convirtiera en Charles, cuando solo era un chico robusto y atlético por quien Peter se sintió atraído. David, aunque demasiado tarde, después de meses luchando por encontrar la forma de hablar con Peter, cayó en la cuenta de que podría y debería haberle preguntado simplemente por la persona que compartían: por quién había sido, por la vida que había llevado antes de que David entrara en ella. Tal vez Charles no mostrara curiosidad por David, pero David adolecía de esa misma falta de curiosidad; cada uno quería que el otro existiera solo tal como él lo vivía en ese momento, como si ambos carecieran de suficiente imaginación para ver al otro en un contexto diferente.

Pero ¿y si los obligaban? ¿Y si la Tierra se desplazara en el espacio, solo dos o tres centímetros, pero lo suficiente para redibujar por completo su mundo, su país, su ciudad, a ellos mismos? ¿Y si Manhattan fuese una isla inundada, cruzada de ríos y canales, y la gente se desplazara en canoas de madera e izara redes de ostras de las aguas turbias de debajo de su casa, que se sostendría sobre pilotes? O ¿y si vivieran en una metrópoli resplandeciente, sin árboles, recubierta por completo de escarcha; en edificios hechos de bloques de hielo apilados, y montaran sobre osos polares y tuvieran por animales de compañía a focas, contra cuyos flancos bamboleantes se acurrucarían por las noches en busca de calor? ¿Se reconocerían al cruzarse en botes diferentes, o avanzando por la nieve crujiente, con prisa por sentarse frente al fuego que los aguardaría en casa?

O ¿y si Nueva York fuera tal cual, pero sin que ningún conocido suyo estuviera muriéndose, o hubiera muerto, y la fiesta de esa noche hubiera sido una reunión de amigos como cualquier otra, y no hubieran tenido la presión de decir nada inteligente, nada definitivo, porque aún les quedaban cientos de cenas más, miles de noches más, decenas de años más para descubrir lo que deseaban decirse? ¿Seguirían estando juntos en ese mundo donde no había necesidad de aferrarse al otro a causa del miedo, donde sus conocimientos sobre la neumonía, el cáncer, las infecciones fúngicas, la ceguera serían confusos, inútiles, ridículos?

O ¿y si, en ese desplazamiento planetario, se veían empujados un poco hacia el oeste y otro poco hacia el sur y recuperaban la conciencia en un lugar completamente diferente, en Hawai'i, y en ese Hawai'i, ese otro Hawai'i, Lipo-wao-nahele, el lugar al que su padre se había retirado hacía tanto tiempo, no tenía razón de ser porque lo que habían intentado evocar allí era, de hecho, real? ¿Y si ese Hawai'i, las islas, seguían siendo un reino, no parte de Estados Unidos, y su padre fuera el rey, y él, David, el príncipe heredero? ¿Seguirían habiéndose conocido? ¿Seguirían habiéndose enamorado? ¿Seguiría David necesitando a Charles? Allí, él sería el más poderoso de los dos; ya no necesitaría la magnanimidad de otro, la protección de otro, la educación de otro. ¿Qué significaría Charles para él allí? ¿David seguiría encontrando algo que lo atrajera en él? Y su padre... ¿quién sería? ¿Alguien más seguro, más resuelto, menos asustado, menos perdido? ¿Seguiría necesitando a Edward para algo? ¿O Edward no sería más que una mota de polvo, un sirviente, un funcionario anónimo junto al que su padre pasaría, sin reparar en él, de camino a su despacho para firmar documentos y tratados, su hermoso rostro encendido mientras recorría descalzo unos suelos relucientes cuya madera pulirían todas las mañanas con aceite de macadamia?

Jamás lo sabría. Porque, en el mundo donde vivían, su padre y él solo eran quienes eran: dos hombres, y ambos habían buscado el auxilio de otro, alguien de quien cada uno esperaba que lo salvara de su vida insignificante. Su padre había escogido mal. David no. Pero al final ambos habían sido dependientes, personas decepcionadas con su pasado y temerosas de su presente.

Se volvió y vio que Charles le ponía a Peter una bufanda. Estaban callados, y David, como muchas otras veces cuando los miraba —aunque esa noche con más intensidad que nunca—, se sintió un intruso, alguien que no tenía derecho a presenciar su intimidad. No se movió, pero no hacía falta; se habían olvidado de que estaba ahí. En un principio, Peter había pensado pasar la noche en la casa con Charles, pero el día anterior decidió no hacerlo. Llamaron a su enfermero, que iría con un ayudante para recogerlo y acompañarlo a casa.

Había llegado la hora de despedirse.

—Dadme un segundo —dijo Charles con voz estrangulada.

Salió de la habitación, y ambos oyeron que subía corriendo la escalera.

Así que David se quedó a solas con Peter. Peter estaba en la silla de ruedas, enterrado bajo el abrigo y el sombrero; la parte superior e inferior de su cara quedaba medio oculta entre capas de lana, como si no estuviera muriéndose sino mutando, como si la lana estuviera invadiéndolo a modo de nueva piel y lo convirtiera en algo acogedor y suave: un sofá, un cojín, una madeja de hilo. Charles había estado hablando con él sentado en el sofá, y la silla de Peter seguía orientada hacia lo que ahora era un sitio vacío en una sala vacía.

David se acercó al sofá y ocupó el lugar de Charles; notó que los cojines seguían cálidos. Charles le había sostenido las manos a Peter, pero él no lo hizo. Y aun así... Aun así, pese a que Peter lo miraba fijamente, no se le ocurrió nada que decirle, nada que no fuese imposible decir. Tendría que ser Peter el primero en hablar, cosa que por fin hizo, y David se inclinó hacia él para oírlo mejor.

—David.

Sí.

—Cuida de mi Charles. ¿Me harás ese favor?

Sí, prometió, aliviado al ver que no le pedía nada más y que no había aprovechado la oportunidad para soltarle algún comentario devastador, alguna verdad sobre sí mismo que David jamás sería capaz de olvidar. Por supuesto que lo haré.

Peter resopló débilmente.

—Seguro que sí —murmuró.

Lo haré, insistió con fiereza. Sí que lo haré. Era importante que Peter lo creyera. Pero David no había acabado aún de prometérselo y Peter ya había vuelto la cabeza al oír entrar a Charles, y alargó los brazos hacia su amigo con un gesto tan infantil, tan amoroso, que, a partir de ese momento, David sería incapaz de imaginar a Peter de ninguna otra forma: los brazos abiertos y vacíos, abrigado como un niño pequeño listo para salir a jugar en la nieve, y caminando hacia ellos, para llenarlos con su presencia, Charles, con el rostro descompuesto, mirando solo a Peter, como si no existiera nadie más en el mundo.

Esa noche estaban tumbados en la cama, Charles y él, sin tocarse, sin hablar, tan absolutamente ensimismados que, si alguien los hubiera visto, los habría tomado por dos desconocidos.

Peter se había marchado, su enfermero y el ayudante bajaron la silla a pulso por los escalones de la entrada, acompañados por Charles y David, y metieron a Peter en un coche que Charles le había pedido. Luego el coche arrancó para llevarlo de vuelta a su cálido y abarrotado apartamento, en la segunda planta de una vieja casa de Bethune Street, cerca del río, con una escalera que se caía a pedazos y una fachada de ladrillo pintado, mientras Charles y David permanecían en la acera, al frío de la noche. Él siempre había sabido que el final de la velada marcaría el final de Peter en sus vidas —en la vida de Charles—, y ahora que había sucedido de verdad le resultaba demasiado abrupto, demasiado breve, como de cuento: un reloj anunciaba la medianoche, el mundo quedaba sumido en una niebla gris y las posibles vidas compartidas se disolvían en la nada.

Permanecieron allí de pie, juntos, hasta un buen rato después de perder el coche de vista. No era tan tarde, pero el frío invitaba a quedarse en casa, y solo unos cuantos rezagados, embozados de negro, pasaron por delante ellos. Al otro lado de la calle, el parque relucía cubierto de nieve. Al final, David tomó a Charles del brazo.

Hace frío, dijo. Volvamos dentro.

—Sí —accedió Charles, casi sin voz.

Una vez en la casa, apagaron las luces de la sala de estar, Charles comprobó que la puerta trasera estuviera bien cerrada, como siempre, y luego subieron a su habitación, se desvistieron, se vistieron y se cepillaron los dientes en silencio.

Alrededor, la noche se espesaba e iba asentándose. Por fin, después de quizá una hora, David oyó que la respiración de Charles empezaba a cambiar, se volvía más lenta y profunda, y fue entonces cuando se levantó de la cama y fue con sigilo al armario, donde sacó la carta de su bolsa antes de bajar sin hacer ruido a la planta baja.

Estuvo un rato sentado en el sofá de la sala, a oscuras, asiendo el sobre con ambas manos. No quería que llegara ese momento a partir del cual ya no podría seguir fingiendo ni alegando ignorancia. Sin embargo, acabó encendiendo la lamparita, sacó la hoja de papel y leyó lo que decía.

Despertó al oír que lo llamaban, con la mano de Charles en su mejilla, y cuando abrió los ojos, por la claridad de la luz que inundaba la estancia, supo que volvía a nevar. Ante él, en la otomana, estaba sentado Charles, que llevaba el batín y lo que ellos llamaban su pijama de viejo, de algodón a rayas azules y con sus iniciales bordadas en negro en el bolsillo del pecho. Charles nunca bajaba hasta haberse peinado, pero tenía todo el pelo alborotado, y David le vio el blanco cuero cabelludo de la coronilla, donde había empezado a ralear.

—Se ha ido —dijo.

Oh, Charles, repuso él. ¿Cuándo?

—Hará una hora. Me ha llamado su enfermero. Me he despertado, he mirado a mi lado y no estabas... —Quiso disculparse, pero Charles le puso una mano en el brazo para acallarlo—. Me he desorientado. Por un momento no sabía dónde me encontraba, pero entonces lo he recordado: me encontraba en mi casa, era el día después de la fiesta y estaba esperando esa llamada... Sabía quién sería. Solo que creía que llamarían mañana, no hoy. Pero no ha sido así; ni siquiera ha llegado al aeropuerto.

»Por eso no he contestado. ¿No has oído el teléfono? Me he quedado tumbado, escuchando cómo sonaba y sonaba sin parar: seis, diez, veinte veces... Anoche apagué el contestador automático. Sonaba muy fuerte. Qué ruido tan insistente..., tan grosero; nunca me había fijado. Por fin ha parado, y me he sentado en el borde de la cama y he aguzado el oído.

»En ese momento me he descubierto pensando en mi hermano. Ah, claro..., no lo sabes. Bueno, cuando yo tenía cinco años, mi madre dio a luz a otro niño. Mi hermano, Morgan. Durante años, mi padre y ella intentaron tener más hijos, según supe después. Diez semanas antes de que saliera de cuentas, se puso de parto.

»Por aquel entonces, debió de ser sobre 1943, no se podía hacer nada por un bebé tan prematuro: no existían los cuidados neonatales, las incubadoras estaban a años luz de las de hoy en día. Que naciera vivo ya fue un milagro. El médico les dijo a mis padres que no le daba más de cuarenta y ocho horas.

»A mí nadie me contó nada, por supuesto. En la actualidad, me asombra la cantidad de información que los padres comparten con sus hijos, información que esos niños todavía no están preparados para comprender. Cuando era pequeño, no me enteraba absolutamente de nada, y la gente que cuidaba de mí tenía el cometido de que así siguiera siendo. Lo que sabía lo iba reuniendo a partir de susurros y conversaciones oídas a hurtadillas. Y sin embargo, no recuerdo que me sintiera frustrado; jamás había considerado que las vidas de mis padres formaran parte de la mía. Mi mundo era la tercera planta, con mis juguetes y mis libros. Mis padres eran visitantes; los únicos adultos que tenían un lugar allí eran mi niñera y mi tutor.

»Pero hasta yo sabía que ocurría algo. Lo supe por cómo susurraban los adultos en el pasillo y se callaban al verme; por cómo incluso mi niñera, que me quería, parecía distraída, y por la forma en que miraba la puerta cuando la criada entraba con mi comida, cómo enarcaba las cejas en una pregunta muda, cómo tensaba la boca al ver que la chica negaba con la cabeza en respuesta. Abajo, todo estaba en silencio. El servicio (aquello fue mucho antes de Adams) hablaba en murmullos, y durante tres días me fui a la cama sin que me llevaran a la planta baja para darles antes las buenas noches a mis padres.

»Al cuarto día de que las cosas siguieran igual, decidí que bajaría a hurtadillas y descubriría qué estaba pasando. Así que, cuando la niñera se asomó esa noche a mi habitación, fingí estar dormido y luego esperé y esperé, hasta que oí a la última criada subir a su cuarto. Entonces me levanté de la cama y me dirigí de puntillas a la de mis padres. Por el camino vi una luz tenue, de velas, procedente del salón que había junto a su dormitorio, y al ver esa luz oí también un sonido extraño y apagado que no logré identificar. Me acerqué al salón, con sigilo. Fui con mucho cuidado, sin hacer ruido. Por fin llegué a la puerta, que estaba entornada, y eché un vistazo.

»Vi a mi madre, sentada en una silla. Tenía una vela en la mesa, a su lado, y sostenía a mi hermano en brazos. Recuerdo que más tarde pensé que estaba preciosa. Su melena larga y pelirroja, que siempre se recogía con horquillas, en aquel momento le caía como un velo, y llevaba una bata de seda de color lila y un camisón blanco debajo; iba descalza. Nunca había visto a mi madre de esa forma. Nunca había visto a mis padres de ninguna otra forma más que como ellos querían que los viera: completamente vestidos, capaces, competentes.

»Acunaba al bebé con el brazo izquierdo y en la mano derecha sostenía un instrumento extraño, una semiesfera de cristal translúcido que colocaba sobre la boca y la nariz del niño, y luego apretaba una perilla de goma que llevaba sujeta. Ese era el ruido que había oído, la perilla de goma silbando al llenarse y vaciarse de aire, un aire que mi madre insuflaba a Morgan. Mantenía un ritmo constante, no se apresuraba: ni muy deprisa ni mucha cantidad. Cada diez aplicaciones más o menos, se detenía un segundo y podía oírse, muy tenue, la respiración del bebé, casi en silencio.

»No sé cuánto tiempo estuve allí, observándola. No levantó la mirada. La expresión de su cara..., no sé cómo describirla. No parecía desconsolada, ni apenada, ni desesperada. No parecía... nada. Pero tampoco resultaba inexpresiva. Atenta, supongo. Como si en su vida no existiera nada más, ni pasado ni presente, ni marido ni hijo ni casa, como si ella solo estuviera allí para intentar bombear aire en los pulmones de su bebé.

»No funcionó, claro. Morgan murió al día siguiente. La niñera me lo contó por fin: que había tenido un hermanito, y que había nacido con los pulmones defectuosos y había muerto, y que yo no debía entristecerme porque ahora estaba con Dios. Más adelante, cuando mi madre yacía en su lecho de muerte, supe que mis padres habían discutido; que mi padre no estuvo de acuerdo con los intentos de mi madre, que le había prohibido usar ese aparato. No sé de dónde lo sacaría. Tampoco sé si ella llegó a perdonarlo nunca: por su falta de fe, por querer disuadirla de intentarlo. Mi padre, según supe, ni siquiera había querido que mi hermano saliera del hospital, y cuando mi madre se empeñó en llevárselo a casa (donaban tanto a la institución que nadie se vio capaz de negarle nada) a él también le pareció mal.

»Mi madre no era una mujer sentimental. Nunca hablaba de Morgan; tras su muerte consiguió recuperarse. A lo largo de las décadas fundó organizaciones benéficas, celebró cenas, montó a caballo y pintó, leyó y coleccionó libros raros, trabajó como voluntaria en un hogar para jóvenes madres solteras; trató de darnos una buena vida a mi padre y a mí en esta casa.

»Jamás creí que me pareciera a ella, y ella tampoco. "Eres igual que tu padre", me decía a veces, y siempre sonaba un poco compungida. Tenía razón: nunca fui de esos gais que sienten afinidad con sus madres. Salvo por el hecho de que no hablábamos de mis inclinaciones amorosas, sí me sentía más cercano a mi padre. Durante mucho tiempo logré fingir que nunca hablábamos de quién era yo, o de esa parte de quien era, porque teníamos muchas otras cosas que comentar. El derecho, por ejemplo. Los negocios. O las biografías, que a ambos nos gustaba leer. Para cuando dejé de fingir, él ya había muerto.

»Últimamente, sin embargo, he estado pensando cada vez más en aquella noche. Me pregunto si en realidad no me pareceré a ella más de lo que creía. Me pregunto quién sostendrá esa pequeña bomba de aire cuando llegue mi hora. No porque esa persona crea que ese chisme va a revivirme, o a salvarme. Sino porque desee intentarlo.

»Estaba ahí sentado, pensando en todo esto, cuando ha vuelto a sonar el teléfono. En esta ocasión me he levantado a contestar. Era el nuevo enfermero de día de Peter, un tipo agradable. Lo he visto varias veces. Me ha dicho que había muerto, que lo había hecho en paz, y que me acompañaba en el sentimiento. Y entonces he colgado y he bajado a buscarte.

Se quedó callado, y David comprendió que ese era el final de la historia. Mientras hablaba, Charles había estado mirando por la ventana, convertida en una pantalla blanca, pero entonces se volvió de nuevo hacia David, que se recostó contra los cojines del sofá y le hizo una señal a Charles, que se tumbó a su lado.

Permanecieron en silencio un buen rato, y aunque David pensó en muchas cosas sobre todo se detuvo en lo bonito que era ese momento: estar tumbado junto a Charles en una habitación cálida mientras fuera nevaba. Pensó que debería decirle que él le sostendría la bomba de aire, pero no fue capaz. Deseaba ofrecerle algo, una décima parte del consuelo que Charles le había brindado a él, pero no fue capaz. Mucho después desearía, una y otra vez, haber dicho algo, lo que fuera, por torpe que hubiera resultado. En esos años, el miedo —a quedar en ridículo, a ser inoportuno— le impedía mostrar la generosidad que debería, y no fue hasta que hubo acumulado un arrepentimiento tras otro cuando aprendió que el consuelo que debería haber dado podría haber adoptado cualquier forma, que lo importante era el hecho de ofrecerlo.

—He bajado —dijo Charles, al cabo—. He bajado aquí y te he encontrado. Y... —respiró hondo— y estabas dormido, con una carta en el pecho, bajo la mano. Y... te la he quitado y la he leído. No sé por qué. Lo siento, David. —Guardó silencio—. Y siento mucho lo que dice. ¿Por qué no me lo habías contado?

No lo sé, respondió por fin. Pero no le molestaba que Charles hubiera leído su carta. Se sintió aliviado: porque Charles ya lo sabía, porque la resolución de Charles, una vez más, le había facilitado una tarea complicada.

—O sea, que... tu padre... Sigue vivo.

Apenas, dijo. De momento.

—Ya. Y tu abuela quiere que vayas a verlo.

Sí.

—Y ese sitio donde vivía...

No era lo que piensas, interrumpió a Charles. Bueno, sí.

Pero no lo era. ¿Cómo podía explicárselo? ¿Cómo hacérselo entender? ¿Cómo lograr que Lipo-wao-nahele pareciera algo diferente, algo mejor, algo más cuerdo de lo que había sido? No un disparate, no una fantasía, no una imposibilidad, sino algo en lo que su padre (e incluso él) había creído una vez, en lo que había depositado todas sus esperanzas, un lugar donde la historia no significaba nada, un lugar que por fin sería su hogar, un lugar al que su padre había acudido con tanta expectación como miedo. No podía. Su abuela nunca lo había entendido; seguro que Charles tampoco lo haría.

No puedo explicarlo, dijo al final. No lo entenderías.

—Ponme a prueba —repuso Charles.

Bueno, a lo mejor, dijo él, aunque ya sabía que se lo contaría. Charles siempre sabía cómo ayudar a todo el mundo..., ¿y si también sabía cómo ayudarlo a él? ¿De qué servía amarlo, y que él lo amara, si no lo intentaba al menos?

Pero antes tenía que comer algo; estaba hambriento. Se levantó como pudo del sofá, le tendió una mano a Charles y, mientras se dirigían a la cocina, volvió a pensar en su padre. No en su padre en el centro en que vivía ahora; no en su padre los últimos días de su época en Lipo-wao-nahele, con la mirada vacía, la cara embadurnada de mugre; sino en su padre cuando vivían juntos en su casa, cuando David tenía cuatro, cinco, seis, siete, ocho, nueve años, cuando eran un padre y un hijo, y él nunca había tenido que plantearse nada más allá de que su padre siempre cuidaría de él, o al menos que siempre lo intentaría, porque así se lo había prometido, porque sabía que su padre lo quería y porque así debía ser. Pérdidas y más pérdidas... Había perdido tantas cosas. ¿Cómo podría volver a sentirse completo algún día? ¿Cómo compensaría todos esos años? ¿Cómo podría perdonar? ¿Cómo podría ser perdonado?

—Veamos —dijo Charles cuando ya estaban en la cocina, juntos, estudiando sus opciones. En la encimera había una hogaza de masa madre envuelta en papel marrón que Adams les había apartado, y Charles cortó una rebanada para cada uno y levantó la suya en alto—: Por tu padre —anunció.

Por Peter, repuso él.

—Un brindis de Año Nuevo por adelantado y con mucha miga —bromeó Charles—: Ya solo faltan seis años para el siglo veintiuno.

Entrechocaron sus rebanadas con solemnidad y comieron. Detrás de ellos, las ventanas traqueteaban debido al viento, pero ellos no lo notaban; la casa estaba muy bien construida.

—Veamos qué nos ha guardado Adams —dijo Charles al terminar la rebanada, y abrió la nevera, sacó un bote de mayonesa, un recipiente con ternera fría, un bote de mostaza y una cuña de queso—. Jarlsberg —dijo, y casi para sí añadió—: El preferido de Peter.

David rodeó a Charles con los brazos, Charles se apoyó en él y por un momento guardaron silencio. Fue entonces cuando tuvo la repentina visión de ellos dos muchos años después, en un tiempo futuro sin determinar. Fuera, el mundo había cambiado: las calles estaban invadidas por las malas hierbas, los adoquines del patio habían desaparecido bajo la cortadera, el cielo era de un verde viscoso y una criatura con alas palmeadas y correosas los sobrevolaba. Un coche avanzaba echando humo hacia el sur por la Quinta Avenida, flotando a varios centímetros del suelo y expulsando un aire sibilante. El garaje se hallaba en ruinas: tenía los ladrillos reblandecidos y quebradizos y estaba medio derruido, y en mitad de los escombros, abriéndose camino a través del tejado derrumbado, crecía un mango igual que el que tenían en el jardín delantero de la casa paterna, con las ramas rebosantes de frutos. Si no era el final definitivo de todo, se le parecía; la fruta era demasiado tóxica para comerla, el coche no tenía ventanas, el aire centelleaba a causa de un humo oleoso, la criatura se había posado en lo alto del edificio de enfrente con las garras aferradas al pretil; sus ojos negros buscaban algo sobre lo que abalanzarse para devorarlo.

Dentro, sin embargo, Charles y él seguían siendo de algún modo ellos mismos: seguían estando sanos, seguían viviendo allí, seguían inexplicablemente iguales. Eran dos personas enamoradas preparándose algo de comer, y tenían muchísima comida, y mientras permanecieran allí dentro, juntos, nada malo podría sucederles. A su derecha, al fondo de la cocina, había una puerta, y si la abrían y la cruzaban, se encontrarían en una réplica de su casa, solo que en esa estaría Peter, vivo, sarcástico e intimidante, y en la casa de la derecha de la de Peter estarían John, Timothy y Percy, y en la casa de la derecha de la de ellos, Eden y Teddy, y así más y más casas, en una cadena continua, habitadas por las personas a quienes amaban, resucitadas y restablecidas, una eternidad de comidas y conversaciones y discusiones y perdones. Juntos atravesarían esas casas, abrirían esas puertas, saludarían a sus amigos y luego cerrarían tras ellos hasta que, al final, llegarían a la que de algún modo sabrían que era la última puerta. Y allí se detendrían un momento, apretando el uno la mano del otro, antes de girar el pomo y entrar en una cocina igual que la suya, con las mismas paredes verde jade, la misma porcelana de bordes dorados en los armarios, los mismos grabados enmarcados en las paredes, los mismos paños de hilo fino colgados en los mismos ganchos de fresno labrado, pero en la que crecería un mango cuyas hojas rozaban el techo.

Y allí, esperando pacientemente sentado en una silla, estaría su padre, y cuando viera a David se levantaría de un salto, con el rostro iluminado, y exclamaría con alegría:

—¡Mi Kawika! ¡Has venido a por mí! ¡Al fin has venido a buscarme!

Y David no dudaría, sino que echaría a correr hacia él, mientras Charles se quedaba atrás, sonriente, contemplando su reunión definitiva, un padre y un hijo que se encontraban por fin.

Parte II

Hijo mío, mi Kawika... ¿Qué estarás haciendo hoy? Sé dónde estás porque me lo dijo mi madre: en Nueva York. Pero en qué parte de Nueva York, me pregunto. ¿Y qué haces allí? Me dijo que trabajabas en un bufete, aunque no eres abogado, pero no creas que por eso estoy menos orgulloso de ti. Una vez estuve en Nueva York, ¿lo sabías? Sí, es verdad: tu padre guarda algunos secretos.

Pienso en ti a menudo. Cuando estoy despierto, pero también cuando estoy dormido. Todos mis sueños son sobre ti de una forma o de otra. A veces sueño con la época de antes de ir a Lipo-wao-nahele, cuando vivíamos los dos en la casa de tu abuela y solíamos pasear juntos a medianoche. ¿Te acuerdas de eso? Yo te despertaba y salíamos a hurtadillas. Subíamos por Oʻahu Avenue hasta East Manoa Road, y luego por Mohala Way, porque una de las casas de allí tenía en el jardín delantero un arbusto de campanas que te fascinaba, ¿te acuerdas de eso? Tenía unas flores de un amarillo pálido, del color del marfil, que crecían boca abajo y parecían el pabellón de una corneta. Al menos eso decía la gente. A ti no te lo parecía, en cambio. «El árbol de tulipanes al revés», solías llamarlo, y a partir de entonces ya nunca pude verlo de ninguna otra forma. Luego bajábamos por Lipioma Way hasta Beckwith, y luego por Manoa Road, y luego llegábamos a casa. Es gracioso: con la cantidad de cosas que me asustaban, jamás tuve miedo de la oscuridad. En la oscuridad, todo el mundo estaba indefenso, y saber eso, que yo era igual que los demás, y no menos, me hacía sentir valiente.

Me encantaban esos paseos nuestros. Creo que a ti también. Tuvimos que dejarlos cuando le hablaste de ellos a tu maestra; te quedabas dormido en clase, y la maestra te preguntó por qué, y le dijiste que era por nuestros paseos nocturnos, y tu maestra me llamó para que fuera a verla y me riñó.

—Está en edad de crecimiento, señor Bingham —me dijo—, y necesita dormir. No puede andar despertándolo en plena noche para salir a pasear.

Me sentí tonto, pero fue amable conmigo. Podría habérselo contado a tu abuela, y no lo hizo.

—Solo quiero pasar más tiempo con él —le dije a la maestra, y ella me miró de esa forma en que solía mirarme la gente y que me hacía comprender que había dicho algo malo, algo raro, pero al final asintió con la cabeza.

—Usted quiere a su hijo, señor Bingham —dijo—, y eso es maravilloso. Pero si lo quiere de verdad, deje que duerma.

Sentí vergüenza porque tenía razón, claro: solo eras un niño. No tenía derecho a despertarte y sacarte de la cama. La primera vez que lo hice, estabas desconcertado, pero luego te acostumbraste y lo esperabas, te frotabas los ojos y bostezabas, pero nunca te quejabas; te ponías las zapatillas, me dabas la mano y me acompañabas por el camino. Nunca tuve que pedirte que no se lo contaras a tu abuela; ya sabías que no debías. Más adelante, le conté a Edward que había tenido problemas con la maestra, y por qué.

—Mira que eres tonto —me soltó, pero de una forma que yo sabía que no era enfado, solo frustración—. Podrían haber llamado a Protección de la Infancia y haberte quitado a Kawika.

—¿De verdad? —pregunté. Era lo peor que podía imaginar.

—Claro que sí —me dijo—. Pero no te preocupes. Cuando vayamos a Lipo-wao-nahele, criarás a Kawika como tú quieras y nadie podrá decirte nada.

¿De qué más te acuerdas? Lo único que puedo hacer ahora es recordar. Veo, un poco, pero solo luz y oscuridad. ¿Te acuerdas de cuando íbamos al cementerio chino y nos sentábamos cerca del samán que crecía en lo alto de la colina? Nos tumbábamos directamente en la hierba, con la cara hacia el sol. «No abras los ojos», te decía yo, pero aunque los cerráramos, seguíamos viendo un campo de color naranja con pequeñas motas negras revoloteando por él como moscas. Después de que te explicara cómo funcionaba la vista, me preguntaste si estabas viendo la parte de atrás del ojo, y yo te dije que a lo mejor sí. El caso es que me pasa como entonces: veo colores y esas motas, pero no mucho más. Cuando me sacan al exterior, sin embargo, antes me ponen gafas de sol. Eso es porque, según un médico de aquí, aún debería poder ver; a mis ojos en sí no les pasa nada malo, de manera que tienen que protegerlos. Hasta hace poco, tu abuela solía traerme fotografías tuyas y las sostenía delante de mí, tan cerca que el papel me hacía cosquillas en la nariz.

—Míralo, Wika —decía—. Que lo mires. Ya vale de esta tontería. ¿No quieres ver fotos de tu hijo?

Claro que quería, y lo intentaba, me esforzaba mucho, pero nunca pude ver más que la silueta del cuadrado de papel, y quizá el contorno oscuro de tu pelo. Aunque tal vez lo me que enseñaba no fuera una fotografía tuya. Podría haber sido la foto de un gato, o de una seta. No apreciaba la diferencia. A lo que voy es a que nunca veo nada nuevo; todo lo que veo ya lo he visto antes.

Sin embargo, aunque no veo, sí que oigo. A la mayor parte de lo que oigo no le encuentro mucho sentido, no porque no lo entienda, o no exactamente, sino porque me duermo tan a menudo que me cuesta distinguir entre lo que oigo y lo que imagino. A veces, cuando intento diferenciar lo uno de lo otro, vuelvo a quedarme dormido, y cuando despierto estoy más confundido aún... Suponiendo que pueda recordar lo que intentaba entender antes de dormirme, a esas alturas ya no sé si de verdad he oído lo que creo haber oído o si han sido alucinaciones. Eso de que tú estás en Nueva York, por ejemplo: me desperté con la intensa certeza de que vivías allí. Pero ¿de verdad vivías allí? ¿Me lo había contado alguien o me lo había inventado? Le di vueltas y más vueltas, me esforcé tanto que me oí empezar a gimotear de frustración y confusión, y entonces alguien entró en mi habitación y caí inconsciente. Al despertar otra vez, solo recordaba que había estado inquieto, y no fue hasta más tarde cuando recordé el porqué. No tenía forma de preguntar si estabas en Nueva York o no, claro, así que hube de aguardar hasta que alguien —tu abuela— viniera a visitarme de nuevo y esperar que te mencionara. Y al final sí que vino, y dijo que había recibido una carta tuya y que hacía calor en Nueva York, hacía calor y llovía mucho, y que me deseabas que mejorara. Supongo que ahora te preguntarás cómo sabía que eso estaba sucediendo de verdad, que no estaba soñándolo, y la respuesta es porque aquel día olí las flores que llevaba tu abuela. ¿Te acuerdas de que, cuando la enredadera de pakalana estaba en flor, ella te enviaba a un lado de la casa a recoger unos cuantos racimos, y entonces se los ponía en ese pequeño broche de plata que tenía, uno con forma de jarroncito en el que hasta podías meter unas cuantas flores? Así supe que era real, y también que era verano, porque la pakalana solo florece en verano. También por eso, cada vez que pienso en ti, y en Nueva York, huelo a pakalana.

No sé cuánto tiempo llevas fuera. Creo que debe de ser mucho. Años. Quizá incluso una década. Pero entonces me doy cuenta de que, si eso es así, quiere decir que también yo llevo aquí, en este sitio, años, quizá incluso una década. Y entonces me oigo empezar a gemir, cada vez más alto, me pongo a golpear con los brazos y las piernas y me meo encima, y oigo que se acercan corriendo, y a veces oigo que me llaman por mi nombre: «Wika, Wika, tienes que calmarte. Tienes que calmarte, Wika». Wika: solo me llaman Wika. Aquí nadie me llama señor Bingham a menos que tu abuela esté de visita. Pero no pasa nada. Nunca me sentí a gusto cuando me llamaban señor Bingham.

Sin embargo, no puedo calmarme, porque ahora comprendo que jamás lograré salir de aquí, que he pasado mi vida —toda mi vida— en lugares de los que no he podido escapar: la casa de tu abuela, Lipo-wao-nahele y ahora esto. Esta isla. Nunca conseguí dejarla. Pero tú sí. Tú te fuiste.

Así que sigo gritando como buenamente puedo, aparto sus manos a tortazos, aúllo cada vez que intentan tranquilizarme y no paro hasta que noto cómo la medicación entra en mis venas y me calienta el cuerpo, me calma el corazón, me devuelve al reino del olvido.

Quiero hablar contigo, hijo mío, mi Kawika, aunque sé que tú nunca me oirás, porque jamás seré capaz de decirte nada de esto en voz alta, ya no. Aun así, quiero hablar contigo de todo lo que ocurrió e intentar explicarte por qué hice lo que hice.

Nunca has venido a verme. Lo sé y, sin embargo, no lo sé. A veces soy capaz de fingir que sí has venido de visita, que solo estoy confundido. Pero sé que no. Ya no recuerdo cómo suena tu voz; no recuerdo cómo hueles. La imagen que tengo de ti es de cuando tenías quince años y te marchaste después de uno de nuestros fines de semana juntos, y no sabía —tal vez tú tampoco, tal vez todavía me querías un poquito por entonces, a pesar de todo— que no volvería a verte. Eso me entristece, claro. No solo por mí, también por ti. Porque tienes un padre que está vivo y a la vez no, y a la vez sigues siendo un hombre joven, y un joven necesita a su padre.

No puedo decirte exactamente dónde estoy porque no lo sé. A veces creo que debo de estar en el monte Tantalus, en el bosque que hay arriba del todo, porque hace fresco y llueve y hay mucho silencio, pero también podría estar en Nuʻuanu, o incluso en Manoa. Sé que no estoy en nuestra casa porque este sitio no huele como nuestra casa. Durante mucho tiempo pensé que estaba en un hospital, pero tampoco huele como un hospital. Aun así, hay médicos, enfermeras y celadores, y todos cuidan de mí.

Durante mucho tiempo no me levanté de la cama para nada, y luego empezaron a obligarme.

—Venga, Wika —me dijo una voz masculina—. Vamos, hermano.

Sentí una mano en la espalda que me ayudó a incorporarme, y luego cuatro manos en el cuerpo, dos alrededor de la cintura, que me levantaron y me sentaron de nuevo. Luego me empujaron, y noté que salíamos del edificio, noté el sol en el cuello. Una de las manos me inclinó la barbilla hacia arriba; cerré los ojos.

—Qué bien sienta, ¿eh, Wika? —dijo la voz.

Pero entonces me soltó la barbilla y la cabeza se me cayó otra vez hacia delante, sin fuerza. Ahora, cuando me sacan a dar una vuelta al edificio, o por el jardín, me atan algo alrededor de la frente para que la cabeza se quede en su sitio. A veces viene una mujer que me mueve los brazos y las piernas y habla conmigo. Me dobla y me estira cada extremidad, y luego me las frota antes de ponerme boca abajo y masajearme la espalda. Hubo un tiempo en el que eso me habría avergonzado, estar tumbado así, sin nada de ropa encima y con una extraña tocándome, pero ahora no me importa. Se llama Rosemary y me da masajes, habla de cómo le ha ido el día y de su familia: de su marido, que es contable; su hijo y su hija, que todavía están en primaria. De vez en cuando dice algo que me hace reparar en que ha pasado mucho tiempo, pero luego me hago un lío porque —otra vez— no sé si de verdad lo ha dicho o si me lo he inventado. ¿Cayó el muro de Berlín, o no? ¿Tenemos ahora colonias en Marte, o no? ¿Al final Edward se salió con la suya y han restaurado la monarquía, a mí me han erigido rey de las islas hawaianas y mi madre es la reina regente, o no? Una vez dijo algo sobre ti, sobre mi hijo, y me inquieté y tuvo que apretar el timbre para pedir ayuda, así que desde entonces no ha vuelto a mencionarte.

Hoy me he acordado de ti mientras me daban la cena. Todo lo que como es blando, porque a veces pienso demasiado en tragar y entonces me entra el pánico y siento náuseas, pero si no tengo que masticar pienso menos en ello. La cena ha sido un congee con huevos encurtidos y cebolla tierna, uno de los platos que solía pedirle a Jane que te preparara cuando estabas enfermo; uno de los platos que me preparaba a mí cuando yo era pequeño. También era uno de los preferidos de mi padre, aunque a él le gustaba con pollo hervido.

Creo que Jane murió. Y Matthew también. Nadie me lo ha dicho, pero lo sé porque solían venir a verme y ahora ya no. No me preguntes cuánto hace de eso, ni cómo fue; no sería capaz de contestar. Pero eran viejos, más que tu abuela. Una vez oí que te contaba que su padre le había entregado a Jane y a Matthew como regalo de boda: dos criados de la casa de su padre que la ayudarían a llevar la suya. Pero no es verdad. Jane y Matthew estaban en la casa mucho antes de que tu abuela fuera a vivir allí. Y, además, por entonces su padre ya no tenía dinero ni para un criado, así que menos aún para dos, y para regalarlos ya ni te cuento. Si lo hubiera tenido, de todos modos, es poco probable que se los regalara a tu abuela, ya que legalmente no le unía ningún lazo de sangre con ella.

Nunca supe qué hacer cuando oía a tu abuela contarte cosas que no eran ciertas. No quería contradecirla. Sabía que era mejor no hacerlo. Además, deseaba que confiaras en ella, y que la quisieras; deseaba que las cosas fueran más fáciles para ti de lo que lo habían sido para mí, y eso implicaba que tuvieras una buena relación con ella. Me esforcé por conseguirlo, y creo que lo logré, lo cual significa que no te fallé del todo. Me aseguré de que tu abuela te quisiera. Pero ahora ya eres mayor, eres adulto y vives a salvo en Nueva York, así que siento que puedo contarte la verdad.

Una cosa sí diré a favor de tu abuela: nunca daba nada por sentado. Luchó por cuanto tenía, se lo ganó a pulso y dedicó su vida a asegurarse de no perderlo nunca. A mí me crio para que sintiera lo contrario y, sin embargo, creo que había ocasiones en que me echaba en cara haberlo conseguido, aunque hubiera sido su intención. Jamás se lo recriminó a mi padre, y en cambio a mí sí, porque yo era suyo en parte y, por lo tanto, debía ser consciente de lo precario de mi situación, porque así ella no se sentiría tan sola luchando contra su angustia. A menudo acabamos echando en cara a nuestros hijos que consigan lo que deseamos para ellos..., aunque esta no es mi forma de decirte que te recrimine nada, por mucho que mi único deseo fuera que crecieras y me dejases atrás.

Sobre mi padre tengo poco que decir que no sepas ya. Yo tenía ocho años, casi nueve, cuando murió, y aun así conservo muy pocos recuerdos suyos; es una presencia borrosa, jovial, deportista y campechana, que me alzaba en volandas cuando llegaba a casa del trabajo, me colgaba boca abajo mientras yo chillaba o intentaba enseñarme a darle a una pelota sin lograrlo. Yo no era como él, pero no parecía descontento conmigo, no como yo sabía que mi madre lo estaba casi desde que empecé a tener una idea de sus opiniones; me gustaba leer, y mi padre me llamaba «profesor», nunca con sarcasmo, aunque lo que me gustara leer solo fueran cómics. «Este es Wika, el lector de la familia», me presentaba a los conocidos, y a mí me daba vergüenza porque sabía que no leía nada importante, que en realidad no tenía derecho a considerarme lector. Pero a él eso no le preocupaba; si hubiera montado a caballo, habría sido el Jinete, si hubiera jugado al tenis, habría sido el Atleta, y bien poco habría importado que me distinguiera en ello o no.

Cuando mi padre entró en la empresa familiar, la mayoría del dinero se había agotado ya, y él no parecía interesado en rellenar las arcas. Nos pasábamos los fines de semana en el club, donde comíamos juntos —la gente se detenía junto a nuestra mesa para estrechar la mano a mi padre y sonreír a mi madre; ante mí, la porción de pastel de coco de varios pisos que mi padre, a pesar de las protestas de mi madre, siempre me pedía de postre, empalagosísimo y con más fibras que una alfombra— y luego mi padre se iba a jugar al golf y mi madre se sentaba con su pila de revistas bajo una sombrilla cerca de la piscina, desde donde podía vigilarme. Más adelante, cuando Edward y yo nos hicimos amigos, me quedaba callado cuando él explicaba que los fines de semana iba a la playa con su madre; preparaban fiambreras con comida y se pasaban el día entero allí, su madre sentada en una manta con sus amigas, Edward corriendo al agua y volviendo a salir, dentro y fuera, hasta que el cielo empezaba a oscurecerse y recogían todas sus cosas para marcharse. El club estaba cerca del océano —desde el campo de golf se veían franjas de agua a través de los árboles, bandas de un azul destellante—, pero a nosotros jamás se nos habría ocurrido ir: demasiado arenoso, demasiado agreste, demasiado pobre. Sin embargo, a Edward no le decía eso, le decía que a mí también me encantaba la playa, aunque, cuando comenzamos a ir juntos, una parte de mí siempre estaba pensando cuándo podríamos marcharnos, cuándo podría ducharme y estar limpio otra vez.

No fue hasta que murió mi padre cuando comprendí que éramos ricos, y por entonces ya lo éramos mucho menos que antes. Sin embargo, la clase de riqueza que poseía mi padre no era evidente: nuestra casa era grande, pero como las de los demás, con un porche ancho, un jardín de invierno atestado de cosas y una cocina pequeña. Yo tenía todos los juguetes que quería, pero mi primera bicicleta fue de segunda mano, heredada de un chico de la calle de al lado. Teníamos a Jane y a Matthew, pero nuestras comidas eran sencillas —arroz y carne de algún tipo para cenar; arroz, pescado y huevos en el desayuno; para comer, me llevaba una caja bento metálica a la escuela—, y solo cuando mis padres invitaban a alguien y encendían las velas y limpiaban la araña de luz, solo entonces, la casa se veía magnífica y yo me daba cuenta de que su sencillez tenía algo de señorial: la mesa del comedor, oscura y reluciente; la suave madera blanca de las pareces y del techo; los jarrones con flores que se cambiaban cada dos días. Estábamos a finales de los años cuarenta, cuando nuestros vecinos instalaban linóleo en sus suelos y sustituían la vajilla por plástico, pero la nuestra, como decía mi madre, no era una casa hecha para la comodidad. En la nuestra, los suelos eran de madera y la cubertería de plata, la vajilla y los cuencos, de porcelana. No era porcelana cara, pero tampoco plástico. Los años de la posguerra trajeron a las islas una nueva riqueza, cosas nuevas del continente, pero nuestra casa, una vez más, no cedía ante lo que mi madre consideraba simples modas. ¿Por qué habría de comprar naranjas caras de Florida cuando las del jardín eran incluso mejores? ¿Por qué habría de comprar pasas de California cuando los lichis de nuestros árboles eran incluso más dulces? «Han perdido la cabeza por el continente», decía de nuestros vecinos; hablaba con desdén de lo que ella consideraba su credulidad, en la que veía una especie de odio hacia ellos mismos, por donde vivían y quienes eran. Edward nunca logró ver esa faceta de ella, su fiero nacionalismo, su amor por su hogar; solo veía la inconsistencia con que expresaba ese orgullo, la forma en que se mofaba de los demás por codiciar la última música y los últimos alimentos llegados del continente mientras que, al mismo tiempo, lucía perlas que había comprado en Nueva York y llevaba largas faldas de algodón que encargaba a su modista de San Francisco, adonde mi padre y ella viajaban todos los años, una costumbre que mi madre mantuvo hasta su muerte.

Dos veces al año, los tres íbamos en coche hasta Lā'ie, en North Shore. Allí había una pequeña iglesia construida con piedra coralina de la que mi bisabuelo había sido benefactor desde joven, y era en ella donde mi padre distribuía sobres con dinero, veinte dólares a cada adulto, para celebrar el cumpleaños de mi bisabuelo y también el día de su muerte, una muestra de gratitud con la gente de esa localidad que tanto había amado. Salíamos de la carretera por una pista de tierra y, al acercarnos a la iglesia, veíamos a los vecinos del lugar apiñados junto a la puerta, y cuando mi padre bajaba del coche y caminaba hacia el edificio, le hacían una reverencia. «Alteza —murmuraban esas personas grandes y oscuras, con voces forzadamente suaves—. Bienvenido de nuevo, rey». Mi padre saludaba con un gesto de la cabeza, ofrecía las manos para que se las estrecharan y apretaran y, ya dentro, repartía el dinero y luego se sentaba a escuchar al mejor cantante, que interpretaba una canción, y luego a alguien más que entonaba alguna otra, y después subíamos al coche y regresábamos a la ciudad.

Esas visitas siempre me incomodaban. Me sentía, ya de niño, como si fuera un impostor: ¿qué había hecho yo para que me llamaran «príncipe», para que una anciana, tan vieja que solo hablaba hawaiano, se inclinara ante mí aferrándose al pomo de su bastón para no caerse? En el viaje de vuelta, mi padre estaba alegre, silbaba la canción que acababan de dedicarle mientras mi madre, sentada a su lado, guardaba silencio, regia. Cuando él murió, seguimos yendo ella y yo solos, y aunque los lugareños se mostraban respetuosos, únicamente me saludaban a mí, no a mi madre, y aunque ella siempre era educada, no los trataba con la afabilidad de mi padre ni tenía su habilidad para que personas mucho más pobres que él se sintieran sus iguales, así que la ocasión cobró cierta tirantez. Cuando cumplí los dieciocho, momento en que me habría tocado encargarme de la labor, la ceremonia ya había empezado a resultar anacrónica y condescendiente, y a partir de entonces mi madre se limitó a enviar una donación anual al centro comunitario local, para que ellos la distribuyeran de la forma que más beneficiara a sus miembros. De todos modos, tampoco es que yo hubiera sido capaz de remplazar a mi padre. Eso le dije a mi madre: que no era digno sustituto suyo.

—No lo entiendes, Wika —repuso ella, cansada—. No eres su sustituto. Eres su heredero. —Pero tampoco me contradijo: ambos sabíamos que no podía compararme con él.

Las cosas cambiaron cuando mi padre murió, por supuesto. Para mi madre, los cambios fueron más profundos y amenazadores. Una vez se saldaron las deudas —le había gustado jugar, y los coches—, quedó menos dinero del que ella esperaba. Además, junto con mi padre, mi madre había perdido cierta seguridad en quién era; mi padre había legitimado la persona que ella siempre había afirmado ser y, sin él, habría de defender continuamente su derecho a considerarse de la nobleza.

Sin embargo, el otro cambio fue que mi madre y yo solo nos teníamos el uno al otro, y no fue hasta la desaparición de mi padre cuando ambos nos dimos cuenta de que era él quien nos daba una identidad: ella era la mujer de Kawika Bingham; yo era el hijo de Kawika Bingham. Incluso ahora que ya no estaba, seguíamos definiéndonos con respecto a mi padre. El caso era que, sin él, nuestra relación resultaba más voluble. Ella pasó a ser la viuda de Kawika Bingham; yo, el heredero de Kawika Bingham. Pero el propio Kawika Bingham no existía, y en su ausencia no sabíamos cómo relacionarnos.

Tras la muerte de mi padre, mi madre cada vez se involucró más en la asociación a la que pertenecía, Kaikamahine kū Hawai'i. El grupo, cuyos miembros se referían a sí mismos como las Hijas, estaba abierto a todo el que pudiera demostrar un linaje noble.

La pertenencia de mi madre a la nobleza de sangre era un tema delicado. Su padre adoptivo, que era primo lejano de mi padre, había sido noble: él, igual que mi padre, podía remontarse en su árbol genealógico hasta los tiempos de antes del Gran Rey. Los orígenes de mi madre, por el contrario, eran más opacos. A lo largo de mi infancia, oí historias diversas sobre quién era. Según la más común, en realidad era la hija ilegítima de su padre adoptivo, y su madre había sido una aventura, la camarera de un cóctel haole que había regresado a su Estados Unidos natal poco después de dar a luz. Sin embargo, también había otras teorías, entre ellas la de que no solo no era noble, sino que ni siquiera tenía sangre hawaiana, que su madre había sido la secretaria de su padre adoptivo, y su padre, el criado de este; todos sabían que el hombre prefería contratar a haoles porque le gustaba presumir de que tenía prestigio y dinero suficientes para que los blancos trabajaran para él. Las pocas veces que mi madre hablaba de su padre adoptivo, solo decía que siempre fue bueno con ella, aunque alguien debió de sembrar en mí la duda —quién, no lo sé— de que, si bien tal vez fuera bueno con ella, lo fue de una forma vaga; con sus hijos biológicos, una hija y un hijo, era más estricto porque de ellos y para ellos esperaba más. Tenían la capacidad de decepcionarlo, pero también de satisfacerlo. Eran, a diferencia de mi madre, encarnaciones suyas.

Al casarse con mi padre acalló casi todos los rumores —los orígenes de él sí eran incuestionables, irrefutables—, pero a su muerte, creo que pensó que debía ponerse de nuevo a la defensiva, estar alerta ante quien pretendiera desafiarla. Por eso trabajaba tanto con las Hijas, por eso celebraba en casa sus eventos para recaudar fondos, por eso dirigía comités, por eso presidía iniciativas benéficas, por eso intentaba ser la hawaiana ideal de todas las maneras apropiadas para su época que se le ocurrieran.

No obstante, el problema de intentar ser la personificación ideal de cualquier cosa es que, al final, la definición cambia y te das cuenta de que lo que perseguías desde un principio no era una verdad única, sino un conjunto de expectativas determinadas por el contexto. Fuera de ese contexto, también esas expectativas desaparecen, y tú vuelves a ser nada.

Cuando Edward conoció a mi madre, se mostró cauto y educado. No fue hasta más adelante, al retomar nuestra amistad ya de adultos, cuando empezó a recelar de ella. Mi madre no hablaba hawaiano, señalaba (tampoco yo; salvo unas cuantas frases y palabras que todos sabíamos, y un puñado de canciones y cánticos, solo hablaba inglés y un poco de francés). No apoyaba la lucha. No apoyaba el regreso del reino hawaiano. En cambio, nunca mencionó, como hacían otros, que su tez era muy clara; Edward la tenía más clara aún, y cualquiera que no hubiera crecido en las islas no sabría que debía buscar su esencia hawaiana más allá de su pelo y sus ojos, que era un secreto oculto tras ellos. En ese punto estaba celoso de mi aspecto, de mi piel, mi pelo y mis ojos. A veces levantaba la vista y lo sorprendía mirándome fijamente.

—Tendrías que dejarte el pelo largo —me dijo una vez—. Es más auténtico así.

Le molestaba que, aun entonces, cuando todo el mundo lucía melena, yo siguiera llevando el pelo como mi padre —bien arreglado y muy corto—, pero yo lo tenía encrespado y tupido, y si me crecía demasiado se me cardaba mucho.

—No quiero que parezca afro —repuse, y él, que había estaba medio tumbado, se irguió y se inclinó hacia delante.

—¿Qué tiene de malo lo afro? —preguntó, y me miró sin parpadear, como hacía a veces, cuando se le oscurecía la mirada y sus ojos se volvían de un azul más oscuro.

Empecé a tartamudear, como siempre que estaba nervioso.

—Nada. Lo afro no tiene nada de malo.

Volvió a reclinarse y me miró un buen rato, hasta que tuve que apartar la vista.

—Un hawaiano de verdad lleva una buena melena —dijo. La suya era de un pelo rizado pero fino, como el de un niño, que se recogía en una coleta—. Y con orgullo.

A partir de entonces empezó a llamarme Contable, porque decía que parecía que trabajara en un banco, contando el dinero de otros. «¿Qué hay, Contable? —me saludaba cuando pasaba a recogerme—. ¿Va bien el negocio?». Yo sabía que era una pulla, pero a veces casi se me antojaba una muestra de afecto, como un apelativo cariñoso, algo que solo nosotros compartíamos.

Nunca supe cómo reaccionar cuando criticaba a mi madre. Por entonces ya hacía mucho que estaba claro que yo jamás la haría feliz, y aun así no podía evitar sentirme protector con ella, aunque nunca me pidiera protección y, en realidad, yo tampoco pudiera dársela. Me gustaría pensar, con la ventaja que otorga el tiempo, que en parte me incomodaba esa insinuación de Edward de que solo existía una única forma de ser hawaiano. Sin embargo, en aquel entonces me faltaba mucho mundo para pensar en esos términos: la idea de que la raza pudiera imponerme ser de una forma u otra me resultaba tan peregrina que habría sido como decirme que existía una forma más correcta de respirar, o de tragar. Ahora sé que a mi alrededor había personas de mi edad que ya mantenían esas conversaciones: cómo ser negro, o asiático, o estadounidense, o mujer. Pero yo nunca había oído esos argumentos, y cuando por fin los oí, no fue en compañía de Edward.

Así que, en lugar de eso, replicaba: «Es hawaiana», aunque incluso al decirlo me daba cuenta de que sonaba a pregunta: «¿Es hawaiana?».

Lo cual tal vez explique que Edward contestara como lo hacía. «No, no lo es», decía.

Pero permíteme que vuelva a cuando nos conocimos. Yo tenía diez años y hacía poco que había perdido a mi padre. Edward llegó nuevo ese curso. El colegio aceptaba alumnado nuevo en parvulario, quinto, séptimo y noveno. Más adelante, Edward maldeciría que hubiéramos ido a ese centro cuando podríamos haber asistido al que solo admitía alumnos de sangre hawaiana. El nuestro se había creado mediante cédula real, pero lo habían fundado misioneros.

—Pues claro que no nos enseñaban nada acerca de quiénes somos y de dónde venimos —decía—. Pues claro que no. La única misión de ese maldito colegio era someternos mediante la colonización.

Aun así, él también había estudiado allí. Era uno de los muchos ejemplos de aspectos de nuestras vivencias compartidas que él acabaría odiando o de los que se avergonzaría, y mi negativa o incapacidad para avergonzarme hasta el mismo punto que él —a pesar de que sí lo hacía por muchas otras cosas— también acabó enfureciéndolo.

Fui a ese colegio porque era al que siempre habían ido los miembros de mi familia. En los terrenos del instituto incluso había un edificio llamado Bingham Hall, uno de los primeros que habían construido los misioneros, denominado así por un reverendo que más adelante se casaría con la princesa heredera. Todos los Kawika Bingham que habían estudiado en esa institución —mi padre, mi abuelo, mi bisabuelo y mi tatarabuelo— posaban para una fotografía o un cuadro delante del edificio, bajo el nombre, que estaba grabado en piedra.

Nadie de la familia de Edward había estudiado allí, y él solo había podido hacerlo —según me dijo— gracias a una beca. Me contaba esas cosas con suma naturalidad, sin autocompasión ni vergüenza, lo cual me llamaba la atención.

Nos hicimos amigos poco a poco. Ninguno de los dos tenía otras amistades. Cuando era más pequeño, algunas madres querían que sus hijos se hicieran amigos míos por quiénes eran tanto mi padre como mi madre. Es algo que aún me produce vergüenza ajena, recordar cómo avanzaban hacia mí a regañadientes en el patio para presentarse y preguntarme si quería jugar. Yo siempre decía que sí, y entonces nos poníamos a pasarnos el balón con desgana. A los pocos días, me invitaban a su casa, adonde me llevaba Matthew en coche si no vivían en el valle. Allí conocía a la madre del niño, que me sonreía y nos servía algo para merendar: salchichas vienesas y arroz, o pan y mermelada de fruta de la pasión, o fruto del árbol del pan al horno con mantequilla. Volvíamos a jugar a pasarnos el balón, en silencio, y luego Matthew me llevaba a casa. Dependiendo de lo ambiciosa que fuera la madre del niño, se sucedían dos o tres invitaciones más, pero al final cesaban, y en el colegio, a la hora del patio el niño salía disparado para volver a reunirse con sus amigos de verdad, sin mirarme siquiera. Nunca fueron crueles conmigo, nunca me acosaron, pero solo porque no valía la pena. En el barrio, como ya te he contado, sí que había niños que me acosaban, pero a eso también me acostumbré... Era una forma de atención.

No tenía amigos porque era aburrido, pero Edward no los tenía porque era raro. No por el aspecto —su ropa no era tan nueva como la nuestra, pero vestía igual que nosotros, los mismos pantalones de algodón y camisas hawaianas—, sino que, ya entonces, tenía un aire introspectivo; de algún modo, y sin necesidad de decirlo, era capaz de transmitir que no necesitaba a nadie, que sabía algo que los demás no sabíamos y que hasta que no lo supiéramos no pensaba molestarse en conversar con nosotros.

Fue a principio de curso cuando se acercó a mí, en la hora del patio. Yo estaba sentado, como siempre, al pie del gigantesco samán, leyendo un tebeo. El árbol coronaba una pequeña colina que descendía con suavidad hacia el extremo meridional de los terrenos del colegio, y mientras leía, podía observar a mis compañeros de clase: los niños jugando al fútbol y las niñas saltando a la cuerda. Levanté la vista y vi que Edward se acercaba a zancadas, pero algo en él me hizo pensar que solo caminaba en mi dirección, no que yo fuera su destino.

Sin embargo, se detuvo delante de mí.

—Eres Kawika Bingham —dijo.

—Wika —lo corregí.

—¿Qué? —preguntó.

—Wika —repetí—. La gente me llama Wika.

—Vale. Wika.

Y se fue sin más. Por un momento dudé de mí mismo: ¿era Kawika Bingham?, y luego comprendí que sí, porque él lo había confirmado.

Al día siguiente, volvió.

—Mi madre quiere que vengas a casa mañana, después del colegio —dijo.

Cuando te hablaba, no te miraba a ti, sino a un punto indeterminado a tu espalda, de manera que, cuando al fin clavaba sus ojos en los tuyos —como hizo en ese momento, a la espera de mi respuesta—, su mirada resultaba particularmente intensa, casi inquisitiva.

—Vale —repuse. No sabía qué otra cosa decir.

A la mañana siguiente, les conté a Matthew y a Jane que iría a casa de un compañero de clase después del colegio. Se lo dije deprisa y en voz baja, mientras desayunaba, porque de alguna manera sabía que mi madre no aprobaría que me juntara con Edward. Quizá fuera injusto con ella —mi madre no menospreciaba a la gente que no tenía tanto dinero como ella, al menos no de una manera que yo supiera reconocer en esa época—, pero sabía que no podía decírselo.

Matthew y Jane se miraron. Todas las citas para jugar anteriores las habían concertado las madres de los niños con la mía; yo nunca había organizado una por mi cuenta. Vi que se alegraban por mí, aunque intentaron que no se les notara para que yo no le diera demasiada importancia.

—¿Necesitas que vaya a recogerte luego, Wika? —preguntó Matthew, pero negué con la cabeza; sabía que Edward vivía cerca del colegio, así que podría volver caminando a casa, como siempre.

Jane se levantó.

—Tendrás que llevarle algo a su madre —dijo, y fue a la despensa a buscar un tarro de mermelada de mango—. Dile que te devuelva el bote cuando lo terminen y les haré más cuando estén otra vez en temporada, ¿de acuerdo, Wika?

Aquello parecía muy optimista: la temporada del mango había acabado hacía muy poco, así que, para recibir más mermelada, la señora Bishop tendría que esperar que su hijo y yo siguiéramos siendo amigos otro año más. Pero me limité a darle las gracias y metí el tarro en la mochila.

Edward y yo íbamos a clases contiguas, y me esperó a la salida del edificio. Atravesamos el complejo de secundaria en silencio y luego saltamos el murete que rodeaba el colegio. Edward vivía a una manzana al sur de aquella pared, a la mitad de una calle estrecha y diminuta por la que yo pasaba a menudo con Matthew.

Lo primero que pensé fue que la casa estaba encantada. La calle se hallaba flanqueada de tienditas y negocios de una sola planta —una mercería, una ferretería, un colmado— y entonces, de pronto, como por arte de magia, allí estaba aquella casita de madera. El resto de la manzana estaba desprovista de vegetación, pero un mango enorme se cernía sobre la construcción, tan imponente y frondoso que parecía que pretendiera ocultarla a la vista. En el jardín no crecía nada más, ni siquiera hierba, y las raíces del árbol habían deformado el camino de hormigón que conducía al porche delantero; una incluso había partido una losa en dos. La casa en sí era una versión en miniatura de las que se veían en mi barrio: una casa de plantación, como me enteré que se llamaban, con un amplio lanai y ventanales protegidos del sol por marquesinas metálicas.

La siguiente sorpresa fue la puerta misma, que estaba cerrada. Todas las personas a las que yo conocía la dejaban abierta hasta que se iban a dormir; solo tenían una mosquitera, a la que le dabas un empujón para entrar o salir. Esperé mientras Edward metía la mano por el frente de la camisa, sacaba una llave que colgaba del cordón de algodón que llevaba al cuello y abría la puerta. Se quitó las zoris y entró, y yo esperé, como un tonto, a que me invitara a pasar hasta que comprendí que debía seguirlo.

En el interior se notaba un poco de bochorno, y estaba oscuro, y después de volver a cerrar la puerta con llave, Edward se paseó por el cuarto dándoles a las manivelas para abrir las persianas y que corriera el aire, aunque el mango impedía el paso de la luz. Aun así, la sombra también mantenía la casa fresca e intensificaba la sensación de encantamiento.

—¿Quieres merendar? —preguntó Edward, dirigiéndose a la cocina sin esperar respuesta.

—Sí, gracias —dije.

Regresó al cuarto de estar poco después con dos platos y me tendió uno. Había dispuesto en él cuatro galletas saladas untadas de mayonesa. Se sentó en uno de los sofás de ratán, yo ocupé el otro y nos comimos las galletas en silencio. Nunca había probado las galletas saladas con mayonesa y no sabía si me gustaban, o si deberían gustarme siquiera.

Edward se acabó las suyas en un santiamén, como si se tratara de una tarea rutinaria que hubiera que solventar cuanto antes, y luego volvió a levantarse.

—¿Quieres ver mi habitación? —preguntó y, de nuevo, casi lo hizo de reojo, como si se dirigiera a otra persona, aunque allí solo estaba yo.

—Sí —dije.

A la izquierda de la sala de estar había tres puertas cerradas. Abrió la de la derecha y entramos en su dormitorio. La habitación era igual de pequeña que todo lo demás, pero también acogedora, como la madriguera de un animal inofensivo. Había una cama estrecha con una manta de rayas y, colgando del techo, de un rincón a otro, cadenetas hechas con papeles de colores vivos.

—Las hicimos mi madre y yo —explicó Edward, y aunque más adelante yo recordaría lo sorprendente de su tono, tan natural, casi orgulloso, cuando nos acercábamos a una edad en que pregonar que hacías manualidades, y más aún con tu madre, era poco aconsejable, lo que pensé en ese momento fue lo extraña que me resultaba la idea de hacer cualquier cosa con tu madre, sobre todo algo que ibas a colgar del techo para transformar tu habitación de manera deliberada en un lugar más desordenado y raro de lo debido.

Edward se dio la vuelta y extrajo un objeto del cajón de la mesita que había junto a la cama.

—Mira esto —dijo muy serio, y me tendió un estuche negro de terciopelo del tamaño de una baraja de cartas. Abrió la tapa de bisagras, y vi que contenía una medalla hecha de un metal cobrizo: era el sello de nuestro colegio y, debajo, en un rollo, se leía: «Beca: 1953-1954». Le dio la vuelta para mostrarme que llevaba su nombre grabado detrás: EDWARD PAIEA BISHOP.

—¿Para qué es? —pregunté, y se le escapó un bufido de impaciencia.

—No es para nada —contestó—. Me la dieron cuando conseguí la beca.

—Ah. —Supuse que debía añadir algo, pero no se me ocurría qué. No sabía de nadie más que estudiara con beca. De hecho, hasta que conocí a Edward, ni siquiera sabía qué era, y había tenido que pedirle a Jane que me lo explicara—. Es bonita —dije, y volvió a resoplar.

—Es una tontería —repuso, pero cuando devolvió el estuche al cajón lo hizo con sumo cuidado, pasando las manos sobre la superficie afelpada.

Luego buscó algo en otro cajón, esta vez debajo de la cama —con el tiempo comprendería que, a pesar de lo diminuta que era la habitación, estaba organizada de manera tan eficiente como el camarote de un marino, y que quien la hubiera dispuesto así había tenido en cuenta todas las aficiones y necesidades de Edward— y sacó una caja de cartón.

—Damas —dijo—. ¿Quieres jugar?

Mientras echábamos una partida tras otra, casi siempre en silencio, tuve tiempo para pensar qué era lo más insólito de la casa de Edward. No se trataba del tamaño, ni de la oscuridad (aunque, curiosamente, la penumbra no la hacía sombría, sino acogedora, y a pesar de que la tarde avanzaba, no hizo falta encender ninguna lámpara), sino de que estuviéramos allí completamente solos. En mi casa, yo nunca estaba solo. Si mi madre se encontraba en una de sus reuniones, estaba Jane y, a veces, Matthew. Pero Jane seguro. Preparando algo en la cocina o limpiando el polvo en la sala de estar o barriendo el pasillo de arriba. Lo máximo que se alejaba era a un lado de la casa, para tender la colada o, de vez en cuando, al camino de entrada, para llevarle la comida a Matthew, cuando estaba lavando el coche. Incluso de noche, Matthew y ella se encontraban a pocos metros, en el apartamento de encima del garaje. Pero yo nunca había estado en la casa de un compañero de clase donde no hubiera una madre. No esperabas ver a un padre —eran criaturas que se materializaban solo a la hora de cenar, jamás por la tarde—, pero las madres siempre estaban allí, una presencia tan incontestable como un sofá o una mesa. Allí sentado, en la cama de Edward, jugando a las damas, de pronto se me ocurrió que él vivía solo. Imaginé a Edward haciéndose la cena frente a los fogones (en mi casa no me permitían tocarlos), comiendo en la mesa de la cocina, fregando los platos, bañándose y yéndose a la cama. No eran pocas las veces que había lamentado la falta de una intimidad real y verdadera en mi casa, pero de repente, la alternativa —la ausencia de personas, verse acompañado únicamente de tiempo y silencio— me pareció horrible, y también me pareció que debía permanecer con Edward todo lo posible porque, cuando me fuera, se quedaría solo.

En esas estaba cuando oí que alguien abría la puerta, y luego una voz de mujer, alegre y jovial, que llamaba a Edward.

—Mi madre —dijo él, y por primera vez sonrió, una sonrisa fugaz y radiante, antes de saltar de la cama y correr al cuarto de estar.

Lo seguí y vi que la madre de Edward lo besaba, tras lo cual, sin dar tiempo a que él dijera nada, la mujer se acercó a mí tendiéndome los brazos.

—Tú debes de ser Wika —dijo sonriendo—. Edward me ha hablado mucho de ti. —Y me estrechó contra ella.

—Encantado, señora Bishop —recordé que debía decir, y la mujer me dedicó una sonrisa radiante y volvió a estrujarme—. Victoria —me corrigió, y a continuación, al ver la cara que ponía, añadió—: ¡O tía! Lo que prefieras, menos señora Bishop. —Se volvió hacia su hijo sin haberme soltado aún—. ¿Tenéis hambre, chicos?

—No, hemos merendado —dijo Edward, y ella le sonrió.

—Buen chico —lo felicitó, aunque su elogio parecía incluirme a mí también.

La seguí con la mirada mientras iba a la cocina. Era la madre más guapa que había visto nunca, tan guapa que, si me la hubiera encontrado en otro contexto, nunca la habría relacionado con la maternidad. Tenía el pelo rubio oscuro, recogido en un moño en la nuca, y la piel del mismo tono dorado —más luminosa que la mía, pero más oscura que la de su hijo—, y llevaba lo que en ese tiempo se consideraba un vestido escotado, de color rosa, de algodón, con un ribete blanco en las mangas y el cuello, y una falda amplia que giraba alrededor de sus piernas cuando se movía. Olía que era una delicia, a una especie de mezcla entre carne frita y, sutilmente, la gardenia que llevaba prendida tras la oreja, y no caminaba, sino que daba vueltas por la casita como si fuera un palacio, un lugar espacioso y deslumbrante.

Solo cuando dijo que esperaba que me quedara a cenar se me ocurrió mirar el reloj circular que había sobre el fregadero y en ese momento me di cuenta de que casi eran las cinco y media y que les había dicho a Matthew y a Jane que estaría de vuelta en casa hacía una hora porque ni se me había pasado por la cabeza que hubiera querido quedarme en la de otro chico tanto tiempo. Sentí que me invadía la angustia que solía apoderarse de mí cuando hacía algo mal, pero la señora Bishop me dijo que no me preocupara, que llamara a casa, y lo cierto es que Jane sonó aliviada cuando cogió el teléfono.

—Matthew va a buscarte ahora —dijo, antes de darme la oportunidad siquiera de preguntar si podía quedarme a cenar (lo que tampoco estaba seguro de querer hacer, de todas maneras)—. Estará ahí dentro de cinco minutos.

—Tengo que irme a casa —le dije a la señora Bishop cuando colgué—. Lo siento.

Ella volvió a sonreírme.

—La próxima vez será —dijo. Su voz era ligeramente cantarina—. Estaría bien, ¿verdad, Edward?

Y Edward asintió, aunque ya estaba trasteando en la cocina con su madre, sacando cosas de la nevera, y parecía haber olvidado que yo seguía allí.

Antes de irme, le di el tarro de mermelada de mango que llevaba en la bolsa.

—Esto es para usted —anuncié—. Me ha dicho —sabía que no debía especificar que se trataba del ama de llaves, y no de mi madre— que nos lo devuelvan cuando lo acaben y ella les dará otro cuando esté otra vez en temporada.

Pero entonces recordé el mango de fuera y me sentí como un tonto, y estaba a punto de disculparme cuando la señora Bishop me atrajo hacia sí de nuevo.

—Es mi favorita —aseguró—. Dale las gracias a tu madre. —Rio—. Igual tendré que pedirle la receta: no hay año que no jure que voy a hacer mermelada, y no hay manera. Soy una negada para la cocina, ya ves. —Y me guiñó un ojo como si estuviera contándome un secreto que nadie más conocía, ni siquiera su hijo.

Oí que el coche de Matthew se detenía fuera y me despedí de los dos. Pero en el lanai me volví y miré por la mosquitera, y los vi a los dos, madre e hijo, en la cocina, preparando la cena. Edward le dijo algo a su madre y ella echó la cabeza atrás, se rio y luego alargó la mano y le alborotó el pelo con gesto cariñoso. Habían encendido la luz de la cocina, y tuve la extraña sensación de estar contemplando un diorama, una escena de felicidad que me permitían presenciar, pero a la que tenía vedado el paso.

—Bishop —dijo mi madre esa noche, un poco más tarde—. Bishop.

Ya entonces sabía lo que pensaba: Bishop era un apellido famoso, antiguo, casi tan famoso y antiguo como el nuestro. Pensaba que Edward era alguien como nosotros, aunque yo sabía que no, no en el sentido que ella creía.

—¿A qué se dedica su padre? —preguntó, y mientras yo reconocía que lo ignoraba, me di cuenta de que no había pensado en absoluto en su padre.

En parte se debía, como he dicho, a que los padres eran figuras vagas en nuestras vidas. Los veías los fines de semana y por las noches; si tenías suerte, eran seres benevolentes y despistados que en ocasiones aparecían con algún caramelo, y si no la tenías, eran fríos y distantes, administradores de cachetes y azotainas. Mi comprensión del mundo era muy limitada por entonces, pero, no sé cómo, hasta yo resolví que Edward no tenía padre..., o, mejor dicho, que la señora Bishop no tenía marido.

Los dos, madre e hijo, parecían complementarse tan bien mientras preparaban la cena en esa cocina en miniatura, y ella le daba un golpe juguetón con la cadera, y él patinaba exageradamente a la derecha, haciéndola reír, que no había espacio para un padre o un marido: eran un juego completo, uno femenino y otro masculino, y otro hombre solo rompería la simetría.

—Bueno, deberíamos invitarlos a tomar el té —sugirió mi madre.

De manera que vinieron al domingo siguiente. El sábado no podían, oí que Jane le decía a mi madre, porque a la señora Bishop le tocaba turno. («Turno —repitió mi madre con un tono que traslucía algo que no supe interpretar del todo—. Muy bien, Jane, dile que el domingo»). Llegaron a pie, aunque ni acalorados ni sofocados, lo cual significaba que habían tomado el autobús y habían caminado hasta la casa desde la parada más cercana. Edward se había puesto la ropa del colegio. Su madre llevaba otro vestido de algodón de falda amplia, este de color amarillo hibisco, el pelo rubio oscuro recogido en el consabido moño y los labios pintados de un rojo cereza; estaba incluso más guapa de lo que recordaba.

Sonreía cuando mi madre se acercó a ella.

—Señora Bishop, es un placer conocerla —dijo, a lo que la señora Bishop contestó lo mismo que me había dicho a mí.

—Por favor, llámeme Victoria.

—Victoria —repitió mi madre, como si se tratara de un nombre extranjero y quisiera asegurarse de pronunciarlo correctamente, y si bien el ofrecimiento no fue recíproco, la señora Bishop tampoco parecía esperarlo.

—Muchas gracias por invitarnos —dijo—. Edward... —volvió la sonrisa radiante hacia su hijo, quien miraba a mi madre con expresión seria y serena, no del todo recelosa, pero sí alerta— es nuevo este año, y Wika ha sido muy bueno con él. —Esta vez se volvió hacia mí con un pequeño guiño, como si le hubiera hecho un favor a su hijo al hablar con él, como si hubiera tenido que salirme de mi apretada agenda para hacerlo.

Aquello desconcertó un poco incluso a mi madre.

—Bueno, me alegro mucho de oír que Wika tiene un nuevo amigo —dijo—. Adelante, por favor.

Entramos en fila en el jardín de invierno, donde Jane nos ofreció galletas de mantequilla y sirvió café a las mujeres —«¡Oh! Gracias..., ¿Jane? Gracias, Jane. ¡Tienen un aspecto delicioso!»— y zumo de guayaba a Edward y a mí. Había visto a conocidos de mi madre quedarse callados y embobados en esa estancia, que para mí era una simple habitación, soleada e insulsa, pero para ellos era un museo de los antepasados de mi padre: la tabla de surf de madera llena de marcas con la que mi bisabuelo, conocido como el Príncipe Fornido, se había deslizado sobre las olas de Waikīkī; los daguerrotipos de la hermana de mi tatarabuelo, la reina, con su vestido negro de tafetán, y de un primo tercero, un explorador que daba nombre a un edificio en una famosa universidad. Pero la señora Bishop no parecía intimidada, y miraba alrededor sin reserva y con deleite sincero.

—Qué estancia tan bonita, señora Bingham —dijo sonriendo a mi madre—. Mi familia siempre ha admirado sobremanera a la de su marido y lo mucho que hizo este por las islas.

Era el comentario perfecto para la ocasión, sencillo y sin rodeos, y estaba seguro de que había sorprendido a mi madre.

—Gracias —dijo esta, un tanto forzada—. Amaba su hogar.

Mi madre le dedicó a Edward unos minutos, le preguntó si le gustaba el colegio nuevo (sí), si echaba de menos a sus amigos de antes (no mucho) y qué aficiones tenía (nadar, salir de excursión, acampar, ir a la playa). Hasta que yo mismo fui padre de un niño, no supe valorar debidamente la compostura de Edward, su evidente impasibilidad; de pequeño, yo estaba deseoso por agradar, demasiado, y sonreía todo el rato cuando hablaba con los amigos de mis padres esperando no avergonzarlos. Pero Edward no se mostraba ni obsequioso ni incómodo: contestaba las preguntas de mi madre con franqueza, sin tratar de complacerla ni disculparse. Ya entonces poseía una dignidad poco habitual que lo hacía parecer invencible. Era como si no le importara nadie más, y aunque eso podría hacer pensar que se trataba de alguien distante, o soberbio, no era ninguna de las dos cosas.

Por fin mi madre tuvo la oportunidad de preguntar por el señor Bishop: algunos miembros de la familia Bishop eran primos lejanos de mi padre, igual que todas las familias que descendían de los antiguos misioneros que se habían casado con la realeza hawaiana, así que ¿era posible que pudiéramos estar emparentados?

La señora Bishop rio. No hubo amargura ni falsedad en aquella risa, que solo estaba cargada de alborozo.

—Oh, me temo que no —dijo—. La única hawaiana soy yo, no mi marido. —Mi madre la miró como si no entendiera, y la señora Bishop volvió a sonreír—. Para Luke, un chico haole de un pueblecito de Texas cuyo padre era obrero de la construcción, fue una gran sorpresa descubrir que, aquí, su apellido lo hacía especial.

—Entiendo —dijo mi madre en voz baja—. Entonces ¿su marido también trabaja en la construcción?

—Podría ser. —De nuevo, la sonrisa—. Pero no lo sabemos, ¿verdad, Edward? —Luego se volvió hacia mi madre—. Se fue hace mucho, cuando Edward era un bebé... No he vuelto a verlo desde entonces.

Por descontado, no sé si era muy habitual que los hombres abandonaran a sus familias a principios de los años cincuenta, pero sí sé —y eso continuó igual durante décadas— que el abandono por parte de un marido o de un padre era algo de lo que avergonzarse, como si la parte responsable fuera la abandonada, la mujer y los niños. Cuando la gente hablaba de esas cosas, lo hacía entre susurros. Menos los Bishop. El señor Bishop se había ido, pero quien había salido perdiendo era él, no ellos.

Fue una de esas raras ocasiones en que mi madre y yo compartimos el mismo desconcierto. Antes de que los Bishop se fueran, nos enteramos de que el domingo era el día que la señora Bishop libraba; los otros seis trabajaba de camarera en un restaurante barato muy concurrido llamado Mizumoto's, que quedaba a pocas manzanas de su casa y del que mi madre no había oído hablar, pero Jane y Matthew sí, y de que ella era de Honoka'a, un pueblecito, una aldea, en realidad, de la Isla Grande.

—Una mujer fuera de lo común —comentó mi madre mientras contemplaba cómo madre e hijo doblaban a la derecha al final de nuestro camino de entrada y se perdían de vista en dirección a la parada de autobús. Yo sabía que no lo había dicho como un cumplido.

Coincidía con ella: sí que era fuera de lo común. Los dos lo eran. Nunca había conocido a dos personas menos avergonzadas por su situación económica y personal. Sin embargo, mientras que la ausencia de necesidad de disculparse se manifestaba en la señora Bishop en forma de optimismo irreprimible, en esa clase de alegría que solo poseen las pocas personas que nunca se han avergonzado de quienes son, en Edward se plasmaba en forma de desafío, un desafío que años después cristalizaría en rabia.

Naturalmente, eso lo sé ahora. Pero tardé mucho tiempo en darme cuenta, y para entonces ya había renunciado a mi vida y, por lo tanto, a la tuya, por la de él. No porque compartiera su rabia, sino porque anhelaba su seguridad, esa extraña y extraordinaria convicción de que existía una sola respuesta, y de que, convenciéndome de ello, olvidaría todo lo que me había agobiado sobre mí mismo durante tanto tiempo.

———————

Y ahora, Kawika, saltaré unos cuantos años. Aunque primero quiero contarte algo que me sucedió ayer.

Estaba tumbado en la cama, como de costumbre. Era por la tarde, y hacía calor. Por la mañana habían abierto las ventanas y puesto el ventilador, pero en esos momentos ya no soplaba la brisa y nadie había vuelto para encender el aire acondicionado. Ocurría a veces, y entonces alguien entraba en la habitación escandalizado por el calor que hacía y me regañaba un poco, como si yo pudiera llamarlos y me hubiera negado por pura tozudez. En una ocasión en que se olvidaron de encender el aire acondicionado, mi madre me visitó por sorpresa. Oí su voz y sus pisadas contundentes al entrar, y luego que volvía a salir con la misma resolución y regresaba al cabo de pocos segundos con un celador, que no paraba de disculparse mientras mi madre lo reprendía:

—¿Sabe cuánto pago para que mi hijo esté atendido? Quiero ver al encargado. Esto es inaceptable.

Me sentí humillado, tan mayor y aún al cuidado de mi madre, pero también reconfortado, y me dormí arrullado por su rabia.

El calor no suele molestarme demasiado, pero ayer era sofocante y notaba cómo se me humedecían la cara y el pelo; notaba cómo me corrían gotas de sudor que se colaban en el pañal. ¿Por qué no viene nadie a ayudarme?, pensé. Intenté emitir algún sonido, pero evidentemente no pude.

Y entonces ocurrió algo muy extraño. Me puse de pie. No me explico cómo ocurrió, hace años que no me tengo en pie, desde que me rescataron de Lipo-wao-nahele. Sin embargo, no solo me levanté, incluso intenté caminar, intenté acercarme hasta donde sabía que estaba el aparato de aire acondicionado. No obstante, en cuanto fui consciente de lo que sucedía, me desplomé, y unos minutos después alguien entró en la habitación y empezó a armar jaleo y a preguntarme por qué estaba en el suelo y si me había caído de la cama al darme la vuelta. Por un momento temí que fuera a atarme, como ya había ocurrido otras veces, pero no lo hizo, sino que llamó pidiendo ayuda, así que vino otra persona y me devolvieron a la cama y entonces, gracias a dios, encendieron el aire acondicionado.

En cualquier caso, la cuestión es que me había levantado, me había puesto de pie. Volver a erguirme era una sensación extraña a la vez que familiar, aunque luego estuve temblando un buen rato porque tengo las piernas muy atrofiadas. Anoche, después de que me dieran la cena y me asearan y todo quedara a oscuras y en silencio, empecé a pensar. Había sido una suerte que nadie me viera de pie; de lo contrario, habrían hecho preguntas, habrían llamado a mi madre y me habrían sometido a pruebas, como las que realizaron cuando me trajeron aquí: ¿por qué no caminaba? ¿Por qué no hablaba? ¿Por qué no veía?

—Está haciendo las preguntas equivocadas —le espetó mi madre a alguien, un médico—. Tendría que preguntar por qué no puede hacer todo eso.

—No, señora Bingham —contestó el médico, y advertí cierta tensión en la voz—. Estoy haciéndole las preguntas adecuadas. No se trata de que su hijo no pueda hacer esas cosas, sino de que no quiere.

Y mi madre se quedó callada.

Ayer, sin embargo, comprendí algo: ¿y si pudiera aprender a caminar de nuevo? ¿Y si practicara todos los días un rato de pie? ¿Qué ocurriría? La idea me asustó, pero también me emocionó. ¿Y si al final estaba mejorando?

Pero sigamos con mi historia, que es lo que quería contarte. El resto de quinto, Edward y yo nos vimos mucho. Él venía a mi casa de vez en cuando, pero por lo general era yo quien iba a la suya, donde jugábamos a las damas o a las cartas. Cuando venía a mi casa, él prefería jugar fuera, ya que su jardín era demasiado pequeño para lanzar un balón, pero no tardó en darse cuenta de que yo no tenía madera de atleta. Pese a todo, lo curioso fue que nuestra amistad nunca pareció estrecharse de manera significativa. Puede que los chicos no intercambien intimidades o secretos a esa edad, pero sí hay un mayor contacto físico: te recuerdo con esos años, peleándote con tus amigos, tirados por la hierba como animalillos, porque gran parte de la diversión consistía en ensuciaros juntos. Edward y yo, en cambio, no éramos así: yo era demasiado aprensivo, y él, demasiado tranquilo. Casi desde el principio, intuí que nunca me sentiría relajado estando con él, pero no me importaba.

Luego llegó el verano. Edward se fue a la Isla Grande, con sus abuelos; mi madre y yo nos marchamos a Hāna, donde por entonces teníamos una casa que pertenecía a la familia de mi padre desde antes de la anexión. Y para cuando volvió a empezar el colegio, algo había cambiado. A esa edad, las amistades son muy frágiles debido a los cambios drásticos —no solo a nivel físico, sino también emocional— que te transforman de un mes para otro. Edward entró en el equipo de béisbol y el de natación, e hizo nuevos amigos, mientras que yo volví a mi soledad. Supongo que aquello debió de entristecerme, pero, curiosamente, no recuerdo haber sentido ni pena ni rabia; fue como si el año anterior hubiera sido una equivocación y supiera que todo volvería a la normalidad en algún momento. Además, tampoco existía ninguna animosidad: solo nos habíamos alejado, no habíamos dejado de hablarnos, y cuando nos veíamos en el recinto del colegio o por los pasillos, nos saludábamos con la cabeza o la mano, gestos como los que dirigirías al otro lado de un ancho mar, donde sabes que tu voz no llega. Cuando nos reencontramos más de una década después, en cierto modo pareció inevitable, como si lleváramos tanto tiempo a la deriva que estuviéramos destinados a volver a cruzarnos.

Sin embargo, para mí hubo otros dos encuentros destacables en esos años en que estuvimos separados. El primero ocurrió cuando yo tendría unos trece años. Había oído hablar a dos chicas de mi curso. Una de ellas, todo el mundo lo sabía, estaba colada por Edward, pero a su amiga no le parecía bien.

—No puedes, Belle —siseó.

—¿Por qué no? —preguntó esta.

—Por... —contestó la otra, bajando la voz— su madre. Es una bailarina de esas...

Desde que se había matriculado, Edward había sido el protagonista ocasional de..., quizá no rumores, porque todo era cierto, pero sí de historias que corrían por ahí. Con el tiempo, siempre acababa sabiéndose quiénes eran los alumnos que estudiaban allí gracias a una beca, y los niños comentaban entre susurros a qué se dedicaban sus padres, imitando a los suyos propios cuando hablaban de los recién llegados. Edward no tenía padre y su madre era camarera, pero siempre estuvo a salvo del escarnio: se le daban bien los deportes y, además, no parecía importarle lo que dijera la gente, lo cual en parte motivaba las historias; creo que era la manera que tenían los demás alumnos de provocarlo, pero nunca lo consiguieron.

Al menos no era asiático. Aquellos eran los años del cupo, cuando solo el diez por ciento de los alumnos del colegio eran asiáticos, a pesar de que constituían cerca del treinta por ciento de la población del territorio. La mayoría de los que asistían a nuestro centro llegaban sin saber qué eran unos zapatos, solo utilizaban chancletas. Todos eran becados, alumnos calificados como brillantes y prometedores por sus anteriores profesores de colegios públicos que debían someterse a múltiples pruebas antes de que se los admitiera. Sus padres trabajaban en la última plantación de caña de azúcar de la isla, o en las fábricas de envasado, lugares donde ellos también estaban empleados los fines de semana y en verano, ya fuera cortando caña o recolectando piña en los campos y cargándola luego en camiones. Había un chico, Harry, que había empezado en el colegio en séptimo, cuyo padre era estercolero, el que limpiaba las letrinas de la plantación y trasladaba las heces humanas... ¿adónde?, eso no lo sabíamos. Decían que olía a mierda, y aunque a la hora del almuerzo se sentaba solo con sus sándwiches de arroz, como yo, jamás se me pasó por la cabeza presentarme: yo también lo miraba por encima del hombro.

Oír hablar de la señora Bishop me hacía añorarla. En realidad, ella era lo que más añoraba de mi amistad con Edward: su forma de agarrarme por los hombros y atraerme luego hacia sí para abrazarme mientras reía; su forma de besarme en la frente cuando me iba a mi casa, ya tarde; su forma de decirme que esperaba volver a verme pronto.

Nunca había prestado atención a lo que contaban sobre Edward, pero empecé a hacerlo, y al cabo del tiempo me enteré de que la señora Bishop, aunque seguía siendo camarera en el Mizumoto's, también bailaba tres noches a la semana en un restaurante llamado Forsythia. Era un local, bastante frecuentado, próximo al Mizumoto's, un garito al que acudían sindicalistas de todas las etnias. El hermano de Matthew, de quien él estaba muy orgulloso, era representante sindical de los empleados filipinos de la fábrica de conservas, y yo sabía que a veces iba al Forsythia porque en alguna ocasión, cuando regresaba del colegio, Jane me hacía una seña para que pasara por la cocina y, con una floritura, me presentaba una caja amarilla del restaurante que contenía un esponjoso bizcocho de guayaba cubierto por una capa de un rosa lustroso.

—Del hermano de Matthew —decía. Ella también estaba orgullosa de él, y el orgullo la hacía incluso más generosa—. Ten un buen trozo, Wika. Coge más.

Yo no entendía por qué deseaba tanto verla. Sin embargo, un viernes por la tarde les dije a Matthew y a Jane que tenía que quedarme después del colegio para ayudar a pintar los decorados de la obra de teatro anual, y me acerqué hasta allí en bici. El Forsythia (más adelante me preguntaría quién había elegido el nombre, ya que esa planta no crece en Hawai'i y nadie sabía qué era) se encontraba al final de una hilera de tiendecitas, la mayoría regentadas por japoneses, como las que rodeaban la casa de los Bishop, y aunque habían pintado el exterior de estuco de un amarillo vivo, su diseño pretendía recordar un salón de té japonés, con el tejado a dos aguas y unas ventanas pequeñas situadas en lo alto de las paredes. No obstante, en la parte trasera del edificio, cerca de una de las esquinas, había una ventana estrecha y alargada a la que acerqué la bici sin hacer ruido.

Me senté a esperar. La entrada de la cocina se encontraba a pocos metros, pero había un contenedor y me escondí tras él.

Un grupo de música hawaiana tocaba los viernes y los fines de semana e interpretaba clásicos de big band, la música que le gustaba a mi padre —«Nani Waimea, Moonlight in Hawai'i, Ē Lili'u ē»—, y al concluir la cuarta canción oí que el guitarrista anunciaba:

—Y ahora, señores... y algunas señoras, ¿no?, por favor, ¡demos todos juntos la bienvenida a la encantadora señorita Victoria Nāmāhānaikaleleokalani Bishop!

El público la vitoreó, y yo eché un vistazo por la ventana y vi a la señora Bishop vestida con un ceñido holokū amarillo con un estampado de hibiscos blancos, un lei de flores de puakenikeni naranjas en la cabeza, el pelo recogido en un moño y los labios de color escarlata, subiendo al pequeño escenario. Saludó al público, que aplaudía, y la vi bailar al son de «My Yellow Ginger Ley» y «Pālolo». Era una delicia verla bailar, y aunque yo apenas hablaba hawaiano, entendí la letra contemplando sus movimientos.

Mientras la miraba, con su rostro iluminado de felicidad, me asaltó la idea de que, aunque siempre me había gustado, una parte de mí había esperado verla degradada de alguna manera. «Bailar» sonaba muy sórdido de boca de mis compañeros de clase, como algo que una mujer desesperada se veía obligada a hacer, y una parte de mí ansiaba presenciarlo. Verla allí, majestuosa y elegante, fue tanto un alivio como, por mucho que detestara reconocerlo, una decepción; comprendí que, después de todo, sí le guardaba rencor a su hijo, que deseaba que Edward tuviera algo de lo que avergonzarse y que había deseado que ese algo fuera su madre, quien siempre se había portado bien conmigo, mejor de lo que podría hacerlo nunca su hijo. Ella no bailaba forzada por las circunstancias, bailaba porque le gustaba bailar, y aunque inclinaba la cabeza con gesto agradecido ante el aplauso del público, también quedaba claro que su dicha no dependía de la aprobación general.

Me fui antes de que terminara el número. Pero esa noche, ya en la cama, estuve pensando en la tarde que salí de casa de los Bishop por primera vez y, al volverme, los vi en la cocina, juntos, riendo y charlando en la cálida luz amarillenta de la casa. Rememoré ese recuerdo: habían puesto un disco en el tocadiscos, y la señora Bishop, que aún llevaba el uniforme del Mizumoto's, bailaba mientras Edward tocaba el ukelele al compás de la música. Fuera, en el jardincito, se apiñaban todos los compañeros de clase de Edward, y míos, y todos los clientes del Forsythia, y juntos mirábamos y aplaudíamos, aunque madre e hijo no se volvieron a saludarnos; para ellos, no había nadie más, era como si los demás no existiéramos.

Ese fue el primer suceso del que quería hablarte. El segundo ocurrió tres años después, en 1959.

Era 21 de agosto, y el año escolar acababa de empezar. Yo estaba en décimo, a punto de cumplir dieciséis años. Al pasar al instituto, veía a Edward más a menudo que los años anteriores, cuando estábamos asignados a grupos distintos. Ahora éramos nosotros quienes nos trasladábamos de un aula a otra, y a veces coincidíamos en la misma clase. La antigua racha de popularidad de la que había disfrutado cuando descubrieron que se le daban bien los deportes había disminuido, y por entonces casi siempre lo veía con los mismos tres o cuatro chicos. Como de costumbre, nos saludábamos al pasar con un gesto de la cabeza, a veces incluso intercambiábamos algunas palabras si estábamos cerca —«Creo que la he cagado en el de química». «Ah, yo también»—, pero nadie nos habría considerado amigos.

Estaba en clase de lengua cuando el sistema de megafonía crepitó y oímos la voz del director, hablando deprisa y emocionado: el presidente Eisenhower había firmado una ley por la que se otorgaba a Hawai'i la condición de estado. Ya éramos oficialmente el quincuagésimo estado estadounidense. Muchos alumnos, y mi profesor, empezaron a aplaudir.

Nos dieron el resto del día libre a modo de celebración. Para la mayoría de nosotros, se trataba de una formalidad, pero sabía que Matthew y Jane estarían entusiasmados; llevaban treinta años viviendo en el territorio y querían tener derecho a voto, algo en lo que yo ni siquiera había pensado.

Me encaminaba a la puerta oeste del complejo cuando vi a Edward, que se dirigía al sur. Lo primero en que me fijé fue en lo lento que andaba; otros alumnos pasaban por su lado, hablando de lo que harían con ese inesperado día de fiesta, pero él parecía un sonámbulo.

Estaba a punto de alcanzarlo cuando levantó la vista de pronto y me vio.

—Hola —saludé, y luego, al ver que no decía nada, añadí—: ¿Qué vas a hacer en tu día libre?

No contestó enseguida, y pensé que tal vez no me había oído.

—Es una muy mala noticia —dijo al cabo de un momento.

Habló en voz tan baja que al principio creí no haberlo entendido bien.

—Ah —repuse, como un tonto. Aunque sonó como si le hubiera llevado la contraria.

—Es una muy mala noticia —repitió sin inflexión—. Muy mala.

Y acto seguido me dio la espalda y continuó andando. Recuerdo que en aquel momento pensé que parecía solo, a pesar de que lo había visto solo muchas veces y nunca lo había relacionado con la soledad, como ocurría en mi caso. Esa vez, en cambio, noté algo distinto. Parecía —aunque por entonces no supe encontrar la palabra— desconsolado, y si bien no le veía la cara, había algo en la postura de la espalda, en la forma en que encorvaba los hombros que, de haber sabido algo más de la vida, me habría hecho pensar en que acababa de sufrir una pérdida irreparable.

Comprendo que ese suceso, viniendo del Edward que tú conoces, tal vez no parezca gran cosa, pero era muy poco propio del Edward de entonces, aunque debo reconocer que tampoco lo conocía yo tan bien. Sin embargo, si él hubiera manifestado la menor convicción acerca de los derechos de los hawaianos nativos, a pesar de que el concepto de los derechos de los hawaianos nativos aún no existía en sí, lo habría sabido, ya fuera a través de él, ya fuera por los cotilleos. (Oigo a Edward decir: «Pues claro que existía». Así que, de acuerdo: aún no le habían dado nombre. Ni le habían dado nombre ni se había popularizado, ni siquiera a pequeña escala). En nuestro curso, unos cuantos chicos estaban interesados en política; a uno, hijo del gobernador del territorio, incluso se le metió en la cabeza que un día sería presidente de Estados Unidos. Pero Edward no era uno de ellos, por lo que aún resulta más sorprendente lo que sucedió después.

Con todo, debería añadir que Edward no fue la única persona que ese día se llevó un disgusto. Al volver a casa, encontré a mi madre en el jardín de invierno cosiendo una colcha, algo bastante insólito, dado que los viernes por la tarde solía estar con las Hijas, realizando tareas de voluntariado en un comedor social para familias hawaianas. Cuando entré en la sala, levantó la vista y nos miramos en silencio.

—Nos han dejado salir antes —la informé—. Por lo de la declaración.

Asintió.

—Yo hoy me he quedado en casa —dijo—. No podía soportarlo. —Bajó los ojos a la colcha que tenía en el regazo, con el dibujo del fruto del árbol del pan en verde oscuro sobre blanco, y luego volvió a alzarlos hacia mí—. Esto no cambia nada, ¿sabes, Kawika? —añadió—. Tu padre aún debería ser rey. Y algún día, tú también. Recuérdalo.

Fue una mezcla extraña de tiempos verbales, una frase llena de promesas y agravios, de calma y resignación.

—Muy bien —dije, y ella asintió.

—Esto no cambia nada —repitió—. Esta tierra es nuestra.

Luego miró el bastidor de nuevo, la indicación de que podía retirarme, y subí a mi cuarto.

No tenía una opinión formada acerca de la nueva condición de estado. Aquello quedaba bajo el amplio paraguas de «asuntos gubernamentales», y el Gobierno era lo último que me interesaba. Quién estaba al frente, qué decisiones se tomaban...; nada de eso me afectaba. Una firma en un papel carecía de importancia en mi día a día. Nuestra casa, las personas que la habitaban, el colegio: nada de eso cambiaría. La carga que pesaba sobre mis hombros no tenía nada que ver con una ciudadanía, sino con un legado: yo era David Bingham, hijo de mi padre, y todo lo que eso conllevaba. Al echar la vista atrás, supongo que incluso me sentí aliviado: viendo que el destino de las islas estaba decidido, tal vez ya no tendría que cargar con la responsabilidad y la obligación de intentar enmendar una historia que no me creía capaz de cambiar.

Casi pasaría otra década antes de que regresara a la órbita de Edward, pero durante esos años ocurrieron muchas cosas.

Lo primero es que me gradué, igual que todos. La mayoría de mis compañeros de clase ingresaron en universidades del continente; al fin y al cabo, para eso nos habían preparado, para eso habíamos ido al colegio. Se suponía que estudiaríamos fuera y nos licenciaríamos, que quizá viajaríamos un poco, y que luego, después de la universidad, de cursar Derecho o Medicina, volveríamos y conseguiríamos un trabajo en los bancos, bufetes y hospitales más prestigiosos, cuyos dueños o fundadores eran parientes o antepasados nuestros. Unos pocos formarían parte del Gobierno y encabezarían los departamentos de Transporte, Educación y Agricultura.

Al principio, fui uno de ellos. El consejero escolar me había recomendado una escuela poco conocida de humanidades del valle del Hudson, en Nueva York, y en septiembre de 1962 viajé hacia allí.

No tardó en hacerse evidente que no estaba hecho para la universidad. Puede que fuera pequeña, cara y desconocida, pero los demás estudiantes, la mayoría de los cuales procedían de familias ricas y un tanto bohemias de la ciudad de Nueva York, en cierto modo eran mucho más sofisticados que yo y poseían una educación mucho mejor que la mía. No se trataba de que no hubiera viajado, pero siempre lo había hecho a Oriente, y a ninguno de mis compañeros de clase parecía interesarle los lugares en los que yo había estado. Ellos habían visitado Europa, algunos todos los veranos, y pronto cobré conciencia de mi provincianismo. Muy pocos sabían que Hawai'i había sido un reino; más de uno me preguntó si vivía en una casa «de verdad», refiriéndose a si era de piedra, con tejado de madera. La primera vez no supe qué contestar de lo ridícula que me pareció la pregunta, y me quedé mirando a la otra persona, incrédulo, hasta que se fue. Las referencias que tenían, los libros que citaban, las vacaciones de que disfrutaban, la comida y el vino que preferían, la gente que todos parecían conocer..., todo se convertía en un zumbido a mi alrededor.

Sin embargo, lo curioso era que no la tomé con ellos, sino con el lugar del que yo procedía. Maldecía mi colegio, al que habían asistido generaciones de Bingham, por no haberme preparado mejor. ¿Qué había aprendido allí que me fuera útil? Había estudiado las mismas asignaturas que mis compañeros de clase, pero parecía que gran parte de mi educación se había concentrado en conocer la historia de Hawai'i y un poco de su lengua, que ni siquiera sabía hablar. ¿De qué iban a servirme esos conocimientos si al resto del mundo le daba igual? Ni me atrevía a mencionar quién era mi familia, pues intuía que la mitad de ellos no me creería y la otra mitad se burlaría de mí.

Me convencí de ello después de la obra de teatro. Cada diciembre, la universidad presentaba una serie de números breves interpretados por estudiantes en que satirizaban a varios profesores y demás miembros de la administración. Uno de los números tenía de protagonista al rector, que siempre hablaba de reclutar estudiantes de países nuevos y lugares extraños, tratando de convencer a un chico de una tribu de la Edad de Piedra —el príncipe Bunga-Bunga de los Unga-Unga, así se llamaba— para que fuera a la facultad. El estudiante que interpretaba al cavernícola se había oscurecido la piel con betún marrón, llevaba un pañal extragrande y se había pegado medio hueso de cartón a cada lado de la nariz para que pareciera que le atravesaba el tabique nasal. En la cabeza lucía una fregona teñida de negro, cuyos gruesos flecos se había atado en la parte de atrás para apartárselos de la cara.

—Muy buenas, joven —dijo el estudiante que interpretaba al rector—. Parece usted un muchacho inteligente.

—¡Unga bunga, unga bunga! —berreó el estudiante que interpretaba al príncipe de la tribu, rascándose bajo los brazos como un simio y dando saltitos sobre uno y otro pie.

—Aquí enseñamos todo lo que un joven debe aprender para que se le considere culto —prosiguió el rector, soportando con estoicidad las monerías del cavernícola—. Geometría, historia, literatura, latín y, por supuesto, deportes: lacrosse, tenis, fútbol, bádminton.

Y le tendió una pluma de bádminton al cavernícola, quien se la metió en la boca sin pensárselo.

—¡No, no! —gritó el rector, perdiendo los nervios—. ¡No es para comer, buen hombre! ¡Escúpalo ahora mismo!

El cavernícola le hizo caso y continuó rascándose y brincando, y a continuación, tras una pausa durante la que miró al público, agrandó los ojos, abrió del todo la boca, que se había pintado con lápiz de labios rojo, y se abalanzó sobre el rector de un salto, tratando de arrancarle la mejilla de un mordisco.

—¡Socorro! —gritó el rector—. ¡Socorro!

Empezaron a correr por el escenario en círculos, y los dientes del cavernícola entrechocaban con un chasquido seco y leñoso cada vez que lanzaba una dentellada al aire, carcajeándose y dando alaridos mientras perseguía al rector hasta los bastidores.

Los dos actores volvieron al escenario entre sonoros aplausos. El público no había dejado de reír en todo el rato de una manera obscena y exagerada, como si estuvieran aprendiendo a carcajearse y lo hicieran por primera vez. Solo dos personas permanecimos en silencio: un estudiante de último año de Ghana al que no conocía, y yo. Lo observé mientras él contemplaba el escenario, con el gesto reservado y tenso, y comprendí que creía que trataba sobre él y su hogar, pero yo sabía que trataba sobre mí y el mío: las palmeras de cartón, los helechos atados en manojos burdos alrededor de los tobillos y las muñecas del salvaje, el lei de flores hechas con pajitas de plástico y papel de periódico. Era un disfraz chapucero y torpe, hecho chapucera y torpemente, ofensivo ya solo por lo ridículo que resultaba. Comprendí que eso era lo que pensaban de mí, y más adelante, cuando Edward mencionó Lipo-wao-nahele por primera vez, recordé esa noche, la sensación de estar contemplando, paralizado, cómo descuartizaban sin compasión todo lo que era yo, y todo lo que era mi familia, cómo lo desnudaban y lo empujaban al escenario para su escarnio.

¿Cómo iba a quedarme allí después de eso? Hice la maleta y bajé en autobús a Manhattan, donde me alojé en el Plaza, el único hotel que me sonaba. Envié un telegrama a mi tío William, que administraba las propiedades de mi padre, para pedirle que me mandara dinero y no se lo dijera a mi madre; me respondió diciendo que de acuerdo, pero que no podría ocultárselo mucho tiempo y que esperaba que no hiciera tonterías.

Dedicaba los días a pasear. Todas las mañanas iba a desayunar a una cafetería que había cerca de Carnegie Hall donde te servían huevos fritos, patatas, beicon y café por menos de lo que habría pagado en el hotel, y luego echaba a andar al norte o al sur o al este o al oeste. Tenía un abrigo de tweed, caro y bonito, pero que abrigaba poco, y mientras caminaba, iba echándome el aliento en las manos, y cuando ya no podía soportar el frío, buscaba otro bar u otra cafetería para tomar un chocolate caliente y templarme un poco.

Mi identidad variaba según el barrio en que me encontrase. En el centro pensaban que quizá era negro, pero en Harlem sabían que no. Se dirigían a mí en español, en portugués, en italiano, incluso en hindi, y cuando contestaba: «Soy hawaiano», siempre comentaban que ellos, o un hermano o un primo, habían estado allí después de la guerra, y me preguntaban qué hacía tan lejos de casa, cuando podría estar en la playa con una de esas guapas bailarinas de hula. Nunca sabía qué contestar, aunque tampoco esperaban que respondiese: lo único que hacían era preguntar, pero a nadie le interesaba oír lo que tuviera que decir.

Sin embargo, al octavo día —esa mañana el tío William me había enviado un telegrama en que decía que los de la oficina de administración habían avisado a mi madre de que había dejado la universidad, y que ella le había dado instrucciones para que me mandara un billete de vuelta a casa, que estaría esperándome esa noche—, regresaba al hotel de mi paseo por Washington Square Park, adonde había ido a ver el arco. Esa tarde hacía bastante frío y soplaba un viento racheado, y la ciudad parecía reflejar mi estado de ánimo, sombrío y desapacible.

Había subido por Broadway y, al torcer a la derecha hacia Central Park South, estuve a punto de tropezar con un vagabundo. Ya lo había visto antes; era un hombre bajito y rechoncho, moreno y maltratado por la vida, vestido con un abrigo negro demasiado largo, que siempre estaba en la misma esquina y sostenía con ambas manos un bombín de fieltro de esos que se llevaban hacía treinta años, y que agitaba cuando pasaba la gente. «¿Una monedita, señor? —decía—. ¿No tendrá unos centavos sueltos?».

Estaba a punto de pasar de largo y murmurar una disculpa, cuando me miró, y al hacerlo se cuadró de pronto, como un soldado, e hizo una reverencia doblándose por la cintura. Lo oí contener el aliento.

—Alteza —dijo al suelo.

Lo primero que sentí fue vergüenza. Miré alrededor, pero nadie se había fijado en nosotros; nadie lo había visto.

Se levantó y clavó sus ojos húmedos en mí. En ese momento vi que era de los míos, de los nuestros: reconocía la forma, el color, la fisonomía de ese rostro, si bien no los atributos particulares.

—Príncipe Kawika —dijo con la voz empañada de emoción y alcohol, al que apestaba—. Conocí a su padre —aseguró—, conocí a su padre. —Y entonces agitó el sombrero delante de mí—. Por favor, Alteza —insistió—, por favor, dele algo a uno de sus súbditos, tan lejos de casa.

No había picaresca, solo era un ruego. Únicamente después, de vuelta en mi habitación, me preguntaría qué hacía ese hombre tan lejos de Hawai'i, cómo había acabado pidiendo en una esquina de Nueva York, y si había conocido de verdad a mi padre; al fin y al cabo, era posible. Para los monárquicos fieles, y ese hombre parecía serlo, haber conseguido la condición de estado era un insulto, la pérdida de una esperanza.

—Por favor, Alteza, tengo mucha hambre.

El sombrero era oscuro y solo vi unas pocas monedas dando vueltas en la copa de fieltro brillante.

Saqué la cartera, le entregué apresuradamente cuanto llevaba —unos cuarenta dólares, me pareció— y continué mi camino, alejándome de sus gritos de agradecimiento. Yo era el príncipe Bunga-Bunga de los Unga-Unga, salvo que, en lugar de perseguir a alguien, huía, como si él, aquel hombre que se hacía llamar mi súbdito, fuera quien me persiguía. Estaba tan hambriento que abriría la boca y, cuando cerrara la mandíbula, me atraparía la cabeza entre sus dientes y la masticaría hasta hacerla papilla durante todo el tiempo que faltaba para que se acabara la obra.

Volví a casa y me matriculé en la Universidad de Hawai'i, a la que solo iban los graduados de mi colegio que eran pobres o sacaban malas notas. Tras licenciarme, me dieron un puesto en lo que había sido la empresa de mi padre, si bien no podía llamársele empresa dado que ni producía, ni vendía, ni compraba nada: se trataba de un conglomerado de propiedades e inversiones que mi familia aún conservaba; y además del tío William, que era abogado, y de un contable, había un oficinista y una secretaria.

Al principio me presentaba todos los días a las ocho, pero a los pocos meses quedó claro que mi presencia era innecesaria. Aunque tenía el título de «administrador de fincas», no había nada que administrar. La fundación era prudente, y varias veces al año se compraban o vendían algunos valores y se reinvertían los dividendos. Contrataron a un chino con cara de roedor para que recaudara los alquileres de varias propiedades residenciales y, si los inquilinos no querían o no podían pagar, enviaban a un samoano, enorme y aterrador, a hacerles una segunda visita. Los objetivos de la fundación eran deliberadamente poco ambiciosos, porque la ambición conllevaba riesgo, y tras enjugar las deudas de mi padre se centraron en conservar lo que quedaba, en que proporcionara lo suficiente para que mi madre y yo pudiéramos vivir de rentas, y si lo planificaban bien, hasta mis bisnietos y tataranietos.

Una vez que tuve claro que la empresa seguiría adelante conmigo o sin mí, empecé a hacer pausas largas. Las oficinas se encontraban en el centro, en un bonito y viejo edificio de estilo colonial, y yo me iba a las once, antes de que la gente saliera a comer, y me acercaba a Chinatown. Recibía un salario, pero procuraba no despilfarrar: iba a un restaurante donde servían un wonton min de cerdo y gambas por veinticinco centavos, y después de pagar paseaba por las calles, pasaba junto a los vendedores ambulantes que apilaban carambolas y rambutanes en pirámides, junto a los boticarios con sus recipientes de raíces y semillas desecadas, sus hileras de tarros de cristal llenos de un líquido turbio, manojos de hierbas y patas de distintos animales inidentificables, desprovistas de pelo. En Hawai'i nunca cambiaba nada; era como si cada día saliera a un escenario, como si cada mañana, mucho antes de despertarme, lo desplegaran, lo barrieran y lo dispusieran todo para que yo volviese a recorrerlo.

Naturalmente me sentía solo. Algunos chicos con quienes había logrado fingir que me unía cierta amistad en el instituto también habían vuelto a la ciudad, pero estaban ocupados tratando de sacarse un título en la escuela universitaria, o con sus nuevos trabajos, así que pasaba gran parte del tiempo igual que cuando era niño: en casa de mi madre, en mi habitación o en el jardín de invierno, viendo la televisión en el pequeño aparato en blanco y negro que había comprado con mi salario. Los fines de semana iba a ver a los pescadores de Waimānalo y Kaimana, o al cine. Cumplí veintidós años, y luego veintitrés.

Un día, ya con veinticuatro, volvía a la ciudad en coche. Era tarde. Por entonces ya ni siquiera iba al trabajo, fui apartándome poco a poco de la vida de la oficina hasta que simplemente no volví. Nadie pareció molestarse, ni siquiera sorprenderse; al fin y al cabo, era mi dinero, y continuó llegando en forma de cheque cada dos semanas.

Atravesaba Kailua, que a la sazón era un pueblito, sin las tiendas ni los restaurantes que tendría una década después, cuando pasé junto a una parada de autobús. Dos veces al mes, recorría la isla en coche; una semana me dirigía al este y la siguiente al oeste. Era una manera de pasar el tiempo: me sentaba en la playa, cerca de la iglesia de piedra de Lāʿie, donde mi padre solía repartir dinero, y miraba el mar. En el banco de la parada de autobús, que se encontraba debajo de una de las pocas farolas que iluminaban la carretera, había una joven sentada. Conducía despacio, por lo que alcancé a fijarme en que era morena, con el pelo retirado de la cara, y en que llevaba una falda de algodón con un estampado de naranjas: era como si resplandeciera bajo la luz. Estaba sentada con la espalda muy recta, las piernas juntas, las manos entrelazadas en el regazo, la correa del bolso enrollada en la muñeca.

No sé por qué no seguí adelante, pero no lo hice; realicé un cambio de sentido en medio de la carretera, que estaba desierta, y regresé junto a ella.

—Hola —saludé cuando estuve cerca, y ella me devolvió la mirada.

—Hola —contestó.

—¿Adónde vas? —le pregunté.

—Estoy esperando el autobús que lleva a la ciudad.

—El autobús ya no pasa a estas horas —dije y, por primera vez, puso cara de preocupación.

—Oh, no, tengo que volver a la residencia o cerrarán las puertas —repuso.

—Yo puedo llevarte —me ofrecí, y vi que vacilaba y miraba a ambos lados de la carretera—. Puedes ir detrás —añadí.

Al oír aquello, asintió y sonrió.

—Gracias —dijo—, no sabes cuánto te lo agradezco.

Se sentó igual que en la parada de autobús: erguida y serena, con la mirada al frente.

—Estudio en la universidad —dijo al fin, como ofreciéndose a entablar conversación.

—¿En qué curso estás? —pregunté.

—En primero, pero solo estudiaré aquí este año.

Estaba en un programa de intercambio, dijo, y al año siguiente volvería a Mineápolis y se licenciaría allí. Se llamaba Alice.

Empecé a salir con ella. Vivía en una residencia universitaria femenina, Frear Hall, en cuyo vestíbulo la esperaba hasta que ella bajaba. Todos los miércoles, iba a Kailua a que una anciana hawaiana le diera clases de tejido, por eso siempre llevaba una recatada falda larga hasta las rodillas y el pelo recogido. El resto de los días vestía tejanos y se dejaba la melena suelta. Por la textura del pelo y la forma de la nariz, sabía que no era del todo haole, pero no lograba ubicarla. «Soy hispana», dijo; sin embargo, por el tiempo que había pasado en el continente, sabía que ese «hispana» a veces significaba mexicana, o puertorriqueña, o cualquier otra cosa. Me habló de sus estudios, de que había ido allí porque quería vivir en un sitio cálido una vez en la vida, aunque había acabado adorándolo, de que quería volver a casa y ser maestra, y de lo mucho que echaba de menos a su madre (su padre había fallecido) y a su hermano pequeño. Me habló de cuánto deseaba una vida llena de aventuras, de que vivir en Hawai'i era un poco como vivir en el extranjero, y de que un día viajaría a China y a la India y, cuando acabara la guerra, también a Tailandia. Hablamos de lo que ocurría en Vietnam, y de las elecciones, y de música, aunque ella siempre tenía más que decir que yo. A veces me preguntaba sobre mi vida, pero no había mucho que contar. Aun así, parecía que yo le gustaba; me trataba muy bien, y cuando me veía en apuros después de llevar un rato revolviéndole la ropa, me colocaba las manos en sus hombros y se desabrochaba ella el vestido.

Nos acostamos una noche en su habitación, cuando su compañera no estaba. Tuvo que decirme lo que debía hacer, y cómo, y al principio me sentí cohibido, y luego no sentí nada. Después, pensando en la experiencia, decidí que no había sido ni placentera ni desagradable, pero me alegraba haberlo hecho y que hubiera terminado. Tenía la sensación de haber dado un paso importante, uno que me identificaba como adulto, aunque mi vida diaria dijera lo contrario. A pesar de que había resultado menos placentero de lo que suponía, también había sido más fácil, y lo repetimos unas cuantas veces más, lo que me hizo sentir que mi vida estaba de algún modo encaminada.

Ahora llega la parte que conoces, Kawika, que también es la dura. Naturalmente Alice sabía quién era mi familia, pero no pareció darse verdadera cuenta de las implicaciones hasta que hubo vuelto al continente. Para cuando la carta llegó a la empresa, yo ya había sufrido el primero de mis ataques. Al principio creía que se trataba de dolores de cabeza: el mundo enmudecía y se aplanaba, y campos de colores cambiantes —como los que veíamos juntos cuando mirábamos el sol y luego cerrábamos los ojos— flotaban en mi campo de visión. Cuando volvía en mí, podía haber transcurrido un minuto o una hora, y luego me encontraba aturdido y desorientado. Después del diagnóstico, me retiraron el carnet de conducir; a partir de entonces, Matthew tuvo que llevarme a todas partes, y si Matthew no estaba disponible, mi madre.

Así que no recuerdo muy bien la serie exacta de acontecimientos que te trajeron a casa. Sé que tu abuela te dijo que, a todos los efectos, tu madre te había abandonado, que había escrito al tío William diciendo que alguien tenía que ir a buscarte porque ella se marchaba de nuevo de Mineápolis, esta vez a estudiar a Japón, y que su madre no estaba en condiciones de cuidar del bebé. Más tarde, el tío William me contó que, si bien Alice se había puesto en contacto con la empresa, fue tu abuela quien, tras recibir pruebas fehacientes de que eras un Bingham, le ofreció dinero. Alice, tu madre, contraatacó exigiendo una cantidad distinta, para la que sería necesario vender la casa de Hāna, como advirtió el tío William a tu abuela. «Hazlo», le dijo esta, y no necesitó explicarle por qué: serías el heredero de la familia, y no había garantías de que yo pudiera ofrecer ninguno más. Tu abuela tuvo que aprovechar la oportunidad que se le presentaba. Un mes después, el tío William voló a Minnesota para refrendar el acuerdo; cuando regresó, lo hizo contigo. Todo aquello recordaba a los supuestos orígenes de mi propia madre, aunque ninguno llegamos a comentarlo nunca.

No sé qué versión es la verdadera. Lo que sí sé es que ella nunca me lo dijo, ni que estaba embarazada ni que había dado a luz. Desapareció de mi vida cuando acabó el año académico de 1967. También sé que falleció: se casó en algún momento a principios de los setenta con un hombre que conoció cuando estudiaba en Kobe y ambos murieron en un accidente en barco en 1974. Sin embargo, en cuanto a por qué ni ella ni su familia se pusieron nunca en contacto contigo... Solo se me ocurre que se debe a que lo prohibían los términos del acuerdo al que llegó con tu abuela.

No les guardes rencor, Kawika, ni a tu abuela ni a Alice. Una deseaba tenerte con toda su alma, y ser madre no entraba en los planes de la otra.

También sé que eres y siempre fuiste la alegría de mi vida, que tenerte hacía que por fin me sintiera útil. Aún eras un bebé cuando llegaste a mí, y durante esos años en que aprendiste a darte la vuelta, a sentarte, a caminar, a hablar, mi madre y yo vivimos en armonía... gracias a ti. A veces estábamos sentados en el suelo del jardín de invierno, contemplando cómo agitabas las piernecitas y balbuceabas, y cuando reíamos o aplaudíamos tus esfuerzos, en algún momento nuestras miradas se cruzaban y era como si no fuéramos madre e hijo, sino marido y mujer, y tú fueras nuestro hijo.

Ella siempre estuvo orgullosa de ti, Kawika, igual que yo, tanto entonces como ahora. Y sigue estándolo, lo sé, solo está decepcionada porque te echa de menos, igual que yo.

Y, llegados aquí, permíteme dejar claro que nunca te he reprochado que me dejaras. Yo no era responsabilidad tuya; al revés. Tuviste que encontrar una salida a una situación en la que nunca debiste verte.

A lo largo de los años, no hacía más que esperar el día en que me preguntaras por tu madre, pero ese día nunca llegó. Reconozco que era un alivio, aunque más tarde comprendí que quizá no preguntabas porque querías protegerme, porque siempre intentabas protegerme, cuando era yo quien debería haberte protegido a ti. Tu aparente falta de interés por tu madre motivó que me peleara con tu abuela, una de las pocas veces que me enfrenté a ella.

—Es raro —comentó tras la reunión que habíamos mantenido con tu tutora y durante la cual tu profesora había mencionado que no sabía nada de tu madre—, es raro que tenga tan poca curiosidad.

Según daba a entender, aquello significaba que, de alguna manera, eras lento, lento o indiferente, y me encaré con ella.

—Entonces ¿lo que quieres es que empiece a preguntar? —dije, y tu abuela se encogió de hombros, levemente, sin levantar la vista del bastidor.

—Claro que no —contestó—, solo digo que es raro que no lo haga.

Estaba furioso con ella.

—No es más que un niño —repuse— y cree lo que le has contado. Me resulta increíble que estés quejándote de que confíe en ti, que intentes que parezca un defecto.

Me levanté y salí de la habitación, y esa noche mi madre le pidió a Jane que hiciera arroz con leche, tu postre preferido, su manera de pedirte perdón, aun cuando tú jamás sabrías que se trataba de una disculpa.

Al final acabó resultando sencillo fingir que nunca habías tenido madre. Te gustaba que te contara un cuento japonés, uno sobre un niño que había nacido de un melocotón y al que había encontrado una pareja de ancianos que no tenía hijos. «Léeme *Momotaro* otra vez», decías, y luego, cuando acababa, insistías en que volviera a leértelo. Con el tiempo, empecé a contarte una versión sobre un niño, Mangotaro, al que habían descubierto en el interior de un mango que colgaba del árbol de nuestro jardín, y sobre cómo crecía y corría muchas aventuras y hacía muchos amigos. La historia siempre acababa con el niño dejando al padre, la abuela, la tía y el tío y yéndose muy lejos, donde correría nuevas aventuras y haría nuevos amigos. Ya entonces, sabía que mi deber consistía en quedarme y el tuyo en marcharte, en que te marcharas a un lugar que yo no vería nunca, en que vivieras tu propia vida.

—¿Y cómo sigue? —preguntabas cuando la historia se acababa y yo te daba un beso de buenas noches.

—Un día tendrás que volver y contármelo —te decía.

Kawika, ha vuelto a suceder. He tenido un sueño en el que estaba erguido, y no solo erguido, sino caminando. Tenía los brazos extendidos delante de mí, como un zombi, y arrastraba un pie y luego el otro. Hasta que comprendía, una vez más, que no estaba soñando, sino que caminaba de verdad, así que me he concentrado y he usado las manos para tocar las paredes y avanzar a tientas por la estancia.

Mi cama se encuentra en mitad de la habitación, lo que sabía porque había oído a mi madre quejarse al respecto —¿por qué estaba en el centro en lugar de pegada a una de las paredes?, se preguntaba—, pero yo me he alegrado, porque así ha sido más fácil moverme a su alrededor. Ahí estaba la pared de ventanas que daban al jardín; ahí estaba la puerta del cuarto de baño al que me llevaban para bañarme y ducharme; ahí estaba la puerta —cerrada con llave— que daba, suponía, al pasillo. Ahí estaba la cómoda, sobre la que había varios frascos y botes, unos pesados, otros ligeros, unos de cristal, otros de plástico. He abierto el primer cajón y he tocado mis pantalones cortos, mis camisetas. El suelo estaba frío, era de baldosas o piedra, pero conforme me acercaba a la cama, me he topado con una superficie distinta y he sabido reconocer una esterilla de lauhala trenzada, de tacto satinado bajo mis pies, como la que tenía en el dormitorio de casa. Jane decía que mantenían fresca toda la habitación, y aunque se astillaban y estropeaban, se sustituían cada pocos meses sin problemas.

Después de haber encontrado el camino de vuelta a la cama, he estado un buen rato despierto pues he caído en la cuenta de una cosa: ¿y si me fuera? Si he conseguido caminar, ¿acaso no podría acabar recuperando lo demás? La vista, por ejemplo. O el habla. ¿Y si me marchara de aquí una noche? ¿Y si fuera a buscarte? ¿No sería una sorpresa? Volver a verte, volver a abrazarte. Me he dicho que, mientras tanto, no se lo diría a nadie, al menos hasta que hubiera practicado más, y la verdad es que el paseo, por corto que haya sido, me ha dejado sin aliento. Pero ahora tú también lo sabes. Voy a ir a buscarte, voy a ir por mi propio pie.

También estaba caminando el día que me reencontré con Edward. Era 1969 y solo llevabas cuatro meses conmigo, ni siquiera habías cumplido el año. Varias veces a la semana, le pedía a Matthew que nos llevara a Kapiʻolani Park, donde te paseaba en tu carrito, entre los samanes y las cañafístulas, y donde, de cuando en cuando, nos deteníamos para ver jugar al club de críquet. O te llevaba a Kaimana Beach, donde solía pararme a mirar a los pescadores.

Por entonces —y puede que incluso ahora— era poco habitual ver a un joven empujando un carrito, y a veces la gente se reía. En cualquier caso, yo nunca decía nada, nunca les respondía, me limitaba a seguir adelante. Así que esa mañana, cuando sentí, más que vi, que alguien se detenía a mirarnos, no le di mayor importancia, y solo cuando esa persona me llamó por mi nombre me detuve a mi vez, y únicamente porque había reconocido la voz.

—¿Qué tal todo? —preguntó, como si solo hubiera pasado una semana en lugar de cerca de una década desde la última vez que nos habíamos visto.

—No puedo quejarme —dije, estrechándole la mano.

Había oído que se había trasladado a Los Ángeles, donde había estudiado en la universidad, y se lo comenté, pero él se encogió de hombros.

—Acabo de volver —dijo. Luego miró dentro del cochecito—. ¿De quién es? —preguntó.

—Mío —contesté, y él parpadeó.

Otra persona se habría echado a reír de puro asombro, o habría pensado que estaba tomándole el pelo, pero él asintió sin más. Recordé que nunca bromeaba, y que creía que los demás tampoco lo hacían nunca.

—Tu hijo —dijo, como si paladeara la palabra—. El pequeño Kawika —dijo, como probando el nombre—. ¿O lo llamáis David?

—No, Kawika —le confirmé, y sonrió ligeramente.

—Bien.

De una manera u otra acordamos ir a comer algo, así que cargamos todo en su coche destartalado y fuimos a Chinatown, donde visitamos mi restaurante de wonton min a veinticinco centavos. De camino le pregunté por su madre, y por su silencio, por el modo en que torció el gesto antes de contestar, supe que había muerto: cáncer de mama, me informó. Por eso él había regresado a casa.

—Lo siento, no lo sabía —dije, con la sensación de haber recibido un puñetazo.

Pero él se encogió de hombros.

—Fue lento, y luego se aceleró —dijo—. No sufrió mucho. La he enterrado en Honokaʻa.

Después de esa comida, empezamos a quedar de nuevo. Ni siquiera lo hablamos, tan solo dijo que me recogería el domingo al mediodía y que podíamos ir a la playa, y yo accedí. A medida que pasaban las semanas, y luego los meses, fuimos viéndonos cada vez más, hasta que quedaba con él casi a diario. Curiosamente, casi nunca hablábamos de los lugares donde él había estado, ni en los que había estado yo, ni de lo que habíamos hecho en los años transcurridos desde la última vez que nos habíamos visto, ni de por qué nos habíamos alejado, para empezar. Sin embargo, a pesar de que eludíamos el pasado más que darlo por olvidado, ambos procurábamos —una vez más, sin haberlo hablado— que mi madre no descubriera que habíamos retomado la relación. Cuando venía a recogerme, yo lo esperaba en el porche (a veces contigo, otras solo) si ella había salido, o al pie de la colina si ella estaba en casa, donde Edward también me dejaba.

Es difícil recordar de qué hablábamos en esa época. Tal vez te sorprenda, pero tardé muchos meses en darme cuenta de que Edward había cambiado de manera sustancial; y no me refiero a ese cambio que todos experimentamos cuando pasamos de la infancia a la edad adulta, sino a sus creencias y convicciones, a que se había convertido en alguien a quien ya no conocía. Me avergüenza reconocer que en parte se debió a que, como exteriormente parecía el mismo, supuse que seguiría siendo el de siempre. Sabía, por los informativos de la televisión, que el continente estaba lleno de hippies de pelo largo, y aunque también los había en Honolulu, no se respiraba un ambiente de rabia, de revolución. Todo llegaba tarde a Hawai'i —incluso los periódicos publicaban las noticias al día siguiente de que hubieran sucedido—, por eso, si hubieras visto a Edward entonces, a primera vista no lo habrías identificado como un radical político. Sí, llevaba el pelo más largo y encrespado que el mío, pero siempre limpio; el efecto era más bonito que intimidatorio.

Ninguno de los dos trabajaba. A diferencia de mí, Edward no había acabado los estudios; con el tiempo me explicó que lo había dejado al principio del último año de carrera y que había pasado el resto de ese otoño viajando por el Oeste haciendo autostop. Cuando necesitaba dinero, volvía a California y recogía uvas, ajo, fresas o nueces, lo que se recolectara en ese momento; decía que no volvería a comer fresas en su vida. De vuelta en Honolulu, iba tirando con trabajos temporales. Ayudaba a un amigo a pintar casas, o acompañaba a una cuadrilla de mudanzas durante unos días. La casita en la que vivía con su madre era de alquiler, el dueño era un chino ya mayor que había estado medio enamoriscado de la señora Bishop, y Edward tendría que irse en algún momento, aunque no parecía preocuparle, ni eso ni su futuro. Muy pocas cosas conseguían preocuparlo, lo cual me recordaba la confianza en sí mismo que tenía de pequeño, la ausencia absoluta de inseguridades.

Sin embargo, fue hacia finales de ese año cuando me di cuenta de que se había convertido en una persona muy distinta.

—Vamos a ir a una reunión —dijo una tarde cuando me recogió al pie de la colina— a ver a unos amigos míos.

Fue toda la información que me ofreció, y yo, como siempre, no pregunté más. Pero sabía que estaba emocionado, incluso nervioso: mientras conducía, tamborileaba con un dedo sobre el volante, inquieto.

Nos adentramos en Nuʻuanu, enfilamos un camino estrecho y privado, tan oculto entre los árboles y tan mal iluminado que incluso con los faros encendidos tuve que sujetar una linterna para guiarnos. Pasamos varias cancelas, y a la cuarta, Edward se detuvo y bajó del coche; una llave colgaba del extremo de un cable largo atado al poste, abrió la puerta, la cruzamos y tras pasar volvimos a detenernos para cerrarla. Ante nosotros se extendía una interminable pista de tierra, y mientras avanzábamos por ella entre sacudidas vi y olí que estaba flanqueada de matas de jengibre, cuyas flores blancas tenían un aspecto fantasmagórico en la penumbra.

Al final de la pista se alzaba una enorme casa de madera, en otros tiempos majestuosa y bien cuidada, que se parecía a la mía, salvo porque había al menos veinte coches aparcados delante y porque incluso desde fuera se oía hablar a gente cuyas voces resonaban en el silencio del valle.

—Vamos —dijo Edward.

Puede que hubiera unas cincuenta personas en el interior, a las que pude estudiar con mayor detenimiento una vez recuperado de la sorpresa inicial. Todos eran gente de las islas, la mayoría de nuestra edad, algunos claramente hippies, y muchos se agolpaban alrededor de un hombre negro muy alto que estaba de espaldas a nosotros, por lo que lo único que alcanzaba a ver era su peinado afro, voluminoso, tupido y reluciente. Cuando se movía, la parte superior del pelo rozaba la lámpara que colgaba del techo, que se balanceaba haciendo que la luz se meciera por toda la habitación.

—Vamos —repitió Edward, y esta vez detecté la emoción en su voz.

La gente empezó a moverse como un solo organismo y nos vimos arrastrados desde la entrada hacia un espacio más amplio y despejado. Igual que en la primera estancia, no había muebles, y algunas tablas del suelo estaban agrietadas y rajadas por la humedad. Ya en la habitación, oí un rugido que se impuso al rumor de las conversaciones, como si nos sobrevolara un avión, pero al mirar por la ventana comprendí que el ruido procedía de la cascada que se veía al fondo de la propiedad.

Después de que todos nos hubiéramos sentado en el suelo, se hizo un silencio cargado de nerviosismo que pareció alargarse e intensificarse. «¿Qué coño está pasando?», preguntó alguien, un chico al que hicieron callar; alguien más ahogó una risita. El silencio se prolongó hasta que, por fin, los susurros y el ruido de la gente al acomodarse se acallaron, y permanecimos allí sentados, juntos, mudos e inmóviles al menos un minuto más.

Fue entonces cuando el hombre negro y alto se levantó de entre la multitud y se dirigió a zancadas al frente de la habitación. La combinación de su altura y nuestra posición, en el suelo, teniendo que levantar la vista para mirarlo, lo hacía parecer imponente, un edificio en lugar de un hombre. No era tan negro —yo era más moreno que él— y tampoco podía decirse que fuera atractivo: tenía una piel lustrosa, una barba rala y unos cuantos granitos en la mejilla izquierda que le daban un aspecto más aniñado de lo que imaginaba que le habría gustado. Aun así, era indiscutible que tenía algo; una amplia sonrisa de dientes separados que podía hacer parecer tanto bobalicona como feroz, y unos brazos y unas piernas largos y flexibles que doblaba y retorcía al moverse, componiendo formas, de manera que no solo te veías obligado a escucharlo, sino también a observarlo con atención. Sin embargo, lo que en verdad cautivaba era su voz: lo que decía, pero también cómo lo decía, suave, grave, pastosa; era de esas voces con las que te gustaría que te dijeran lo mucho que te querían, y por qué, y cómo.

Empezó con una sonrisa.

—Hermanos y hermanas —dijo—. Aloha. —Los presentes aplaudieron y su sonrisa se ensanchó, somnolienta y seductora—. Aloha y mahalo por traerme a esta tierra vuestra tan hermosa.

»Me parece providencial que esta noche nos encontremos en esta casa, pues ¿sabéis cómo me han dicho que se llama? Sí, así es, tiene nombre, creo que es algo común en las casas lujosas de todo el mundo. Se llama Hale Kealoha, la Casa de Aloha: la Casa del Amor, la Casa de los Amados.

»Y me resulta interesante en particular porque yo también me llamo como una casa: Bethesda. ¿Quiénes de los que estáis aquí recordáis la Biblia, el Nuevo Testamento? Ah, veo una mano al fondo; y ahí otra. Tú, la hermana del fondo, dime qué significa. Eso es, el estanque de Bethesda, donde Bethesda significa la casa de la misericordia y el estanque es el lugar donde Cristo sanó a un paralítico. Así que aquí me tenéis: la Casa de la Misericordia en la Casa del Amor.

»Mi buen amigo, el hermano que se sienta a la derecha del todo, el hermano Louis, me pidió que viniera, no solo a este acto, esta noche, sino a vuestras islas, a vuestro hogar. Gracias, hermano Louis.

»Ahora me avergüenza decirlo, pero cuando me invitaron a venir, pensé que lo sabía todo sobre este lugar. Pensé: piñas. Pensé: arcoíris. Pensé: chicas hula, meciendo suavemente las caderas adelante y atrás, todo bonito y agradable. ¡Lo sé, lo sé! Era lo que pensaba, ¿qué se le va a hacer? Pero al cabo de pocos días, incluso antes de salir de California, comprendí que estaba equivocado.

»También me avergüenza decir que ni siquiera quería venir, al menos al principio. En fin, lo que tenéis aquí, pensaba, está desligado de la realidad. No tiene nada que ver con el mundo real. Yo vivo cerca de Oakland, eso sí que es el mundo real. Allí sí se ve lo que ocurre, allí sí se ve a lo que nos enfrentamos, contra lo que luchamos: la opresión del hombre y la mujer negros, la opresión que continúa desde la fundación de Estados Unidos y que continuará hasta que se consuma en sus propias llamas y construyamos algo nuevo. Porque no hay forma de arreglar lo que es Estados Unidos, de nada vale encontrar soluciones provisionales y decir que se ha hecho justicia. No, hermanos y hermanas, la justicia no funciona así. Mi madre trabajaba de auxiliar de enfermería en lo que solían llamar el Houston Negro Hospital, y me contaba historias de hombres y mujeres que llegaban con ataques al corazón, que se ahogaban porque apenas podían respirar, cuyas uñas se volvían azules porque no recibían suficiente oxígeno. Las superioras de mi madre le decían que masajeara las manos de sus pacientes para que la sangre circulara por las extremidades, y cuando lo hacía, veía que las uñas recuperaban el color rosado y notaba que las manos entraban en calor bajo su tacto. Sin embargo, un día comprendió que eso no solucionaba nada: conseguía que las manos tuvieran mejor aspecto, incluso que pudieran moverlas mejor, pero sus corazones seguían enfermos. Al final, en realidad nada cambiaba.

»Y de la misma manera, aquí tampoco ha cambiado nada. Estados Unidos es un país que alberga el pecado en su corazón. Sabéis a qué me refiero. Un grupo de personas alejadas de su tierra; otro grupo de personas raptadas de su tierra. Nosotros os sustituimos, pero nunca quisimos hacerlo, lo que queríamos era que nos dejaran donde estábamos. Ninguno de nuestros antepasados, de nuestros tataratatarabuelos, se despertó un día y pensó: "Atravesemos medio mundo en barco, colaboremos en una apropiación de tierras, enfrentémonos a otros nativos". No señor, de ninguna manera. Las personas normales, las personas decentes, no piensan esas cosas; así es como piensa el demonio. Pero ese pecado, esa lacra, es indeleble, y aunque no somos los responsables, todos estamos infectados.

»Dejad que os diga por qué. Volved a imaginar ese corazón, pero esta vez embadurnado de una capa de aceite. No aceite de cocinar, sino aceite de motor, ese aceite negro, denso y pegajoso, ese aceite que se te adhiere a las manos y la ropa como el alquitrán. Solo es un poquito de aceite, te dices, al final se irá. Así que intentas olvidarlo. Pero no es eso lo que ocurre. Lo que ocurre es que con cada latido, con cada golpe del corazón, ese aceite, esa manchita, se extiende cada vez más. Las arterias se lo llevan; las venas lo devuelven. Y con cada viaje por el cuerpo deja un depósito, de manera que al final (no sucede de inmediato, sino con el paso del tiempo) todos los órganos, todos los vasos sanguíneos, todas las células están contaminados por ese aceite. A veces ni siquiera lo ves, pero sabes que está ahí. Porque para entonces, hermanos y hermanas, ese aceite se ha extendido a todas partes: recubre el interior de tus venas, forra el intestino grueso y el hígado, reviste el bazo y los riñones. El cerebro. Esa gotita de aceite, ese pequeño pegote que creías que podías ignorar, ahora está en todas partes. Y ya no hay manera de limpiarlo, la única manera de limpiarlo es deteniendo el corazón por completo, la única manera de limpiarlo es quemando el cuerpo para purificarlo. La única manera de limpiarlo es acabar con todo. Si quieres eliminar la mancha, hay que eliminar al huésped.

»Ya, ya... Os estaréis preguntando qué tiene que ver todo eso con nosotros, que estamos aquí, en Hawai'i. Quizá os estéis diciendo que el país no es un cuerpo. La metáfora no funciona. ¿Estáis seguros? Estamos aquí sentados, hermanos y hermanas, en este hermoso lugar lejos de Oakland. Y, sin embargo, no está tan lejos. Porque, escuchadme bien, hermanos y hermanas: es cierto que tenéis piñas. Y arcoíris. Y chicas hula. Pero nada de todo eso es vuestro. Esas plantaciones de piñas que el hermano Louis me ha llevado a ver ¿de quién son? Vuestras no. ¿Los arcoíris? Tenéis arcoíris, pero ¿los veis tras esos rascacielos tan altos, esos hoteles y bloques de apartamentos de Waikīkī? ¿De quién son esos edificios? ¿Vuestros? ¿Y qué me decís de vosotros? Esas chicas hula son vuestras hermanas, vuestras hermanas de piel morena, y aun así dejáis que bailen... ¿para quién?

»Esa es la disonancia de vivir aquí. Esa es la mentira con la que os han alimentado. Os miro a los que estáis hoy aquí reunidos, vuestros rostros morenos, vuestro pelo rizado, y luego miro a quienes están al mando. Miro a vuestros representantes electos. Miro a quienes dirigen vuestros bancos, vuestros negocios, vuestras escuelas. No se parecen a vosotros. Entonces ¿sois pobres? ¿No tenéis dinero? ¿Queréis ir al colegio? ¿Queréis compraros una casa? ¿Y aun así no podéis? ¿Y por qué? ¿Por qué creéis que es así? ¿Es porque sois necios? ¿Es porque no merecéis ir al colegio o tener un lugar donde vivir? ¿Es porque sois malos?

»¿O es porque habéis preferido dormir, porque habéis preferido olvidar? No vivís en una tierra de leche y miel, sino de azúcar y sol, y aun así os habéis emborrachado de ella. Os ha vuelto vagos. Os ha vuelto complacientes. ¿Y qué ha ocurrido mientras vosotros surfeabais y cantabais y contoneabais las caderas? Que os han arrebatado esa tierra, vuestra alma misma, poquito a poco, ante vuestras propias y morenas narices, mientras mirabais sin hacer nada, absolutamente nada, para impedirlo. Cualquiera que os viera pensaría que queríais renunciar a todo. "¡Llevaos mi tierra!", decíais. "¡Lleváoslo todo! Porque no me importa. No me interpondré en vuestro camino".

Hizo una pausa para tomar aire, se balanceó sobre los talones y se pasó un pañuelo rojo por la frente. Hasta entonces, todo el mundo había guardado un silencio reverencial, pero en ese momento un siseo prendió en el ambiente, como una bandada de insectos, y cuando Bethesda volvió a hablar, lo hizo con un tono más amable, más suave, casi apaciguador.

—Hermanos y hermanas. Tenemos aún otra cosa en común. Ambos pueblos provenimos de tierras de reyes. Ambos éramos reyes, reinas, príncipes y princesas. Ambos éramos ricos, y nuestra herencia pasaba de padres a hijos y a nietos y bisnietos. Sin embargo, vosotros sois afortunados. Porque recordáis a vuestros reyes y reinas. Sabéis cómo se llamaban. Sabéis dónde fueron enterrados. Estamos en 1969, amigos míos. Mil novecientos sesenta y nueve. Eso significa que solo han pasado setenta y un años desde que los estadounidenses os robaron la tierra, setenta y seis desde que esos demonios estadounidenses traicionaron a vuestra reina. Y aquí estáis, de acuerdo que no todos, pero bastantes, hermanos y hermanas, bastantes, llamándoos estadounidenses. ¿Estadounidenses? ¿Os creéis esa patraña de que «Estados Unidos es para todos»? Estados Unidos no es para todos..., no es para nosotros. Lo sabéis, ¿verdad? En lo más hondo de vuestro ser. Sabéis que Estados Unidos os desprecia, ¿verdad? Quieren vuestra tierra, vuestros campos y vuestras montañas, pero Estados Unidos no os quiere a vosotros.

»Esta tierra nunca fue suya. Legalmente, a duras penas lo es. La robaron. Vosotros no tenéis la culpa. Pero ¿dejar que siga siendo así...? Bueno, eso sí es culpa vuestra.

»Os habéis dejado comprar, hermanos y hermanas. Habéis dejado que os prometieran que os devolverían parte de vuestra tierra. Pero mirad a vuestro alrededor: ¿sabéis que, en comparación, sois vosotros los que atestáis las cárceles de este lugar? ¿Sabéis que, en comparación, sois vosotros los que más sufrís la pobreza? ¿Sabéis que, en comparación, sois vosotros los que más sufrís el hambre? ¿Sabéis que morís más jóvenes, que vuestros hijos mueren antes, que morís más en el parto? Sois hawaianos. Esta tierra es vuestra. Ha llegado el momento de recuperarla. ¿Por qué vivís como inquilinos en vuestra propia tierra? ¿Por qué tenéis miedo a reclamar lo que os pertenece? Cuando camino por Waikīkī, como lo hice ayer, ¿por qué sonreís y agradecéis a esos demonios blancos, a esos ladrones, que vengan a vuestra tierra? "¡Oh, gracias por visitarnos! ¡Aloha por visitarnos! ¡Gracias por venir a nuestras islas, esperamos que lo pasen bien!". ¿Gracias? ¿Gracias por qué? ¿Por convertiros en mendigos en vuestra propia tierra? ¿Por hacer de vosotros, reyes y reinas, bufones y payasos?

Volvió a oírse el siseo de antes, y los presentes parecieron retroceder todos a una, apartándose de él. Había ido bajando la voz durante la última parte del discurso, pero cuando retomó la palabra, tras dejar el silencio suspendido en el aire unos segundos insoportables, lo hizo con el mismo vigor del principio.

—Esta es vuestra tierra, hermanos y hermanas. Sois vosotros quienes tenéis que reclamarla. Podéis hacerlo. Debéis hacerlo. Si no lo hacéis vosotros, nadie lo hará. ¿Quién os respetará si no exigís que os respeten?

»Antes de venir aquí, antes de visitar esta tierra vuestra, vuestra y de nadie más, investigué un poco. Fui a una biblioteca pública y empecé a leer, y aunque los libros contenían muchas mentiras, como ocurre con casi todos los libros, hermanos y hermanas, no importa, porque se aprende a leer entre líneas; se aprende a leer la verdad que se oculta detrás de esas falsedades. Y fue allí, en esas páginas, donde encontré esta canción. Sé que muchos de vosotros la conoceréis, pero voy a recitárosla sin música, traducida, para que prestéis atención a la letra:

> *Famosos son los hijos de Hawai'i*
> *Siempre leales a la tierra*
> *Cuando arribe el mensajero de malvado corazón*
> *Con su codicioso documento de extorsión...*

Solo había leído el primer verso cuando todos empezaron a cantarla, y aunque había dicho que quería que escucháramos la letra, acompañó la canción dando palmas en cuanto comenzó la melodía, y lo hizo de nuevo cuando la primera persona, su amigo, el hermano Louis, se levantó para bailar. Todos la conocíamos, se había escrito poco después del derrocamiento de la reina. Siempre me había parecido una canción antigua, a pesar de que, como Bethesda había dicho, no lo era en absoluto; aún vivía gente que debió de oírla poco después de que se compusiera, interpretada por la Banda Real de Hawai'i; había personas en esa sala cuyos abuelos debían de recordar haber visto a la reina vestida de bombasí negro, saludándolos desde la entrada de palacio.

Bethesda permaneció de pie mirándonos y recuperó entonces su amplia sonrisa, como si hubiera deseado que ocurriera aquello, como si nos hubiera devuelto a la vida tras una larga hibernación y presenciara cómo empezábamos a recordar quiénes éramos. No me gustó el orgullo que vi en su cara, como si fuéramos alumnos aventajados y él nuestro infatigable maestro. Cada estrofa se cantaba primero en hawaiano y luego se repetía en inglés, y tampoco me gustó verlo recitar la traducción, consultando el papel que se había sacado del bolsillo del pantalón.

Pero aún me gustó menos la expresión de Edward cuando lo miré de reojo: nunca lo había visto tan extasiado, con el puño en alto igual que Bethesda, entonando los versos más famosos de la canción casi a voz en grito, como si tuviera delante a miles de personas que se hubieran reunido para escucharle decir algo que no habían oído nunca.

'A'ole a'e kau i ka pūlima
Maluna o ka pepa o ka 'enemi
Ho'ohui 'āina kū'ai hewa
I ka pono sivila a'o ke kanaka

No dejéis más firmas
En el papel del enemigo
Con su pecado de anexión
Y la venta de los derechos
civiles del pueblo

'A'ole mākou a'e minamina
I ka pu'u kālā a ke aupuni
Ua lawa mākou i ka pōhaku
I ka 'ai kamaha'o o ka 'āina

Poco nos importan
Las montañas de dinero
del gobierno
Las piedras nos llenan
El maravilloso alimento
de la tierra.

Si le preguntaran a mi madre qué ocurrió a continuación —no es que yo pueda, ni que haya nadie dispuesto a hacerlo—, respondería que fue una absoluta e inesperada sorpresa. Pero no es verdad. Aunque también puedo entender por qué lo vivió así. A varios años de una aparente inactividad les siguió —sin previo aviso, seguramente diría ella— una ruptura. La noche anterior, tú y yo habíamos dormido en nuestras camas de la casa de Oʻahu Avenue, y a la siguiente ya no estábamos. Más adelante, lo sé, ella plantearía nuestra marcha como una desaparición, algo abrupto e inesperado. A veces lo describiría como una pérdida, como si tú y yo fuéramos botones o alfileres. Pero yo sé que fue más parecido a una erosión, como la pastilla de jabón que se va redondeando y desgastando hasta quedar en nada, que va menguando entre los dedos.

Había, no obstante, otra persona que habría estado de acuerdo con esa descripción de mi madre de los sucesos que siguieron e, irónicamente, esa persona era Edward. Más adelante diría que aquella noche en Hale Kealoha lo había «transformado», que había sido una especie de resurrección. Estoy convencido de que lo sentía así. Aquella noche, durante el trayecto de vuelta a la ciudad estuvimos casi todo el rato callados, yo porque no estaba seguro de lo que pensaba sobre Bethesda y lo que había dicho; Edward, porque se había quedado sin palabras. Mientras conducía, de vez en cuando golpeaba el volante con la base de la mano y estallaba con un «¡Joder!» o un «¡Mierda!» o un «¡Venga ya!», y si yo no hubiera estado tan inquieto puede que incluso me habría parecido divertido. Divertido o alarmante: Edward, el que siempre mostraba tan poca emoción por las cosas, solo era capaz de expulsar sonidos, en lugar de elaborar un discurso.

La conferencia de Bethesda se había grabado y Edward consiguió una copia. A lo largo de las semanas siguientes, nos tumbábamos en el colchón de la habitación que le alquilaba una familia del valle y la escuchábamos una y otra vez en su magnetofón, hasta que nos la supimos de memoria; no solo la conferencia en sí, sino también el furioso grito contenido del público, el crujido del suelo cuando Bethesda cambiaba el pie en el que apoyaba su peso, el canto de la muchedumbre, tenue y enlatado, por encima del cual las ocasionales palmadas de Bethesda resonaban como estallidos.

Y sin embargo, incluso tras esa noche, tardé varios meses en darme cuenta de que en Edward se había operado un cambio irreversible. Desde que lo conocía (si es que realmente lo conocía), nunca lo había visto portarse como un diletante o un canalla, alguien que cambiaba de inclinaciones de la noche a la mañana, así que no es que fuera testigo de su creciente interés por la soberanía hawaiana y pensara que solo sería una fase; al contrario, estaba convencido de que incluso me ocultaba parte de su transformación. No creo que lo hiciera con ánimo de engañarme; creo que fue porque era muy valiosa para él, valiosa y personal, y también hasta cierto punto inescrutable, y quería alimentar todo eso en privado, donde nadie pudiera verlo ni hacerle ningún comentario.

Pero si pudiera datar el comienzo de su cambio trascendental, seguramente sería en diciembre de 1970, más o menos un año después de oír a Bethesda en aquella casa de Nu'uanu. Por entonces mi madre aún no era muy consciente de que Edward había regresado a mi vida; él seguía dejándome al pie de la colina, seguía sin entrar nunca en la casa. Antes de bajar del coche, le preguntaba si quería pasar, él siempre rechazaba mi oferta y yo me sentía aliviado. Pero una noche se lo pregunté y...

—Claro, ¿por qué no? —dijo, como si ocurriera a menudo, y que aceptara o no solo dependiera del estado de ánimo de ese día.

—Ah —repuse. Ni siquiera podía considerarlo una broma porque, como ya he dicho, él nunca bromeaba. Así que bajé del coche y él, un segundo después, me siguió.

Mientras subíamos la colina, yo cada vez estaba más nervioso, y cuando llegamos a casa masullé que tenía que pasar a verte —los días que te llevaba con nosotros, me sentaba en el asiento trasero contigo en brazos—, y corrí escalera arriba para asomarme a tu habitación, donde dormías en tu cama. Hacía poco que te habíamos pasado a una camita para ti solo, no muy alta y rodeada de cojines, porque te movías mucho cuando dormías y a veces te caías del futón al suelo.

—Kawika —recuerdo que te susurré—. ¿Qué hago? —Pero no contestaste, claro, estabas dormido y solo tenías dos años.

Cuando regresé abajo, mi madre y Edward ya se habían encontrado y me esperaban sentados a la mesa del comedor.

—Edward dice que volvéis a ser amigos —comentó ella cuando todos nos hubimos servido, y yo asentí con la cabeza—. No asientas, habla —me afeó.

Así que me aclaré la garganta y me obligué a hablar:

—Sí.

Se giró hacia Edward.

—¿Qué vas a hacer esta Navidad? —le preguntó, como si lo viera todos los meses, como si supiera lo suficiente sobre cómo solía pasar él la Navidad para discernir si la celebración de ese año iba a ser típica o desacostumbrada.

—Nada —contestó Edward, y luego, tras una pausa, añadió—: Veo que tienen un árbol.

Su tono fue bastante neutro, pero mi madre, a quien Edward ya le inspiraba recelo, y, por lo tanto, estaba a la defensiva, se envaró.

—Sí —contestó con la misma impasibilidad.

—No es muy hawaiano, ¿no? —comentó Edward.

Todos miramos el árbol que había en el rincón del jardín de invierno. Lo poníamos porque siempre lo habíamos puesto. Todos los años importaban del continente una cantidad limitada y los sacaban a la venta a un precio desorbitado. No tenía nada de especial, salvo su aroma dulzón y úrico, algo que durante muchos años asocié con el continente entero. El continente era asfalto y nieve y autopistas y la fragancia de los pinos, un país atrapado en un invierno perpetuo. No nos esforzábamos demasiado para decorarlo —de hecho, era Jane quien se encargaba de casi toda la ornamentación—, pero aquel año nos había llamado especialmente la atención porque tú estabas allí y ya eras lo bastante mayor para tirar de las ramas y reírte cuando te reñíamos por ello.

—No se trata de que sea más o menos hawaiano —dijo mi madre—, es una tradición.

—Sí, pero ¿una tradición de quién?

—Bueno, pues de todo el mundo.

—Mía no.

—Yo diría que sí —repuso mi madre, y luego, volviéndose hacia mí—: Pásame el arroz, por favor, Wika.

—Bueno, pues mía no es —insistió Edward.

Ella no dijo nada. Solo muchos años después fui capaz de apreciar la ecuanimidad que mostró mi madre aquella noche. El tono de Edward no tuvo nada de declaradamente beligerante, pero de todos modos ella lo supo, y mucho antes que yo; yo no había crecido con nadie que pusiera en duda quién era o qué merecía, pero ella sí. El derecho a su apellido y su estatus siempre había sido cuestionado, sabía cuándo alguien intentaba provocarla.

—Es una tradición cristiana —dijo Edward al final, en el silencio que había dejado mi madre—, no nuestra.

Ella se permitió una leve sonrisa y levantó la mirada del plato para mostrarla.

—¿Así que, según tú, no hay hawaianos cristianos? —preguntó.

Edward se encogió de hombros.

—No si eres un verdadero hawaiano.

La sonrisa de mi madre se agrandó, cada vez más tensa.

—Vaya —dijo—. A mi abuelo le sorprendería oír eso. Era cristiano, ¿sabes? Y sirvió en la corte del rey.

Él volvió a encogerse de hombros.

—No digo que no existan hawaianos cristianos —señaló—, solo que son dos cosas contrapuestas. —(Tiempo después me repetiría eso mismo a mí, y lo desarrollaría más allá de lo que él conocía de primera mano: «Es como eso que dice la gente de la experiencia cristiana negra. Pero ¿acaso no saben los negros que están exaltando los instrumentos de su opresor? Se les animó a adoptar el cristianismo para que pensaran que, tras años de abusos, en la otra vida les aguardaba algo mejor. El cristianismo fue una forma de control mental, y sigue siéndolo. Tanta moralina, tanto hablar del pecado... Se lo tragaron, y ahora eso los mantiene encadenados»). Como mi madre seguía sin decir nada, continuó—: Fueron los cristianos quienes nos quitaron las danzas, la lengua, la religión, la tierra..., incluso a nuestra reina. Cosa que usted debería saber. —Ella lo miró entonces sobresaltada, igual que yo: nadie le había plantado cara a mi madre de esa manera, jamás. Edward le sostuvo la mirada—. Así que me resulta un poco extraño que un hawaiano auténtico crea en una ideología cuyos practicantes nos los robaron todo.

(Verdaderos hawaianos, hawaianos auténticos; era la primera vez que lo oía usar esos términos y no tardaría en acabar harto de ellos, tanto porque me sentía acusado como porque no los entendía. Lo único que sabía era que un verdadero hawaiano era algo que yo no era: un verdadero hawaiano era más bronco, más pobre, más estridente. Hablaba su lengua con fluidez, bailaba con convicción, cantaba con alma. No solo no se consideraba estadounidense, sino que cargaría contra quien lo llamara así. Lo único que yo tenía en común con un verdadero hawaiano era mi piel y mi sangre, aunque más tarde incluso mi familia se convertiría en un lastre, en prueba de mis tendencias acomodaticias. Hasta mi nombre se consideraría poco hawaiano, por mucho que una vez hubiera sido el de un rey de Hawai'i, ya que era la hawaianización de un nombre cristiano y, por lo tanto, en absoluto hawaiano).

Podríamos habernos quedado así para siempre, paralizados, si mi madre no me hubiera mirado, sin duda furiosa, y hubiera ahogado un grito.

—¡Wika! —la oí decir, y cuando abrí los ojos me encontraba en mi cama, en una habitación a oscuras.

Estaba sentada a mi lado.

—Cuidado —advirtió cuando intenté incorporarme—. Has sufrido un ataque y te has dado un golpe en la cabeza. El médico ha dicho que debes guardar cama un día más. Kawika está bien —añadió cuando quise decir algo.

Estuvimos callados un rato.

Después volvió a hablar:

—No quiero que veas más a Edward, ¿me entiendes, Wika? —preguntó.

Podría haberme reído, podría haberme mofado, podría haberle dicho que era un hombre adulto, que ella no podía decirme con quién debía o no hablar. Podría haberle dicho que a mí Edward también me resultaba inquietante, pero excitante a la vez, y que pensaba seguir quedando con él.

Sin embargo, no hice ninguna de esas cosas. Me limité a asentir y a cerrar los ojos.

—Buen chico —la oí decir antes de volver a dormirme.

Entonces noté que posaba la palma de la mano en mi frente y, mientras caía en la inconsciencia, sentí que volvía a ser un niño, que me daban la oportunidad de vivir mi vida de nuevo y que esta vez lo haría todo bien.

Mantuve mi promesa. No quedé con Edward. Me llamaba, pero yo no me ponía al teléfono; pasaba por la casa, pero yo le pedía a Jane que le dijera que estaba fuera. Me quedaba allí dentro y te veía crecer. Cuando salía, me angustiaba: Honolulu era (y es) una ciudad pequeña en una isla pequeña, y siempre temía encontrármelo, pero el caso es que eso nunca sucedió.

Nada cambió para mí aquellos tres años que estuve escondiéndome. Pero tú sí cambiaste: aprendiste a hablar, primero decías frases, luego parrafadas enteras; aprendiste a correr, y a leer, y a nadar. Matthew te enseñó a trepar a la rama más baja del mango; Jane te enseñó a diferenciar un fruto jugoso de uno lleno de fibras. Aprendiste unas cuantas palabras en hawaiano, que te enseñó mi madre, y otras pocas en tagalo, que te enseñó Jane, en secreto: a tu abuela le disgustaba el sonido de ese idioma, y tú sabías que no debías hablarlo delante de ella. Aprendiste qué comida te gustaba —como yo, preferías lo salado a lo dulce— e hiciste amigos, sin esfuerzo, con una facilidad que yo nunca tuve. Aprendiste a pedir ayuda cuando sufría uno de mis ataques, y luego, cuando se me pasaba, a darme unas palmaditas en la cara, y yo te agarraba la mano. Aquellos fueron los años en los que más me quisiste. Nunca podrás quererme más de lo que yo te quería y te quiero, o ni siquiera tanto, pero en aquella época nuestro afecto mutuo estaba casi a la par.

Cambiaste, igual que cambiaba el mundo. Todas las noches daban por televisión al menos una noticia sobre las manifestaciones del día: primero de gente que se manifestaba contra la guerra de Vietnam, después de gente que se manifestaba a favor de los negros, y luego de las mujeres, y luego de los homosexuales. Yo lo veía en nuestro pequeño televisor en blanco y negro, masas cimbreantes y balanceantes de personas en San Francisco, en Washington, D. C., en Nueva York, en Oakland, en Chicago; siempre me preguntaba si Bethesda, que abandonó la isla justo después de su conferencia, se encontraría en alguna de esas protestas. Los manifestantes casi siempre eran jóvenes, y aunque yo también lo era —en 1973 aún no había cumplido los treinta—, me sentía mucho mayor; no me reconocía en ninguno de ellos, no sentía afinidad por esas personas ni por sus luchas, sus pasiones. No era solo que no me pareciera a ellos, sino que tampoco entendía su fervor. Ellos habían nacido rodeados de extremos y, por lo tanto, con una capacidad innata para comprenderlos, pero yo no. Yo deseaba que el tiempo me pasara de largo, que un año fuera indistinguible del siguiente, contigo como único calendario. Ellos, sin embargo, querían detener el tiempo: detenerlo y luego acelerarlo, hacer que fuera cada vez más deprisa, hasta que el mundo entero estallara en llamas y hubiera que empezar de cero.

También aquí hubo cambios. A veces daban noticias sobre Keiki kū Aliʻi por la televisión. Se trataba de un grupo de hawaianos nativos que, según a qué miembro preguntaras o en qué día, exigía la secesión de Hawaiʻi de Estados Unidos, o la restauración de la monarquía, o un estatus de nación dentro de otra nación para los nativos, o la creación de un Estado hawaiano. Querían que las clases de lengua hawaiana fuesen obligatorias en las escuelas, querían un rey o una reina, y que todos los haoles se marcharan. No querían seguir llamándose hawaianos: ahora eran kanaka maoli.

Ver esos reportajes en las noticias siempre me parecía una actividad ilícita, y por miedo a que retransmitieran alguno cuando estaba en la sala con mi madre dejé de ver el noticiario nocturno. Solo lo hacía si sabía que ella había salido, y aun entonces bajaba mucho el volumen para que, si regresaba temprano, pudiera oírla y apagar el televisor. Me sentaba cerca del aparato, a punto para darle al botón enseguida, con las manos sudorosas.

Me sentía extrañamente protector; no con mi madre sino con los manifestantes, esos hombres y mujeres jóvenes de melenas salvajes, mis iguales, que entonaban consignas y alzaban los puños imitando a los miembros del Black Power. Sabía muy bien lo que mi madre pensaba de ellos («Pobres necios —murmuró, casi con lástima, después del primer corte que retransmitieron y que vimos juntos en fascinado silencio, un año antes—. Ni siquiera saben lo que quieren. ¿Cómo creen que lo conseguirán? No se puede pedir la restauración de la monarquía y, al mismo tiempo, un nuevo Estado»), y, por alguna razón, yo no quería oír cómo seguía insultándolos. Sabía que era algo irracional, en parte porque yo opinaba lo mismo: también me parecían ridículos, con sus camisetas y sus pelambreras, sus consignas y sus cánticos descoordinados cuando los enfocaba la cámara; sus portavoces apenas sabían hablar inglés con propiedad, pero también en hawaiano se trababan. Sentía vergüenza ajena. Qué chabacanos.

Y aun así, los envidiaba. Jamás había sentido un fervor semejante por nada que no fueras tú. Veía a esos hombres y esas mujeres y sabía lo que querían: su deseo superaba cualquier lógica u organización. Siempre me habían dicho que debía intentar vivir feliz, pero ¿podía la felicidad otorgar ese ardor, esa energía que la furia sin duda era capaz de transmitir? La suya era una avidez que parecía arrasar con cualquier otro deseo; si la tenías, tal vez nunca volvieras a desear nada. Por las noches experimentaba imaginando que era uno de ellos: ¿podría llegar a exaltarme tanto? ¿Podría llegar a desear tanto? ¿Podría llegar a sentirme tan injustamente tratado?

No, no podía, pero empecé a intentarlo. Como ya he dicho, nunca le había dado muchas vueltas a lo que significaba ser hawaiano. Era como darle vueltas a ser varón, o humano; yo era todas esas cosas sin más, y el hecho de serlas siempre me había bastado. Empecé a preguntarme entonces si, en efecto, existía otra forma de ser, si había estado equivocado todo ese tiempo, si de alguna manera era incapaz de ver lo que toda esa gente parecía ver tan claro.

Iba a la biblioteca, donde leía libros sobre el derrocamiento que ya había leído; iba al museo, donde se hallaba expuesta la capa de plumas de mi bisabuelo, en una vitrina de cristal, donadas ambas —la capa y la vitrina— por mi padre. Intentaba sentir algo..., pero solo me embargaba una vaga sensación de jocosa incredulidad al ver que no eran los haoles quienes hacían cosas en mi nombre, sino los mismos activistas. «Keiki kū Aliʻi»: Los Hijos de la Realeza. Yo sí que era hijo de la realeza de verdad. Cuando mencionaban a un rey al que un día restaurarían, se referían a mí, por derecho, y en cambio no sabían quién era yo; hablaban del regreso del rey, y en cambio nunca se les ocurrió preguntar al propio rey si deseaba regresar. Sin embargo, también sabía que siempre tendría mucha más relevancia lo que yo representaba que quien era; de hecho, lo que representaba era lo único que daba relevancia a quien era. ¿Por qué habrían de molestarse en preguntarme siquiera?

Ellos no, pero Edward tal vez sí. Reconozco que, si bien era demasiado cobarde para hablar con él, siempre andaba buscándolo. Veía la televisión con ojos entornados, peinando toda la pantalla llena de manifestantes que intentaban colarse en el despacho del gobernador, en el despacho del alcalde, en el despacho del rector. Pero aunque sí vi un par de veces a Louis —el hermano Louis—, jamás vi a Edward. Pese a ello, siempre creí que aun así estaba allí, solo que fuera de plano, apoyado contra una pared observando a la multitud. En mis fantasías, incluso se convertía en una especie de cabecilla, escurridizo y esquivo, que concedía su codiciada sonrisa a sus seguidores a modo de bendición cuando hacían algo para complacerlo. Por las noches, soñaba con él de pie en una casa umbría parecida a la de Hale Kealoha, dando un discurso, y cuando despertaba lo hacía maravillado, lleno de admiración por él, por su elocuencia y su elegancia, hasta que comprendía que las palabras que tanto me habían cautivado no eran suyas, sino de Bethesda, esas que yo mismo había oído recitar tantas veces ya que se habían convertido en un cántico de mi subconsciente, como el himno del Estado o la canción que Jane me cantaba de pequeño y que entonces yo te cantaba a ti: «Pajarillo amarillo, en lo alto del banano / Pajarillo amarillo, también te han abandonado...».

Así que, cuando por fin lo encontré, solo me sorprendió haber tardado tanto. Fue un miércoles, y lo sé porque todos los miércoles, después de dejarte en el colegio, daba un largo paseo hasta Waikīkī, donde me sentaba al pie de uno de los árboles de Kapiʻolani Park bajo los que me había sentado contigo cuando apenas eras un bebé, y me comía un paquete de galletitas saladas. Cada paquete tenía ocho galletitas, pero solo me comía siete; la última la convertía en migas y las esparcía para que los minás picotearan, y luego me levantaba y seguía andando.

—Wika —oí que llamaba alguien, y al alzar la vista, ahí estaba, acercándose a mí—. Vaya, vaya... —añadió sonriendo—. Cuánto tiempo sin vernos, hermano.

Esa sonrisa era nueva. Igual que lo de «hermano». Tenía el pelo más largo aún, casi rubio en algunas partes a causa del sol, y recogido en un moño, aunque se le habían soltado varios mechones. Estaba más bronceado, lo cual hacía que sus ojos parecieran más claros y brillantes, pero estaban rodeados de arrugas, y en general había perdido peso. Llevaba una camisa hawaiana descolorida, de un azul que había acabado siendo claro, y unos tejanos cortados; parecía más joven y al mismo tiempo mayor de como lo recordaba.

Lo que no había cambiado era la naturalidad con que aceptaba que nos hubiéramos encontrado.

—¿Tienes hambre? —preguntó, y como respondí que sí, propuso que nos acercáramos a Chinatown a comer unos fideos—. Ya no tengo el coche —dijo, y cuando me congracié o me compadecí de él con una leve exclamación, se encogió de hombros—. No importa —repuso—. Lo recuperaré. Es solo que ahora mismo no lo tengo. —Tenía el incisivo izquierdo del color del té.

El mayor cambio era su nueva locuacidad. (Me pasé aquellos primeros seis meses de amistad recién recuperada tratando de determinar qué encontraba distinto y qué seguía reconociendo en él, lo cual siempre me llevaba a la misma y desconcertante conclusión: que no sabía quién era Edward. Conocía algunos datos, tenía algunas ideas, pero el resto eran suposiciones que lo convertían en quien yo necesitaba que fuera). Durante esa comida, y también en los meses que siguieron, empezó a hablar cada vez más, hasta que hubo días en que nos pasábamos horas dando vueltas en el coche (ese coche que había desaparecido misteriosamente y que reapareció de una forma igual de misteriosa) mientras él hablaba y hablaba y hablaba, y yo a veces ya ni lo escuchaba, me limitaba a apoyar la cabeza en el asiento y dejaba que sus palabras resbalaran sobre mí como si fueran las aburridas noticias de la radio.

¿Y de qué hablaba? Bueno, primero habría que mencionar cómo hablaba: había adoptado una especie de inflexión pidgin, solo que, como no había crecido hablándolo —era un chico becado, al fin y al cabo; no lo habrían admitido en la escuela si su madre no se hubiera preocupado de que hablara un inglés normativo—, sonaba artificial y extrañamente formal. Hasta yo era capaz de apreciar la riqueza y la sobrada naturalidad del pidgin cuando lo hablaban los nativos: no era un idioma para intercambiar ideas, sino para compartir chistes, insultos y cotilleos. Edward, por el contrario, lo convertía, o intentaba convertirlo, en un idioma de instrucción.

No necesitaba preguntarme si entendía cómo eran las cosas; sabía que no. Yo no entendía por qué nuestro destino como hawaianos estaba ligado al de los negros del continente («En Hawai'i no hay negros», le recordé, repitiendo un comentario que había hecho mi madre un día, mientras veíamos un reportaje en las noticias sobre unas protestas entre los negros del continente. «En Hawai'i no tenemos a negros de esos», anunció, y la sombra de lo que no se molestó en añadir —«Gracias a dios»— quedó flotando en el aire entre nosotros). Yo no entendía que nos habían utilizado como peones, ni su argumento acerca de que los asiáticos se aprovechaban de nosotros; muchos de los asiáticos que yo conocía y veía eran manifiestamente pobres o, como mínimo, distaban mucho de ser ricos, y aun así, para Edward, tenían tanta culpa como los misioneros haole de la desaparición de nuestra tierra. «Ahora se les ve comprando casas, abriendo negocios —decía—. Si son pobres, no lo serán para siempre». Sin embargo, parecía imposible separar a los asiáticos y a los haoles de quienes éramos nosotros: todos los hawaianos a quienes yo conocía tenían también parte de asiáticos, o de haoles, o de ambos, o, en algunos casos, como el de Edward (aunque eso no lo dije), eran sobre todo haoles.

Uno de los conceptos que más me costaba comprender era esa idea de que mi madre y yo formáramos parte de un «nosotros». Esos hombres morenos y gruesos, grandullones y de movimientos lentos a quienes veía borrachos y durmiendo la mona en el parque..., quizá fueran hawaianos, pero no me sentía en absoluto emparentado con ellos. «También son reyes, hermano», me reprendía Edward. Y yo, aunque no lo expresaba, pensaba en lo que mi madre me decía de pequeño: «Solo unos pocos son reyes, Wika». Tal vez yo fuera como mi madre, al final, aunque no pretendía hacer daño a nadie; ella habría considerado a esas personas diferentes de nosotros porque creía que estaban muy por debajo, mientras que yo las veía diferentes porque me daban miedo. No negaría que compartíamos una misma raza, pero éramos un tipo de persona distinto, y eso nos dividía.

Desde el principio supuse que Edward era miembro de Keiki kū Aliʻi; en mis sueños, como ya he dicho, no solo era un miembro cualquiera, sino su líder. Pero resultó no ser así. Había estado con ellos, me contó, pero no tardó en dejarlos. «Un hatajo de ignorantes —se mofó—. No sabían organizarse». Había intentado enseñarles lo que sabía de organización de cuando estuvo en el continente, los había animado a ser más comunicativos, a adoptar un enfoque más radical. Pero ellos, según Edward, solo se centraban en minucias: más tierra destinada a hawaianos pobres, más programas de asistencia social. «Ese es el problema de este sitio: que es demasiado provinciano», decía a menudo. Porque, por mucho que se horrorizara si se lo señalaban, también él podía ser un esnob, también él se creía mejor.

Me contó que yo había desempeñado un papel involuntario en su desencanto con el grupo. Había sido él quien había hecho presión a favor de la restauración de la monarquía, él quien había empezado a hablar de secesión y golpe de Estado.

—Les dije: yo ya conozco al rey —me comentó, y, aunque no era tanto un cumplido como la exposición de un hecho (al fin y al cabo, si hubiera un rey, ese sería yo), fue como si de algún modo me alabara, y sentí que me ardían las mejillas.

Aun así, plantearse la secesión y el golpe de Estado había resultado demasiado intimidante para la mayoría de los miembros, explicó, porque temían que eso pusiera en peligro sus posibilidades de conseguir otras concesiones por parte del Estado; habían discutido, y Edward había perdido.

—Una lástima —dijo entonces, mientras sus dedos jugueteaban con el viento por fuera de la ventanilla—. Son unos estrechos de miras.

Nos dirigíamos a Waimānalo, en la costa oriental, y mientras él conducía por la sinuosa carretera, yo contemplaba el océano, una arrugada sábana azul.

Teníamos intención de parar a comer en un sitio donde servían los típicos platos combinados hawaianos que había justo antes de Sherwood Forest y que a Edward le gustaba, sin embargo seguimos camino. En cierto momento sufrí un ataque, y noté que la cabeza me golpeaba contra el asiento. Oía la voz de Edward, aunque era incapaz de distinguir sus palabras, y el sol la-

tía con fuerza tras mis párpados. Cuando desperté, estábamos
aparcados bajo una gran acacia. El coche olía a carne frita y al mirar a un lado vi a Edward contemplándome mientras se comía
una hamburguesa.

—Despierta, lolo —dijo, aunque de buen humor—. Te he
pillado una hamburguesa.

Pero negué con la cabeza, lo que acentuó mi mareo; después
de los ataques sentía demasiadas náuseas para comer nada. Él se
encogió de hombros.

—Como quieras —repuso, y siguió con mi hamburguesa.
Cuando terminó, yo ya me encontraba algo mejor.

Dijo que tenía algo que enseñarme, así que salimos del coche y empezamos a andar. Estábamos en algún lugar del extremo norte de la isla, o eso me pareció por lo desierto que se veía
todo. Nos encontrábamos en una gran explanada de hierba agostada y sin cortar, y a nuestro alrededor no había nada: ni casas,
ni edificios, ni coches. Por detrás quedaban las montañas, y delante teníamos el océano.

—Vayamos al agua —dijo Edward, y lo seguí.

Por el camino encontramos una pista de tierra, irregular y
llena de barro; no se veía ninguna carretera asfaltada por ninguna parte. A medida que avanzábamos, la hierba alta se fue haciendo más escasa y rala, hasta que cedió su lugar a la arena,
y entonces nos encontramos en la playa, donde las olas lamían
la orilla y se retiraban, una y otra vez.

No soy capaz de describirte qué hacía de aquel rincón un sitio tan extraño. Tal vez fuera la ausencia de personas, aunque
por entonces todavía quedaban lugares en la isla donde podías
no encontrarte a nadie. Y aun así, aquella zona tenía algo que
transmitía una sensación especial de aislamiento, de soledad y
abandono. Pero era incapaz —y sigo siéndolo en la actualidad—

de decir por qué: allí había arena, hierba y montaña, los mismos tres elementos que encontrarías en toda la isla. Los árboles, palmeras y samanes, halas y acacias eran los mismos que teníamos en el valle; las largas heliconias eran iguales. Y sin embargo, de algún modo inexplicable, resultaba diferente. Más adelante intentaría convencerme de que, desde el momento en que vi esa tierra, supe que debía regresar a ella, pero no eran más que fantasías. Es más probable lo contrario: que, dado lo que ocurrió allí, haya empezado a recordarlo de una forma diferente, como un lugar que exudaba importancia, ya que en aquel momento no creí que tuviera nada especial, solo era un pedazo de tierra desocupado.

—¿Qué te parece? —preguntó Edward por fin.

Miré el cielo.

—Es bonito.

Él asintió, despacio, como si yo hubiera dicho algo profundo.

—Es tuyo —dijo.

Era lo que había empezado a decir últimamente mientras sacaba el brazo por la ventanilla y señalaba playas, en cuya arena había niños corriendo de aquí para allá, volando cometas, o aparcamientos, o durante nuestros paseos por Chinatown: «Esta tierra es tuya», decía, y unas veces se refería a que era mía por quienes eran mis antepasados, y otras a que era mía porque también era suya, y la tierra nos pertenecía porque éramos hawaianos.

Pero, cuando me di media vuelta, lo encontré mirándome fijamente.

—Es tuyo —repitió—. Tuyo y de Kawika. Toma —añadió. Y sin darme tiempo a decir nada, sacó un papel del bolsillo, lo desdobló deprisa y me lo entregó—. Fui al registro de la propiedad, en el edificio de la administración —dijo, emocionado—.

Consulté el expediente de tu familia. Esta tierra es tuya, Wika; fue de tu padre y ahora es tuya.

Miré el papel. «Terreno 45090, Hauʻula, 12,3 hectáreas», ponía allí, pero de repente no fui capaz de leer nada más, y se lo devolví.

De pronto me noté muy cansado, tenía mucha sed: un sol abrasador nos castigaba desde lo alto.

—Necesito tumbarme otra vez —le dije, y sentí que la tierra abría un cráter bajo mis pies y se hundía, y que mi cabeza caía, como a cámara lenta, hacia las manos abiertas de Edward.

Durante un rato hubo silencio.

—Menudo lolo estás hecho... —le oí decir después, pero como desde muy lejos, y su voz sonaba cariñosa—. Qué tonto —decía—, qué tonto, qué tonto, qué tonto... —Repetía esa palabra como si fuera una caricia mientras, por encima de mí, el sol detuvo su trayecto y bañó cuanto me rodeaba de un blanco brillante e implacable.

———

Kawika: ya puedo dar la vuelta a toda la habitación sin cansarme. Mantengo la pared a mi derecha y uso la mano para guiarme: las paredes son de estuco y están frescas y llenas de bultitos, y a veces consigo convencerme de que estoy palpando algo vivo, como la piel de un reptil. Mañana por la noche intentaré recorrer el pasillo. Anoche probé por primera vez el picaporte de la puerta suponiendo que estaría cerrada con llave, pero descendió fácilmente bajo mi mano, tan fácilmente que casi me decepcionó. Solo que entonces recordé que tenía algo nuevo que intentar, y que con cada noche que lograra caminar un poco más lejos me acercaría más a ti.

Tu abuela ha venido a verme hoy. Ha hablado del precio del cerdo, y de sus nuevos vecinos, de quienes está claro que tiene una pobre opinión —él es japonés, criado en Kakaʻako, y ella es haole, de Vermont; los dos son investigadores científicos que se hicieron ricos fabricando no sé qué antiviral—, y de una plaga que ha infectado el árbol ʻōhai aliʻi; yo esperaba que tuviera noticias tuyas, pero no. Hace tanto tiempo desde la última vez que habló de ti que a veces me preocupa que te haya ocurrido algo. Pero eso es solo durante el día; por la noche, no sé cómo, sé que estás bien. Puede que estés lejos de mí, quizá demasiado, pero sé que estás vivo sin duda, vivo y sano. Desde hace poco sueño contigo y con una mujer; los dos camináis por la calle Cincuenta y siete, igual que hice yo una vez, dados del brazo. Tú te vuelves hacia ella y ella sonríe. No le veo la cara, solo que tiene el pelo oscuro, como lo tenía tu madre, pero sé que es guapa y que sois felices. ¿Es posible que estés haciendo eso justo ahora? Me gusta pensar que sí.

Pero no es eso lo que quieres oír. Quieres oír lo que ocurrió a continuación.

El día después del viaje a Hauʻula le hice una visita al tío William, que se sorprendió al verme —ya habían pasado más de cinco años desde la última vez que aparecí por la oficina—, y le pregunté si tenía inconveniente en hablarme, en detalle, de todas las propiedades inmobiliarias de la familia. Sé que parecerá absurdo que no le hubiera preguntado antes, incluso vergonzoso, pero no tenía motivo para preocuparme de ello. Siempre había dinero cuando lo necesitaba; nunca me había planteado de dónde salía.

El pobre tío William estuvo encantado de que expresara algún interés en la fundación, de manera que empezó a detallarme qué tierras teníamos y dónde se encontraban. Era mucho más de lo que yo había esperado, aunque todo ello modesto. Teníamos tres hectáreas en las afueras de Dallas, dos garajes en Carolina del Norte, cuatro hectáreas de tierra de labranza en las afueras de Ojai.

—Tu abuelo compró tierra barata en el continente toda su vida —dijo William, tan orgulloso como si la hubiera comprado él mismo.

Al final lo interrumpí:

—Pero ¿y en Hawai'i? —pregunté, y entonces, cuando sacó un mapa de Maui, lo detuve de nuevo—. ¿En O'ahu, en concreto?

Una vez más, me llevé una sorpresa. Aparte de nuestra casa de Manoa, teníamos dos edificios de apartamentos muy deteriorados en Waikīkī, tres locales comerciales contiguos en Chinatown y una casita en Kailua, e incluso la iglesia de Lā'ie era nuestra. Esperé mientras el tío William recorría el estado en el sentido contrario a las agujas del reloj desde el meridional Honolulu, compadeciéndolo como nunca por la caricia de su voz, por el orgullo que inspiraban en él esas tierras que ni siquiera eran suyas.

Pero si sentía lástima por William, por mí sentí asco. ¿Qué había hecho yo para ganarme todo aquello? Nada. El dinero, mi dinero, sí que crecía de los árboles: de los árboles y en el campo, y entre bloques de hormigón. Lo recolectaban, lo limpiaban, lo contaban y lo guardaban y, cuando yo lo quería, aun antes de saber que lo quería, allí estaba: montones de billetes, más de los que jamás imaginaría desear.

Permanecí sentado en silencio mientras el tío William hablaba, hasta que al final le oí decir:

—Y luego está la propiedad de Hau'ula. —En ese momento me erguí en la silla y me incliné hacia él, mirando el mapa de la isla sobre el que deslizaba los dedos con cariño—. Poco más de doce hectáreas, aunque es un pedazo de tierra sin ninguna utilidad —dijo—. Demasiado árido y demasiado pequeño para sacarle rendimiento cultivándolo; demasiado alejado para tener allí una buena residencia. La playa tampoco vale nada: demasiado agreste y con demasiado coral. La única carretera que llega es de tierra, y el Estado no tiene planes de asfaltar tan lejos. No hay vecinos, no hay restaurantes, no hay tiendas de alimentación, no hay escuelas.

Siguió hablando sin parar sobre los defectos de la propiedad, hasta que al final pregunté:

—Entonces ¿por qué la compramos?

—Ah... —Sonrió—. Fue un capricho de tu abuelo, y tu padre era demasiado sentimental para venderla. Sí —añadió, tomando mi expresión por sorpresa—, tu padre podía ser sentimental. —Volvió a sonreír y negó con la cabeza—. Lipo-waonahele —añadió.

—¿Cómo? —pregunté.

—Así llamaba tu abuelo a ese terreno —aclaró—. «El Bosque Oscuro», literalmente, aunque él lo traducía como «el Bosque del Paraíso». —Me miró—. Me dirás que entonces tendría que haber sido Nahelekūlani, ¿verdad? —preguntó, y yo me encogí de hombros.

El tío William hablaba mucho mejor hawaiano que yo; mi abuelo le había pagado unas clases cuando era universitario y acababa de empezar a trabajar en el bufete de la familia—. Técnicamente tendrías razón, pero tu abuelo Kawika decía que eso era hawaiano para vagos, de juntar palabras, y que sería similar a llamarlo, ay..., Kawikakūlani.

«Kawikakūlani»: el David del Cielo. Empezó a cantar:

He hoʻoheno kē ʻike aku
Ke kai moana nui lā
Nui ke aloha e hiʻipoi nei
Me ke ʻala o ka līpoa

—Ya conoces esa canción, claro. —(La conocía; era popular)—. Ka Uluwehi O Ke Kai: «La Munificencia del Mar». Lipoa: suena igual, ¿verdad? Pero no lo es: aquí, la palabra es *lipoa*, y se refiere a las algas. Sin embargo, tu abuelo usaba *lipoa*, como en «ua lipoa wale i ka ua ka nahele»: el bosque oscuro por la lluvia... Muy hermoso, ¿no te parece? Así que «Lipo wao nahele» sería «el Bosque Oscuro». Pero tu abuelo conservó el mana del nombre: «el Bosque del Cielo».

Se reclinó en la silla y me miró con una sonrisa bonachona, colmada de alegría por dominar un idioma que yo ni hablaba ni entendía del todo. De repente lo odié: poseía algo que yo no podía tener, y no era dinero, sino esas palabras que danzaban en su boca como suaves y brillantes guijarros, blancos y puros como la luna.

—¿Hay allí un bosque? —pregunté por fin, aunque mi intención había sido afirmarlo: «Allí no hay ningún bosque».

—Ya no —dijo—. Pero lo hubo una vez, o eso decía tu abuelo. Tenía pensado replantarlo algún día, y sería su paraíso.

»Tu padre no compartía el aprecio que su padre sentía por ese terreno, pensaba que no merecía la pena tanto esfuerzo. Pero tampoco lo vendió. Siempre decía que era porque nadie querría comprarlo, al encontrarse tan alejado y en las condiciones en que está. Aun así, durante mucho tiempo sospeché que no era más que sentimentalismo puro y duro. Ya sabes que no estaban muy unidos, o al menos eso decían los dos, pero creo que no era del todo cierto. Se parecían demasiado, nada más, y ambos se acostumbraron a esa explicación, que resultaba más sencilla y digna que intentar estrechar la distancia que los separaba. Pero a mí no me engañaban. Vamos si lo recuerdo...

Y entonces se arrancó a explicar historias que yo ya había oído: que mi padre estrelló el coche de mi abuelo y nunca le pidió perdón; que mi padre había sido mal alumno en el instituto y mi abuelo tuvo que hacer una donación adicional al centro para asegurarse de que se graduaba; que a mi abuelo le habría gustado que mi padre fuera más estudioso, mientras que mi padre habría querido ser atleta. Eran los típicos problemas padre-hijo, pero me resultaban tan lejanos y aburridos como los que podría haber encontrado en un libro.

Y detrás de todo aquello estaban las palabras *Lipo wao nahele*, una frase pensada para ser cantada, para llevarla bajo la lengua, y aunque seguía mirando a mi tío William, aunque sonreía y asentía mientras él hablaba sin parar, estaba pensando en esa tierra que, a fin de cuentas, era mía, donde me había tumbado bajo una acacia a contemplar a Edward, que, solo unos metros más allá, se quitaba los pantalones cortos y la camisa y echaba a correr, aullando, hacia el agua reluciente, y se zambullía bajo una ola tan grande que, durante varios segundos, fue como si hubiera sido víctima de algún tipo de alquimia y sus huesos se hubieran transformado en espuma.

Por fin tenía información que llevarle a Edward: tal vez él habría descubierto que esa tierra me pertenecía, pero yo pude contarle lo que significaba para mi abuelo, la última persona de nuestra familia a quien se dirigieron como «príncipe Kawika». Hoy me avergüenza la satisfacción que me produjo esa emoción, el tener al fin algo que ofrecerle que él recibiría entusiasmado, con todo el egoísmo del que regala.

Se convirtió en nuestra metáfora particular. No nos lo tomábamos en broma exactamente, pero tampoco demasiado en serio. Yo tenía poca imaginación, y él menos aún, pero empezamos a hablar del lugar como si fuera real, como si cada vez que mencionábamos su nombre, un nuevo árbol empezara a brotar, como si con nuestras palabras insufláramos vida al bosque. A veces te llevábamos con nosotros en nuestras salidas de fin de semana, y por las tardes, después de que Edward y tú nadarais, venías a tumbarte a mi lado y yo te contaba las historias que recordaba de cuando era pequeño, y remplazaba todos los bosques mágicos, todas las cañadas encantadas, por Lipo-wao-nahele. La casa de la bruja de *Hansel y Gretel*, que tanto me había desconcertado de niño, con sus paredes de pan de jengibre y sus aleros rematados con gominolas (¿qué era el pan de jengibre?, ¿y las gominolas?, ¿qué eran aleros?), se convirtió en una cabaña de hojas de palmera en Lipo-wao-nahele, tenía festones de mango seco en el tejado, y en la entrada una cortina de tiras de frutas secas, cuyo aroma dulce y salado inundaba la cocina de la bruja. A veces te hablaba de ello como si fuera un sitio que existía de verdad..., o, mejor dicho, dejaba que creyeras lo que quisieras: «¿Hay conejitos?», preguntabas (en aquellos años, estabas obsesionado con los conejitos). «Sí», decía yo. «¿Hay helados?», preguntabas. «Sí», decía yo. ¿Había una maqueta de tren en Lipo-wao-nahele? ¿Había unas barras a las que pudieras trepar para ti solo? ¿Había un columpio de neumático? Sí, sí, sí. Todo lo que desearas se encontraba en Lipo-wao-nahele, que asimismo se definía por aquello que no tenía: hora de acostarse, de bañarse, deberes, cebollas. En Lipo-wao-nahele no había sitio para las cosas que detestabas. También era el cielo por aquello que excluía.

¿Qué estaba haciendo? En aquella época tú tenías cinco, seis, siete, ocho años, todavía eras lo bastante pequeño para creer que, como te contaba cosas maravillosas, también yo era maravilloso. En aquel entonces, la fantasía no solo parecía algo inofensivo, sino útil. Por primera vez en mi vida me hizo sentir que, después de todo, sí era un rey. Allí estaba esa tierra que mi abuelo consideraba el paraíso, ¿por qué no iba a darle la razón? ¿Quién era yo para decir que tal vez se equivocara?

Quizá te preguntes qué pensaba tu abuela de aquello. Cuando descubrió que volvía a estar con Edward —cosa que iba a hacer tarde o temprano; era inevitable—, se pasó una semana entera sin hablarme. No obstante, el poder de Lipo-wao-nahele era tal que, según recuerdo, ni siquiera me importó. Yo tenía un secreto diferente, superior, y ese secreto era un lugar donde me sentía invencible, donde por una vez encajaba, donde jamás me avergonzaría ni me disculparía por ser quien era. De niño nunca me había rebelado, jamás, y aun así había decepcionado a mi madre porque no había conseguido ser el hijo que ella deseaba. Pero no lo había hecho a propósito, y si te soy sincero, me resultaba emocionante desafiarla, ser el causante de su consternación, invitar a Edward otra vez a nuestra casa, mi casa, y sentarlo a nuestra mesa con mi madre como rehén.

Empezamos a ir allí todos los fines de semana, Edward y yo, y aunque la primera vez que fuimos me sentí abatido al recordar los comentarios negativos del tío William («un pedazo de tierra sin ninguna utilidad»), Edward estaba tan emocionado que me dejé contagiar por su entusiasmo.

—Aquí estarán mis oficinas —dijo, marcando con pasos un cuadrado alrededor de la acacia—. Conservaremos el árbol y construiremos un patio alrededor. Y ahí levantaremos la escuela, en la que enseñaremos a los niños solo en hawaiano. Y allí estará tu palacio, cerca del samán. ¿Lo ves? Lo orientaremos de cara al agua, y así, cuando despiertes, podrás ver salir el sol sobre el océano.

El fin de semana siguiente hicimos noche acampados en la playa, y cuando el sol se puso, Edward recogió una docena de pequeños calamares luciérnaga que habían quedado varados en la orilla, los ensartó en unas ramas de ʻōhiʻa y los asó para cenar. Por la mañana desperté bastante temprano, antes que él, y miré hacia las montañas. Al amanecer, la tierra, que por lo general se veía agostada, tenía un aspecto exuberante, amable y vulnerable.

Ahora, sin embargo, comprendo que Lipo-wao-nahele significaba cosas diferentes para nosotros; diferentes, aunque también las mismas. Para ambos era una fantasía útil, útil solo para nosotros mismos. Edward había heredado de su madre una pequeña cantidad de dinero, lo suficiente para alquilar una casita de una habitación a una familia coreana en Lower Valley, a unos cinco minutos a pie de mi casa; trabajaba de vez en cuando pintando habitaciones para una cuadrilla de obreros de la construcción. Yo ni eso; cuando tú te ibas al colegio por la mañana, no tenía nada más que hacer en todo el día que esperar a que regresaras a casa. A veces ayudaba a mi madre con cosas sencillas, como meter en sobres las solicitudes para la recaudación de fondos anual de las Hijas, pero casi siempre esperaba y ya está. Leía revistas, o libros, daba largos paseos, dormía. En aquella época anhelaba sufrir uno de mis ataques, porque con ello demostraría que mi inactividad no se debía a la holgazanería o la desidia, sino que estaba justificada. «¿Ya te tomas la vida con calma?», preguntaba mi médico, el mismo que tenía desde niño, cuando iba a visitarlo, y siempre le decía que sí. «Bien —contestaba él, solemne—, no debes excederte, Wika», y le prometía que no lo hacía.

Éramos intrascendentes en todos los sentidos. Yo, para ti y para mi madre; Edward y yo, para Hawaiʻi. Esa era la ironía: nosotros necesitábamos la idea de Hawaiʻi más que ella a nosotros. Nadie pedía a gritos que tomáramos el mando, nadie quería nuestra ayuda. Hacíamos teatro, y como nuestra ficción no afectaba a nadie —hasta que lo hizo, claro—, podíamos perdernos en ella cuanto quisiéramos. ¡La de cosas de las que llegamos a convencernos! De que yo sería rey, de que él sería mi primer consejero, de que en Lipo-wao-nahele reconstruiríamos el paraíso con el que supuestamente había soñado mi abuelo, aunque sin duda no podía haber soñado que alguien como yo fuera su representante. En realidad, no hacíamos nada, ni siquiera intentamos plantar ese bosque que deseábamos.

La diferencia entre nosotros, no obstante, era que Edward sí lo creía. Era rico en fe; era lo único que poseía. Lipo-wao-nahele representaba un refugio y un pasatiempo para él tanto como para mí, pero también algo más. Al echar la vista atrás, entiendo ahora que Edward necesitaba ser hawaiano, o al menos encarnar la idea de hawaiano que había creado. Necesitaba sentir que formaba parte de una tradición más amplia, más grandiosa. Su madre había muerto, nunca había conocido a su padre, tenía pocos amigos y ningún familiar. Para él, ser hawaiano no era un imperativo político, sino más bien personal. Y sin embargo, tampoco en eso convencía a los demás: lo habían echado de Keiki kū Ali'i, no era bien recibido (o eso decía) en las clases de hawaiano a las que había intentado apuntarse, lo habían expulsado del hālau porque su trabajo de pintor le exigiría perderse demasiadas prácticas. Todo aquello era su herencia de pleno derecho, que aun así lo rehuía.

En Lipo-wao-nahele, sin embargo, no había nadie que le dijera que no, nadie que le dijera que su forma de ser hawaiano era incorrecta. Allí solo estaba yo, y a veces tú, y creíamos lo que él nos decía. Yo era el rey, pero él era el líder, y con el paso de los años esas doce hectáreas, en su mente, dejaron de ser una metáfora y se transformaron en algo más. Al final sí sería su reino, y nosotros sus súbditos, y nadie podría negarle nada nunca más.

El primer paso consistió en cambiarnos el nombre.

Ocurrió en 1978, un año antes de que nos marcháramos. El suyo ya se lo había cambiado el año anterior. Primero se convirtió en Ekewaka, la hawaianización de Edward, un nombre bastante extraño que costaba pronunciar. Me sentí aliviado cuando me dijo que volvía a cambiárselo, por Paiea, su segundo nombre.

—Un nombre hawaiano de verdad —dijo con orgullo, como si se le hubiera ocurrido a él, en lugar de haber recordado que lo tenía desde el principio.

Paiea: el cangrejo, el nombre de pila de Kamehameha el Grande. Y, a partir de entonces, el de Edward.

Debería haber anticipado que también querría que nos cambiáramos el nuestro, pero no sé por qué, igual que con muchas otras cosas, no se me ocurrió que se atreviera a pedir algo tan desmesurado.

—La hawaianización de un nombre cristiano sigue siendo un nombre cristiano, solo que maquillándolo para darle un tono moreno —dijo. Era evidente que había aprendido hacía poco el significado del término *brownface*, porque la inseguridad le suavizaba ligeramente la voz cada vez que lo sacaba a colación.

—Pero si fue el nombre del rey —repuse yo en una rara exhibición de agallas, aunque no estaba discutiendo tanto como mostrando mi desconcierto. ¿Acaso ni siquiera el rey era lo bastante hawaiano?

—Es verdad —reconoció, y pareció confundido un instante, aunque enseguida recobró el aplomo—. Pero nosotros empezaremos de nuevo en Lipo-wao-nahele. Tu sangre te da derecho al trono, y nosotros le daremos una nueva dinastía.

Había empezado a hacer una lista de lo que consideraba nombres hawaianos «auténticos», los que databan de antes de cualquier contacto con Occidente, pero se lamentaba de los pocos que había, y de que casi se hubieran extinguido por falta de interés. Era una tontería, pero nunca se me habría ocurrido que un nombre, como una planta o un animal, pudiera desaparecer por falta de popularidad, y tampoco le veía mucho sentido a la misión de Edward: no podías obligar a un nombre a resucitar. Un nombre no era una planta o un animal; surgía del deseo, no de la necesidad, y por lo tanto, estaba sujeto a las veleidosas atenciones de los humanos. ¿Habían desaparecido los nombres antiguos debido a que, como él decía, los misioneros los habían prohibido, o habían desaparecido sencillamente porque no supieron imponerse a la novedad de los nombres occidentales? Edward habría dicho que ambos argumentos partían de un mismo punto: los intrusos los habían desterrado. Pero ¿un nombre que fuera significativo no debería serlo lo suficiente para conservar su estatus, aun viéndose ante una insurrección?

No se lo pregunté. Y tampoco protesté demasiado cuando nos rebautizó, primero a mí y luego a ti. Aun así, ya sabes —o espero que sepas— que no permití que nos quitara del todo nuestros nombres. Espero que te dieras cuenta de que yo solo te llamaba por el que él te había puesto cuando estaba presente, y que el resto de las veces seguías siendo mi Kawika, y siempre lo serás. También opuse resistencia con otro pequeño detalle: aunque al final me acostumbré a llamarlo Paiea, en mi cabeza seguía pensando en él como Edward, y así lo llamaba en mi fuero interno.

Al contártelo ahora, me sobrecoge lo ilusorio que fue aquello. No sabíamos casi nada de todo lo que deberíamos saber: ni de historia, ni de trabajar, ni de Hawai'i, ni de la responsabilidad. Y lo que sí sabíamos intentábamos olvidarlo: la hermana de mi bisabuelo, la que lo sucedió como monarca después de que él muriera prematuramente, la que fue derrocada, con la que murió el reino..., ¿no había sido ella misma cristiana? ¿No había entregado poder y riquezas a algunos de los mismos hombres, cristianos, blancos, misioneros, que más adelante le arrebataron el trono? ¿No se había quedado mirando mientras enseñaban inglés a su pueblo y lo animaban a ir a la iglesia? ¿No había lucido vestidos de seda y diamantes en el pelo y el cuello, como una reina inglesa, no se engominaba la melena negra para domeñarla? Pero esos detalles complicaban nuestras fantasías, así que decidíamos no prestarles atención. Éramos hombres adultos, hacía tiempo que habíamos dejado atrás la edad de jugar, y sin embargo jugábamos como si nuestras vidas dependieran de ello. ¿Qué pensábamos —qué pensaba yo— que pasaría? ¿Hasta dónde creía que llegaría aquella ficción? La respuesta más patética es que no pensaba. Jugaba porque, mientras estaba jugando, tenía algo que hacer.

No es que deseáramos que ocurriera algo; deseábamos lo contrario. Para mí, cuanto más crecías tú más inexplicable se volvía el mundo. Por las noches, veía las noticias, los reportajes sobre huelgas y manifestaciones, marchas y alguna que otra celebración. Vi el final de la guerra, los fuegos artificiales que estallaron por encima de la estatua de la Libertad mientras, a sus pies, el agua se iluminaba de destellos como si estuviera cubierta de aceite. Vi a un nuevo presidente jurar el cargo, y las imágenes de un hombre al que asesinaron en San Francisco. ¿Cómo iba a explicarte el mundo si yo no era capaz de entenderlo? ¿Cómo iba a lanzarte a él si solo nos rodeaban horrores y terrores, pesadillas de las que jamás lograría despertarte?

Sin embargo, dentro de Lipo-wao-nahele nada cambiaba, nunca. No era tanto una fantasía como una suspensión; si no salía de allí, el tiempo se detendría. Si tú nunca crecías, no llegaría el día en que supieras más que yo, en que aprendieras a mirarme con desdén. Si nunca crecías, yo no te decepcionaría. A veces rezaba para que el tiempo empezara a retroceder; no dos siglos atrás, como habría querido Edward, para poder ver las islas como fueron en su día, sino ocho años antes, cuando todavía eras mi bebé y estabas aprendiendo a caminar, y todo lo que yo hacía te parecía maravilloso, cuando solo tenía que pronunciar tu nombre para que una sonrisa iluminara tu cara. «No me dejes nunca», te susurraba entonces, aunque sabía que mi cometido era criarte para que me dejaras, y que tu función como hijo mío era dejarme, una función que yo no había logrado cumplir. Fui un egoísta. Deseaba que me quisieras para siempre. No hice lo que era mejor para ti; hice lo que creía que era mejor para mí.

Pero resulta que también en eso me equivoqué.

———

Kawika, anoche me ocurrió algo muy importante: salí al exterior.

Durante meses, el mero hecho de pasear por mi habitación hacía que me quedara sin aliento, por no hablar de valor. Pero entonces, anoche, sin pensarlo, accioné el picaporte de la puerta de la habitación y salí al pasillo. Solo sé que un segundo antes estaba en mi habitación y de repente me encontraba fuera, y que nada había cambiado en ese instante de transición salvo que lo había intentado. A veces las cosas son así, ¿sabes? Esperas y esperas —porque tienes miedo, porque no sabes hacer nada más—, y de pronto, un día, la espera se termina. En ese momento olvidas qué es esperar. Ese estado en el que has vivido, a veces durante años, desaparece y ni siquiera lo recuerdas. Lo único que te queda al final es un vacío.

En la puerta, torcí a la derecha y enfilé el pasillo, tanteando la pared con la mano para guiarme. Al principio estaba tan nervioso que pensé que iba a vomitar, y ante cualquier ruido, por pequeño que fuera, me daba un vuelco el corazón.

Pero entonces —no sé decir cuánto había recorrido, ni en distancia ni en minutos— sucedió algo muy extraño. Sentí que me invadía una especie de euforia, de éxtasis, y de repente, tan de repente como había accionado el picaporte, dejé caer la mano que me servía de guía, me situé en mitad del pasillo y empecé a caminar con un garbo y una confianza que no recordaba haber experimentado nunca. Cada vez andaba más deprisa y con mayor seguridad, y era como si con cada paso estuviera creando una nueva baldosa bajo mis pies, como si el edificio creciera alrededor y el pasillo fuera a alargarse hasta el infinito si decidía doblar hacia algún lado.

En cierto momento, torcí a la derecha extendiendo la mano, y allí, una vez más igual que si lo hubiera invocado, encontré un picaporte. No me preguntes por qué, pero al instante supe que se trataba de la puerta que daba al jardín. Lo accioné, e incluso antes de que la puerta cediera olí el pīkake, que sabía —porque mi madre me lo había dicho— que habían plantado a lo largo de los muros.

Me puse a caminar por el jardín. Nunca habría imaginado que había prestado atención a las dimensiones o los caminos mientras me paseaban por ellos en silla de ruedas, pero tras casi nueve años —me detuve cuando caí en la cuenta, y mi euforia se desvaneció de manera abrupta— debía de haber memorizado su disposición. Tan confiado me sentía que, durante un momento de perplejidad, me pregunté si no estaría viendo de nuevo, como si el sentido de la vista hubiera cambiado y ahora se viera de esa manera. Porque, aunque lo único que discernía era la misma pantalla gris oscuro de siempre, parecía que daba igual. Recorrí los caminos con paso seguro, arriba y abajo, y ni una sola vez tuve que pararme para guiarme con las manos, no tuve que descansar, aunque, si lo hubiera necesitado, intuía que habría sabido dónde estaban los bancos.

Al fondo del jardín había una puerta, y era consciente de que si accionaba el picaporte me encontraría fuera; no solo fuera, en el aire cálido y tranquilo, sino en el exterior, en la calle. Permanecí allí un rato, con la mano apoyada en la puerta, tratando de decidir qué hacer o cómo irme.

Hasta que recapacité: ¿adónde iba a ir? No podía volver a casa de mi madre. Y tampoco a Lipo-wao-nahele. A la primera porque sabía muy bien qué me encontraría y al segundo porque ya no existía. No física, sino mentalmente; había desaparecido con Edward.

Pero, Kawika, habrías estado orgulloso de mí. En otro momento me habría venido abajo. Habría perdido el mundo de vista, me habría tumbado en el suelo y habría gimoteado pidiendo ayuda, me habría tapado la cabeza con los brazos y habría suplicado, en voz alta, que las montañas se apilaran sobre mí, que todo dejara de moverse tanto y tan deprisa. Me has visto en ese estado, muchas veces. La primera vez, en el invierno que nos fuimos a Lipo-wao-nahele, superado por lo que había hecho, por haberte arrancado de tu hogar, por haber hecho enfurecer a mi madre, porque al final nada había cambiado: yo seguía siendo una decepción y continuaba asustado, y lejos de haber dejado atrás esos comportamientos, los había reforzado, de manera que esas cualidades no habían impedido que me convirtiera en otra persona; en realidad, incluso habían acabado definiéndome. Ese fin de semana estabas con nosotros, y te asustaste, me sostuviste la mano porque sabías que era lo que había que hacer cuando sufría un ataque, y cuando te diste cuenta de que no se trataba de un ataque sino de otra cosa me soltaste la mano y echaste a correr por el valle, llamando a Edward a gritos, y cuando regresaste con él me zarandeó, con fuerza, chillándome para que dejara de portarme como un idiota, como un crío.

—No llames idiota a mi padre —dijiste, tan valiente ya entonces.

—Lo llamaré idiota si se porta como un idiota —replicó Edward entre dientes.

Y entonces le escupiste, no con intención de alcanzarlo, sino por escupir, y él te levantó la mano.

Desde el suelo, casi parecía que pretendiera tapar el sol. Y tú, tan valiente, te quedaste ahí, con los brazos cruzados delante del pecho, aunque solo tenías once años y lógicamente debías de estar aterrado.

—Esta vez te lo perdono —dijo Edward— porque respeto a mi príncipe.

Si hubiera podido reír, me habría reído de su grandilocuencia, de su pretenciosidad. Sin embargo, aún habría de pasar mucho tiempo antes de que se me ocurriera algo semejante, y en ese momento estaba tan asustado como tú, aunque la diferencia estribaba en que yo habría tenido que cuidar de ti en lugar de quedarme allí tumbado, en el suelo, mirando.

En fin, el caso es que no me desplomé en el jardín; no me puse a llorar y gimotear, sino que me senté con la espalda apoyada contra un árbol (noté que se trataba de un baniano pequeño y raquítico) y pensé en ti. En ese momento comprendí que mi trabajo consistía en seguir practicando. Esa noche me había abierto paso por el jardín; al día siguiente, o al cabo de una semana, es posible que intentara salir de la propiedad. Cada noche llegaría un poco más lejos. Cada noche me fortalecería. Y un día, pronto, volvería a verte y te diría todo esto en persona.

———

¿Recuerdas cuando nos marchamos? Fue al día siguiente de que terminaras cuarto. Tenías diez años. Ibas a cumplir los once en junio.

Te había preparado una bolsa, que estaba guardada en el maletero del coche de Edward. A lo largo de los dos meses anteriores, había ido desapareciendo alguna que otra cosa de tu habitación: ropa interior, camisetas, pantalones cortos, tu baraja de cartas preferida, uno de los monopatines y tu peluche preferido, ese tiburón con el que seguías durmiendo de vez en cuando a pesar de que te avergonzaba reconocerlo y que escondías debajo de la cama. No reparaste en la ausencia de la ropa, pero sí en la del monopatín: «Papá, ¿has visto mi monopatín? No, el morado. No, ya he mirado, no está ahí. Le preguntaré a Jane».

También había guardado algo de comida, latas de carne, maíz y judías. Una sartén y una tetera. Cerillas y gas para encendedores. Paquetes de galletas saladas y fideos instantáneos. Jarras de cristal. Todos los fines de semana nos llevábamos algo. En abril, habíamos colocado el toldo y escondido las tiendas debajo de una pila de piedras coralinas que habíamos sacado del mar a rastras.

—Más adelante construiremos un palacio de verdad —decía Edward, y yo callaba, como hacía siempre que él empezaba a decir ese tipo cosas, tan inverosímiles. Si de verdad las creía, era para sentir vergüenza ajena. Y si no, para avergonzarme de mí mismo.

Nuestras historias se entrelazan en ese momento, y aun así, hay mucho que no sé sobre cómo te sentías o lo que veías. ¿Qué pensaste la tarde que llegamos a Lipo-wao-nahele y vimos las tiendas —una para ti y para mí, y otra para Edward— montadas debajo de la acacia, y el toldo extendido y tensado entre cuatro barras metálicas que habíamos rapiñado de una fábrica de cemento abandonada en la parte occidental de la isla, bajo el que almacenábamos las cajas de cartón con la comida, la ropa y todo lo demás? Recuerdo que sonreíste de manera vacilante, que primero me miraste a mí y luego el toldo y luego a Edward, que estaba sacando el hornillo hibachi del coche.

—¿Papá? —dijiste, clavando tus ojos en mí. Pero no supiste qué añadir—. ¿Qué es esto? —preguntaste al fin, y yo fingí no haberte oído, aunque por descontado que lo hice, pero no sabía qué responder.

Ese fin de semana nos seguiste la corriente. Cuando Edward nos despertó el viernes por la mañana, temprano, para recitar un cántico, lo hiciste, y cuando dijo que a partir de entonces los tres aprenderíamos hawaiano juntos, que allí solo se hablaría hawaiano, me miraste, y yo asentí, así que te encogiste de hombros y accediste.

—Vale —dijiste.

—'Ae —te corrigió, muy serio, y tú volviste a encogerte de hombros.

—'Ae —repetiste.

La mayor parte del tiempo te mostrabas hermético, pero por tu rostro vi pasar fugazmente la confusión y también la diversión. ¿De verdad Edward esperaba que pescaras para comer? ¿De verdad aprenderías a cocinar sobre el fuego? ¿De verdad teníamos que irnos a dormir a las ocho para levantarnos al alba? Sí, eso parecía; sí y sí. Ya eras avispado por entonces, no cuestionabas a Edward..., y también sabías que él no jugaba, que no tenía sentido del humor.

—Edward —lo llamaste una vez, pero él no levantó la vista, fingió no haberte oído, y vi que parecías entenderlo al instante—. Paiea —dijiste, y él se volvió.

—'Ae?

Creo que, al no haber podido confiar nunca en mis aptitudes como padre, enseguida aprendiste que las personas no siempre se comportaban como debían y que las cosas no eran lo que aparentaban. Allí estábamos, tu padre y su amigo, al que conocías desde que eras un bebé, pasándolo bien de acampada junto a la playa. Aunque ¿de verdad parecía eso? Nadie había hablado de pasarlo bien, y era cierto que cuando estabas en Lipo-wao-nahele te veías relativamente cargado de obligaciones, por mucho que al final acababas haciendo todo lo que te gustaba: pescar, nadar, trepar por la ladera de la montaña cercana, buscar vegetales comestibles. Pero había algo que no encajaba, algo que no estaba bien. No sabías expresarlo con palabras, pero lo intuías.

—Papá —me susurraste la segunda noche, cuando apagué de un soplo la llama de la lámpara de queroseno que había entre nosotros—. ¿Qué estamos haciendo aquí?

Tardé tanto en contestar que me tocaste el brazo, con suavidad.

—¿Papá? —insististe—. ¿Me has oído?

—Estamos de acampada, Kawika —contesté, y luego, al ver que te habías quedado muy callado, añadí—: ¿No te lo pasas bien?

—Supongo —dijiste al final, de mala gana.

No, no te lo pasabas bien, pero no sabías explicar por qué. Eras un niño, y el problema no es que los niños no cuenten con el repertorio completo de emociones de los adultos, sino que carecen de vocabulario para expresarlas. Yo era un adulto, tenía el vocabulario, y aun así tampoco sabía explicar lo que no estaba bien, no sabía expresar lo que sentía.

El lunes transcurrió de la misma manera: las clases de hawaiano, las largas horas de aburrimiento, la pesca, el fuego. Te veía mirar el coche de vez en cuando, como si pudieras llamarlo igual que a un perro y hacer que acudiera a tu lado entre acelerones.

El jueves tenías que ir a un campamento donde iban a enseñarte a construir robots. Estabas muy emocionado con la perspectiva: llevabas meses hablando de ello, releyendo el folleto, explicándome qué tipo de robot ibas a construir, que lo llamarías la Araña y que podría encaramarse a lo alto de los estantes y coger cosas a las que Jane no llegaba. También asistirían tres amigos tuyos.

—¿A qué hora saldremos de aquí? —me preguntaste el día anterior. Y al ver que no contestaba, insististe—: Papá, el campamento empieza mañana a las ocho de la mañana.

—Habla con Paiea —dije al fin, con una voz que no reconocí.

Te quedaste mirándome, con expresión de incredulidad, y luego te levantaste y corriste junto a Paiea.

—Paiea —te oí decir—. ¿A qué hora nos vamos? ¡Mañana tengo campamento!

—No vas a ir al campamento —contestó Edward con serenidad.

—¿Cómo que no? —replicaste, y continuaste sin darle tiempo a responder—: Edward... Quiero decir, Paiea..., ¿cómo que no?

Oh, cómo deseábamos ambos que Edward estuviera de broma, que fuera capaz de bromear. Y a pesar de que yo sabía que no, siempre creí, de corazón y hasta el último momento, que no haría exactamente lo que había dicho que haría, aunque no conocía persona menos solapada que él, menos maquinadora. Lo que decía que iba a hacer era lo que hacía.

—Que no vas —repitió—. Te quedas aquí.

—¡¿Aquí?! —dijiste—. ¿Dónde?

—Aquí —contestó—. En Lipo-wao-nahele.

—¡Que te crees tú eso! —gritaste, y luego, volviéndote hacia mí—: ¡Papá! ¡Papá! —Pero no dije nada, no podía, y conmigo no insististe, sabías que no serviría de nada, que era inútil, y te volviste hacia Edward con brusquedad—. Quiero irme a casa —dijiste, y luego, al ver que él tampoco respondía, te pusiste histérico—. Quiero irme a casa. ¡Quiero irme a casa!

Corriste hacia el coche, te sentaste en el asiento del conductor y empezaste a aporrear el claxon, que lanzaba quejidos breves y cortantes.

—¡Llevadme a casa! —chillabas. Para entonces ya estabas llorando—. ¡Papá! ¡Papá! ¡Edward! ¡Llevadme a casa! —Piii, piii, piii—. ¡Tutu! —gritaste, como si tu abuela fuera a salir de una de las tiendas—. ¡Jane! ¡Matthew! ¡Que alguien me ayude! ¡Que alguien me ayude! ¡Llevadme a casa!

Otro hombre se habría reído de ti, pero él no lo hizo; lo bueno de que no tuviera sentido del humor era que no disfrutaba humillando a nadie; te tomaba en serio a su manera. Simplemente te dejó chillar y gritar un rato, hasta que saliste del coche y te desplomaste exhausto y lloroso, momento en que se levantó de debajo de la acacia y fue a sentarse a tu lado, y tú te apoyaste en él a tu pesar.

—No pasa nada —oí que te decía. Te rodeó con un brazo y empezó a acariciarte el pelo—. No pasa nada. Este es tu hogar, pequeño príncipe. Este es tu hogar.

¿Qué pensabas de Edward? Nunca te lo pregunté porque nunca quise saber la respuesta; además, habría sido una pregunta extraña, algo que un padre no le pregunta a un hijo: ¿qué te parece mi amigo? Pero ahora que somos adultos, te lo pregunto: ¿qué pensabas de él?

Sigo temiendo la respuesta. Tú supiste ver, mucho antes que yo, que en él había algo que temer, algo de lo que recelar. Ya de muy pequeño, nos mirabas a tu abuela, a mí y al tío Edward cuando se quedaba a cenar y, aunque eras incapaz de expresar con palabras la tensión que había entre nosotros, la notabas, ¿cómo no ibas a notarla? Veías lo callado que me quedaba cuando estaba él, veías que esperaba a que me diera permiso para hablar antes de decir nada en su presencia. Una vez, tendrías unos diez años, estábamos pasando el día en la playa, en Lipowao-nahele. Era entrada la tarde, casi la hora de marcharnos, y le pregunté a Edward si podía ir antes a hacer mis necesidades. Dijo que sí y lo hice. Para mí fue algo natural, me pasaba la vida preguntándole si podía hacer esto o lo otro, si podía comer, si podía repetir, si podía volver a casa. Lo único que no le preguntaba eran cosas relacionadas contigo, y no fue hasta esa noche, cuando estaba arropándote en la cama, cuando me preguntaste por qué no había ido sin más, por qué había necesitado su permiso. Quise decirte que no era así, pero no supe explicarte por qué no, por qué estabas equivocado, por qué no me levanté y fui sin más cuando había querido, cuando lo había necesitado. Para un niño es terrible darse cuenta de que su padre es débil, tan débil que no puede protegerlo. Algunos reaccionan con desprecio, y otros —como tú en aquel momento— con compasión. Creo que entonces comprendiste que ya no eras un niño, que tenías que protegerme, que necesitaba tu ayuda. Entonces comprendiste que tendrías que apañártelas solo.

A veces, Edward te sermoneaba con versiones torpes del discurso que Bethesda nos había dado a nosotros. Trataba de imitar su poética, su sentido del ritmo, pero, excepto algunas líneas que había tomado prestadas y que repetía a modo de énfasis —«Estados Unidos es un país que alberga el pecado en su corazón»—, era incapaz, y sus intentos resultaban deshilvanados y reiterativos, aburridos y circulares. Me oía pensar esas cosas y me sentía culpable por mi deslealtad, aunque nunca lo dije en voz alta, ni a ti. «La tierra no tiene dueño», te decía Edward, olvidando o quizá pasando por alto el mismo Lipo-wao-nahele, cuyo título de propiedad resultaba fundamental para la fantasía que había creado alrededor. «Tienes derecho a ser quien quieras», decía, aunque eso tampoco lo respetaba: tú debías convertirte en un hombre hawaiano, en un joven príncipe, como te llamaba, pese a que Edward no le quedaba muy claro lo que significaba, y a mí tampoco. Si en ese momento hubieras dicho, como tenías todo el derecho a hacer, que querías ser adulto, casarte con la mujer más rubia que encontraras, vivir en Ohio y dirigir un banco, se habría horrorizado, pero ¿le habría horrorizado tus elecciones o tu ambición? ¡Qué demostración de valentía ir hasta Ohio nada menos, dejar atrás todos los privilegios que te otorgaba tu apellido, aventurarte a un lugar donde tal vez serías el príncipe Bunga-Bunga, extranjero y ridículo, despojado de tu estatus en cuanto te hubieras subido a tu pequeña canoa hecha con un tronco de palmera y te hubieras dado impulso para alejarte de las playas de Unga-Unga!

Su idea de lo que era Hawaiʻi, de lo que significaba ser hawaiano, era tan banal que, de todo lo que hoy me avergüenza, esa es la parte que más lamento. No el hecho en sí, sino que me negara a verlo, que le permitiera interpretar ese papel y sacrificara nuestras vidas por esa pantomima. En todos esos años que intentó enseñarte hawaiano con un viejo manual básico que robó de la biblioteca de la universidad, no aprendiste nada porque él tampoco lo hizo. La mayoría de las lecciones sobre historia de Hawaiʻi se las inventaba, eran proyecciones de lo que le habría gustado que hubiera sucedido en lugar de lo que había ocurrido en realidad. «Somos una tierra de reyes, reinas, príncipes y princesas», te decía, pero lo cierto era que solo quedaban dos príncipes en nuestra tierra, y esos éramos tú y yo, y tampoco se puede tener una tierra llena de realeza, porque la realeza necesita súbditos que los reverencien, o dejará de ser realeza.

Lo oía recitándote esos discursos y no sabía cómo impedirlo. Cada día que pasaba me sentía menos capacitado para deshacer lo que había permitido que ocurriera. Era como si me hubieran enviado a Lipo-wao-nahele, en lugar de elegirlo yo; me sentía varado allí, igual que si un viento me hubiera arrastrado por toda la isla y me hubiera dejado bajo la acacia. Mi vida, el sitio donde vivía, me resultaban extraños.

El domingo después de no haberte llevado al campamento de robótica, oí el coche. Primero lo oímos y luego lo vimos, dando tumbos por el camino pedregoso. Habías pasado los tres últimos días aturdido por lo que te había ocurrido. El jueves, el día que debías estar ya en el campamento, cuando despertaste y descubriste que continuabas en Lipo-wao-nahele —creo que albergabas la esperanza de que aquello fuera un sueño, que despertarías en tu cama, en casa de tu abuela—, te tiraste al suelo y empezaste a sollozar, incluso pataleaste y agitaste los brazos en un remedo de rabieta.

—Kawika —te llamé, y me acerqué a ti con disimulo (Edward caminaba por la playa)—, Kawika, todo se arreglará.

Entonces te erguiste de repente, con la cara bañada en lágrimas.

—¡¿Cómo va a arreglarse?! —gritaste—. ¡¿Eh?! ¡¿Cómo?!

Me incorporé sobre los talones.

—No lo sé —tuve que reconocer.

—¿Tú qué vas a saber? —mascullaste—. Tú no sabes nada. Nunca sabes nada.

Continuaste llorando y me alejé con el mismo sigilo. No te lo tomé en cuenta. ¿Cómo iba a hacerlo? Tenías razón.

El viernes y el sábado te sumiste en el silencio. No quisiste salir de la tienda, ni siquiera para comer. Me preocupé, pero Edward no.

—Déjalo tranquilo —dijo—. Ya saldrá.

Pero no lo hiciste. Por eso, cuando llegó el coche, tardaste en dejar la tienda, parpadeando para protegerte del sol, y te quedaste mirándolo como si se tratara de una alucinación. No fue hasta que el tío William bajó del vehículo cuando lanzaste un grito débil, de animalillo, uno que nunca te había oído proferir, y echaste a correr hacia él, tambaleándote por la deshidratación y el hambre.

No había venido solo. Tu abuela ocupaba el asiento del acompañante, y Jane y Matthew iban detrás, con cara de susto. Fue tu abuela quien te recibió y te puso a su espalda, interponiéndose entre Edward y tú por si a este se le ocurría levantarte la mano.

—No sé a qué juega usted, ni lo que pretende —dijo—, pero me llevo a mi nieto conmigo.

Edward se encogió de hombros.

—Creo que eso no lo decide usted, señora —contestó, y yo retrocedí, a mi pesar. «Señora». Nunca había oído a nadie dirigirse de manera tan irrespetuosa a mi madre—. Eso lo decidirá su hijo.

—Ahí es donde se equivoca, señor Bishop —repuso ella, y luego se dirigió a ti, con más suavidad—: Sube al coche, Kawika.

Pero no quisiste, sino que te asomaste tras ella y me miraste.

—¿Papá?

—Kawika, sube al coche —repitió tu abuela—. Ya.

—No —contestaste—. No sin él.

«Él». Te referías a mí.

—Por el amor de dios, Kawika —dijo ella, impaciente—. Él no quiere venir.

—Sí que quiere —insististe—. No quiere estar aquí, ¿verdad, papá? Ven con nosotros.

—Esta tierra es suya —dijo Edward—. Tierra pura. Tierra hawaiana. Él se queda.

Empezaron a discutir, Edward y tu abuela, y yo volví la cabeza hacia el cielo, un cielo blanco y caluroso, demasiado caluroso para mayo. Parecían haberse olvidado de mi existencia, de que estaba allí, a pocos pasos de ambos, el tercer vértice de un triángulo. Sin embargo, ya no los escuchaba, ni a ellos ni las tonterías de Edward ni las órdenes de tu abuela, sino que miraba al tío William, a Jane y a Matthew, que nos observaban incrédulos, no solo a nosotros tres, sino también la tierra que nos rodeaba. Vi que reparaban en las tiendas, en el toldo de plástico azul, en las cajas de cartón. Hacía dos noches había llovido y el viento había tirado uno de los lados de la tienda que compartíamos tú y yo, de manera que cuando dormía debajo el nailon me cubría como una manta. Las cajas aún estaban húmedas, y el contenido —la ropa y tus libros— se hallaba repartido por todas partes para que se secara; parecía que hubiera estallado una bomba y todo hubiera quedado desperdigado. El toldo estaba embarrado, de la acacia colgaban una docena de bolsas de plástico con comida para protegerla de las hormigas y las mangostas. Vi lo que veían: un trozo de tierra normal y corriente, cubierta de maleza y repleta de basura. Botellas de plástico, tenedores de plástico rotos, el toldo susurrando en el viento. Lipo-wao-nahele, solo que no habíamos plantado árboles, y los que había los usábamos como mobiliario. A esas alturas aquel lugar ya estaba peor que falto de amor y cuidados; estaba degradado, y Edward y yo éramos los culpables.

Ese día se te llevaron. Intentaron que me declararan incapaz. Intentaron que me declararan no apto para ejercer tu custodia. Intentaron quitarme el fideicomiso. Uso el plural porque fue el tío William el encargado de hablar (discretamente) con alguien de los Servicios de Protección de la Infancia y luego consultarle a un antiguo compañero de Derecho que en esos momentos era magistrado del Juzgado de Familia, pero en realidad me refiero a ella, a tu abuela.

No la culpo, ni ahora ni entonces. Yo sabía que lo que hacía no estaba bien. Sabía que debías quedarte donde estabas, que Lipo-wao-nahele no era vida para ti. Entonces ¿por qué permití que sucediera? ¿Cómo pude permitir que sucediera? Podría decirte que fue porque quería compartir algo contigo, algo que —para bien o para mal— había construido pensando en ambos, un lugar donde tomaba decisiones que creía que podrían ayudarte de alguna manera, que podrían enriquecerte de alguna manera. Pero sería mentira. O podría decirte que fue porque al principio creía en Lipo-wao-nahele, en la vida que podríamos llevar allí, y que me sorprendió que esos sueños no se cumplieran. Pero eso también sería mentira.

La verdad no tiene que ver con nada de eso. La verdad es mucho más patética. La verdad es que seguí a alguien, sin más; que entregué las riendas de mi vida a otra persona y que, al hacerlo, entregué también las tuyas. Y que, una vez hecho eso, no supe cómo deshacerlo, no supe cómo enmendarlo. La verdad es que era débil. La verdad es que era un inútil. La verdad es que renuncié a mí. La verdad es que renuncié también a ti.

En otoño llegamos a un acuerdo. Podría verte dos fines de semana al mes en Lipo-wao-nahele, pero solo si se construía un alojamiento apropiado para ti. El resto del tiempo vivirías con tu abuela. Si lo incumplía de alguna manera, me internarían. Edward puso el grito en el cielo, pero yo tenía las manos atadas; mi madre aún estaba en condiciones de burlar ciertos trámites, y ambos sabíamos que si se producía un enfrentamiento, yo llevaba las de perder: te perdería a ti y perdería mi libertad. Aunque supongo que, a esas alturas, ya os había perdido a ambos.

Mi madre fue a hablar conmigo una sola vez más, poco después de que firmáramos el acuerdo. Era noviembre, más o menos una semana antes de Acción de Gracias; por entonces, aún trataba de llevar la cuenta de los días. No sabía que vendría. A lo largo de la semana anterior, una cuadrilla de carpinteros había empezado a construir lo que sería una casita en el extremo septentrional de la propiedad, al abrigo de la montaña. Contaría con una habitación para mí, otra para Edward y otra para ti, pero solo amueblarían la tuya. No se trataba de un gesto mezquino; había sido Edward quien había rechazado el ofrecimiento del tío William y le había dicho que dormiríamos fuera, en esterillas de lauhala.

—Me da igual dónde durmáis, siempre y cuando lo hagáis dentro cuando el niño esté aquí —dijo el tío William.

Que estaban poniendo a prueba nuestro experimento, dijo Edward, que no debíamos rendirnos. Cuando no estabas con nosotros, vivíamos como lo habían hecho nuestros ancestros. Cuando estabas allí, nos llevaban alimentos y los consumíamos, pero cuando te ibas, solo pescábamos o recolectábamos, y cocinábamos sobre el fuego. Cultivábamos nuestros propios taros y también boniatos; yo era el responsable de limpiar la zanja que había cavado para nuestras heces y utilizarlas como fertilizante para las plantas. El teléfono, cuya instalación había costado una fortuna —no había tendido telefónico en la zona—, se desconectaba cuando te ibas; la electricidad, que de alguna manera el tío William había conseguido que el Estado hiciera llegar hasta allí, no se usaba.

—¿No ves que intentan dinamitar nuestra moral? —preguntaba Edward—. ¿No ves que es una prueba, una manera de comprobar hasta dónde llega nuestro compromiso?

La mañana en que tu abuela fue a visitarme había estado lloviendo; la vi abrirse paso a través de la hierba enfangada hasta donde yo estaba, tumbado en el toldo, debajo de la acacia. El toldo, que hasta entonces había sido un tejado, en esos momentos hacía las veces de suelo, y me pasaba la mayor parte del tiempo sobre él, durmiendo, a la espera de que acabara un día y empezara el siguiente. A veces Edward trataba de espabilarme, pero cada vez ocurría con menos frecuencia, y a menudo desaparecía durante lo que podían ser horas, o quizá días —aunque lo intentaba, cada vez me costaba más diferenciar unas de otros—, y me dejaba allí solo, adormilado, hasta que despertaba cuando el hambre me impedía seguir durmiendo. A veces soñaba con la noche en que habíamos escuchado a Bethesda en aquella casa y me preguntaba si había sido real o si lo habíamos invocado desde otro mundo.

Tu abuela se quedó plantada junto a mí unos segundos antes de hablar.

—Despierta, Wika —dijo. Y al ver que no me movía, se arrodilló y me zarandeó de un hombro—. Wika, levanta —repitió, y al final lo hice. Me miró un momento y luego se irguió—. Levanta —me ordenó—. Vamos a dar un paseo.

Me levanté y la seguí. Llevaba una bolsa de tela y una estera que me entregó. Aunque ya no llovía, el cielo continuaba gris y no hacía sol. Caminamos hacia la montaña, y al llegar junto al samán, me hizo una seña para que extendiera la estera.

—He traído algo de comer —dijo y, sin darme tiempo a mirar alrededor, añadió—: Él no está.

Iba a decirle que no tenía hambre, pero ella ya había empezado a sacarlo todo: cajas bento de arroz, pollo mochiko, nishime, namasu de pepino y taquitos de melón de postre, todo lo que antes yo devoraba con deleite.

—Es para ti —dijo cuando empecé a servirle—. Yo ya he comido.

Comí tanto y tan deprisa que tuve arcadas, pero no me riñó en ningún momento, y continuó en silencio incluso después de que hubiera terminado. Se había quitado los zapatos, que había dejado con sumo cuidado junto al borde de la estera, y había estirado las piernas; recordé que siempre llevaba las medias de nailon de un tono más oscuro que su piel. Vestía una falda de color verde lima con un estampado de rosas blancas, ya muy desgastada, que recordaba de cuando era pequeño, y cuando echó la cabeza atrás para mirar el cielo entre las ramas y luego cerró los ojos me pregunté si ella también sería capaz —igual que yo a veces, aunque cada vez menos— de apreciar la belleza compleja de esa tierra, el modo en que parecía no ceder ante nadie. A unos metros de nosotros, los operarios habían acabado la pausa de la comida y ya se habían puesto a martillar y serrar; le había oído decir a uno que el terreno era demasiado húmedo para una casa de madera, y otro había discrepado y afirmado que el problema no era la humedad, sino el calor. Habían tenido que posponer los trabajos de cimentación y reubicar la construcción después de descubrir que en el emplazamiento original había habido un pantano que alguien había drenado y rellenado con tierra. Estuvimos escuchando un rato los martillos y las sierras, mientras esperaba a oír lo que mi madre quería decirme.

—Casi tenías tres años cuando te llevé al continente a que te viera un especialista —empezó—. Porque no hablabas. Estaba claro que no eras sordo, que fue lo primero que pensamos, porque cuando tu padre o yo te llamábamos te volvías hacia nosotros, y cuando salíamos y oías ladrar a un perro te emocionabas, sonreías y aplaudías.

»También te gustaba la música, y cuando poníamos tus canciones preferidas, a veces incluso..., no es que las canturrearas, no exactamente, pero sí hacías ruiditos. Aun así, no hablabas. El médico dijo que quizá no te hablábamos lo suficiente, así que empezamos a hablarte a todas horas. Por la noche, tu padre te sentaba a su lado y te leía la sección de deportes. Pero como yo era quien más tiempo pasaba contigo, también era la que más te hablaba. De hecho, sin cesar. Te llevaba conmigo allí a donde fuera. Te leía libros y recetas, y cuando íbamos en el coche te comentaba lo que iba viendo. "Mira, ese es el colegio al que irás algún día, cuando seas un poco más grande; y allí, esa es la casa donde vivimos tu padre y yo después de casarnos, antes de trasladarnos al valle; y en lo alto de esa colina es donde vive el amigo del instituto de tu padre, el que tiene un niño pequeño de tu misma edad", te decía.

»Pero sobre todo te hablaba de mi vida. De mi padre y mis hermanos, y de que, cuando era pequeña, quería vivir en Los Ángeles y ser bailarina, aunque, claro, eso era justo lo que no me dejarían hacer y, de todos modos, tampoco se me daba muy bien bailar. Incluso te contaba que tu padre y yo habíamos intentado darte una hermana muchas veces y nunca habíamos podido, hasta que el médico nos dijo que serías nuestro único hijo.

»¡No sabes cuánto te hablaba! En esa época me sentía sola; todavía no me había unido a las Hijas, la mayoría de mis amigas del colegio tenían muchos hijos o estaban ocupadas llevando sus hogares, y yo ya estaba distanciada de mis hermanos. Así que solo te tenía a ti. A veces, por la noche, me tumbaba en la cama y pensaba en todo lo que te había contado y me preocupaba que hubiera podido causarte algún perjuicio al explicarte cosas que un niño no debería saber. Llegó a agobiarme tanto que una vez se lo confesé a tu padre, pero él se rio, me abrazó y dijo: "No seas tonta, niña (me llamaba 'niña'), pero si ni siquiera entiende lo que dices. ¡Podrías estar todo el día insultándolo y no pasaría nada!". Le di un palmetazo en el hombro y lo regañé, pero él volvió a reír y me hizo sentir un poco mejor.

»Sin embargo, en el vuelo a San Francisco, pensé de nuevo en todo lo que te había contado y ¿sabes qué deseé? Deseé que no hablaras nunca. Temía que, cuando lo hicieras, le explicaras a todo el mundo lo que te había contado, todos mis secretos. "No se lo digas a nadie", te susurré al oído mientras te tenía dormido en el regazo. "No le cuentes nunca a nadie lo que te he dicho". Y luego me sentí horriblemente culpable por haber deseado que mi único hijo no hablara nunca, por ser tan egoísta. ¿Qué clase de madre era?

»En cualquier caso, no tendría que haberme preocupado. El médico de San Francisco no supo iluminarnos mucho más que el nuestro, pero tres semanas después de que volviéramos a casa empezaste a hablar, y no solo decías palabras sueltas, sino frases enteras. No sabes qué alivio sentí, lloré de alegría. Tu padre, que no había estado tan preocupado como yo, se burló de mí, aunque con delicadeza, de esa manera tan suya. "¿Lo ves, niña? ¡Sabía que todo se arreglaría! Es como su viejo, ¿no te lo dije? ¡Ahora rezarás para que se calle!".

»Eso era lo que me decía todo el mundo, que un día rezaría para que dejaras de hablar. Pero nunca tuve que hacerlo, porque eras muy callado. A veces, a medida que crecías, me preguntaba si no sería un castigo. Te había pedido que no dijeras nada, y no lo hacías. Luego empezaste a hablar cada vez menos, y ahora... —Se interrumpió y se aclaró la garganta—. Y ahora, aquí nos tienes —concluyó.

Guardamos silencio largo rato.

—Por el amor de dios, Wika —estalló al final—. Di algo.

—No tengo nada que decir.

—Esto de aquí no es vida, entiéndelo —dijo atropelladamente—. Tienes treinta y seis años y un hijo de once. Este lugar..., ¿cómo lo llamáis? ¿Lipo-wao-nahele? No puedes quedarte aquí, Wika. No sabes apañártelas, ni tú ni tu amigo. No sabes hacerte la comida ni cuidar de ti ni, ni... nada. No sabes nada, Wika. Tú...

Una vez más se interrumpió a media frase. Negó con la cabeza enérgicamente; pareció recomponerse. Y entonces empezó a apilar los recipientes de comida vacíos uno dentro de otro, los guardó en la bolsa y se apoyó sobre los talones para ponerse en pie. Se calzó y cogió la bolsa.

Yo la miré desde la estera, ella me miró desde su altura. Pensé que iba a decir algo terrible, algo tan ofensivo que no podría perdonarla jamás, algo que ni ella podría perdonarse.

Pero no lo hizo.

—No sé para qué me preocupo —dijo con frialdad, mientras me escrutaba, no solo la cara, sino de arriba abajo: la camiseta sucia y el bañador raído y la barba descuidada que hacía que me picaran las mejillas—. No sobrevivirás en este sitio, a la intemperie. Volverás a casa cuando menos me lo espere.

Luego dio media vuelta y echó a andar, y yo la seguí con la mirada. Subió al coche, dejó la bolsa de recipientes vacíos en el asiento de al lado, se miró en el retrovisor y se pasó una mano por la mejilla, como para recordarse que seguía allí. Después arrancó y se marchó.

—Adiós —le dije mientras el coche se alejaba—. Adiós.

En lo alto, las nubes estaban adoptando un tono gris, y oí que el capataz apremiaba a la cuadrilla para que espabilaran y terminaran el trabajo antes de que se pusiera a llover.

Me tumbé otra vez. Cerré los ojos. Finalmente me dormí, concilié uno de esos sueños que parecen más reales que la vida misma, de manera que cuando desperté —al día siguiente, temprano, todavía sin noticias de Edward—, casi llegué a convencerme de que aún estaba a tiempo de empezar de nuevo.

Al final, mi madre se equivocó: no volví a casa. Ni cuando menos lo esperaba ni nunca. Con el tiempo, Lipo-wao-nahele se convirtió no solo en el lugar donde estaba, sino en quién era yo, aunque nunca dejé de considerarlo algo temporal, un sitio pensado solo para esperar, aunque lo único que esperaba era que llegara el día siguiente.

A nuestro alrededor todo indicaba que esa tierra, que nunca había estado habitada, frustraría cualquier intento de poblarla, y que cualquier concesión que hiciera a los humanos sería temporal. La casa, de madera y hormigón, era fea, achaparrada y barata; tu habitación era la única que estaba pintada y que contaba con una cama y un colchón en el suelo y una lámpara en el techo; las otras tenían paredes de pladur sin pulir y, de nuevo por insistencia de Edward, suelos de hormigón.

Incluso tú pasabas fuera la mayor parte del tiempo durante tus visitas. No porque te gustara estar al aire libre —al menos no en Lipo-wao-nahele—, sino porque la casa era tremendamente desoladora y abiertamente hostil a la comodidad humana. Yo esperaba con ansia tus visitas. Quería verte. Aunque también sabía que cuando estabas allí, y en los días posteriores, la comida sería mejor, más variada y abundante. El jueves anterior a que llegaras, el tío William se acercaba hasta allí cargado de provisiones y yo me quedaba las bolsas vacías para nuestras cosas. El tío William ponía la nevera en marcha —a Edward no le gustaba usarla— e iba sacando la botella de leche, los cartones de zumo, las naranjas, las lechugas y las hamburguesas de ternera, todos esos maravillosos productos de supermercado a los que antes tenía acceso siempre que quería. Si Edward no estaba, me pasaba unas barritas de chocolate con disimulo. La primera vez que quiso dármelas, las rechacé, pero acabé aceptándolas, y entonces se me saltaron las lágrimas y él se dio la vuelta. Las escondí en un agujero que había cavado detrás de la casa, donde estarían frescas y Edward no las encontraría.

Siempre venía el tío William, nunca el oficinista ni ningún otro empleado de la oficina, y estuve preguntándome por qué hasta que caí en la cuenta de que mi madre no querría que nadie más viera a su hijo viviendo así. Se fiaba del tío William, pero de nadie más. Supuse que también era él quien pagaba las facturas de la luz y el teléfono, y quien pagaba el agua corriente. Nos traía papel higiénico, y cuando se iba, se llevaba nuestros desperdicios, ya que en aquella zona no había servicio de recogida de basuras. Cuando el toldo azul acabó tan raído que parecía una telaraña, fue el tío William quien nos trajo uno nuevo, que Edward —durante un tiempo— se negó a usar, hasta que incluso él tuvo que reconocer que era imprescindible.

Antes de volver a casa, siempre me preguntaba si quería irme con él, y yo siempre negaba con la cabeza. Una vez no me lo preguntó, y cuando se marchó me invadió la desolación, como si esa puerta se hubiera cerrado de manera definitiva y me hubiera quedado realmente solo, atrapado en aquel lugar por culpa de mi debilidad y mi obstinación, dos cualidades contradictorias que se anulaban entre sí de modo que solo me quedaba el estancamiento.

Al tercer año, Edward se ausentaba cada vez más a menudo. El tío William te había comprado un kayak cuando cumpliste los doce años y había hecho que lo entregaran en Lipo-wao-nahele; era de dos plazas, para que pudiéramos ir juntos. Pero tú no le hiciste ni caso y yo estaba muy cansado, así que Edward se apropió de él, y muchos días salía temprano por la mañana, comenzaba a remar, salía de la bahía, rodeaba uno de los afloramientos y desaparecía. A veces no regresaba hasta que oscurecía, y si no quedaba comida, yo tenía que apañarme con lo que encontrara. En el extremo oriental de la propiedad crecía un plátano manzano, y había noches en que solo tenía esos plátanos regordetes de color verde, feculentos y poco maduros, que me producían retortijones, pero que me veía obligado a comer. Era como un perro para él; la mayoría de los días se acordaba de alimentarme, pero cuando no era así lo único que podía hacer era esperar.

A pesar de que apenas teníamos nada, siempre parecía que había basura por todas partes. Era habitual ver bolsas de plástico vacías volando de aquí para allá, hechas jirones e inservibles; en una de tus visitas, te dejaste fuera uno de los manuales básicos de hawaiano —ignoro si de manera intencionada o no—, así que las páginas se habían inflado con el agua y luego se habían tostado al sol, por lo cual ahora crujían cuando la brisa pasaba sobre ellas; restos de proyectos que nunca habíamos llegado ni a empezar (una pirámide de piedras coralinas, otra de ramitas pequeñas para hacer fuego) habían quedado apilados cerca de la acacia. Durante tus visitas, te paseabas entre la casa y el árbol, aburrido y hastiado, adelante y atrás, como si con tanta caminata pudieras invocar algo —a tus amigos, otro padre— y hacerlo realidad. Una vez, el tío William me trajo una cometa para que te la diera cuando vinieras, y aunque lo intentaste, no conseguiste hacerla volar; incluso el viento nos había abandonado.

Cuando te ibas los domingos, no sabes lo doloroso que me resultaba no poder levantarme siquiera y abandonar el árbol para acompañarte hasta el coche de tu abuela. La primera vez que ocurrió, me llamaste tres veces, te acercaste y me sacudiste de un hombro.

—¡Tutu! —gritaste—. ¡Le pasa algo!

—No, no le pasa nada, Kawika —dijo ella con voz cansada—. Es solo que no puede levantarse. Despídete y vámonos. Tenemos que volver a casa, Jane te ha preparado espaguetis con albóndigas para cenar.

Sentí que te agachabas a mi lado.

—Adiós, papá —dijiste, en voz baja—. Te quiero.

Y luego te inclinaste sobre mí y me besaste, un roce tan leve como la caricia de unas alas, y te fuiste. Antes, ese mismo día, me habías encontrado apretándome un lado de la cara con la mano y balanceándome adelante y atrás, algo que había empezado a hacer porque tenía un diente que me llevaba por la calle de la amargura.

—Papá, déjame ver —pediste con cara preocupada, y luego, cuando por fin abrí la boca, aunque de mala gana, soltaste un grito ahogado—. Papá, ese diente tiene una pinta... una pinta asquerosa —dijiste—. ¿Por qué no vas a la ciudad para que te lo miren? —Y cuando negué con la cabeza y gruñí de nuevo por el dolor que un movimiento tan simple como ese me provocaba, te sentaste a mi lado y me diste unas palmaditas en la espalda—. Papá, vuelve a casa conmigo.

Pero no podía. Tenías trece años. Cada vez que venías, era un recordatorio de que el tiempo avanzaba a toda velocidad; cada vez que te ibas, era como si el tiempo volviera a ralentizarse, como si no tuviera ni futuro ni pasado, como si no hubiera cometido equivocaciones porque no había tomado ninguna decisión, como si aún cupieran todas las posibilidades.

Al final, como sabía que debías hacer, dejaste de venir. Te hacías mayor, estabas convirtiéndote en un hombre. Se te veía tan enfadado cuando venías a Lipo-wao-nahele... Enfadado con tu abuela, enfadado con Edward, pero sobre todo enfadado conmigo. Un fin de semana, uno de los últimos antes de que dejaras de venir del todo, poco después de que cumplieras quince años, estabas ayudándome a recolectar brotes de bambú, que hacía dos años habías descubierto que crecían en la ladera más alejada. Esos brotes de bambú habían sido mi salvación, aunque ya me costaba mucho arrancarlos. Por entonces estaba tan débil que el tío William dejó de pedirme que fuera a la ciudad a ver a un médico y empezó a enviarme uno todos los meses. Me daba gotas para que no me escocieran los ojos, bebidas que me ayudaban a fortalecerme, ungüentos para las picaduras de los insectos que tenía en la cara y pastillas para los ataques. Un dentista vino a extraerme el diente; rellenó el hueco con gasa y me dejó un tubo de pomada para que me untara la encía mientras se curaba.

Ese día estaba muy cansado. Lo único que tenía que hacer era mantener abierto un viejo saco de arroz para que tú fueras metiendo los brotes. Cuando acabaste, te hiciste con el saco, te lo colgaste al hombro y me tendiste la otra mano para que me agarrara a ella y ayudarme a bajar la ladera. Por entonces ya eras tan alto como yo, pero mucho más fuerte; me asías las puntas de los dedos con delicadeza, como si temieras rompérmelos.

Edward estaba presente ese día, aunque no nos hablaba, pero así estaba bien. Me preocupaba que se hubiera enfadado conmigo, pero a ti hacía tiempo que había dejado de importarte lo que Edward pensara de ti, habías aprendido que no tenías nada que temer por su parte; él también se había desintegrado, aunque de una manera distinta a la mía. Edward era exasperante, no peligroso, si es que lo había sido alguna vez, y cuando venías a vernos, siempre repartías la comida y nos la ofrecías mientras nosotros nos sentábamos en el suelo y alargábamos las manos hacia ti como niños, aunque por entonces ya teníamos —o solo teníamos— cuarenta años, antes de sentarte tú. Edward era el único que hablaba durante esas comidas; te contaba las historias de siempre, historias manidas sobre que íbamos a devolver su antiguo esplendor a la isla, y que lo hacíamos por ti, nuestro hijo de Hawai'i, nuestro príncipe. «Muy bien, Paiea», contestabas a veces, con indulgencia, como si fuera un niño que se repetía. Una vez, te miró, confuso.

—Edward —dijo—. Me llamo Edward.

Pero casi nunca decía nada, solo hablaba sin cesar hasta que su voz acababa apagándose, y entonces se levantaba y se iba a la playa, a contemplar el mar. Ninguno de los dos era ni sombra de lo que había sido, habíamos ido allí a insuflar vida a la tierra y esta había acabado por arrebatárnosla a nosotros.

Fuimos a la cocina y empezaste a preparar la cena. Me senté y te observé mientras ibas de un lado a otro, guardabas los brotes para que pudiera comerlos cuando te hubieras ido y sacabas la carne picada de cerdo de la nevera. Ya entonces empezaba a tener problemas con la vista, pero aún podía sentarme a contemplarte y admirar lo guapo que eras, la perfección con que estabas hecho.

Jane te había enseñado a cocinar —cosas sencillas como fideos y arroz frito— y cuando venías a vernos eras el chef. Hacía poco que habías aprendido a hornear y, en ese viaje, habías traído huevos frescos y harina, así como leche y nata. Dijiste que a la mañana siguiente me harías pan de plátano. Las últimas dos veces que habías venido, te habías mostrado hosco y arisco, pero cuando llegaste esa mañana estabas contento y alegre, y silbabas mientras descargabas las provisiones. Estaba mirándote, tan lleno de cariño y añoranza que apenas podía hablar, cuando de pronto comprendí a qué se debía tu felicidad: estabas enamorado.

—Papá, ¿puedes meter la leche y la nata en la nevera? —preguntaste—. Tengo que traer más cosas.

Cuando eras pequeño, el tío William nunca te mandaba con provisiones, pero ahora lo hacía de cuando en cuando, y yo observaba mientras tú descargabas rollos de papel higiénico, bolsas de comida e incluso, a veces, haces de leña, y tu abuela esperaba al volante del coche, contemplando el mar por la ventanilla.

Saliste, y yo me quedé sentado en la silla (la única silla que teníamos), mirando la pared de la cocina, preguntándome de quién te habrías enamorado y si ella te correspondería. Seguí allí sentado, soñando, hasta que volviste a llamarme —por entonces tenías que llamarnos como a perros, y los dos respondíamos obedientemente a nuestros nombres y caminábamos con dificultad hasta ti— y te seguí para ir a arrancar esos brotes de bambú.

Estaba pensando en eso, en esa mañana, en tu sonrisa soñadora y discreta, mientras murmurabas para ti mismo y buscabas en la nevera el pimiento y el calabacín que necesitarías para hacer el salteado, y entonces te oí maldecir.

—¡Joder, papá! —exclamaste, y al enfocar la vista vi que sostenías la botella de nata, que yo me había olvidado de guardar cuando me lo habías dicho—. ¡Has dejado la nata fuera, papá! ¡Y la leche! ¡Ahora ya no pueden usarse! —Tiraste la nata al fregadero de malas maneras y te volviste hacia mí. Vi tus dientes, tus ojos negros y brillantes—. ¿Es que no sabes hacer nada? Lo único que te he pedido es que guardaras la nata y la leche y ¿ni eso puedes hacer? —Te acercaste a mí, me agarraste por los hombros y empezaste a zarandearme—. ¡¿Qué te pasa?! —gritaste—. ¿Se puede saber qué te pasa? ¿No sabes hacer nada?

Con los años, yo había aprendido que cuando te zarandeaban lo mejor era no oponer resistencia, como si te hubieras quedado sin fuerzas, y eso hice, dejé que mi cabeza se bamboleara prendida de su tallo, dejé que mis brazos colgaran a los lados y al final paraste y me empujaste, con tanta fuerza que me caí de la silla al suelo, desde donde vi tus pies alejándose rápidamente de mí y oí la mosquitera cerrándose de un portazo.

Cuando volviste ya era de noche. Yo seguía tendido en el mismo lugar. La carne de cerdo, olvidada en la encimera, también se había estropeado, y, a la luz de la lámpara, vi una nubecilla de mosquitos revoloteando encima.

Te sentaste a mi lado y me apoyé contra tu piel cálida y desnuda.

—Papá —dijiste, y yo intenté incorporarme—. Espera, que te ayudo —dijiste, y me rodeaste con el brazo y me ayudaste a sentarme. Me diste un vaso de agua—. Voy a hacer algo para comer —dijiste, y oí que tirabas la carne de cerdo a la basura y empezabas a picar verduras.

Preparaste dos platos de salteado de verduras con arroz y nos los comimos allí mismo, sentados en el suelo de la cocina.

—Lo siento, papá —te disculpaste al final, y yo asentí, con la boca demasiado llena para contestar—. A veces me frustro mucho contigo —continuaste, y yo volví a asentir—. Papá, ¿por qué no me miras? —preguntaste, y yo alcé la vista e intenté encontrar tus ojos y tú me tomaste la cabeza entre las manos y te la acercaste a la cara—. Estoy aquí —susurraste—. ¿Me ves ahora? —Y volví a asentir—. No muevas la cabeza, habla —ordenaste, pero con voz amable.

—Sí —dije—. Sí, te veo.

Esa noche dormí dentro de casa, en tu habitación, en tu cama: Edward no estaba para decirme que no podía, y tú ibas a salir a pescar.

—¿Y cuándo vuelves? —pregunté, pero dijiste que te echarías a mi lado y que dormiríamos juntos, como hacíamos en la tienda.

—Venga, quédate con la cama —insististe.

Y aunque tendría que haber protestado, me tumbé. Pero no viniste a acostarte a mi lado, a hacerme compañía, y al día siguiente estabas callado y distraído; la alegría de la mañana anterior había desaparecido.

Después de ese fin de semana no volvería a verte. Al cabo de quince días, estaba sentado en el toldo, esperándote, cuando llegó el tío William, y al bajar del coche llevaba las manos vacías. Me explicó que ese fin de semana no podías venir, que tenías función en el colegio, algo que no podías perderte.

—Ah —dije—, ¿vendrá la semana que viene?

Y el tío William asintió, despacio.

—Eso creo —contestó.

Pero no lo hiciste, y esa vez el tío William no vino a decírmelo, y tampoco volvió a aparecer hasta un mes después, en esa ocasión con comida y provisiones, y un mensaje: que ya no vendrías a Lipo-wao-nahele, nunca más.

—Míralo de esta manera, Wika —casi suplicó—, Kawika está haciéndose mayor, hijo, quiere estar con sus amigos y sus compañeros de clase. Este lugar es muy duro para un joven.

Era como si esperara que protestase, pero no pude porque todo lo que había dicho era cierto. Y también sabía lo que había querido decir en realidad: no se trataba de que no fuera fácil vivir en Lipo-wao-nahele; lo difícil era estar conmigo, con la persona en la que me había convertido... o la que había sido siempre, quizá.

Mucha gente cree que ha desperdiciado su vida. Cuando iba a la universidad en el continente, una noche se puso a nevar y al día siguiente suspendieron las clases. La habitación de la residencia donde vivía daba a una cuesta empinada, a cuyos pies había un estanque, y me quedé junto a la ventana a mirar cómo mis compañeros pasaban la tarde tirándose en trineo y tobogán, cómo se deslizaban por la cuesta antes de volver a subirla despacio y con esfuerzo mientras reían y se apoyaban unos en otros exagerando lo cansado que resultaba. Ya era de noche cuando volvieron a la residencia y los oí, al otro lado de la puerta, hablando del día que habían pasado.

—¿Qué he hecho? —se quejaba uno con fingida desesperación—. ¡Tenía un trabajo de griego para mañana! ¡Estoy desperdiciando mi vida!

Todos rieron, porque era absurdo, no estaba desperdiciándola. Haría el trabajo de griego, luego aprobaría la asignatura, más tarde se licenciaría y, años después, cuando acompañara a su hijo a la universidad, le diría: «Diviértete, pero con cabeza», y le contaría la historia del día que había desperdiciado tirándose en trineo por la nieve cuando estudiaba en la universidad. Aunque la historia carecería de cualquier tipo de suspense porque ambos conocían el final.

Yo, en cambio, sí había desperdiciado mi vida. Aparte de criarte a ti, lo único que había conseguido era no abandonar Lipo-wao-nahele. Sin embargo, no hacer algo no es lo mismo que hacerlo. Yo había desperdiciado mi vida, pero tú no permitirías que hiciera lo mismo con la tuya. Estaba orgulloso de ti al ver que me abandonabas, al ver que hacías lo que yo no era capaz: no te dejarías seducir ni embaucar ni cautivar; te irías, y no solo me dejarías a mí y dejarías Lipo-wao-nahele, sino también todo lo demás: la isla, el Estado, la historia, quien estabas destinado a ser, quien podrías haber sido. Te desharías de todo, y cuando lo hubieras conseguido, te sentirías tan ligero que al entrar en el mar tus pasos ni siquiera se hundirían, apenas rozarían la superficie del agua, y entonces echarías a andar, hacia el este, hacia una vida distinta, una en la que nadie sabría quién eras, ni siquiera tú mismo.

Ya sabes qué ocurrió luego, Kawika, tal vez incluso mejor que yo. Edward se ahogó unos meses después de que te marcharas —el tío William me dijo que fueron siete—, y aunque se consideró una muerte accidental, a veces me pregunto si no sería intencionada. Edward había ido allí en busca de algo, pero no había tenido el coraje de encontrarlo, ni yo tampoco. Yo debería haber sido su público, pero ni eso había logrado, y sin mí, él también se había rendido.

Fue el tío William quien encontró el cadáver en la playa durante una de sus visitas, y ese mismo día —después de que la policía me interrogara— me llevó de vuelta a Honolulu y al hospital. Cuando desperté, estaba en una habitación, y al alzar la vista vi al médico, que repetía mi nombre y me enfocaba a los ojos con una luz brillante.

El hombre se sentó a mi lado y me hizo preguntas: ¿sabía cómo me llamaba? ¿Sabía dónde estaba? ¿Sabía quién era el presidente? ¿Podía contar hacia atrás de seis en seis desde cien? Contesté, y él anotó las respuestas. Y luego, antes de irse, dijo:

—Wika, no me recordarás, pero yo a ti sí. —Al ver que yo no respondía, prosiguió—: Me llamo Harry Yoshimoto, fuimos juntos al colegio. ¿Te acuerdas?

Pero no fue hasta esa noche, cuando estaba solo en mi cama, cuando me acordé de él: Harry, el chico que comía sándwiches de arroz y con quien nadie hablaba; Harry, el chico que yo me había alegrado de no ser.

Y así acabó todo. Nunca volví a la casa del valle. Tiempo después, me trajeron aquí. Al final perdí la vista que me quedaba; perdí el interés, y luego la capacidad de hacer nada. Soñaba, tumbado en la cama, y el tiempo se desdibujaba y se difuminaba, y era como si nunca hubiera cometido ninguna equivocación. Incluso a ti —que, según me contaron, por entonces ya ibas a otro colegio, en la Isla Grande—, incluso a ti, que nunca viniste a verme, incluso a ti podía invocarte a mi lado, y a veces, si tenía mucha suerte, incluso conseguía engañarme y fingir que ni siquiera había llegado a conocerte. Serías el primer Kawika Bingham que no se graduaría en el colegio, ¿quién sabía qué otras cosas serías el primer Kawika Bingham en hacer? ¿El primero que no viviría aquí, tal vez? ¿El primero en ser alguien distinto? ¿El primero en irse a un lugar muy lejano, tan lejano que haría que incluso Hawai'i pareciera encontrarse cerca de cualquier sitio?

En esas cosas estaba pensando cuando he despertado y he oído que alguien estaba llorando; llorando, aunque intentando contenerse, entre hipidos.

—Lo siento, señora Bingham —he oído que decía alguien—. Pero es como si quisiera irse... Solo podemos mantenerlo vivo si él quiere seguir así. —Y de nuevo ese lamento, ese lamento triste y desesperado, y otra vez la voz—: Lo siento, señora Bingham. Lo siento.

—Tendré que escribir a mi nieto para decírselo, el hijo de mi hijo —oí que contestaba ella—. No puedo contarle algo así por teléfono. ¿Tendré tiempo?

—Sí —respondió la voz del hombre—, pero dígale que se dé prisa.

Ojalá hubiera podido decirles que no se preocuparan, que estaba mejorando, que casi me había recuperado. Apenas si podía contener las ganas de sonreír, de gritar de alegría, de llamarte. Pero quiero que sea una sorpresa, quiero ver tu cara cuando entres al fin por la puerta, cuando me veas saltar de la cama para darte la bienvenida. ¡Menuda sorpresa te llevarás! ¡Menuda sorpresa se llevarán todos! Me pregunto si me aplaudirán. O si se sentirán orgullosos. O quizá abochornados, puede que hasta enfadados: abochornados por haberme subestimado; enfadados porque les haya tomado el pelo.

Espero que no, porque no hay tiempo para enfados. Vienes, y siento el corazón latiendo cada vez más deprisa mientras la sangre zumba en mis oídos. Sin embargo, de momento voy a seguir practicando. No sabes lo fuerte que estoy ya, Kawika, casi estoy preparado. Esta vez estoy preparado para que te sientas orgulloso de mí. Esta vez no voy a decepcionarte. Hasta ahora, siempre había creído que Lipo-wao-nahele sería la única historia de mi vida, pero ahora lo sé: me han concedido otra oportunidad, la oportunidad de escribir una nueva, la oportunidad de contarte algo distinto. Así pues, esta noche, cuando oscurezca y todo esté en silencio, me levantaré, recorreré el jardín de nuevo, y esta vez me atreveré a salir por la puerta de atrás, al mundo exterior. Ya veo las copas de los árboles, negras contra el cielo oscuro; ya huelo el jengibre a mi alrededor. Se equivocaban: no es demasiado tarde, no es demasiado tarde después de todo, no es demasiado tarde. Y luego emprenderé el camino: no a casa de mi madre, no a Lipo-wao-nahele, sino a otro lugar, el mismo al que espero que hayas ido tú, y no me detendré, no necesitaré descansar, no hasta que llegue y haya recorrido todo el camino hasta ti, todo el camino al paraíso.

LIBRO III

Zona Ocho

Parte I

Otoño de 2093

Para volver a casa, normalmente cojo la lanzadera de las 18.00, que me deja en la calle Ocho con la Quinta Avenida entre las 18.30 y las 18.40, según las alteraciones del tráfico, pero sabía que ese día se celebraba una Ceremonia, así que le pregunté al doctor Morgan si podía salir antes. Me preocupaba que la lanzadera se quedase atrapada en un atasco cerca de la calle Cuarenta y dos, porque entonces a lo mejor me retrasaba, y entonces a lo mejor ni me daba tiempo de comprar la cena para mi marido. Estaba explicándole todo eso al doctor Morgan cuando me interrumpió.

—No hace falta que me des tantos detalles —dijo—. Por supuesto que tienes permiso. Vete en la lanzadera de las 17.00.

Así que le di las gracias y eso hice.

Los pasajeros de la lanzadera de las 17.00 eran diferentes de los pasajeros de la lanzadera de las 18.00. Los pasajeros de las 18.00 eran otros técnicos de laboratorio y científicos, incluso algunos directores de equipo de investigación, pero la única persona a quien reconocí en la de las 17.00 fue a una conserje. Pensé en saludarla con la mano y todo, solo que se me ocurrió un segundo después de que pasara por mi lado, así que tuve que girarme en el asiento para hacerlo, pero no creo que me viera, porque no me devolvió el saludo.

Como había imaginado, la lanzadera redujo la marcha y luego se detuvo justo al sur de la calle Cuarenta y dos. Las ventanillas de las lanzaderas están protegidas por barrotes, pero aun así dejan ver bastante bien lo de fuera. Había escogido un asiento a la derecha para poder ver la Antigua Biblioteca y, en efecto, ahí estaban las sillas, seis, colocadas en fila mirando hacia la avenida, aunque todavía no había nadie sentado en ellas y tampoco habían desenrollado las cuerdas aún. Faltaban dos horas para que empezara la Ceremonia, pero los técnicos de la radio ya estaban paseándose por allí con sus largas batas negras, y dos hombres llenaban las papeleras de rejilla con piedras que sacaban de la parte de atrás de un camión. Era ese camión lo que había interrumpido el tráfico, pero no podíamos hacer nada más que esperar a que los hombres acabaran de llenar las papeleras y luego montaran otra vez en el camión y lo quitaran de en medio, y después el resto del trayecto fue muy rápido, incluso pasando por los puntos de control.

Cuando llegamos a mi parada eran las 17.50, y aunque el viaje en sí había sido más largo de lo normal, de todas formas llegué a casa mucho antes que de costumbre. Aun así, hice lo que hago siempre después del trabajo, que es ir directamente a la tienda de alimentación. Era día de carne y, como además era el tercer jueves del mes, también tenía derecho a nuestro cupo de jabón y papel higiénico. Como me había guardado uno de los cupones de verduras de la semana anterior, además de patatas y zanahorias pude llevarme una lata de guisantes. Ese día, aparte del surtido habitual de barritas de proteínas saborizadas, hamburguesas de soja y carnes artificiales, también había carne de verdad: de caballo, de perro, de ciervo y de nutria roedora.

La de nutria era la más barata, pero mi marido dice que tiene demasiada grasa, así que compré medio kilo de caballo y un poco de harina de maíz, porque casi no nos quedaba. Necesitábamos leche, pero si ahorraba las raciones de una semana más, podría comprar medio litro de natillas, así que en lugar de la normal me la llevé en polvo, que ni a mi marido ni a mí nos gusta mucho, pero tendríamos que conformarnos.

Luego recorrí a pie las cuatro manzanas que me separaban de casa, y no fue hasta que estuve a salvo dentro del apartamento, salteando ya la carne de caballo en aceite vegetal, cuando recordé que era la noche libre de mi marido y que no vendría a cenar. De todas formas, como a esas alturas era tarde para dejar de cocinar, acabé de freír la carne y luego me la comí con unos pocos guisantes. Oí unos gritos amortiguados en el apartamento de arriba, y así supe que los vecinos estaban escuchando la Ceremonia por la radio, pero a mí no me apetecía oírla y, después de fregar los platos, aunque sabía que mi marido tardaría todavía mucho en llegar, me senté en el sofá a esperarlo un rato antes de acostarme por fin.

———

El día siguiente era una jornada normal y corriente, y cogí la lanzadera de las 18.00 para volver a casa. Cuando pasamos por delante de la Antigua Biblioteca, miré por si quedaba algún rastro de la Ceremonia, pero no vi nada: las piedras ya no estaban, las sillas ya no estaban, los estandartes ya no estaban, y los escalones se veían limpios, grises y vacíos, como siempre.

En casa, estaba calentando algo de aceite para freír un poco más de carne cuando oí que mi marido llamaba a la puerta de su manera especial —toc-toc pum-pum-pum— y luego su contraseña, «Cobra», a la que respondí con un «Mangosta», y entonces oí el golpeteo de los cerrojos al abrirse: uno, dos, tres, cuatro. Y entonces la puerta se abrió y ahí estaba, mi marido, mi Mangosta.

—La cena ya casi está.

—Enseguida voy —dijo, y se metió en el dormitorio para cambiarse.

Serví un trozo de carne en su plato y otro en el mío, además de guisantes y media patata para cada uno. La había asado en el horno esa mañana, cuando mi marido se marchó a trabajar, y acababa de recalentarla. Luego me senté y esperé a que también él viniera a sentarse a la mesa, frente a mí.

Comimos un rato en silencio.

—¿Caballo? —preguntó.

—Sí —dije.

—Mmm...

Aunque llevábamos más de cinco años casados, todavía me costaba saber qué decirle. Ya me había ocurrido cuando lo conocí, y al salir de la agencia matrimonial mi abuelo me rodeó con un brazo y me estrechó, pero no me dijo nada hasta que llegamos a casa.

—¿Qué te ha parecido? —me preguntó.

—No lo sé —dije. Se suponía que no debía contestar «No lo sé» (el abuelo me había advertido que lo decía demasiado), pero en ese caso era verdad que no lo sabía—. No sabía qué decirle si no le respondía a una pregunta.

—Eso es normal —me aseguró el abuelo—, pero con el tiempo te resultará más fácil. —Se quedó callado—. Solo tienes que pensar en las lecciones que hemos dado —añadió entonces—, en las cosas que hemos hablado. ¿Lo recuerdas?

—Sí, claro —dije—. «¿Qué tal te ha ido el día?». «¿Has oído la noticia que han dado por la radio?». «¿Te ha pasado algo interesante hoy?». —Habíamos hecho una lista juntos, mi abuelo y yo, con todas las cosas que una persona podía preguntar a otra.

A veces, incluso ahora, repasaba la lista antes de acostarme, pensando que al día siguiente podría hacerle alguna de esas preguntas a mi marido, o a alguno de mis compañeros de trabajo. El problema era que algunas —¿Qué te apetece cenar esta noche? ¿Qué libros estás leyendo? ¿Adónde irás de vacaciones? Ha hecho un tiempo estupendo/horroroso, ¿verdad? ¿Cómo te encuentras?— se habían vuelto o irrelevantes o peligrosas. Cuando miraba la lista, recordaba las conversaciones de práctica con el abuelo, pero era incapaz de recordar sus respuestas.

—¿Cómo está la carne? —le pregunté entonces a mi marido.

—Bien.

—¿No está muy dura?

—No, no, está bien. —Dio otro bocado—. Está buena.

Eso me hizo sentir mejor, me relajó. El abuelo decía que, cuando algo me angustiara, las sumas mentales me ayudarían a calmarme, y eso era lo que había estado haciendo hasta que mi marido me tranquilizó. Después, sentí la suficiente seguridad para preguntarle algo más.

—¿Qué tal fue tu noche libre?

No levantó la vista.

—Bien —dijo—. Agradable.

No supe qué replicar a eso, pero entonces recordé algo.

—Anoche hubo una Ceremonia. Pasé por delante de camino a casa.

Entonces sí que me miró.

—¿La escuchaste por la radio?

—No —dije—. ¿Y tú?

—No.

—¿Sabes quiénes eran? —pregunté, aunque todo el mundo sabía que era mejor no preguntar.

Solo lo había hecho por darle conversación a mi marido, pero para mi sorpresa volvió a mirarme, directamente a los ojos, y durante unos segundos no dijo nada. Tampoco yo. Luego contestó que no, y me pareció que quería añadir algo, pero no lo hizo, así que terminamos de cenar en silencio.

Dos noches después nos despertaron unos golpes y unas voces masculinas. Mi marido saltó de su cama maldiciendo y yo alargué el brazo para encender la lamparita.

—Quédate aquí —me ordenó, pero yo ya estaba siguiéndolo hacia la puerta del apartamento—. ¿Quién es? —le preguntó a la puerta cerrada, y a mí, como siempre en esas situaciones, me impresionó que fuera tan valiente, lo poco asustado que parecía.

—Unidad de Investigación 546 del Municipio Tres, Agentes 5528, 7879 y 4578 —contestó una voz desde el otro lado. Oía ladrar a un perro—. Buscamos a un sospechoso acusado de infringir los Códigos 122, 135, 229, 247 y 333. —Los códigos que empezaban por uno eran delitos contra el estado. Los códigos que empezaban por dos eran delitos de contrabando. Los códigos que empezaban por tres eran delitos de información, lo cual solía significar que el acusado había conseguido acceder a internet o estaba en posesión de un libro ilegal—. Permiso para registrar la vivienda.

No estaban pidiendo permiso, pero de todos modos había que dárselo.

—Permiso concedido —contestó mi marido, y descorrió los cerrojos.

Tres hombres y un perro grande, flaco y con el morro alargado entraron en nuestro apartamento. El más corpulento se quedó en la puerta apuntándonos con un arma, y nosotros nos colocamos contra la pared del fondo, mirándolo, con las manos levantadas y los codos doblados en ángulo recto, mientras los otros dos nos abrían los armarios y registraban el baño y el dormitorio. Esas actuaciones debían realizarse con discreción, pero yo oía a los hombres en el dormitorio levantar primero uno de los colchones y luego el otro, y dejarlos caer otra vez sobre los armazones de las camas con un ruido sordo, y aunque el agente de la puerta era enorme, detrás de él pude ver a más unidades de la policía, una de las cuales entró en el apartamento de la izquierda mientras otra subía corriendo por la escalera.

Entonces terminaron, y los dos hombres y el perro salieron del dormitorio y uno de ellos le dijo al de la puerta: «Despejado», y a nosotros: «Firmen», y ambos aplicamos la huella dactilar del pulgar derecho en la pantalla que nos acercó, dijimos nuestro nombre y número de identidad al micrófono del escáner, y luego se marcharon y volvimos a cerrar los cerrojos tras ellos.

En los registros siempre lo dejaban todo revuelto, los agentes habían sacado la ropa y los zapatos del armario, los colchones estaban torcidos en los armazones de las camas, también habían abierto la ventana para comprobar que no hubiera nadie colgado del alféizar o escondido en los árboles, como había ocurrido hacía un año, por lo visto. Mi marido se aseguró de que la reja extensible de hierro de la ventana estuviera bien encajada y asegurada, luego cerró la ventana y corrió la cortina, me ayudó a enderezar primero mi colchón y luego el suyo. Yo iba a empezar a organizar el armario un poco por lo menos, pero me detuvo.

—Déjalo —dijo—. Ya lo haremos mañana.

Y entonces se metió en su cama, y yo en la mía, apagó la lamparita y todo quedó otra vez a oscuras.

Luego se hizo el silencio, aunque no del todo. Oímos a los agentes moverse por el apartamento de arriba: algo pesado cayó al suelo y oímos que la lámpara de nuestro techo vibraba. Nos llegaron unos gritos amortiguados y los ladridos de un perro. Luego oímos los pasos de la unidad que volvía a bajar, y luego, por los altavoces montados sobre uno de los furgones de la policía, el anuncio de que todo estaba despejado: «Zona Ocho, trece de Washington Square Norte, ocho viviendas más sótano, todas las viviendas comprobadas». Después oímos también el tucu-tucu-tucu de los rotores del helicóptero de la policía, y luego todo quedó otra vez en silencio de verdad, tanto que incluso oímos llorar a alguien, una mujer, no sé si de arriba o de al lado. Pero luego incluso eso cesó, y tuvimos un rato de silencio absoluto, y me tumbé y me quedé mirando la espalda de mi marido mientras la luz estroboscópica la recorría y luego subía por la pared y desaparecía por la ventana. Se suponía que las cortinas bloqueaban esa luz, pero no lo conseguían del todo, aunque al cabo de un rato te olvidabas de que estaba ahí.

De repente sentí miedo y me escurrí hacia abajo hasta que mi cabeza tocó el colchón y me tapé hasta arriba con la manta, como en mi niñez. Todavía vivía con mi abuelo cuando presencié mi primer registro, y aquella noche tuve tanto miedo que después me puse a gemir, a gemir y a balancearme, y el abuelo tuvo que abrazarme para que no me hiciera daño. «No pasa nada, no pasa nada», me repetía una y otra vez, y a la mañana siguiente, al despertar, seguía teniendo el susto dentro, aunque algo menos, y me dijo que sentir miedo era normal, que con el tiempo me acostumbraría a los registros, que yo era una buena persona, y valiente, y que no debía olvidarlo.

Pero no se había vuelto más fácil —igual que lo de hablar con mi marido—, aunque en los años posteriores a aquel primer registro sí había aprendido a llevarlo mejor cuando ocurría. Había aprendido que, si me tapaba de tal manera que el aire que respiraba era el mismo que expulsaba, para que, al cabo de poco, la cueva que me había construido se llenara de mi aliento caliente y conocido, al final era capaz de convencerme de que estaba en otro lugar, en una cápsula de plástico dando tumbos por el espacio.

Esa noche, sin embargo, no conseguía que la cápsula espacial pareciera real. Entonces me di cuenta de que deseaba agarrarme a algo, algo cálido, compacto, con un aliento propio, pero no se me ocurría el qué. Intenté pensar qué habría dicho el abuelo si estuviera allí, pero tampoco lograba imaginar qué sería. Así que, en lugar de eso, empecé a hacer sumas mentales susurrando entre las sábanas y al final conseguí calmarme y dormirme.

La mañana después del registro me desperté más tarde de lo habitual, pero de todas formas no llegaría con retraso; normalmente me levanto con tiempo de ver a mi marido marcharse al trabajo, solo que ese día me lo perdí.

La lanzadera de mi marido sale antes que la mía, porque él trabaja en una instalación de mayor seguridad que yo, y todos los empleados tienen que pasar por el escáner y dejarse registrar antes de entrar en el recinto. Todos los días, antes de marcharse, prepara el desayuno para los dos, y ese día él me había dejado el mío en el horno: un tazón lleno de gachas de avena y, por encima, unos trocitos de almendras tostadas en la sartén, que yo sabía que eran las últimas. Mientras desayunaba, miré por la ventana de la habitación principal, a través de la reja metálica. A la derecha se veían los restos de lo que había sido una terraza de madera instalada en una vivienda del edificio contiguo. Me había gustado mirar esa terraza, contemplar sus macetas con plantas aromáticas y unas tomateras que crecían cada vez más altas, más fuertes, más verdes, pero entonces declararon ilegal cultivar alimentos en casa, así que la gente de esa vivienda decoró el patio con plantas artificiales de plástico y papel que pintó de verde no sé cómo, y eso me hizo pensar en el abuelo, que, incluso después de que las cosas empeoraran, conseguía papel para que recortáramos formas —flores, copos de nieve, animales que él había visto de pequeño—, que luego pegábamos en la ventana con un pegotito de gachas. Los del edificio de al lado acabaron por tapar las plantas con una lona azul que a saber de dónde habrían sacado y, mientras desayunaba, me acercaba a la ventana a mirar esa lona y me calmaba imaginando las plantas artificiales.

Pero entonces hubo una redada, a los vecinos de al lado los declararon culpables de dar refugio a un enemigo, y la terraza quedó destruida la misma noche que se los llevaron. Ese había sido el último registro, hacía ya cinco meses. Nunca llegué a conocerlos.

Mi marido solo había empezado a devolver las cosas al armario antes de irse, y a mí tampoco me dio tiempo de recoger mucho más antes de tener que salir a fin de llegar a la lanzadera de las 8.30 para ir a trabajar. Nuestra parada quedaba en el cruce de la Sexta Avenida con la calle Nueve, a tres manzanas nada más. Todas las mañanas salían ocho lanzaderas de la Zona Ocho, una cada media hora desde las 6.00. Las lanzaderas realizaban cuatro paradas en la Zona Ocho y tres en la Zona Nueve antes de llegar a la Zona Diez, donde trabaja mi marido, a la Zona Quince, donde trabajo yo, y a la Zona Dieciséis. Después, todas las tardes a partir de las 16.00 y hasta las 20.00, recorrían el camino inverso, de la Zona Dieciséis a la Zona Quince, de ahí a la Zona Diez y luego de vuelta a las Zonas Nueve y Ocho antes de torcer al este, hacia la Zona Diecisiete.

Cuando empecé a usar la lanzadera, me gustaba observar a los demás pasajeros y adivinar a qué se dedicaban y dónde bajarían: imaginaba que el hombre alto, delgado y de piernas largas como las de mi marido era ictiólogo y trabajaba en el Estanque de la Zona Diez; la mujer con cara de mala que tenía los ojos pequeños y oscuros, como semillas, era una epidemióloga que trabajaba en la Zona Quince. Sabía que todos eran científicos o técnicos, pero eso era lo máximo que conocería jamás de ellos.

Nunca había nada nuevo que ver en el trayecto al trabajo, pero de todas formas siempre ocupaba un asiento de ventanilla, porque me gustaba contemplar la calle. De más joven habíamos tenido un gato, y al gato le gustaba ir en coche; se ponía de pie entre mis piernas y apoyaba las patas delanteras en la base de la ventanilla para mirar el paisaje, y yo miraba con él, y el abuelo, que a veces se sentaba delante con el conductor cuando yo quería más sitio, se volvía para echarnos un vistazo y se reía. «Mis dos gatitos —decía— viendo el mundo pasar. ¿Qué es lo que veis, gatitos?». Y yo se lo explicaba: un coche, una persona, un árbol. «¿Adónde crees que va ese coche? —me preguntaba él—. ¿Qué crees que ha desayunado esa persona esta mañana? ¿A qué crees que sabrían las flores de ese árbol si pudieras comértelas?», porque siempre me animaba a inventar historias, que yo sabía por mis profesores que era algo que no se me daba muy bien. A veces, en el trayecto al trabajo, le contaba mentalmente al abuelo las cosas que veía: una casa de ladrillo marrón con una ventana en la cuarta planta donde habían pegado dos tiras de cinta negra en forma de X, y en cuyo ángulo aparecía por un instante la cara de un niño, como un guiño; un furgón negro de la policía con una de las puertas traseras entreabierta, de donde se veía salir un enorme pie blanco; un grupo de veinte niños con sus uniformes azul oscuro, cada uno agarrado a un nudo atado en una larga cuerda gris, haciendo cola en el punto de control de la calle Veintitrés para cruzar a la Zona Nueve, donde estaban las escuelas de élite. Y entonces pensaba en el abuelo y deseaba tener más que contarle, pero la verdad era que en la Zona Ocho cambiaban muy pocas cosas, y ese era uno de los motivos por los que teníamos tanta suerte de vivir allí. En otras zonas había más que ver, pero en la Zona Ocho nunca veíamos esas cosas, y ese era otro motivo por el que teníamos suerte.

Un día, hará más o menos un año, iba al trabajo en la lanzadera cuando sí vi algo que nunca había visto en la Zona Ocho. Subíamos por la Sexta Avenida, como siempre, y estábamos pasando la calle Catorce cuando de repente un hombre se cruzó por delante. Yo me había sentado en la sección central de la lanzadera, en el lado izquierdo, así que no vi de dónde había salido, pero sí vi que no llevaba camisa y que vestía esos pantalones blancos ligeros que le daban a la gente de los centros de contención antes de enviarla a los de reubicación. Era evidente que el hombre decía algo, pero las ventanillas de la lanzadera están, además de blindadas, insonorizadas, así que no pude oírlo, pero de todas formas vi que gritaba algo: tenía los brazos extendidos hacia delante y me fijé en los músculos del cuello, tan tensos y duros que por un momento me pareció esculpido en piedra. Llevaba el pecho cubierto de marcas resultantes de haber intentado ocultar las lesiones de la enfermedad, algo que la gente hacía a menudo: se las quemaban con una cerilla y les quedaban unas cicatrices negras y apagadas que parecían sanguijuelas. Nunca entendí por qué lo hacían, pues, aunque todo el mundo sabía lo que significaban esas lesiones, también sabía lo que significaban las cicatrices, así que en realidad solo cambiaban una marca por otra. Aquel hombre era joven, como de unos veintitantos años, y blanco, y aunque estaba cadavérico y casi se le había caído todo el pelo, como pasaba en la segunda fase de la enfermedad, se veía que había sido guapo, y de pronto estaba en mitad de la calle, descalzo y gritando sin parar. Entonces dos guardias se precipitaron hacia él con sus trajes plateados de protección biológica y esas pantallas reflectantes que les cubrían la cara de manera que, cuando los mirabas, lo único que veías era tu propia cara devolviéndote la mirada, y uno de ellos se abalanzó sobre él con intención de derribarlo.

Pero el hombre era sorprendentemente rápido y salió disparado para esquivar al guardia, y en cambio corrió hacia nuestra lanzadera, y todos los que estábamos a bordo, que habíamos estado observando la escena en silencio, ahogamos un grito, como si todos cogiéramos aire al mismo tiempo, y el conductor, que había tenido que detener el vehículo para no atropellar a los guardias, tocó la bocina como si con eso pudiera ahuyentar al hombre. Entonces el hombre saltó hacia mi ventanilla, y por un instante fugaz le vi un ojo, con el iris tan grande y de un azul tan centelleante que me asusté mucho, y por fin entendí lo que gritaba, aun a través del cristal: «Ayuda». Entonces se oyó un disparo, y el hombre echó la cabeza atrás y cayó al suelo y lo perdí de vista. Lo único que veía era a los guardias corriendo hacia él, uno de ellos con el arma aún en alto.

Después, la lanzadera empezó a moverse de nuevo, y bastante deprisa, como si acelerando pudiera borrar lo sucedido, y todo el mundo guardó silencio otra vez, y sentí como si todos me miraran, como si pensaran que había sido culpa mía, como si yo le hubiera pedido a ese hombre que intentara comunicarse conmigo. La gente casi nunca hablaba en la lanzadera, pero oí que un pasajero comentaba en voz baja: «Ya no debería haber estado en la isla», y aunque nadie respondió, era evidente que todos convenían con él, y hasta yo noté su miedo, y que estaban asustados porque aquello los había desconcertado. Pero aunque las personas solían temer lo que no entendían, aquella vez estuve de acuerdo: a esas alturas ya deberían haberse llevado a alguien tan enfermo.

Aquel día casi no hubo trabajo, lo que lamenté, porque no hacía más que darle vueltas en la cabeza a lo sucedido. Pero en lo que más pensaba no era en el hombre en sí ni en su ojo brillante, sino en cómo, al caer, casi no hizo ruido y me pareció ligero y blando. Unos meses después de aquello anunciaron que los centros de contención de las Zonas Ocho y Nueve se reubicaban, y aunque corrieron rumores sobre el motivo, evidentemente nunca lo supimos con seguridad.

Desde aquel día no se habían producido más incidentes extraños en la Zona Ocho, y esa mañana miré por la ventanilla y todo seguía igual, todo era tan predecible que, como ocurría a veces, daba la sensación de que, en lugar de ser nosotros los que atravesábamos la ciudad, la ciudad era una serie de escenarios con actores que se desplazaban sobre rieles a nuestro alrededor. Ahí llegaban los edificios donde vivía la gente, y luego la cadena de niños dados de la mano, y luego la Zona Nueve, los dos grandes hospitales, ya vacíos, y ahí la clínica, y ahí, justo antes de la Granja, la hilera de ministerios.

Esa era la señal de que estabas cruzando a la Zona Diez, la más importante. En la Zona Diez no vivía nadie. Además de algunos ministerios, lo que dominaba el distrito era la Granja, que una vez había sido un parque enorme que dividía la isla por la mitad. Ese parque había sido tan grande que suponía un porcentaje importante del área total de la isla. Yo no lo recordaba como parque, pero el abuelo sí, y me había contado historias de cuando estaba repleto de caminos que lo recorrían, tanto de cemento como de tierra, y de cuando la gente iba allí a correr, o a pasear en bicicleta, o a caminar, y hacía pícnics. Había albergado un zoo, un lugar donde la gente pagaba solo para ver animales extraños e improductivos, de los que no se esperaba que hicieran nada más que estar ahí descansando y comiendo lo que les daban, y un lago, que la gente cruzaba en barquitas, y en primavera había quien se reunía para ver los pájaros de colores que llegaban volando del ecuador y para buscar setas y para contemplar las flores. En algunas partes había esculturas de hierro con formas caprichosas para que los niños se entretuvieran en ellas. Hacía mucho tiempo, incluso nevaba, y la gente iba al parque y se ataba unas tablas largas y estrechas en los pies para deslizarse por las pequeñas colinas heladas, que el abuelo decía que eran resbaladizas y podían hacerte caer, pero no de una forma mala, sino de una forma que animaba a la gente a repetir una y otra vez. Sé que ahora cuesta entender para qué servía ese parque, pero el abuelo decía que no tenía ningún propósito en concreto: solo era para que la gente pasara el rato y disfrutara. Incluso el lago era solo para divertirse; ibas allí a hacer flotar barquitos de papel, o a pasear por la orilla, o a sentarte y contemplarlo nada más.

La lanzadera se detuvo en la entrada principal de la Granja, y la gente bajó y se puso a hacer cola para entrar. Solo teníamos acceso las aproximadamente dos mil personas habilitadas para trabajar en la Granja, y antes de unirse a la cola había que pasar incluso por un escáner de retina para demostrar que podías entrar, y siempre había guardias armados apostados por si alguien intentaba colarse corriendo, lo que sucedía de vez en cuando. Se oían muchos rumores acerca de la Granja: que allí dentro se criaban nuevas especies de animales, vacas con el doble de ubres para producir el doble de leche; pollos sin cerebro ni patas, bien gordos, que podían encajarse directamente en unas jaulas donde los alimentaban mediante tubos; ovejas que habían sido modificadas a fin de que se alimentaran solo de residuos, de manera que no hubiera que malgastar tierra ni recursos para el pasto. Pero ninguno de esos rumores se había confirmado nunca, y si de verdad estaban creando esos animales, nosotros jamás los veíamos.

Dentro de la Granja hay muchos otros proyectos en marcha. Están los invernaderos, donde se cultivan toda clase de plantas nuevas, tanto comestibles como para posibles medicamentos, y el Bosque, donde crecen nuevos tipos de árboles, y el Laboratorio, donde los científicos investigan para crear biocombustibles nuevos, y el Estanque, donde trabaja mi marido. El Estanque está dividido en dos partes: la mitad donde se crían animales y la mitad donde se cultivan plantas. En la primera trabajan ictiólogos y genetistas; en la segunda, botánicos y químicos. Mi marido trabaja en la segunda, aunque no es científico, porque no pudo terminar la carrera. Es jardinero acuático, lo cual quiere decir que planta los especímenes que los botánicos han aprobado o modificado —algas diferentes, casi siempre—, y luego supervisa su crecimiento y recolección. Algunas de esas plantas se usarán para desarrollar medicamentos, otras se convertirán en comida, y las plantas que no puedan usarse ni para lo uno ni para lo otro se procesarán para elaborar compost.

Pero aunque digo esto, la verdad es que en realidad no sé lo que hace mi marido. Eso es lo que creo que hace —lo de plantar y supervisar y recolectar—, pero no lo sé a ciencia cierta, igual que él no sabe a ciencia cierta lo que hago yo.

Esta mañana, como siempre, he mirado con mucha atención por la ventanilla de la lanzadera, pero, como siempre, no había nada que ver. Toda la Granja está rodeada por un muro de piedra de más de tres metros y medio de alto, sobre el que hay unos sensores colocados cada treinta centímetros que, si pudieras trepar a él, detectarían tu presencia casi al instante y entonces te atraparían. La mayor parte de la Granja está cubierta por una biocúpula enorme, pero unos cuantos metros cerca de la pared sur no están protegidos, y justo al otro lado de ese muro, dos hileras de acacias recorren el perímetro desde la Avenida Granja Oeste hasta la Quinta Avenida. Había árboles por toda la ciudad, claro, pero casi nunca los veías con hojas porque la gente las arrancaba —para hacerse infusiones o caldos— en cuanto crecían. Estaba prohibido arrancarlas, por supuesto, y aun así todo el mundo lo hacía. Sin embargo, nadie se atrevía a tocar las hojas del interior ni de los alrededores de la Granja, y cada vez que la lanzadera doblaba la esquina y giraba al este por la Avenida Granja Sur, ahí estaban esas nubes de un verde resplandeciente, y aunque yo las veía cinco días a la semana, siempre me sorprendían.

Después de parar en la Granja, la lanzadera continuaba hacia Madison Avenue, y luego giraba al norte, y luego otra vez a la derecha por la calle Sesenta y ocho, y luego al sur por York Avenue, donde se detenía frente a la Universidad Rockefeller, que está en la calle Sesenta y cinco. Ahí es donde yo me bajaba, igual que las demás personas que trabajaban o en la Rockefeller o en el Centro de Investigación Sloan Kettering, que queda una manzana al oeste. Todos los que íbamos a la UR nos dividíamos en dos filas: los científicos en una, los técnicos de laboratorio y el personal de apoyo, en otra. Tenían que comprobar nuestras huellas dactilares, registrarnos las bolsas y escanearnos el cuerpo antes de dejarnos entrar en el campus, y luego otra vez antes de que cada uno entrara en su edificio. La semana anterior, mi supervisor nos anunció que, a causa de un incidente, iban a empezar a hacernos escáneres de retina también. Eso disgustó a todo el mundo, porque no hay ninguna marquesina bajo la que resguardarse cuando llueve, no como en la Granja, y aunque el campus en sí está debajo de una biocúpula, el área de seguridad no, lo cual significa que podíamos pasarnos hasta media hora esperando a pleno sol. Mi supervisor nos dijo que iban a montar cabinas de refrigeración por si la espera era excesiva, pero todavía no habían llegado. Aun así, empezaron a escalonar nuestras horas de entrada y de salida para que no tuviéramos que esperar todos a la vez.

—¿Qué incidente ha sido ese? —preguntó uno de los técnicos de otro laboratorio, un hombre al que yo no conocía, pero el supervisor no contestó. Nadie había confiado en que lo hiciera.

Trabajo en el Centro Larsson, que se construyó en la década de 2030 y es un edificio, pero también tiene un puente que conecta el campus principal con una extensión del campus mucho más pequeña que hay en una isla artificial del East River. El Larsson cuenta con nueve laboratorios, cada uno especializado en un tipo de gripe diferente. En uno estudian las cepas de la gripe de 2046, que ha demostrado ser evolutivamente agresiva; en otro estudian las cepas de la gripe de 2056, que, según el doctor Morgan, en realidad ni siquiera fue una gripe. Mi laboratorio, dirigido por el doctor Wesley, está especializado en gripe predictiva, lo cual significa que intentamos anticiparnos a la siguiente gripe desconocida, que podría ser de un tipo del todo diferente a las otras dos. Nuestro laboratorio es el más grande de la institución: aparte del doctor Wesley, que es el director de equipo de investigación, o el jefe del laboratorio, también tenemos veinticuatro estudiantes posdoctorales —como el doctor Morgan—, lo que significa que ya están doctorados e intentan descubrir algo importante para, algún día, tener su propio laboratorio; nueve estudiantes de doctorado, a los que llaman doctorandos; y diez empleados técnicos y de apoyo, entre los que me cuento.

Trabajo con los ratones. Siempre tenemos por lo menos cuatrocientos, que son muchísimos más de los que tienen los otros dos laboratorios. A veces oigo a mis colegas de esos laboratorios comentar que sus jefes se quejan de la cantidad de dinero que recibe el doctor Wesley, un dinero que se gasta en «dar palos de ciego», que es una expresión que me enseñó el abuelo y significa que creen que no tiene ni información ni pruebas reales, que solo busca algo que ni siquiera es capaz de identificar. Una vez se lo conté al doctor Morgan, y él frunció el ceño y repuso que no era apropiado hablar de esa forma, y que, de todos modos, solo eran técnicos de laboratorio. Luego me pidió sus nombres, pero yo disimulé diciendo que eran empleados temporales y que no los conocía, y él me miró un buen rato y me hizo prometer que, si alguna vez volvía a oír conversaciones de ese tipo, se lo diría, y yo le dije que sí, pero no lo he hecho.

Soy responsable de los embriones de ratón. La cosa funciona así: la empresa proveedora nos entrega a los ratones hembra, embarazados de una semana, en cajas. Yo recibo una lista de los científicos en la que dicen cuánto tiempo deben tener los embriones que necesitan: normalmente diez días, aunque a veces algo más. Entonces sacrifico a los ratones hembra y extraigo los fetos, que preparo en tubos o en placas, según, y luego los almaceno en la nevera ordenados por edad. Mi trabajo consiste en asegurarme de que siempre haya ratones cuando los científicos los necesiten.

Aunque todo eso lleva muchísimo tiempo, y más si vas con cuidado, sigue habiendo momentos en que me encuentro sin nada que hacer. Entonces pido permiso para tomarme uno de mis dos descansos de veinte minutos. A veces los dedico a pasear. Todos los edificios de la UR están conectados por túneles subterráneos, así que no hay necesidad de ir al exterior. Durante la epidemia del 56 construyeron una serie de almacenes y salas seguras, pero nunca los he visto. Todo el mundo dice que por debajo de esos túneles hay dos plantas más con salas: quirófanos, laboratorios y almacenes frigoríficos. Pero el abuelo siempre me repetía que no me fiara de lo que no pudiera demostrar. «Para un científico, nada es cierto hasta que lo demuestra», solía decir. Y aunque no me dedico a la ciencia, me lo repito cada vez que recorro los túneles y de repente siento miedo porque me da la sensación de que el aire se ha vuelto más frío y de que puedo oír, como desde muy lejos, un ruido parecido al de ratones escarbando muy por debajo, y quejidos y susurros. La primera vez que me ocurrió fui incapaz de moverme, y cuando lo hice desperté en una esquina del pasillo, cerca de una de las puertas de la escalera, y gritaba llamando al abuelo. Yo de eso no me acuerdo, pero el doctor Morgan me lo contó después, que me habían encontrado y me había orinado encima, y tuve que sentarme en la sala de recepción con un técnico de otro laboratorio a quien no conocía hasta que mi marido fue a recogerme.

Eso fue poco después de nuestra boda, poco después de que el abuelo muriera, y cuando desperté era de noche y me había desorientado, pero entonces comprendí que estaba en mi cama, en nuestro apartamento. Y entonces miré a un lado y vi a alguien incorporado en la otra cama, mirándome: mi marido.

—¿Te encuentras bien? —preguntó.

Tenía mal cuerpo, y sueño, y no conseguía pronunciar las palabras que me hacían falta. Él no había encendido ninguna luz, pero entonces el foco recorrió las ventanas y le vi la cara.

Intenté decir algo, pero tenía la boca demasiado seca. Mi marido me alcanzó una taza, y bebí con avidez, y cuando me acabé el agua, casi sin darme cuenta, me cogió la taza y salió de la habitación, y oí que levantaba la tapa del depósito de piedra para el agua, en la cocina, y que el cazo de madera golpeaba el interior, y el rumor del líquido al llenar la taza.

—No recuerdo qué ha pasado —dije después de beber un poco más.

—Te has desmayado —explicó—. En el trabajo. Me han llamado y he ido a recogerte para traerte a casa.

—Ah. —Entonces lo recordé, pero solo a trozos, como si fuera una historia que mi abuelo me hubiera contado hacía tiempo—. Lo siento.

—No te preocupes —dijo mi marido—. Me alegro de que estés mejor.

Luego se levantó y se acercó a mí, y por un segundo pensé que iba a tocarme, quizá incluso a besarme, y no supe qué me parecía eso, pero solo me miró a la cara y me puso un momento la mano en la frente: tenía la palma fría y seca, y de pronto quise asir sus dedos, pero no lo hice porque no nos tocamos de esa forma.

Y luego salió del dormitorio y cerró la puerta. Me quedé en la cama un buen rato sin dormir, esperando oír sus pasos o el sonido de la lámpara de la habitación principal al encenderse. Pero no oí nada. Mi marido pasó la noche en la habitación principal, a oscuras, sin hacer nada ni ir a ninguna parte, pero no en la misma habitación que yo.

Esa noche pensé en el abuelo. Me acordaba de él a menudo, pero esa noche pensé en él con especial intensidad: me repetí todas las cosas bonitas que me había dicho y que recordaba, y pensé en que, cuando yo hacía algo bueno, me agarraba y me estrechaba, y aunque no me gustaba que lo hiciera, a la vez sí. Pensé en que me llamaba «gatito», y en que, cuando tenía miedo, iba a buscarlo y él me llevaba otra vez a la cama y se sentaba a mi lado, dándome la mano, hasta que volvía a dormirme. Intenté no pensar en la última vez que lo vi, cuando se lo llevaron y él se dio la vuelta y vi que sus ojos buscaban entre la multitud, me buscaban a mí, y quise gritarle algo pero tenía tanto miedo que no fui capaz, y me quedé allí de pie, junto a mi marido, con quien acababa de casarme, viendo cómo los ojos del abuelo iban de un lado a otro, de un lado a otro, hasta que al final, mientras lo hacían subir por la escalera del escenario, gritó: «¡Te quiero, gatito!», y aun así no fui capaz de decir nada.

—¡¿Me oyes, gatito?! —gritó, y seguía buscándome, pero no miraba en la dirección adecuada, le gritaba a aquella masa de gente que lo abucheaba mientras el hombre del escenario se acercaba a él con la tela negra en las manos—. Te quiero, gatito, no lo olvides nunca. Pase lo que pase.

Me tumbé en la cama y me balanceé y hablé con el abuelo.

—No lo olvidaré —le dije en voz alta—. No lo olvidaré.

Pero aunque eso no lo había olvidado, sí había olvidado qué se sentía cuando te querían: lo había entendido una vez, pero ya no.

Varias semanas después de la redada, estaba escuchando las noticias de la mañana y me enteré de que el sistema de aire acondicionado de la UR estaba estropeado y le decían a todo el mundo que no fuera a trabajar ese día.

Daban cuatro boletines matutinos todos los días —uno a las 5.00, otro a las 6.00, otro a las 7.00 y otro a las 8.00— y había que escuchar alguno de ellos, porque podían contener información que necesitaras. A veces, por ejemplo, modificaban la ruta de la lanzadera a causa de un incidente, y el locutor o la locutora decía qué áreas se verían afectadas y dónde había que esperar ese día. A veces se trataba de un comunicado sobre la calidad del aire, y sabías que tenías que ponerte la máscara, o sobre el índice solar, y entonces te ponías el velo, o sobre el índice de calor, y sabías que debías salir con el traje de refrigeración. A veces daban noticias sobre una Ceremonia o un juicio, y sabías que debías ajustar tu horario en consecuencia. Si trabajabas para uno de los grandes proyectos o instituciones del estado, como mi marido y yo, también te daban información sobre cualquier cierre o circunstancia extraña que los afectara. El año anterior, por ejemplo, sufrimos otro huracán, y aunque la UR había cerrado por completo, mi marido y otros técnicos tuvieron que ir a la Granja para alimentar a los animales, limpiar las instalaciones, verificar las lecturas de la salinidad del agua de cada uno de los tanques y ocuparse de cuanto los ordenadores no podían hacer. Una lanzadera especial, una con una ruta sinuosa que recorría todas las zonas en lugar de solo algunas, vino a recoger a mi marido y luego lo dejó en casa otra vez, delante de nuestro edificio, justo cuando empezaba a oscurecer.

Cuando entré a trabajar en la UR, hacía seis años, el aire acondicionado nunca se estropeaba, pero ese último año habíamos tenido cuatro averías. Los edificios nunca se quedaban sin electricidad del todo, por supuesto: había cinco grandes generadores programados para compensar cualquier falta de corriente casi al instante. Pero después del último apagón, en mayo, nos dijeron que no fuéramos a trabajar si se repetía, porque los generadores estaban funcionando a pleno rendimiento solo para mantener los frigoríficos a la temperatura adecuada, y nuestro calor corporal colectivo pondría el sistema aún más al límite.

Aunque ese día no tenía que ir a trabajar, hice lo mismo de siempre. Me comí las gachas, me cepillé los dientes, me lavé con unas toallitas higiénicas, hice la cama. Y entonces se me acabaron las cosas que podía hacer; a la tienda de alimentación solo podía ir en las horas que tenía asignadas, y aunque quisiera lavar ropa, solo podía hacerlo en nuestro día de agua extra, que no sería hasta la semana siguiente. Al final saqué la escoba del armarito y barrí el apartamento, lo que suelo hacer los miércoles y los domingos. No me llevó mucho tiempo, porque era jueves, así que solo hacía un día que había barrido y el suelo seguía limpio. Entonces releí el boletín mensual de la Zona Ocho, que se enviaba a todos los hogares y contenía una lista con las próximas reparaciones que se realizarían en calles de nuestra área, además de actualizaciones sobre los nuevos árboles que se plantarían en la Quinta y la Sexta Avenida, nuevos productos que seguramente llegarían a la tienda de alimentación, cuándo estarían disponibles y cuántos cupones costaría cada uno. El boletín también incluía siempre una receta de un residente de la Zona Ocho, que yo solía probar. En ese número, la receta era de mapache a la parrilla con perejil silvestre y sémola de maíz, y me interesó en particular porque no me gustaba cocinar con mapache y siempre intentaba encontrar formas de mejorar su sabor. Recorté la receta y la guardé en un cajón de la cocina. Cada pocos meses, más o menos, también yo enviaba una receta que había inventado, pero nunca elegían las mías para publicarlas.

Después me senté en el sofá para escuchar la radio. Entre las 8.30 y las 17.00 ponían música, luego daban los boletines vespertinos, y luego más música entre las 18.30 y las 23.59. La emisora dejaba de retransmitir hasta las 4.00, tanto para emitir mensajes encriptados dirigidos al personal militar, que se oían como un zumbido grave e interminable, como para animar a la gente a dormir, porque el estado quería que lleváramos un estilo de vida saludable, y también por eso la capacidad de las redes eléctricas disminuía a la mitad durante esas horas. No sabía cómo se llamaba la música que sonaba, pero era agradable y me transmitía calma, y mientras la escuchaba pensé en los embriones de ratón que flotaban en sus baños de solución salina, con unas patitas que aún no estaban desarrolladas del todo y seguían pareciendo manos humanas en miniatura. Tampoco tenían cola todavía, solo una ligera prolongación de la columna vertebral; si no sabías lo que eran, jamás habrías dicho que se trataba de embriones de ratón. Podían ser gatos, o perros, o monos, o humanos. Los científicos los llamaban «minis».

Me preocupaban los embriones, aunque era una preocupación tonta; los generadores los mantendrían fríos, y de todas formas estaban muertos. Seguirían siendo lo que eran, nunca se transformarían en nada más, nunca crecerían, nunca abrirían los ojos y nunca les saldría pelo blanco. Y aun así, los embriones explicaban por qué estaba averiado el aire acondicionado. Eso era porque a varios grupos de personas no les gustaba la UR. Algunos pensaban que los científicos de allí no trabajaban lo suficiente, que si se aplicaran más las enfermedades ya tendrían cura y todo iría mejor, y tal vez incluso volvería a ser como antes, cuando el abuelo tenía mi edad. Otros pensaban que los científicos trabajaban en las soluciones equivocadas. Y luego estaban los que pensaban que los científicos creaban las enfermedades en nuestros laboratorios porque querían eliminar a cierto tipo de personas, o porque querían ayudar al estado a mantener el control sobre el país, y esos eran los más peligrosos de todos.

El objetivo fundamental de esos dos últimos grupos era dejar a los científicos sin minis: si no tenían minis, no podrían inyectarles virus, y si no podían hacer eso, tendrían que interrumpir su trabajo o cambiar su forma de trabajar. Eso pensaban esos grupos. Además de los apagones, se rumoreaba que algunos camiones acorazados de transporte de animales de laboratorio habían sufrido ataques por parte de grupos rebeldes en el trayecto desde los edificios donde los criaban, en Long Island. Tras el incidente del 88, todos los conductores iban armados y todos los camiones llevaban a tres soldados. Aun así, dos años antes había ocurrido algo: un grupo de rebeldes consiguió detener un camión y mataron al personal que iba a bordo, y por primera vez en la historia de la universidad los especímenes no llegaron. Fue más o menos por entonces cuando se produjo el primer ataque al sistema eléctrico. Por aquella época, la UR solo contaba con dos generadores y no bastaron, así que el ala Delacroix se quedó sin corriente por completo, cientos de especímenes se estropearon y se perdió el trabajo de meses, y después de eso el rector de la universidad recurrió al estado y solicitó más seguridad, y más generadores, y castigos más duros contra los rebeldes, y se lo concedieron todo.

Por supuesto, a mí nadie me contaba nunca estas cosas. Las deducía escuchando con disimulo a los científicos que se reunían a cuchichear en algún rincón del laboratorio, por eso, cuando entregaba unos embriones y me llevaba otros, me entretenía, no lo suficiente para llamar la atención, pero sí para tratar de enterarme de lo que comentaban. Ninguno de ellos prestaba atención a mis idas y venidas, aunque todos estaban al tanto de quién era yo, por mi abuelo. Siempre me percataba de cuándo se enteraban los posdocs o los doctorandos nuevos de quién era yo, porque al entrar en la sala se quedaban mirándome, y luego me daban las gracias cuando les entregaba la tanda nueva de ratones, así como cuando me llevaba la antigua. Pero al final se acostumbraban a mí, dejaban de agradecerme nada y olvidaban que estaba allí siquiera, y eso me parecía bien.

Estuve escuchando música durante lo que se me antojó mucho rato, aunque cuando miré el reloj vi que solo habían pasado veinte minutos y que eran las 9.20 todavía, lo cual significaba que no tenía nada que hacer hasta mi hora de ir a la compra, las 17.30, para lo que aún quedaba mucho. De manera que decidí ir a pasear por el Washington.

El apartamento que tenemos mi marido y yo se encuentra en el lado norte del Washington, en la esquina oriental de la Quinta Avenida. En mi niñez, el edificio había sido una única casa, y allí solo vivíamos el abuelo y yo, junto con un cocinero y dos criados, pero durante el levantamiento del 83 el estado lo dividió en ocho apartamentos, dos por planta, y nos permitió escoger el que quisiéramos. Luego, cuando me casé, mi marido y yo nos quedamos en nuestro apartamento y el abuelo se mudó. Una vivienda por planta da al Washington y la otra está orientada al norte. Nuestro apartamento da al norte, que es más tranquilo y por lo tanto mejor, y se encuentra en la segunda planta. Esas viviendas dan a lo que solía ser el área donde la familia que construyó la casa hace más de doscientos años tenía los caballos, y no los tenía para comer sino para moverse por la ciudad.

En realidad no me apetecía pasear por el Washington, primero porque hacía mucho calor, más aún de lo normal para finales de octubre, y segundo porque a veces daba miedo pasear por allí. Pero tampoco iba a quedarme de brazos cruzados en el apartamento, sin nada que hacer ni nadie a quien mirar, así que al final me puse protector solar, el sombrero y una camiseta de manga larga, bajé la escalera, salí a la calle, la crucé y ya estaba en el Washington.

Allí podías conseguir todo lo que necesitaras. En la esquina noroeste estaban los herreros, que fabricaban lo que les pidieras, desde un cerrojo hasta una cacerola, y que también compraban cualquier metal viejo que tuvieras. Lo pesaban y te decían de qué estaba compuesto, si era cobalto mezclado con aluminio o hierro mezclado con níquel, te pagaban con oro o comida o cupones de agua, lo que prefirieras, y luego lo fundían y lo convertían en otra cosa. Al sur de estos estaban los comerciantes de telas, que no solo eran comerciantes sino también sastres y costureras, y además compraban cualquier tela o tejido que tú ya no usaras, o reconvertían prendas viejas en otras nuevas. En la esquina nordeste estaban los prestamistas, y junto a ellos los herboristas, y al sur de estos los carpinteros, que podían hacer o reparar cualquier cosa de madera. También había artesanos de la goma, cordeleros y comerciantes de plástico, que compraban o intercambiaban cualquier objeto de plástico, y que también podían fabricar otros tantos nuevos.

No todos tenían licencia para estar en el Washington, y por eso, cuando había una redada, lo que sucedía cada pocos meses, más o menos, todo el mundo, incluso los vendedores con permiso, desaparecía durante una semana, aunque luego regresaban. La gente —no toda la gente, no gente como los científicos y los ministros, pero sí la mayoría— dependía de esos vendedores ambulantes. A diferencia de la Zona Catorce, donde había tiendas en las que se podían comprar cosas, no sé el qué, la Zona Ocho solo contaba con la de alimentación, pero en cambio teníamos el Washington. El caso es que los agentes, en realidad, no iban detrás de los comerciantes de tela ni de los carpinteros ni de los herreros: iban detrás de las personas que se movían entre ellos. De quienes no tenían puestos fijos en el Washington como los de los vendedores ambulantes: una mesa de madera, con un toldo de lona extendido por encima para protegerse del sol o de la lluvia. Esos, a lo sumo, solían llevar un taburete y un paraguas, y cada día se sentaban en un sitio diferente. A veces no llevaban ni eso, y se limitaban a deambular por el Washington entre los puestos. Y aun así, todo el mundo, tanto los demás vendedores como los compradores habituales, sabían quiénes eran y dónde dar con ellos, por mucho que nadie conociera sus verdaderos nombres. Esas personas podían ayudarte a recolocar un hueso o darte puntos, podían ayudarte a salir de la prefectura, podían ayudarte a obtener cualquier cosa que desearas, desde libros ilegales hasta azúcar, incluso a una persona en concreto. Los había capaces de conseguirte a un niño, o de llevarse a uno. Los había que podían meter a alguien en un buen centro de contención, o sacarlo de allí. Incluso los había que afirmaban que podían curarte las enfermedades, y esos eran a los que las autoridades buscaban con más empeño, pero se comentaba que lograban desaparecer a voluntad y que jamás los atrapaban. Eso era ilógico, por supuesto: las personas no pueden desaparecer. Y sin embargo, corrían rumores sobre ellos, sobre cómo conseguían eludir a las autoridades una y otra vez.

En el centro del Washington había un foso de cemento con forma de círculo, grande y poco profundo, y en medio de ese foso, en un pedestal elevado, ardía un fuego que nunca se apagaba, ni siquiera cuando hacía más calor, excepto en las redadas, y a cuyo alrededor se congregaban más vendedores ambulantes. Eran entre veinte y treinta, según el día; se sentaban dentro del círculo, cada uno desenrollaba una lona de plástico en el pretil que lo bordeaba y sobre la lona disponían diferentes cortes de carne. Unas veces se veía a qué animal correspondía y otras no. Cada vendedor tenía su propio cuchillo afilado, un par de pinzas metálicas largas, un juego de brochetas metálicas largas y un abanico que agitaba por encima de la carne para ahuyentar las moscas. Esos vendedores aceptaban oro o cupones, y te cortaban la carne y la envolvían en un trozo de papel para que pudieras llevártela a casa, o la ensartaban en una brocheta y te la cocinaban allí mismo, en el fuego, lo que prefirieras. Dispuestas en torno al fuego había bandejas metálicas para recoger la grasa que goteaba de la carne, y si no podías permitirte la carne, también podías comprar solo la grasa y llevártela a casa y usarla para cocinar. Lo extraño era que todos los vendedores que trabajaban en el foso estaban muy flacos y nunca los veías comer. La gente decía que era porque jamás se atreverían a comer la carne que vendían, y cada pocos meses corrían rumores de que en realidad era carne humana y que la habían conseguido de uno de los centros. Pero eso no impedía que la gente siguiera comprándola, ni que la arrancara de las brochetas con los dientes y hasta chupara el metal para dejarlo limpio y brillante antes de devolvérselo al vendedor.

Aunque el Washington quedaba justo frente a nuestro edificio, yo rara vez lo visitaba. Tal vez mi marido sí, pero yo no. Era demasiado bullicioso, demasiado desconcertante, y las multitudes y los olores y los gritos de los vendedores ambulantes —«¡Cooompro metaaal! ¡Cooompro metaaal!»— y el golpeteo constante de los martillos contra la madera me crispaban los nervios. Hacía tanto calor, y ese fuego volvía el aire tan líquido, que me daba la sensación de que iba a desmayarme.

No era la única persona a quien el Washington producía desasosiego, pero en realidad era una tontería porque había al menos veinte Moscas que monitorizaban el área, zumbando de aquí para allá de un extremo a otro, y si ocurriera algo malo de verdad la policía se presentaría allí al instante. Aun así, éramos unos cuantos los que solíamos caminar por la acera que rodeaba el perímetro del parque, contemplando la actividad a través de la verja, pero sin entrar. Muchas de esas personas eran mayores y ya no trabajaban, aunque yo no conocía a ninguna; tal vez ni siquiera vivieran en la Zona Ocho, sino que llegaban de otras zonas, lo cual en teoría era ilegal, pero pocas veces se castigaba. Las zonas del sur y del este tenían sus propias versiones del Washington, pero el mercadillo de la Ocho se consideraba el mejor, porque la Zona Ocho era un lugar seguro, saludable y tranquilo para vivir.

Después de dar varias vueltas al Washington, tenía un calor horrible. En el límite sur había una hilera de cabinas de refrigeración, pero también una larga cola para meterse en ellas, y era una tontería pagar por una cuando podía volver al apartamento y listos. Cuando el abuelo tenía mi edad, no había cabinas de refrigeración ni vendedores ambulantes. Por aquel entonces, el Washington tenía árboles y estaba cubierto de hierba, y el foso del centro era una fuente donde el agua brotaba a chorros y volvía a caer en el foso. Una y otra vez, el agua manaba y caía sin parar, sin otro motivo que el de complacer a la gente. Sé que sonará extraño, pero es cierto: el abuelo me enseñó una fotografía. En aquella época, la gente vivía con perros, a modo de compañía, como si fueran niños, y esos perros tenían su propia comida especial, y les ponían nombre, como si fueran personas, y sus dueños los sacaban al Washington, los dejaban corretear por la hierba y los vigilaban desde unos bancos que había justo a tal efecto. Eso me contó el abuelo, que en aquella época él salía al Washington y se sentaba en un banco a leer un libro, o paseaba por allí de camino a la Zona Siete, que no se llamaba Zona Siete sino que tenía su propio nombre, también como si fuera una persona. Un montón de cosas tenían nombre por aquel entonces.

Iba pensando en todo eso mientras caminaba por el lado sur del Washington, cuando un grupo de personas que habían estado reunidas frente a un puesto, cerca de la entrada, se apartaron, y entonces vi que el vendedor estaba de pie junto a un instrumento con forma de abrazadera metálica gigantesca en la que había un gran bloque de hielo. Hacía muchísimo que no veía un trozo de hielo tan grande, y aunque no era puro del todo —tenía un tono marrón muy claro y se veían las motas de mosquitos que habían quedado atrapados en él—, sí parecía bastante limpio, así que me detuve a mirarlo; el vendedor se volvió y me vio.

—¿Algo frío? —ofreció.

Era un anciano, más viejo que el doctor Wesley, casi tan viejo como lo había sido el abuelo, y llevaba un jersey de manga larga, aun con el calor que hacía, y guantes de plástico.

No era habitual que un desconocido se dirigiera a mí, así que sentí pánico, pero entonces cerré los ojos, inspiré y espiré como me había enseñado mi abuelo, y cuando volví a abrirlos, el hombre seguía allí, y seguía mirándome, aunque no de una forma que me inquietara.

—¿Cuánto? —conseguí preguntar.

—Uno de lácteos o dos de cereales —contestó.

Era un precio muy alto, porque solo nos daban veinticuatro cupones de lácteos y cuarenta de cereales al mes, y más aún porque ni siquiera sabía qué vendía aquel hombre. Sé que podía preguntárselo, pero no lo hice. No sé por qué. «Siempre puedes preguntar», solía recordarme el abuelo, y aunque no era cierto, ya no, sí lo era que a ese vendedor ambulante podría haberle preguntado. Nadie se habría enfadado conmigo, no me habría metido en ningún lío.

—Se nota que tienes calor —dijo el hombre, y como yo no contestaba, añadió—: Te prometo que vale la pena.

Me pareció un anciano agradable, y su voz se parecía un poco a la del abuelo.

—Está bien —dije, metí una mano en el bolsillo, arranqué un cupón de lácteos, se lo di y él se lo guardó en el bolsillo del delantal.

Luego colocó un vasito de papel en un agujero que tenía la máquina justo debajo del hielo, empezó a girar una manivela muy deprisa y, mientras lo hacía, el vaso fue llenándose de virutas de hielo. Cuando llegaron al borde, el hombre dio unos golpecitos al vaso contra la abrazadera para que el volumen bajara, volvió a colocarlo en su sitio y se puso a accionar otra vez la manivela mientras iba girando el vaso para que el hielo formara un montículo. Al final, presionó un poco el hielo dentro del vaso, alcanzó una botella de cristal con un líquido pálido y turbio que tenía a sus pies, lo vertió sobre el hielo durante lo que me pareció mucho tiempo y luego me lo tendió.

—Gracias —dije, y él asintió con la cabeza.

—Que lo disfrutes.

Levantó el brazo para frotarse la frente y, al hacerlo, la manga del jersey se le resbaló, y por las cicatrices que tenía en la cara interior del antebrazo supe que había sobrevivido a la enfermedad del 70, que había afectado sobre todo a los niños.

Entonces tuve una sensación muy extraña, di media vuelta y me alejé lo más deprisa que pude, y no fue hasta llegar a la esquina oeste, junto a la cola de gente que esperaba para las cabinas de refrigeración, cuando sentí que el hielo se me derretía en la mano y me acordé de mi antojo. Lo lamí y descubrí que le había echado sirope al hielo, y que el sirope estaba dulce. No era azúcar —el azúcar escaseaba—, sino algo de un sabor parecido y que estaba casi igual de rico. El hielo estaba muy frío, pero a esas alturas yo me había alterado mucho y, después de darle unos lametones más, tiré el vasito a una papelera y apreté el paso hacia nuestra casa, con la lengua entumecida y ardiendo.

Fue un alivio llegar a la seguridad del apartamento, así que me senté en el sofá, inspirando hondo para intentar recuperarme. Al cabo de unos minutos lo conseguí, me levanté a encender la radio y volví a sentarme e inspiré varias veces más.

Pero al cabo de un rato empecé a encontrarme mal. Me había asustado sin motivo y había gastado un cupón de lácteos aunque solo estábamos a mitad de mes, lo cual significaba que tendríamos que pasar un par de días sin leche o requesón, y no solo eso, sino que me lo había gastado en un hielo que seguramente era poco higiénico y, para colmo, ni siquiera me lo había terminado. Además había ido al exterior, de manera que estaba sudando muchísimo y solo eran las 11.07, lo cual significaba que tendría que esperar nueve horas más, o casi, para ducharme.

De repente deseé que mi marido estuviera allí. No para contarle lo que había hecho, sino porque él era la garantía de que no iba a pasarme nada malo, de que estaba a salvo porque mi marido siempre se ocuparía de mí, como había prometido.

Y entonces recordé que era jueves, lo cual significaba que era su noche libre y no volvería a casa hasta después de cenar, tal vez incluso cuando yo ya estuviera durmiendo.

Recordar eso me provocó la extraña agitación que me invadía de cuando en cuando, diferente de ese otro nerviosismo que también me asaltaba a veces y que en alguna ocasión resultaba incluso emocionante, como si estuviera a punto de suceder algo. Pero, claro, allí no iba a suceder nada: estaba en nuestro apartamento, y aquello era la Zona Ocho, y siempre tendría protección porque el abuelo se había asegurado de ello.

Aun así, no lograba calmarme, de manera que me levanté y me puse a dar vueltas y más vueltas por el apartamento. Luego empecé a abrir puertas, que era algo que hacía también de más joven, buscando algo que no sabía describir. «¿Qué buscas, gatito?», solía preguntarme el abuelo, pero yo nunca sabía qué contestarle. Cuando aún era un renacuajo, intentaba impedírmelo sentándome en su regazo y agarrándome las muñecas mientras me susurraba al oído. «No pasa nada, gatito, no pasa nada», y yo gritaba y pataleaba porque no me gustaba que me sujetaran, me gustaba poder moverme con libertad, poder andar de aquí para allá. Más adelante, cuando fui algo mayor, él simplemente dejaba lo que estuviera haciendo y se ponía a buscar conmigo. Yo abría el armario de debajo del fregadero y lo cerraba, y mi abuelo hacía lo mismo, muy serio, hasta que yo había abierto y cerrado todas las puertas de la casa, de todas las plantas, y él conmigo. Para entonces me había vencido el cansancio, y el abuelo tenía que llevarme a la cama en brazos. «La próxima vez lo encontraremos, gatito —me decía—. No te preocupes. Lo encontraremos».

Ahora, sin embargo, todo estaba donde se suponía que debía estar: en la cocina, las latas de legumbres y pescado, y los botes de pepinillos y rabanitos encurtidos, y los recipientes de copos de avena y nata de soja, y las ampollas de vidrio con miel artificial. En el armario de la entrada, los paraguas y los impermeables, los trajes de refrigeración y los velos, las máscaras y la bolsa de emergencia equipada con cuatro botellas de agua de litro y antibióticos y linternas y pilas y protector solar y geles refrescantes y calcetines y zapatillas de deporte y ropa interior y barritas de proteína y fruta y frutos secos; en el armario del pasillo, las camisas y los pantalones y la ropa interior y el calzado extra, y las provisiones de agua potable para catorce días, y en el suelo una caja con nuestras partidas de nacimiento y los certificados de ciudadanía y de residencia y copias de nuestras autorizaciones de seguridad y los informes de salud más recientes y unas cuantas fotografías del abuelo que yo había logrado conservar; en el armarito del baño, las vitaminas y la reserva de antibióticos, y más crema solar y gel para quemaduras solares y champú y jabón y toallitas higiénicas y papel higiénico. En el cajón de debajo de mi cama, las monedas de oro y los vales de papel. Dada nuestra categoría de empleados estatales, recibíamos un salario suficiente para permitirnos dos caprichos a la semana, como leche helada o algo que costara alguna combinación de entre tres y seis cupones de comida extras. Pero como ninguno de los dos compraba nunca nada de más, teníamos muchos cupones ahorrados que podríamos usar para algo más gordo, como ropa nueva u otra radio. De todos modos, no necesitábamos nada más: junto con los uniformes, el estado nos daba dos conjuntos nuevos al año a cada uno, y una radio nueva a los cinco, así que era una tontería gastarse las monedas y los vales en algo así. No nos los gastábamos en nada, ni siquiera en cosas que queríamos, como cupones de lácteos extras... No sé por qué.

Regresé al pasillo y saqué la caja porque quería mirar las fotografías del abuelo. Pero al apartar el sobre con nuestras partidas de nacimiento, los papeles de dentro resbalaron y cayeron al suelo, y entre ellos también otro sobre, uno que no había visto antes. No se veía viejo, pero era evidente que estaba usado, así que lo abrí; dentro había seis papelitos. En realidad no eran tanto papeles como trozos que alguien había rasgado de hojas diferentes: algunos tenían renglones y otros eran claramente páginas arrancadas de libros, y ninguno llevaba fecha, ni iba dirigido a nadie ni estaba firmado, pero todos tenían algo escrito, apenas unas palabras en cada uno, en tinta negra y con una letra apresurada e irregular. «Te echo de menos», se leía en uno. En otro: «22.00, donde siempre». «20.00», se leía en el tercero. En el cuarto y en el quinto ponía lo mismo: «Pienso en ti». Y luego estaba el sexto, con solo dos palabras: «Algún día».

Me quedé un rato más en el suelo, mirando esos trozos de papel y preguntándome de dónde habían salido. Pero sabía que tenían que ser de mi marido, porque míos no eran, y nadie más entraba en el apartamento. Alguien le había escrito esas notas a mi marido y él las había conservado. Yo sabía que no debería haberlas visto, porque estaban guardadas con nuestra documentación, y era mi marido, no yo, quien se encargaba del papeleo, quien renovaba nuestros certificados de ciudadanía todos los años.

Aunque todavía faltaban muchas horas para que él regresara a casa, después de leer esas notas, volví a meterlas en el sobre a toda prisa y guardé la caja sin mirar siquiera las fotografías que había querido ver, como si mi marido fuera a llamar a la puerta en cualquier momento. Y entonces me encaminé al dormitorio, me tumbé en mi cama sin quitarme la ropa y me quedé mirando el techo.

—Abuelo —dije.

Pero no había quien pudiera contestarme, claro.

Permanecí inmóvil, intentando pensar en algo que no fueran esos trozos de papel arrancado con aquellas declaraciones y sus instrucciones, tan complejas en su sencillez: pensé en los minis, en el abuelo, en las cosas que había visto en el Washington. Pero lo único que podía oír todo el rato eran las palabras de esa última nota que alguien había dirigido a mi marido y que él había conservado. «Algún día», había escrito ese alguien, y él lo había guardado, y el borde izquierdo del papel estaba más suave que los demás, como si alguien se lo hubiera pasado entre los dedos, como si alguien lo hubiera sostenido muchas veces mientras lo leía una y otra y otra vez. «Algún día, algún día, algún día».

Parte II

Otoño, cincuenta años antes

1 de septiembre de 2043

Querido Peter:

Muchas gracias por las flores, que llegaron ayer, aunque de verdad que no hacía falta que las enviaras. En cualquier caso, son preciosas y nos encantan: gracias.

Hablando de flores, los de la tienda se hicieron un lío. Les dije que queríamos miltonias violetas o blancas, y ¿qué pidieron? Ramos y más ramos de catleyas de un verde amarillento. Era como si hubieran rociado la floristería con bilis. ¿Cómo pueden ocurrir estas cosas? Ya sabes que a mí me da bastante igual, pero Nathaniel está que se sube por las paredes, lo que significa que más me vale solidarizarme con él y fingir el mismo paroxismo si quiero que en casa reine la tranquilidad: la paz por encima del caos y todo eso.

Quedan menos de cuarenta y ocho horas para el gran día. Todavía me cuesta creer que me haya prestado a esto. Y que no estés aquí con nosotros. Naturalmente estás perdonado, pero no será lo mismo sin ti.

Nathaniel y el peque te envían un fuerte abrazo. Igual que yo.

5 de septiembre de 2043

Querido P:

Bueno, sigo vivo. De milagro. Pero aquí sigo.

¿Por dónde empiezo? Aunque nunca llueve en el norte de la isla, la noche anterior llovió y me la pasé oyendo a Nathaniel muerto de preocupación —que si el barro, que qué ocurría si no dejaba de llover (no teníamos un plan de emergencia), que si el hoyo que habíamos cavado para el cerdo, que a ver si iba a hacer demasiada humedad para que se secaran las ramas de kiawe, que si no deberíamos pedirles a John y a Matthew que las entraran—, hasta que por último tuve que decirle que se callara. Pero no me hizo caso, de modo que lo obligué a tomarse una pastilla y al final se durmió.

Naturalmente, a él lo venció el sueño y yo no pude pegar ojo, así que sobre las tres de la mañana salí y vi que ya no llovía, y que había una luna enorme y plateada, y que los pocos jirones de nubes que quedaban avanzaban hacia el norte, hacia el mar, y que John y Matthew habían trasladado las brazadas de leña al porche y tapado el hoyo con hojas de costilla de Adán, y que todo desprendía un olor fresco y dulzón, y me embargó una sensación —y no era la primera vez, y tampoco la última— que solo puede calificarse de maravillosa epifanía: iba a vivir en ese hermoso lugar, al menos un poco más, y a celebrar una boda.

Y luego, trece horas después, Nathaniel y yo nos casamos. Te ahorraré (la mayoría de) los detalles, pero sí diré que, una vez más, me sorprendió hasta qué punto me emocioné, y que Nathaniel lloró (cómo no), y que yo también lloré. Lo celebramos en el jardín trasero de John y Matthew, donde Matthew había construido, vete a saber por qué, algo parecido a una jupá de bambú. Tras los votos, a Nathaniel se le ocurrió que saltáramos la valla y corriéramos al agua, y eso hicimos.

Bueno, pues ya está, y ahora hemos vuelto a la normalidad: la casa sigue sumida en un caos absoluto, los de la mudanza llegarán dentro de menos de dos semanas y, por si fuera poco, además de que aún no he empezado a poner orden en el laboratorio, todavía tengo que terminar nuestra revisión del último artículo de mi vida como posdoc, así que la luna de miel (o como quieras llamarla, con el peque a rastras) tendrá que esperar. Por cierto, le encantaron tus regalos, gracias por enviarlos; fue una idea genial, y la manera perfecta de tranquilizarlo y convencerlo de que, aunque podría haber sido el único día de su corta vida que no girara en torno a él, en realidad sí lo hizo. (Antes de la boda tuvo una pataleta, y cuando Nathaniel y yo, revoloteando a su alrededor como gallinas agobiadas, le rogamos que se calmara, gritó: «¡Y dejad de llamarme "el peque"! ¡Tengo casi cuatro años!». Nos echamos a reír, claro, y se enfadó aún más).

En fin, voy a ir a supervisar su e-mail de agradecimiento a su tío P.

Besos,

YO

P. D.: Casi se me olvida. Qué horror lo del Mayfair. En las noticias no hacen más que retransmitir imágenes del incidente, una y otra vez. ¿Esa cafetería no es la que está al final de la calle del bar al que fuimos hace unos años? Supongo que con todo el lío no tendrás tiempo ni para respirar. No es que eso sea lo peor del asunto, claro, pero una cosa no quita la otra.

17 de septiembre de 2043

Querido Petey:

Conseguido. Uf. Nathaniel está hecho un mar de lágrimas, igual que el peque, y yo no me quedo atrás. Ya te contaré.
Besos,

YO

1 de octubre de 2043

Mi querido Peter:

Disculpa que sea un desastre con el correo: no ha habido un solo día en estas tres últimas semanas o así que no me haya dicho: «Tengo que escribir a Petey y contarle con calma todo lo que ha pasado hoy», sin que llegue la noche y lo único que me salga sean los típicos cómo estás, te echo de menos, has leído tal artículo. Así que, disculpa.

Este e-mail se divide en dos partes: la profesional y la personal. Una será un poco más interesante que la otra. Adivina cuál.

Estamos instalados en el Florence House East, un antiguo bloque de apartamentos al oeste de la autopista FDR. Tiene unos ochenta años, pero, como muchos edificios construidos a mediados de los sesenta, tanto puede parecer más moderno como más antiguo, es imposible de ubicar en el tiempo aunque tampoco llega a ser atemporal. Muchos de los posdocs y casi todos los directores de equipo de investigación (es decir, los jefes de laboratorio) viven en el campus, en viviendas de este tipo. Por lo visto, nuestra llegada ha generado cierta controversia porque nuestra casa está (1) en una planta alta (la veinte); (2) hace esquina; (3) da al sudeste (mejor luz, etcétera), y (4) tiene tres habitaciones de verdad (a diferencia de casi todas las demás de tres habitaciones, que son el resultado de convertir pisos de dos habitaciones grandes en pisos de tres, lo que implica que la tercera carece de ventana). Según un vecino, se suponía que se adjudicaban por sorteo y teniendo en cuenta el tamaño de la familia, la titulación y —como ocurre aquí con todo lo demás— el volumen de publicaciones, pero nos la asignaron a nosotros, lo cual da a todo el mundo un motivo más para odiarme de antemano. En fin. La historia de mi vida.

El apartamento es grande, está bien situado (yo también me guardaría rencor) y tiene vistas al antiguo hospital de la viruela de Roosevelt Island, que están adecuando para convertirlo en uno de los nuevos campos de refugiados. Si el cielo está despejado, se ve la isla en toda su extensión, y cuando hace sol, el río, por lo general de un tono pardo y espeso, lanza destellos y casi parece bonito. Ayer vimos un barquito de la policía avanzando a duras penas hacia el norte, algo que, según me contó el mismo vecino de antes, es bastante frecuente: por lo visto, la corriente arrastra los cadáveres de la gente que se suicida tirándose del puente y la policía tiene que sacarlos del río. Me gusta cuando está nublado y el cielo se vuelve metálico; ayer hubo tormenta y estuvimos contemplando el centelleo de los relámpagos sobre el agua mientras el peque daba saltitos de emoción.

Hablando del peque, lo hemos apuntado a una escuela del campus (subvencionada, pero aun así nada barata), a la que podrá ir hasta octavo, tras lo cual —salvo que una desgracia, la expulsión o el fracaso lo impidan— pasará directamente al Hunter para acabar la secundaria (¡gratis!). La escuela acepta a hijos de profesores o posdocs de la UR y de residentes o posresidentes del Memorial Sloan Kettering, que se encuentra una manzana al oeste y al sur, lo cual significa que el alumnado presenta una amplísima diversidad racial, desde indios hasta japoneses, pasando por el resto de etnias. Un puente de cemento de estética soviética une el bloque de apartamentos con el ala antigua del hospital del campus, y desde allí se desciende a una serie de túneles que conectan todo el campus, y que la gente parece preferir a, bueno, el aire libre, para ir a dar al sótano del Child and Family Center. Hasta el momento no da la impresión de que les enseñen nada —por lo que he visto, se pasan casi todo el día en el zoo y leyéndoles cuentos—, pero Nathaniel asegura que hoy en día los colegios son así, y estas cosas las delego en él. En cualquier caso, al peque se le ve contento, y no sé qué más podría esperar de un niño de cuatro años.

Ojalá pudiera decir lo mismo de Nathaniel. Está visiblemente abatido, pero también visiblemente empeñado en no quejarse, lo que le agradezco de corazón, pero al mismo tiempo me parte el alma. Teníamos muy claro que yo aceptaría este empleo, pero ambos sabíamos que era bastante difícil que en Nueva York hubiera trabajo de conservador para un experto en arte textil y tejidos hawaianos del siglo XIX como, por desgracia, ha resultado ser. Creo que te conté que se había puesto en contacto con un amigo del posgrado que trabaja de investigador en el Departamento de Oceanía del Met y que confiaba en meterlo allí, aunque fuera a tiempo parcial, pero parece que no es así, y esa era su mejor baza. A lo largo del último año, de vez en cuando hablábamos sobre qué otra cosa podría hacer o en qué otro campo podría formarse, pero ninguno de los dos ahondaba en esas conversaciones tanto como habríamos debido: en su caso, creo, por miedo, y en el mío, porque sabía que cualquier discusión acabaría, de manera inevitable, poniendo de manifiesto lo egoísta que era esta decisión, que mudarnos aquí lo privaba de un medio de sustento y de una identidad profesional. Así que, cada mañana, yo me voy temprano al laboratorio y él deja al peque en el colegio y se pasa el resto del día tratando de decorar el apartamento, que sé que lo deprime: los techos bajos, las puertas huecas, las baldosas de color malva del baño.

Lo peor es que su infelicidad hace que me reprima y no hablo mucho del laboratorio con él: no quiero recordarle lo que yo sí tengo y él no. Por primera vez hay secretos entre nosotros, y se hace más duro por su cotidianidad, porque se trata de cosas que comentaríamos mientras fregamos los platos después de haber acostado al peque, o por la mañana, mientras Nathaniel le prepara el almuerzo. ¡Y son tantas! Por ejemplo: contraté a mi primer colaborador al día siguiente de llegar aquí, una técnico de laboratorio que antes trabajaba en Harvard y que se ha trasladado porque su marido es músico de jazz y creyó que tendría más oportunidades en Nueva York; tendrá cuarenta y pocos años, y lleva diez trabajando en el sistema inmunológico del ratón. Esta semana he contratado al segundo posdoc, un tipo muy inteligente de Stanford llamado Wesley. De modo que dispongo de presupuesto para tres posdocs más y entre cuatro y cinco doctorandos, que van pasando por los laboratorios en rotaciones de doce semanas. Los doctorandos suelen esperar a ver el laboratorio en marcha para decidir si quieren incorporarse o no —lamento decir que es un poco como intentar captarlos para una fraternidad—, pero me han informado de que, dada mi «reputación», es posible que consiga algunos antes. Te prometo que no estoy fanfarroneando, solo repito lo que me han dicho.

Mi laboratorio (¡mi laboratorio!) se encuentra en uno de los edificios más modernos, el Larsson, parte del cual forma literalmente un puente entre Manhattan y una masa de tierra artificial adyacente a Roosevelt Island. Desde mi despacho, disfruto de unas vistas un tanto distintas de las de casa: las aguas, la autopista, el puente de cemento y los bloques de apartamentos Florence House East y West. Aquí, todos los laboratorios tienen nombres oficiales: el mío es el Laboratorio de Infecciones Emergentes e Incipientes. Sin embargo, cuando uno de los chicos de mantenimiento ha venido esta mañana temprano para entregarme mi provisión de Erlenmeyers, me ha preguntado: «¿Es el Departamento de Nuevas Enfermedades?». Al ver que me echaba a reír, ha dicho: «¿Qué? ¿Me he equivocado?». Le he asegurado que ha acertado de pleno.

Disculpa que solo hable de mí, pero has sido tú quien ha preguntado. La semana que viene tenemos la entrevista final con Inmigración, tras la cual seremos, de manera oficial, residentes permanentes, legales y a tiempo completo de Estados Unidos (¡ay!). Cuéntame qué es de ti, y de tu trabajo, y de ese bicho raro con el que sales, y de todo lo demás. Mientras tanto, recibe este abrazo desde el Departamento de Nuevas Enfermedades.

Tu viejo amigo que te quiere,

C.

11 de abril de 2045

Querido Peter:

Gracias por tu última misiva, que me animó un poco, toda una hazaña últimamente.

Teniendo en cuenta tu experiencia en estas cosas (por no mencionar lo que ocurre donde vives), me pregunto si ya te has enterado de los recortes que se anunciarán antes del final del verano y que, en principio, afectarán a todos los organismos científicos federales del país. Según la versión oficial, están derivando los fondos a la guerra, y en cierta manera así es, pero aquí todo el mundo sabe que, en realidad, el dinero está yendo a Colorado, donde se rumorea que trabajan en una especie de bioarma nueva. Tengo la suerte de que la UR no depende por completo de las subvenciones gubernamentales, pero sí en gran medida, y me temo que mi trabajo se verá afectado.

Luego está lo de la guerra en sí, que me pone verdaderas cortapisas por otras vías. Como sabes, los chinos disponen de los estudios más amplios y avanzados del mundo en enfermedades infecciosas, y a causa de las nuevas sanciones ya no podemos comunicarnos con ellos, al menos no por cauces oficiales. Los NIH (centros nacionales de salud), el CDC (Centro de Control y Prevención de Enfermedades) y nosotros llevamos meses en conversaciones con el Congreso, desde que se propusieron las sanciones el año pasado, pero no parece que haya servido de mucho. Aun así, insisto, mi trabajo no se ha visto tan afectado como el de alguno de mis colegas, pero eso solo significa que algún día me tocará y, que yo sepa, no hay nada que hacer.

Lo cual resulta aún más demencial después de lo de Carolina del Sur. No sé si te habrán llegado noticias, pero a principios de febrero hubo un brote de un virus desconocido a las afueras de Moncks Corner, en el sudeste del estado, que también alberga un pantano artificial de aguas negras llamado Cypress Gardens. Una lugareña —cuarenta y tantos, sin problemas de salud— cayó enferma de lo que parecía una gripe después de que le picara un mosquito cuando iba en kayak por el pantano.

Cuarenta y ocho horas después del diagnóstico, empezó a sufrir ataques; a las setenta y dos, estaba paralizada; a las noventa y seis, había muerto. No obstante, para entonces, el hijo de la mujer y el vecino de al lado, un señor mayor, mostraban síntomas similares. Lo sé, suena un poco a encefalitis equina del este, pero no lo es; de hecho, se trata de un alfavirus nuevo. Es una auténtica, extraña y feliz coincidencia que, mira por donde, el alcalde del pueblo hubiera sido misionero en África oriental durante el brote de chikunguña que tuvieron en el 37 y sospechara que algo no encajaba; así que se puso en contacto con el CDC, que se presentó allí y confinó el pueblo. El anciano murió, pero el hijo sobrevivió. Por descontado, el CDC lo considera un gran triunfo: la enfermedad no solo no se propagó, sino que tampoco llegó a los medios nacionales. De hecho, se encargaron de mantenerla al margen de las noticias por completo; apremiaron al presidente para que ordenara al alcalde que no hablara del asunto con ningún medio de comunicación, y mucho menos con sus conciudadanos, cosa que el hombre cumplió, y lo que ahora se rumorea es que esto desembocará en una orden ejecutiva que prohíba a los medios publicar información sobre brotes futuros que no haya sido previamente aprobada, en aras de la seguridad nacional. Creen que el pánico llevaría a la población a huir de la zona, y una contención temprana y enérgica es lo único que frena una enfermedad de propagación rápida. Comprendo el motivo último de la medida, por descontado, pero también creo que se trata de una solución arriesgada. La información siempre encuentra la manera de eludir las prohibiciones, y una vez que la población descubra que le han mentido, o como mínimo que no le han informado, se generará más desconfianza y recelo y, por lo tanto, aún más pánico. Pero el Gobierno hará lo que sea para retrasar la obligación de abordar y corregir el verdadero problema: el analfabetismo científico de los estadounidenses.

En cualquier caso, como iba diciendo: ¿en serio pretenden recortar los fondos en este contexto? ¿De verdad son tan cortos de miras para pensar que no habrá más brotes? Parece que existe la creencia, no expresada aunque arraigada, de que las enfermedades son algo que ocurre en otro lugar, y que como tenemos dinero, recursos y buenas infraestructuras de investigación, seremos capaces de frenar en seco cualquier enfermedad futura antes de que sea «demasiado tarde». Pero ¿cómo sabes cuándo es «demasiado tarde» y cómo pretenden que lo descubramos con menos información y menos recursos? No soy de esos científicos —como el pobre Wesley, nuestro querido agonías— que ven el apocalipsis a la vuelta de cada esquina, que anuncian la inminencia de «la pandemia definitiva» con algo similar al regocijo. Pero sí creo que es una auténtica insensatez reaccionar ante un brote reduciendo los recursos, como si privarnos de una solución también fuera a privarnos del problema. Nos hemos habituado tanto a estos brotes que olvidamos que no existen virus menores, solo virus cuya propagación se detiene en una fase temprana y virus que no. Hasta ahora hemos tenido suerte. Pero la suerte no nos sonreirá siempre.

Eso en cuanto al trabajo. En casa, las cosas no han ido mucho mejor. Nathaniel ha encontrado trabajo por fin, y en buena hora, porque entre nosotros ha habido mucha tensión. Pasarse todo el día encerrado en un apartamento que odia no ayuda a hacer nuevos amigos, y aunque, como sabes, ha intentado mantenerse ocupado ofreciéndose como voluntario en el colegio del peque y también en un centro para personas sin hogar, al que acude todos los jueves por la mañana para preparar comidas, se siente (según me ha dicho) «superfluo e inútil». A ver, él sabía muy bien que no iba a encontrar trabajo de lo suyo, pero ha tardado casi dos años en aceptarlo de verdad, no solo de palabra. El caso es que ahora está dando clases de dibujo a niños de cuarto y quinto en un colegio de Brooklyn, pequeño, caro y de escaso prestigio, de los que atraen a padres con hijos no muy avispados y mucho dinero. Nathaniel nunca se ha dedicado a la enseñanza, y el trayecto hasta el trabajo es una lata, pero parece mucho más feliz. Está sustituyendo a una mujer a la que diagnosticaron un cáncer de útero en estadio III y que se fue a mitad de curso.

Una de las consecuencias imprevistas del traslado —yo en el trabajo y contento, Nathaniel en casa y amargado— es que tengo la sensación de que el peque y él se han construido una vida al margen de mí y de la mía. A ver, Nathaniel ha sido siempre el primero a quien ha recurrido el peque, pero es como si hubiera cambiado algo a lo largo de este último año o así, y cada dos por tres alguna cosa me recuerda que ellos han creado una relación que en cierto modo me excluye; que, en cierto modo, desconozco lo que ocurre en su día a día. Toques de atención que se manifiestan en pequeños detalles: un chiste durante la cena que solo entienden ellos y que a veces no se molestan en explicarme (y yo, resentido, no les pregunto, aunque luego me avergüenzo); la compra de un regalo para el peque llevado por la culpa, un robot de hojalata de un morado chillón, para enterarme, a la hora de dárselo, de que el morado ya no es su color preferido, que ahora su preferido es el rojo, una información comunicada con un tono impaciente y decepcionado que me afecta más de lo que debería.

Y luego lo de anoche, cuando estaba acostado al peque y, de pronto, soltó:

—Mami está en el cielo.

¿En el cielo? Me puse a pensar. ¿Quién se lo habría enseñado? ¿Y lo de «mami»? Nunca nos habíamos referido a la prima de Nathaniel como su madre, siempre le habíamos dicho la
verdad: que lo había gestado la prima lejana de Nathaniel, pero
él era nuestro y de nadie más, porque así lo habíamos querido.
Y cuando ella murió, fuimos muy claros al decírselo: «La prima
de papá, la que ayudó a hacerte, murió anoche». Pero supongo
que tomó mi silencio por otra clase de confusión porque añadió, como si yo necesitara una aclaración:

—Murió. Por eso está en el cielo.

Por un momento me quedé bloqueado.

—Sí, tienes razón, murió —dije, sin firmeza, mientras pensaba que le pediría a Nathaniel que investigara de dónde salía
todo eso del cielo (¿no sería del colegio?). Pero no se me ocurrió
qué más decir que no necesitara una conversación mucho, mucho más larga.

Se quedó callado un momento, y me pregunté, como tantas
otras veces, cómo funciona el cerebro de los niños, cómo pueden concebir a la vez dos o tres ideas del todo contradictorias o
del todo distintas y que para ellos no solo estén relacionadas, sino
interconectadas, que dependan unas de otras. ¿Cuándo perdemos
la capacidad de pensar de esa manera?

Y entonces dijo:

—Papá y mami me hicieron.

—Sí —contesté al fin—. Papá y tu mami te hicieron.

Volvió a quedarse callado.

—Pero ahora estoy solo —murmuró, y sentí que algo se rom-
pía dentro de mí.

—No estás solo. Tienes a papá, y me tienes a mí, y los dos te
queremos muchísimo.

Lo pensó.

—¿Tú te morirás?

—Sí —contesté—, pero de aquí a mucho tiempo.

—¿Cuánto? —preguntó.

—Muchísimo, tanto que no sé contar hasta tanto.

Al final, sonrió.

—Buenas noches —dijo.

—Buenas noches —repuse. Y le di un beso—. Hasta mañana.

Me levanté para apagar la luz (y al salir reparé en el robot morado, que estaba tirado de cualquier manera en un rincón, bocabajo, y se me formó un nudo en la garganta, como si ese chisme tuviera sentimientos en lugar de un trasto comprado en una tienda de juguetes diez minutos antes de que cerrara), y me disponía a dirigirme al dormitorio para interrogar a Nathaniel cuando de pronto me venció el cansancio. Ahí estaba yo: un hombre con su laboratorio, su familia y su codiciado apartamento, a quien todo le iba bien, o bastante bien, y aun así, en ese momento tuve la sensación de estar subido a un tubo grande y blanco, de que el tubo rodaba por un camino de tierra y de que yo mantenía el equilibrio como podía, moviendo los pies sin parar, tratando de no caerme. Esa era la sensación que me transmitía mi vida. Total, que entré en el dormitorio, y en lugar de comentar nada sobre la conversación con el peque, Nathaniel y yo hicimos el amor por primera vez después de mucho tiempo, tras lo que él se durmió y, al final, yo también.

Bueno, pues todo eso me pasa. Disculpa que no haya parado de quejarme, y de hablar de mí. Sé cuánto has estado trabajando y ni imagino la de problemas a que habrás tenido que enfrentarte. Ya sé que no es consuelo, pero cada vez que mis colegas se quejan de los burócratas pienso en ti, y en que, por mucho que disienta de algunas conclusiones a las que llegan tus camaradas, también sé que algunos de vosotros hacéis cuanto podéis para tomar las mejores decisiones, las correctas, y que tú eres uno de ellos. Ojalá fueras ese burócrata aquí, en Estados Unidos; me sentiría mucho mejor por todos.

Con cariño,

C.

22 de noviembre de 2045

Mi muy querido Petey:

Bueno, pues ha ocurrido. Sé que has estado siguiendo las noticias, y sé que sabes que corríamos el riesgo de sufrir un buen recorte federal, pero, como también sabes, no esperaba que acabara sucediendo de verdad. Nathaniel dice que estaba siendo un ingenuo, pero ¿realmente cabía esperar algo así? Veamos: tienes un país estabilizado a duras penas desde la gripe del 35 y al menos seis minibrotes dentro de Norteamérica en los últimos cinco años. Dadas las circunstancias, ¿qué es lo más insensato que puede hacerse? ¡Ah, ya sé, recortar los fondos a uno de los centros punteros de ciencias biológicas del país! El problema, según me contó otro jefe de laboratorio, es que aunque nosotros sepamos lo cerca que estuvimos del desastre en el 35 el resto del país no lo sabe. Y ahora no podemos decírselo porque no le importaría a nadie. (Tampoco podríamos habérselo dicho entonces, porque se habría desatado el pánico. Me da por pensar, y no es la primera vez, que cada vez empleamos una parte descorazonadoramente mayor de nuestro trabajo en debatir cómo, dónde y si deberíamos revelar hallazgos cuyo descubrimiento ha requerido la inversión de años de investigación y millones de dólares). El caso es que si protestamos, nadie nos creerá. Dicho de otro modo: se nos penaliza por nuestra eficiencia.

Se supone que no debería contarle estas cosas a nadie de fuera de la universidad. Así lo ha dicho tanto el jefe de comunicación del instituto, que nos reunió en un auditorio para darnos una charla poco antes de que saltara la noticia, como, y sobre todo, Nathaniel, anoche mismo, en medio de un atasco de camino a una cena. Que es la verdadera excusa de esta carta.

No lo he mencionado por motivos que ya te contaré —quizá la semana que viene, cuando nos veamos—, pero Nathaniel ha hecho amigos. Se llaman Norris y Aubrey (¡Aubrey!), y son un par de viejas reinonas forradas de dinero a las que conoció hace unos meses, cuando una casa de subastas le pidió que autenticara una colección privada de colchas de tela kapa supuestamente hawaianas y supuestamente del siglo XVIII, que sin duda habían sido robadas vete a saber por quién. El caso es que Nathaniel las estudió, y autenticó tanto el origen como la datación; dice que son de principios del siglo XVIII y, por lo tanto, de la época previa al contacto, lo que las convierte en unas piezas muy raras.

Resulta que la casa de subastas ya tenía un comprador interesado, un tipo llamado Aubrey Cooke, que colecciona objetos polinesios y micronesios de esa época. Total, que la casa concertó una cita entre ambos y fue una especie de amor a primera vista, y ahora Nathaniel ejerce de asesor *free lance* catalogando la colección del tal Aubrey Cooke, que es, según Nathaniel, «variada y espectacular».

Tengo sentimientos encontrados al respecto. Por un lado, estoy aliviado. Desde que nos mudamos aquí, siento un vacío interior, una angustia, por lo que les he hecho a Nathaniel e incluso al peque. Eran muy felices en Honolulu y, salvo por mis ambiciones, yo también. Sin embargo, a pesar de mi frustración, era nuestro hogar. Todos teníamos trabajo —yo, de científico en un laboratorio pequeño pero respetado; Nathaniel, de conservador de un museo pequeño pero respetado; y el peque, de peque en un jardín de infancia pequeño pero respetado— y nos fuimos por mí, porque quería entrar en la Rockefeller. De nada sirve engañarme, como hago a veces, y decir que fue porque deseaba salvar vidas o porque creía que aquí sería más útil: fue porque quería trabajar en unas instalaciones de prestigio y porque me encanta buscar respuestas. Me paso los días temiendo la aparición de un nuevo brote, pero también deseándolo con todas mis fuerzas. Quiero estar aquí cuando llegue la próxima pandemia. Quiero ser quien la descubra, quiero ser quien la solucione, quiero ser quien, al levantar la vista de la mesa, vea el cielo teñido de un negro denso y se dé cuenta de que no sabe cuánto lleva en el laboratorio, de que ha estado tan concentrado, tan inmerso, que el hecho de que un día haya acabado no tiene importancia alguna. Soy muy consciente de todo esto, y me siento culpable, pero aun así sigo deseándolo. Por eso, cuando Nathaniel llegó tan feliz —tan sumamente feliz— después de la primera reunión en la casa de subastas me sentí exonerado. En ese momento fui consciente de cuánto tiempo había pasado desde la última vez que lo había visto tan emocionado, y de que era eso lo que yo llevaba esperando desde el principio, que llevaba esperando que encontrara su lugar, como no dejaba de repetirle que ocurriría, que encontrara un motivo para continuar en esta ciudad y en este país, que odia en silencio. Cuando volvió tan contento de su reunión con Aubrey Cooke, yo también me sentí feliz. Ha hecho algunos amigos aquí, pero no muchos, y la mayoría son padres de los niños del cole del peque.

Sin embargo, esa alegría no tardó en teñirse de algo más, y aunque me avergüenza reconocerlo, ese algo más son celos, por supuesto. Desde hace unos dos meses, Nathaniel toma el metro todos los sábados a Washington Square, donde Aubrey tiene una casa propiamente dicha, junto al parque, mientras yo me quedo aquí con el peque (el mensaje implícito es que ahora me toca quedarme en casa con él después de dos años de pasar todos los fines de semana en el laboratorio mientras Nathaniel lo cuidaba). Y cuando Nathaniel vuelve, ya casi de noche, está radiante. Coge al peque, lo hace girar en volandas y empieza a preparar la cena, y mientras cocina, me habla de Aubrey y de su marido, Norris. De lo increíblemente profundos y extensos que son los conocimientos de Aubrey sobre la Oceanía de los siglos XVIII y XIX. De lo espléndida que es la casa de Aubrey. De que Aubrey labró su fortuna como director de un fondo de fondos. De cómo se conocieron Aubrey y Norris. De cómo y dónde les gusta pasar las vacaciones a Aubrey y Norris. De que Aubrey y Norris nos han invitado «al este», a Frog's Pond Way, la «propiedad» que poseen en Water Mill. De lo que Norris ha dicho sobre tal libro o tal obra. De lo que Aubrey piensa del Gobierno. De la idea brillante que Aubrey y Norris han tenido para los campos de refugiados. De lo que debemos ver/hacer/visitar/comer/probar sí o sí, según Aubrey y Norris.

A todo respondo con un «uau» o con un «uau, cariño, qué maravilla». En serio, intento parecer sincero, pero la verdad es que da lo mismo, porque Nathaniel apenas me escucha. Mi vida fuera del laboratorio siempre ha girado en torno a dos ejes fijos: el peque y él. Pero ahora su vida consiste (no en orden de importancia) en mí, el peque, y Aubrey y Norris. Todos los sábados se levanta de la cama de un salto, se viste para ir al gimnasio (va más desde que conoció a Aubrey y Norris), hace ejercicio, vuelve a casa a ducharse y prepararle el desayuno al peque, nos da un beso y se va a pasar el día al centro. Quiero dejar claro que no se trata de que piense que está enamorado de ellos, o que está tirándoselos, ya sabes que a ninguno de los dos nos preocupan esas cosas. Se trata de que, en esa fascinación que siente por ellos, percibo un rechazo hacia mí. No hacia nosotros, no hacía mí y el peque, sino hacía mí.

Siempre había creído que a Nathaniel le gustaba nuestra vida. Nunca ha sido una persona a quien le seduzcan el dinero, las comodidades o el glamour. Pero después de una velada entera escuchando la detallada descripción de la maravillosa casa de Aubrey y Norris y de todas sus cosas maravillosas, me pasé la noche despierto mirando nuestros techos bajos, nuestras persianas de lamas de plástico que no dejan de dar golpes, el foco de riel con la bombilla ennegrecida que llevo seis meses prometiéndole cambiar, y preguntándome si mis méritos y mi posición han logrado darle lo que quiere y merece. Siempre se ha alegrado por mí y ha estado orgulloso de mí, pero ¿he contribuido a darle una buena vida? ¿Sería capaz de dejarme por otra distinta?

Vayamos a lo de anoche. Cuando llegó la invitación para cenar, como sabía que acabaría ocurriendo, al principio puse al peque como excusa. Lleva todo el otoño con problemas respiratorios menores: primero hace calor, luego frío, luego vuelve a hacer calor, y la flor del azafrán, que el año pasado floreció en octubre, ha empezado a brotar en septiembre, y un mes después los ciruelos, así que llevaba varias semanas tosiendo y estornudando. Pero luego empezó a mejorar, ya no estaba tan hecho polvo, y además Nathaniel encontró un canguro que le gusta, así que me quedé sin argumentos. En fin, que anoche tomamos un taxi y fuimos al centro, a casa de Aubrey y Norris.

No le había dado muchas vueltas al tipo de personas que serían, solo sabía que se trataba de gente de la que debía recelar y hacia la que me sentía predispuesto en contra. Ah, y blancos:

suponía que serían blancos. Pero no lo eran. Nos abrió la puerta un hombre rubio y muy apuesto, de cincuenta y pocos años y vestido con traje, y yo solté un: «Tú debes de ser Aubrey», tras lo que oí la risita ahogada y avergonzada de Nathaniel a mi lado. El hombre sonrió. «¡Ojalá tuviera esa suerte! No, soy Adams, el mayordomo. Adelante, por favor: les esperan arriba, en la sala de estar», dijo.

Subimos una escalera de madera oscura y reluciente, yo furioso con un Nathaniel avergonzado por mí, y de mí; cuando Adams nos indicó las puertas dobles entornadas, de aquella misma madera satinada, y nos hizo pasar, los dos hombres que esperaban dentro se pusieron en pie.

Sabía por Nathaniel que Aubrey tenía sesenta y cinco años, y Norris algunos menos, aunque ambos lucían ese semblante atemporal y resplandeciente de quienes están forrados. Solo los delataban las encías: las de Aubrey eran de un morado oscuro y las de Norris del tono rosa grisáceo de una goma de borrar muy usada. Pero la otra sorpresa fue su piel: Aubrey era negro, y Norris, asiático... y algo más. De hecho, se parecía un poco a mi abuelo y, sin poder reprimirme, volví a preguntar una tontería:

—¿Eres de Hawai'i?

Una vez más oí la risita incómoda de Nathaniel, a la que en esta ocasión se sumaron las risas desacomplejadas de Norris y Aubrey.

—Nathaniel me preguntó lo mismo cuando nos conocimos —dijo Norris, con suma naturalidad—. Pero no, me temo que no. Lamento decepcionarte, solo soy un asiático moreno.

—De solo, nada —intervino Aubrey.

—Bueno, y medio indio —aclaró Norris—, pero no dejo de ser asiático, Aub. —Y luego se dirigió a mí—: Indio e inglés por parte de padre; mi madre era china.

—La mía también —comenté, como un tonto—. China hawaiana.

Sonrió.

—Lo sé, nos los dijo Nathaniel.

—¿Y si nos sentamos? —propuso Aubrey.

Y eso hicimos, obedientemente. Adams se presentó con bebidas, y estuvimos hablando un rato sobre el peque hasta que reapareció el mayordomo y anunció que la cena estaba servida, momento en que todos volvimos a levantarnos y pasamos al comedor, donde había una mesita redonda cubierta con lo que al principio confundí, con el corazón a punto de detenérseme, con un mantel de tela kapa. Levanté la vista y vi que Aubrey me sonreía.

—Es un tejido contemporáneo, inspirado en el original —dijo—. Es bonito, ¿verdad?

Tragué saliva y masculló una vaguedad.

Nos sentamos. Nos sirvieron la cena: un «festín de temporada» consistente en crema de calabaza y salchicha servida en una gigantesca calabaza bonetera vaciada, chuletón de ternera con judías verdes salteadas con mantequilla y una galette de tomate. Comimos. En cierto momento, Norris y Nathaniel se pusieron a hablar entre ellos, y yo me quedé con Aubrey, que se sentaba a mi lado. Tenía que decir algo.

—Bueno... —empecé, pero luego no se me ocurrió cómo seguir. O, mejor dicho, se me ocurrieron muchas cosas, pero ninguna me pareció apropiada.

Por ejemplo, tenía pensado meterme con Aubrey sacando a relucir de manera sutil el tema de la apropiación cultural, pero dado que el hombre no me había obligado a ver su colección, como había temido que hiciera, y dado que era negro (más tarde, Nathaniel y yo discutiríamos acerca de si podía acusarse a los negros de apropiación cultural), la idea dejó de parecerme tan emocionante o provocativa como en un primer momento.

Me quedé callado tanto rato que al final Aubrey se echó a reír.

—¿Y si empiezo yo? —se ofreció, y a pesar de que lo dijo con suma amabilidad, sentí que me ruborizaba—. Nathaniel nos ha contado un poco a qué te dedicas.

—O al menos lo he intentado —intervino de pronto Nathaniel desde el otro lado de la mesa, antes de volverse de nuevo hacia Norris.

—Lo ha intentado y yo he intentado entenderlo —dijo Aubrey—, pero me encantaría oírlo de primera mano, por decirlo así.

Así que le di una breve charla sobre enfermedades infecciosas y le expliqué que dedicaba mis esfuerzos a intentar anticiparme a las más novedosas, para lo cual eché mano de las estadísticas que le encanta oír a la ciudadanía, porque a la ciudadanía le encanta dejarse llevar por el pánico: que la gripe de 1918 mató a cincuenta millones de personas, y que tras ella llegaron otras pandemias, aunque no tan desastrosas, en 1957, 1968, 2009 y 2022. Que desde la década de 1970 vivimos en una era de pandemias recurrentes en la que cada cinco años aparece una nueva. Que, en realidad, nunca acabamos con los virus por completo, solo los controlamos. Que decenios de una prescripción de antibióticos excesiva e imprudente han dado origen a una nueva familia de microbios más poderosa y resistente que ninguna otra en la historia de la humanidad. Que la destrucción de hábitats y la proliferación de megaciudades nos han llevado a vivir más cerca que nunca de los animales y, por lo tanto, a un auge de las enfermedades zoonóticas. Que sin lugar a dudas está por llegar una nueva pandemia catastrófica, esta vez con potencial para eliminar hasta a un cuarto de la población mundial, equiparable a la peste negra de hace más de setecientos años, y que cuanto ha sucedido en el último siglo, desde el brote de 2030 hasta el episodio de Botsuana del año anterior, ha sido una serie de exámenes que, en esencia, hemos suspendido, porque la verdadera victoria sería desarrollar un plan mundial integral en lugar de tratar cada brote de manera individual, y que por eso mismo estamos condenados al fracaso de modo inevitable.

—Pero ¿por qué? —preguntó Aubrey—. Disponemos de sistemas de salud pública inmensamente mejores, por no hablar de fármacos e instalaciones sanitarias, que en 1918, o que hace veinte años si me apuras.

—Eso es cierto —reconocí—, pero lo único que impidió que la gripe de 1918 causara todos los estragos que podría haber causado fue la velocidad de propagación de la infección: los microbios viajaron de un continente a otro en barco y, por entonces, se tardaba una semana, como poco, en llegar a Estados Unidos desde Europa. La tasa de mortalidad de los infectados en ese viaje era tan alta que al final había muchos menos portadores capaces de propagar la enfermedad en la otra orilla. Pero eso ya no es así, y lleva más de un siglo sin serlo. Ahora, lo único que frena una enfermedad infecciosa potencialmente incontrolable, y por lo que a nosotros respecta todas son potencialmente incontrolables, no es tanto la tecnología como la segregación y el aislamiento tempranos del área afectada, y para ello hay que confiar en que las autoridades locales informen a los centros epidemiológicos nacionales o locales, que a su vez deberían decretar el confinamiento inmediato del lugar.

»El problema, claro está, estriba en que los municipios son reacios a informar de nuevas enfermedades. Además de una reacción desproporcionada y una pérdida de negocio inmediatas, el lugar carga con un estigma que, en muchos casos, perdura con creces a la contención de la enfermedad. Por ejemplo: ¿tú ahora irías a Seúl?

—Bueno... No.

—Exacto. Y, sin embargo, hace cuatro años que la amenaza del EARS quedó completamente neutralizada. Además, allí tuvimos suerte: un concejal informó al alcalde tras la tercera muerte y tras la quinta, este se puso en contacto con los Servicios Nacionales de Salud, que en cuestión de doce horas cubrieron todo Samcheong-dong con una carpa y consiguieron que las muertes se circunscribieran solo a ese barrio.

—Pero hubo muchas.

—Sí. Y fue una desgracia. Pero habrían sido muchas más de no haberlo hecho.

—¡Pero si mataron a esa gente!

—No, en absoluto. No los dejaron salir, nada más.

—¡Pero el resultado fue el mismo!

—No, el resultado fue que hubo muchas menos muertes de las que, de lo contrario, habría habido: nueve mil en lugar de lo que podrían haber sido catorce millones. Además de la contención de un microbio particularmente patógeno.

—Pero ¿y la tesis de que aislar el distrito los sentenció en lugar de ayudarlos? ¿De que, si hubieran abierto el área a la ayuda internacional, podrían haberlos salvado?

—Estás hablando de la tesis globalista y, en muchos casos, es correcta —repuse—. El nacionalismo conlleva un intercambio menor de información entre los científicos, lo que es peligroso en extremo. Pero no fue el caso. Corea no es un gobierno hostil; no intentaron ocultar nada. Sin coacciones ni subterfugios, compartieron lo que iban descubriendo con la comunidad científica internacional, además de con otros gobiernos; es decir, su modo de proceder fue impecable, como debería serlo el de cualquier país. Lo que pareció una decisión unilateral, aislar el barrio, en realidad fue un acto altruista: evitaron una pandemia potencial sacrificando a un número relativamente pequeño de sus ciudadanos. Esos son los cálculos que necesitamos que haga cualquier comunidad si queremos contener un virus, contenerlo de verdad.

Aubrey negó con la cabeza.

—Supongo que estoy demasiado chapado a la antigua para considerar que nueve mil muertes son un resultado satisfactorio. Y supongo que también por eso nunca he vuelto: no dejo de ver esas imágenes, esas carpas de plástico negro que cubrían todo el barrio, sabiendo que debajo había personas que solo podían esperar la muerte. Nunca las vimos, pero sabíamos que estaban ahí.

Cualquier comentario al respecto habría sonado desalmado, así que bebí vino y no dije nada.

Se hizo un silencio mientras Aubrey volvía a negar con la cabeza, deprisa, como si intentara recobrarse.

—¿Cómo te interesaste en las antigüedades hawaianas? —le pregunté, sintiéndome obligado.

Entonces sonrió.

—Voy a menudo desde hace décadas —dijo—. Me encanta. De hecho, parte de mi familia vivió allí un tiempo: mi tatarabuelo estuvo destinado en Kahoʻolawe, cuando era una base militar estadounidense, justo antes de la secesión. —Se interrumpió—. La Restauración, quiero decir.

—No pasa nada —aseguré—. Nathaniel dice que tienes una colección impresionante.

Sonrió satisfecho al oírlo y siguió parloteando un rato sobre sus variadas posesiones y sus procedencias, y sobre que había mandado construir una sala climatizada especial para algunas de ellas en el sótano, aunque si tuviera que volver a hacerlo la instalaría en la tercera planta, ya que los sótanos tienden siempre a ser húmedos, y, si bien el técnico del aire acondicionado y él habían conseguido que la sala se mantuviera a una temperatura estable de veintiún grados, era imposible estabilizar la humedad, que debería ser del cuarenta por ciento, pero que acababa subiendo al cincuenta sin que te dieras cuenta, hicieras lo que hicieses. Mientras lo escuchaba, me percaté de dos cosas: primero, que yo había aprendido por osmosis más de lo que imaginaba acerca de armas, tejidos y objetos hawaianos de los siglos XVIII y XIX; y segundo, que nunca entendería el placer de coleccionar, de tanto ir de aquí para allá, de tanto polvo, tantas molestias, tanto mantenimiento. ¿Y para qué?

Fue su tono —confiado, pudorosamente orgulloso— lo que me hizo volver a mirarlo.

—Pero mi mayor tesoro —prosiguió—, mi mayor tesoro jamás abandona mi mano.

Levantó la derecha y vi que lucía un grueso anillo de oro, oscuro y estropeado, en el meñique. Cuando lo giró, descubrí que la piedra, una perla opaca, turbia, tallada con tosquedad, miraba hacia la palma. Sabía de sobra lo que haría a continuación, pero miré de todos modos cómo apretaba las pequeñas lengüetas de los lados y la perla, como una puerta en miniatura, se abría sobre sus bisagras y desvelaba un compartimento diminuto. Lo volvió hacia mí y eché un vistazo: estaba vacío. Era justo el tipo de anillo que llevara mi tatarabuela, el mismo que cientos de mujeres vendieron a cazadores de tesoros para recaudar fondos con que financiar la campaña de restauración de la monarquía. Solían guardar unos granos de arsénico en el compartimento, como declaración simbólica de su disposición a suicidarse si la reina no volvía a su trono. Y de pronto ahí estaba, en la mano de ese hombre. Por un momento me quedé sin habla.

—Nathaniel dice que vosotros no coleccionáis —estaba diciendo Aubrey.

—No nos hace falta coleccionar objetos hawaianos —repuse—. Somos sujetos hawaianos. —Lo dije con más dureza de lo que pretendía y, por unos segundos, se hizo un nuevo silencio. (Nota: sonó menos pretencioso entonces de lo que parece aquí).

Pero el incómodo resultado de mi desliz (aunque no estoy tan seguro de que lo fuera) se vio interrumpido por la aparición del cocinero, que me presentó una tarta de moras.

—Recién llegadas del mercado de productores —dijo, como si él hubiera inventado la idea del mercado de productores en sí, y yo le di las gracias y acepté un trozo.

A partir de ese momento, la conversación derivó hacia los temas en que derivaban todas las conversaciones entre personas afables y de ideas afines: el tiempo (malo); el barco hundido frente a la costa de Texas, lleno de refugiados filipinos (también mal); la economía (mal, de nuevo, aunque no tanto como lo que estaba por venir; como mucha gente de dinero, Aubrey se regocijaba con esa idea, de la misma manera que yo, para ser justos, cuando hablo de la siguiente gran pandemia); la guerra contra China que se avecinaba (muy mal, pero se acabaría «en cuestión de un año», según Norris, quien resultó ser abogado y tener un cliente que vendía «equipamiento militar», o sea, un traficante de armas); las últimas noticias sobre el medio ambiente y la avalancha de refugiados climáticos que se preveía (sumamente mal). Estuve tentado de decir: «Peter, un amigo íntimo que ocupa un muy alto cargo en el Gobierno británico, dice que la guerra con China durará tres años como mínimo y que causará una crisis migratoria mundial de millones de personas», pero no lo hice. Me quedé ahí calladito sin decir nada, y ni Nathaniel me miró ni yo lo miré a él.

—Vaya con la casa —comenté en cierto momento, y aunque no puede decirse que sonara a elogio, ni pretendía serlo (sentí que Nathaniel me fulminaba con la mirada), Aubrey sonrió.

—Gracias —dijo.

Y se lanzó a relatar una larga historia acerca de cómo se la había adquirido al descendiente de una familia de banqueros supuestamente prestigiosa de la que yo nunca había oído hablar, un hombre que casi acabó en la indigencia y que seguía obsesionado con el antiguo esplendor de su familia, y sobre la satisfacción que experimentó Aubrey, siendo negro, al comprar una casa como aquella a un blanco que creyó que siempre sería suya. «Miraos —oí decir a mi abuelo—, un puñado de hombres de piel oscura queriendo ser blancos», aunque él no habría dicho «blancos» sino «haole». Todo lo que yo hacía y le resultaba extraño era haole: leer libros, cursar un doctorado, mudarme a Nueva York. Veía mi vida como una crítica de la suya solo porque era distinta.

Por entonces ya era suficientemente tarde para marcharse sin parecer un maleducado, así que, tras esperar lo que calculé que serían unos veinte minutos ya con el café, me desperecé con cierta exageración y comenté que teníamos que volver a casa con el peque: la intuición me dijo, como suele ocurrir cuando llevas quince años viviendo con la misma persona, que Nathaniel estaba a punto de proponer que viéramos la colección de Aubrey, y no me apetecía lo más mínimo. También me di cuenta de que Nathaniel estaba a punto de protestar, pero supongo que pensó que ya me había hecho sufrir bastante (o que solo era cuestión de tiempo que se me escapara algo inapropiado de veras), así que todos nos levantamos y nos despedimos, y Aubrey dijo que deberíamos volver a quedar para ver su colección, y yo afirmé que estaría encantado, a pesar de que no tenía la menor intención de hacerlo.

De camino a casa, ni Nathaniel me dijo nada ni yo a él. Tampoco dijimos nada cuando entramos en el apartamento, ni cuando le pagamos al canguro, ni cuando fuimos a ver al peque, ni cuando nos preparamos para acostarnos. Solo cuando estuvimos tumbados uno al lado del otro en la oscuridad, Nathaniel se decidió y dijo:

—Será mejor que lo digas.

—¿El qué?

—Lo que sea que tengas que decir.

—No tengo nada que decir —aseguré. (Mentira, obviamente. Me había pasado la última media hora preparando un discurso y pensando en cómo lograr que sonara espontáneo). Suspiró—. Lo que ocurre es que me parece un poco extraño —me lancé—. Nate, pero ¡si tú odias a esa clase de personas! ¿No has dicho siempre que coleccionar objetos de los nativos es una forma de colonización material? ¿No has defendido siempre que deberían devolverse al estado hawaiano o, como mínimo, a un museo? Y ahora eres..., ¿qué? ¿Carne y uña con ese rico gilipollas y su marido, el que comercia con armas? Y no solo tolerando que coleccionen trofeos, sino siendo cómplice de ello. Por no mencionar que ese tipo se pitorrea del reino.

No se movió.

—A mí no me lo parece.

—Lo llamó «secesión», Nate. Se corrigió, pero, venga ya... Conocemos a los de su clase.

Se quedó callado un buen rato.

—Me prometí que no me pondría a la defensiva —dijo al final. Luego volvió a enmudecer—. Hablas de Norris como si fuera un traficante de armas.

—¿Y no lo es?

—Los defiende. No es lo mismo.

—Oh, venga ya, Natey.

Se encogió de hombros; no nos mirábamos, pero oí que la manta ascendía y descendía sobre su pecho.

—Además —proseguí sin tregua—, no me dijiste que no eran blancos.

Me miró.

—Sí que lo hice.

—No, no lo hiciste.

—Claro que sí. Lo que pasa es que no me escuchabas. Como siempre. Y en cualquier caso, ¿qué más da?

—Vale, déjalo, Natey, ya sabes que sí da, y mucho.

Gruñó. Se había quedado sin argumentos. Luego, otro silencio.

—Ya sé que parece extraño —dijo, al fin—. Pero... me gustan. Y me siento solo. Con ellos puedo hablar de casa.

«Puedes hablar de casa conmigo», tendría que haber dicho. Pero no lo hice. Porque sabía, igual que él, que quien nos había alejado de casa era yo, y que él había dejado por mí un trabajo y una vida de los que se enorgullecía. Y ahora se había convertido en alguien a quien él mismo no reconocía y a quien despreciaba, y estaba haciendo lo posible para no culparme, incluso hasta el punto de negar qué y quién era. Yo lo sabía, y él también.

Así que no dije nada de nada y cuando se me ocurrió qué contestar, ya se había dormido, o lo fingía, y supe que había vuelto a fallarle.

Comprendí que esa iba a ser nuestra vida. Él estrecharía su amistad con Aubrey y Norris, y yo tendría que animarlo o su resentimiento hacia mí crecería tanto y de manera tan incontrolable que llegaría un momento en que Nathaniel sería incapaz de disimular que no existía. Y entonces me dejaría, y se llevaría al peque, y yo me quedaría solo, sin mi familia.

En fin, eso es todo. Sé que tienes problemas mucho mayores de los que preocuparte que de los de tu viejo amigo, pero agradecería unas palabras de consuelo. No sabes las ganas que tengo de verte. Cuéntame todo lo que pasa por ahí, o lo que puedas. Seré una fosa, o una tumba, o como se diga.

Te quiere,

C.

29 de marzo de 2046

Mi querido Peter:

En lugar de pedirte disculpas al final de la carta por solo hablar de mí, empezaré disculpándome por solo hablar de mí.

Aunque, por otro lado, creo que tampoco hace falta pedir tantas disculpas cuando la semana pasada todo giró en torno a ti, y de qué manera. Qué boda tan preciosa, Petey. Muchas gracias por invitarnos. Olvidé decirte que, cuando salíamos del templo, el peque me miró y me dijo, muy serio: «El tío Peter parecía muy contento». Tenía toda la razón. Se te veía muy feliz, porque lo eres. Y no sabes cuánto me alegro por ti.

Ahora mismo, Olivier y tú estaréis en algún lugar de la India, supongo. Como sabes, Nathaniel y yo nunca fuimos de luna de miel. Era nuestra intención, pero surgió lo de montar el laboratorio y luego lo de buscar un colegio para el peque y, no sé, al final no lo hicimos. Y así seguimos. (Queríamos, como recordarás, ir a las Maldivas. Tengo un don para elegir los sitios, ¿verdad?).

Te escribo desde Washington, D. C., donde asistiré a un congreso sobre zoonosis. N y el peque se han quedado en casa. En realidad, en casa no, se han ido a Frog's Pond Way con Aubrey y Norris. Es el primer fin de semana que hace bastante calor para nadar, y Nathaniel se ha empeñado en enseñar al peque a hacer surf. Quería haberle enseñado en enero, cuando estuvimos en Honolulu, pero había tantas medusas que al final no pisamos la playa. En cualquier caso, las cosas han mejorado algo entre nosotros, gracias por preguntar. Últimamente me siento un poco más unido a ellos; aunque, bueno, podría deberse a que Olivier y tú necesitabais receptáculos donde recoger el amor que desbordáis y los tres estábamos allí justo para eso. En fin, ya veremos. Creo que parte de esta semicercanía renovada se debe, como observaste, a que intento acostumbrarme a la existencia de Aubrey y Norris. Han llegado a nuestras vidas para quedarse, o eso parece. Durante meses me opuse. Luego me resigné. ¿Ahora? Bueno. Supongo que tampoco están tan mal. Han sido muy generosos con nosotros, eso es innegable. La asesoría oficial de Nathaniel con Aubrey hace tiempo que terminó, pero sigue pasándose por allí al menos un par de veces al mes. Y el peque también les tiene mucho cariño, sobre todo a Aubrey.

Aquí el panorama es desalentador. Primero, el racionamiento es mucho más estricto que en Nueva York: anoche cortaron el agua del hotel. Solo fue una hora, pero vamos... Y segundo, y más preocupante, han recortado los fondos a todo el mundo, otra vez. Seguramente anuncien la que será nuestra tercera tanda la semana que viene. Mi laboratorio no se verá tan perjudicado como otros —la aportación del Gobierno solo supone el treinta por ciento de nuestros fondos, y el Instituto Howard Hughes está asumiendo parte del déficit—, pero no estoy tranquilo. Los estadounidenses no hablan de otra cosa entre sesión y sesión: ¿cuánto habéis perdido? ¿Quién intervendrá para asumir la diferencia? ¿Qué hay o habrá en peligro?

Pero el panorama es desalentador por otros motivos, más preocupantes, que no tienen que ver con las dificultades administrativas de los estadounidenses y la inquietud general. La conferencia inaugural corrió a cargo de dos científicos de la Universidad Erasmo de Róterdam, que han realizado un trabajo preliminar sobre el brote de Venecia del 39, que, como sabes, se atribuyó a una mutación del virus Nipah. Su exposición resultó atípica por varios motivos, principalmente porque fue más especulativa de lo que suelen serlo estas charlas. Por otro lado, es algo que ocurre cada vez con más frecuencia: cuando estaba sacándome el doctorado, ese tipo de presentaciones concernían en su gran mayoría a hallazgos de laboratorio y solían abordar la segunda o tercera mutación de uno u otro virus. Pero ahora hay tantos virus nuevos que estos congresos se han convertido en la oportunidad perfecta para esclarecer artículos que hemos leído en las redes privadas de nuestras instituciones, a las que cualquier científico de una universidad acreditada puede subir sus hallazgos o preguntas. La ausencia de China en esta red (y en el congreso en general) es uno de los problemas más apremiantes de la comunidad internacional, y una de las revelaciones de este encuentro —compartida entre susurros— es que un grupo de investigadores de la China continental han creado un portal secreto donde están colgando sus propios descubrimientos. Yo diría que, si nosotros estamos al tanto de algo así, su Gobierno también, de modo que la información que contenga no puede ser fiable del todo; sin embargo, también es cierto que no tomarse esos artículos en serio podría conducir a una catástrofe.

El caso es que el equipo de la Erasmo asegura haber descubierto un virus nuevo e insiste en que se originó, una vez más, en murciélagos. Asimismo, lo clasifican como un henipavirus, lo que significa que es un virus ARN con una tasa de mutación elevada. En el siglo XX se creía que esta familia solo era endémica de África y Asia, aunque, como prueba el brote del 39, el Nipah en particular ha demostrado que puede resurgir con frecuencia, y su capacidad no solo para soportar cambios climáticos, sino también para adaptarse de manera zoonótica a huéspedes —perros, en el caso italiano— que no había infectado antes, ha inspirado buena parte de la investigación de los últimos siete años. A pesar de que provocaba una escabechina entre el ganado y otros animales domésticos, hasta ese momento el Nipah nunca supuso una amenaza seria para nosotros porque se trataba de una enfermedad de escasa transmisibilidad entre humanos que apenas sobrevivía unos días sin un huésped receptivo. Cuando lograba infectar a los humanos, perdía fuelle enseguida: las tasas de transmisión eran muy bajas y el virus no podía continuar propagándose. Cuando Venecia erradicó la población de perros, por ejemplo, la enfermedad también desapareció.

Pero ahora el equipo de la Erasmo postula que esta nueva cepa, a la que llaman Nipah-45, no solo es susceptible de infectar a humanos, sino que además es extremadamente contagiosa y letal. Como su virus parental, se transmite a través de alimentos contaminados, así como por el aire, y, a diferencia de su ancestro evolutivo, sobrevive en el huésped quizá hasta meses. El estudio se basaba en un pequeño grupo de aldeas situadas al norte de Luang Prabang, donde el Gobierno ha estado trasladando a minorías musulmanas que cruzan la frontera china. Según los investigadores, hace seis meses el virus fue el responsable de la reducción drástica de dicha comunidad: cerca de siete mil muertes en cuestión de ocho semanas. El virus pasó del murciélago al búfalo de agua, y de ahí a los alimentos. La enfermedad se manifiesta en humanos en forma de tos, que deriva muy pronto en una insuficiencia respiratoria aguda seguida de un fallo orgánico: de media, los pacientes morían al cabo de once días tras el diagnóstico. A pesar de la sorprendente tasa de mortalidad, el equipo de la Erasmo mantiene que el aislamiento de la comunidad y la prohibición de viajar por el resto del país (el grupo tiene limitado el movimiento por ley) evitó que se propagara.

Medio año después, esos pueblos continúan aislados. Aun así, el Gobierno laosiano, en connivencia con el estadounidense, quiere evitar a toda costa que lo ocurrido llegue a los medios de comunicación porque, junto con la propagación de la enfermedad, las mayores preocupaciones son: (1) la estigmatización inevitable de esa pobre gente, lo cual podría provocar fácilmente su masacre, como vimos en Malasia en el 40; y (2) una nueva crisis de refugiados. Las fronteras de Hong Kong están protegidas, igual que las de Singapur, la India, China, Japón, Corea y Tailandia. De manera que, si se produce otro movimiento de población a gran escala, todo apunta a que los refugiados intentarán cruzar el Pacífico. Los que no acaben tiroteados frente a las costas filipinas, australianas, neozelandesas, hawaianas o estadounidenses tratarán (según se cree) de abrirse camino hasta Oregón, Washington o Texas, y cruzar la frontera desde esos países hacia Estados Unidos.

Como puedes imaginar, la presentación causó un gran escándalo. No por los hallazgos del equipo —pues eran incontestables—, sino porque sugería, sin exponerlo de manera abierta, pero sí implícita sin duda, que podría tratarse del virus que todos hemos estado esperando y para el que llevamos tiempo preparándonos. Junto al miedo se percibían ciertos celos profesionales y también resentimiento (si hubiéramos tenido un Gobierno tan comprometido con la financiación de nuestros estudios como los Países Bajos, lo habríamos descubierto nosotros), además de emoción. En uno de los tablones de anuncios, alguien había comparado la virología especulativa con hacer de suplente en una obra de Broadway que lleva largo tiempo en cartel: siempre estás a la espera de que surja una oportunidad, algo que casi nunca ocurre, pero de todas formas tienes que estar alerta, porque ¿y si algún día te llega el turno?

A ver, pues sé que vas a preguntarlo: la respuesta es que no lo sé. ¿Será este? Ni idea. Tengo la sensación de que no, yo diría que si el Nipah-45 tuviera un potencial en verdad devastador hace tiempo que habríamos sabido de él. Mejor dicho, hace tiempo que vosotros habríais sabido de él. Se habría extendido mucho más allá de esa agrupación de pueblos. Que no haya sido así debería reconfortarnos. Pero, claro, hoy en día hay tantas cosas que deberían reconfortarnos...

Te mantendré informado. Y tú a mí también. Resulta curioso que cada vez sea más común que un ministro adjunto del Interior disponga de mayor información sobre brotes mundiales que yo, pero es lo que hay. Mientras tanto, un fuerte abrazo para ti, como siempre, y otro para Olivier. Cuidaos y alejaos de los murciélagos.

Besos,

YO

6 de enero de 2048

Mi queridísimo Peter:

Hoy nos hemos quedado mudos de horror ante lo que está sucediendo allí. Los laboratorios casi se han paralizado porque todo el mundo estaba viendo las noticias, y cuando el puente ha explotado se ha oído un grito ahogado, no solo en el laboratorio, sino en la planta entera. La imagen ha sido impactante: el Puente de Londres desplomándose, esas personas y esos coches precipitándose al vacío. En las noticias que estábamos viendo, al presentador se le ha escapado un grito, un sonido inarticulado, y luego se ha quedado callado y lo único que se oían eran los helicópteros que sobrevolaban la zona. Después nos hemos puesto a hablar sobre los posibles responsables, y uno de mis doctorandos ha dicho que, en realidad, deberíamos pensar en quiénes creíamos que no habían sido, porque había muchos posibles culpables. ¿Crees que ha sido un ataque contra el campo de refugiados? ¿U otra cosa?

Pero sobre todo, Peter, lamento muchísimo enterarme de que Alice se encuentra entre los fallecidos. Sé lo unidos que estabais y el tiempo que llevabais trabajando juntos, y no quiero ni imaginar cómo os sentís tú y tus compañeros en estos momentos.

Recibe un fuerte abrazo, al que también se suman Nathaniel y el peque. Sé que Olivier cuida de ti, pero escríbeme, o llámame si te apetece hablar.

Te quiere,

C.

14 de marzo de 2049

Queridísimo Peter:

Te escribo desde nuestro nuevo apartamento. Sí, los rumores son ciertos: nos hemos mudado. No nos hemos ido muy lejos, ni muy arriba —el piso nuevo, de dos habitaciones, está en la 70 con la Segunda, en la cuarta planta de un edificio de la década de 1980—, pero teníamos que hacerlo, por la felicidad de Nathaniel y, por lo tanto, mi salud mental. A pesar de todo, es bastante barato, aunque solo porque hay estudios que afirman que el East River acabará rebasando los diques entre el año que viene y nunca. (Naturalmente, es otra de las razones por las que deberíamos habernos quedado en el parque de viviendas de la UR, más susceptible de acabar inundado que nuestro nuevo hogar y, por lo tanto, más barato, pero a Nathaniel se le metió entre ceja y ceja, y a ver quién se lo discute).

Poco puedo decir del nuevo barrio porque es el mismo que el antiguo, más o menos. La diferencia es que, en este, las ventanas de la sala de estar dan al centro sanitario de la acera de enfrente. Ahí aún no tenéis estas cosas, ¿verdad? No tardaréis. Son tiendecitas abandonadas (esta había sido —lo que es la vida— una heladería) que se ha quedado el Gobierno y que ha equipado con aires acondicionados industriales, además de, por lo general, entre diez y veinte duchas de aire, una nueva tecnología que está en pruebas: te desnudas, entras en el compartimento, que se parece a un ataúd tubular colocado de pie, aprietas un botón y te lanzan unos potentes chorros de aire. Se supone que así ya no es necesario usar agua porque la fuerza del aire se lleva la mugre. Más o menos funciona, diría. En cualquier caso, mejor que nada. La cosa es que están abriendo este tipo de centros por toda la ciudad, y la idea es que pagando una cuota mensual puedes usarlos cuando quieras; en los caros de verdad, que siguen bajo control federal aunque son de propiedad privada, puedes disfrutar del aire acondicionado todo el día y usar las duchas de aire el tiempo que desees, y también cuentan con espacios de trabajo, además de camas para quienes necesiten pasar la noche allí porque su edificio ha sufrido un apagón. El que está al otro lado de la calle, no obstante, es un centro de emergencia, lo que significa que está pensado para personas cuyos edificios llevan bastante tiempo (es decir, más de noventa y seis horas) sin agua o electricidad, o cuyos barrios no disponen de suficientes generadores para todo el mundo. Así que, a lo largo de todo el día, ahí está esa pobre gente, centenares de personas —muchos niños, muchos ancianos, ni un solo blanco— muertas de calor, esperando durante horas, literalmente, para entrar. Y debido al susto del mes pasado, no te dejan entrar si tienes tos y, aunque no tengas, de todas maneras estás obligado a someterte a un control de temperatura, cosa absurda porque para entonces llevas tanto tiempo haciendo cola al sol que tu temperatura corporal será alta por fuerza. Los funcionarios municipales aseguran que los guardias saben diferenciar una fiebre causada por una infección de una provocada por un simple golpe de calor, pero tengo serias dudas. Y para complicar las cosas aún más, ahora también hay que mostrar la documentación en la puerta porque solo aceptan a ciudadanos estadounidenses y residentes permanentes.

El mes pasado, un día Nathaniel y yo fuimos a donar juguetes y ropa vieja del peque y apenas tuvimos que esperar unos minutos en una cola aparte, mucho más corta. Y aunque ya quedan pocas cosas que me sorprendan en esta mierda de ciudad, ese centro me dejó de piedra: quizá hubiera un centenar de adultos y unos cincuenta niños en un espacio destinado a no más de sesenta personas, y el hedor —a vómito, a heces, a pelo y piel sucios— era tan abrumador que casi se veía, teñía la sala de un tono mostaza apagado. Pero lo que me impactó de verdad fue el silencio: salvo por un bebé que no paraba de llorar de manera débil y desvalida, no se oía nada. Todo el mundo hacía cola, callado, para una de las siete duchas de aire, y cuando una persona salía la siguiente entraba en el compartimento sin decir palabra y cerraba la cortina.

Nos abrimos paso entre la multitud, que se apartaba, en silencio, para dejarnos pasar, y nos dirigimos al fondo, donde tras una mesa de plástico había una mujer de mediana edad. Un caldero metálico gigantesco descansaba sobre la mesa, delante de la cual la gente hacía cola con una taza de cerámica en la mano. Cuando les llegaba el turno, alargaban las tazas y la mujer metía un cazo en la olla y les servía agua fría. Tenía otras dos ollas al lado, medio sudadas, detrás de las cuales se apostaba un guardia con los brazos cruzados y una pistolera con un arma en la cadera. Le dijimos a la mujer que llevábamos ropa para donarla y nos indicó que la dejáramos en los contenedores de debajo de las ventanas, cosa que hicimos. Cuando nos íbamos, nos dio las gracias y nos preguntó si teníamos antibiótico líquido en casa, o crema para rozaduras de pañal, o suplementos orales. Tuvimos que decir que no, que hacía tiempo que nuestro hijo ya no usaba esas cosas, y ella volvió a asentir, con cansancio. «Gracias de todos modos», dijo.

Cruzamos la calle —el calor era tan sofocante y demoledor que daba la sensación de que el aire estuviera tejido con lana—, subimos al apartamento en silencio y, una vez dentro, Nathaniel se volvió hacia mí y nos lanzamos el uno a los brazos del otro. Hacía mucho mucho tiempo que no nos abrazábamos así, y aunque sabía que se aferraba a mí por dolor y miedo más que por afecto, lo agradecí.

—Esa pobre gente —dijo con la boca pegada a mi hombro, y respondí con un suspiro. Luego se apartó de mí, enfadado—. Estamos en Nueva York, por favor —protestó—. ¡Estamos en 2049! ¡Joder!

Sí, quise decir, en Nueva York. En 2049. Ese es precisamente el problema. Pero no lo hice.

Luego nos dimos una ducha larga, algo un tanto grotesco considerando lo que acabábamos de ver, pero tuvo algo de excitante, y también de rebelde, fue una forma de convencernos de que podíamos asearnos cuando quisiéramos, de que no éramos esas personas, de que nunca lo seríamos. O al menos eso dije después, cuando estábamos en la cama.

—Dime que eso no nos pasará a nosotros —pidió Nathaniel.

—Eso nunca nos pasará a nosotros —respondí.

—Prométemelo.

—Te lo prometo.

Aunque no podía prometérselo. Pero ¿qué otra cosa iba a hacer? Continuamos tumbados un rato, escuchando el zumbido del aire acondicionado, y luego fue a recoger al peque a clase de natación.

Sé que lo mencioné de pasada en mi último comunicado, pero, aparte del dinero, el peque es el otro motivo por el que teníamos que quedarnos en este barrio, porque no queremos someterlo a demasiados cambios. Ya te conté lo del incidente de la cancha de baloncesto del año pasado. Pues hace dos días hubo otro: me llamaron al laboratorio (Nathaniel estaba de excursión con sus alumnos al norte del estado) y tuve que salir corriendo al colegio, donde encontré al peque esperando en el despacho de la directora. Era evidente que había estado llorando, pero trataba de disimularlo, y yo me sentí tan abrumado —enfadado, asustado, impotente— que no descarto haberme quedado allí de pie un momento, mirándolo como un tonto, antes de ordenarle que saliera, cosa que hizo, aunque primero amagó una patada al marco de la puerta.

Sin embargo, lo que debería haber hecho es abrazarlo y decirle que todo iría bien. Cada vez tengo más la sensación de que todas mis interacciones humanas siguen el mismo patrón: veo un problema, me agobio, no ofrezco consuelo cuando debería y la otra persona se va hecha un basilisco.

La directora es una mujer dura, una bollo de mediana edad llamada Eliza, y me cae bien —es de esas personas muy poco interesada en los adultos y volcada en los niños—, pero cuando dejó la jeringuilla sobre la mesa que había entre nosotros tuve que agarrarme a los lados de la silla para no abofetearla: cómo detesté la teatralidad, el dramatismo de la puesta en escena.

—Llevo mucho tiempo trabajando en este colegio, doctor Griffith —empezó diciendo—. Mi padre también era científico, así que no hace falta que pregunte de dónde la ha sacado su hijo. Pero nunca había visto a un niño usar una aguja a modo de arma.

Y lo que pensé fue: «¿De verdad? ¿Nunca? ¿Es que los niños de hoy en día no tienen imaginación?». Aunque no lo dije. Me disculpé en nombre del peque y comenté que tenía una imaginación desbordante y que le costaba adaptarse a Estados Unidos. Lo cual era cierto. Lo que no dije es que estaba impactado, aunque era igual de cierto.

—Pero llevan viviendo en Estados Unidos..., ¿cuánto? —Le echó un vistazo a la pantalla del ordenador—. Casi seis años, ¿correcto?

—Aún le cuesta —insistí—. Otro idioma, otro entorno, otras costumbres...

—Siento interrumpirlo, doctor Griffith —me interrumpió—. No hace falta que le diga que David es muy muy inteligente. —Me miró muy seria, como si me culpara de la inteligencia del peque—. Pero ha tenido problemas reiterados con el control de los impulsos, no es la primera vez que mantenemos esta conversación. Y ciertas dificultades para... socializar. Le cuesta comprender los usos sociales.

—A mí me pasaba lo mismo a su edad —repuse—. Mi marido diría que sigo igual.

Sonreí, pero ella no me devolvió la sonrisa.

Entonces suspiró y se inclinó hacia delante, y su expresión se desprendió de algo, de una pátina de profesionalidad.

—Doctor Griffith, David me preocupa —dijo—. Cumplirá diez años en noviembre. Entiende las consecuencias de sus actos. Aquí solo le quedan cuatro años antes de pasar al instituto, y si no aprende ahora, este año, cómo interactuar con niños de su edad... —Se detuvo—. ¿Le ha contado su profesor lo que ha ocurrido?

—No —reconocí.

Y la historia salió a la luz. En resumen: hay un grupito de chicos —ni atléticos ni guapos, al fin y al cabo son hijos de científicos— a los que se considera «populares» porque construyen robots. El peque quería entrar en el grupo, y estuvo tratando de juntarse con ellos a la hora del almuerzo. Pero lo rechazaron, varias veces («Respetuosamente, se lo aseguro. Aquí no toleramos el acoso ni la crueldad»), y supongo que fue entonces cuando el peque sacó la jeringuilla y le dijo al cabecilla que le metería un virus si no le dejaban entrar en el grupo. Toda la clase fue testigo del cruce de palabras.

Al oírlo, me asaltaron dos sentimientos encontrados: primero, me horrorizó que mi hijo amenazara a otro niño, y no solo que lo amenazara, sino que lo amenazara con lo que él decía que era una enfermedad. Y segundo, sentí una lástima profunda por él. He culpado, y culpo, de la soledad del peque a la nostalgia de su hogar, pero lo cierto es que en Hawai'i tampoco se hizo nunca muchos amigos. Creo que no te lo he contado, pero una vez, cuando tenía unos tres años, vi que se acercaba a unos niños que jugaban en el cajón de arena del parque y les preguntaba si podía unirse a ellos. Los niños le dijeron que sí, así que entró, pero acto seguido, los demás se levantaron para irse a las barras y lo dejaron allí solo. No dijeron nada, no lo insultaron, pero ¿de qué otro modo iba a interpretar él su partida más que como lo que era? Un rechazo.

Sin embargo, peor fue después: se quedó allí sentado, en el cajón de arena, mirándolos, y poco a poco empezó a jugar solo. Les echaba un vistazo de vez en cuando, esperando que volvieran, pero no lo hicieron. Al cabo de unos cinco minutos o así, no pude soportarlo más, fui a buscarlo y le dije que podíamos ir a tomar un helado, pero que no debía chivarse a papá.

Aun así, esa noche no le conté a Nathaniel lo sucedido en el cajón de arena. Me sentía avergonzado; en cierta manera, partícipe de lo que hacía sufrir al peque. Él había fracasado, igual que yo al no haber sabido ayudarlo. Lo habían rechazado y, de algún modo, yo era responsable de ese rechazo, aunque solo fuera porque lo había visto y había sido incapaz de ponerle remedio. Al día siguiente, cuando nos dirigíamos de nuevo al parque, me tiró de la mano y me preguntó si teníamos que ir. Le dije que no, que no era necesario, y en su lugar fuimos a por otro helado de consolación. No volvimos a ese parque. Pero ahora creo que deberíamos haberlo hecho. Tendría que haberle dicho que esos niños no se portaron bien, y que no tenía nada que ver con él, y que haría otros amigos, personas que lo querrían y apreciarían de verdad, y que, en cualquier caso, quien no lo hiciera no era digno de su atención.

Pero hice todo lo contrario: no volvimos a hablar de ello. Y con los años, el peque ha ido encerrándose cada vez más en sí mismo. Puede que no tanto con Nathaniel, pero... Bueno, tal vez incluso con él. No sé si Nathaniel también se da cuenta. Es algo que no sabría explicar con precisión, pero cada vez tengo más la sensación de que no está presente del todo, ni siquiera cuando está, como si empezara a distanciarse de nosotros. Aquí tiene un par de amigos, chicos tranquilos y formales, pero rara vez vienen a nuestro apartamento, o lo invitan al suyo. Nathaniel siempre dice que es maduro para su edad, que es una de esas cosas que dicen de sus hijos los padres preocupados cuando no tienen ni idea de qué les ocurre, pero creo que lo único que se ha desarrollado antes de tiempo es su soledad. Un niño puede estar solo, pero no debería sentirse solo. Y así se siente nuestro hijo.

Eliza propuso que el peque escribiera a mano unas cartas de disculpa, una expulsión de dos semanas, apoyo psicológico semanal, apuntarlo a una o dos actividades extraescolares de deporte —«para sacarlo de su zona de confort, para que queme parte del resentimiento»— y «una mayor implicación por parte de ambos padres», lo cual iba por mí, porque Nathaniel acude a todos los partidos, las reuniones, los eventos y las obras del colegio.

—Sé lo complicado que es para usted, doctor Griffith —dijo, y sin darme tiempo a protestar o a ponerme a la defensiva, prosiguió con más suavidad—: Sé que lo es. No pretendía ser sarcástica. Todos estamos muy orgullosos del trabajo que está haciendo, Charles.

De pronto sentí que se me llenaban los ojos de lágrimas, como un tonto, y farfullé:

—Seguro que eso se lo dice a todos los virólogos.

Y me fui. Agarré al peque por el hombro y lo conduje fuera.

Volvimos al apartamento caminando y en silencio, pero una vez que entramos, la emprendí contra él.

—¡¿Cómo narices se te ha ocurrido, David?! —grité—. ¿Te das cuenta de que podrían haberte expulsado del colegio para siempre, que podrían haber hecho que te detuvieran? Estamos en este país de invitados, ¿no sabes que podrían haberte separado de nosotros y enviado a una institución estatal? ¿Sabes que hay niños a los que se llevan por menos?

Iba a continuar cuando vi que estaba llorando, y eso me contuvo, porque el peque casi nunca llora.

—Lo siento —decía—. Lo siento.

—David —gruñí, y me senté a su lado y luego lo senté en mi regazo como solía hacer cuando era un peque de verdad, y a continuación lo acuné, también de la misma manera que entonces.

Estuvimos un rato en silencio.

—No le caigo bien a nadie —dijo en voz baja, y yo contesté lo único que pude, que fue:

—Claro que sí, David.

Aunque debería haber dicho: «Yo tampoco le caía bien a nadie cuando tenía tu edad, David. Pero luego crecí, y empecé a caerle bien a la gente, y encontré a tu padre, y te tuvimos, y ahora soy la persona más afortunada que conozco».

Continuamos allí sentados un rato más. Hacía mucho, muchísimo tiempo que no abrazaba así al peque. Por fin habló:

—No se lo cuentes —dijo.

—¿A papá? —pregunté—. Tengo que contárselo, David, ya lo sabes.

Pareció resignarse y se levantó para irse. Pero había algo que seguía preocupándome.

—David —dije—, ¿de dónde sacaste la jeringuilla?

Creía que iba a contestar con evasivas del tipo «Me la dieron unos niños» o «No sé» o «Me la encontré». En cambio, dijo:

—La pedí.

—¿Cómo? —quise saber.

Así que fuimos al estudio, donde observé cómo entraba en mi ordenador —saltándose el escaneo de retina al introducir mi contraseña con una destreza que demostraba que no era la primera vez que lo hacía— y luego en una página tan ilegal que me vería obligado a hacer un informe explicando lo ocurrido y a solicitar otro portátil. Se apartó de mi silla y dejó caer la mano a un costado, y durante un momento nos quedamos mirando la pantalla, en la que zumbaba la imagen de un átomo. Cada pocos giros, el átomo se detenía y una nueva categoría de ofertas aparecía superpuesta: «Agentes virales». «Agujas y jeringuillas». «Anticuerpos». «Toxinas y antitoxinas».

Puedes imaginarte cómo me sentí. Pero mis primeras preguntas fueron de tipo práctico: ¿cómo había llegado a esa página? ¿Cómo había sorteado los cortafuegos para acceder a ella? ¿Cómo sabía lo que tenía que pedir? ¿Quién le había dado la idea?

¿Esas cosas eran normales en un chico de su edad?

¿Le pasaba algo?

¿Quién era mi hijo?

Lo miré.

—David —empecé, aunque no tenía ni idea de lo que iba a decir a continuación.

Él no me miró, ni siquiera cuando repetí su nombre.

—David —dije por tercera vez—. No estoy enfadado —lo que no era del todo cierto, aunque tampoco sabría ponerle nombre a lo que sentía—, pero necesito que me mires.

Y cuando por fin lo hizo, su expresión traslucía miedo.

Y entonces —no sé por qué, de verdad— le pegué. Con la mano abierta, en la cara. Él gritó y cayó de espaldas, y yo tiré de él para ponerlo en pie y volví a pegarle, esta vez en la mejilla izquierda, y se puso a llorar. En cierto modo, me aliviaba saber que aún era capaz de sentir miedo, de tenerme miedo a mí; me recordaba que, después de todo, seguía siendo un niño, que no todo estaba perdido, que no le pasaba nada, que no era malo, ni un psicópata. Pero eso solo sería capaz de expresarlo más adelante, en ese momento solo estaba asustado: asustado por él y también por mí. Estaba a punto de volver a pegarle cuando Nathaniel apareció de pronto y me apartó con un alarido.

—¡¿Qué cojones haces, Charles?! —me gritó—. ¡Serás cabrón, tú estás pirado, ¿qué cojones haces?! —Me empujó con fuerza, y caí y me estampé de cara contra el suelo, y luego cogió en brazos al peque, que sollozaba, para consolarlo—. Chisss... —murmuró—, ya está, David, ya está, cariño, ya estoy aquí, ya estoy aquí, ya estoy aquí.

—Le ha hecho daño a alguien —dije, en voz baja, pero me sangraba tanto la nariz que apenas se me entendía—. Quería hacerle daño a alguien.

Pero Nathaniel no me escuchaba. Se quitó la camiseta y la presionó contra la nariz del peque, que también sangraba, y luego se levantaron y, mientras Nathaniel pasaba el brazo alrededor de los hombros de nuestro hijo, se fueron. No me dirigió ni una mirada.

Al final me he alargado tanto para decirte que estoy en nuestro nuevo apartamento y que te escribo desde el estudio, al que he sido desterrado por el momento. Nathaniel sigue sin hablarme, igual que el peque. Ayer le entregué el portátil al jefe de seguridad tecnológica y le expliqué lo ocurrido; pareció sorprenderle menos de lo que yo esperaba, lo cual me hizo pensar que no había tanto motivo para preocuparme como temía. Sin embargo, estaba entregándome un ordenador nuevo cuando me preguntó:

—¿Qué edad ha dicho que tiene su hijo?

—Está a punto de cumplir diez años —contesté.

Negó con la cabeza.

—Y son ciudadanos extranjeros, ¿me equivoco?

—Así es.

—Doctor Griffith, ya sé que lo sabe, pero... debe ir con cuidado —dijo—. Si su hijo hubiera accedido a esa página y usted no hubiera tenido las autorizaciones de seguridad que tiene...

—Lo sé —dije.

—No, no lo sabe —aseguró, mirándome—. Vaya con cuidado, doctor Griffith. Es posible que el instituto no pueda hacer nada para proteger a su hijo si esto vuelve a ocurrir.

De pronto deseé hallarme muy lejos de él. Y no solo de él, sino de todo: de la Rockefeller, de mi laboratorio, de Nueva York, de Estados Unidos, incluso de Nathaniel y David. Deseé estar de nuevo en casa, en la granja de mis abuelos, por infeliz que hubiera sido allí, mucho antes de que esto, de que todo esto, sucediera. Pero ya no puedo volver a casa. Mis abuelos y yo no nos hablamos, la granja está inundada y esta es ahora mi vida. Debo sacarle el mayor provecho. Y eso haré.

Aunque, a veces, temo no ser capaz.

Te quiero,

CHARLES

Parte III

Invierno de 2094

Un recuerdo bonito que tengo es del abuelo cepillándome el pelo. Me gustaba sentarme en un rincón de su estudio a verlo trabajar; podía pasarme allí las horas, dibujando o jugando, sin hacer apenas ruido. Una vez, uno de los ayudantes de investigación de mi abuelo entró y me vio allí, y me di cuenta de que se sorprendía.

—Si le molesta, puedo llevármela —dijo el ayudante de investigación en voz baja.

Entonces fue el abuelo quien se sorprendió.

—¿A mi pequeña? —preguntó—. Ella nunca molesta, y a mí menos que a nadie.

Al oír eso me sentí orgullosa, como si hubiera hecho algo bien.

Tenía un cojín en el que me sentaba mientras el abuelo leía o tecleaba o escribía a mano, y, cuando no estaba mirándolo a él, me entretenía con un juego de bloques de madera. Los bloques de madera estaban pintados todos de blanco, y yo llevaba cuidado de no apilarlos muy alto, para que no se derrumbaran e hicieran ruido.

Pero a veces mi abuelo dejaba lo que estuviera haciendo y giraba su silla.

—Ven aquí, pequeña —decía, y yo agarraba mi cojín y lo ponía en el suelo, entre sus piernas, y él sacaba de su cajón el cepillo grande de dorso plano y se ponía a cepillarme el pelo—. Qué pelo más bonito tienes —decía—. ¿De quién has heredado este pelo tan bonito?

Pero era lo que se llama una pregunta retórica, lo que significa que no debía contestar, así que no lo hacía. De hecho, no tenía que decir nada de nada. Siempre esperaba con ganas esos ratos en los que el abuelo me cepillaba el pelo. Me hacían sentir bien, me relajaban, era como si estuviese cayendo despacio por un túnel largo y fresco.

Después de la enfermedad, sin embargo, ya no volví a tener el pelo bonito. Ninguno de los que sobrevivimos lo tenemos. Fue por los fármacos que nos dieron: primero se nos cayó el pelo, y cuando volvió a salirnos era ralo y fino, del color del polvo, y no había forma de que te creciera por debajo de la barbilla sin romperse. La mayoría de la gente lo llevaba muy corto, de manera que cubría el cuero cabelludo y poco más. Lo mismo les ocurrió a muchos de los supervivientes de las enfermedades del 50 y del 56, pero fue más grave en los que sobrevivimos a la del 70. Durante un tiempo, fue la manera de saber quién había sobrevivido a la enfermedad, pero luego prescribieron una variante del mismo fármaco para la enfermedad del 72, y entonces ya no era tan fácil saberlo, además de que llevar el pelo corto simplemente pasó a ser más práctico: daba menos calor y no hacía falta tanta agua ni tanto jabón para lavarlo. Por eso ahora hay muchísima gente con el pelo corto; si quieres dejártelo largo, debes tener dinero. Es una forma de saber quién vive en la Zona Catorce: allí llevan el pelo largo porque todo el mundo sabe que la Zona Catorce recibe el triple de agua que la zona con el segundo cupo de agua más alto, que es la nuestra, la Zona Ocho.

El motivo por el que me puse a pensar en esas cosas fue que la semana pasada, cuando estaba esperando la lanzadera, un hombre al que nunca había visto se puso en la cola. Yo estaba cerca del extremo, así que pude observarlo sin problemas. Iba vestido con un mono gris como los que llevaba mi marido, lo cual quería decir que era algún tipo de técnico de mantenimiento en la Granja, tal vez incluso en el Estanque, y encima del mono llevaba una chaqueta ligera de nailon, también gris, y un gorro de ala ancha.

Hacía varias semanas que me sentía rara. Por un lado, estaba contenta porque pronto sería diciembre, y diciembre era el mejor momento del año: a veces el tiempo refrescaba lo suficiente para ponerse incluso un anorak por la noche, y aunque no llovía la niebla tóxica que pendía sobre la ciudad se dispersaba, y la tienda empezaba a llenarse de productos frescos que solo crecían en la estación fría, como manzanas y peras. En enero llegarían las tormentas, y luego, en febrero, tendríamos el Año Nuevo Lunar, y todos los que trabajábamos en una instalación del estado o para una institución estatal recibiríamos cuatro cupones de cereales extras y o dos de lácteos, o dos de productos frescos extras para ese mes, lo que prefiriera cada cual. Mi marido y yo solíamos repartirnos los cupones extras, de manera que entre ambos reuníamos ocho cupones de cereales, dos cupones de lácteos y dos cupones de productos frescos extras. El año siguiente de casarnos, que también fue el primero en que mi marido trabajó en la Granja, con esos cupones adicionales compramos una cuña de queso curado: él la envolvió en papel y la guardó en el rincón más escondido del armario del pasillo, que decía que era el lugar más fresco del apartamento, y nos aguantó buena mucho tiempo. Ese año corría el rumor de que quizá nos dieran un día extra para baño y colada en esa semana, como el que nos dieron hacía dos años pero no el anterior, porque había habido sequía.

Por otro lado, sin embargo, a pesar de tener tantas cosas que esperar con ilusión, también me descubría pensando en las notas. Todas las semanas, en la noche libre de mi marido, volvía a vaciar la caja para comprobar si seguían allí, y siempre las encontraba. Las releía, giraba los trozos de papel en la mano y los acercaba a la lámpara, y luego volvía a meterlos en el sobre y guardaba la caja en el armario.

Estaba dándole vueltas a lo de las notas la mañana que vi al hombre del mono gris unirse a la cola. Su presencia implicaba que debía de haber muerto alguien de nuestra zona, o que se lo habían llevado, porque la única forma de que te asignaran una vivienda en la Zona Ocho era esperar a que alguien se marchara, y nadie se iba de la Zona Ocho voluntariamente. Y entonces ocurrió algo extraño: el hombre se recolocó el gorro, y al hacerlo se le soltó un mechón de pelo largo que le rozó la mejilla. Se apresuró a remetérselo bajo el gorro y echó un rápido vistazo alrededor para comprobar si alguien se había percatado, pero todo el mundo tenía la vista al frente, como se consideraba de buena educación. Solo yo me había dado cuenta, porque me había girado, aunque él no me había visto mirándolo. Era la primera vez que veía a un hombre con el pelo largo. Lo que más me intrigó, sin embargo, fue lo mucho que se parecía a mi marido: tenían el mismo color de tez, el mismo color de ojos, el mismo color de pelo..., aunque mi marido lo lleva corto, como yo.

Nunca me han gustado las novedades, ni siquiera de niña, y nunca me ha gustado que las cosas no sean como se supone que deben ser. De pequeña, el abuelo me leía libros de misterio, pero siempre me ponían nerviosa; me gustaba saber lo que pasaba, me gustaba que las cosas no cambiaran. Pero a él no se lo decía, porque estaba claro que sí le gustaban, y yo quería intentar disfrutar de algo que el abuelo disfrutaba también. De todas formas, después ya no nos permitieron leer libros de misterio, así que pude dejar de fingir.

Ahora, sin embargo, me encontraba ante dos misterios propios: las notas eran el primero y ese hombre de pelo largo que vivía en la Zona Ocho era el segundo. Tenía la sensación de que había pasado algo y nadie me lo había dicho, como si existiera un secreto que todos conocían pero que yo no lograba desentrañar sola. Eso me ocurría a diario en el trabajo, pero ahí me parecía bien, porque yo no era científica y no me correspondía saber lo que pasaba. Carecía de la formación necesaria y de todas maneras no lo habría entendido. En cambio, siempre había pensado que entendía el lugar donde vivía, y de repente empezó a preocuparme que tal vez al final estuviera equivocada.

Fue el abuelo quien me explicó lo de las noches libres.

Cuando me anunció que iba a casarme, me emocioné muchísimo pero también me asusté, y empecé a caminar en círculos, algo que solo hago cuando estoy o muy contenta o muy nerviosa. Los demás se incomodan cuando me pasa, pero lo único que me dijo el abuelo fue: «Sé cómo te sientes, gatito».

Después fue a arroparme a la cama y me dio la fotografía de mi marido, que ni siquiera había pensado en pedirle, para que me la quedara. La miré fijamente, la acaricié como si pudiera tocarle la cara de verdad. Cuando quise devolvérsela, el abuelo negó con la cabeza.

—Es tuya —dijo.

—¿Cuándo será? —pregunté.

—Dentro de un año. Así que hasta entonces te contaré cuanto necesitas saber sobre el matrimonio.

Eso me tranquilizó mucho: mi abuelo siempre sabía qué decir, incluso cuando ni yo misma lo sabía.

—Empezaremos mañana —me prometió, y luego me dio un beso en la frente antes de apagar la luz y regresar a la habitación principal, donde dormía.

Al día siguiente, el abuelo empezó sus lecciones. En una hoja de papel había escrito una larga lista, y todos los meses escogía tres temas para que los comentáramos. Practicamos la conversación, y cómo ser útil, y me enseñó diferentes circunstancias en las que quizá necesitara ayuda y cómo pedirla, y qué debía hacer en caso de emergencia. También hablamos de cómo aprender a confiar en mi marido, de qué podía hacer para ser una buena esposa para él, de cómo era vivir con otra persona y de cómo debía reaccionar si alguna vez mi marido hacía algo que me asustaba.

Sé que parecerá extraño, pero tras mi desasosiego inicial, casarme ya no me inquietaba tanto como creo que el abuelo imaginaba. Al fin y al cabo, aparte de él, nunca había vivido con nadie más. Bueno, eso no es del todo cierto: también había vivido con mi otro abuelo y con mi padre, pero solo de muy pequeña; la verdad era que ni siquiera recordaba sus caras. Supongo que daba por hecho que vivir con mi marido sería como hacerlo con el abuelo.

Fue hacia el final del sexto mes de mi adiestramiento cuando me habló de las noches libres: todas las semanas, mi marido se iría del apartamento y yo tendría esa noche para mí sola. Y luego, otra distinta, podría salir yo, por mi cuenta, y hacer lo que quisiera. Me miró con mucha atención cuando me lo dijo, y luego esperó mientras yo lo asimilaba.

—¿Qué noche de la semana será? —pregunté.

—La que tu marido y tú decidáis —contestó.

Estuve pensándolo un poco más.

—¿Y qué se supone que debo hacer en mi noche? —pregunté.

—Lo que tú quieras —contestó él—. Puede que te apetezca salir a dar un paseo, por ejemplo, o ir al Washington. O puede que te apetezca ir al Centro Recreativo a jugar una partida de ping-pong con alguien.

—Puede que vaya a visitarte —dije.

De todo lo que me había anunciado, lo que más me sorprendió era que él no iba a vivir con nosotros; una vez me casara, me quedaría con mi marido en el apartamento y el abuelo se mudaría.

—Yo siempre estoy encantado de pasar el rato contigo, gatito —dijo el abuelo, despacio—, pero tienes que acostumbrarte a estar con tu marido. No deberías empezar tu nueva vida pensando en la frecuencia con que vas a verme.

Entonces me quedé callada, porque intuía que el abuelo intentaba decirme algo más sin decirlo del todo, y no sabía lo que era, pero sí que se trataba de algo que yo no quería oír.

—Venga, gatito —dijo el abuelo al cabo de un rato, sonriéndome y dándome unas palmaditas en la mano—. No estés triste. Es un momento muy emocionante: vas a casarte y estoy muy orgulloso de ti. Mi gatito, que ya ha crecido y está a punto de formar su propio hogar.

En los años que hace que estoy casada con mi marido, apenas me he visto obligada a recurrir a las lecciones del abuelo. Nunca he tenido que ir a la policía porque mi marido me haya pegado, por ejemplo, nunca he tenido que pedirle a mi marido que me ayude con las tareas domésticas, nunca he tenido que preocuparme por si estaba ocultándome sus cupones de comida y nunca he tenido que llamar a golpes a la puerta de un vecino porque mi marido estuviera gritándome. Pero ojalá hubiera sabido que tendría que haberle preguntado más cosas al abuelo sobre las noches libres y cómo me sentiría al respecto.

Poco después de casarnos, mi marido y yo decidimos que su noche libre sería los jueves, y la mía, la de los martes. O, mejor dicho, mi marido lo decidió y yo estuve de acuerdo.

—¿Seguro que no te importa que sea los martes? —me preguntó, y parecía inquieto, como si yo pudiera decirle: «No, creo que al final prefiero los jueves», y él tuviera que intercambiar el día conmigo. Pero a mí me pareció bien, porque no me importaba en qué caía mi noche libre.

Al principio, probé a pasarla en otro sitio. Al contrario que mi marido, primero volvía a casa del trabajo y cenaba con él, y luego ya me ponía la ropa de calle y me iba. Era extraño salir del apartamento de noche cuando mi abuelo se había pasado tantos años recordándome que nunca debía salir de casa sola, y jamás cuando ya hubiera oscurecido. Pero eso era cuando las cosas estaban mal y resultaba peligroso, antes del segundo levantamiento.

Durante los primeros meses, no muchos, hacía lo que había propuesto el abuelo y me iba al Centro Recreativo. El centro se encontraba en la calle Catorce, justo al oeste de la Sexta Avenida, y como ya estábamos en junio tenía que ponerme el traje de refrigeración para no sobrecalentarme. Subía por la Quinta Avenida y luego enfilaba la calle Doce porque me gustaban los edificios antiguos de esa manzana, que parecían versiones del edificio donde vivíamos mi marido y yo. Se veía luz en algunas ventanas, pero la mayoría estaban a oscuras, y aparte de unas pocas personas, que además se dirigían al mismo sitio que yo, apenas había gente en la calle.

El centro estaba abierto de las 6.00 a las 22.00, y solo para los residentes de la Zona Ocho. Todo el mundo tenía derecho a veinte horas gratis mensuales en el centro, del que había que entrar y salir poniendo la huella dactilar. Había clases de cocina, o de costura, o de taichí o de yoga, o podías apuntarte a alguno de los clubes: había clubes para gente que jugaba al ajedrez, o al bádminton, o al ping-pong, o a las damas. También se podía hacer voluntariado y preparar paquetes de productos sanitarios para la gente de los centros de reubicación. Una de las mejores cosas del centro era que allí siempre se estaba fresco porque había un generador muy grande, y en los meses templados la gente se quedaba en casa y se reservaba esas horas para poder pasar el mayor tiempo posible en un edificio con aire acondicionado durante los largos días de verano, en lugar de en su apartamento. También podías darte una ducha de aire, así que a veces, cuando me moría por sentirme limpia y todavía no era mi día de agua, invertía parte del tiempo que tenía asignado en una ducha de aire. El centro también era el sitio al que acudir para que te pusieran las vacunas anuales, y para el análisis de sangre y el cultivo de mucosidad quincenales, y para recoger los cupones de comida y las raciones mensuales, y, de mayo a septiembre, los tres kilos de hielo al mes que todos los residentes teníamos derecho a comprar a precio subvencionado.

Pero hasta mis primeras noches libres, nunca había ido allí a pasar mi tiempo de ocio, que era una de las funciones que cumplía. El abuelo me llevó una vez, poco después de que lo abrieran, y nos detuvimos junto a una mesa de ping-pong para ver una partida. El centro disponía de dos mesas, y mientras unos jugaban, otros se sentaban a mirar en las sillas dispuestas a lo largo del perímetro de la sala, y aplaudían si alguien se llevaba un punto. Recuerdo haber pensado que parecía divertido, que incluso el sonido ambiental parecía divertido, esos golpecitos secos y nítidos de la pelota al botar en la mesa, y me quedé allí mucho rato.

—¿Te apetece una partida? —me susurró el abuelo.

—Hum..., no —dije—. No sé jugar.

—Pues aprendes —respondió él.

Pero yo sabía que no podría.

Al salir del edificio aquella tarde, el abuelo dijo:

—Puedes volver otro día, gatito. Lo único que tienes que hacer es apuntarte al equipo y pedir a alguien que juegue contigo.

Me quedé callada, porque a veces el abuelo decía las cosas como si para mí fueran fáciles, y a mí me frustraba que no lo entendiera, que no entendiera que no podía hacer todas esas cosas que él creía que sí, y me sentía cada vez más inquieta y enfadada. Pero entonces se dio cuenta, se detuvo, se volvió hacia mí y me puso las manos en los hombros.

—Sabes muy bien lo que tienes que hacer, gatito —dijo sin levantar la voz—. ¿Recuerdas cuando practicábamos cómo hablar con la gente? ¿Recuerdas cuando practicábamos cómo mantener una conversación?

—Sí.

—Sé que para ti no es fácil —dijo—. Sé que no. Pero no te animaría a hacerlo si no creyera, con todo mi ser, que tú puedes.

Así que fui al Centro Recreativo, aunque solo fuera porque quería poder decirle al abuelo —que por entonces todavía vivía— que había ido. Cuando llegué, sin embargo, ni siquiera fui capaz de entrar. En vez de eso, me senté en un saliente del edificio y me quedé mirando cómo entraban los demás, solos o de dos en dos. Entonces me fijé en que al otro lado de la puerta principal había una ventana, y me di cuenta de que, si me situaba en el ángulo adecuado, podía ver a la gente de dentro jugar al ping-pong, y era agradable, porque casi parecía que fuera una de ellos, pero sin tener que hablar con nadie de verdad.

Así fue como pasé más o menos mi primer mes de noches libres: de pie frente a la entrada del centro, mirando por la ventana cómo jugaban al ping-pong. A veces las partidas eran especialmente emocionantes, y regresaba a casa apretando el paso, pensando en relatarle a mi marido alguna de las jugadas que había presenciado, aunque él nunca me preguntaba qué había hecho en mi noche libre y tampoco me contaba nunca lo que hacía él en las suyas. A veces imaginaba que entablaba amistad con alguien: la mujer de pelo corto y rizado y con hoyuelos que machacaba la pelota al lanzarla al otro lado de la mesa al tiempo que se apoyaba en el talón izquierdo; el hombre que llevaba un chándal rojo con un estampado de nubes blancas. A veces imaginaba que después me reunía con ellos en la barra de hidratación, y fantaseaba con decirle a mi marido que quería gastar uno de nuestros cupones de líquido sobrantes para tomarme algo con mis amigos, y que él me contestaba que por supuesto que sí, y que quizá iría a verme jugar algún día.

Pero al cabo de unos meses dejé de ir al centro. Primero, porque el abuelo había muerto y ya no me apetecía seguir probando. Y, segundo, porque cada vez hacía más calor y no me sentaba bien. Así que el martes siguiente, mi siguiente noche libre, le dije a mi marido que estaba cansada y que me quedaba en casa en lugar de salir.

—¿Te encuentras mal? —preguntó. Estaba fregando los platos de la cena.

—No —dije—. Solo es que no me apetece.

—¿Prefieres salir el miércoles por la noche? —preguntó.

—No —dije—. Esta será mi noche libre, solo que no saldré.

—Ah. —Dejó el último plato en el escurreplatos y luego preguntó—: ¿Qué prefieres, la habitación principal o el dormitorio?

—No te entiendo.

—Bueno, quiero dejarte intimidad —aclaró—. Así que ¿cuál prefieres? ¿La habitación principal o el dormitorio?

—Ah —dije—. El dormitorio, supongo. —Lo pensé. ¿Era la respuesta correcta?—. ¿Te parece bien?

—Por supuesto. Es tu noche.

Así que me fui al dormitorio, me puse el pijama y luego me tumbé en la cama. Unos minutos después oí unos golpes suaves en la puerta, y entró mi marido, que me traía la radio.

—He pensado que a lo mejor te apetece escuchar un poco de música —dijo, y la enchufó, la encendió, salió y cerró la puerta.

Estuve allí tumbada escuchando la radio un buen rato. Después salí para ir al baño y de paso cepillarme los dientes y lavarme la cara y el cuerpo con toallitas higiénicas, y aproveché para asomarme a la habitación principal, donde mi marido estaba sentado en el sofá, leyendo. Tiene un nivel de autorización más alto que el mío, así que le permiten leer ciertos libros, los que están relacionados con su campo, que saca prestados del trabajo y luego devuelve. Ese trataba sobre el cuidado y el cultivo de plantas acuáticas tropicales comestibles, y aunque a mí no me interesan las plantas acuáticas tropicales comestibles, de repente tuve envidia. Mi marido podía pasarse horas leyendo, y mientras lo miraba, añoré mucho al abuelo, que habría sabido qué decir para hacerme sentir mejor. Sin embargo, me preparé para acostarme y regresé al dormitorio hasta que, por fin, después de lo que me parecieron muchas horas, oí que mi marido apagaba la luz de la habitación principal con un suspiro, iba al baño y, finalmente, entraba sin hacer ruido en nuestro dormitorio, donde también se cambió de ropa y se metió en su cama.

Desde entonces he pasado todas mis noches libres en casa. De vez en cuando, si estoy muy inquieta, salgo a pasear: o bien alrededor del Washington, o bien hasta el centro. Pero lo normal es que me quede en el dormitorio, donde mi marido siempre me deja la radio preparada. Me cambio de ropa, apago la luz, me meto en la cama y espero: a oír que se sienta en el sofá, a oír cómo se hace crujir los nudillos mientras lee y, por último, a oír que cierra el libro y apaga la luz. Todos los jueves de los últimos seis años y medio he esperado a que mi marido regresara a casa de su noche libre, a la que él da comienzo apenas sale del trabajo. Todos los martes, me tumbo en mi cama, en nuestro dormitorio, y espero a que mi noche libre termine, espero a que mi marido regrese conmigo, aunque no me diga una palabra.

Se me ocurrió la idea de seguir a mi marido cuando saliera del laboratorio en su noche libre. Fue un viernes. Era 1 de enero de 2094, y el doctor Wesley, a quien le interesaba la historia occidental y solo celebraba el Año Nuevo siguiendo el calendario tradicional, nos reunió a todos los que trabajábamos en el laboratorio para tomar una copa de mosto. Sirvió una a todo el mundo, incluso a mí.

—¡Seis años para el siglo veintidós! —anunció, y todos aplaudimos.

El mosto tenía un color púrpura turbio y oscuro, y era tan dulce que me raspó en la garganta. Pero hacía mucho desde la última vez que había tomado zumo, y me pregunté si sería lo bastante interesante para contárselo a mi marido, porque al menos se salía de lo habitual, sin ser material reservado.

Cuando volvía a mi sección del laboratorio, me tomé un descanso y fui al servicio, y mientras estaba sentada en el retrete oí que entraban dos personas y se ponían a lavarse las manos. Eran dos mujeres, aunque no reconocí la voz de ninguna de ellas, y ambas eran doctorandas, creo, porque me dio la impresión de que eran jóvenes y hablaban sobre un artículo que las dos habían leído en una revista.

Comentaron el artículo —que trataba sobre un nuevo tipo de antiviral que estaba desarrollándose a partir de un virus real cuya genética habían modificado de algún modo— y entonces una, muy deprisa, dijo:

—¿Sabes?, creía que Percy me estaba poniendo los cuernos.

—¿De verdad? —preguntó la otra—. ¿Por qué?

—Bueno, hacía un tiempo que estaba algo raro —dijo la primera—. Llegaba tarde a casa del trabajo, se le olvidaban cantidad de cosas..., se olvidó incluso de acompañarme al control de los seis meses. Empezó a salir de casa muy temprano por la mañana con la excusa de que tenía mucho trabajo y debía acabarlo, y luego empezó a comportarse de una forma extraña con mi padre cuando íbamos los sábados a comer a casa de mis padres, como si evitara su mirada. Así que un día, cuando salió del trabajo, esperé unos minutos y lo seguí.

—¡Belle! Pero ¡qué dices!

—¡Lo que oyes! Ya estaba pensando en qué iba a decile, y en qué les contaría a mis padres, y en qué haría después, cuando me di cuenta de que se metía en la Unidad de Desarrollo de Viviendas. Lo llamé por su nombre y se sorprendió mucho de verme, pero entonces me contó que estaba intentando que nos dieran una vivienda mejor y mejor situada, en la misma zona, para cuando llegue el niño, y que mi padre y él lo habían estado preparando para que fuera una sorpresa.

—Ay, Belle... ¡Qué maravilla!

—Sí, lo sé. Me sentí muy culpable por haberlo odiado, aunque solo fuera unas pocas semanas. —Se echó a reír, y su amiga también.

—Bueno, Percy puede soportar que lo odies un poquito —dijo la segunda mujer.

—Sí —dijo la primera, y volvió a reír—. Sabe quién manda en casa.

Salieron del servicio, entonces tiré de la cadena, me lavé las manos y salí yo también, y al hacerlo pasé junto a las dos mujeres, que seguían hablando, pero en el pasillo. Las dos eran muy guapas, las dos tenían una melena oscura y brillante recogida en un moño en la nuca, y unos pendientes de oro pequeños con forma de planetas. Las dos llevaban bata de laboratorio, claro, pero por debajo del dobladillo vi que les asomaban unas faldas de seda de colores, y que calzaban zapatos de cuero de tacón bajo. Una de ellas, la más guapa, estaba embarazada; mientras hablaba con su amiga, se acariciaba la barriga con lentos movimientos circulares.

Regresé a mi sitio, donde tenía que trasladar una tanda nueva de minis a placas de Petri individuales, que luego rellenaría con solución salina. Mientras trabajaba, pensé en esas notas que guardaba mi marido y luego pensé en la mujer del servicio, que creía que el suyo podía estar viéndose con otra persona, alguien que no era ella. Pero su marido, al final, no había hecho nada malo: solo estaba intentando encontrar una vivienda más grande para los dos porque ella era guapa y culta y estaba embarazada, y no tenía motivos para buscarse a nadie más, a nadie mejor, porque no lo habría. Por su pelo supe que debía de vivir en la Zona Catorce, y si era doctoranda quería decir que sus padres seguramente también vivían en la Zona Catorce y le habían pagado una educación privada, y luego habían vuelto a pagar para que viviera cerca de ellos. Me descubrí pensando en lo que comerían los sábados; una vez oí que en la Zona Catorce había tiendas donde podías comprar cualquier tipo de carne, y la cantidad que quisieras. Allí podías conseguir helado todos los días, o chocolate, o zumo, o incluso vino. Comprar caramelos, o fruta, o leche. Volver a casa y darte una ducha a diario. Pensaba en esas cosas, cada vez más alterada, cuando se me cayó uno de los minis. Estaba tan tierno que el impacto lo convirtió en una mancha gelatinosa, y solté un grito: yo era muy cuidadosa, nunca se me caía ninguno. Pero acababa de ocurrirme.

Pasé todo el fin de semana y el lunes pensando en esa mujer que vivía en la Zona Catorce, y cuando llegó el martes, y por lo tanto mi noche libre, seguía pensando en ella. Después de cenar, en lugar de ayudar a mi marido con los platos, como solía hacer solo por ocupar un poco el tiempo, me fui directa al dormitorio. Me tumbé en la cama y me mecí adelante y atrás mientras hablaba con el abuelo y le preguntaba qué debía hacer. Imaginé que me decía: «No pasa nada, gatito», y: «Te quiero, gatito», pero no se me ocurrió nada más que pudiera decirme. Si el abuelo viviera aún, me habría ayudado a descubrir qué me inquietaba tanto y cómo arreglarlo. Pero el abuelo ya no estaba, así que tendría que averiguarlo sola.

Entonces recordé lo que había dicho aquella mujer en el servicio, eso de que había seguido a su marido. A diferencia del suyo, mi marido no salía más temprano de lo habitual por las mañanas. Tampoco regresaba tarde por las noches. Yo siempre sabía dónde estaba..., menos los jueves.

Y entonces decidí que, la próxima noche libre de mi marido, también yo lo seguiría.

Al día siguiente me di cuenta de que mi plan tenía un fallo: mi marido nunca volvía a casa después del trabajo en sus noches libres, así que o encontraba la forma de seguirlo desde la Granja, o encontraba la forma de hacer que volviera a casa primero. Decidí que la segunda opción era más factible. Le di vueltas y más vueltas hasta que se me ocurrió cómo conseguirlo.

—Creo que la alcachofa de la ducha pierde agua —dije esa noche, durante la cena.

No apartó la mirada del plato.

—Pues yo no he oído nada —repuso.

—Es que hay un pequeño charco en el fondo de la bañera —insistí.

Entonces sí que levantó la cabeza, retiró la silla hacia atrás y fue al baño, donde yo había vertido media taza de agua en la bañera; quedaría justo lo suficiente para que pareciera que la alcachofa tenía una fuga. Oí que descorría la cortina y luego abría los grifos y enseguida los cerraba otra vez.

Mientras él estaba con eso, yo me quedé en mi silla, bien erguida, como me había enseñado el abuelo, esperando a que regresara. Cuando volvió, tenía la frente arrugada.

—¿Cuándo te has dado cuenta? —me preguntó.

—Esta tarde, al volver a casa —dije, y él suspiró—. Le he pedido al encargado de zona que le diga a alguien de mantenimiento que venga a revisarlo —expliqué, y se quedó mirándome—. Pero no pueden venir hasta mañana a las diecinueve —añadí, y él miró la pared y volvió a suspirar. Fue un suspiro grande, uno que hizo que sus hombros subieran y bajaran—. Ya sé que es tu noche libre —dije, y debí de sonar asustada, porque mi marido me miró y sonrió un poco.

—No te preocupes —me tranquilizó—. Vendré primero a casa, para que no estés sola, y luego saldré a disfrutar de mi noche.

—Vale —dije—. Gracias.

Después caí en que podría haber decidido cambiar su noche libre al viernes sin más. Y luego, más tarde aún, caí en que el hecho de que no quisiera renunciar a su noche libre significaba que había alguien —ese alguien que le enviaba notas— que seguramente lo esperaba los jueves, y tendría que encontrar la forma de decirle a esa persona que llegaría tarde. Pero sabía que él esperaría hasta que llegara el inspector; todos los meses controlaban el consumo de agua, y si te pasabas del cupo tenías que pagar una multa y quedabas anotado en el registro administrativo.

Ese jueves le dije al doctor Morgan que tenía una fuga de agua en la ducha y que necesitaba permiso para volver a casa antes, y me lo dio. Luego tomé la lanzadera de las 17.00, de manera que para cuando mi marido llegó a casa —a las 18.57, como siempre—, yo ya estaba preparando la cena.

—¿Llego tarde? —preguntó.

—No —dije—, aún no ha venido.

Estaba friendo una hamburguesa de nutria roedora de más, por si acaso, y también saqué boniatos y espinacas de sobra, pero cuando le pregunté a mi marido si quería comer algo mientras esperaba, negó con la cabeza.

—Pero come tú antes de que se enfríe —dijo. La carne de nutria se quedaba correosa si no se comía apenas sacada de la sartén.

Así que le hice caso, me senté a la mesa y empecé a pasear los trozos de comida por el plato con el tenedor. Mi marido también se sentó conmigo y abrió su libro.

—¿De verdad que no tienes hambre? —pregunté, pero volvió a negar con la cabeza.

—No, gracias.

Estuvimos un rato en silencio. Mi marido cambió de postura. Nunca hablábamos mucho durante la cena, pero cuando nos sentábamos a cenar al menos hacíamos algo juntos. Esa tarde era como si estuviésemos dentro de dos vitrinas de cristal que hubiesen colocado una al lado de la otra, y aunque los demás podían vernos, nosotros no podíamos ver ni oír nada de lo que ocurría fuera y no teníamos ni idea de lo cerca que estábamos el uno del otro.

Cambió de postura una vez más. Pasó una página y luego volvió atrás para releer lo que había leído hacía un momento. Miró el reloj de pared, y yo también. Eran las 19.14.

—Maldita sea —dijo—. A saber dónde estará. —Me miró—. No han dejado ninguna nota, ¿verdad?

—No —contesté, y él volvió a negar con la cabeza y a zambullirse en la lectura.

Cinco minutos después, dejó de leer.

—¿A qué hora se suponía que iba a venir? —preguntó.

—A las diecinueve —contesté, y él negó con la cabeza de nuevo.

Unos minutos después cerró el libro del todo y nos quedamos allí sentados, mirando la esfera redonda y anodina del reloj.

De repente, se puso en pie.

—Tengo que irme —anunció—. Tengo que salir ya. —Eran las 19.33—. Tengo... Tengo que ir a un sitio y llego tarde. —Me miró—. Cobra..., si viene, ¿podrás encargarte sola?

Sabía que él quería que fuera capaz de encargarme de las cosas sin ayuda de nadie, y de pronto sentí miedo, como si fuera a tener que hablar de verdad con el encargado de mantenimiento sola, sin mi marido allí; fue casi como si olvidara que no iba a venir, que me había inventado ese contratiempo para poder hacer algo que debería darme mucho más miedo: seguir a mi marido en su noche libre.

—Sí —dije—, podré sola.

Entonces me dedicó una de sus escasas sonrisas.

—Lo harás bien —aseguró—. Ya conoces al encargado, es un buen hombre. Y yo volveré pronto esta noche, cuando aún estés despierta, ¿de acuerdo?

—De acuerdo —accedí.

—No estés nerviosa —insistió—. Sabes lo que tienes que hacer. —Eso también solía decírmelo el abuelo: «Sabes lo que tienes que hacer, gatito. No tienes nada que temer». Y luego descolgó su anorak del gancho—. Buenas noches —dijo mientras cerraba la puerta.

—Buenas noches —le dije a la puerta cerrada.

———

Después de que mi marido cerrara la puerta, esperé solo veinte segundos antes de salir del apartamento yo también. Ya había preparado una bolsa con algunas cosas que pensaba que podría necesitar, como una linterna pequeña, una libreta y un lápiz, un termo con agua por si me entraba sed, también el anorak por si me entraba frío, aunque eso era poco probable.

Fuera estaba oscuro y hacía calor, aunque no mucho, y había más personas de lo normal deambulando por el Washington o volviendo a casa después de hacer la compra. Vi a mi marido al instante: iba a buen paso por la Quinta Avenida en dirección norte, y lo seguí cuando torció al oeste por la calle Nueve. Era la misma ruta que ambos hacíamos todas las mañanas, a horas diferentes, hacia la parada de la lanzadera, y por un segundo me pregunté si no iría a esperarla otra vez para regresar al trabajo. Pero continuó andando, cruzó la Sexta Avenida y se metió en el área que llamábamos Pequeño Ocho por su complejo de altas torres de apartamentos, que hacía que pareciera una zona independiente dentro de la Zona Ocho, y luego cruzó también la Séptima Avenida y prosiguió su camino.

Aquello estaba mucho más al oeste de lo que yo nunca había tenido necesidad de ir. La Zona Ocho se extendía desde la calle Uno Nueva en su extremo sur hasta la calle Veintiuno en su punto norte, y desde Broadway al este hasta la Octava Avenida y el río al oeste. En teoría, la zona se extendía aún más, pero la mayor parte del terreno de más allá de la Octava Avenida quedó inundado diez años atrás, durante la última gran tormenta, lo cual significaba que quienes habían decidido quedarse en los pisos del río también eran residentes de la Zona Ocho, pero con cada año que pasaba cada vez eran más los reubicados, porque en el río se descubrían cosas extrañas y no estaba muy claro que fuese seguro vivir allí.

La Zona Ocho era la Zona Ocho, y se suponía que en ella no había jerarquías, ningún barrio se consideraba mejor que otro. Eso nos decía el estado. Pero si de verdad vivías en la Zona Ocho, sabías que, de hecho, sí había lugares —como donde estábamos mi marido y yo— más deseables que otros. Al oeste de la Sexta Avenida ya no había tiendas de alimentación, por ejemplo, ni centros de lavado o higiene, salvo por uno al que solo podían acceder quienes vivían en Pequeño Ocho, donde también tenían algo llamado Despensa, un sitio en el que se compraba género no perecedero, como cereales y comida en polvo, pero nada que pudiera estropearse.

Como ya he dicho, la Zona Ocho era uno de los distritos más seguros de la isla, cuando no de todo el municipio. Aun así, corrían rumores sobre lo que sucedía cerca del río, igual que se rumoreaba acerca de lo que sucedía en la Zona Diecisiete, que compartía los ejes norte y sur de la Zona Ocho, pero luego se extendía hasta la orilla del río, que quedaba en la Primera Avenida, al este. Según un rumor, el extremo occidental de la Zona Ocho estaba encantado. Una vez le había preguntado por ello al abuelo y él me llevó hasta la Octava Avenida para demostrarme que allí no había ningún fantasma. Me contó que la historia había empezado antes de que yo naciera, cuando una serie de túneles subterráneos discurrían bajo las calles y desembocaban en los centros de reubicación, aunque por aquel entonces no eran centros, sino distritos donde la gente vivía y trabajaba, como la Zona Ocho. Luego, después de la pandemia del 70, los cerraron y la gente empezó a decir que el estado había usado esos túneles como centros de aislamiento para los afectados, que a esas alturas ya ascendían a cientos de miles, y luego los había sellado con cemento y todo el que estaba allí dentro había muerto.

—¿Eso es verdad? —le pregunté al abuelo.

Nos habíamos detenido cerca del río y hablábamos en voz muy baja, porque incluso comentar el tema se consideraba traición. Siempre tenía miedo cuando el abuelo y yo hablábamos de cosas ilegales, pero también me sentía bien, porque sabía que él sabía que yo era capaz de guardar un secreto y que jamás lo delataría.

—No —me dijo—. Son historias apócrifas.

—¿Y eso qué quiere decir? —pregunté.

—Que no son verdad —me aclaró.

Lo pensé un poco.

—Si no son verdad, ¿por qué las cuenta la gente? —pregunté, y él desvió la mirada hacia lo lejos, hacia las fábricas del otro lado del río.

—A veces, cuando la gente cuenta historias como esas, lo que intenta hacer en realidad es expresar su miedo, o su rabia. El estado hizo muchas cosas horribles por aquel entonces —dijo despacio, y yo volví a sentir esa misma emoción al oír a alguien hablar así del estado, y que ese alguien fuera mi abuelo—. Un montón de cosas horribles —repitió tras una pausa—. Pero esa no fue una de ellas. —Me miró—. ¿Me crees?

—Sí —dije—. Creo todo lo que dices, abuelo.

Volvió a desviar la mirada, y me preocupó haber dicho algo malo, pero él me puso la palma de la mano en la nuca y no añadió nada.

Lo que no podía negarse era que esos túneles llevaban sellados mucho tiempo, y decían que si te acercabas al río a altas horas de la noche, se oían los sollozos y los gemidos de las personas a las que habían dejado morir allí dentro.

Lo otro que se decía sobre el límite oeste de la Zona Ocho es que allí había edificios que solo lo parecían, pero que en ellos no vivía nadie. Tras años de escuchar con disimulo las conversaciones de los doctorandos, por fin entendí a qué se referían.

Casi toda la Zona Ocho se había construido hacía siglos, en el diecinueve y a principios del veinte, pero había sido demolida en buena parte poco después de que yo naciera, y en su lugar habían erigido torres que hacían las veces de hospitales. Antes, la densidad de población era muy alta, y el municipio acogía a gente procedente de todos los rincones del mundo. Pero entonces la enfermedad del 50 frenó casi por completo la llegada de inmigrantes, y luego las enfermedades del 56 y del 70 solucionaron el problema de la superpoblación, lo cual se tradujo en que, aunque la Zona Ocho seguía siendo un distrito bastante poblado, ya nadie vivía allí ilegalmente. Sin embargo, algunos de los edificios originales de la zona se conservaron, sobre todo los que quedaban cerca de la Quinta Avenida y el Washington, y también de la Octava Avenida. Allí, los edificios se parecían al que ocupábamos mi marido y yo; estaban hechos de ladrillo rojo y rara vez tenían más de cuatro plantas. Algunos eran incluso más pequeños y solo albergaban cuatro viviendas.

Según comentaban entre sí los doctorandos, varios de esos edificios próximos al río habían estado divididos en apartamentos, igual que el nuestro, pero con el paso de los años la gente había dejado de ir a vivir allí. En su lugar, iba allí a... Bueno, no sabía a qué iba la gente a esos edificios, solo que era ilegal, y que cuando los doctorandos hablaban de ellos se reían y decían cosas como: «Tú sí que sabes de qué va, ¿a que sí, Foxley?». Por eso yo suponía que eran lugares peligrosos, pero también excitantes, y que los doctorandos fingían conocerlos aunque en realidad nunca se atreverían a ir.

A esas alturas, estaba muy cerca del río, en una calle llamada Bethune. Cuando era pequeña, el estado intentó cambiar el nombre de todas las calles por números, lo cual afectó sobre todo a las Zonas Siete, Ocho, Diecisiete, Dieciocho y Veintiuno. Pero no funcionó; la gente seguía refiriéndose a ellas tal como se llamaban en el siglo veinte. En todo ese tiempo, mi marido no había mirado atrás ni una sola vez. Ya estaba muy oscuro, y tuve la suerte de que él llevaba un anorak gris claro, que resultaba fácil de seguir. Era evidente que había recorrido ese trayecto muchas otras veces: en un momento dado, bajó bruscamente del bordillo a la calzada, y cuando miré la acera vi que había un boquete enorme y que él había sabido esquivarlo porque conocía su existencia.

Bethune era una de las calles que la gente creía que estaban encantadas, y eso que no se encontraba cerca de las antiguas entradas de los túneles subterráneos. Pero todavía conservaba los árboles, aunque estaban casi del todo pelados, y supongo que eso era lo que le daba un aspecto tan anticuado y lúgubre. También era una de las calles que no se habían inundado y, por lo tanto, se extendía en dirección oeste hasta llegar a Washington Street. Allí, mi marido avanzó hasta la mitad de la manzana y luego se detuvo y miró alrededor.

En la calle no había nadie más que yo, y corrí a esconderme detrás de un árbol. No me preocupaba que me viera: llevaba ropa negra y calzado negro, y tengo la piel bastante oscura; sabía que no sería visible. De hecho, la tez de mi marido es bastante similar a la mía, y en ese momento la oscuridad era tal que, de no haberme fijado en su anorak, tal vez tampoco lo habría visto.

—¿Hola? —dijo mi marido—. ¿Hay alguien ahí?

Sé que esto sonará tonto, pero en ese momento quise responder. «Soy yo —le habría dicho y habría salido a la acera—. Solo quiero saber adónde vas —le habría dicho—. Quiero estar contigo». Pero no sabía qué respondería él a eso.

Así que me quedé callada y seguí escondida detrás del árbol, pero sí pensé en lo tranquilo que sonaba mi marido. Tranquilo y decidido.

Luego reanudó la marcha y yo salí de detrás del árbol y lo seguí, esta vez dejando un poco más de distancia entre ambos. Al final llegó al número 27, que era una de las últimas casas de la manzana, un edificio antiguo, más o menos como el nuestro; miró alrededor una vez más antes de subir los escalones de la entrada y llamar con una serie compleja de golpecitos: toc-to-

toctoc-toc-toc-toc-to-toc-toctoc. Entonces se abrió una ventanita corrediza en la puerta, y la cara de mi marido quedó iluminada por un rectángulo de luz. Alguien debió de preguntarle algo, porque le contestó, aunque no pude oír qué, y luego la ventanita se cerró y la puerta se abrió lo justo para que mi marido pudiera colarse.

—Hoy llegas tarde —oí que decía alguien, un hombre, y la puerta volvió a cerrarse.

Y desapareció. Me quedé allí fuera, contemplando el edificio. Desde la calle parecía deshabitado. No había luces, no se oía ningún ruido. Después de esperar cinco minutos, también yo subí los escalones y apreté la oreja contra la puerta, que estaba cubierta de pintura negra desportillada. Escuché con mucha atención, pero no oí nada. Era como si mi marido se hubiera esfumado..., no dentro de esa casa, sino de otro mundo.

———

Fue al día siguiente, de nuevo a salvo en mi sala del laboratorio, cuando comprendí en toda su magnitud los riesgos que había corrido la noche anterior. ¿Y si mi marido me hubiera visto? ¿Y si alguien me hubiera visto siguiéndolo y hubiera sospechado que cometía alguna ilegalidad?

Pero entonces tuve que recordarme que mi marido no me había visto. Que nadie me había visto. Y si alguna Mosca de las que patrullaban el área me había grabado por casualidad, sencillamente le diría a la policía que mi marido se había dejado las gafas al salir a dar su paseo de todas las noches, y que había ido a llevárselas.

Al volver al apartamento, me acosté temprano para que cuando mi marido regresara, me encontrara fingiendo que ya dormía. Le había dejado una nota en el cuarto de baño diciendo que habían arreglado la fuga, y oí que descorría la cortina para examinar la alcachofa de la ducha. No tuve forma de saber si, en efecto, había regresado antes de lo que solía, pues en el dormitorio no teníamos reloj. De lo que sí estaba segura era de que creyó que yo dormía, porque no hizo nada de ruido y se desvistió y volvió a vestirse a oscuras.

Ese día estaba tan distraída que tardé un buen rato en darme cuenta de que en el laboratorio pasaba algo, y solo cuando llevé una tanda nueva de minis al grupo de doctorandos me percaté de que el motivo de que estuvieran tan callados era que todos llevaban puestos los auriculares y escuchaban la radio.

En el laboratorio había dos radios. Una era normal, como las que tenía todo el mundo. La otra solo retransmitía para instalaciones de investigación autorizadas de todo el mundo, así que diferentes científicos podían anunciar cualquier descubrimiento pertinente y dar conferencias o informar de cualquier novedad por ella. Desde luego, lo más habitual era que esas investigaciones se compartieran en artículos a los que solo podían acceder científicos acreditados desde ordenadores de alta seguridad, pero cuando había algo urgente informaban de ello a través de esa radio especial, que retransmitía con una pantalla sonora de ruido por encima del discurso de la persona, de manera que, a menos que tuvieras los auriculares adecuados para anular la pantalla sonora, solo oías un ruido aleatorio y sin sentido, como el canto de los grillos o el crepitar del fuego. Todo el que estaba autorizado para escuchar esa radio disponía de una secuencia de números que debía introducir en primer lugar, y cada secuencia estaba vinculada a un usuario diferente, de modo que el estado podía comprobar quién estaba escuchando en cualquier momento. También los auriculares se activaban solo después de introducir un código, y antes de irse del laboratorio, los científicos guardaban sus equipos bajo llave en una caja fuerte en la que había unas taquillas; cada uno tenía que introducir otro código para abrir la puerta de su compartimento.

Todo el mundo estaba escuchando la radio en silencio y con el ceño fruncido. Dejé la bandeja de placas de Petri con los minis nuevos en un extremo de la encimera, y uno de los doctorandos agitó la mano con impaciencia para indicarme que me alejara de allí; los demás ni siquiera levantaron la mirada de sus libretas, donde garabateaban palabras, se detenían, prestaban atención y luego seguían escribiendo.

Regresé a la sala de mis ratones y observé a los científicos por la ventana. Todo el laboratorio guardaba silencio. Incluso el doctor Wesley, encerrado en su despacho, escuchaba y miraba ceñudo su ordenador.

Al cabo de unos veinte minutos más o menos, la retransmisión debió de terminar, porque todos, hasta los estudiantes de doctorado, que solían quedar excluidos de esas reuniones, se arrancaron los auriculares y corrieron al despacho del doctor Wesley. Al verlos apagar la radio, me acerqué a la sección de los doctorandos y empecé a apilar placas de Petri vacías en una bandeja. Aunque no era mi trabajo, mientras estaba en ello oí que uno le decía a otro:

—¿Crees que será verdad?

Y el otro contestó:

—Joder, espero que no.

Luego se metieron en el despacho y ya no pude oír nada más, pero sí vi que el doctor Wesley hablaba y que los demás asentían con la cabeza y que todos parecían muy serios. Entonces me asusté, porque cuando ocurría algo malo —cuando, pongamos, descubrían un virus nuevo— lo normal era que los científicos no estuvieran asustados, sino emocionados.

Ese día, en cambio, tenían miedo y estaban serios; cuando durante mi descanso fui al baño y pasé por delante de los demás laboratorios de la planta, también allí los únicos a los que vi moverse de un lado para otro eran técnicos y personal de apoyo, limpiando y organizando como hacíamos siempre, porque todos los científicos estaban reunidos en los despachos de sus respectivos directores de equipo de investigación, hablando entre sí a puerta cerrada.

Esperé un buen rato, pero todo el mundo seguía en el despacho del doctor Wesley, hablando. El cristal estaba insonorizado, así que no podía oír nada. Si no quería acabar perdiendo la lanzadera, debía marcharme, pero le escribí una nota al doctor Morgan explicando que me iba y se la dejé en el escritorio, por si me buscaba.

Tardé otra semana en descubrir parte de lo que los científicos habían oído por la radio, y esos días fueron muy extraños. Normalmente acabo enterándome de todo bastante deprisa. A los científicos se les recomienda que no chismorreen ni especulen en voz alta, pero aun así lo hacen, aunque sea en susurros. Además de su falta de discreción, sin embargo, otra cosa que me beneficia es que casi nunca parecen percatarse de que estoy cerca. A veces me molesta, pero la mayor parte del tiempo lo uso en mi favor.

Me he enterado de muchas cosas simplemente aguzando el oído. Me enteré, por ejemplo, de que Roosevelt Island, en el East River, fue uno de los primeros centros de reubicación de la ciudad durante la pandemia del 50, y después un campo de prisioneros hasta que, al final, tras quedar infestada de roedores portadores de una infección, el estado trasladó a los prisioneros a Governor's Island, más al sur, que antes había sido un campo de refugiados, y esparcieron miles de bolitas de pienso envenenado para matar a todos los roedores, y desde entonces nadie más que los trabajadores del crematorio ha pisado Roosevelt Island. Me enteré de que el doctor Wesley viajaba con frecuencia a las Colonias Occidentales, donde el estado había construido un gran centro de investigación con una cámara subterránea en la que se almacenaba una muestra de todos los microbios conocidos en el mundo. Me enteré de que el estado preveía una sequía grave en los próximos cinco años, y de que en otro punto del país había un equipo de científicos intentando descubrir cómo generar lluvia a gran escala.

Aparte de ese tipo de información, también me enteraba de otras cosas escuchando a los doctorandos. La mayoría estaban casados y a veces hablaban del amor, de lo que vivían con sus maridos o sus esposas. Aunque en esas ocasiones solían comunicarse con silencios en lugar de entrar en detalles. Decían cosas como: «Y ya sabes lo que pasó después». Y la otra persona contestaba: «Pues sí». Y a veces tenía ganas de preguntarles: «¿Qué pasó después? ¿De qué estáis hablando?», porque yo no lo sabía y quería enterarme. Aunque, claro, me guardaba mucho de preguntar.

Pero durante la semana que siguió a la retransmisión radiofónica todos estuvieron más callados que de costumbre, callados y serios, y todo el mundo trabajaba mucho más, aunque no sabría decir en qué exactamente y, además, tampoco lo habría entendido. Solo sabía que se comportaban de una forma un poco diferente, y que algo había cambiado en el laboratorio.

Antes de que descubriera por fin qué era, sin embargo, volví a seguir a mi marido. No sé por qué. Supongo que quería cerciorarme de si aquello era lo que hacía todos los jueves, porque en ese caso al menos sabría algo más de él.

Esta vez fui directa de la parada de la lanzadera al extremo oeste de Bethune Street y esperé. Justo delante del edificio donde había entrado mi marido se levantaba una casa que, como todas las casas que se construyeron en aquella época, tenía una entrada principal, en lo alto de unos escalones, y una segunda entrada que quedaba oculta debajo de estos. El abuelo me contó que, en los viejos tiempos, esa puerta habría estado protegida por una verja de hierro, pero hacía mucho que se la habían llevado y la habían fundido para uso militar, lo cual me permitía esconderme justo debajo de la escalera y tener unas vistas inmejorables de la acera de enfrente.

Ese día no había mucho tráfico, así que a las 18.42 ya estaba en mi escondite. Observé el edificio, que parecía tan abandonado como el jueves anterior. Ya estaba oscuro, porque era enero, pero no tanto como la semana anterior, y reparé en que las ventanas estaban cubiertas con papel negro o pintura negra, lo que impedía tanto a los de fuera ver lo que ocurría dentro como al revés. También observé que, aunque el edificio estaba descuidado, tenía un buen mantenimiento estructural: la escalera era vieja, pero, salvo por un trozo de piedra que faltaba en el segundo peldaño, el resto continuaba de una pieza; el compactador de compost estaba limpio y en buen estado, sin mosquitos zumbando por encima.

Unos tres minutos después, vi que alguien se acercaba por la calle y me escondí mejor bajo la escalera, pensando que sería mi marido. Pero no lo era. Era un hombre más o menos de la misma edad que él y que yo, pero blanco, y llevaba una camisa con cuello de botones y un par de pantalones ligeros. Caminaba a paso vivo, igual que había hecho mi marido, y cuando llegó a la casa de enfrente subió los escalones sin mirar siquiera el número y llamó con el mismo golpeteo rítmico que había usado mi marido la semana anterior. Después ocurrió lo mismo: la ventanita corredera que se abría, el rectángulo de luz, la pregunta y la respuesta, la puerta que dejaba el resquicio justo para que el hombre pasara.

Durante un rato me costó creer que de verdad había presenciado todo eso. Era casi como si lo hubiera invocado. Había estado tan concentrada observando el procedimiento de entrada de aquel hombre que ni siquiera había reparado en algún detalle que pudiera serme útil.

—Cada vez que veas a alguien, deberías fijarte en cinco cosas —me había dicho el abuelo al ver que a veces me costaba describir a una persona—. ¿De qué raza es? ¿Es alto o bajo? ¿Es gordo o delgado? ¿Se mueve deprisa o despacio? ¿Mira abajo o al frente? Esas cosas dicen mucho de lo que viene bien saber de alguien.

—¿Por qué? —pregunté. No lo había entendido.

—Bueno, por ejemplo, digamos que alguien va con prisa por la calle, o por un pasillo —me explicó—. ¿Mira atrás? Entonces tal vez esté huyendo de algo, o de alguien, y eso podría significar que está asustado. O puede que masculle para sí y no deje de mirar el reloj, lo que revelaría que llega tarde a algo. O pongamos que camina despacio y mirando el suelo. Eso podría indicarte que está absorto en sus cosas, o soñando despierto. En cualquier caso, ya sabes que tiene la cabeza en otra parte, y que, según el contexto, tal vez sea mejor no molestarlo. O puede que molestarlo sea necesario, que debas alertarlo de algo que está a punto de ocurrir.

Al recordarlo, intenté describir a aquel hombre para mí. Era blanco, como ya he dicho, y se movía deprisa, pero no miraba atrás. Caminaba como los posdocs por los pasillos del laboratorio: sin mirar a derecha ni a izquierda, y nunca atrás. Aparte de eso, aquel hombre era difícil de analizar. No era ni gordo ni delgado, ni joven ni viejo, ni alto ni bajo. Solo era un hombre que entraba en la casa de Bethune Street donde había entrado mi marido una semana antes.

Estaba dándole vueltas a eso cuando volví a oír pasos y, al levantar la vista, vi a mi marido. Otra vez tuve la sensación de haberlo hecho aparecer de la nada, como si no fuera del todo real. Llevaba su bolsa de nailon e iba vestido con ropa de calle, lo cual significaba que debía de haberse quitado el mono en la Granja. Esta vez no miró alrededor, no sospechaba que estuviera observándolo; subió los escalones, llamó a la puerta y lo dejaron entrar.

Y entonces todo quedó en silencio. Esperé otros veinte minutos para ver si llegaba alguien más, pero no apareció nadie, y al final di media vuelta y regresé a casa. Por el camino me crucé con varias personas —una mujer que iba sola, dos hombres que comentaban unas reparaciones eléctricas que habían hecho en una de las escuelas, un hombre solo con las cejas oscuras e hirsutas—, preguntándome todo el rato si irían a la casa de Bethune Street. ¿Subirían esos escalones, llamarían a esa puerta, darían un código secreto y los dejarían entrar? Y una vez dentro, ¿qué harían allí? ¿De qué hablarían? ¿Conocerían a mi marido? ¿Alguno de ellos sería la persona que le había enviado esas notas?

¿Cuánto hacía que mi marido iba allí?

Al llegar al apartamento, abrí otra vez la caja del armario y saqué las notas. Pensaba que quizá habría una nueva, pero no.

Al releerlas, me di cuenta de que no decían nada especialmente interesante, solo eran palabras corrientes. Y aun así, de algún modo sabía que no tenían nada que ver con las notas que me dejaría mi marido, o yo a él. Eso lo sabía, aunque no podía explicar en qué sentido eran distintas. Volví a mirarlas y luego las guardé todas y me tumbé en mi cama. Comprendí que me arrepentía de haber seguido a mi marido, porque lo que había descubierto no me había servido de nada. De hecho, lo único que había descubierto era que seguramente iba al mismo sitio todas sus noches libres, aunque solo era una teoría, y no podría demostrarla a menos que lo siguiera todas sus noches libres a partir de entonces. Con todo, el detalle que más me había afectado era que, después de contestar a la persona del otro lado de la puerta, mi marido se había reído. No recordaba la última vez que lo había oído reír; es más, no sabía si alguna vez lo había oído. Tenía una risa bonita. Él estaba en otra casa, riendo, y yo, en nuestro apartamento, esperando a que volviera.

Al día siguiente fui a la UR, como siempre, donde el ambiente en el laboratorio seguía siendo extraño, los posdocs seguían callados y ocupados, los doctorandos seguían preocupados e inquietos. Me movía entre ellos para repartirles minis nuevos y llevarme los antiguos, y me entretenía cerca de los doctorandos más habladores, a los que sabía que les gustaba cotillear. Ese día, sin embargo, solo encontré silencio.

Pero yo era paciente, una virtud que mi abuelo siempre decía que estaba infravalorada, y sabía que los doctorandos solían relajarse entre las 15.00 y las 15.30, cuando la mayoría hacía un descanso para tomar un té. Se suponía que no debían beber té cerca de sus puestos de trabajo, claro, pero la mayoría lo hacía, sobre todo si los posdocs estaban en otra sala, celebrando su reunión diaria. Así que esperé hasta unos minutos pasadas las 15.00

antes de ir a recoger los embriones antiguos de la sección de los doctorandos.

Durante unos momentos solo los oí sorber el té, que no era té de verdad, sino un polvo rico en nutrientes que había sido desarrollado en la Granja y que supuestamente sabía igual que el té. Siempre me recordaba al abuelo. Yo tenía diez años cuando declararon el té un artículo restringido, pero él conservaba una pequeña provisión de té negro ahumado, y lo estuvimos bebiendo durante todo un año. Él lo racionaba con sumo cuidado —solo unas cuantas hebras por tetera—, pero las hojas eran tan potentes que no se necesitaba más. Cuando al final se nos acabó, compró el polvo, aunque él nunca lo bebía.

Entonces, sin embargo, uno de los doctorandos dijo:

—¿Creéis que es verdad?

—Actúan como si lo fuera —contestó otro.

—Sí, pero ¿cómo sabemos que no es solo otro falso positivo? —preguntó un tercero.

—Esta vez la secuenciación genómica es diferente —dijo un cuarto, y luego la conversación se volvió demasiado técnica para que yo pudiera seguirla, aunque de todas formas me quedé por ahí escuchando.

No entendí mucho, pero sí capté que habían diagnosticado otra nueva enfermedad, y que era muy grave, potencialmente catastrófica.

En la UR descubrían enfermedades nuevas a menudo, y no solo en la UR, también en otros laboratorios del resto del mundo. Todos los lunes, Beijing enviaba a los directores de equipo de investigación de todos los organismos dedicados a la investigación acreditados un informe de situación con el cómputo total de víctimas mortales y casos nuevos de la semana anterior de las entre tres y cinco pandemias actuales más graves, además de información sobre la evolución de otras que estaban siguiendo. Las cifras se desglosaban por continente, y luego por país, y luego, si era necesario, por prefectura y municipio. Después, todos los viernes, Beijing compilaba y enviaba los últimos hallazgos —ya fueran clínicos o epidemiológicos— comunicados por las naciones miembro. El objetivo, según dijo una vez el doctor Wesley, no era erradicar las enfermedades, algo impensable, por supuesto, sino contenerlas, en lo posible dentro de las regiones donde se habían descubierto. «Epidemias, no pandemias —decía el doctor Wesley—. Nuestro objetivo es descubrirlas antes de que se extiendan».

Hace siete años que trabajo en la UR y en el laboratorio del doctor Wesley, y desde entonces, al menos una vez al año nos llevábamos un susto como mínimo, cada vez que retransmitían un anuncio urgente por la radio, igual que el de la semana anterior, y en el instituto todos se alarmaban y se emocionaban porque parecía que hubiera peligro de que viviéramos la siguiente gran pandemia, una tan grave como las enfermedades del 56 y del 70, de las que el doctor Wesley decía que habían «transformado el mapa del mundo». Pero, al final, se había logrado contener todas esas amenazas. De hecho, ninguna había llegado a afectar a la isla siquiera; no habíamos tenido cuarentenas, ni movilizaciones de aislamiento, ni boletines informativos especiales, ni coordinación con la Unidad Nacional de Farmacología. Aun así, el protocolo consistía en mantenerse alerta los primeros treinta días tras el descubrimiento de una nueva enfermedad, porque era el periodo típico de incubación de la mayoría de ellas, aunque, como todo el mundo admitía en privado, que esa hubiera sido la pauta de las anteriores no aseguraba que las sucesivas fueran a comportarse igual. Por eso era tan importante lo que los científicos hacían en nuestro laboratorio: intentar predecir la siguiente mutación, la siguiente enfermedad que nos pondría en peligro a todos.

Sé que a algunos les sorprenderá oír esto, pero muchos científicos son muy supersticiosos. Lo digo porque, a lo largo de los últimos años, la alarma ante esos informes ha ido creciendo; creo que todo el mundo está convencido de que la siguiente peste —sea lo que sea— ya debería haberse producido. Pasaron catorce años entre la enfermedad del 56 y la del 70; ya estábamos en el 94 y aún no había ocurrido nada catastrófico. Por supuesto, como le gusta decir al doctor Morgan, nuestra situación actual es mucho mejor que la del 70, y eso es verdad. Nuestros laboratorios son más sofisticados, hay más cooperación científica. Es mucho más difícil difundir desinformación y, por lo tanto, provocar el pánico; no puedes subirte a un avión así como así y contagiar a alguien en otro país sin saberlo; no puedes compartir por internet tus teorías sobre lo que sea que esté pasando con quien quieras ni cuando quieras; se han implementado sistemas para segregar y tratar a los afectados con humanidad. Así que las cosas están mejor.

Yo no era supersticiosa. Aunque no fuera científica, sabía que las cosas no suceden según unas pautas, por mucho que pueda parecerlo. Por eso estaba convencida de que solo se trataba de otro incidente menor, igual que lo habían sido los demás, uno que nos tendría en vilo varias semanas y luego se esfumaría, otra enfermedad que ni siquiera merecería un nombre.

Todos los Años Nuevos Lunares había una cantidad limitada de carne de cerdo disponible en la tienda. Lo habitual era que la Unidad Nacional de Nutrición supiera ya hacia diciembre cuánto cerdo conseguiría hacer llegar a zonas escogidas, y sobre finales de mes colgaban un cartel en la tienda que explicaba cuántas porciones de medio kilo habría y cuántos cupones de proteínas extras habría que gastar para comprarlas. Luego había que apuntarse al sorteo, cuyos ganadores se elegían el último domingo de enero, a menos que el Año Nuevo cayera antes, en cuyo caso el sorteo se realizaba diez días antes de la festividad, para darte tiempo de sobra a cambiar de planes si no salías elegido.

Yo solo había ganado el sorteo del cerdo una vez, el segundo año de casada. Después, en las prefecturas y las colonias donde criaban los cerdos hizo mal tiempo, así que había llegado muy poca carne. Pero 2093 había sido un buen año, sin acontecimientos climáticos significativos, con brotes bien controlados, y tenía esperanzas de volver a conseguir cerdo para la festividad.

Me emocioné muchísimo al ver mi número entre los premiados. Hacía mucho tiempo desde la última vez que había comido cerdo, y era una carne que me encantaba, igual que a mi marido. Me preocupaba que el Año Nuevo pudiera caer en jueves, como dos años atrás, y acabar pasándolo sola; en cambio, fue un lunes, y mi marido y yo pasamos todo el día cocinando. Así lo habíamos hecho —salvo dos años antes— en todas las festividades lunares desde que nos casamos, y por eso era el día que yo esperaba con más ilusión.

Había sido lista y había guardado los cupones de los últimos cuatro meses para que pudiéramos darnos un auténtico festín, de modo que, además del cerdo, había juntado cupones suficientes para hacer masa: una mitad la reservaríamos para unos dumplings y con la otra hornearíamos un pan con sabor a naranja. Pero sobre todo estaba emocionaba por lo del cerdo. Aproximadamente cada año, el estado intentaba introducir un nuevo sustituto para el cerdo y otras carnes, y, aunque algunos habían tenido bastante éxito, los sustitutos para la proteína de cerdo y de vaca nunca habían triunfado. Por mucho que lo intentaran, se notaba un sabor raro. Sin embargo, tarde o temprano dejarían de intentarlo, porque los que todavía recordábamos cómo sabían el cerdo y la vaca lo olvidaríamos, y en algún momento nacerían niños que nunca lo sabrían.

Nos pasamos la mañana cocinando y luego cenamos pronto, sobre las 16.00. Había comida suficiente para que cada uno pudiera servirse ocho dumplings, además de arroz y unas hojas de mostaza que mi marido había estofado con un poco de aceite de sésamo, que habíamos comprado gracias a que también habíamos ahorrado, y cada uno tuvo una porción de pastel. Ese era el único día del año en que la conversación con mi marido resultaba fácil, porque podíamos hablar de la comida. A veces incluso hablábamos de lo que comíamos de jóvenes, entre los periodos de racionamiento estricto, aunque se trataba de un tema delicado, porque hacía que te pusieras a pensar en muchas otras cosas más de cuando eras joven.

—Mi padre preparaba el mejor cerdo desmenuzado del mundo —dijo entonces mi marido. Me pareció que no esperaba que yo contestara, porque era una afirmación y no una pregunta y, de hecho, prosiguió—: Lo comíamos al menos dos veces al año, incluso cuando empezó el racionamiento. Lo guisaba a fuego lento durante horas y apenas lo tocabas con el tenedor se deshacía en el plato. Lo acompañábamos con judías verdes y macarrones, y si quedaban sobras, mi madre las aprovechaba para hacer sándwiches. Mi hermana y yo solíamos... —Y entonces se interrumpió bruscamente, dejó los palillos y se quedó mirando la pared un momento antes de volver a hablar—. En fin, me alegro de que hayamos podido disfrutar de esta cena.

—Yo también —dije.

Esa noche, tumbados cada uno en su cama, me pregunté cómo habría sido mi marido antes de que nos conociéramos, algo en lo que pensaba con más frecuencia cuanto más tiempo estábamos casados, sobre todo porque no sabía casi nada de él. Sabía que era de la Prefectura Uno y que sus padres habían dado clase en una importante universidad, y que en algún momento los habían detenido y trasladado a campos de rehabilitación, y que tenía una hermana mayor que también había acabado en un campo, y que, ya que los miembros de su familia más cercana habían sido declarados enemigos del estado, a él lo expulsaron de la universidad donde cursaba un posgrado. Los dos fuimos indultados oficialmente gracias a la Ley de Perdón de 2087, y a ambos nos dieron buenos trabajos, pero jamás nos permitirían volver a matricularnos en una universidad. Al contrario que mi marido, yo no deseaba regresar allí; me sentía satisfecha como técnico de laboratorio. Pero él había querido ser científico y, en cambio, nunca lo sería. Me lo contó el abuelo. «Yo solo llego hasta donde llego, gatito», me dijo, pero nunca me explicó qué quería decir con eso.

Después del Año Nuevo Lunar venía el día del Recuerdo, que siempre caía en viernes. El estado lo había instaurado en el 71. Todos los negocios e institutos cerraban ese día, que se suponía que debías pasar de manera tranquila, rememorando a las personas que habían muerto, no solo por la enfermedad del 70, sino por cualquiera de ellas. El lema del día del Recuerdo era: «No todos los caídos eran inocentes, pero todos los caídos están perdonados».

Las parejas solían pasarlo juntas, pero mi marido y yo no. Él se iba al centro, donde el estado organizaba un concierto de música de orquesta además de charlas sobre el duelo, y yo salía a pasear alrededor del Washington. Aunque ahora me preguntaba si mi marido no iría a Bethune Street en realidad.

En cualquier caso, yo en quien más pensaba era en el abuelo, que no había fallecido a causa de ninguna enfermedad, pero que de todas formas estaba muerto. Habíamos pasado juntos todos los Días del Recuerdo, durante el que me enseñaba fotografías de mi padre, que había muerto en el 66, cuando yo tenía dos años. Tampoco a él se lo llevó ninguna enfermedad, pero eso no lo supe hasta más adelante. Fue el mismo día que murió mi otro abuelo: ambos murieron a la vez, en el mismo sitio. Ese otro abuelo era con el que estaba emparentada genéticamente, aunque no podía decir que lo echara de menos, porque ni siquiera me acordaba de él. Pero el abuelo siempre me decía que me quería mucho, y a mí me gustaba oírlo, aunque no lo recordara.

Tampoco recuerdo apenas a mi padre, porque conservo muy pocos momentos de mi vida antes de la enfermedad. A veces tenía la sensación de haber sido una persona del todo diferente, alguien a quien no le costaba tanto entender a los demás ni lo que intentaban decir en realidad por debajo de lo que efectivamente decían. Una vez le pregunté al abuelo si le gustaba más como era antes de estar enferma, y él volvió la cabeza un momento y luego me abrazó y me estrechó contra sí, aunque sabía que a mí no me hacía gracia. «No —dijo con una voz rara y apagada—. Siempre te he querido igual, desde el día en que naciste. No desearía que mi gatito fuera de ninguna otra forma». Lo cual fue agradable de oír y me hizo sentir bien, como cuando el día estaba lo bastante fresco para salir con manga larga y podía pasear cuanto quisiera sin llegar a acalorarme.

Pero uno de los motivos por los que yo sospechaba que podría haber sido diferente era porque, en el recuerdo más vivo

que tengo de mi padre, él se ríe y le da vueltas a una niña pequeña a la que tiene asida de las manos, y la hace girar tan deprisa
que se eleva y sus pies acarician el aire. La niña lleva un vestido
de color rosa claro, y el pelo, oscuro, recogido en una coleta que
vuela tras ella, y también ríe. Una de las pocas cosas que recuerdo de cuando estuve enferma es esa imagen, y después de recuperarme le pregunté al abuelo quién era esa niña, y él puso una
cara extraña. «Esa eras tú, gatito —dijo—. Erais tu padre y tú. Él
te hacía girar así hasta que los dos os mareabais». En aquel momento pensé que eso era imposible, porque estaba calva y era incapaz de imaginarme con tanto pelo. Pero luego, al crecer, pensé:
«¿Te imaginas que sí era yo, con todo ese pelo?». ¿Qué más había
tenido que ya no recordaba? Pensé en esa niña pequeña que se
reía con la boca abierta, y en su padre riendo con ella. Ya no era
capaz de hacer reír a nadie, ni siquiera al abuelo, y nadie podía
hacerme reír a mí. Pero una vez sí había podido. Fue como si me
hubieran dicho que antes sabía volar.

El abuelo siempre me había dicho que el día del Recuerdo
también era para honrarme a mí, porque había sobrevivido. «Tú
tienes dos cumpleaños todos los años, gatito —decía—. El día
que naciste y el día que regresaste a mí». Por eso siempre pensaba en el día del Recuerdo como en mi cumpleaños, aunque jamás lo habría dicho en voz alta, porque sabía que era egoísta y,
peor, de mala educación, pues no tenía en cuenta a todos los
que habían muerto. La otra cosa que jamás habría dicho en voz
alta era que me gustaba oír al abuelo hablarme de cuando estuve
enferma: que guardé cama en el hospital durante meses y pasé
varias semanas con una fiebre tan alta que ni siquiera podía hablar; que casi todos los demás pacientes de mi ala murieron; que
un día abrí los ojos y pregunté por él. Me sentía arropada al oír
esas historias, al oírlo contar lo preocupado que había esta-

do, y que todas las noches se sentaba junto a mi cama, que me leía todos los días, que me describía todas las clases de pasteles que me conseguiría si me ponía buena, pasteles hechos con fresas de verdad dentro de la masa, o decorados con láminas de chocolate grabadas para que parecieran corteza de árbol, o espolvoreados con semillas de sésamo tostadas. El abuelo decía que de pequeña me gustaba todo lo dulce, los pasteles lo que más, pero que después de pasar la enfermedad ya apenas les hacía caso, y menos mal, porque para entonces también habían declarado el azúcar un artículo restringido.

Desde la muerte del abuelo, sin embargo, nadie recordaba que había estado enferma, ni que alguien había deseado tanto que me recuperara que iba a verme todas las noches.

Ese año, el día del Recuerdo me sentí especialmente sola. El edificio estaba en silencio. El día después de la festividad lunar se habían llevado a los vecinos de al lado en una redada, y aunque nunca habían sido muy escandalosos, resultó que habían hecho más ruido del que yo creía, porque nuestro apartamento casi parecía insonorizado sin ellos. El día anterior, al mirar en el sobre con las notas de mi marido, había encontrado una nueva, escrita por la misma persona en otro trozo de papel: «Te esperaré», decía, y nada más.

Deseé, como hacía a menudo, que el abuelo siguiera vivo, o al menos tener una fotografía reciente de él, algo que mirar, algo a lo que hablarle. Pero no la tenía, nunca la tendría, y ese pensamiento me entristeció tanto que me puse a caminar de un lado a otro, y de pronto el apartamento me pareció demasiado pequeño y empezó a costarme respirar, así que fui a por las llaves y corrí abajo para salir a la calle.

Fuera, el Washington estaba igual de concurrido que siempre, como si no fuera el día del Recuerdo ni nada, así que me uní al grupo de personas que caminaban a su alrededor sin parar y gracias a eso fui calmándome. Me sentía menos sola con ellos, aunque el motivo por el que estábamos juntos era porque todos estábamos solos.

Cuando el abuelo vivía, solía ir al Washington con él. Por aquel entonces un grupito de cuentacuentos se congregaba en la esquina nordeste del parque, que había sido el sitio preferido del abuelo de joven, cuando se llevaba un libro para leer fuera de casa. Una vez me contó que un día que estaba sentado en uno de los bancos de madera que en aquella época tachonaban los senderos del Washington, comiéndose un sándwich de cerdo y huevo, una ardilla le saltó al hombro, le quitó el bocadillo de las manos y huyó con él.

Por la expresión del abuelo, comprendí que se trataba de una anécdota divertida, y, aun así, a mí no me lo había parecido. Me miró y enseguida añadió: «Eso fue antes», refiriéndose a antes de la epidemia del 52, que tuvo su origen en las ardillas antes de pasar a los humanos, y que había resultado en la erradicación de todas las ardillas de Norteamérica.

El caso es que, cuando mi abuelo y yo íbamos al Washington, casi siempre era para escuchar a los cuentacuentos. Solían reunirse los fines de semana y algunas tardes esporádicas de entresemana para que la gente pudiera ir a escucharlos al salir del trabajo, y estaban sindicados en lo que el abuelo llamaba un gremio, lo cual quería decir que se repartían las ganancias y organizaban sus propios horarios para que nunca hubiera allí más de tres a la vez. Ibas a una hora establecida —a las 19.00 entre semana, pongamos, y a las 16.00 los fines de semana— y les pagabas en vales o monedas. El pago era por franjas de media hora, así que cada treinta minutos uno de los ayudantes de los cuentacuentos se paseaba entre el público con un cubo y, si querías quedarte más rato, le pagabas más, y si querías marcharte, te marchabas.

Cada cuentacuentos se dedicaba a un tipo de relato distinto. Si te gustaban las historias de amor ibas a uno; si te gustaban las de animales, a otro; si te gustaban las fábulas, a otro, y si te gustaba la historia en sí, a otro distinto. Los cuentacuentos estaban considerados vendedores del mercado gris. Eso significaba que tenían permiso del estado, igual que los carpinteros y los fabricantes de plásticos, pero también que estaban sometidos a una vigilancia mucho más estricta. Todos los relatos debían pasar por la Unidad de Información para su aprobación, pero en sus sesiones siempre había Moscas, y se sabía que algunos cuentacuentos eran más peligrosos que otros. Recuerdo que una vez fui a una sesión con el abuelo y, cuando vio de quién se trataba, sofocó un grito.

—¿Qué pasa? —pregunté.

—El cuentacuentos —me susurró al oído—. Cuando yo era joven, era un escritor muy famoso. Me cuesta creer que siga vivo —comentó, mirando a aquel anciano medio cojo que estaba acomodándose en su taburete mientras los demás nos sentábamos a su alrededor en el suelo, sobre trozos de tela o bolsas de plástico que habíamos llevado de casa—. Está casi irreconocible —murmuró el abuelo.

De hecho, le ocurría algo en la cara, era como si le hubieran extirpado todo el lado izquierdo de la mandíbula; cada pocas frases, se llevaba un pañuelo a la boca y se limpiaba la saliva que le caía por la barbilla. Pero cuando me acostumbré a su forma de hablar, la historia que contó —sobre un hombre que había vivido aquí, en esta misma isla, en este mismo parque, doscientos años antes, y que había renunciado a la enorme fortuna de su familia para seguir hasta California a la persona a quien amaba, una persona de quien su familia estaba convencida de que lo traicionaría— me pareció tan fascinante que hasta dejé de oír el zumbido de las Moscas que se cernían sobre nosotros, era tan fascinante que incluso los cobradores se olvidaron de circular, y solo cuando pasó una hora entera el cuentacuentos se irguió y dijo:

—La semana que viene os contaré lo que le ocurrió al hombre.

Y todo el mundo, hasta el abuelo, gimió decepcionado.

La semana siguiente, el grupo de los que esperábamos a que el cuentacuentos reapareciera era muy numeroso, y esperamos y esperamos hasta que, por fin, otra cuentacuentos se acercó y dijo que sentía mucho informarnos de que su colega tenía una migraña terrible y ese día no podría ir al Washington.

—¿Vendrá la semana que viene? —preguntó alguien, alzando la voz.

—No lo sé —reconoció la mujer, e incluso yo me di cuenta de que tenía miedo y estaba preocupada—. Pero hoy contamos con otros tres cuentacuentos igual de magníficos y os invitamos a venir a escucharlos.

Más o menos la mitad del público fue a ver a esos otros cuentacuentos, pero el resto, incluidos el abuelo y yo, no. En lugar de eso, nos marchamos. El abuelo no dejaba de mirar al suelo, y cuando llegamos a casa se fue directo al dormitorio y se tumbó de cara a la pared, que era lo que hacía cuando quería intimidad, y yo me quedé en la otra habitación escuchando la radio.

Durante las semanas siguientes, el abuelo y yo fuimos al Washington una y otra vez, pero aquel cuentacuentos, el que había sido un escritor famoso, no volvió a aparecer. Lo más extraño era que el abuelo estuviese tan disgustado; después de cada visita al Washington, regresaba a casa caminando más despacio de lo normal.

Al final, tras un mes en ascuas esperando al cuentacuentos, le pregunté qué creía que le había pasado. El abuelo me miró un buen rato antes de contestar.

—Se había rehabilitado —respondió entonces—, pero a veces las rehabilitaciones son temporales.

Aunque no acabé de entenderlo, de algún modo supe que no debía seguir insistiendo. Poco después, los cuentacuentos desaparecieron del todo, y cuando por fin reaparecieron, hará unos ocho años, el abuelo ya no quiso volver a ir, y yo no quise ir sin él. Pero luego el abuelo murió y me obligué a ir de nuevo, solo unas cuantas veces al año. Aun así, a pesar del tiempo que ha pasado, todavía me descubro preguntándome qué le ocurriría a aquel hombre que quería marcharse a California: ¿lo habría hecho, al final? ¿Habría estado esperándolo su amado? ¿O, en efecto, lo había traicionado? Quizá todos estábamos equivocados y se habían reunido y habían encontrado la felicidad. Quizá seguían en California, juntos y felices. Sabía que era una tontería, porque ni siquiera existían de verdad, pero pensaba en ellos a menudo. Quería saber qué había sido de ambos.

En todos los años transcurridos desde aquella vez con el abuelo no había vuelto a ver a ningún cuentacuentos tan bueno como aquel anciano, pero la mayoría estaba bien. Y la mayoría de los relatos eran mucho más alegres. Había un cuentacuentos en concreto que narraba historias de animales que gastaban bromas y se dedicaban a jugar malas pasadas y se metían en líos, pero al final siempre se disculpaban y todo terminaba bien.

Ese no estaba allí aquel día, pero reconocí a otro que me gustaba, que contaba historias divertidas sobre un matrimonio al que siempre le pasaban cosas: tenía una en la que el marido no recordaba si le tocaba a él o a su esposa hacer la compra, y, como era su aniversario, no quería preguntárselo a su mujer porque no quería decepcionarla, así que iba a la tienda a comprar el tofu. Mientras tanto, la esposa no recordaba si le tocaba a ella o a su marido ir a comprar, y como era su aniversario y tampoco ella quería preguntárselo a él, se iba a la tienda a por un poco de tofu. La historia terminaba con ambos riendo por la cantidad de tofu que habían comprado y preparando toda clase de guisos deliciosos, que luego comían juntos. Era muy poco realista, desde luego: ¿de dónde sacaban todos esos cupones de proteínas? ¿No habrían discutido al darse cuenta de que habían desperdiciado tantos? Además, ¿quién se olvidaba de a quién le tocaba ir a la tienda? Pero nada de eso aparecía en la historia. El cuentacuentos imitaba sus voces —la del marido era potente e inquietante; la de la mujer, débil y temblorosa— y el público reía, no porque fuera cierto, sino porque era un problema que en realidad no lo era y, sin embargo, lo trataban como tal.

Acomodada en la fila del fondo, noté que alguien se sentaba a mi lado. No demasiado cerca, pero sí lo suficiente para percibir su presencia. Aun así, no levanté la vista, y la persona tampoco miró hacia mí. La historia de ese día trataba sobre el mismo matrimonio, que había traspapelado un cupón de lácteos. No era tan buena como la del tofu, pero no estaba mal, así que, cuando pasaron los cobradores, metí un cupón en el cubo para poder quedarme media hora más.

El cuentacuentos anunció que haría un breve descanso, y algunos de los asistentes sacaron latitas con tentempiés y se pusieron a comer. Deseé haberme acordado yo también de llevar algo para picar, pero no tenía nada. Estaba pensándolo cuando la persona que se había sentado a mi lado se dirigió a mí.

—¿Quieres una? —preguntó.

Me volví y vi que me ofrecía una bolsita de papel llena de nueces preabiertas, pero negué con la cabeza: no era aconsejable aceptar comida de desconocidos, a nadie le sobraba para ofrecérsela a cualquiera así como así, de manera que, si lo hacían, solía indicar que había gato encerrado.

—Pero gracias —dije, y al hacerlo lo miré y me di cuenta de que era el hombre al que había visto en la parada de la lanzadera, el de los rizos largos.

Me sorprendió tanto que me quedé mirándolo, pero él no pareció ofenderse, e incluso sonrió.

—Te he visto antes —comentó, y al ver que yo no contestaba, ladeó la cabeza sin perder la sonrisa—. Por las mañanas —añadió—, en la parada de la lanzadera.

—Ah —dije, como si no lo hubiera reconocido de inmediato—. Ah, sí. Es verdad.

Se inclinó sobre una nuez, la partió por la mitad con el pulgar y después rompió en trozos limpios la cáscara que aún quedaba. Entretanto, pude observarlo mejor: volvía a llevar un gorro, pero no se le veía el pelo, y vestía una camisa de nailon gris y pantalones grises, como los que también tenía mi marido.

—¿Vienes a menudo a escuchar a este cuentacuentos? —preguntó.

Tardé un momento en darme cuenta de que se dirigía a mí, y cuando lo hice, no supe qué contestar. Nadie hablaba conmigo a menos que se viera obligado: el dependiente de la tienda, que me preguntaba si quería nutria roedora, perro o tempeh; los doctorandos, que me decían que necesitaban más minis; la funcionaria del centro, que me acercaba la máquina y me pedía la huella dactilar para confirmar que había recibido la cantidad adecuada de cupones para el mes. Y sin embargo, ahí estaba esa persona, un desconocido, haciéndome una pregunta, y no solo eso, sino que también me sonreía, sonreía como si de verdad quisiera saber la respuesta. La última persona que me había son reído y me había hecho preguntas, por supuesto, era el abuelo, y al recordarlo me alteré mucho y empecé a mecerme en mi sitio, solo un poco, pero cuando me recompuse y volví a levantar la vista, él seguía mirándome y sonriéndome como si yo fuera una persona como otra cualquiera.

—Sí —dije, aunque no era del todo cierto—. No —me corregí—. Quiero decir que a veces. A veces sí.

—Yo también —repuso sin cambiar de tono, como si yo no fuera diferente, como si fuera de esas personas acostumbradas a charlar con la gente.

Me tocaba decir algo, pero no se me ocurría nada, y el hombre me salvó de nuevo.

—¿Hace mucho que vives en la Zona Ocho? —se interesó.

Debería haber sido una pregunta fácil, pero dudé. En rigor, había vivido en la Zona Ocho toda la vida. Cuando nací, sin embargo, las zonas no existían; aquello solo era una parte de la ciudad, y la gente podía moverse por toda la isla como quisiera y vivir en el distrito que prefiriera, siempre que tuviera dinero suficiente para permitírselo. Luego, cuando tenía siete años, se instauraron las zonas, pero como el abuelo y yo ya vivíamos en lo que pasó a llamarse Zona Ocho, no es que tuviéramos que trasladarnos ni que nos hubieran reasignado allí.

Pero eso me parecía demasiado largo de contar, así que solo contesté que sí.

—Yo acabo de mudarme —dijo el hombre cuando no caí en preguntarle si hacía mucho que él vivía en la zona. («Algo bueno que debes tener presente durante una conversación es la reciprocidad —me decía el abuelo—. Eso significa que debes preguntar a la otra persona lo mismo que ella te haya preguntado a ti. O sea, que si te dicen: "¿Cómo estás?", deberías contestar y luego preguntar también: "¿Y tú?"»)—. Antes vivía en la Zona

Diecisiete, pero esto está mucho mejor. —Sonrió de nuevo—. Vivo en Pequeño Ocho —añadió.

—Ah —dije—. Pequeño Ocho está bien —añadí.

—Sí. Vivo en el Edificio Seis.

—Ah —dije otra vez.

El Edificio Seis era el más grande de Pequeño Ocho, y solo podías vivir allí si estabas soltero, habías trabajado al menos tres años para algún proyecto del estado y tenías menos de treinta y cinco años. Había que participar en un sorteo especial para vivir en él, y nadie pasaba allí más de dos años, a lo sumo, pues una de las ventajas de esa vivienda era que el estado te ayudaba a concertar un matrimonio. Esa clase de responsabilidades antiguamente recaían en los padres, pero en la actualidad había cada vez menos adultos con padres. La gente lo llamaba el «Edivicio Seis».

No era muy frecuente que transfirieran a alguien de la Zona Diecisiete a la Zona Ocho, y menos aún al Edificio Seis, pero tampoco inaudito. Era más habitual si eras científico, o estadístico, o ingeniero, alguien con estudios, pero por el mono gris con el que lo había visto en la parada de la lanzadera sabía que ese hombre era técnico, tal vez un técnico de mayor rango que yo, pero de todos modos no pertenecía a los escalafones superiores. Aun así, quizá había realizado algún servicio excepcional: a veces, por ejemplo, se oían noticias como la del técnico botánico de la Granja que se había apresurado a trasladar los almácigos a su cargo a otro laboratorio al ver que el generador del suyo fallaba; o incluso casos más extremos, como el del técnico de animales que se lanzó ante sus botes de fetos para protegerlos de los disparos cuando los rebeldes atacaron su convoy. (Esa persona murió, pero le concedieron un ascenso y una mención honorífica póstumos).

Estaba preguntándome qué habría hecho ese hombre para merecer el traslado cuando el cuentacuentos regresó y retomó la narración. Esa vez la historia iba sobre el regalo que estaban pensando hacerse mutuamente el marido y la esposa por su aniversario. El marido le pidió tiempo libre a su supervisor y participó en un sorteo de entradas para la orquesta. Mientras tanto, la esposa también le pedía tiempo libre a su supervisor y también participaba en un sorteo, pero para ir a un concierto de música folk. Como querían mantener sus planes en secreto, no pensaron en coordinar las fechas y acabaron consiguiendo entradas para la misma noche. Pero al final todo salía bien, porque un compañero de trabajo del marido se ofreció a cambiarle sus propias entradas para la orquesta, que eran para una fecha posterior, y así el marido y la esposa disfrutaron de dos celebraciones, y ambos estuvieron encantados de que su cónyuge fuera tan detallista.

Todos aplaudieron y empezaron a recoger sus cosas, pero yo me quedé sentada. Me preguntaba qué haría el marido del cuento en sus noches libres y qué haría la esposa en las suyas.

Luego oí que alguien me decía algo.

—Eh.

Y al levantar la vista vi que el hombre del pelo largo estaba de pie a mi lado, tendiéndome una mano.

Lo miré confusa un instante, luego me di cuenta de que me ofrecía ayuda para levantarme, pero me puse de pie sola y me sacudí la tierra de los pantalones.

Me preocupaba que rechazar su ofrecimiento hubiera sido de mala educación, pero cuando volví a mirarlo, seguía sonriendo.

—Ha estado bien —comentó.

—Sí.

—¿Vendrás la próxima semana? —preguntó.

—No lo sé —contesté.

—Bueno —dijo cambiándose la bolsa de hombro—, pues yo sí. —Hizo una pausa—. Tal vez volvamos a vernos.

—Muy bien.

Sonrió de nuevo y dio media vuelta para irse, pero apenas había echado a andar cuando se detuvo y se giró.

—No te he preguntado cómo te llamas —dijo.

Hizo que pareciera algo insólito, como si todas las personas a las que conocía o con quienes trabajaba supieran mi nombre, como si fuera de mala educación o algo raro no saberlo. No puedo decir que a otros no les preguntaran cómo se llamaban; no puedo decir que fuera peligroso decirle tu nombre a alguien. Recordé a las dos jóvenes científicas del trabajo y pensé que a ellas debían de preguntárselo a menudo. Recordé a mi marido en esa casa de Bethune Street, pensé en la familiaridad con que el hombre de la puerta le había dicho: «Hoy llegas tarde», y que en aquella casa todo el mundo debía de saber su nombre. Recordé a la persona que le enviaba notas, y pensé que esa persona debía de saber su nombre. Recordé a los posdocs y a los científicos y a los doctorandos del trabajo, cuyos nombres yo conocía; ellos también sabían cómo me llamaba, aunque no porque yo fuera yo. Lo sabían porque sabían lo que representaba mi apellido, sabían que explicaba por qué estaba allí, al fin y al cabo.

Pero ¿cuándo fue la última vez que alguien me preguntó cómo me llamaba solo por saberlo? No porque necesitara mi nombre para un formulario, para una muestra o para comprobar mi expediente, sino porque quisiera llamarme de alguna manera, porque sintiera curiosidad, porque alguien había pensado en darme un nombre y esa persona quería saber cuál era.

Había sido hacía años: cuando conocí a mi marido, siete años antes, en aquella agencia matrimonial de la Zona Nueve.

Yo le dije mi nombre y él me dijo el suyo, y luego hablamos. Un año despúes, estábamos casados. Tres meses después de eso, el abuelo murió. Tenía la sensación de que nadie me lo había preguntado desde entonces.

Así que me volví hacia el hombre de gris, que seguía allí parado, esperando mi respuesta.

—Charlie —le dije—. Me llamo Charlie.

—Encantado de conocerte, Charlie.

Parte IV

Invierno, cuarenta años antes

3 de febrero de 2054

Queridísimo P:

Hoy me ha ocurrido algo extraño.

Eran casi las dos de la tarde y yo iba a coger el autobús de la calle 96 que atraviesa Manhattan en dirección este cuando, en el último minuto, he decidido volver a casa paseando. Lleva semanas lloviendo, tanto que el East River se ha desbordado otra vez y han tenido que levantar una defensa con sacos terreros a lo largo de toda la parte este del campus, y hoy ha sido el primer día sin nubes. No se veía el sol, pero tampoco llovía, y se notaba calor, casi bochorno.

Hacía mucho que no paseaba por el Central, y a los pocos minutos me encontré dirigiendo mis pasos hacia el norte. Mientras caminaba, caí en que no había estado en esa parte del parque —la Quebrada, se llama, que es la zona más agreste, un área extensa que pretende imitar la naturaleza— desde que visité Nueva York siendo estudiante universitario, y recordé lo exótico que me había parecido en aquella época, exótico y hermoso. Fue un diciembre, cuando aún hacía frío en diciembre, y aunque por entonces ya me había habituado a los bosques de la Costa Este y Nueva Inglaterra, la intensidad de aquel marrón me dejó boquiabierto; marrón, negro y frío, deslumbrante en su sobriedad. Recuerdo que me impresionó lo ruidoso que era el invierno. Las hojas caídas, las ramitas caídas, la fina capa de hielo que se acumulaba en los senderos: los pisabas y crujían y se agrietaban bajo tus pies, y en lo alto las ramas susurraban con el viento, y a tu alrededor sonaba el goteo constante del hielo al derretirse, repicando sobre las piedras. Estaba acostumbrado a las selvas tropicales, donde las plantas son silenciosas porque nunca pierden su humedad. En lugar de secarse, se comban, y cuando caen al suelo, no forman un manto de hojarasca, sino una pasta. La selva es silenciosa.

Naturalmente, ahora la Quebrada tiene un aspecto muy distinto. Y también suena diferente. Aquellos árboles —olmos, álamos, arces— hace mucho que desaparecieron, murieron marchitos de calor, y los sustituyeron por árboles y helechos que recuerdo de mi infancia, plantas que aquí siguen desentonando. Aunque en Nueva York les ha ido bien, podría decirse que mejor que a mí. Más o menos a la altura de la calle 98, atravesé un enorme bosque de bambú verde que se extendía hacia el norte a lo largo de cinco manzanas como mínimo. Creaba un túnel de aire fresco impregnado de verdor, un lugar precioso y encantando, y me detuve un momento, a respirar hondo, antes de salir más o menos a la altura de la calle 102, cerca del Lago, un río artificial que discurre de la 106 a la 102. ¿Te acuerdas de esa foto que te envié hace años en la que aparecían David y Nathaniel con los pañuelos que nos regalaste? Se la sacaron aquí, en una de las excursiones del colegio. Yo no estaba.

El caso es que salía del túnel de bambú, distraído, mareado de tanto oxígeno, cuando oí algo, un chapoteo que procedía del

Lago, a mi derecha. Me volví, esperando ver un pájaro, tal vez, uno de esos flamencos que llegaron migrando al norte el año pasado y luego ya no volvieron a marcharse, cuando lo vi: un oso. Un oso negro, un adulto, por el tamaño. Estaba sentado en una de las grandes rocas planas que hay en el lecho del río, casi como un humano, inclinado hacia delante, apoyando el peso en la pata delantera izquierda mientras, con la derecha, lanzaba zarpazos al agua, que dejaba correr entre las garras. Emitía un gruñido grave, gutural. Tuve la impresión de que no estaba enfadado, sino desesperado, había algo vehemente y concentrado en su actitud; casi parecía un buscador de oro de una vieja película de vaqueros cribando la arena.

Me quedé allí plantado, incapaz de moverme, tratando de recordar qué debía hacerse cuando te encontrabas con un oso (¿aparentar que eres más grande?, ¿más pequeño?, ¿hacer ruido?, ¿salir corriendo?), aunque él ni se había percatado de mi presencia. Sin embargo, el viento debió de cambiar de dirección y quizá me oliera, porque levantó la vista de pronto, y cuando retrocedí un paso, indeciso, se alzó sobre las patas traseras y rugió.

Iba a abalanzarse sobre mí. Lo supe antes de que la idea llegara siquiera a formarse en mi cabeza, y yo también abrí la boca para lanzar un alarido, cuando sonó un estallido veloz y el oso se desplomó de espaldas; la mole de más de dos metros cayó al río con un chapoteo estruendoso y vi que el agua se teñía de rojo.

Un instante después tenía a un hombre a mi lado y otro corría hacia el oso.

—¡Por los pelos! —dijo el que tenía más cerca—. ¿Señor? ¿Está bien? ¿Señor?

Era un guarda forestal que, viéndome incapaz de articular palabra, abrió la cremallera de un bolsillo del chaleco y me tendió una bolsita de plástico que contenía líquido.

—Está en shock —me dijo—. Bébase esto, lleva azúcar.

Pero los dedos no me respondían y tuvo que abrírmela él y ayudarme a quitarme la máscara para que pudiera beber. Oí un segundo disparo a mi lado y di un respingo. El hombre le habló a la radio:

—Lo tenemos, señor. Sí. En el Lago. No..., un transeúnte. No parece que haya víctimas mortales.

Finalmente recuperé el habla.

—Era un oso —dije, como un idiota.

—Sí, señor —contestó el guarda forestal, comprensivo (en ese momento reparé en que era muy joven)—. Llevábamos un tiempo detrás de ese.

—¿De ese? —repetí—. Entonces ¿ha habido otros?

—Seis en los últimos doce meses más o menos —contestó, y luego, al ver la cara que yo ponía, añadió—: Hemos preferido mantenerlo en secreto. No ha habido víctimas mortales, ni ataques. Ese era el último de un clan al que seguíamos la pista. Es el macho alfa.

Regresamos a través del bosque de bambú hasta su camioneta, adonde tenían que llevarme para interrogarme sobre el encuentro con el animal, y luego me dejarían ir.

—Puede que sea mejor no volver por esta parte del Central —comentó el guarda forestal de más edad—. De todos modos, por lo que dicen, la ciudad lo cerrará dentro de un par de meses. El estado lo ha requisado, quieren usarlo como un centro para algo.

—¿El Central entero? —pregunté.

—Aún no —dijo—, pero es probable que de la 96 para arriba. En fin, vaya con cuidado.

Se alejaron en su vehículo y yo me quedé allí, en el camino, unos minutos. Tenía un banco al lado; me quité los guantes, me solté la máscara y estuve un rato allí sentado, inspirando y espirando, oliendo el aire y pasando las manos por la madera, lisa y reluciente después de tantos años de gente sentándose en ella y tocándola. En ese momento fui consciente de la suerte que había tenido, tanto porque me hubieran salvado, desde luego, como porque mis salvadores fueran guardas forestales urbanos y no soldados, quienes seguramente me habrían llevado a un centro de interrogación para hacerme preguntas, porque interrogar es lo que hacen los soldados. Luego me levanté y me apresuré hacia la Quinta Avenida, donde cogí un autobús para hacer el resto del trayecto.

Cuando llegué al apartamento, no había nadie. Serían alrededor de las tres y media, pero estaba demasiado nervioso para volver al laboratorio. Les envié un mensaje a Nathaniel y a David, metí la máscara y los guantes en el desinfectante, me lavé las manos y la cara, me tomé una pastilla para relajarme y me tumbé en la cama. Pensé en el oso, el último de su clan, en que cuando se levantó, vi que, a pesar de su tamaño, estaba muy flaco, esquelético incluso, y que tenía calvas en el pelaje. No fue hasta ese momento, una vez lejos de él, cuando comprendí lo que me había aterrorizado de verdad, y no era su mole, ni que se tratara de un oso y todo lo que eso implicaba, sino que había intuido su pánico, ese pánico que solo podía resultar del hambre extrema, esa hambre que te empujaba a la locura, que te empujaba al sur, a seguir carreteras y recorrer calles, hasta un lugar al que el instinto te decía que no fueras, donde estarías rodeado de criaturas que solo querrían hacerte daño, donde te dirigirías hacia tu propia e inevitable muerte. Lo sabías y aun así ibas, porque el hambre, mitigar esa hambre, es más importante que tu seguridad, es más importante que la vida. Una y otra vez veía sus fauces rojas e inmensas abiertas de par en par, el incisivo podrido, los ojos negros en los que brillaba el terror.

Me dormí. Cuando desperté, había oscurecido y seguía solo. El peque había ido al terapeuta y Nathaniel trabajaría hasta tarde. Sabía que más me valía hacer algo útil, levantarme y preparar la cena, bajar al vestíbulo y preguntarle al portero si necesitaba ayuda para cambiar el filtro del módulo de descontaminación. Pero no lo hice. Me quedé allí tumbado, a oscuras, mirando el cielo, contemplando cómo se acercaba la noche.

Ahora viene la parte que he estado evitando.

Si has llegado hasta aquí, supongo que te preguntarás por qué, para empezar, estaba cruzando el Central. Y seguramente habrás adivinado que guarda relación con el peque, porque todo lo que he hecho mal parece que guarde relación con él de alguna manera.

Como sabes, este es su tercer colegio en tres años, y el director me dejó muy claro que sería su última oportunidad. Le pregunté cómo iba a ser su última oportunidad si ni siquiera tenía quince años, y el director, un hombrecillo amargado, me miró con el ceño fruncido.

—Me refiero a que ya no le quedan buenas opciones —dijo, y aunque sentí deseos de arrearle un puñetazo, no lo hice, en parte porque sabía que tenía razón.

Es la última oportunidad de David. Esta tiene que aprovecharla.

El colegio está al otro lado del Central, en la 94, al oeste de Columbus, en lo que una vez fue un majestuoso edificio de apartamentos, que el fundador del centro compró en la década de los 20, en pleno auge de los colegios concertados. Luego se convirtió en una escuela privada para chicos con «problemas de conducta». Son pocos alumnos por aula, y acuden a terapia después de clase si sus padres o el propio alumno lo solicitan. Nos repitieron muchas veces que David podía sentirse muy, pero que muy afortunado de que lo admitieran, ya que el colegio tenía muchas, muchísimas más solicitudes que plazas disponibles, de hecho, más que en toda su historia, y que solo estaba allí gracias a nuestros «contactos especiales» —el rector de la UR conoce a uno de los miembros del consejo de administración y le escribió una carta, en parte, diría, porque se sentía culpable de que expulsaran a David de la escuela de la UR, lo que provocó esta travesía del desierto de los últimos tres años—, única y exclusivamente. (Más tarde, pensé en que aquella afirmación no se sostenía: atendiendo a las estadísticas, el número de chicos menores de dieciocho años ha disminuido de manera significativa en los últimos cuatro años. Así que, ¿cómo era posible que tuvieran más problemas que nunca para aceptar todas las solicitudes? ¿Habían modificado su cupo conforme a la nueva realidad? Esa noche le pregunté a Nathaniel qué opinaba al respecto, pero gruñó y dijo que solo daba gracias por que hubiera tenido la sensatez de no preguntárselo al director).

Desde que empezó el curso escolar, en octubre —como ya te comenté, retrasaron un mes el inicio después de que a finales de agosto apareciera lo que resultó ser un brote localizado del virus, de origen aún desconocido—, el peque se ha metido en líos dos veces. La primera por responderle al profesor de matemáticas. La segunda por saltarse dos sesiones de terapia conductual (a diferencia de las de después de clase, que son individuales y voluntarias, estas se llevan a cabo en grupos pequeños y son obligatorias). Total, que ayer volvieron a llamarnos, esta vez por una redacción que David había escrito para la clase de lengua.

«Vas a tener que ir tú», me dijo Nathaniel anoche, cansado, mientras leíamos el e-mail del director. No hacía falta que lo dijera, también había tenido que ir yo solo a las dos últimas reuniones. Otro detalle que no he mencionado es que el colegio nos cuesta un ojo de la cara; después de que el año pasado cerraran la escuela en la que estaba, Nathaniel al final ha encontrado trabajo de tutor de unos gemelos de seis años, en Cobble Hill. Sus padres no les dejan salir de casa desde el 50, y Nathaniel y otro tutor se pasan el día entero con ellos, así que cuando vuelve a casa ya es de noche.

Al llegar al colegio, me condujeron al despacho del director, donde también estaba esperando una joven, la profesora de lengua. Parecía nerviosa, agitada, y cuando la miré, apartó la vista y se llevó rápidamente la mano a la mejilla. Después me percaté de que intentaba ocultar marcas de viruela con maquillaje y de que llevaba una peluca barata, por lo que era bastante probable que le picara, y me enterneció, a pesar de que había dado parte de mi hijo; era una superviviente.

—Doctor Griffith —dijo el director—, gracias por venir. Queríamos hablar con usted sobre la redacción de David para la clase de lengua. ¿Está al tanto de dicha redacción?

—Sí —contesté.

Eran los deberes de la semana anterior: «Escribe acerca de una fecha señalada para ti. Puede ser sobre la primera vez que fuiste a un lugar o que viviste algo o que conociste a alguien que ahora es importante en tu vida. ¡Sé creativo! No te limites a hablar de tu cumpleaños, huye de lo fácil. Quinientas palabras. ¡Y no olvides el título! Fecha de entrega: el lunes».

—¿Ha leído lo que escribió?

—¿Sí? —dije. Aunque no lo había hecho. Me había ofrecido a echarle una mano si necesitaba ayuda, pero David me había dicho que no, y luego había olvidado preguntarle qué tema había escogido.

El director me miró.

—No —reconocí—. Sé que debería haberlo hecho, pero he estado muy ocupado, y mi marido ha encontrado un nuevo trabajo y...

Levantó la mano.

—La tengo aquí —dijo, y me tendió su pantalla—. ¿Le importaría leerla ahora?

No era una petición. (He corregido las faltas de ortografía y los errores gramaticales).

«CUATRO AÑOS». UN ANIVERSARIO.

DE DAVID BINGHAM-GRIFFITH

Este año es el cuarto aniversario del descubrimiento del Ni-Vid-50, más conocido como el síndrome de Lombok, y la pandemia más grave de la historia desde el sida en el siglo pasado. Solo en la ciudad de Nueva York ha matado a 88.895 personas. También es el cuarto aniversario de la muerte de los derechos civiles y del inicio de un estado fascista que difunde información falsa entre la población dispuesta a creer cualquier cosa que diga el Gobierno.

Tomemos, por ejemplo, el nombre común de la enfermedad, que en teoría se originó en Lombok, una isla de Indonesia. La enfermedad es una zoonosis, lo que significa que empezó en un animal y luego se transmitió a la población humana. La incidencia de las zoonosis ha aumentado año tras año en las últimas ocho décadas, y eso es porque cada vez se han urbanizado más entornos naturales y los animales han perdido sus hábitats y se han visto obligados a entrar en contacto con los humanos más de lo que deberían. En este caso, la enfermedad estaba en los murciélagos, que se comieron unas civetas, y luego esas civetas infectaron al ganado, el cual infectó a los humanos. El problema es que Lombok no dispone de tierras para ganado y, al ser musulmanes, no comen cerdo. Por lo tanto, ¿cómo es posible que la enfermedad se originara allí? ¿No se trata de un nuevo caso con el que se pretende culpar a los países asiáticos de las enfermedades mundiales? Lo hicimos en el 30, y en el 35, y en el 47, y volvemos a hacerlo ahora.

Varios gobiernos actuaron deprisa para intentar contener el virus al mismo tiempo que acusaban a Indonesia de deshonestidad cuando a duras penas puede decirse que el Gobierno estadounidense sea honesto. Todo el mundo pensó que hacían lo correcto, pero luego prohibieron la inmigración a Estados Unidos, hubo familias que quedaron separadas para siempre y miles de personas se ahogaron en el mar o las embarcaron de vuelta con destino a una muerte segura. Mi país natal, el Reino de Hawai'i, se aisló por completo, pero dio lo mismo, y ahora no puedo volver al lugar donde nací. Aquí, en Estados Unidos, se declaró la ley marcial y se abrieron campos gigantescos para enfermos y refugiados desesperados, en Roosevelt Island y en Governor's Island, en Nueva York, así como en otros muchos lugares. El Gobierno estadounidense debe ser derrocado.

Mi padre es el científico que realizó los primeros estudios de la enfermedad. No la descubrió, eso lo hizo otra persona, pero él averiguó que se trataba de una mutación de una enfermedad previamente diagnosticada llamada virus Nipah. Mi padre trabaja para la Universidad Rockefeller y es alguien muy importante. Apoya las cuarentenas y también los campos. Dice que a veces esas cosas son necesarias y que hay que hacer de tripas corazón. Dice que la democracia es el mejor amigo de una enfermedad. Mi otro padre dice que

Y ahí acaba, ahí mismo, en «dice que». Intenté pasar la pantalla para ver si continuaba en otra página, pero no. Cuando miré al director y a la profesora, ambos me observaban muy serios.

—Bueno —dijo el director—. Ya ve cuál es el problema. O, mejor dicho, los problemas.

Pero para mí no estaba tan claro.

—¿Y cuáles son? —pregunté.

Los dos se enderezaron en sus asientos.

—Bien, para empezar, alguien le ha ayudado a escribirla —dijo el director.

—Eso no es un delito —repuse—. Y, de todos modos, ¿cómo lo sabe? Ni siquiera es muy elaborada.

—No —reconoció el hombre—, pero dadas las dificultades de David con la escritura está claro que alguien le prestó ayuda, y mucha, una ayuda que va más allá de una simple corrección. —Hizo una pausa, y luego, con cierto tono triunfal, añadió—: Ya ha confesado, doctor Griffith. Le pagó a un universitario que conoció por internet para que le escribiera las redacciones.

—Pues ha estado tirando el dinero —comenté, pero ninguno de los dos contestó nada—. Y ni siquiera está terminada.

—Doctor Griffith —dijo la profesora de lengua con una voz sorprendentemente suave y melódica—, aquí nos tomamos muy en serio lo de copiar. Sin embargo, ambos sabemos que existe un problema mayor, y son los... los inconvenientes que podría causarle a David escribir ciertas cosas.

—Quizá sí, si fuera funcionario del Gobierno —repuse—, pero no lo es. Es un chico de catorce años que ni siquiera pudo despedirse de su familia antes de que todos sus miembros murieran, y es alumno de una escuela privada a la que mi marido y yo pagamos mucho dinero para que lo proteja e instruya.

Volvieron a envararse.

—Me ofende que insinúe que nosotros... —empezó a decir el director, pero la profesora lo interrumpió poniéndole una mano en el brazo.

—Doctor Griffith, nosotros nunca denunciaríamos a David —aseguró la mujer—, pero su hijo debe ir con cuidado. ¿Sabe quiénes son sus amigos, con quién habla, qué dice en casa, qué hace en internet?

—Claro que sí —afirmé, porque así era, pero noté que me ruborizaba, como si supieran que yo sabía que no le había prestado suficiente atención, y no solo eso, sino que además también supieran por qué: no quería darme cuenta de que David se alejaba cada vez más de nosotros; no quería tener que enfrentarme a la evidencia de que reincidía en su mala conducta; no quería más pruebas de que no entendía a mi propio hijo, de que David llevaba años convirtiéndose en un extraño para mí y yo llevaba años sintiendo que era culpa mía.

Salí de allí poco después, con la promesa de que hablaría con David para que tuviera más cuidado con lo que decía y escribía sobre el Gobierno, de que le recordaría las leyes que se habían introducido poco después de los disturbios y que prohibían los discursos contra el estado, y que aún vivíamos bajo la ley marcial.

Pero no hablé con él. Paseé por el Central, vi el oso, fui a casa y me eché una siesta. Y luego, antes de que Nathaniel y David llegaran a casa, me fui corriendo al laboratorio, donde me encuentro ahora, a medianoche, escribiéndote esta carta.

Jamás pensé que un día llevaríamos casi once años viviendo aquí, Peter. Nunca entró en mis planes que David pasara su infancia en esta ciudad, en este país. «Cuando volvamos a casa», le decíamos siempre, hasta que dejamos de hacerlo. Y ahora ya no hay una casa a la que volver; este es nuestro hogar, aunque nunca he sentido que lo fuera, y así sigue siendo. Desde la ventana de mi despacho tengo unas vistas incomparables del crematorio que han construido en Roosevelt Island. El rector de la UR se opuso enérgicamente —las nubes de cenizas, decía, se desplazarían hacia el oeste, hacia la universidad—, pero la ciudad lo construyó de todas maneras argumentando que, si todo salía según lo planeado, el crematorio solo se usaría unos años. Y ha resultado ser cierto: durante tres años, tres veces al día vimos cómo el rastro del humo negro procedente de sus chimeneas se desvanecía en el cielo. Pero ahora las incineraciones se han reducido a una vez al mes, y los cielos vuelven a estar despejados.

Nathaniel me ha enviado un mensaje. No voy a contestar.

Pero lo que no consigo quitarme de la cabeza son las últimas frases de la redacción de David. Esas las escribió él, estoy seguro. Hasta imagino su cara mientras lo hacía, esa expresión de confusión y desdén con que a veces lo descubro mirándome. No entiende por qué he tomado las decisiones que he tenido que tomar; aunque tampoco tiene por qué, es un niño. Entonces ¿por qué siento esta culpa abrumadora, esta necesidad de justificarme, cuando todo lo que he hecho es lo que debía hacerse para frenar la propagación de la enfermedad? «Mi otro padre dice», ¿qué? ¿Qué dice Nathaniel de mí? Discutimos muchísimo, a voces, el día que le conté que había decidido colaborar con el Gobierno en las medidas de contención. El peque no estaba —se había ido al centro, con Aubrey y Norris—, pero no sé si Nathaniel le contaría algo; no sé de qué hablaban ellos dos cuando yo no estaba. ¿Cómo acababa esa frase final? ¿«Mi otro padre dice que mi padre está haciendo lo necesario para protegernos»? ¿«Mi otro padre dice que mi padre está haciendo todo lo que puede»?

¿O, como temo, de manera por completo distinta? ¿«Mi otro padre dice que mi padre se ha convertido en alguien a quien no podemos respetar»? ¿«Mi otro padre dice que mi padre es una mala persona»? ¿«Mi otro padre dice que mi padre tiene la culpa de que estemos aquí, solos, sin posibilidad de salvación»?

¿Cuál de todas es, Peter? ¿Cómo iba a terminarla?

CHARLES

22 de octubre de 2054

Queridísimo Peter:

Antes que nada, gracias por lo que me dijiste acerca de lo de David la semana pasada; tus palabras hicieron que me sintiera un poco mejor. Y aún hay más, pero te lo contaré en otro e-mail. Así, también hablamos sobre lo de Olivier, que se me ha ocurrido algo.

Me temo que sé lo mismo que tú en cuanto a la información procedente de Argentina, lo único que puedo decir es que parece preocupante. He hablado con un amigo del NIAID y me ha dicho que las próximas tres semanas serán cruciales; si no se ha propagado para entonces, no debería haber problemas. El Gobierno argentino, según tengo entendido, está mostrándose sorprendentemente cooperativo, incluso solícito. Han prohibido tanto la salida como la entrada a Bariloche, pero sospecho que ya lo sabes. Tendrás que ponerme al día; domino más o menos los aspectos epidemiológicos del asunto, pero mis conocimientos se limitan sobre todo al campo de la virología, y dudo que sean de gran ayuda considerando lo que ya sabes.

Por el momento, te pongo al corriente de mi día a día. Como te comenté, por fin nos aprobaron la solicitud de un coche, y nos lo entregaron el domingo. Es el típico modelo que utiliza el Gobierno, azul marino, muy básico. Pero con lo difícil que sigue siendo viajar en metro era lo mejor que podíamos hacer; Nathaniel tardaba casi dos horas en llegar a Cobble Hill por las mañanas. Así que, gracias a mi poder de persuasión, los convencí de que necesitaba visitar Governor's Island y Bethesda con asiduidad, y que un coche acabaría siendo más barato que un billete de avión o de tren cada dos semanas.

El plan era que el coche lo utilizara sobre todo Nathaniel, pero dio la casualidad de que el NIAID me pidió que acudiera el lunes (una reunión de carácter burocrático como parte de esta nueva colaboración interinstitucional, sin relación con Bariloche), así que me llevé el coche, pasé la noche allí y volví de Maryland el martes. Sin embargo, estaba cruzando el puente cuando recibí un mensaje de los Holson, la familia de cuyos hijos Nathaniel es tutor, diciendo que Nathaniel se había desmayado. Intenté ponerme en contacto con ellos, pero como suele ocurrir últimamente no había cobertura, así que tomé un desvío y pisé el acelerador en dirección a Brooklyn.

Nathaniel lleva más de un año trabajando para esa familia, pero apenas hablamos de ellos. El señor Holson, que se dedica a negociar fusiones empresariales, pasa la mayor parte del tiempo en el Golfo. La señora Holson era abogada de empresa, pero lo dejó para quedarse en casa con los niños cuando les diagnosticaron el síndrome.

Viven en una bonita casa de piedra rojiza de doscientos años o más, restaurada con dinero y gusto; han reformado los escalones que conducen a la puerta de entrada para poder alargar el rellano y encajar el módulo de descontaminación en una pequeña cavidad de piedra, como si siempre hubiera formado parte del edificio: en cuanto se abrió con un silbido, también lo hizo la puerta de entrada, pintada de un negro brillante. El interior estaba en penumbra, las persianas permanecían cerradas y los suelos eran del mismo negro satinado que la puerta. Una mujer —blanca, menuda, de pelo oscuro— se acercó a mí. Le di mi máscara, ella se la tendió a una criada y, tras saludarnos con una inclinación de la cabeza, me entregó unos guantes de látex para que me los pusiera.

—Doctor Griffith, soy Frances Holson —se presentó—. Ha vuelto en sí, pero he pensado que debía llamarlo de todas maneras, por si quería acompañarlo a casa.

—Gracias —dije, y la seguí al piso de arriba, donde me condujo a lo que sin duda era una habitación de invitados, en cuya cama descansaba Nathaniel.

Sonrió al verme.

—No te levantes —le pedí, pero ya se había incorporado—. ¿Qué ha pasado, Natey?

Dijo que solo era un mareo debido, quizá, a que todavía no había comido, pero yo sabía que se debía a que estaba agotado. De todos modos, le seguí la corriente, le puse la mano en la frente para ver si tenía fiebre y luego le examiné la boca y los ojos por si había manchas.

—Vamos a casa —dije—. He traído el coche.

Esperaba que discutiera, pero no lo hizo.

—Está bien —aceptó—. Déjame que me despida primero de los niños.

Atravesamos el rellano hasta la habitación del fondo del pasillo. La puerta estaba entornada, pero llamó de todas maneras, con suavidad, antes de entrar.

Dentro, dos niños sentados a una mesa adecuada a su tamaño hacían un puzle. Sabía que tenían siete años, pero no aparentaban más de cuatro. Había leído los trabajos de investigación acerca de la supervivencia en menores y, en cierta manera, reconocí a esos niños al instante: a pesar de la poca luz que había, los dos llevaban gafas de sol para protegerse los ojos; eran muy pálidos, de piernas y brazos delgados, sin tono muscular, torso cuadrado y ancho, y tenían las mejillas y las manos llenas de cicatrices. Había vuelto a crecerles el pelo, pero fino y débil, como el de un bebé, y los medicamentos que habían contribuido a la regeneración capilar también eran responsables de la pelusa que les cubría la barbilla y la frente y se extendía por el cuello y la nuca. Los dos tenían un delgado tubo traqueal que iba hasta un pequeño respirador que llevaban sujeto a la cinturilla.

Nathaniel me los presentó: Ezra y Hiram, y ellos me saludaron con sus lánguidas manitas de salamandra.

—Volveré mañana —les dijo, y aunque yo ya lo sabía, su tono ratificó que les tenía cariño a esos niños, que le importaban.

—¿Qué ocurre, Nathaniel? —preguntó uno de los dos, Ezra o Hiram, con una vocecita jadeante, y cuando Nathaniel le acarició la cabeza el pelo se le encrespó y quedó flotando a causa de la electricidad estática generada por los guantes.

—Nada, solo estoy un poco cansado —dijo.

—¿Tienes la enfermedad? —preguntó el otro, y Nathaniel se estremeció, muy ligeramente, antes de sonreírle.

—No —contestó—. No es eso. Volveré mañana. Os lo prometo.

Frances esperaba abajo; nos tendió las máscaras y me hizo prometer que cuidaría de Nathaniel.

—No se preocupe —dije, y ella asintió.

Era guapa, pero tenía dos surcos profundos en el entrecejo y me pregunté si los había tenido siempre o le habían salido en los últimos cuatro años.

Ya en casa, metí a Nathaniel en la cama, le envié un mensaje a David para avisarle de que no hiciera ruido y dejara dormir a su padre, y me fui al laboratorio. Por el camino pensé en David, en lo afortunados que éramos de que estuviera sano, sano y salvo. «Protégelo», pedía en mi fuero interno, sin saber muy bien a quién me dirigía, cuando me encaminaba al trabajo, o fregaba los platos, o me duchaba. «Protégelo, protégelo. Protege a mi hijo». Era irracional, pero hasta la fecha había funcionado.

Más tarde, mientras comía en el despacho, pensé en esos dos niños, Ezra y Hiram. La escena parecía salida de un cuento: la casa silenciosa y apenas iluminada, Frances Holson y Nathaniel haciendo de padres, yo como invitado que curioseaba, y esos seres menudos y delicados —medio humanos y medio farmacológicos—, señores de su reino. Uno de los motivos por los que no me hice médico fue porque nunca he estado seguro de que la vida —la necesidad de preservarla, de alargarla, de devolverla— sea sin duda la meta última. Para ser un buen médico, hay que estar convencido de ello, hay que creer a pies juntillas que vivir es mejor que morir, hay que creer que el sentido de la vida es más vida. No administré tratamientos a los infectados por el NiVid-50; no contribuí al desarrollo de los fármacos. No pensé en cómo sería la vida de los supervivientes; ese no era mi trabajo. Pero en los últimos años, ahora que hemos contenido la enfermedad, me veo obligado a enfrentarme a esa realidad a diario. Algunos, como la profesora de David, que ya era adulta y probablemente estaba sana cuando enfermó, han podido recuperar una versión de su vida anterior.

Pero esos niños nunca tendrán una vida normal. Jamás podrán salir; nadie que no sea su madre podrá tocarlos nunca con las manos desnudas. Es una forma de vida; es su vida. Son demasiado pequeños para recordar otra distinta. Aunque quizá no era de ellos de quienes me compadecía, sino de sus padres, de su madre atribulada y de su padre ausente. ¿Cómo te sentirías si hubieras visto a tus hijos a las puertas de la muerte y luego, al salvarlos, te dieras cuenta de que los has condenado a un lugar que tú puedes abandonar, pero del que ellos no podrán salir jamás? Ni vida ni muerte, sino mera existencia; todo su mundo en una casa; las esperanzas acerca de lo que iban a ser y a ver y a experimentar enterradas en el patio trasero, donde no volverán a ver la luz. ¿Cómo vas a animarlos a tener sueños? ¿Cómo vivir con el dolor y la culpa de haberlos sentenciado a una vida desprovista de todo lo que resulta placentero: moverse, tocar, el sol en la cara? ¿Cómo seguir viviendo?

Con cariño,

Charles

7 de agosto de 2055

Querido P: Te ruego que disculpes esta respuesta apresurada, pero por aquí andamos de cabeza (por motivos obvios). Lo único que puedo decir es que tiene toda la pinta de ser lo que parece. He leído el mismo informe que tú, pero también me ha llegado otro, este de un colega, y no sé interpretar los hallazgos de ninguna otra manera. Mañana viaja un equipo multiinstitucional a Manila, y de ahí a Borácay. Me pidieron que fuera, porque se parece mucho a la cepa del 50, pero no puedo; ahora mismo, las cosas están tan mal con David que no puedo. Tengo la sensación de no estar cumpliendo con mi deber quedándome aquí, pero me ocurriría lo mismo si fuera.

En estos momentos, la cuestión es qué puede hacerse en términos de contención, si es que puede hacerse algo. Y me temo que no será mucho. Te mantendré al tanto de lo que descubra, y considera esta información —si es que puede llamársela así— confidencial.

Besos,

C.

11 de octubre de 2055

Hola, querido P:

Esta mañana he tenido mi primera reunión con el EMdREI. ¿Qué quiere decir EMdREI? Me alegra que lo preguntes. Significa: Equipo Multidisciplinar de Respuesta ante Enfermedades Infecciosas. EMdREI. Escrito así, parece tanto un eufemismo victoriano para los genitales femeninos como la guarida de un villano de ciencia ficción. Todo el mundo lo llama el «eme de rei», por si ayuda, y por lo visto fue la mejor sigla que se les ocurrió a un grupo de funcionarios (sin ánimo de ofender).

El objetivo es tratar de formular (bueno, reformular) una respuesta internacional y multidisciplinar ante lo que se nos viene encima reuniendo a un grupo de epidemiólogos, especialistas en enfermedades infecciosas, economistas, funcionarios varios de la Reserva Federal, así como de los ministerios de Transporte, Educación, Justicia, Sanidad Pública y Seguridad Humana, Información, Seguridad e Inmigración, representantes de las farmacéuticas más importantes y dos psicólogos, ambos especializados en depresión e ideaciones suicidas, uno infantil y otro de adultos.

Supongo que asistes, como poco, a reuniones de grupo equivalentes. También supongo que las vuestras son más organizadas y tranquilas, cordiales y menos beligerantes de lo que ha sido la nuestra. Al final de esta, salimos con una lista de cosas que acordamos no hacer (de todas formas, la mayoría de ellas serían ilegales según la versión actual de la Constitución), además de con una lista de cosas cuyas consecuencias debemos valorar desde nuestras propias áreas de trabajo. La idea es que cada uno de los países miembros intente elaborar un acuerdo uniforme.

De nuevo, no sé en tu grupo, pero en el nuestro el tema más polémico fueron los campos de aislamiento, que todos convinimos en llamar «campos de cuarentena» de manera tácita, aun siendo conscientes de que el nombre no se corresponderá con la realidad. Acudí convencido de que las divergencias serían ideológicas, pero, para mi sorpresa, no fue así; de hecho, quienes tenían una mínima formación científica los recomendaron —incluso los psicólogos, a su pesar— y quienes no, se opusieron a ellos. Sin embargo, a diferencia de en el 50, esta vez no sé cómo podremos evitarlos. Si el modelo predictivo es correcto, esta enfermedad será mucho más patógena y contagiosa, se propagará con mayor rapidez y será más letal que su predecesora; nuestra única esperanza es la evacuación masiva. Un epidemiólogo incluso propuso el traslado preventivo de los grupos de riesgo, pero todo el mundo coincidió en que causaría demasiado revuelo. «No podemos convertirlo en una cuestión política», dijo uno de los jefecillos de Justicia, un comentario tan absurdo —tanto por su estúpida obviedad como porque sería algo imposible de abordar— que nadie le hizo ni caso.

La reunión acabó con un debate acerca de cuándo cerrar las fronteras. Si te adelantas, provocas el pánico de la población, y si tardas más de la cuenta, la medida ya no sirve de nada. Yo diría que lo anunciarán a finales de noviembre como muy tarde.

Y, por cierto, teniendo en cuenta lo que ambos sabemos, creo que sería una imprudencia por nuestra parte ir a visitaros a Olivier y a ti. Lo digo con todo el dolor de mi corazón. David tenía muchas ganas. Nathaniel tenía muchas ganas. Y yo ya ni te cuento. Hace siglos que no nos vemos, y te echo de menos. Sé que quizá seas la única persona a la que pueda decírselo, pero no estoy preparado para pasar por otra pandemia. Tampoco es que haya elección, claro. Uno de los epidemiólogos ha dicho hoy: «Esta es la oportunidad de hacerlo bien». Se refería a que podíamos hacerlo mejor que en el 50. Estamos mejor preparados, mejor comunicados, somos más realistas y tenemos menos miedo. Pero también estamos más cansados. El problema de hacer algo por segunda vez es que, si bien sabes qué corregir, también sabes hasta dónde puedes llegar, y nunca había deseado tanto no tener ni idea de nada como en estos momentos.

Espero que las cosas vayan bien por allí. Me tienes preocupado. ¿Olivier te ha dicho cuándo volverá?

Te quiere,

YO

13 de julio de 2056

Queridísimo Peter:

Aquí es muy tarde, casi las tres de la madrugada, y estoy en el laboratorio.

Esta noche hemos ido a casa de Aubrey y Norris. A mí no me apetecía. Estaba cansado, como todos, y no tenía ganas de ponerme el traje de descontaminación integral solo para visitarlos. Pero Nathaniel ha insistido; hacía meses que no los veía y estaba preocupado por ellos. En fin, Aubrey cumplirá setenta y seis años el mes que viene, y Norris, setenta y dos. No han salido de casa desde que se diagnosticó el primer caso en el estado de Nueva York y, dado que hay muy poca gente que disponga de trajes protectores integrales, están bastante aislados. Aparte de comprobar cómo se encontraban, también había otro asunto que tratar, y tenía que ver con David. Así que allá fuimos.

Después de aparcar, y de que David saliera del coche y echara a andar encorvado delante de nosotros, me detuve un momento y miré la casa. Guardaba un claro recuerdo de mi primera visita, allí de pie en la acera, contemplando las ventanas que irradiaban una luz dorada. Incluso desde la calle, era evidente que nadaban en la abundancia, esa abundancia que siempre había servido de protección para sí misma, ya que a nadie se le ocurriría entrar a robar en una casa de ese tipo, a pesar de que, de noche, era fácil ver las obras de arte y demás posesiones que contenía, tan expuestas, tan a mano.

Esta vez, sin embargo, las ventanas de la planta del salón estaban completamente tapiadas, lo que hizo mucha gente después de los primeros sitios. A causa de los rumores que circulaban, bastantes de los cuales eran ciertos —personas que despertaban y encontraban a extraños dentro de sus casas o apartamentos, aunque no habían entrado a robar, sino a pedir ayuda, ya fuera en forma de comida, medicamentos o refugio—, casi todos los que vivían por debajo de una cuarta planta habían decidido enclaustrarse en sus hogares. Las ventanas superiores tenían rejas y, sin necesidad de mirar, supe que las propias ventanas estarían soldadas.

Había más cambios. Por dentro, la casa se hallaba en un estado de dejadez que no recordaba. Sabía por Nathaniel que las dos criadas de toda la vida habían engrosado las filas de la primera ola de fallecidos, en enero; y Adams había muerto en el 50 y había sido sustituido por un tipo cetrino llamado Edmund, que parecía permanentemente resfriado. Se hacía cargo de casi todas las tareas del hogar, pero sin poner demasiado empeño; al interior de la cámara de descontaminación le hacía falta un buen repaso, por ejemplo, y cuando entramos en el vestíbulo la fuerza de la succión levantó unas nubecitas de polvo que avanzaron por el suelo. Las costuras de la colcha hawaiana que decoraba la pared de la entrada se habían vuelto grises; uno de los bordes de la alfombra, que Adams se encargaba de girar cada seis meses, había acabado con brillos por el desgaste de las pisadas. Todo olía un poco a moho, como un jersey que lleva mucho tiempo guardado en un cajón.

Pero el otro cambio eran los propios Aubrey y Norris, que nos recibieron sonrientes y con los brazos abiertos. Pudimos abrazarlos gracias a que los tres llevábamos traje; al hacerlo, noté que habían perdido peso, los noté más endebles. Nathaniel también se percató y, cuando Aubrey y Norris se dieron la vuelta, me miró preocupado.

Fue una cena sencilla: sopa de alubias con calabaza y panceta, y un buen pan. Pocas cosas hay más difíciles de comer con estas máscaras nuevas que una sopa, pero nadie dijo nada, ni siquiera David, y Aubrey y Norris no parecían reparar en nuestras dificultades. En esa casa, las comidas siempre se habían celebrado a la luz de las velas, pero ahora sobre la mesa colgaba un globo grande que emitía un débil zumbido y un intenso resplandor blanco; era una de esas nuevas lámparas solares pensadas para suministrar la vitamina D que necesita quien se recluye en casa. Ya las había visto, claro, pero no tan grandes. El efecto no era desagradable, aunque ponía aún más de manifiesto el leve pero patente estado de abandono de la estancia, la mugre que se acumula de manera inevitable cuando se habita siempre el mismo espacio. En el 50, cuando nos confinamos, solía pensar que nuestro apartamento no estaba equipado para que pasáramos allí todo el día, todos los días: la casa necesitaba descansar de nosotros, abrir las ventanas para que entrara aire fresco, una tregua de nuestra caspa y nuestras células muertas. El aire acondicionado —eso, al menos, seguía funcionando en esa casa igual de bien que como lo recordaba— exhalaba profundos suspiros por toda la sala al ir pasando por sus ciclos de programación, con el murmullo del deshumidificador de fondo.

Hacía meses que no veía a Aubrey y a Norris en persona. Tres años atrás, Nathaniel y yo habíamos tenido una pelea monumental por ellos, de las más grandes. Fue unos once meses después de que se hiciera evidente que Hawai'i no tenía salvación, cuando empezaron a salir a la luz los primeros documentos clasificados sobre saqueadores. Aquel tipo de incidentes también se daban en otros lugares diezmados, por todo el Pacífico Sur, adonde los saqueadores llegaban en embarcaciones privadas y atracaban en los puertos. Tomaban tierra en grupos —provistos de equipos de protección integral— y recorrían la isla desvalijando museos y casas y llevándose sus obras de arte. Estaban financiados por una agrupación de multimillonarios que se hacían llamar Proyecto Alejandría, cuyo objetivo era «conservar y proteger las expresiones artísticas más importantes de nuestra civilización» mediante su «rescate» de lugares «que por desgracia ya no cuentan con los custodios responsables de su protección». Sus miembros aseguraban que estaban construyendo un museo (sin especificar la ubicación) con un archivo digital para proteger las obras. Lo que ocurría en realidad era que se las quedaban y las guardaban en almacenes gigantescos donde nadie volvería a verlas jamás.

El caso es que yo estaba convencido de que Aubrey y Norris, si no se encontraban entre los miembros del proyecto, al menos sí habían comprado alguno de esos objetos robados. Había tenido una visión de Aubrey sacudiendo la colcha de mi abuela, la que debería haber heredado yo y que, como el resto del ajuar de mis abuelos, fue arrojada al fuego tras su fallecimiento. (No, mis abuelos no eran santo de mi devoción, ni yo de la suya, pero eso no es lo importante). Había imaginado a Norris con una capa de plumas del siglo XVIII como las que mi abuelo se había visto obligado a vender a un coleccionista hacía décadas para pagar mis estudios.

Ojo, no tenía ninguna prueba. Una noche lancé la acusación sin más y, de pronto, di rienda suelta a años de rencor acumulado, lo que provocó un intercambio de reproches. Que si yo nunca había llegado a confiar en Aubrey y Norris, ni siquiera después de que le ofrecieran a Nathaniel un estímulo intelectual y un objetivo en la vida en un momento en que se sentía varado en Nueva York por culpa de mi trabajo; que si Nathaniel era demasiado confiado e ingenuo, y mostraba una manga ancha con Aubrey y Norris que yo nunca había entendido; que si yo los odiaba solo porque eran ricos, y esa antipatía que le tenía a la riqueza era infantil y absurda; que si Nathaniel en realidad deseaba ser rico, y que me disculpara si en ese sentido lo había defraudado; que si él nunca me había echado en cara nada de lo que yo había querido hacer profesionalmente, aunque hubiera implicado que él sacrificara su carrera y sus aspiraciones, y que daba gracias por Norris y Aubrey, porque ellos sí se interesaban por él y, es más, también por David, sobre todo cuando hacía meses, por no decir años, que nuestro hijo no podía contar conmigo, nuestro hijo, ese al que iban a expulsar por «grave insubordinación» de uno de los últimos colegios de Manhattan que estaban dispuestos a admitirlo.

Discutimos entre susurros, cada uno en una punta del dormitorio, mientras el peque dormía en la habitación de al lado. Sin embargo, a pesar de la seriedad de la pelea, a pesar de lo enfadados que estábamos, bajo aquella conversación palpitaban acusaciones y resentimientos aún más sinceros, cosas que si nos atreviéramos a decirnos alguna vez, acabarían con nuestra vida en pareja para siempre. Que yo les había destrozado la vida. Que los problemas de disciplina de David, su infelicidad, su rebeldía, que no tuviera amigos...; todo era culpa mía. Que David, él, Norris y Aubrey habían formado su propia familia y me habían excluido. Que él les había vendido su propio hogar, nuestro hogar. Que yo los había apartado para siempre de ese hogar. Que él había puesto a David en mi contra.

«Mi otro padre dice».

Ninguno de los dos pronunció aquellas palabras en voz alta, pero no hacía falta. Yo esperaba —y sé que él también— que uno de los dos dijera algo irreparable, algo que nos hiciera derrumbarnos, que nos hiciera caer a través de las plantas de nuestro edifico de mierda hasta llegar a la calle.

Pero ninguno de los dos dijo nada. La pelea terminó de alguna manera, como suelen hacerlo esas peleas, y durante la semana siguiente o así fuimos con pies de plomo y nos mostramos amables. Casi era como si el fantasma de lo que podríamos habernos dicho se hubiera instalado entre los dos y tuviéramos miedo de ganarnos su antipatía y que se transformara en un espíritu maligno. Durante los meses siguientes, casi deseé que nos hubiéramos dicho lo que ambos nos guardábamos dentro, así al menos lo habríamos sacado en lugar de estar pensando en ello constantemente. Aunque de haberlo hecho —como no dejaba de repetirme—, no nos habría quedado más remedio que romper.

Tras el encontronazo, parecía lógico e inevitable que Nathaniel y David acabaran pasando más tiempo en casa de Aubrey y Norris. Al principio, Nathaniel aseguraba que era solo porque yo trabajaba hasta muy tarde; después dijo que era porque Aubrey resultaba una buena influencia para David (y era cierto, no sé cómo, pero Aubrey lo calmaba, cosa que nunca entendí; a pesar de la progresiva adhesión de David al marxismo, continuaba tratando a Aubrey y a Norris como excepciones); luego adujo que Aubrey y Norris (sobre todo Aubrey) se habían confinado y ya apenas salían de casa por miedo a contagiarse, y que se les habían muerto tantos amigos de su edad que Nathaniel se sentía responsable de su bienestar, sobre todo después de que ellos hubieran sido tan generosos con nosotros. Al final, me vi obligado a ir yo también, y pasamos una velada poco memorable, en la que el peque incluso se avino a jugar una partida de ajedrez con Aubrey después de cenar, mientras yo intentaba no buscar pruebas de alguna adquisición reciente, totalmente en vano: ¿ese tapiz de tela kapa siempre había estado ahí, enmarcado y colgado sobre la escalera? ¿Ese cuenco de madera torneada era nuevo o lo habían tenido guardado hasta ahora? ¿Aubrey y Norris habían intercambiado una fugacísima mirada al ver que reparaba en el diente de tiburón enmarcado, o eran imaginaciones mías? Me pasé toda la noche con la sensación de ser un intruso en la representación de otra persona, y desde entonces empecé a poner distancia.

Uno de los motivos por los que íbamos esta noche era porque Nathaniel y yo coincidíamos en que necesitábamos que Aubrey nos echara una mano con David. Aún le quedan dos años de instituto y no tiene donde cursarlos, y Aubrey mantiene cierta amistad con el fundador de un colegio privado que abrirá en el West Village. Los tres —es decir, Nathaniel, David y yo—

habíamos tenido una pelea a gritos en la que David había dejado muy claro que no tenía ninguna intención de volver a estudiar, y Nathaniel y yo (unidos de nuevo como no lo habíamos estado en lo que parecían años) le habíamos dicho que no le quedaba más remedio. En otros tiempos le habríamos advertido que tendría que irse de casa si decidía abandonar el colegio, pero temíamos que nos tomara la palabra y pasarnos las noches buscándolo por las calles en lugar de yendo a ver al director.

Total, que después de cenar, Norris, Nathaniel y yo pasamos al salón mientras Aubrey y David se quedaban en el comedor jugando al ajedrez. Una media hora más tarde, se reunieron con nosotros y vi que Aubrey había conseguido convencer a David de que fuera al colegio, y que David se había confiado a él, y a pesar de que envidio la relación que mantienen, sentí un gran alivio, además de un gran dolor al ver que alguien había llegado hasta mi hijo y que ese alguien no era yo. David parecía más tranquilo, más aligerado, lo que hizo que me preguntara de nuevo qué veía en Aubrey. ¿Cómo era posible que Aubrey pudiera reconfortarlo y yo no? ¿Era solo porque no se trataba de su padre? Aunque tampoco podía planteármelo así, pues eso no haría más que recordarme que David no odiaba a sus padres, sino solo a uno de ellos. A mí.

Aubrey se sentó en el sofá, a mi lado, y mientras se servía un té me percaté de que le temblaba la mano, muy poco, y de que llevaba las uñas un tanto largas. Pensé en Adams y en que nunca habría permitido que su señor se sirviera él mismo el té, ni que bajara a cenar con invitados en esas condiciones, aunque se tratara de nosotros. Pensé que, por muy atrapado que me sintiera yo en esa casa, eran Aubrey y Norris quienes lo estaban de verdad. Aubrey era la persona más rica que conocía y, aun así, allí estaba, a pocos años de cumplir los ochenta, encerrado en una casa que no podía abandonar. Aubrey había cometido una serie de errores de cálculo: a tres horas al norte tenía la propiedad de Newport, deshabitada, ahora seguramente llena de okupas; al este, en Water Mill, Frog's Pond Way había sido declarada un peligro para la salud y la habían demolido. Hacía cuatro años había tenido la oportunidad —lo sabía por Nathaniel— de huir a una casa que poseía en la Toscana, pero no lo había hecho y, de todas maneras, ahora la Toscana ya no era habitable. Cada vez es mayor la sensación de que, al final, nadie podrá viajar a ninguna parte. Tanto dinero como tiene, y ningún sitio adonde ir...

Mientras tomábamos el té, la conversación derivó, como sucede siempre, hacia los campos de cuarentena, en concreto hacia los sucesos de la semana anterior. Nunca había tomado a Norris y a Aubrey por dos personas especialmente interesadas en la suerte del ciudadano de a pie, pero por lo visto formaban parte de un grupo que abogaba por el cierre de los campos. Huelga decir que igual que Nathaniel y David. Estaban todos entusiasmados con el tema, comparando atrocidades y mencionando estadísticas (algunas ciertas, otras no) sobre lo que ocurría en dichos lugares. Por descontado, ninguno había visitado un campo. Ni ellos ni nadie.

—¿Y os habéis enterado de esa historia que ha salido hoy? —preguntó el peque, más animado de lo que lo había visto en mucho tiempo—. ¿De lo de esa mujer y su hija?

—No, ¿qué ha ocurrido?

—Pues resulta que una mujer de Queens tiene un bebé, una niña, que da positivo. Sabe que las autoridades del hospital van a enviarla a un campo, así que dice que tiene que ir al baño, y se escapa y vuelve a su apartamento. Está allí dos días, pero entonces alguien aporrea su puerta y los soldados entran sin más. La mujer chilla, la niña chilla, y a la mujer le dicen que puede dejar que se lleven a la niña sin más o puede acompañarla. Así que decide irse con ella.

»La suben a un camión con un montón de personas enfermas. Todo dios apretujado. Todo dios tosiendo y llorando. Los niños meándose encima. El camión tira y tira hasta que se detiene en uno de los campos de Arkansas, y los hacen bajar. Los dividen en grupos: los que están en la fase inicial de la enfermedad, en la intermedia y en la final. Diagnostican a la niña en fase intermedia, así que se las llevan a las dos a un edificio enorme y les dan un solo catre que tienen que compartir. Las personas en la fase intermedia no reciben medicación, solo quienes están en la inicial. Esperan dos días a ver si empeoras, lo que hace todo el mundo porque no dan medicamentos, y cuando empeoras, te trasladan al edificio donde instalan a los de la fase final. Así que la mujer, que ahora también está enferma, se traslada con su hija, y las dos empeoran porque no tienen ni medicamentos ni comida ni agua. Total, que cuarenta y ocho horas más tarde han muerto, y alguien pasa por allí todas las noches y se lleva los cadáveres para quemarlos.

Su entusiasmo crecía conforme iba contando la historia; miré a mi hijo y pensé en lo hermoso que era, hermoso y crédulo, y sentí miedo por él. Esa pasión, ese arrebato, esa necesidad de algo que yo no sabría identificar y no podría darle; las peleas con los compañeros de instituto, con los profesores, la rabia que lo acompañaba a todas partes. Si nos hubiéramos quedado en Hawai'i, ¿David sería así? ¿Era yo el responsable de que fuera como era?

Y aun en mitad de esa reflexión, sentí que abría la boca, sentí que las palabras abandonaban mis labios como si no ejerciera control sobre ellas, me oí alzando la voz por encima de sus exclamaciones de horror e indignación, sus afirmaciones acerca de que el estado se había convertido en un monstruo, que se habían violado las libertades civiles de la mujer, que el control de esas enfermedades tenía un precio, pero que ese precio no podía ser el de nuestra humanidad colectiva. No tardarían en empezar a compartir las mismas historias que siempre comparte ese tipo de gente en ese tipo de conversaciones: que se sabía que enviaban a las personas a un campo u otro según su raza, y por eso a los negros los enviaban a uno y a los blancos a otro, y supongo que a los demás nos enviaban a un tercero. Que se sabía que estaban ofreciendo hasta cinco millones de dólares a las mujeres a cambio de sus bebés sanos para experimentar con ellos. Que se sabía que el Gobierno estaba haciendo enfermar a la población (a través del suministro de agua, de la leche maternizada, de aspirinas) para eliminarla. Que se sabía que la enfermedad no había aparecido por casualidad, sino que había salido de un laboratorio.

—Eso no es cierto —dije.

Se callaron de inmediato.

—Charles... —dijo Nathaniel, a modo de advertencia, pero David enderezó la espalda, dispuesto a plantar cara.

—¿A qué te refieres? —preguntó.

—A que no es verdad. Esas cosas no pasan en los campos.

—¿Cómo lo sabes?

—Lo sé. Aunque el Gobierno fuera capaz de eso, no podría ocultárselo a la ciudadanía mucho tiempo.

—¡Joder, sí que eres ingenuo!

—¡David! —Ese era Nathaniel—. ¡No le hables así a tu padre!

Por un brevísimo instante, fui feliz: ¿cuándo había sido la última vez que Nathaniel me había defendido, sin pensarlo, con tanta pasión? Fue como una declaración de amor. Pero allá que fui, de cabeza.

—Piénsalo bien, David —insistí, odiándome conforme lo decía—: ¿por qué íbamos a dejar de dar medicamentos a la gente? Ahora no es como hace seis años, los hay de sobra. ¿Y qué sentido tiene una medida provisional como...? ¿Cómo lo has llamado? Un edificio para la «fase intermedia». ¿Por qué no enviar a la gente directamente al edificio de la fase final?

—Pero...

—Lo que describes es un campo de exterminio, y aquí no hay campos de exterminio.

—Tu fe en este país es conmovedora —intervino Aubrey, en voz baja, y la rabia estuvo a punto de cegarme por un instante.

¿Él, precisamente él, tratándome con condescendencia? ¿Alguien cuya casa estaba abarrotada de objetos robados a mi país?

—Charles, creo que deberíamos irnos —dijo Nathaniel, levantándose con brusquedad al tiempo que Norris reconvenía a Aubrey poniendo una mano sobre la suya.

—Aubrey, no seas injusto.

Pero no la emprendí con él. No. Me limité a dirigirme a David.

—Además, David, aunque esa historia fuera cierta, te habrías equivocado de villano. El enemigo no es la administración, ni el ejército, ni el Ministerio de Sanidad, sino la propia mujer. Sí, una mujer que, sabiendo que su hija está enferma, se empeña en llevarla a un hospital y luego, en lugar de permitir que la traten, la saca de allí. ¿Y adónde va? Vuelve a su edificio de apartamentos, en metro o autobús. ¿Por cuántas calles pasa de camino a su casa? ¿A cuántas personas aparta a empujones? ¿A cuántas les ha respirado su hija encima, cuántas esporas ha propagado? ¿Cuántas viviendas hay en su edificio? ¿Cuántas personas viven allí? ¿Cuántas de ellas tienen comorbilidades? ¿Cuántas son niños, o enfermos, o discapacitados?

»¿A cuántas les dice: "Mi hija está enferma, creo que se ha contagiado, será mejor que guardéis las distancias"? ¿Llama al departamento de Sanidad para informar de que alguien de la unidad familiar está enfermo? ¿Piensa en alguien más? ¿O solo piensa en ella, en su propia familia? Sí, claro, claro que puedes decir que eso es lo que hace un padre. Pero precisamente debido a eso, a ese egoísmo comprensible, el Gobierno tiene que actuar. ¿No lo ves? Es para mantener a salvo a las personas que están cerca de esa mujer, a todas esas personas en las que ella no ha pensado, a todas esas personas que perderán a sus hijos por su culpa, por eso han tenido que intervenir.

El peque había estado muy quieto y callado mientras yo hablaba, pero de pronto se echó atrás, como si lo hubiera abofeteado.

—Has dicho «hemos». —Y algo cambió en el ambiente.

—¿Qué? —pregunté.

—Has dicho «hemos tenido que intervenir».

—No, no he dicho eso. He dicho «han tenido que intervenir».

—No. Has dicho «hemos». Joder. Joder. Tú también estás metido en esto, ¿verdad? Joder. Ayudaste a planificar esos campos, ¿no? —Luego se volvió hacia Nathaniel—. Papá. ¡Papá! ¿Lo has oído? ¿Lo has oído? ¡Está implicado! ¡Está detrás de todo eso!

Los dos nos giramos hacia Nathaniel, que estaba allí sentado, un tanto boquiabierto, mirándonos a uno y a otro, parpadeando.

—David —musitó.

Pero David ya estaba de pie, igual de alto y flaco que Nathaniel, y me señalaba.

—Eres uno de ellos —dijo con voz chillona, alterado—. Sé que sí. Siempre he sabido que eras un colaborador. Siempre he sabido que estabas detrás de esos campos. Es que lo sabía.

—¡David! —le advirtió Nathaniel, angustiado.

—Que te den —dijo el peque con suma claridad, mirándome, con la voz vibrante de ira—. Que te den. —Luego dio media vuelta, hacia Nathaniel—. Y a ti también —añadió—. Sabes que tengo razón. Ya lo habíamos comentado, que estaba trabajando para el estado, y ahora no te atreves a apoyarme.

Y antes de que nos diéramos cuenta, corría hacia la puerta, la abría y desaparecía tras el potente ruido de succión de la cámara de descontaminación.

—¡David! —gritó Nathaniel, apresurándose también hacia la salida, cuando Aubrey, que hasta ese momento había permanecido en el sofá junto a Norris, atentos los dos, paseando la mirada entre nosotros, agarrados de la mano como si ellos estuvieran en el teatro y nosotros fuéramos actores interpretando una escena de gran carga emocional, se levantó.

—Nathaniel, no te preocupes. No irá lejos. Nuestra gente de seguridad cuidará de él. —(Este es otro fenómeno que se da por aquí: la gente contrata guardias de seguridad, con equipos de protección integrales, para que vigilen su propiedad noche y día).

—No sé si ha traído la documentación —repuso Nathaniel, angustiado. Estábamos hartos de decirle que tenía que llevarse el carnet de identidad y el certificado de salud cuando saliera del apartamento, pero siempre se le olvidaba.

—No pasa nada —insistió Aubrey—. Te lo prometo. No llegará lejos, y el equipo cuidará de él. Voy a avisarles. —Y salió en dirección al estudio.

Así que ya solo quedábamos nosotros tres.

—Deberíamos irnos —dije—. Vamos a buscar a David y nos marchamos.

Pero Norris me tocó el brazo.

—Yo no lo esperaría —dijo con delicadeza—. Deja que hoy se quede a dormir aquí, Charles. Los de seguridad lo traerán y nosotros lo cuidaremos. Uno de ellos lo llevará a casa mañana.

Miré a Nathaniel, quien asintió levemente, y le devolví el gesto.

Aubrey regresó, y hubo disculpas y agradecimientos, aunque no demasiado entusiastas. Cuando salíamos, me volví y miré a Norris, que me devolvió la mirada con una expresión que no supe interpretar. Luego, la puerta se cerró y nos encontramos en mitad de la noche, rodeados de un aire caliente, húmedo y estancado. Encendimos los deshumidificadores de las máscaras.

—¡David! —lo llamé—. ¡David!

Pero nadie contestó.

—¿Nos vamos entonces? —le pregunté a Nathaniel después de que Aubrey nos comunicara que David estaba en la garita de piedra del equipo de seguridad, la que habían construido en la parte trasera de la casa, sano y salvo con uno de los guardias.

Suspiró y se encogió de hombros.

—Supongo que sí —contestó, cansado—. De todas maneras, tampoco querría venir con nosotros. Al menos esta noche.

Volvimos la vista hacia el Washington, al sur. Durante un momento, ninguno de los dos dijo nada. Una excavadora, cuyo operario manejaba bajo un foco de luz potente, apilaba los restos del último barrio de chabolas en una montaña de plástico y contrachapado.

—¿Recuerdas cuando llegamos a Nueva York? —pregunté—. Nos alojamos en aquel hotel de mala muerte cerca del Lincoln Center y fuimos paseando hasta TriBeCa. Paramos en ese parque a tomar un helado. Había un piano que alguien había instalado debajo del arco, y tú te sentaste y tocaste...

—Charles —me interrumpió Nathaniel con el mismo tono dócil—. De verdad, ahora no me apetece hablar. Solo quiero irme a casa.

Por lo que fuera, eso fue lo que más me descompuso de la noche. No el bajón que habían dado Aubrey y Norris; no la evidencia de que David me odiaba. Habría preferido que Nathaniel se enfadara conmigo, que me culpara, que se enfrentara a mí. Habría podido contraatacar. Se nos daban bien las peleas. Pero esa resignación, ese cansancio... No sabía cómo afrontarlo.

Habíamos aparcado en University y echamos a andar. No había nadie por las calles, claro. Recuerdo una noche de, no sé, hará unos diez años, en una época en que todavía me costaba aceptar que Aubrey y Norris formarían parte de nuestra vida porque formaban parte de la de Nathaniel. Habían organizado una cena, y dejamos a David —que solo tenía siete años, entonces sí que era peque— con un canguro y nos acercamos en metro. La fiesta estaba llena de amigos ricos de Aubrey y Norris, pero un par de ellos tenían novios o maridos más o menos de nuestra edad, así que hasta yo lo pasé bien, y cuando terminó decidimos volver a casa paseando. Era un paseo largo, pero estábamos en marzo y la temperatura era ideal, no hacía mucho calor, los dos íbamos un poco achispados y, cuando llegamos a la calle 23, nos detuvimos en el Madison Park y nos enrollamos en un banco, entre otras personas que también estaban enrollándose en otros bancos. Nathaniel estaba contento porque creía que esa noche habíamos hecho nuevos amigos. Por entonces aún nos engañábamos diciendo que solo estaríamos en Nueva York unos años.

Esta vez caminamos en silencio, e iba a abrir el coche cuando Nathaniel me detuvo y me volvió hacia él. Hacía meses que no me tocaba tanto como esta noche, tan voluntariamente.

—Charles, ¿es cierto? —preguntó.

—¿El qué?

Inspiró hondo. El filtro del deshumidificador del casco estaba sucio y, cuando respiraba, su rostro desaparecía y aparecía al tiempo que la pantalla se empañaba y se despejaba.

—Si has tenido algo que ver en la creación de esos campos. —Apartó los ojos y luego volvió a mirarme—. ¿Sigues teniendo algo que ver?

No sabía qué decir. Yo también había visto las noticias, claro, tanto las que se publicaban en los periódicos como lo que se emitían en televisión, además del resto, que has visto tú también. Estaba en una reunión del Comité el día que nos pasaron las imágenes de Rohwer que habían salido a la luz, y alguien de la sala, una de las abogadas de Justicia, ahogó un grito cuando vio lo que había sucedido en las dependencias de los niños, y poco después abandonó la sala. Yo tampoco pude dormir esa noche. Pues claro que me habría gustado que los campos no fueran necesarios. Pero lo eran, y no podía cambiarlo. Lo único que podía hacer era intentar protegernos. No podía pedir disculpas ni podía explicarlo. Me había ofrecido voluntario para ese trabajo. Ahora no podía renegar de él porque sucedieran cosas que habría preferido que no ocurriesen.

Pero ¿cómo iba a explicarle todo eso a Nathaniel? No lo entendería, jamás lo entendería. Así que me quedé allí plantado, con la boca abierta, debatiéndome entre hablar o callar, entre disculparme o mentir.

—Creo que esta noche deberías quedarte en el laboratorio —dijo al final, con la misma voz suave.

—Ya, de acuerdo —repuse, y él entonces retrocedió un paso, como si lo hubiera golpeado en el pecho.

No sé, a lo mejor esperaba que iniciara una discusión, que le suplicara, que lo negara todo, que le mintiera. Pero fue como si, al acceder, le hubiera confirmado todo lo que no había querido creer. Volvió a mirarme, pero la pantalla se empañaba cada vez más, hasta que subió al coche y arrancó.

Yo seguí a pie. En la calle 14 me detuve para dejar pasar un tanque, y luego a una brigada de soldados rasos, todos con el equipo de protección y los nuevos uniformes militares que incorporan una pantalla de espejo, de manera que cuando hablas con alguien que lleva uno de esos, solo te ves a ti mismo devolviéndote la mirada. Seguí caminando, pasé la barricada de la calle 23, donde un soldado me indicó que me desviara hacia el este para evitar Madison Park, que estaba cubierto por una cúpula geodésica con aire acondicionado donde almacenaban los cadáveres hasta que podían trasladarlos a los crematorios. En las esquinas del parque había apostadas cámaras dron cuyas luces enfocaban de vez en cuando el contorno de los ataúdes de cartón, apilados de a cuatro en hileras ordenadas. Iba por Park Avenue cuando me topé con un hombre que venía en sentido contrario; al cruzarnos, bajó los ojos. ¿A ti también te pasa? ¿No notas que hay una tendencia general a desviar la mirada, como si la enfermedad no se transmitiera a través del aire sino por mirarse a la cara?

Finalmente llegué a la Rockefeller, me di una ducha y me preparé la cama en el sofá. Pero no podía dormir y, al cabo de un par de horas, me levanté, alcé los estores opacos y estuve mirando cómo los helicópteros de la morgue realizaban sus entregas en Roosevelt Island, cegado por los destellos de las aspas cuando los proyectores se abalanzaban sobre ellas. Aquí los crematorios funcionan las veinticuatro horas del día, pero han suspendido el transporte en barcaza por el cierre de las vías fluviales (con la esperanza de disuadir a las pateras de refugiados climáticos, a quienes lanzaban en plena noche en la desembocadura del Hudson o del East River para que alcanzaran la orilla a nado).

Y ahora estoy muy cansado, creo que más que nunca. Esta noche, todos dormimos en lugares distintos. Tú, en Londres. Olivier, en Marsella. Mi marido, cuatro manzanas al norte. Mi hijo, cinco kilómetros al sur. Yo, aquí, en mi laboratorio. Ojalá estuviera con alguno de vosotros, da igual con cuál. He dejado un estor abierto y hay un cuadrado de luz en la pared de enfrente que parpadea y desaparece, parpadea y desaparece, parpadea y desaparece, como si estuviera enviándome un mensaje codificado.

Besos,

YO

20 de septiembre de 2058

Querido Peter:

Hoy ha sido el funeral de Norris. He quedado con Nathaniel y David en el templo de los Amigos, en Rutherford Place. Hacía tres meses que no veía a David, una semana que no veía a Nathaniel y, por respeto a Norris, todos nos hemos tratado con una educación exquisita. Nathaniel me había llamado antes para pedirme que intentara no abrazar a David cuando lo viera, y no lo he hecho, pero él nos ha sorprendido a los dos dándome unas palmaditas en la espalda y mascullando algo.

Durante el servicio, discreto y modesto, me dediqué a mirar a David, que estaba sentado en la fila de delante, un asiento a mi izquierda, lo que me permitió estudiar su perfil, la nariz alargada y huesuda, ese corte de pelo con el que parecía que tuviera la cabeza cubierta de espinas. Ha empezado en el nuevo instituto, ese al que Aubrey lo convenció para que asistiera después de que dejara el otro al que Aubrey lo había convencido para que fuera dos años antes, y, por lo que yo sabía, no había quejas, ni por parte de ellos ni por la suya. Aunque, en fin, solo hacía tres semanas que había empezado el curso.

No conocía a casi nadie de los presentes en el entierro —a algunos sí, de vista, de las cenas y las fiestas de hace años—, pero la sensación era de vacío: en el 56 habían perdido a más amigos de lo que yo creía, y aunque la sala estaba medio llena, persistía la sensación inquietante de que faltaba algo, o alguien.

Después, Nathaniel, el peque y yo volvimos a casa de Aubrey, en la que también se reunieron otras personas; Aubrey se dejó puesto el traje de descontaminación para que los invitados pudieran quitarse los suyos. Hacía un año más o menos, lo que Norris tardó en morir, que mantenían la casa medio a oscuras e iluminaban las habitaciones solo con velas. Eso ayudaba hasta cierto punto —tanto Aubrey como la casa parecían menos agobiados a media luz—, pero también hacía que entrar en ese espacio fuera como viajar a una época anterior a la invención de la electricidad. O quizá era que la casa ahora parecía habitada por otro tipo de animales, en lugar de humanos: topos, tal vez, criaturas de ojos pequeños y brillantes, medio ciegas, que no soportaban el sol en toda su crudeza. Pensé en los alumnos de Nathaniel, Hiram y Ezra, que con once años seguían viviendo en su mundo de tinieblas.

Al final solo quedamos nosotros cuatro. Nathaniel y David se ofrecieron a dormir allí, y Aubrey aceptó. Yo iba a aprovechar que no estarían en el apartamento para recoger unas cuantas cosas y llevármelas a la residencia de estudiantes de la UR, donde vivo aún.

Durante un rato, nadie dijo nada. Aubrey, que había apoyado la cabeza en el respaldo del sofá, al final cerró los ojos.

—David —susurró Nathaniel, indicándole que lo ayudara a tumbar a Aubrey en el sofá, y el peque iba a levantarse para echarle una mano cuando Aubrey se puso a hablar.

—¿Recordáis la conversación que mantuvimos poco después de que informaran del primer contagio en Nueva York en el 50? —dijo con los ojos aún cerrados. Nadie contestó—. A ti, Charles, recuerdo que te pregunté si se trataba de la enfermedad que todos estábamos esperando, la que nos eliminaría de la faz de la tierra, y dijiste: «No, pero será de las grandes». ¿Lo recuerdas?

Hablaba con voz apacible, pero de todas maneras me estremecí.

—Sí, me acuerdo.

Oí que Nathaniel exhalaba un suspiro, suave y triste.

—Hum... —murmuró Aubrey. Hubo otra pausa—. Al final resulta que tenías razón. Porque luego vino la del 56.

»Nunca os lo he contado, pero en noviembre del 50 un viejo amigo se puso en contacto con nosotros. Bueno, era más amigo de Norris que mío, lo había conocido en la universidad y salió con él un tiempo, poco. Se llamaba Wolf.

»Por entonces llevábamos unos tres meses viviendo en Frog's Pond Way. Como muchos, incluso personas de tu cuerda, Charles, pensábamos que allí estaríamos más seguros, que lo mejor era alejarse de la ciudad, con tanta gente y suciedad. Fue después de que empezaran los saqueos; a todo el mundo le daba miedo salir de casa. No fue tan terrible como en el 56, la gente no se abalanzaba sobre ti por la calle con la intención de toserte encima y contagiarte porque quería que tú también enfermaras. Pero fue malo. Lo recordaréis.

»El caso es que, una noche, Norris me contó que Wolf se había puesto en contacto con él; estaba por allí y quería saber si podía venir a vernos. Bien. Seguíamos las recomendaciones al pie de la letra. Norris tenía asma y el motivo primordial por el que habíamos ido a Long Island era para evitar encontrarnos con nadie. Así que decidimos decirle a Wolf que nos encantaría verlo, pero que por su bien y por el nuestro creíamos que no era seguro, y que cuando las cosas volvieran a la normalidad estaríamos encantados de quedar con él.

»Así que Norris le envía el mensaje, y Wolf contesta de inmediato: no es que quiera venir a vernos, es que lo necesita. Necesita nuestra ayuda. Norris le pregunta si podemos hacer una videollamada, pero él insiste: necesita vernos.

»¿Qué se le iba a hacer? Al día siguiente, recibimos un mensaje a media mañana: "Estoy fuera". Salimos. Al principio no vemos nada. Luego lo oímos llamar a Norris y enfilamos el camino, pero seguimos sin ver nada. Volvemos a oírlo y avanzamos un poco más. Así unas cuantas veces, hasta que Wolf dice: "Quietos".

»Nos paramos. No pasa nada, y entonces crujen unas ramitas junto al álamo grande que hay cerca de la casa del guardés y Wolf sale de ahí detrás.

»Tan pronto como lo vemos, queda claro que se encuentra muy enfermo. Tiene la cara llena de pústulas, está esquelético. Utiliza una rama de magnolia a modo de bastón, pero carece de fuerzas para mantenerse en pie, así que la arrastra como si fuera una escoba. Lleva una mochilita. Se aguanta los pantalones con una mano porque el cinturón ya no sujeta nada.

»Norris y yo retrocedemos de inmediato. Es obvio que Wolf se halla cerca de la fase final de la enfermedad y, por lo tanto, es muy contagioso.

»"No habría venido si tuviera otro sitio adónde ir —dice—. Ya me conocéis. Pero necesito ayuda. No me queda mucho. Sé que es un abuso. Pero esperaba... Esperaba que me dejarais morir aquí".

»Se había escapado de un centro. Más adelante nos enteraríamos de que también había acudido a otras personas y de que todo el mundo le había dado la espalda.

»"No voy a pediros que me dejéis entrar, pero pensaba... Pensaba que a lo mejor podría quedarme en la casa de la piscina. No os pediré nada más. Solo quiero morir bajo techo, en una casa", dijo.

»Yo no sabía qué decir. Notaba a Norris detrás de mí, agarrándome el brazo.

»"Tengo que hablar con Norris", dije al fin, y Wolf asintió y regresó detrás del álamo, como si quisiera concedernos algo de intimidad, y Norris y yo volvimos sobre nuestros pasos.

»Me miró, lo miré, pero ninguno de los dos dijo nada. No hizo falta, sabíamos lo que íbamos a hacer. Yo tenía la cartera y saqué todo lo que llevaba: un poco más de quinientos dólares. Luego nos acercarnos al árbol y Wolf reapareció.

»"Wolf, lo siento, lo siento mucho —dije—, pero no podemos. Norris es vulnerable, ya lo sabes. No podemos, de ninguna manera. Lo siento mucho". Te mencioné, Charles, dije: "Un amigo nuestro tiene contactos en la administración; él puede ayudarte, puede buscarte un centro mejor". Ni siquiera estaba seguro de que existiera algo así, un "centro mejor", pero se lo prometí. Luego dejé el dinero en el suelo, a un palmo de nosotros. "Puedo conseguirte más si lo necesitas".

»No dijo nada. Se quedó allí, respirando con dificultad, mirando el dinero, meciéndose levemente. Y entonces agarré a Norris de la mano y volvimos a casa a toda prisa; los últimos metros los hicimos corriendo, corriendo como si Wolf tuviera fuerzas para perseguirnos, como si de pronto fuera a echar a volar igual que una bruja e impedirnos el paso. Una vez dentro, echamos el pestillo y luego nos paseamos por la casa comprobando todas las ventanas y las cerraduras, como si de pronto Wolf fuera entrar a la carga por una de ellas e infestar la casa.

»Pero ¿sabéis qué fue lo peor de todo? Lo indignados que estábamos. Nos indignaba que Wolf hubiera enfermado, que hubiera acudido a nosotros, que nos hubiera pedido ayuda, que nos hubiera puesto en semejante situación. Eso nos dijimos por la noche mientras nos atracábamos de comida, con todas las cortinas echadas, todos los sistemas de seguridad conectados, y la casa de la piscina cerrada con llave, no fuera a ser que Wolf intentara colarse: que cómo se atrevía. ¿Cómo se atrevía a hacernos sentir así? ¿Cómo se atrevía a obligarnos a decirle que no? Eso pensamos. Un amigo estaba desvalido y asustado, y nosotros reaccionamos de esa manera.

»A partir de entonces, ya nada volvió a ser igual entre nosotros. Sí, sé que parecía que todo iba bien, pero algo cambió. Fue como si nuestra relación ya no se basara en el amor, sino en la vergüenza, en ese terrible secreto que compartíamos, en eso tan horrible e inhumano que habíamos hecho juntos. Y eso también fue culpa de Wolf. Ya no salíamos de casa, nos dedicábamos a vigilar la propiedad con prismáticos. Les ofrecimos el doble a los del equipo de seguridad para que volvieran, pero dijeron que no, así que nos preparamos para resistir un asedio, un asedio de un solo hombre. Persianas cerradas y postigos atrancados. Vivíamos igual que en una película de terror, como si en cualquier momento fuéramos a oír un golpe contra un cristal y, al levantar la persiana, encontrarnos a Wolf pegado a él. Conseguimos convencer a la policía local para que hiciera un seguimiento del número de víctimas de la zona, pero aun cuando dos semanas después nos informaron de que habían encontrado a Wolf junto a la autovía, muerto aparentemente desde hacía varios días, fuimos incapaces de abandonar la vigilancia: dejamos de contestar al teléfono, dejamos de leer los mensajes, dejamos de estar accesibles porque, si cortábamos cualquier contacto con el mundo exterior, nadie podría pedirnos nada y estaríamos a salvo.

»Cuando acabó la alerta, regresamos a Washington Square. Pero ya no volvimos a pisar Water Mill. Nathaniel, una vez preguntaste por qué no íbamos nunca a Frog's Pond Way. Esa fue la razón. Tampoco volvimos a hablar de Wolf. Ni siquiera fue necesario acordarlo, simplemente sabíamos que era mejor no hacerlo. A lo largo de los años, intentamos acallar nuestro sentimiento de culpa mediante compensaciones. Donábamos dinero a entidades benéficas que ayudaban a los enfermos, donábamos a hospitales, donábamos a grupos de activistas que luchaban contra los campos. Pero cuando le diagnosticaron la leucemia a Norris, en cuanto el médico salió de la habitación, lo primero que dijo fue: "Es un castigo por lo de Wolf". Sé que lo creía. En sus últimos días, cuando deliraba a causa de la medicación, no repetía mi nombre, sino el de Wolf. Y aunque esté contándoos esta historia como si a mí no me pasara, la verdad es que yo también lo creo. Que un día... Que un día Wolf vendrá también a por mí.

Nadie dijo nada. Incluso el peque, consecuente con su absolutismo moral, siguió triste y callado. Nathaniel suspiró.

—Aubrey —empezó a decir, pero este lo interrumpió.

—Tenía que sincerarme con alguien, que es uno de los motivos por lo que os lo cuento. Pero el otro motivo es... David, sé que le guardas mucho rencor a tu padre, y lo entiendo, pero a muchos el miedo nos lleva a hacer cosas de las que luego nos arrepentimos, cosas de las que nunca nos habríamos creído capaces. Eres muy joven, has pasado casi toda tu vida conviviendo con la muerte y con la posibilidad de morir... Lo consideras normal, lo cual es desolador. Por eso es probable que no entiendas del todo lo que quiero decir.

»Pero cuando eres mayor, haces lo que sea para seguir vivo. A veces sin darte cuenta siquiera. Algo, el instinto, una parte oscura de ti mismo, toma el control..., y dejas de ser quien eras. No le ocurre a todo el mundo. Pero sí a muchos de nosotros.

»Supongo que lo que trato de decir es que... deberías perdonar a tu padre. —Me miró—. Yo te perdono, Charles. Por... por lo que sea que hayas hecho con... con los campos. Quería decírtelo. Norris jamás te culpó como yo lo hacía, así que él no tenía nada que perdonarte, ni nada por lo que pedirte perdón. Pero yo sí.

Sentí que debía contestar algo.

—Gracias, Aubrey —dije a un hombre que había colgado los objetos más valiosos y sagrados de mi país en sus paredes como si se trataran de pósteres en la habitación de una residencia de estudiantes, y que no hacía ni dos años me había acusado de ser un títere del Gobierno estadounidense—. Te lo agradezco.

Suspiró, y Nathaniel lo imitó, como si en cierto modo yo no hubiera sabido cumplir con mi parte. David estaba sentado en la otra punta de la habitación, con la cabeza vuelta, de manera que no le veía la cara. David quería a Aubrey. Lo respetaba. Imaginé lo que estaba pensando, y lo sentí por él.

Me sentía tan generoso que, de hecho, hasta me planteé pedirle perdón en ese momento y, sin poder evitarlo, me puse a fantasear con nuestro reencuentro: yo regresaría al apartamento, Nathaniel me querría de nuevo, el peque dejaría de estar enfadado conmigo y volveríamos a ser una familia.

Sin embargo, no dije nada. Simplemente me levanté, me despedí de todo el mundo, me fui al apartamento como tenía pensado y luego regresé a la residencia.

He oído historias horribles —los dos las hemos oído—, muchas, acerca de lo que los humanos les han hecho a otros humanos en estos dos años. La de Aubrey no ha sido ni de lejos la peor. A lo largo de estos meses, me han llegado noticias de padres que abandonaron a sus hijos en el metro; de un hombre que mató a sus padres de un disparo en la nuca mientras estaban sentados en su patio; de una mujer que llevó a su marido, un hombre de cuarenta años en silla de ruedas y desahuciado, al desguace que hay cerca del túnel Lincoln y lo dejó allí. Pero creo que lo que más me ha impactado de la historia de Aubrey no ha sido la historia en sí, sino hasta qué punto sus vidas se vieron reducidas a la nada. No me ha costado imaginarlos: los dos en esa casa que yo tanto odiaba y envidiaba, con los postigos cerrados para no dejar pasar la luz, acurrucados juntos en un rincón para hacerse pequeños con la esperanza de pasar inadvertidos ante el gran ojo de la enfermedad, de que los pasara por alto, como si así pudiesen escapar de sus garras.

Besos,

C.

30 de octubre de 2059

Querido Peter:

Gracias por la felicitación de cumpleaños atrasada; se me había olvidado por completo. Cincuenta y cinco. Separado. Odiado por mi propio hijo y gran parte del mundo occidental (por lo que hago, no como persona). No sé cómo he dejado de ser un científico con un futuro prometedor para convertirme en un agente del Gobierno en la sombra. ¿Qué más puede decirse? Creo que no mucho.

Lo celebramos sin demasiado entusiasmo en casa de Aubrey, donde viven ahora Nathaniel y el peque. Sé que no te lo había mencionado, y supongo que se debe a que sucedió así y ya está, sin que ni Nate y yo fuéramos plenamente conscientes. Primero, durante las semanas que siguieron a la muerte de Norris, David y él empezaron a pasar cada vez más tiempo en el centro para hacerle compañía a Aubrey. Cuando se quedaban allí, me enviaba un mensaje para que supiera que podía ir a dormir al apartamento. Me paseaba por las habitaciones, abría los cajones del escritorio del peque y husmeaba un poco; miraba en el cajón de los calcetines de Nathaniel. No buscaba nada en concreto, sabía que Nathaniel no tenía secretos y que David se habría llevado los suyos con él. Solo echaba un vistazo. Volvía a doblar algunas camisetas de David, o me quedaba mirando la ropa interior de Nathaniel, inhalando su olor.

Al final, empecé a darme cuenta de que desaparecían cosas: las zapatillas de deporte de David, los libros que Nathaniel tenía en la mesita, junto a la cama. Una noche, llegué a casa y el ficus no estaba. Casi parecía sacado de una tira cómica: por el día, cuando yo no estaba allí para verlo, todos esos objetos se escabullían. Por supuesto, lo que ocurría era que se los habían llevado a Washington Square. Unos cinco meses después de ese lento goteo, Nathaniel me envió un mensaje para decirme que, si quería, podía trasladarme a nuestro piso, y aunque había pensado decirle que no por principio —cada pocas semanas hablábamos de pasada sobre la posibilidad de que él me comprara el apartamento para que yo pudiera buscarme otro, si bien éramos muy conscientes de que ni él ni yo teníamos dinero para eso—, estaba muy cansado por entonces, así que me trasladé de vuelta a casa. Sin embargo, no se lo llevaron todo a la de Aubrey, y en mis momentos más autocompasivos reparo en el simbolismo de lo que ha quedado atrás. Los libros ilustrados del peque, unas cuantas chaquetas de Nathaniel para las que ya hace demasiado calor, una olla ennegrecida después de años de comidas quemadas... y yo: los despojos de la vida de Nathaniel y David, lo que no querían.

Nathaniel y yo procuramos hablar una vez a la semana. A veces esas interacciones van bien. Otras, no. No es que nos peleemos, pero cada conversación, por agradable que resulte, es una capa de hielo quebradiza bajo la cual reposa una laguna de agua oscura y helada: décadas de resentimiento, de reproches. David motiva gran parte de esos reproches, pero también gran parte de nuestra afinidad. Nos tiene preocupados por igual, aunque Nathaniel es más comprensivo con él que yo. Cumplirá veinte años el mes que viene, y no sabemos qué hacer con él ni por él: no tiene el título de secundaria, ni intención alguna de ir a la universidad o de buscar trabajo. Según Nathaniel, desaparece a diario durante horas y solo vuelve para cenar y jugar una partida de ajedrez con Aubrey antes de esfumarse de nuevo. Al menos, asegura Nathaniel, sigue siendo cariñoso con Aubrey; a nosotros nos pone los ojos en blanco y resopla cuando le pedimos que busque trabajo o que acabe el instituto, pero a Aubrey lo escucha con paciencia cuando alguna que otra vez le suelta un pequeño sermón. Y por la noche, antes de irse, lo ayuda a subir la escalera y lo acompaña a su dormitorio.

Esta noche, estábamos comiendo pastel cuando la cámara de descontaminación se ha cerrado de golpe y ha aparecido David. Nunca sé de qué humor estará el peque al verme: ¿contestará con desdén y pondrá los ojos en blanco diga lo que diga yo? ¿Optará por el sarcasmo y me preguntará de cuántas muertes soy responsable esa semana? ¿Se mostrará repentinamente tímido, casi como un adolescente, y se encogerá de hombros, avergonzado, cuando le haga un cumplido, cuando le diga cuánto lo echo de menos? No hay ocasión en que no le diga que lo echo de menos, en que no le diga que le quiero. Pero no le pido perdón, que es lo que quiere él, porque no hay nada por lo que perdonarme.

—Hola, David —saludé, y vi que vacilaba un instante, lo que me llevó a pensar que él era igual de incapaz que yo de predecir su reacción al verme.

Optó por el sarcasmo.

—No sabía que hoy íbamos a cenar con criminales de guerra internacionales.

—David —dijo Nathaniel, con cansancio—. Basta. Ya te avisé: es el cumpleaños de tu padre.

Aubrey intervino con delicadeza antes de que le diera tiempo a responder:

—Ven a sentarte, David, quédate un ratito con nosotros. —Y luego, al ver que mi hijo seguía dudando, añadió—: Tenemos comida de sobra.

David le hizo caso, Edmund le sirvió un plato y los tres contemplamos cómo se lo zampaba en un abrir y cerrar de ojos, se recostaba en la silla y eructaba.

—David —lo reprendimos Nathaniel y yo a la vez, y el peque sonrió de pronto, mirándonos primero a uno y luego al otro, por lo que Nathaniel y yo también nos miramos, y por un momento los tres estábamos sonriendo.

—No podéis evitarlo, ¿verdad? —dijo David, casi con cariño, dirigiéndose a Nathaniel y a mí como una unidad, lo cual nos hizo volver a sonreír: a él, y el uno al otro. Frente a nosotros, el peque pinchó otro trozo de pastel de zanahoria—. ¿Cuántos años cumples, jefe? —preguntó.

—Cincuenta y cinco —contesté, pasando por alto la provocación con lo de «jefe», un apelativo que yo odiaba, como él sabía. Pero hacía años que había dejado de llamarme «papá», y unos cuantos más que no me llamaba nada.

—Joder. ¡Cincuenta y cinco! —exclamó, pero con un entusiasmo sincero—. ¡Qué viejo!

—Un anciano —coincidí con él, sonriendo.

Junto a David, Aubrey se rio.

—Un bebé —nos corrigió—. Un bebé.

Habría sido el momento perfecto para que David empezara con una de sus diatribas —sobre la edad media de los niños que se llevaban a los campos; sobre la tasa de mortalidad entre los niños no blancos; sobre que el Gobierno utilizaba la enfermedad como una oportunidad para acabar con los negros y los nativos americanos, que siempre había sido la razón por la que se había permitido la propagación sin control de todas las enfermedades recientes—, pero no lo hizo, se limitó a alzar los ojos con exasperación, pero de buen humor, y se cortó otro trozo de pastel. Sin embargo, antes de atacarlo, se desanudó la bandana que llevaba al cuello y en ese momento vi un tatuaje enorme que le cubría todo el lado derecho.

—¡Joder! —exclamé, y Nathaniel, al caer en la cuenta de lo que había visto, pronunció mi nombre a modo de advertencia.

Ya me había entregado una lista de los muchos temas que no debía mencionarle a David ni sobre los que debía interesarme, entre ellos sus estudios, sus planes, su futuro, a qué dedicaba las horas del día, sus ideas políticas, sus ambiciones y sus amigos. Pero no me había dicho nada de tatuajes feos y gigantescos, así que me precipité al otro lado de la mesa como si fuera a desaparecer si no lo inspeccionaba en los cinco segundos siguientes. Le bajé el cuello de la camiseta y le eché un vistazo: era un ojo, de unos quince centímetros de ancho, grande y amenazante, y lanzaba rayos de luz; debajo se leía escrito con letras góticas: «Ex Obscuris Lux».

Le solté la camiseta y retrocedí. David sonreía.

—¿Has ingresado en la Academia Americana de Oftalmología? —le pregunté.

Dejó de sonreír y me miró desconcertado.

—¿Eh?

—*Ex obscuris lux* —dije—. «La luz que surge de la oscuridad». Es su lema.

Siguió desconcertado unos segundos más, pero enseguida se recompuso.

—No —contestó con sequedad, y vi que se sentía avergonzado, y que luego se enfadaba por sentir vergüenza.

—Bueno, entonces ¿por qué es?

—Charles —suspiró Nathaniel—, ahora no.

—¿Cómo que «ahora no»? ¿Ni siquiera puedo preguntarle a mi hijo por qué se ha hecho un tatuaje enorme —dije, y estuve a punto de añadir «y espantoso»— en el cuello?

—Porque soy miembro de La Luz —contestó David con orgullo, y al ver que yo no reaccionaba, volvió a alzar los ojos exasperado—. Joder, jefe... La Luz. Es un grupo.

—¿Qué tipo de grupo? —pregunté.

—Charles... —insistió Nathaniel.

—Nate, ya vale con el «Charles, Charles». También es mi hijo. Puedo preguntarle lo que quiera. —Me volví hacia David—. ¿Qué clase de grupo?

Al ver que de nuevo sonreía con suficiencia, sentí ganas de abofetearlo.

—Un grupo político —contestó.

—¿Qué clase de grupo político?

—Uno que quiere acabar con el trabajo que has estado haciendo.

Peter, qué orgulloso habrías estado de mí en ese momento. Tuve una de esas raras iluminaciones en la que vi, con suma claridad y nitidez, adónde conduciría la conversación. El peque intentaría provocarme. Yo me dejaría provocar. Diría algo sin pensar. Él contestaría de igual forma. Nathaniel se mantendría al margen, estrujándose las manos. Aubrey continuaría repantingado en su asiento, observándonos con dolor, lástima y una pizca de repulsión por formar parte de su vida y por el hecho de que los tres hubiéramos llegado a ese extremo tan triste.

Pero no hice nada por el estilo. Con una muestra de autocontrol del que ni yo me creía capaz, me limité a decir que me alegraba de que hubiera encontrado un objetivo en la vida y que le deseaba a él y a sus compañeros lo mejor en su lucha. Luego le agradecí la cena a Aubrey y a Nathaniel y me dispuse a irme.

—Oh, Charles —dijo Nathaniel, siguiéndome hasta la puerta—. Charles, no te vayas.

Lo arrastré al salón.

—Nathaniel, ¿me odia?

—¿Quién? —preguntó, aunque sabía muy bien a quién me refería. Luego suspiró—. No, claro que no, Charles. Está pasando por una fase. Y... pone mucha pasión en lo que cree. Ya lo sabes. No te odia.

—Pero tú sí.

—No, no te odio, odio lo que hiciste, Charles. No a ti.

—Hice lo que había que hacer, Natey —protesté.

—Charles, no voy a discutir ahora eso contigo. Aquí lo único que importa es que eres su padre. Y siempre lo serás.

No sé por qué, pero sus palabras no me reconfortaron, y después de salir de allí (había esperado que Nathaniel insistiera un poco más en que me quedara, pero no lo hizo) me detuve en la entrada norte de Washington Square a contemplar al último grupo de chabolistas que se movían por allí. Unos cuantos se bañaban en la fuente, y una familia —dos adultos y una niña pequeña— había hecho fuego junto al arco y asaba un animal, no sé qué era, sobre las llamas.

—¿Ya está? —no dejaba de preguntar la niña, emocionada—. ¿Ya está, papi? ¿Ya está?

—Casi, cariño —dijo el padre—. Casi, casi.

El hombre agarró el bicho por la cola y se lo tendió a la niña, quien lanzó un chillido de alegría y empezó a devorarlo de inmediato; entonces me marché de allí. Unas doscientas personas vivían en el Washington, y aunque sabían que una noche demolerían sus hogares, continuaban acudiendo a ese lugar: era más seguro estar allí que debajo de un puente o en un túnel. Aun así, yo no entendía cómo lograban dormir con todos esos reflectores enfocándolos, pero supongo que uno se acostumbra a todo. Muchos chabolistas utilizaban gafas de sol incluso de noche, o se anudaban un trozo de gasa negra sobre los ojos. Casi nadie llevaba casco de protección, de manera que, desde lejos, parecían un ejército de fantasmas con los rostros envueltos en algodón.

Cuando llegué al apartamento, busqué información sobre La Luz, y resultó asemejarse bastante a lo que esperaba: se trata de un grupo antigubernamental y anticiencia que se dedica a «destapar la manipulación estatal y acabar con la era de las plagas». Parece pequeño, incluso para lo que son esos grupos; no se les atribuye ningún ataque de importancia ni han reivindicado incidentes graves. De todas maneras, he enviado un correo a mi contacto de Washington para pedirles que me hagan llegar un informe completo, aunque no les he dicho por qué.

Peter, nunca te pido este tipo de favores, pero ¿averiguarás lo que puedas, lo que sea? Siento pedírtelo. De verdad. No lo haría si no me viera obligado.

Sé que no puedo impedir que David haga lo que quiera, pero tal vez pueda ayudarlo. Debo intentarlo. ¿No?

Con todo mi cariño,

CHARLES

7 de julio de 2062

Querido Peter:

Seré breve porque tengo que estar en Washington dentro de seis horas, pero quería escribirte ahora que dispongo de unos minutos.

Aquí hace un calor insoportable.

El nuevo estado se anunciará hoy a las cuatro de la tarde, hora del este. El plan original era anunciarlo el 3 de julio, pero todo el mundo coincidió en que convendría que la gente pudiera celebrar un último día de la Independencia. La idea es que, si lo comunicamos ahora, al final del día, será más fácil confinar ciertas partes del país antes de que empiece el fin de semana, y luego dejamos un par de días para que pase la conmoción antes de que los mercados vuelvan a abrir el lunes. Para cuando leas esto, ya habrá sucedido.

Gracias por los consejos de estos últimos meses, querido Peter. Al final te he hecho caso y he rechazado el cargo del ministerio: de todos modos, continuaré entre bastidores, y lo que pierdo en influencia lo gano en seguridad. Aun así, sigo teniendo cierta autoridad: he pedido a los servicios secretos que le pongan un rastreador a David ahora que La Luz se ha vuelto tan problemática, y hay guardias de paisano apostados frente a la casa de Aubrey para protegerlos a él y a Nathaniel si los disturbios se vuelven tan graves como se teme. Aubrey está cada vez peor: el cáncer ha hecho metástasis en el hígado, y, según Nathaniel, su médico cree que solo le quedan entre seis y nueve meses.

Te llamaré por la línea segura esta noche (en mi zona horaria, temprano por la mañana en la tuya). Deséame suerte.

Besos para Olivier y para ti,

CHARLES

Parte V

Primavera de 2094

En las semanas que siguieron a nuestro primer encuentro, nos vimos cada vez más. Al principio solo por casualidad: el domingo después de haber coincidido en la sesión del cuentacuentos, estaba paseando alrededor del Washington cuando me di cuenta de que tenía a alguien detrás. Había mucha gente detrás de mí, por supuesto, y también delante —yo iba en el centro del grupo—, pero esa presencia me pareció diferente y, al girarme, ahí estaba de nuevo ese hombre, sonriéndome.

—Hola, Charlie —dijo sin dejar de sonreír.

Su sonrisa me puso nerviosa. Cuando mi abuelo tenía mi edad, todo el mundo sonreía siempre. Me decía que los estadounidenses eran famosos por eso, por sonreír. Él no era estadounidense, aunque se había nacionalizado. Pero yo no sonreía muy a menudo, como tampoco lo hacía nadie a quien conociera.

—Hola —dije.

Se puso a mi lado y caminamos juntos. Me preocupaba que quisiera charlar conmigo, pero no lo hizo, y dimos tres vueltas completas alrededor del Washington. Después dijo que se había alegrado de verme y que quizá coincidiéramos en la siguiente sesión de cuentacuentos, y entonces volvió a sonreír y se alejó en dirección oeste antes de que se me ocurriera qué contestarle.

El sábado siguiente volví a ir al cuentacuentos. No había imaginado que me apeteciera encontrármelo, pero al verlo allí sentado, en el mismo lugar de la última fila donde habíamos estado el día que nos conocimos, me invadió una sensación extraña, y en los últimos metros apreté el paso para que nadie me quitara el sitio. Luego me detuve. ¿Y si él no quería verme? Pero entonces se volvió y me vio y sonrió, me hizo una señal para que me acercara y dio unas palmaditas en el suelo, a su lado.

—Hola, Charlie —dijo cuando me acerqué.

—Hola.

Se llamaba David. Me lo había dicho ya el primer día.

—Ah —le había dicho yo esa vez—, mi padre también se llamaba David.

—¿De verdad? —repuso él—. Igual que el mío.

—Ah. —Me dio la sensación de que debía añadir algo, así que al final lo hice—: Eso son muchos Davids.

Él sonrió, mucho, e incluso rio un poco.

—Es cierto —convino—, sí que son muchos Davids. Eres muy graciosa, ¿sabes, Charlie? —Era una de esas preguntas que yo sabía que en realidad no lo eran y, además, ni siquiera era verdad. Nadie me había dicho nunca que fuera graciosa.

Esta vez había llevado un poco de nata de soja que había espumado, desecado y cortado en triángulos yo misma, y un recipiente con levadura nutricional donde untarla. Mientras el cuentacuentos se acomodaba en su silla plegable, le ofrecí la bolsa a David.

—Puedes coger —dije, y luego me preocupó haber parecido demasiado brusca, demasiado antipática, cuando en realidad solo estaba nerviosa—. Si quieres —añadí.

Miró la bolsa, y me dio miedo que se riera de mí y de mi tentempié, pero se limitó a sacar un trocito, lo pasó por la levadura y lo devoró.

—Gracias —susurró mientras el cuentacuentos ya empezaba—, está muy bueno.

En la historia de ese día, el marido, la esposa y sus dos hijos despertaban una mañana y encontraban un pájaro en su apartamento. Eso tampoco era muy realista que digamos, porque ya apenas había pájaros, pero el cuentacuentos hizo muy bien su trabajo al describir cómo el animal conseguía frustrar todos sus intentos de atraparlo, y cómo el padre, el hijo, la madre y la hija no hacían más que chocar entre sí mientras corrían por toda la casa con una funda de almohada. Cuando por fin capturan al pájaro, el hijo propone que se lo coman, pero la hija es más sensata, así que la familia lleva el ave al centro de animales local, como es su deber, y entonces los recompensan con tres cupones de proteínas extras, con que la madre compra unas hamburguesas de proteína.

Cuando la historia terminó, fuimos paseando al extremo norte del Washington.

—¿Qué te ha parecido? —preguntó David, pero no dije nada porque me daba vergüenza reconocer que me había sentido traicionada por la historia.

Creía que el marido y la esposa eran solo marido y esposa, igual que mi marido y yo, y sin embargo, de repente tenían dos hijos, un chico y una chica, lo cual quería decir que al final no eran como mi marido y yo. No eran solo un hombre y una mujer: eran un padre y una madre.

Pero era una tontería contarle esas cosas, así que me limité a contestar con un: «Ha estado bien».

—A mí me ha parecido una bobada —dijo David, y entonces lo miré—. ¿Quién tiene un apartamento tan grande que puede correr por él? ¿Y quién sería tan buenazo para llevar de verdad el pájaro a un centro?

Su reacción me animó, aunque también me alarmó. Me miré los zapatos.

—Pero es lo que dice la ley.

—Claro que es lo que dice la ley, pero él es un cuentacuentos —insistió David—. ¿De verdad espera que nos creamos que, si una paloma enorme, gorda y jugosa, entrara por cualquiera de nuestras ventanas, no la mataríamos, la desplumaríamos y la meteríamos enseguida en el horno?

Levanté la vista y vi que estaba mirándome con una media sonrisa.

No sabía qué contestar.

—Bueno, solo es una historia —dije.

—A eso voy —repuso él, como si le hubiera dado la razón, y luego me hizo un gesto con la mano—. Adiós, Charlie. Gracias por la comida y por la compañía. —Y se marchó en dirección oeste, de vuelta a Pequeño Ocho.

No dijo que nos veríamos la semana siguiente, pero cuando regresé un sábado después ahí estaba de nuevo, de pie frente a la entrada de la carpa del cuentacuentos, y de nuevo noté esa sensación rara en la barriga.

—He pensado que hoy, en lugar de quedarnos, podríamos dar un paseo, si te parece bien —dijo, aunque hacía mucho calor, tanto que había tenido que ponerme el traje de refrigeración.

Él, en cambio, llevaba la camisa y los pantalones grises de siempre, el mismo gorro gris, y no parecía tener nada de calor. Lo dijo como si hubiéramos quedado en vernos allí, como si tuviéramos un plan y él estuviera cambiándolo.

Mientras caminábamos, me acordé de hacerle una pregunta a la que llevaba dándole vueltas toda la semana.

—Ya no te he visto más en la parada de la lanzadera.

—Es verdad —dijo—. Me han cambiado el turno. Ahora voy en la de las 7.30.

—Ah. —Y luego añadí—: Mi marido también va en la de las 7.30.

—¿En serio? —dijo David—. ¿Dónde trabaja?

—En el Estanque.

—Ah. Yo trabajo en la Granja.

No valía la pena preguntarle si se conocían, porque la Granja era el mayor proyecto estatal de la prefectura, contaba con decenas de científicos y cientos de técnicos y, además, los empleados del Estanque estaban aislados en el Estanque, así que rara vez tenían motivo para verse con nadie que trabajara en otra parte del complejo.

—Soy especialista en bromelias —explicó David, aunque yo no se lo había preguntado porque no estaba bien preguntarle a alguien a qué se dedicaba—. Lo llaman así, pero en realidad no soy más que un jardinero. —También eso era extraño: tanto describir tu trabajo como hacer que pareciera menos importante de lo que era—. Ayudo a cruzar los especímenes que tenemos, pero sobre todo estoy allí para cuidar de las plantas. —Lo dijo con tono alegre y objetivo, pero de pronto sentí la necesidad de defender su propio trabajo ante él.

—Es una labor importante —protesté—. Necesitamos que la Granja lleve a cabo todo el trabajo de investigación posible.

—Supongo que sí —repuso—. No es que me dedique a investigar nada, pero las plantas me gustan mucho, aunque suene tonto.

—A mí también me gustan mucho los minis —dije, y al hacerlo me di cuenta de que era verdad. Los minis me encantaban. Eran muy frágiles y tenían una vida muy corta; eran pequeños seres sin formar, creados solo para morir, ser diseccionados y estudiados, y luego incinerados y olvidados.

—¿Los minis? —preguntó—. ¿Qué es eso?

Así que le expliqué un poco lo que hacía y cómo los preparaba, que los científicos se impacientaban si no se los entregaba a tiempo, cosa que le hizo reír, y su risa me puso nerviosa, porque no quería que pensara que me quejaba de los científicos ni que me burlaba de ellos, pues hacían un trabajo fundamental, y así se lo dije.

—No, no creo que estés menospreciándolos —aseguró—. Solo es que... son personas muy importantes, pero en realidad solo son personas, ¿no? Se impacientan y se ponen de mal humor, igual que los demás.

Nunca había pensado en los científicos así, como personas, de manera que no dije nada.

—¿Cuánto hace que estás casada? —preguntó David.

Fue una pregunta muy directa, y por un momento no supe qué contestar.

—Igual no es asunto mío —dijo, mirándome—. Perdóname. De donde soy, la gente acostumbra a hablar con menos reservas.

—Ah —dije—. ¿Y de dónde eres?

Era de la Prefectura Cinco, una de las prefecturas del sur, aunque no tenía acento. A veces transferían a gente a otras prefecturas, pero solían hacerlo solo si tenían aptitudes poco frecuentes o muy demandadas. Eso me hizo pensar que tal vez David, en realidad, fuera más importante de lo que decía, lo cual explicaría por qué estaba aquí, no solo en la Prefectura Dos, sino en la Zona Ocho.

—Hace casi seis años que estoy casada —dije, y luego, como sabía que iba preguntármelo, añadí—: Somos estériles.

—Lo siento, Charlie. —Lo dijo con amabilidad pero sin lástima, y al contrario que algunos, no se apartó de mí como si mi esterilidad fuese contagiosa—. ¿Fue por una enfermedad?

También eso fue muy directo, pero empezaba a acostumbrarme a él y no me sorprendió tanto como si lo hubiera hecho otra persona.

—Sí, la del 70.

—Y tu marido... ¿por la misma razón?

—Sí —contesté, aunque no era verdad, pero así zanjé el tema, que no era algo que comentar con desconocidos, ni con conocidos, ni con nadie, en realidad.

El estado se había esforzado mucho por reducir la estigmatización de la esterilidad. Ya era ilegal negarle un alquiler a una pareja estéril, pero de todos modos la mayoría solíamos congregarnos en un mismo lugar porque así nos resultaba más fácil: nadie te miraba raro y tampoco tenías que encontrarte de frente con los bebés y los niños de otras personas, que te recordaban a diario tu propia deficiencia. Casi todo nuestro edificio, por ejemplo, estaba ocupado por parejas estériles. Un año antes, el estado había legalizado que una persona estéril de cualquier sexo pudiera casarse con una persona fértil, pero, que yo supiera, nadie lo había hecho, porque si eras fértil no tenía ningún sentido echar tu vida a perder de esa manera.

Debí de poner una cara extraña, porque entonces David me tocó en el hombro y yo me encogí y me aparté, aunque él no pareció ofenderse.

—He dicho algo que te ha molestado, Charlie —dedujo—. Lo siento. No pretendía entrometerme. —Suspiró—. Pero eso no significa que seas mala persona.

Y entonces, antes de que se me ocurriera qué contestar, dio media vuelta y se marchó con otra de sus despedidas.

—Hasta la semana que viene.

—Vale —dije, y me quedé allí parada, mirando cómo se alejaba hacia el oeste hasta que lo perdí de vista por completo.

———

A partir de ese día, vi a David todos los sábados. Abril no tardó en echársenos encima y comenzó a hacer aún más calor, tanto que ya no podríamos disfrutar más de nuestros paseos, pero yo intentaba no pensar en lo que sucedería entonces.

Una noche, como un mes después de haber empezado a quedar con él, mi marido me miró durante la cena y dijo:

—Estás diferente.

—Ah, ¿sí? —Un rato antes, David había estado contándome historias de cuando era niño y vivía en la Prefectura Cinco, de cuando sus amigos y él trepaban a las pacanas y comían tantas nueces que se ponían malos. Le pregunté si no le daba miedo robar nueces, porque legalmente todos los árboles frutales pertenecían al estado, pero él dijo que el estado hacía la vista gorda en la Prefectura Cinco. «En realidad solo les importa la Prefectura Dos, porque aquí es donde está todo el dinero y el poder», dijo. Afirmaba esas cosas con naturalidad, como si no le importara que las oyera todo el mundo, y cuando yo le pedía que bajara la voz me miraba desconcertado. «¿Por qué? Si no estoy diciendo nada que pueda considerarse una traición», y eso me había dado que pensar. Era cierto, no era traición, pero algo en su forma de decirlo me hacía sentir lo contrario—. Perdona.

—No —dijo mi marido—. No tienes por qué disculparte. Es que tienes... —añadió, observándome con detenimiento durante mucho más rato de lo que había hecho nunca, tanto que empecé a inquietarme— buen aspecto. Pareces contenta. Me alegra verte así.

—Gracias —repuse al final, y mi marido, que había vuelto a inclinar la cabeza sobre su hamburguesa de tofu, asintió.

Esa noche, cuando estaba en la cama, me di cuenta de que había pasado muchas semanas sin preguntarme adónde iría mi marido en sus noches libres. Ni siquiera me había acordado de volver a mirar en la caja por si había más notas. Mientras pensaba eso, de repente vi la casa de Bethune Street y a mi marido entrando con sigilo por la puerta entreabierta mientras aquella voz de hombre decía: «Hoy llegas tarde», y para distraerme, en lugar de eso pensé en David, en cómo me sonreía y decía que era graciosa.

Esa misma noche, más tarde, me desperté de un sueño. Soñaba muy pocas veces, pero esa vez lo viví tan intensamente que al abrir los ojos por un momento me sentí desorientada. Estaba cruzando el Washington con David y nos deteníamos en la entrada norte, donde el parque limitaba con la Quinta Avenida, y entonces me ponía las manos en los hombros y me besaba. Era frustrante no recordar la sensación que me había producido ese beso, pero sabía que había sido buena, que me había gustado. Entonces desperté.

Las noches siguientes volví a soñar que David me besaba. En los sueños sentía cosas diferentes: estaba asustada, pero sobre todo emocionada, y también aliviada..., porque nunca me habían besado y me había resignado a que jamás me ocurriera. Y ahí me veía de pronto, recibiendo un beso por fin.

Dos sábados después de que empezaran esos sueños de los besos, volvía a estar con David en el Washington. Corría la tercera semana de abril, por lo que el calor era insoportable e incluso David había empezado a ponerse el traje de refrigeración.

Los trajes eran efectivos, pero como abultaban mucho, hacían que caminaras de una forma extraña y tenías que moverte despacio, tanto por el volumen de los trajes como para evitar hacer un esfuerzo excesivo.

Estábamos dando la segunda vuelta alrededor del Washington mientras David me contaba más historias sobre su infancia en la Prefectura Cinco, cuando de repente vi que mi marido venía en nuestra dirección.

Me detuve.

—¿Charlie? —dijo David, mirándome. Pero no respondí.

A esas alturas mi marido ya me había visto y se acercaba a nosotros. Iba solo y también llevaba su traje de refrigeración; levantó la mano para saludar mientras se aproximaba.

—Hola —dijo cuando llegó a nuestro lado.

—Hola —dijo David.

Los presenté y los dos se saludaron inclinando la cabeza. Cruzaron varias frases sobre el tiempo, con naturalidad, como le sale a mucha gente. Y entonces mi marido siguió su camino en dirección norte, y David y yo continuamos hacia el oeste.

—Tu marido parece agradable —comentó David al final, al ver que yo no decía nada.

—Sí. Es agradable.

—¿Fue un matrimonio concertado?

—Sí, lo concertó mi abuelo.

Recordé la primera vez que el abuelo me habló del matrimonio. Yo tenía veintiún años, y el año anterior me habían pedido que abandonara la universidad porque a mi padre lo habían declarado enemigo del estado, aunque hacía mucho que estaba muerto. Fue una época extraña: según la semana, corrían rumores de que los rebeldes ganaban terreno, a lo que seguían informes de que el estado los había hecho retroceder. Las noticias oficiales aseguraban que el estado se impondría, y el abuelo me garantizaba que sería así. Pero también decía que quería asegurarse de que yo estuviera a salvo, de que hubiera alguien que se ocupara de mí.

—Ya estás tú —dije, y él sonrió.

—Sí, y me tienes en cuerpo y alma, gatito. Pero no viviré para siempre y quiero asegurarme de que haya alguien que te proteja, aun después de que yo me haya ido.

A eso no contesté porque no me gustaba que hablara de morirse, pero la semana siguiente fuimos juntos a una agencia matrimonial. Eso fue cuando él todavía tenía un poco de influencia, y el agente que escogió era uno de los más exclusivos de la prefectura; normalmente solo concertaba matrimonios para residentes de la Zona Catorce, pero accedió a ver al abuelo como un favor.

En la agencia matrimonial, el abuelo y yo nos sentamos en una sala de espera, y entonces se abrió otra puerta y entró un hombre alto y delgado, de tez pálida.

—¿Doctor? —le preguntó.

—Sí —dijo el abuelo poniéndose en pie—. Gracias por recibirnos.

—Faltaría más —repuso el hombre, que no había dejado de mirarme desde que había entrado—. ¿Y esta de aquí es su nieta?

—Sí —afirmó el abuelo con orgullo, y me acercó a él—. Esta es Charlie.

—Ya veo —dijo el hombre—. Hola, Charlie.

—Hola —susurré.

Hubo un silencio.

—Es algo tímida —comentó el abuelo, y me acarició el pelo.

—Ya veo —repitió el hombre. Luego se dirigió al abuelo—: ¿Querría pasar usted solo, doctor, para que podamos hablar? —Me miró—. Usted puede esperar aquí, jovencita.

Estuve allí sentada unos quince minutos, golpeando las patas de la silla con los talones, que era una mala costumbre que tenía. En la sala no había nada que mirar, nada que ver: solo cuatro sillas normales y corrientes, y una moqueta gris y anodina. Pero entonces oí voces alteradas al otro lado de la puerta, una discusión, y me acerqué y pegué la oreja a la madera.

La primera voz que oí fue la del hombre.

—Se lo digo con respeto, doctor, con todo el respeto: creo que tendría que ser usted realista.

—¿Y puede saberse qué significa eso? —preguntó el abuelo. Me sorprendió oír que parecía enfadado.

Se produjo un silencio y, cuando el hombre volvió a hablar, lo hizo en voz más baja, así que tuve que concentrarme mucho para entender algo.

—Doctor, perdóneme, pero su nieta es...

—¿Mi nieta es qué? —lo animó a responder el abuelo con sequedad, y siguió otro silencio.

—Especial —se decidió el hombre.

—En efecto. Sí que es especial, es muy especial y necesitará un marido que comprenda lo especial que es.

Ya había oído suficiente. Entonces volví a sentarme y minutos después el abuelo salió con paso vivo y me aguantó la puerta abierta para que saliéramos de la agencia. En la calle, ninguno de los dos dijo nada.

—¿Habéis encontrado a alguien para mí? —pregunté al final. El abuelo soltó un bufido.

—Ese hombre es imbécil —dijo—. No tiene ni idea de lo que se hace. Vamos a ir a ver a otra persona, a alguien diferente. Siento haberte hecho perder el tiempo, gatito.

A partir de entonces visitamos dos agencias matrimoniales más, y las dos veces mi abuelo salió del despacho furioso, me arrastró fuera y, una vez en la calle, me anunció que el agente en cuestión era un tarado o un necio. Después dijo que no tenía por qué acompañarlo a esas citas, porque no quería que los dos perdiéramos el tiempo. Pero al final dio con uno que le gustó, uno especializado en emparejar a personas estériles, y un día me dijo que habían encontrado a alguien con quien casarme, alguien que siempre cuidaría de mí.

Me enseñó una fotografía del hombre que acabaría siendo mi marido. En la parte de atrás del retrato figuraban su nombre, su fecha de nacimiento, su altura, su peso, sus antecedentes raciales y su profesión. La ficha llevaba el sello especial en bajo relieve que acompañaba la documentación de los estériles, y también ese otro que informaba de que al menos uno de sus familiares directos era enemigo del estado. Normalmente, en esas fichas aparecían el nombre y la profesión de los padres del candidato, pero esas casillas estaban sin rellenar. Aun así, aunque a los padres de mi marido los hubiesen declarado enemigos, debía de conocer a alguien o estar emparentado con alguien de cierta influencia o poder, porque, igual que yo, no había acabado en un campo de trabajo, ni en la cárcel, ni detenido, sino que estaba libre.

Le di la vuelta a la ficha y miré otra vez la fotografía. El hombre tenía un rostro apuesto y serio, y llevaba el pelo muy corto, limpio y bien peinado. Levantaba un poco la barbilla, lo cual le daba un aire retador. A menudo, las personas estériles o emparentadas con traidores bajaban la mirada, como si se avergonzaran o quisieran disculparse, pero él no.

—¿Qué te parece? —me preguntó el abuelo.

—De acuerdo —respondí, y el abuelo dijo que concertaría una cita para que nos conociéramos.

Tras esa cita, la fecha de la boda quedó fijada para un año después. Como ya he contado, mi marido estudiaba un posgrado cuando lo incluyeron en la lista negra, pero había presentado una apelación, lo cual era otro indicativo de que tenía a alguien que lo ayudaba, y pidió retrasar la boda hasta la resolución del juicio, a lo que el abuelo accedió.

Un día, unos meses después de que ambos firmáramos los contratos provisionales, el abuelo y yo íbamos por la Quinta Avenida cuando me dijo:

—Hay muchas clases de matrimonio, gatito.

Esperé que añadiera algo, y cuando por fin lo hizo, habló mucho más despacio que de costumbre e interrumpiéndose cada pocas palabras.

—Algunas parejas —empezó a decir— se sienten muy atraídas. Tienen una... una... química física, un deseo mutuo. ¿Sabes a qué me refiero?

—Al sexo —contesté. Él mismo me había explicado lo del sexo, hacía años.

—Así es. Al sexo. Pero otras parejas no sienten esa atracción. Al hombre con quien vas a casarte, gatito, no le interesan..., no le... Bueno. Digamos que no está interesado. Pero eso no hace que tu matrimonio sea menos válido. Y tampoco significa que tu marido no sea una buena persona, ni que no lo seas tú. Quiero que sepas, gatito, que el sexo forma parte del matrimonio, pero solo a veces. Y un matrimonio no se basa solo en eso, ni mucho menos. Tu marido siempre te tratará bien, te lo prometo. ¿Entiendes lo que intento decirte?

Pensé que quizá sí, pero luego también pensé que lo que yo creía que estaba diciéndome a lo mejor no era lo que él quería decirme en realidad.

—Creo que sí —contesté, y él me miró y luego asintió con la cabeza.

Más tarde, cuando me daba el beso de buenas noches, dijo:

—Tu marido siempre será amable contigo, gatito. No tengas miedo.

Y yo asentí, aunque supongo que él sí tenía miedo, porque al final me enseñó qué debía hacer si algún día mi marido me trataba mal... Pero, como ya he dicho, eso nunca ha pasado.

Estaba pensando en todo eso cuando por fin regresé al apartamento después de despedirme de David en el Washington. Mi marido llegó a casa justo cuando yo terminaba de preparar la cena; antes de poner la mesa y servir un poco de agua para los dos, se quitó el traje de refrigeración.

La idea de ver a mi marido después de nuestro encuentro me ponía nerviosa, pero parecía que la cena sería como cualquier otra. No sabía adónde iba él los sábados, solo que normalmente no estaba fuera todo el día. Por la mañana hacía la compra, y los domingos nos encargábamos juntos de las tareas domésticas: la colada, si nos tocaba, y la limpieza. Luego íbamos al jardín comunitario a hacer nuestros turnos, aunque no a la vez.

Esa noche, la cena consistía en unas sobras de tofu que yo había convertido en un guisado frío.

—Me alegro de haber conocido a David —dijo mi marido sin levantar la cabeza, mientras cenábamos.

—Ah. Sí, ha estado bien.

—¿Cómo lo conociste?

—En una sesión de cuentacuentos. Se sentó a mi lado.

—¿Cuándo?

—Hará unas siete semanas.

Asintió.

—¿Dónde trabaja?

—En la Granja —dije—. Es técnico de plantas.

Me miró.

—¿Y de dónde es? —preguntó.

—De Pequeño Ocho. Pero antes era de la Prefectura Cinco.

Mi marido se llevó la servilleta a la boca y luego se recostó en la silla y miró al techo. Parecía que le costara hablar.

—¿Qué hacéis cuando estáis juntos? —preguntó entonces.

Me encogí de hombros.

—Vamos a ver al cuentacuentos —empecé a decir, aunque hacía por lo menos un mes que ya no íbamos—. Paseamos alrededor del Washington. Me habla de cuando era pequeño y vivía en la Prefectura Cinco.

—¿Y tú qué le cuentas?

—Nada —dije, y mientras contestaba me di cuenta de que era cierto. Yo no tenía nada que contar... Ni a David ni a mi marido.

Él suspiró y se pasó la mano por los ojos, como hacía cuando estaba cansado.

—Cobra, quiero que vayas con cuidado. Me alegro de que tengas un amigo, de verdad. Pero... apenas conoces a ese hombre. Solo quiero que estés alerta. —Su voz era suave, como siempre, pero me miraba tan fijamente que al final aparté los ojos—. ¿Te has planteado que podría ser del estado?

No dije nada. Algo se removía en mi interior.

—¿Cobra? —insistió mi marido con delicadeza.

—¿Lo dices porque nadie querría ser amigo mío? ¿Eso quieres decir? —pregunté. Jamás le había levantado la voz, nunca me había enfadado con él, y me miró con sorpresa, ligeramente boquiabierto.

—No —contestó—. No me refería a eso. Solo... —Se interrumpió y volvió a empezar—. Le prometí a tu abuelo que siempre cuidaría de ti —dijo.

Continué sentada un momento. Luego me levanté, dejé la mesa, fui al dormitorio, cerré la puerta y me tumbé en mi cama.

Todo estaba en silencio, y oí que la silla de mi marido rechinaba contra el suelo, y que él fregaba los platos, y la radio, y luego que entraba en la habitación, donde yo fingí estar dormida. Oí que se sentaba en su cama y pensé que tal vez querría decirme algo. Pero no, y pronto supe que dormía por su forma de respirar.

Ya se me había ocurrido que David podía ser un informante del estado, por supuesto. Pero en ese caso sería uno muy malo, porque los informantes solían ser callados e invisibles, y él no era ni callado ni invisible. Aunque también me había preguntado si no lo haría adrede: tal vez su falta de aptitudes como informante aumentaba la posibilidad de que lo fuera. Lo curioso sobre los informantes era que solían ser tan callados e invisibles que casi siempre era fácil reconocerlos. Puede que no de buenas a primeras, pero al final acababas identificándolos; tenían algo, que el abuelo describía como falta de sangre en las venas, que los delataba. Al final, sin embargo, lo que me convenció de que David no era un informante fui yo. ¿Quién podría estar interesado en mí? ¿Qué secretos tenía yo? Todo el mundo sabía quiénes habían sido mi abuelo y mi padre; todo el mundo sabía cómo habían muerto; todo el mundo sabía por qué los habían condenado y, en el caso del abuelo, que esa condena había sido revocada, pero demasiado tarde. Lo único malo que había hecho yo era salir esas noches para seguir a mi marido, pero nadie lo consideraría un delito por el que tuvieran que asignarme a un informante.

Pero entonces, si era imposible que David fuera un informante, ¿por qué quería quedar conmigo? Nunca había sido una persona con quien la gente quisiera pasar el rato. Cuando me recuperé de la enfermedad, el abuelo me llevó a actividades, a clases con más niños de mi edad. Los padres se sentaban en las sillas que había alrededor de la sala y los niños jugaban. Pero después de varias sesiones dejamos de ir. A mí me pareció bien, porque siempre tenía al abuelo para jugar y hablar y pasar el rato... Hasta el día en que ya no.

Allí tumbada esa noche, escuchando la respiración de mi marido y pensando en lo que me había dicho, me pregunté si era posible que en realidad yo no fuera quien creía ser. Sabía que era aburrida, y poco interesante, y que muchas veces no entendía a la gente. Pero a lo mejor había cambiado, no sé cómo, sin siquiera darme cuenta. Quizá ya no era quien sabía que era.

Me levanté y fui al baño. Encima del lavabo había un espejo pequeño que podía inclinarse para verte el cuerpo entero. Me quité la ropa y me miré, y entonces comprendí que no había cambiado ni una pizca. Seguía siendo la misma persona, con las mismas piernas gruesas y el pelo fino y los ojos pequeños. No tenía nada diferente; era como ya sabía que era.

Me vestí, apagué la luz y regresé al dormitorio. Entonces me sentí muy mal, porque mi marido tenía razón: había algo extraño en eso de que David hablara conmigo. A diferencia de él, yo no era nadie.

«No es cierto que no seas nadie, gatito —habría dicho el abuelo—. Eres mi niña».

Sin embargo, había algo aún más extraño: que no me importaba por qué David quería ser mi amigo. Solo deseaba que siguiera siéndolo. Y decidí que, fuera cual fuese su motivo, me daba igual. También me di cuenta de que, cuanto antes me durmiera, antes sería domingo, y luego lunes, y martes, y con cada día que pasara estaría mucho más cerca de volver a verlo. Comprender eso me hizo cerrar los ojos y quedarme dormida por fin.

Hace tiempo que no hablo de lo que pasaba en el laboratorio. La verdad es que mi amistad con David me distraía tanto que tenía menos tiempo y menos ganas de prestar atención a lo que decían los doctorandos. Por otro lado, también cada vez era menos necesario disimular, pues resultaba evidente que algo pasaba y los científicos habían empezado a hablar de ello sin reservas, aunque se suponía que no debían. Por supuesto, se me escapaban muchos detalles —y no habría sido capaz de entenderlos, aun habiéndolos conocido—, pero todo parecía indicar que había otra enfermedad, y que predecían que tendría una alta letalidad. Eso era cuanto sabía: sabía que la habían descubierto en algún lugar de Sudamérica y sabía que la mayoría de los científicos sospechaban que era un virus que se transmitía por el aire, y que con toda probabilidad era de naturaleza hemorrágica, y que también se contagiaba a través de fluidos, que era la peor clase de enfermedad, contra la que estábamos menos equipados para combatir porque se había dedicado mucho dinero y esfuerzos a la investigación y prevención de las enfermedades respiratorias. Pero no sabía nada más, porque no creo que los científicos supieran tampoco nada más: no sabían lo contagiosa que era, ni cuánto duraba el periodo de incubación, ni la tasa de mortalidad que tenía. No creo que supieran siquiera cuánta gente había muerto por su causa; todavía no. El hecho de que hubiera estallado en Sudamérica no era nada halagüeño, porque históricamente Sudamérica era muy poco comunicativa en cuanto a sus investigaciones e infecciones, y en el último brote, Beijing había tenido que amenazar con graves sanciones para obligarlos a cooperar.

Tal vez resulte sorprendente oír que, a pesar de todo, el ambiente en el laboratorio era agradable. A los científicos les gustaba tener algo en lo que concentrarse, y la preocupación inicial se convirtió en entusiasmo. Para la mayoría de los científicos más jóvenes iba a ser la primera enfermedad importante; muchos de los doctorandos eran más o menos de mi edad, así que, igual que yo, apenas recordaban los sucesos del 70, y desde la prohibición de viajar había menos enfermedades en general. De cara al exterior, todos decían que esperaban que se tratara solo de un incidente aislado y que pudiera controlarse enseguida, pero después los oía susurrar, y a veces los veía sonreír, solo un poco, y sabía que era porque los científicos de mayor edad siempre les decían que eran unos malcriados que nunca habían vivido una pandemia desde la perspectiva profesional, y de pronto tal vez sí la vivirían.

Yo tampoco estaba asustada; mi vida cotidiana seguía siendo la misma. El laboratorio siempre necesitaría minis, tanto si esa enfermedad resultaba ser importante como si no.

Pero el otro motivo por el que estaba tan tranquila era porque tenía un amigo. Más o menos una década antes, el estado había aprobado una ley que obligaba a la gente a dejar constancia de los nombres de sus amigos en su centro local, pero enseguida la derogaron. Incluso el abuelo dijo que era una idea ridícula. «Entiendo lo que pretenden —dijo—, pero la gente está menos ociosa, y por lo tanto causa menos problemas, si le permites tener amigos». Y ahora por fin comprendía lo que había querido decir. Me descubría memorizando observaciones para comentarlas luego con David. Jamás le hablaría de lo que ocurría en el laboratorio, desde luego, pero a veces imaginaba las conversaciones que mantendríamos si lo hiciera. Al principio me costaba, porque no entendía su manera de pensar. Luego me percaté de que solía decir lo contrario de lo que diría una persona normal y corriente. O sea, que si yo dijera: «En el laboratorio están preocupados por una nueva enfermedad», cualquier otra persona preguntaría: «¿Es muy grave?». En cambio, David diría algo distinto, quizá muy distinto, por ejemplo: «¿Y cómo sabes que están preocupados?», y luego yo tendría que pensar muy bien la respuesta: ¿cómo sabía que estaban preocupados? De esa forma, era como si hablara con él también los días que no lo veía.

Pero había observaciones que sí podía compartir con él, y lo hacía. Al volver a casa en la lanzadera, por ejemplo, había visto a un perro policía, que normalmente estaban callados y obedientes, saltar y ladrar y mover la cola cuando una mariposa le pasó por delante. O lo de Belle, la doctoranda, que cuando dio a luz a su hija envió decenas de cajas de galletas hechas con limones de verdad y azúcar de verdad a todos los laboratorios de nuestra planta, y a todo el mundo le tocó una, incluso a mí. O lo de cuando descubrí el mini de dos cabezas y seis patas. Antes, esas cosas me las guardaba para contárselas a mi marido en la cena, pero ahora solo pensaba en qué diría David, hasta tal punto que en el mismo momento que veía algo una parte de mí ya estaba pensando en el futuro y en la cara que pondría David mientras me escuchaba.

El siguiente sábado que nos vimos casi hacía demasiado calor para caminar, incluso con los trajes de refrigeración.

—¿Sabes qué deberíamos hacer? —dijo David mientras avanzábamos despacio en dirección oeste—, en lugar de quedar aquí, deberíamos vernos en el centro... Podríamos ir a escuchar un concierto.

Lo pensé.

—Pero entonces no podríamos hablar.

—Bueno, eso es cierto —repuso—. Durante el concierto no. Pero podríamos hablar después, en la pista. —El centro tenía una pista cubierta a la que podías dar vueltas bajo el aire acondicionado.

No contesté, y él me miró.

—¿Vas al centro a menudo?

—Sí —dije, aunque era mentira. Pero no quería decir la verdad: que el miedo me había impedido entrar—. Mi abuelo siempre decía que debería ir más —añadí—, que a lo mejor lo pasaría bien.

—A veces hablas de tu abuelo —dijo David—. ¿Cómo era?

—Era bueno —contesté tras un silencio, aunque no me pareció una forma adecuada de describirlo—. Me quería —dije entonces—. Me cuidaba. Solíamos jugar juntos.

—¿A qué?

Estaba a punto de contestar cuando se me ocurrió que los juegos a los que jugábamos el abuelo y yo —como aquel en el que fingíamos mantener una conversación, o en el que yo le hacía observaciones sobre alguien con quien nos cruzábamos por la calle— tal vez solo nos parecerían juegos a nosotros, y que llamarlos así podía resultar extraño: extraño que yo pensara que eran juegos y extraño que necesitara jugar a esas cosas. Así que en lugar de eso dije:

—A la pelota, a las cartas, cosas así. —Porque sabía que esos eran juegos normales, y me sentí satisfecha conmigo misma por haber pensado esa respuesta.

—Debía de estar muy bien —opinó David, y seguimos caminando un poco más—. ¿Tu abuelo era técnico de laboratorio, como tú? —preguntó.

No era una pregunta tan extraña como puede parecer. Si yo hubiera tenido un hijo, lo más seguro es que también hubiera sido técnico de laboratorio, o que tuviera un rango equivalente, a menos que su inteligencia fuese excepcional y, por lo tanto, lo hubieran seleccionado ya de muy pequeño para que llegara a ser, por ejemplo, científico. Pero en los tiempos del abuelo, cada uno podía elegir a qué dedicarse, y luego iba y lo hacía.

También fue entonces cuando me di cuenta de que David no sabía quién era el abuelo. Hubo un tiempo en que todo el mundo lo sabía, pero supongo que a esas alturas ya solo reconocían su apellido los que estaban en el Gobierno y en el ámbito científico. Además, tampoco le había dicho a David cómo me apellidaba. Para él, mi abuelo solo era mi abuelo, y nada más.

—Sí —dije—. También era técnico de laboratorio.

—¿Y también trabajaba en la Rockefeller?

—Sí —dije, porque eso sí era verdad.

—¿Y cómo era? —preguntó.

Parecerá raro decirlo, pero aunque pensaba muchísimo en el abuelo, cada vez me acordaba menos de cómo era físicamente. Lo que más recordaba era su voz, cómo olía, cómo me hacía sentir cuando me rodeaba con sus brazos. La imagen que acudía con más frecuencia a mi memoria era la del día que lo escoltaron a la plataforma, cuando me buscaba entre la muchedumbre, recorriendo con la mirada los centenares de personas que se habían reunido para presenciar el espectáculo e increparlo, llamándome antes de que el verdugo le cubriera la cabeza con la capucha negra.

Pero, claro, no podía decir eso.

—Era alto —empecé a describirlo—. Y flaco. Tenía la tez más oscura que yo. Tenía el pelo gris, corto y... —Y ahí flaqueé, porque en realidad no sabía qué más decir.

—¿Llevaba ropa elegante? —preguntó David—. A mi abuelo materno le gustaba la ropa elegante.

—No —dije, aunque al instante recordé un anillo que el abuelo llevaba cuando yo era pequeña. Era muy antiguo, y de oro y con una perla, y si apretabas las pequeñas lengüetas que tenía a los lados, la perla se abría como una compuerta y aparecía un compartimento diminuto. Siempre se lo ponía en el meñique izquierdo y giraba la perla hacia dentro, hacia la palma de la mano. Luego, un día, dejó de ponérselo, y cuando le pregunté por qué, me elogió por ser tan observadora.

—Pero ¿dónde está? —quise saber, y él sonrió.

—Tuve que dárselo al hada como pago —dijo.

—¿A qué hada? —pregunté.

—Bueno, pues al hada que te cuidó cuando estabas enferma —respondió—. Le dije que le daría todo lo que quisiera si cuidaba de ti, y ella me dijo que lo haría, pero que tenía que darle mi anillo a cambio.

Por entonces, ya hacía varios años que yo estaba curada, y también sabía que las hadas no existían, pero cada vez que le preguntaba por ello, el abuelo se limitaba a sonreír y repetir la misma historia, así que al final dejé de preguntar.

Pero estábamos en lo mismo: no podía contarle esa historia a David, que de todos modos se había puesto a hablar de su otro abuelo, que había sido granjero en la Prefectura Cinco antes de que se llamara Prefectura Cinco. Criaba cerdos y vacas y cabras, y tenía un centenar de melocotoneros, y David me contó que de pequeño visitaba a su abuelo y comía todos los melocotones que quería.

—Me da vergüenza reconocerlo, pero de pequeño llegué a aborrecer los melocotones —dijo—. Teníamos para dar y regalar: con ellos mi abuela hacía tartas, y pasteles, y pan, y mermelada, y cuero de fruta, que es cuando secas tiras de mermelada al sol hasta que se quedan duras, como la cecina, y también hacía helado. Y lo hacía después de haber guardado en conserva todos los que nos comeríamos a lo largo del año, tanto nosotros como nuestros vecinos.

Pero después la granja pasó a manos del estado, y su abuelo pasó de ser el dueño a ser un trabajador, y talaron los melocotoneros para hacer sitio a los campos de soja, que era más nutriti-va que los melocotones y, por lo tanto, una cosecha más eficien-te. No era recomendable hablar del pasado con tanta libertad como lo hacía David, y mucho menos de las expropiaciones del Gobierno, pero él lo hizo con el mismo tono ligero, sencillo y objetivo con que había hablado de los melocotones. El abuelo me dijo una vez que se desaconsejaba hablar del pasado porque hacía enfadar a mucha gente, o la entristecía, pero David no parecía ni enfadado ni triste. Era como si lo que describía no le hubiera ocurrido a él, sino a otra persona, a alguien a quien ape-nas conocía.

—Ahora, por supuesto, daría lo que fuera por un meloco-tón —añadió con alegría mientras nos acercábamos al nor-te del Washington, donde nos encontrábamos y nos despedía-mos todos los sábados—. Hasta la semana que viene, Charlie —dijo al marcharse—. Piensa en lo que te gustaría hacer en el centro.

Cuando llegué a casa, saqué la caja del armario y miré las fotografías que tenía del abuelo. La primera se la hicieron cuan-do estaba en la facultad de Medicina. Se le veía riendo, y tenía el pelo largo, rizado y negro. En la segunda, estaba de pie con mi padre, que era muy pequeño, y mi otro abuelo, con quien estoy genéticamente emparentada. Cuando pienso en él, mi padre se parece al abuelo, pero en esa foto se ve con claridad que se parecía al otro abuelo: los dos tenían la tez más clara que el abuelo, y el pelo liso y oscuro, igual que lo tuve yo. En la tercera foto, mi preferida, está como lo recuerdo. Está son-riendo, de oreja a oreja, y en los brazos sostiene a un bebé pe-queño y flaco, y ese bebé soy yo. «Charles y Charlie —escri-bió alguien en el reverso de esa fotografía—. 12 de septiembre de 2064».

Desde que conocía a David, me descubría pensando más y a la vez menos en mi abuelo. No necesitaba hablar imaginariamente con él tanto como antes, pero también quería hablar con él más, sobre todo de David, y de lo que suponía tener un amigo. Me preguntaba qué habría opinado de él. Me preguntaba si habría estado de acuerdo con mi marido.

También me preguntaba qué habría opinado David del abuelo. Se me hacía raro pensar que no sabía quién era, que para él solo se trataba de un pariente mío a quien yo había querido y que ya no estaba. Como ya he dicho, en el trabajo todos sabían quién era el abuelo. Había un invernadero en lo alto de un edificio de la UR que llevaba su nombre, había incluso una ley que llevaba su nombre, la Ley Griffith, que proclamaba la legalidad de los centros de reubicación, los que antes se habían llamado campos de cuarentena.

Aun así, no hacía tanto, mucha gente había odiado al abuelo. Supongo que aún queda gente que lo odia, pero ya nunca se oye hablar de ellos. La primera vez que fui consciente de ese odio tenía once años y fue en clase de educación cívica. Estábamos estudiando que un nuevo Gobierno empezó a cobrar forma tras la enfermedad del 50, de manera que, para cuando estalló la enfermedad del 56, ya estaban mejor preparados, y para la del 62 ya se había fundado el nuevo estado. Una de las intervenciones que ayudaron a contener la enfermedad del 70 —que, por muy grave que fuera, pudo haberlo sido mucho más— fueron los centros de reubicación, que en un principio se situaron solo en el oeste y el medio oeste, pero que en el 69 ya estaban en todos los municipios.

—Esos campos se volvieron muy importantes para nuestros científicos y médicos —explicó mi profesora—. ¿Alguien conoce los nombres de los primeros campos?

Los alumnos empezaron a gritar respuestas: Heart Mountain. Rohwer. Minidoka. Jerome. Poston. Gila River.

—Sí, sí —decía mi profesora después de cada nombre—. Sí, en efecto. ¿Y sabe alguien quién los creó?

Nadie lo sabía. Y entonces la señorita Bethesda me miró.

—Fue el abuelo de Charlie —dijo—. El doctor Charles Griffith. Él fue uno de los artífices de los campos.

Todos se volvieron a mirarme, y sentí que me ruborizaba de vergüenza. Me caía bien mi profesora, siempre había sido buena conmigo. Cuando los demás niños huían de mí en el patio, sin parar de reír, ella siempre se acercaba y me preguntaba si quería volver al aula y ayudarla a repartir el material para la clase de manualidades de la tarde. Ese día levanté la vista y mi profesora estaba mirándome, igual que siempre, pero a la vez pasaba algo raro. Sentí como si estuviera enfadada conmigo, aunque yo no sabía por qué.

Esa noche, en la cena, le pregunté al abuelo si él había sido la persona que inventó los centros. Entonces me miró e hizo un gesto con la mano, y el criado que estaba sirviéndome la leche dejó la jarra y salió de la sala.

—¿Por qué me lo preguntas, gatito? —quiso saber el abuelo cuando el hombre cerró la puerta al salir.

—Nos lo han enseñado en educación cívica —dije—. La profesora ha dicho que fuiste una de las personas que los inventó.

—¿Eso ha dicho? —preguntó el abuelo, y aunque su voz sonaba igual que siempre, me fijé en que tenía la mano izquierda apretada en un puño, tan fuerte que le temblaba. Y cuando vio que estaba mirándolo, abrió la mano y la posó en la mesa—. ¿Y qué más ha dicho?

Le conté que la señorita Bethesda había explicado que los centros habían evitado más muertes, y él asintió, despacio. Se quedó callado un rato, y yo escuché el tictac del reloj, que estaba en la repisa de la chimenea.

Por fin empezó a hablar:

—Hace años, algunas personas estaban en contra de los campos, no querían que se construyeran, pensaban que yo era una mala persona por defenderlos. —Debí de poner cara de sorpresa, porque asintió—. Sí —dijo—. No entendían que los campos se creaban para mantenernos sanos y salvos a todos los demás. Al final la gente comprendió que eran necesarios, que debíamos construirlos. ¿Entiendes por qué?

—Sí —contesté. También lo habíamos aprendido en clase de educación cívica—. Porque así todos los enfermos estaban reunidos en un sitio para que las personas sanas no enfermaran también.

—Así es —dijo el abuelo.

—Entonces ¿por qué no le gustaban a la gente? —pregunté.

Él miró al techo, que era algo que hacía cuando pensaba cómo responderme.

—Es difícil de explicar —dijo, despacio—, pero uno de los motivos es que, en aquellos tiempos, solo se llevaban a la persona contagiada, no a toda su familia, y algunas personas pensaban que era cruel separar a la gente de su familia.

—Ah —musité, y lo pensé—. Yo no querría que me separaran de ti, abuelo —dije, y él sonrió.

—Y yo jamás me separaría de ti, gatito —repuso—. Por eso cambiaron la ley, y ahora toda la familia va al centro junta.

No tuve que preguntar qué pasaba en esos centros porque ya lo sabía: te morías. Pero al menos morías en un sitio limpio y seguro y bien equipado. Había escuelas para los niños y los adultos podían hacer deporte, y cuando te ponías muy grave te llevaban al hospital, que era blanco y reluciente, y allí había médicos y enfermeras que te cuidaban hasta que te morías. Había visto fotografías de los centros por televisión y también en nuestro libro de texto. Había una, sacada en Heart Mountain, de una mujer que reía con una niña en brazos, que reía también; al fondo se veía su cabaña, con un manzano plantado delante. Junto a la mujer y la niña había una médica, y aunque llevaba un traje de protección total, se veía que también reía, y apoyaba una mano en el hombro de la mujer. Por seguridad, no se podía ir a visitar a nadie a los centros, pero la persona enferma sí podía llevarse allí a quien quisiera, y a veces se trasladaban familias enteras: madres, padres, hijos, abuelos, tíos, primos. Al principio, ir a los centros era voluntario; luego se volvió obligatorio, lo cual fue controvertido, porque el abuelo decía que a la gente no le gustaba que le dijeran lo que tenía que hacer, aunque fuera por el bien de sus conciudadanos.

Por supuesto, a esas alturas —aquello fue en 2075—, en los centros ya había menos gente porque la pandemia estaba casi contenida. A veces miraba la foto de mi libro de texto y deseaba vivir también en uno de los centros. No porque quisiera estar enferma, ni porque quisiera que el abuelo estuviera enfermo, sino porque parecía un lugar muy bonito, con manzanos y amplios campos verdes. Pero nosotros nunca iríamos a uno, no solo porque no nos lo permitían, sino porque necesitaban a mi abuelo. Por eso no nos llevaron a un centro cuando yo enfermé: porque él tenía que estar cerca de su laboratorio, y el centro más próximo estaba en Davids Island, a muchos kilómetros al norte de Manhattan, lo que habría supuesto un problema.

—¿Tienes más preguntas? —dijo el abuelo sonriendo.

—No —respondí.

Aquello fue un viernes. El lunes siguiente fui al colegio y, en lugar de encontrarme a mi profesora al frente de la clase, había otra persona, un hombre bajo y moreno con bigote.

—¿Dónde está la señorita Bethesda? —preguntó alguien.

—La señorita Bethesda ya no está en la escuela —contestó el hombre—. Yo soy vuestro nuevo profesor.

—¿Está enferma? —preguntó alguien más.

—No —dijo el nuevo profesor—, pero ya no trabaja aquí.

No sé por qué, pero no le conté al abuelo que la señorita Bethesda se había ido. Nunca le dije nada, aunque no volví a ver a la señorita Bethesda. Más adelante supe que tal vez los centros no se parecían tanto a las fotografías del libro de texto. Fue en 2088, al principio del segundo levantamiento. Al año siguiente, los rebeldes fueron derrotados para siempre y el nombre del abuelo quedó limpio y recuperó su prestigio. Pero para entonces ya era demasiado tarde. El abuelo estaba muerto y yo me había quedado sola con mi marido.

Con el paso de los años, alguna que otra vez me he preguntado por los centros de reubicación: ¿qué versión era la verdadera? Los meses anteriores a que mataran al abuelo, por delante de nuestra casa se paseaban manifestantes con fotografías ampliadas que aseguraban que habían sacado en esos centros. «No mires —me decía el abuelo en las pocas ocasiones que salíamos de casa—. No las mires, gatito». Pero a veces sí que miraba, y las personas que salían en esas fotografías estaban tan deformadas que ni siquiera parecían humanos.

Sin embargo, nunca pensé que el abuelo fuera malo. Había hecho lo que tenía que hacer y me había cuidado toda la vida. Nadie había sido más cariñoso conmigo, nadie me había querido más. Sabía que mi padre se había opuesto a él; no recuerdo cómo llegué a enterarme, pero lo sabía. Él quería que castigaran al abuelo. Era extraño saber que tu propio padre quería encerrar al suyo en la cárcel, pero eso no cambiaba lo que yo sentía. Mi padre me había abandonado cuando era pequeña; el abuelo, nunca. No entendía cómo alguien que había abandonado a su propia hija podía ser mejor que alguien que solo había intentado salvar el mayor número de vidas posible, aunque al hacerlo hubiera cometido errores.

El sábado siguiente me reuní con David en el Washington como siempre, y de nuevo propuso que fuéramos al centro, y esta vez accedí, porque ya hacía mucho calor. Recorrimos las ocho manzanas y media en dirección norte despacio, para no sobrecargar los trajes de refrigeración.

David había dicho que íbamos a escuchar un concierto, pero cuando pagamos las entradas solo había un músico solitario al frente de la sala, un joven de piel oscura con un chelo. Cuando todos estuvimos sentados, nos saludó con una reverencia y empezó a tocar.

Nunca habría imaginado que me gustara la música de chelo, pero cuando terminó el concierto deseé no haber accedido a caminar después por la pista interior y, en cambio, haber podido irme a casa. Algo en aquella música me había recordado la que ponía el abuelo en la radio, en su estudio cuando yo era muy pequeña, y lo añoré tanto que hasta me costaba tragar.

—¿Charlie? ¿Te encuentras bien? —preguntó David con cara de preocupación.

—Sí —dije, y me obligué a levantarme y salir de la sala como ya habían hecho todos los demás, incluso el chelista.

Junto a la pista cubierta, un hombre vendía bebidas de fruta heladas. Los dos lo miramos, y luego nos miramos porque ninguno sabía si el otro podía permitírselo.

—Por mí bien —dije al final—, yo puedo.

David sonrió.

—Yo también.

Compramos dos bebidas y fuimos dando sorbos mientras recorríamos la pista. Solo había una docena de personas más. No nos habíamos quitado los trajes de refrigeración —una vez lo llevabas, era más fácil dejártelo puesto—, pero los habíamos desinflado, y sentaba bien moverse de forma normal.

Paseamos un rato en silencio.

—¿Alguna vez desearías poder visitar otro país? —preguntó entonces David.

—No está permitido —contesté.

—Ya sé que no está permitido —dijo—. Pero ¿nunca has deseado poder hacerlo?

De repente me harté de las preguntas raras de David, de su costumbre de hablar siempre de cosas que, si no eran ilegales, como mínimo eran de mala educación, temas en los que no se pensaba y de los que ni mucho menos se hablaba. Además, ¿de qué servía desear algo que no estaba permitido? Desear algo no cambiaba nada. Yo me había pasado meses deseando a diario que el abuelo volviera... Y, si soy sincera, todavía lo deseo. Pero nunca volverá. Era mejor no desear nada de nada: desear te hacía infeliz, y yo no era una persona infeliz.

Recuerdo una vez, cuando iba a la universidad, que una de las chicas de mi clase descubrió una forma de acceder a internet. Era algo muy complicado, pero ella era muy lista y, aunque algunas de las otras chicas también quisieron verlo, yo no. Sabía lo que era internet, por supuesto, aunque era demasiado joven para recordarlo; solo tenía tres años cuando la ilegalizaron. Ni siquiera estaba segura de entender exactamente para qué servía. Una vez, de adolescente, le pedí al abuelo que me lo explicara; permaneció callado un buen rato y luego, por fin, dijo que era un medio para que las personas pudieran comunicarse a gran distancia.

—El problema que tenía —dijo— era que a menudo permitía que la gente intercambiara información mala: cosas falsas, cosas peligrosas. Y cuando eso ocurría, las consecuencias eran muy graves.

Después de que lo prohibieran, dijo, se ganó en seguridad porque todo el mundo recibía la misma información a la vez, lo cual dejaba menos espacio a la confusión. A mí me parecía un buen motivo. Más adelante, cuando las cuatro chicas que habían entrado en internet desaparecieron, casi todos pensaron que se las había llevado el estado, pero yo recordé lo que había dicho el abuelo y me pregunté si no se habría puesto en contacto con ellas por internet alguna persona con información peligrosa y les habría pasado algo malo. El caso es que servía de muy poco preguntarse cómo sería hacer cosas o ir a sitios a los que nunca te permitirían ir. Yo no pensaba ni en entrar en internet ni en ir a otros países. Algunas personas sí, pero yo no.

—La verdad es que no —contesté.

—Pero ¿no te gustaría ver cómo son otros países? —preguntó David, y entonces bajó la voz—. Quizá las cosas estén mejor en otra parte.

—¿Mejor cómo? —pregunté, aun a mi pesar.

—Bueno, mejor de muchas formas —dijo—. Tal vez, en otra parte, tendríamos otros trabajos, por ejemplo.

—A mí me gusta mi trabajo.

—Ya lo sé, y a mí el mío. Solo pensaba en voz alta.

Pero no me imaginaba cómo iban a ser diferentes las cosas en otro país. Las enfermedades habían causado estragos en todas partes. Todo era igual en todas partes.

Cuando mi abuelo tenía mi edad, en cambio, había viajado a muchos países distintos. En aquella época podías ir a donde quisieras, siempre que tuvieras dinero. Así que, al terminar la carrera, se subió a un avión y aterrizó en Japón. Desde Japón viajó al oeste, atravesando Corea y la República Popular de China, hasta la India, y de allí a Turquía, Grecia, Italia, Alemania, los Países Bajos. Se quedó varios meses en Gran Bretaña, con unos amigos de un amigo de la universidad, y luego empezó a moverse de nuevo: bajó por una costa de África y subió por la otra; bajó por una costa de Sudamérica y subió por la otra. Fue a Australia y a Nueva Zelanda, fue a Canadá y a Rusia. En la India, cruzó un desierto en camello; en Japón, subió hasta la cima de una montaña; en Grecia, nadó en un agua que decía que era más azul que el cielo. Le pregunté por qué no se había quedado en su tierra, y dijo que su tierra era muy pequeña; quería ver cómo vivían otras personas, qué comían, cómo vestían, qué querían hacer con sus vidas.

—Yo era de una isla muy pequeñita —me explicó—. Sabía que a mi alrededor había personas diferentes que hacían cosas que jamás podría ver si me quedaba allí. Así que tenía que marcharme.

—¿Y lo que hacían era mejor? —pregunté.

—Mejor no —contestó—, pero sí distinto. Cuanto más veía, menos capaz me sentía de regresar a mi tierra.

El abuelo hablaba en susurros, aunque había encendido la radio para que la música impidiera registrar nuestra conversación a los dispositivos de escucha instalados por toda la casa.

Pero al final el resto del mundo sí que debía de ser mejor, porque en Australia conoció a otra persona de Hawai'i, y se enamoraron y regresaron a Hawai'i, donde tuvieron un hijo, mi padre. Y luego se trasladaron a Estados Unidos y ya no volvieron a su tierra, ni siquiera antes de la enfermedad del 50. Y luego ya fue demasiado tarde, porque en Hawai'i todo el mundo había muerto y, para entonces, los tres eran ciudadanos estadounidenses. Y luego, después de las leyes del 67, de todas formas ya no dejaban salir a nadie del país. Las únicas personas que recordaban otros lugares eran mayores, y nunca hablaban de aquellos años.

Tras dar diez vueltas a la pista, decidimos marcharnos, pero cuando estuvimos fuera oímos una especie de golpeteo sordo, y enseguida vimos un camión de plataforma que se acercaba despacio. En la parte de atrás iban tres personas arrodilladas. Era imposible saber si se trataba de hombres o mujeres, porque llevaban esas largas túnicas blancas y esas capuchas negras que les tapaban toda la cabeza y que seguro que les daban mucho calor. Les habían atado las manos por delante, y tras ellos había dos guardias de pie con trajes de refrigeración de los de casco reflectante. Por encima de un redoble de tambor, una voz repetía por el altavoz: «El jueves a las 18.00. El jueves a las 18.00». Solo anunciaban las Ceremonias así cuando habían declarado a los convictos culpables de traición, y por lo general solo si se trataba de altos cargos, tal vez incluso funcionarios del estado, a quienes solía castigarse de aquella manera si los pillaban o intentando salir del país —lo que era ilegal—, o intentando entrar a alguien en el país a escondidas —lo que además de ilegal era peligroso, porque te arriesgabas a introducir un microbio extraño—, o intentando difundir información no autorizada, normalmente mediante una tecnología que no tenían permiso para usar ni poseer. Los subían a un camión y los paseaban por todas las zonas para que la gente pudiera verlos y abuchearlos si quería. Yo nunca lo hacía, y David tampoco lo hizo, aunque los dos nos quedamos allí plantados mientras el camión pasaba por delante y luego giraba hacia el sur por la Séptima Avenida.

Cuando el camión desapareció, sin embargo, sucedió algo extraño: me volví hacia David y vi que continuaba mirando en la dirección del vehículo, con la boca entreabierta y lágrimas en los ojos.

Aquello era impactante y también peligrosísimo: mostrar aunque fuera un ápice de compasión por los acusados podía llamar la atención de una Mosca, que estaban programadas para interpretar las expresiones humanas. Me apresuré a llamarlo en un susurro, y él parpadeó y se volvió hacia mí. Miré alrededor; no me pareció que nadie nos hubiera visto. Pero, por si acaso, lo mejor era seguir nuestro camino y actuar con normalidad, así que eché a andar hacia el este, de vuelta a la Sexta Avenida, y un instante después David me siguió. Quería decirle algo, pero no sabía el qué. Estaba asustada, pero no sabía por qué, y también enfadada, con él, por haber reaccionado de una forma tan extraña.

—Es horrible —dijo en voz baja cuando cruzábamos la calle Trece.

Tenía razón; era horrible, pero sucedía a todas horas. Tampoco a mí me gustaba ver pasar a los camiones, no me gustaba ver las Ceremonias ni escucharlas por la radio, pero así funcionaban las cosas: hacías algo malo y te castigaban, y no había forma alguna de cambiar nada de todo eso. Ni el delito ni el castigo.

Sin embargo, David se comportaba como si jamás hubiera visto uno de esos camiones. Tenía la mirada fija al frente, pero iba callado, mordiéndose el labio. Normalmente no llevábamos el casco cuando paseábamos juntos, pero en ese momento sacó el suyo de la bolsa y se lo puso, y me alegré, pues no era habitual mostrar emociones en público, y al hacerlo podías llamar la atención.

Nos detuvimos en el límite norte del Washington. Allí era donde solíamos despedirnos, donde él torcía a la izquierda para irse a Pequeño Ocho y yo a la derecha para volver a casa. Nos quedamos un rato allí parados y en silencio. Nuestras despedidas nunca eran incómodas, porque David siempre tenía algo que decir y luego se despedía con la mano y se marchaba, pero ese día no decía nada, y a través de la pantalla de su casco vi que seguía impresionado.

Entonces me sentí mal por haber sido tan impaciente con él, aunque se comportara de una forma temeraria. Era mi amigo, y los amigos debían mostrarse comprensivos unos con otros, aunque resultara desconcertante. Yo no había sido comprensiva con David, y la culpabilidad que sentía me llevó a hacer algo extraño: alargué los brazos y lo rodeé con ellos.

No resultó fácil, porque los dos íbamos con los trajes de refrigeración inflados al máximo, de manera que, más que abrazarlo, acabé dándole unas palmaditas en la espalda. Al hacerlo, me descubrí imaginando algo raro: que estábamos casados y él era mi marido. No era habitual demostrarle afecto en público a alguien, ni siquiera a tu cónyuge, pero tampoco estaba mal visto; sencillamente no solía ocurrir. Una vez, sin embargo, vi a una pareja darse un beso para despedirse; la mujer estaba de pie en el portal de su edificio y el hombre, un técnico, se iba a trabajar. Ella estaba embarazada, y después de besarse él puso la mano abierta sobre la barriga de ella y los dos se miraron y sonrieron. Yo, que iba en la lanzadera, me volví en mi asiento para acabar de ver cómo el hombre se ponía un sombrero y echaba a andar, todavía sonriendo. Me descubrí imaginando que David era mi marido, que éramos una pareja como aquella, de las que se abrazaban en público porque no podían contenerse; de las que rebosaban tanto afecto que debían expresarlo con gestos porque las palabras se les quedaban cortas.

En eso pensaba cuando me di cuenta de que David no correspondía a mi gesto, de que estaba tenso e inmóvil bajo mis brazos, y me aparté con brusquedad dando un paso atrás.

Sentí muchísima vergüenza. Notaba que estaba poniéndome colorada, así que me coloqué el casco a toda prisa. Había hecho una tontería enorme. Me había puesto en ridículo. Necesitaba alejarme de allí.

—Adiós —dije, y empecé a andar.

—Espera —dijo él un momento después—. Espera, Charlie. Espera.

Pero fingí no oírlo y seguí mi camino. No miré atrás. Me adentré en el Washington, me detuve en la sección de los herboristas y esperé hasta estar segura de que se había marchado. Luego di media vuelta y volví andando a casa. Una vez en la seguridad de nuestro apartamento, me quité el casco y el traje. Mi marido había salido; estaba sola.

De repente me noté muy enfadada. No soy una persona de enfadarme. Ni siquiera de pequeña; nunca tenía rabietas, nunca gritaba, nunca exigía nada. Intentaba ser todo lo buena que podía, por mi abuelo. Pero en ese momento quise golpear algo, hacer daño, romper cualquier cosa. Solo que en casa no había nada ni nadie que golpear, dañar o romper: los platos eran de plástico, los cuencos eran de silicona, las ollas eran de metal. Luego recordé que, aunque de niña no me enfadaba mucho, sí me sentía frustrada muchas veces, y gemía y me rebelaba y me clavaba las uñas mientras el abuelo intentaba inmovilizarme. Así que me fui a la cama y practiqué el método que me había enseñado para cuando sentía que todo me superaba, que era tumbarme boca abajo y apretar la cara contra la almohada e inspirar hasta que me mareaba un poco.

Después me levanté otra vez. No podía quedarme en el apartamento..., no lo soportaba. Así que volví a meterme en el traje de refrigeración y salí de nuevo.

Ya era media tarde, y el día empezaba a ser algo menos caluroso. Me puse a andar alrededor del Washington. Resultaba extraño caminar sola después de tantas semanas de hacerlo con David, y quizá por eso, en lugar de deambular simplemente alrededor del Washington, entré en el parque por el oeste. No se me había perdido nada de allí dentro, pero, pese a mi falta de rumbo, me sorprendí dirigiéndome hacia la sección sudeste.

No estoy segura de por qué, pero ese cuadrante del Washington tenía reputación de poco recomendable. Para mí era un misterio cómo había acabado así; ya he dicho que la parte sudeste estaba ocupada en su mayoría por carpinteros, y si no te molestaba mucho el ruido de las sierras circulares y los martillos, en realidad era un lugar agradable: la madera tenía un olor limpio e intenso, podías pararte a mirar cómo los artesanos fabricaban objetos o reparaban sillas, mesas o cubos, y no te ahuyentaban como hacían algunos de los otros vendedores ambulantes. Aun así, por algún motivo era allí adonde acudías cuando buscabas a una de esas personas que ya he mencionado antes, las que no tenían permiso ni puesto y, aun así, también ocupaban el Washington, las que podían solucionar problemas por los que no sabías cómo preguntar.

Una teoría que había oído acerca de cómo había acabado siendo así no tenía mucho sentido. La parte sudeste del Washington era la que quedaba más cerca de un edificio alto de ladrillo que antes había sido la biblioteca de una universidad que había allí cerca. Cuando cerraron la universidad, el edificio se utilizó como cárcel un tiempo. Ahora era el archivo local de cuatro de las zonas sur de la isla, incluida la Zona Ocho. Allí guardaba el estado las partidas de nacimiento y las actas de defunción de todos los ciudadanos que vivían en esas áreas, además de cualquier expediente o información sobre ellos. La parte delantera del edificio era toda de cristal, lo que te permitía ver el interior, los pisos y pisos de cajas llenas de expedientes; en el vestíbulo, a pie de calle, en un cubo negro sin ventanas, de unos tres metros por lado, estaba el archivista, que podía encontrarte cualquier expediente que necesitaras. Por supuesto, a la sala del archivo solo se permitía acceder a los funcionarios, y solo a los que tenían autorización de mayor nivel. En el cubo negro siempre había alguien, y era uno de los pocos edificios que siempre estaban iluminados, incluso durante las horas en las que encender la luz era ilegal por el despilfarro de electricidad que suponía. Nunca entendí qué tenía que ver la proximidad de la esquina sudeste al edificio del archivo con que allí se realizaran actividades ilícitas, pero era lo que decía todo el mundo: que resultaba más fácil hacer algo peligroso cerca de un edificio estatal, porque el estado ni se planteaba que alguien se atreviera a cometer ilegalidades tan cerca. O al menos eso decía todo el mundo.

Como ya he contado, esas personas a las que he mencionado antes no tenían puesto ni un lugar fijo, así que no podías ir a esta o aquella zona con la idea de encontrarlos sin más, sino que eran ellos quienes te encontraban a ti. Lo que hacías era deambular entre los demás vendedores. No levantabas la vista, no mirabas alrededor. Solo caminabas sin apartar los ojos de las virutas de madera rizada que cubrían el suelo y, en cierto momento, alguien se acercaba y te hacía una pregunta. La pregunta solía consistir en apenas dos o tres palabras, y si no te interesaba, seguías andando. Si te interesaba, levantabas la vista. Yo nunca lo había probado, pero una vez que estaba cerca del puesto de un carpintero vi cómo pasaba. Una joven, guapa y de tez clara, paseaba por allí muy despacio, con las manos en la espalda. Un pañuelo verde le cubría la cabeza, y por debajo le asomaba un poco de pelo, que era espeso y rojizo y le llegaba hasta la barbilla. Estuvo caminando en círculos unos tres minutos antes de que la primera persona, un hombre bajo, delgado, de mediana edad, se le acercara y le dijera algo que no entendí. Pero ella siguió andando, casi como si no lo hubiera oído, y él se alejó. Un minuto después se le acercó otra persona, y ella siguió caminando. A la quinta, la abordó una mujer, y en esa ocasión la joven levantó la cabeza y siguió a la mujer, que la llevó hasta una pequeña tienda improvisada con una lona junto al borde este del Washington, donde levantó un lateral y miró por si veía alguna Mosca antes de invitar a la joven a pasar y entrar tras ella.

No sé qué me impulsó ese día a pasear por el cuadrante sudeste. Me concentré en mis pies, que se movían entre el serrín. Y en efecto, al cabo de un momento, noté que alguien me seguía. Luego oí una voz masculina que musitó: «¿Buscas a alguien?». Pero yo seguí caminando, y el hombre no tardó en alejarse también.

Poco después vi que se me acercaban los pies de otro.

—¿Enfermedad? —preguntó—. ¿Medicamentos?

Pero seguí andando.

Durante un rato no pasó nada más. Caminé más despacio, y entonces vi los pies de una mujer que venían hacia mí; supe que eran de una mujer porque eran pequeños. Se acercaron mucho, y entonces oí una voz que susurraba:

—¿Amor?

Levanté la mirada y comprobé que se trataba de la misma mujer que había visto en la otra ocasión, la que montaba la tienda en el borde este.

—Ven conmigo —dijo, y la seguí a su zona.

No pensaba en lo que estaba haciendo; no pensaba nada de nada. Era como si lo que ocurría fuese algo que yo presenciaba, no algo que hacía. Al llegar a la tienda vi que la mujer escrutaba el cielo en busca de Moscas —igual que había hecho con aquella joven— y luego me indicó que entrara.

Dentro, el calor era sofocante. Había una caja de madera tosca cerrada con un candado y dos cojines de algodón sucios. Ella se sentó en uno, yo lo hice en el otro.

—Quítate el casco —dijo, y obedecí. Ella no llevaba, pero sí un fular que le tapaba la boca y la nariz; entonces se lo desenrolló y vi que la enfermedad le había comido la parte inferior de la mejilla izquierda, y que era más joven de lo que me había parecido—. Te he visto otras veces —dijo, y me quedé mirándola—. Sí, paseando alrededor del Washington con tu marido. Un hombre guapo. Pero ¿no te quiere?

—No —dije cuando encontré las fuerzas—. No es mi marido. Es mi... Es mi amigo.

—Ah. —Su expresión se relajó—. Entiendo. Y quieres que se enamore de ti.

Por un instante fui incapaz de decir nada. ¿Era eso lo que deseaba? ¿Por eso había ido allí? No, era imposible; sabía que a mí jamás me amaría nadie, no de la forma en que la gente hablaba del amor. Y sabía que yo tampoco amaría. Eso no era para mí. Me resultaba muy difícil saber lo que sentía. A otras personas no les costaba decir: «Estoy contento», o: «Estoy triste», o: «Te echo de menos», o: «Te quiero», pero a mí no me salía. «Te quiero, gatito», me decía el abuelo, pero yo casi nunca le contestaba con esas mismas palabras, porque no sabía lo que querían decir. Lo que sentía en mi interior... ¿Cómo iba a describirlo? Lo que sentía al leer las notas para mi marido; lo que había sentido al verlo entrar en la casa de Bethune Street; lo que sentía al oírlo regresar tarde las noches de los jueves; lo que sentía tumbada en la cama, preguntándome si algún día me tocaría, o me besaría, sabiendo que nunca lo haría... ¿Qué sentimientos eran esos? ¿Cómo se llamaban? Y con David: lo que sentía cuando lo esperaba en la entrada norte del Washington y lo veía saludarme con la mano al acercarse; lo que sentía cuando lo veía alejarse al final de uno de nuestros días juntos; lo que sentía los viernes por la noche al saber que lo vería al día siguiente; lo que había sentido al intentar abrazarlo y lo que había sentido al ver su cara, en la que llevaba escrita la confusión, y la forma en que se había apartado de mí... ¿Qué sentimientos eran esos? ¿Eran todos el mismo? ¿Eran todos amor? ¿Sería que, después de todo, sí era capaz de sentirlo? Lo que siempre había dado por imposible... ¿no sería algo que conocía desde el principio?

De repente tuve miedo. Había actuado con precipitación, me había puesto en peligro yendo allí. Había perdido el sentido común.

—Tengo que irme —dije, y me levanté—. Lo siento. Adiós.

—Espera —pidió la mujer—. Te puedo dar algo: unos polvos. Se los echas en una bebida y al cabo de cinco días...

Pero yo ya estaba saliendo, abandonaba la tienda a toda prisa para no oír qué más decía la mujer, para no sentirme tentada de volver a entrar, pero no tan deprisa para llamar la atención de una Mosca.

Salí del Washington por la entrada este. Solo tenía que recorrer unos cientos de metros y estaría de nuevo en mi apartamento, a salvo, y una vez allí podría fingir que nada de eso había ocurrido; podría fingir que nunca había conocido a David. Volvería a ser quien era, una mujer casada, una técnico de laboratorio, una persona que aceptaba el mundo como era, que entendía que desear otra cosa carecía de sentido porque no se podía hacer nada por cambiarlo, así que lo mejor era no intentarlo siquiera.

Parte VI

Primavera, treinta años antes

2 de marzo de 2064

Queridísimo Peter:

Antes de que me lance de lleno: enhorabuena. Un ascenso merecidísimo, aunque supongo que es revelador que cuanto más alto llegas, menos pomposo y más opaco se vuelve el nombre del cargo. Y menos proyección pública tienes. Como si eso importara, por otro lado. Sé que ya lo hemos hablado, pero ¿no te sientes un poco como un fantasma últimamente? Porque a mí me pasa. Puedes cruzar puertas cerradas para la mayoría (o incluso muros), pero eres invisible para todos; un motivo de miedo y horror con el que raras veces te topas pero cuya existencia conoces, una abstracción en lugar de un ser humano de carne y hueso. Sé que hay gente a quien satisface esa especie de naturaleza espectral. Como a mí, en otro tiempo.

En fin. Sí, gracias por preguntar: hoy era el día de la firma final de los papeles, tras lo cual la casa de Aubrey ha pasado a ser, oficialmente, de Nathaniel. Nathaniel se la legará, a su debido tiempo, a David, y David, cuando llegue el momento, a alguien más, cosa de la que te hablaré enseguida.

Aunque Nathaniel llevaba ya unos años viviendo allí, nunca se había referido a ella ni la había considerado como suya. Siempre había sido «la casa de Aubrey y Norris», y luego «la casa de Aubrey». Incluso en el funeral, le decía a la gente que fuera «a casa de Aubrey para la recepción», hasta que acabé recordándole que ya no era de Aubrey, sino suya. Me lanzó una de sus miraditas, pero luego oí que se refería a ella como «la casa». Ni de Aubrey, ni suya, ni de nadie, solo una casa que había accedido a acogernos.

Este último año he pasado mucho más tiempo en la casa (¿ves?, yo también la llamo así). Primero fue lo del fallecimiento de Aubrey. Siempre he pensado que sus últimos meses tuvieron algo de majestuosos. Se le veía bastante bien, y con eso me refiero a que, pese a estar consumido, se libró de muchas de las indignidades que ambos vimos padecer a los moribundos en la década anterior: ni úlceras supurantes, ni pus, ni babas, ni sangre. Luego vino el funeral, y la revisión de todos los papeles, y después, ya lo sabes, tuve que ausentarme un tiempo por motivos de trabajo, y para cuando volví, Nathaniel ya había despedido al personal (cada uno con la indemnización que se especificaba en el testamento de Aubrey) y estaba tratando de hacerse a la idea de que era el propietario de una casa gigantesca en Washington Square.

Al entrar hoy, me ha sorprendido lo cambiada que estaba. Nathaniel no pudo hacer nada con las ventanas tapiadas de la planta del salón ni con las rejas que instalaron en las de las plantas superiores, pero parecía más aireada y espaciosa, más alegre. De las paredes aún colgaban algunas piezas clave de arte hawaiano —todo lo demás había ido al Metropolitan, que ya acogía la mayor parte de las obras importantes que habían pertenecido a la familia real, objetos que, en un principio, el museo pretendía salvaguardar y devolver algún día, pero que en estos momentos ya son suyos para siempre—, pero había cambiado la iluminación y pintado las paredes de un gris subido que, paradójicamente, hacía que el espacio pareciera más luminoso. La casa seguía llena de pertenencias de Aubrey y Norris, pero su presencia había quedado erradicada.

Dimos una vuelta y admiramos las obras. Ahora que el dueño era Nathaniel —un hombre hawaiano con objetos hawaianos— fui capaz de apreciarlos de verdad; tenía la sensación de que estaban expuestos para su disfrute más que para su ostentación, no sé si me explico. Nathaniel fue comentando cada tela, cada cuenco, cada collar; su procedencia, la manufactura. Mientras él hablaba, yo lo observaba. Llevaba tanto tiempo deseando una casa bonita, con cosas bonitas..., y al fin las tenía. Aunque la herencia de Aubrey resultó mucho menor de lo que ninguno de los dos había imaginado —el dinero se había ido en seguridad y tratamientos preventivos pseudocientíficos y, sí, en grandes donaciones a entidades benéficas—, aún quedaba lo suficiente para que Nathaniel, por fin, sintiera que tenía el futuro asegurado. Cerca de Año Nuevo, el peque, de un humor especialmente insoportable, me había dicho que Nathaniel salía con alguien, un abogado del Ministerio de Justicia —«Sí, el tipo está bastante bien»; no comenté que si trabajaba en Justicia era, por definición, cómplice en el hecho de mantener los campos de cuarentena—, pero Nathaniel no lo mencionó, y yo, por descontado, no pregunté.

Después del recorrido por la casa, regresamos al salón y Nathaniel dijo que tenía algo para mí, algo de Aubrey. Una de las últimas visitas que le había hecho a Aubrey había coincidido con uno de sus momentos más lúcidos, y me había preguntado si quería algo de su colección. Yo le había dicho que no. Había terminado por aceptar a Aubrey, incluso había llegado a apreciarlo, pero a aquella aceptación y aquel aprecio subyacía cierto resentimiento, aunque no por los objetos que había coleccionado ni por el hecho de que poseyera más parte de Hawai'i que yo, sino por el hecho de que mi marido, mi hijo y él habían formado una familia de la que me habían expulsado. Después de que Nathaniel conociera a Aubrey y a Norris, todo empezó a desmoronarse, tan lentamente que al principio ni siquiera me di cuenta, y luego tan a conciencia que no podría haberlo detenido por mucho que lo hubiera intentado.

Me senté en un sofá, y Nathaniel sacó algo de un cajón de una de las mesitas auxiliares: un pequeño estuche de terciopelo negro, del tamaño de una pelota de golf.

—¿Qué es? —pregunté como un tonto, igual que suele hacer la gente cuando le dan un regalo, y él sonrió.

—Ábrelo y lo verás —dijo, y eso hice.

Contenía el anillo de Aubrey. Lo saqué, lo sostuve en la mano, notando el peso y la calidez del oro. Abrí la tapita de perla, pero dentro no había nada.

—¿Y bien? —preguntó Nathaniel de manera jovial.

Se sentó a mi lado.

—¿Y bien?

—Creía que lo odiabas sobre todo por este anillo —dijo con suma naturalidad, y lo miré, sorprendido—. Pues claro, Aubrey sabía que lo odiabas.

—No lo odiaba —protesté débilmente.

—Ya lo creo que sí, pero no quieres reconocerlo.

—Mira, otra cosa que Aubrey sabía y que yo no —dije, tratando en vano de no sonar sarcástico; en cualquier caso, Nathaniel se limitó a encogerse de hombros.

—En fin, ahora es tuyo —dijo.

Me lo puse en el meñique de la mano izquierda y la levanté para echarle un vistazo. Todavía llevaba la alianza de matrimonio, y Nathaniel la tocó con suavidad. Hacía años que se había quitado la suya.

En ese momento, supe que podría haberme inclinado hacia él y haberlo besado, y que él me habría dejado. Pero no lo hice, y Nathaniel, como si también lo percibiera, se apresuró a levantarse.

—Veamos —dijo, adoptando un tono pragmático—, cuando David llegue, además de ser amable con él, quiero que no lo machaques, ¿de acuerdo?

—Yo nunca lo machaco —protesté.

—Charles, lo digo en serio. Va a presentarte a... a alguien cercano y muy importante para él. Y tiene... tiene algo que contarte.

—¿Va a retomar los estudios? —pregunté, solo por fastidiar, aunque ya conocía la respuesta. David nunca volvería a estudiar.

Nathaniel pasó por alto la provocación.

—Prométemelo —insistió. Luego, con otro cambio de humor brusco, se sentó de nuevo a mi lado—. Odio que las cosas estén así entre vosotros —dijo. No respondí—. A pesar de todo, sigues siendo su padre.

—Eso díselo a él.

—Ya lo hago. Pero La Luz es importante para David.

—Por favor... —protesté.

Había confiado en acabar la conversación sin que ninguno de los dos mencionara La Luz.

En ese momento, la cámara de descontaminación lanzó un silbido sordo y David apareció, seguido de una mujer. Me levanté y nos saludamos con un movimiento de la cabeza.

—Mira, David —dije, y le enseñé el anillo, ante lo que él gruñó y sonrió al mismo tiempo.

—Muy bonito, jefe —dijo—. Al final es tuyo, ¿eh?

Me dolió, pero no contesté. Y, de todos modos, tenía razón: era mío.

Las cosas habían estado tranquilas entre nosotros, lo cual significaba que, sin haberlo acordado de manera explícita, habíamos firmado una tregua. Yo no lo incordiaría con lo de La Luz y él no me haría la vida imposible por mi trabajo. Sin embargo, era un acuerdo condenado a durar poco más de quince minutos, y solo si había otra cosa sobre la que hablar; no quiero parecer insensible, pero la muerte de Aubrey nos había venido muy bien en ese aspecto. Siempre podíamos centrarnos en revisar alguna cuestión de la quimioterapia, en vigilar su estado anímico y la cantidad de agua que bebía o en comentar su gestión del dolor. Y me conmovió —me conmovió y, debo reconocerlo, me puso un poco celoso— ver con qué amor, con qué ternura el peque cuidó de Aubrey en sus últimos meses: cómo le daba toquecitos con un trapo frío en la cabeza, cómo le sostenía la mano, cómo le hablaba de esa manera con la que mucha gente no sabe dirigirse a los moribundos, con una soltura natural carente de condescendencia que, de alguna forma, transmitía su aprecio por Aubrey al tiempo que dejaba claro que no esperaba respuesta. Tenía un don para asistir a los desahuciados, un don raro y valioso que podría haber aprovechado de multitud de maneras.

Nos quedamos todos allí de pie un momento, y entonces Nathaniel, a quien siempre le tocaba interpretar el papel de negociador, de mediador, dijo:

—¡Oh! Y, Charles, esta es Eden, una buena amiga de David.

Era mayor que el peque, tendría unos treinta y tantos, así que le sacaba diez años por lo menos, coreana de piel clara, con el mismo peinado ridículo que David. Los tatuajes le recorrían los brazos y le subían por el cuello, y tenía el dorso de las manos tachonado de una serie de estrellas diminutas que luego me enteré de que formaban constelaciones: la mano izquierda estaba decorada con las constelaciones de primavera del hemisferio norte; la derecha, con las constelaciones de primavera del sur. No podía decirse que fuera atractiva —el peinado, los tatuajes y esas cejas tan exageradas, dibujadas con una tinta tan espesa que parecía impasto, se encargaban de ello—, pero algo en ella sí transmitía cierta tensión contenida, algo grácil, salvaje y sensual.

Nos saludamos con una inclinación de la cabeza.

—Encantado de conocerte, Eden —dije.

No sé si sonrió con suficiencia o si esa era su sonrisa normal.

—Lo mismo digo, Charles —repuso—. David me ha hablado mucho de ti.

Lo dijo con toda la intención, pero no piqué.

—Me alegra oírlo. Ah, y llámame Charles.

—Charles... —siseó Nathaniel, pero David e Eden se miraron e intercambiaron la misma sonrisita.

—Te lo dije —le comentó David.

Nathaniel había pedido comida a domicilio —tortas de pan y *meze*— y fuimos a sentarnos a la mesa. Yo había llevado una botella de vino, y David, Nathaniel y yo nos servimos un poco; Eden dijo que prefería agua.

Empezamos a charlar. Me dio la sensación de que todos íbamos con pies de plomo, lo cual contribuía a que la conversación fuera muy aburrida. No tanto para que solo nos quedara hablar del tiempo, pero casi. A esas alturas, la lista de temas que tenía prohibido mencionarle a David era kilométrica, por lo que resultaba más sencillo recordar lo que sí podía tratar con él sin acabar en terreno pantanoso: cultivos orgánicos, películas, robótica y horneado sin levadura. Me descubrí añorando a Aubrey; al menos él sabía dirigirnos a la perfección y reencauzar a cualquiera que se desviara hacia temas peligrosos.

David, reflexioné como solía hacer durante esas conversaciones, seguía siendo un crío, y aquello —el entusiasmo que mostraba por los temas que lo enardecían, la manera en que se aceleraba al hablar, cómo se le agudizaba la voz— me hizo desear que hubiera ido a la universidad. Allí habría encontrado a otros como él; no se habría sentido tan solo. Puede, incluso, que no hubiera acabado siendo tan diferente, o por lo menos se habría encontrado en compañía de otros junto a quienes no lo habría parecido tanto. Lo imaginaba en una habitación llena de jóvenes, todos ellos rebosantes de adrenalina, lo imaginaba sintiendo que por fin había encontrado un sitio donde encajaba. Sin embargo, en su lugar había escogido La Luz, de la cual, gracias a ti, ahora puedo realizar un seguimiento tan obsesivo como me plazca, aunque rara vez me apetece hacerlo. Hubo un tiempo en que quería saber todo lo que David hacía y pensaba; ahora, lo único que quiero es no saber nada, fingir que la vida de mi hijo, las cosas que lo hacen feliz, no existen.

Con todo, a quien yo observaba en realidad era a Eden. Estaba sentada a un extremo de la mesa, con David a su izquierda, a quien miraba con una especie de cariño indulgente, como haría una madre con un hijo díscolo pero brillante. David no la incluía en su monólogo, pero de vez en cuando le lanzaba una mirada fugaz y ella asentía, brevemente, casi como si él estuviera recitando un discurso ensayado e Eden le confirmara que lo hacía bien. Me percaté de que comía muy poco: no había tocado las tortas y solo había probado una pizca de la cucharada de humus que se había servido, pero todo lo demás seguía intacto, endureciéndose en su plato. Incluso el vaso de agua continuaba igual, con la raja de limón hundida ya en el fondo.

Al final, aprovechando una pausa del peque, Nathaniel intervino.

—Antes de que traiga el postre, David, ¿no tienes nada que contarle a tu padre?

Vi al peque tan incómodo que supe que, se tratara de lo que se tratase, no iba a gustarme. Así que, sin darle tiempo a responder, me volví hacia Eden.

—¿Cómo os conocisteis? —pregunté.

—En una asamblea —contestó. Hablaba de una forma lenta y lánguida, casi como si arrastrara las palabras.

—¿Una asamblea?

Me miró con desdén.

—La Luz —aclaró.

—Ah —dije, sin mirar a Nathaniel—. La Luz. ¿Y a qué te dedicas?

—Soy artista.

—Eden es una artista increíble —apuntó David, ansioso—. Diseña nuestras páginas web, los anuncios..., todo. Tiene mucho talento.

—No lo dudo —dije, y aunque había procurado no sonar sarcástico, de todas maneras ella se sonrió como si lo hubiera hecho y, aun así, fuera yo, y no ella, el blanco de mi propio sarcasmo—. ¿Cuánto hace que salís juntos?

Eden esbozó un gesto de indiferencia, un leve encogimiento del hombro izquierdo.

—Unos nueve meses. —Le dirigió una de sus medias sonrisas al peque—. Lo vi y me dije que tenía que ser mío.

Él se sonrojó al oírlo, avergonzado y adulado, y la sonrisa de ella se ensanchó un poco mientras lo miraba.

Nathaniel volvió a intervenir.

—Lo cual nos lleva a la noticia de David —dijo—. ¿David?

—Disculpadme —me excusé, y me apresuré a levantarme, haciendo caso omiso de la mirada asesina de Nathaniel, para huir al pequeño tocador situado debajo de la escalera.

Aubrey solía decir que, cuando era joven, ese era el lugar donde los invitados se hacían mamadas tras las cenas que celebraban, pero hacía mucho tiempo que lo habían empapelado de negro y con un recargado estampado de rosas que siempre me hacía pensar en un burdel de la época victoriana. Me lavé las manos y respiré hondo. El peque estaba a punto de decirme que iba a casarse con esa mujer rara, extrañamente seductora y demasiado mayor para él, y era mi deber mantener la calma. No, no estaba preparado para casarse. No, no tenía trabajo. No, aún no se había ido de la casa de su padre. No, no tenía estudios. Pero no me correspondía a mí decir nada; de hecho, mi opinión no solo era irrelevante, sino que ni siquiera deseaban oírla.

Tomada esa resolución, volví a ocupar mi sitio a la mesa.

—Disculpad —dije, dirigiéndome a todos. Y luego me volví hacia David—. ¿Y qué noticia es esa, David?

—Bueno... —empezó, como si le diera vergüenza, y entonces lo soltó de golpe—: Eden está embarazada.

—¡¿Qué?!

—De catorce semanas —confirmó Eden, y se recostó en la silla mientras esa media sonrisa extraña afloraba en su cara—. Salgo de cuentas el cuatro de septiembre.

—No estaba segura de querer tenerlo... —prosiguió el peque, emocionado de pronto, pero Eden lo interrumpió:

—Pero luego pensé —dijo, y se encogió de hombros—: ¿por qué no? Tengo treinta y ocho años, es ahora o nunca.

Oh, Peter, imagina lo que podría haber dicho yo, o tal vez incluso lo que debería haber dicho. Sin embargo, me limité a quedarme sentado, cerré los ojos, eché la cabeza atrás y no dije nada, sudando por el esfuerzo. Cuando volví a abrirlos —quién sabe cuánto tiempo después, podría haber pasado una hora—, vi que todos me miraban, no de manera burlona, sino con curiosidad, puede que incluso con un poco de miedo, como si temieran que fuese a estallar.

—Ya veo —dije con el tono más neutro posible. (Es que, encima... ¡treinta y ocho años! David tiene solo veinticuatro, y unos veinticuatro que a veces parecen muchos menos)—. ¿Y viviréis los tres aquí, con papá?

—¿Los tres? —preguntó David, hasta que pareció caer en la cuenta—. Ah. Claro. El niño. —Alzó un poco la barbilla, sin saber muy bien si la pregunta era una objeción o solo una pregunta—. Sí, supongo. O sea, hay sitio de sobra.

Pero en ese momento Eden soltó algo parecido a un gruñido y todos la miramos.

—Yo no pienso vivir aquí —dijo.

—Ah —musitó el peque, alicaído.

—Sin ánimo de ofender —prosiguió ella, dirigiéndose a David, tal vez, o a Nathaniel, o puede que incluso a mí—. Necesito mi propio espacio.

Se hizo un silencio.

—Bueno, pues parece que os quedan un montón de cosas que aclarar —comenté, y David me lanzó una mirada cargada de odio, tanto porque yo tenía razón como porque había sido testigo de su humillación.

Después de aquello, en lo que se refiere a la conversación, consideré que no había tema que no fuera a caldear los ánimos, así que anuncié que debía irme, y nadie me detuvo. Me forcé a abrazar a David, aunque ambos estábamos tan incómodos que el resultado fue patético, y luego probé con Eden, cuyo cuerpo flaco y aniñado sentí tensarse entre mis brazos.

Nathaniel me acompañó a la puerta. Una vez en los escalones de la entrada, me anunció:

—Antes de que digas nada, Charles, quiero que sepas que estoy de acuerdo.

—Nate, es una locura —protesté—. Pero ¡si apenas la conoce! ¡Si tiene casi cuarenta años! ¿Qué sabemos de esa mujer?

Suspiró.

—Le he preguntado a un... un amigo, y me ha dicho...

—¿Ese amigo de Justicia?

Volvió a suspirar y levantó la vista. (Ya apenas me mira a los ojos).

—Sí, el amigo de Justicia. Ha investigado un poco y dice que no hay motivo para preocuparse respecto a ella, solo ocupa un nivel medio en la organización, es una lugarteniente, procede de una familia de clase media de Baltimore, fue a la escuela de Bellas Artes y no tiene antecedentes penales.

—Un caramelito —dije, pero él no replicó—. Nate, sabes que te tocará hacerte cargo de ese niño, ¿verdad? Sabes que David no puede solo.

—Bueno, tendrá a Eden y...

—Yo tampoco contaría con ella.

Suspiró de nuevo.

—Ya, podría ser —reconoció.

Como hacía a menudo, me pregunté cuándo se había vuelto tan pasivo. O puede que no pasivo —no hay nada pasivo en criar a un niño—, sino resignado. ¿Fue cuando los obligué a venir a esta ciudad? ¿Fue cuando el peque empezó a portarse mal? ¿Fue cuando él perdió su trabajo? ¿Fue la muerte de Norris?

¿O la de Aubrey? ¿Fue cuando nuestro hijo se unió a una célula rebelde marginal y sin mucho éxito? ¿O fueron los años que pasó a mi lado? Me vi tentado de decir: «Bueno, hiciste un gran trabajo criando a un niño la primera vez», antes de comprender que la única persona a la podía dirigir ese comentario era yo.

Así que no dije nada. Nos quedamos mirando el Washington. Habían vuelto las excavadoras, que se habían llevado por delante la hornada de chabolas más reciente. En cada entrada montaba guardia un soldado para asegurarse de que nadie se colaba y volvía a levantarlas. En lo alto, los reflectores teñían el cielo de blanco.

—No sé cómo puedes dormir con tanta luz —comenté, y él se encogió de hombros, resignado de nuevo.

—De todas maneras, las ventanas que dan al Washington están tapiadas —contestó. Se volvió hacia mí—. He oído que van a cerrar los campos de refugiados.

Entonces fui yo quien se encogió de hombros.

—Pero ¿qué pasará con toda esa gente? —preguntó—. ¿Adónde irá?

—¿Por qué no le preguntas a tu amigo de Justicia? —repuse, como un crío.

—Charles... —Suspiró, cansado—. Solo intento mantener una conversación.

En cualquier caso, yo no sabía adónde irían los refugiados. Era tal el trasiego de personas —entrando y saliendo de los hospitales, yendo a los campos de cuarentena, a los crematorios, a los cementerios y a las cárceles— que me resultaba imposible saber dónde estaba cada grupo en cada momento.

Sin embargo, sobre todo pensaba que lo peor de que David trajera un niño a este mundo no eran sus deficiencias como posible padre, sino el hecho en sí de crear una nueva vida. La gente lo hace continuamente, claro, de eso dependemos. Pero ¿por qué hacerlo a lo tonto? Si se pasa la vida tratando de destruir lo que representa este país, ¿para qué traer a un niño aquí? ¿Alguien querría que un hijo suyo creciera en esta época, en este lugar? Hay que ser muy cruel para tener un niño ahora, sabiendo que el mundo que habitará y heredará será sucio, injusto, difícil y estará plagado de enfermedades. Así que, ¿para qué? ¿Qué respeto por la vida es ese?

Besos,

CHARLES

5 de septiembre de 2064

Queridísimo Peter:

Jamás habría imaginado que un día escribiría esto a mi edad, pero soy abuelo. Charlie Keonaonamaile Bingham-Griffith, nacida el 3 de septiembre de 2064, a las 5.58 horas, tres kilos y medio.

Por si se me hubiera ocurrido sentirme halagado, se apresuraron a aclarar que la niña no se llama así por mí, sino por la (difunta) madre de Eden, a quien todo el mundo conocía como Charlie. Un bonito nombre de niña para una niña que poco tiene de bonito, con esa barbilla tan poco definida, esa naricilla que es como un borrón y esos ojitos rasgados.

Y aun así, la adoro. Esa mañana me dejaron entrar a regañadientes en la habitación de la madre, y tampoco parecían muy contentos de que la sostuviera en brazos. David revoloteaba sobre mí diciendo cosas como: «Aguántale la cabeza, jefe. Pero ¡que le aguantes la cabeza!», como si nunca hubiera tenido a un bebé en brazos, empezando por él. Aunque no me importaron sus gritos; de hecho, era conmovedor oírlo tan angustiado por otra persona, verlo tan vulnerable, contemplar con qué ternura sostenía a su hija.

Ahora que la niña ya está aquí, quedan muchas cuestiones por resolver, incluida la de si Eden se trasladará finalmente a la casa de Washington Square o continuará en la suya, en Brooklyn. También la de quién va a encargarse de Charlie, ya que Eden ha dejado bien claro que no piensa renunciar a su «trabajo» en La Luz, y David, convencional como solo lo es la gente joven, cree que deberían casarse y convivir.

Pero al menos pudimos pasar un rato los cuatro juntos (además de Eden, claro). Charlie es, con diferencia, lo mejor que ha hecho David nunca, pero antes de que interpretes que lo digo con segundas, permíteme añadir que es lo mejor que podría haber hecho jamás. Mi pequeña Charlie.

En fin, eso es todo. Me alegro, supongo, de oír que Olivier ha vuelto a dejarse ver, y no solo en fotografía. Y hablando de fotografías, te he adjuntado como un centenar, por supuesto.

Te quiere,

C.

21 de febrero de 2065

Mi querido Peter:

Una de las cualidades de Nathaniel que he aprendido a valorar es su sentido de la responsabilidad para con aquellos a quienes cree menos capaces de valerse por sí mismos. Años atrás, era algo que me molestaba. A mí, por ejemplo, me consideraba autosuficiente, y por lo tanto no creía que necesitara ni ayuda, ni atención, ni dedicación. Pero a sus alumnos y, una vez que dejó la escuela, a Norris, Aubrey y David, los consideraba vulnerables y, por lo tanto, merecedores de sus cuidados.

Incluso después de recibir la herencia de Aubrey, Nathaniel continuó visitando a sus dos antiguos alumnos, Hiram y Ezra, aquellos niños de los que te hablé una vez, que habían sobrevivido a la enfermedad del 50 y que no habían vuelto a salir de casa desde entonces. Cuando cumplieron doce años, su madre contrató a nuevos tutores para que les enseñaran álgebra y física, y aun así Nathaniel siguió atravesando el puente casi todas las semanas para ir a verlos. Luego, tras la llegada de Charlie, empezó a cambiar las visitas por videollamadas, pues estaba muy ocupado encargándose de la niña.

Como predije, la mayor parte del cuidado de Charlie ha recaído en Nathaniel. Hay una niñera, pero en realidad casi todo lo hace él; nunca se sabe cuándo estará David en casa, y menos aún Eden. Supongo que ahora debería añadir (como siempre hace Nathaniel) que cuando se puede contar con David, es muy tierno con la niña. Pero, no sé, ¿lo importante no es que siempre se pueda contar contigo, esa constancia? No estoy seguro de que el buen comportamiento pueda considerarse una virtud mayor que la constancia. En cuando a Eden... En fin, no tengo nada que decir. Ni siquiera sé si David y ella siguen juntos, aunque me consta que él continúa enamorado de ella. En cualquier caso, Eden muestra un desinterés extraordinario por su propia hija. Una vez me dijo que quería vivir la «experiencia» del embarazo, pero da la impresión de que ni quería ni se planteaba siquiera vivir después la experiencia de la crianza. Este mes, por ejemplo, solo ha aparecido un par de veces, y cuando está David ni se acerca. Nathaniel siempre se ofrece a llevarle a la niña, pero Eden siempre pone alguna objeción: o que está muy ocupada o que su piso no es seguro o que resulta que está resfriada. En esos casos, Nathaniel vuelve a ofrecerle una planta de la casa para ella sola, o al menos dinero para acondicionar su apartamento, aunque sabe que tanto una cosa como la otra la desasosiegan, y ella nunca acepta.

La semana pasada, Nathaniel me preguntó si me importaría ir un momento a casa de los Holson y echar un vistazo a los niños: se habían saltado las dos últimas videoconferencias y no le devolvían las llamadas ni los mensajes.

—¿Estás de broma? —le pregunté—. ¿Por qué no vas a verlos tú?

—Porque no puedo —contestó—. Charlie está acatarrada y he de quedarme con ella.

—Bueno, y ¿por qué no me quedo yo con Charlie y así puedes ir? —propuse. Siempre busco la oportunidad de verla; todas las noches libres que tengo, voy al centro a pasarlas con ella.

—Charles —dijo, cambiándose a la niña de hombro—, hazlo por mí, ¿quieres? Además, si les ocurre algo, a lo mejor puedes ayudarlos.

—No soy médico —le recordé, pero no merecía la pena discutir.

Tuve que ir. En cierto modo, la relación que mantenemos Nathaniel y yo ahora se parece más a la de un matrimonio que cuando estábamos casados. En gran parte se debe a la niña; es como si estuviéramos reviviendo nuestra anterior vida en común, con la diferencia de que ahora ambos sabemos muy bien hasta dónde llega nuestra desilusión mutua y ya no hay nada que descubrir.

Total, que después de la última reunión del lunes me acerqué a Cobble Hill en coche. Habían pasado cinco años desde la última vez que había visto a los niños, en la fiesta atrasada de despedida que los padres (bueno, la madre; el ausente señor Holson estaba tan ausente como de costumbre) habían organizado para Nathaniel; es decir, de despedida como tutor de Hiram y Ezra. Los gemelos tenían por entonces trece años, aunque aparentaban nueve o diez. Eran muy educados: nos repartieron trozos de pastel a mí, a Nathaniel, a la asistenta y a su madre —que llevábamos el equipo de protección integral porque a los niños les costaba respirar con los suyos— antes de servirse uno ellos. No podían comer azúcar porque, según Nathaniel, a la señora Holson le preocupaba que les provocara una inflamación interna (sea lo que sea eso), pero estaba claro que el pastel, ligeramente dulce gracias a haber mezclado puré de manzana con la masa, era un postre especial para ellos. Contestaron mis preguntas con sus vocecillas agudas y nasales, y cuando la señora Holson les pidió que fueran a buscar la tarjeta que le habían preparado a Nathaniel, se alejaron corriendo con idénticos andares de piernas rígidas mientras las unidades de oxígeno les rebotaban contra el trasero.

Cuando Nathaniel me contó los planes educativos de la señora Holson para sus hijos, pensé que eran peculiares, incluso crueles. Sí, puede que un día los niños cursaran estudios universitarios de manera telemática y se sacaran una carrera. Puede que incluso se incorporaran al mercado laboral y trabajaran codo con codo como ingenieros o programadores, sentados detrás de pantallas idénticas. Pero la cuestión de su calidad de vida —sin poder salir jamás de casa, con su gemelo y su madre por única compañía— siempre me había producido sentimientos encontrados.

No puedo decir que verlos me hiciera cambiar de opinión, pero sí comprendí que, aunque su madre los había preparado para un mundo que nunca habitarían —lo cual se evidenciaba en sus modales exquisitos, en su mirada franca y directa, en su desenvoltura a la hora de mantener una conversación, cosas que, lo reconozco, no habíamos sabido transmitirle debidamente a David—, también les había enseñado a aceptar los límites y las limitaciones de sus vidas. Cuando uno de ellos, Hiram o Ezra (yo seguía sin saber distinguirlos) me dijo: «Nathaniel ha comentado que acaba de estar usted en la India», tuve que reprimirme para no contestar de manera automática: «Ah, sí, ¿la conoces?». Me limité a responder que sí, que acababa de estar allí, y el otro gemelo suspiró y dijo: «Oh, debe de ser fascinante». Era la respuesta pertinente, la educada (si bien un tanto desusada), pero no había melancolía en ella, ni envidia. Durante la conversación quedó claro que estaban bien informados sobre la historia del país y los desastres políticos y epidemiológicos actuales, y al mismo tiempo parecían dar a entender que eran conscientes de que se trataba de cosas de las que nunca serían testigos directos. Sabían de la existencia de un mundo del que nunca formarían parte, y lo aceptaban. Aunque a muchos nos sucede igual: sabemos de la existencia de la India, pero nunca seremos parte de ella. Lo que conmovía y desazonaba de esos niños era que, para ellos, incluso Brooklyn era la India. Cobble Hill era la India. El jardín trasero, que veían desde aquel cuarto de juegos ya reconvertido en aula, era la India; lugares acerca de los que estudiarían, pero que nunca visitarían.

Y aun así, a pesar de lo bien educados que estaban, a pesar de lo inteligentes que eran, los compadecí. Pensé en David con quince años, cuando lo expulsaban de un colegio tras otro, en las bellas líneas que adoptaba su cuerpo cuando intentaba hacer un salto con el skate, en cómo se levantaba prácticamente de un respingo después de estrellarse contra el suelo, en cómo hacía la rueda con una sola mano en el césped de Washington Square, en cómo parecía destellar su piel al sol.

Los chicos ya tendrían unos dieciocho años y, mientras llamaba a la puerta, pensé en mi Charlie, como solía hacer. «Que estén bien —me dije—, porque si están bien mi Charlie también lo estará». Aunque también me dije: «Si les ha pasado algo, entonces a ella no le pasará nada». Aquello no tenía ni pies ni cabeza, claro.

Al ver que nadie contestaba, pulsé en el teclado numérico el código que Nathaniel me había dado y entré. En cuanto la cámara de descontaminación se abrió, supe que había algo muerto. Estos cascos nuevos realzan todos los olores, así que me lo arranqué y me subí el jersey para cubrirme la nariz y la boca. La casa estaba sumida en la misma penumbra de siempre. No se oía nada, no se veía movimiento; solo había ese hedor.

—¡Frances! —la llamé—. ¡Ezra! ¡Hiram! Soy Charles Griffith... Me envía Nathaniel. ¿Hola?

Pero nadie contestó. Una puerta separaba el vestíbulo del resto de la planta del salón, y cuando la empujé para abrirla casi tuve arcadas. Entré en la sala de estar. Al principio no vi nada, pero luego oí algo, un leve zumbido, y me percaté de que sobre el sofá se cernía una nube pequeña y densa. Cuando me acerqué, la nube resultó ser un enjambre de moscas negras que emitían ese runrún formando un pequeño tornado. Volaban en círculos sobre la forma de una mujer, Frances Holson, hecha un ovillo, muerta desde hacía por lo menos dos semanas, quizá más.

Me aparté con el corazón desbocado.

—¡Chicos! —grité—. ¡Hiram! ¡Ezra!

De nuevo, solo silencio.

Avancé por la sala de estar. Entonces oí algo, un leve crujido. Reparé en que algo se movía al fondo de la habitación y, al acercarme, vi que se trataba de un plástico transparente que cubría todo el vano de la puerta que separaba la sala de estar de la cocina y aislaba esta del resto de la casa. Cerca de la esquina inferior derecha del plástico había dos ventanas recortadas: de una colgaban dos mangas de plástico hacia la sala de estar y la otra, que se había soltado y se movía impelida por una corriente de aire que yo no sabía de dónde procedía, era solo un rectángulo.

Eché un vistazo a la cocina a través del plástico. Lo primero que pensé fue que recordaba a la guarida de un animal, una ardilla de tierra, por ejemplo, un perro de las praderas. Las persianas estaban bajadas y todas las superficies ocupadas. Abrí la cremallera del plástico para entrar, y el aire de allí también estaba impregnado del hedor a putrefacción, solo que vegetal, no animal. Platos, cacerolas, sartenes y montañas de libros de texto atestaban las encimeras. En el fregadero había más cacerolas y sartenes sumergidas en una espuma grasienta, como si alguien hubiera querido limpiarlas y se hubiera rendido a la mitad. Junto al fregadero había dos tazones de sopa, dos cucharas y dos tazas, bien limpios. En todos los rincones se apilaban abultadas bolsas negras de basura, y cuando me decidí a abrir una comprobé que no estaban llenas de restos humanos, sino de pieles de zanahoria y trozos de pan tan podridos que se habían vuelto viscosos, de bolsitas de té arrugadas de tan secas. El cubo de reciclaje rebosaba, como la parodia de una cornucopia. Cogí una lata de garbanzos y vi que no solo estaba vacía, sino concienzudamente vacía, tan limpia que brillaba. La siguiente lata, lo mismo, igual que la de al lado.

En el centro de la cocina, separados por unos treinta centímetros y divididos por otra pila de libros, sobre los que descansaban dos portátiles, había dos sacos de dormir, cada uno con su almohada y —un detalle que me preocupó— con su oso de peluche arropado dentro, con la cabeza sobre la almohada y los ojos negros fijos en el techo. Habían despejado un camino alrededor de la zona de dormir que conducía a un baño, donde encontré dos unidades de oxígeno conectadas a la pared; había dos vasos en el borde del lavamanos, y dos cepillos de dientes, y un tubo de pasta dentífrica, casi lleno. El baño daba a un cuarto de la colada que parecía igual de ordenado: los armarios contenían toallas, papel higiénico, linternas, pilas y detergente, y aún había varias fundas de almohada y dos pares de tejanos de niño en la secadora.

Volví a la cocina, me abrí paso entre los desperdicios hasta el centro de la estancia y miré alrededor mientras pensaba qué hacer a continuación. Llamé a Nathaniel, pero no contestó.

Entonces fui a la nevera en busca de algo que beber y vi que no había... nada. Ni una sola botella de zumo, ni un tarro de mostaza, ni una solitaria hoja de lechuga marchitándose en el fondo de un cajón. En el congelador, lo mismo: nada. Y entonces se apoderó de mí cierto temor y abrí hasta el último armario y cajón: nada, nada, nada. No había absolutamente nada comestible en esa cocina, ni siquiera algo —harina, bicarbonato, levadura— que pudiera utilizarse para elaborar cualquier cosa que comer. Por eso las latas estaban tan limpias: las habían rebañado cuanto habían podido. Por eso la cocina estaba tan revuelta: habían buscado hasta en el último rincón algo que llevarse a la boca.

No sabía por qué se habían aislado en la cocina —o, lo que era más probable, por qué los había aislado su madre—, salvo que fuera por su seguridad. Pero supuse que, una vez que se habían quedado sin comida, debían de haber explorado la casa con la esperanza de encontrar algo.

Salí corriendo y subí la escalera.

—¡Ezra! —llamé—. ¡Hiram!

La habitación de sus padres quedaba en la primera planta, y también estaba revuelta: ropa interior, calcetines, camisetas masculinas sacados de los cajones; zapatos desperdigados fuera del armario.

En la segunda planta, lo mismo: cajones vaciados, armarios desordenados. Lo único que continuaba igual era su sala de estudio, tan pulcra como la recordaba; debían de conocérsela de memoria, ¿para qué iban a buscar algo que sabían que no encontrarían allí?

Me detuve un momento y traté de calmarme. Volví a llamar y a enviar un mensaje a Nathaniel; mientras esperaba a que me contestara miré por la ventana y vi, allí abajo, a lo lejos, dos figuras tendidas bocabajo en el jardín trasero.

Eran los chicos, claro. Llevaban abrigos de lana, aunque hacía demasiado calor para ponerse lana. Estaban muy delgados. Uno de ellos, Hiram o Ezra, tenía la cara vuelta hacia su hermano, que parecía mirar las losas del pavimento. Aún tenían las unidades de oxígeno prendidas a los pantalones, con los depósitos agotados hacía tiempo. Pese al calor, las piedras estaban frías, lo que había contribuido a que los cuerpos se conservaran en cierta medida.

Me quedé hasta que llegaron los forenses, les dije lo que sabía y luego fui a casa a contárselo a Nathaniel, que quedó muy afectado.

—¿Por qué no fui antes? —se lamentó—. Sabía que pasaba algo, ¡lo sabía! ¿Dónde estaba la asistenta? ¿Dónde estaba su puto padre?

Con la excusa de que podría tratarse de una cuestión de salud pública, hice algunas averiguaciones y pedí que se realizara una investigación completa y con la mayor rapidez posible. Hoy he recibido el informe de lo que ocurrió, o al menos de lo que creen que ocurrió: la teoría es que, hará unas cinco semanas, Frances Holson contrajo «una enfermedad de patología desconocida». Al comprender que era contagiosa, aisló a los chicos en la cocina y le pidió a la asistenta que les llevara comida con regularidad. La primera semana, como mínimo, lo hizo. Pero a medida que Frances empeoraba, a la asistenta le dio miedo volver. Creen que Frances se trasladó abajo para estar más cerca de los chicos y que les dio el resto de la comida que había apartado para ella. Se la pasaba con guantes esterilizados por una de las ventanas cortadas en el plástico. Los chicos debieron de verla morir, y luego vivieron con la imagen de su cadáver durante al menos dos semanas. Creen que se aventuraron al exterior para buscar comida unos cinco días antes de que yo los encontrara; salieron por la puerta de la cocina y bajaron la escalera metálica que da al jardín. Hiram —el que estaba con la cara hacia abajo— murió primero; creen que Ezra, que se había vuelto para mirarlo, murió un día después.

Pero quedan muchas cosas que no sabemos y puede que nunca sepamos: ¿por qué ninguno de ellos, ni Frances, ni Hiram, ni Ezra, llamó a nadie? ¿Por qué durante las clases telemáticas sus profesores no habían reparado en el desorden de la cocina y no les habían preguntado si necesitaban ayuda? ¿No tenían ningún familiar a quien recurrir? ¿No tenían amigos? ¿Cómo pudo la asistenta abandonar sin más a unas personas tan vulnerables? ¿Por qué no pidió Frances más comida? O los chicos. ¿Se habían infectado del virus desconocido de Frances? No podían haber muerto de inanición al cabo de solo una semana, ni siquiera de dos. ¿Fue el impacto de encontrarse fuera de casa? ¿Fue la fragilidad de sus sistemas inmunitarios? ¿O fue algo para lo que no existe un nombre clínico? ¿Fue la desesperación? ¿Fue la desesperanza? ¿Fue el miedo? ¿O fue una especie de rendición, una renuncia a la vida? Porque podrían haber buscado ayuda, ¿no? Tenían manera de comunicarse con el mundo exterior. ¿Por qué no lo habían intentado con más empeño? Salvo, tal vez, porque estuvieran hartos de esa vida, de estar vivos.

Y sobre todo: ¿dónde estaba su puto padre? El equipo del Ministerio de Sanidad lo encontró a algo menos de dos kilómetros, en Brooklyn Heights, donde por lo visto lleva viviendo desde hace cinco años con su nueva familia: su otra mujer, con quien había empezado una relación siete años antes, y sus otros dos hijos, de cinco y seis años, ambos sanos. Les dijo a los investigadores que siempre se había asegurado de que Hiram y Ezra estuvieran bien cuidados, que enviaba dinero a Frances todos los meses. Pero cuando le preguntaron a qué funeraria quería que los trasladaran después de la autopsia negó con la cabeza. «Al crematorio municipal mismo —dijo—. Murieron hace mucho». Y luego cerró la puerta.

No le he contado a Nathaniel nada de todo esto. Solo se haría más mala sangre. Igual que yo. ¿Cómo podía alguien desentenderse tan por completo de sus hijos, como si nunca hubieran existido? ¿Cómo podía un padre mostrar semejante indiferencia?

Anoche, ya en la cama, pensé en los Holson. Si me sentía mal por los chicos, aún me sentía peor por Frances: criarlos, y protegerlos con tanto esmero, con tanta atención, para que acabaran muriendo de desesperación. Estaba a punto de dormirme cuando me pregunté si los chicos no se habrían negado a pedir ayuda por un motivo muy sencillo: porque querían ver el mundo. Los imaginé cogiéndose de la mano y saliendo por la puerta, bajando la escalera y avanzando por el jardín. Allí, de pie, de la mano, olerían el aire y levantarían la vista hacia las copas de los árboles que los rodeaban, boquiabiertos, maravillados, mientras sus vidas cobraban esplendor —por una vez— al tiempo que llegaban a su fin.

Besos,

YO

19 de abril de 2065

Mi querido Peter:

Disculpa que no te haya escrito antes, sé que hace semanas de la última comunicación, pero creo que lo entenderás cuando te cuente lo ocurrido.

Eden ha desaparecido del mapa. Y con lo de que ha «desaparecido del mapa» no me refiero a que se haya esfumado de la noche a la mañana dejando solo una nota. Sabemos perfectamente dónde está: en su apartamento de Windsor Terrace, haciendo las maletas, según cabe suponer. Con lo de que ha «desaparecido del mapa» me refiero a que ya no quiere ser madre. De hecho, así lo planteó ella misma: «Creo que yo no estoy hecha para ser madre».

En realidad no hay mucho más que decir y tampoco de lo que sorprenderse, la verdad. Desde que nació Charlie, habré visto a Eden seis veces a lo sumo. De acuerdo, sí, no vivo en la casa, así que es posible que fuera allí con más frecuencia que en Acción de Gracias, Navidad, Año Nuevo y esas cosas, pero, teniendo en cuenta el cuidado con el que iba Nathaniel y lo nervioso que se ponía siempre que la veía aparecer, la verdad es que lo dudo. Nunca me ha hablado mal de ella, y no creo que fuera porque tuviera un gran concepto de Eden, sino porque creía que si decía «Eden es una mala madre» en voz alta, entonces lo sería de verdad. Aunque ya lo fuera. Sé que no tiene sentido, pero así funciona Nathaniel. Tú y yo sabemos lo que es una mala madre, pero Nathaniel no; él siempre quiso a la suya, y aún le cuesta entender que no todas las madres seguirán siéndolo siempre gracias a cierto sentido del deber y no digamos ya al amor.

No estuve presente en la conversación que Eden mantuvo con Nathaniel. Tampoco David, de quien cada vez sabemos menos dónde anda. El caso es que, por lo visto, ella le envió un mensaje un día diciendo que tenían que hablar y que lo esperaba en el parque. «Llevaré a Charlie», contestó Nathaniel, pero Eden se apresuró a pedirle que no lo hiciera porque tenía la gripe «o algo» y no quería contagiarla. (¿Qué creía? ¿Que Nathaniel le encasquetaría a la niña y saldría corriendo en cuanto ella le dijera que ya no quería saber nada de Charlie?). Total, que se vieron en el parque. Según Nathaniel, Eden llegó media hora tarde (puso como excusa que el metro estaba cerrado, aunque el metro lleva seis meses cerrado), y se presentó con un tipo que la esperó en otro banco, a unos metros, mientras ella le contaba a Nathaniel que se marchaba del país.

—¿Adónde? —preguntó Nathaniel tras recuperarse de la impresión inicial.

—A Washington —contestó ella—. Mi familia veraneaba en la isla Orcas cuando yo era niña y siempre he querido vivir allí.

—Pero ¿y Charlie?

Y en ese momento, según él, algo —culpa, quizá; vergüenza, espero— ensombreció fugazmente su cara.

—Creo que está mejor aquí contigo —dijo Eden, y luego, al ver que Nathaniel seguía callado, añadió—: A ti se te da bien, tío. Creo que yo no estoy hecha para ser madre.

En mi nuevo empeño por ser breve, te ahorraré todos los tira y afloja, los ruegos, los numerosos intentos para implicar a David, los intentos de negociación, y solo diré que Eden ya no forma parte de la vida de Charlie. Firmó un documento por el cual renuncia a sus derechos, lo cual deja a David como único progenitor de la niña. Pero ya he dicho que David casi nunca está en casa, lo que significa que, a efectos prácticos, aunque no legales, Nathaniel es su único padre.

—No sé qué voy a hacer —me dijo Nathaniel anoche, después de cenar. Estábamos sentados en el sofá del salón, y él tenía a Charlie dormida en los brazos—. Voy a acostarla.

—No, deja que la coja —le pedí.

Y me miró con esa expresión tan de Nathaniel —mitad fastidiada, mitad enternecida— antes de pasármela.

Estuvimos un rato allí sentados, yo mirando a Charlie y Nathaniel acariciándole la cabeza, y tuve la curiosa sensación de que a nuestros pies se abría un agujero temporal y de que se nos concedía otra oportunidad, como padres y como pareja. Éramos más jóvenes y a la vez más viejos de lo que somos, y sabíamos todo lo que podíamos hacer mal, pero nada de lo que sucedería en realidad, y Charlie era nuestra peque, y nada de lo ocurrido en las dos últimas décadas —mi trabajo, las pandemias, los campos, nuestro divorcio— había ocurrido de verdad. Pero luego me di cuenta de que, si borraba todo eso, también borraba a David y, por lo tanto, a Charlie.

Alargué la mano y empecé a acariciarle el pelo a Nathaniel, que enarcó una ceja, aunque luego inclinó la cabeza atrás, y estuvimos así un rato, yo acariciándole el pelo a él y él a Charlie.

—Creo que podría estar bien que viviera aquí —dije, y él me miró, y enarcó la otra ceja.

—Ah, ¿sí?

—Sí. Podría echarte una mano, y pasar más tiempo con Charlie.

No tenía pensado plantearle algo así, pero en cuanto hice el ofrecimiento me pareció que era lo más idóneo. Mi apartamento —el que había sido de ambos— cada vez se parecía menos a un lugar donde vivir y más a un almacén de objetos inanimados. Dormía en el laboratorio, comía en casa de Nathaniel y luego volvía al apartamento para cambiarme. No tenía sentido, la verdad.

—Bueno —dijo, y varió ligeramente la postura—, no me parece mal. —Hizo una pausa—. No vamos a volver, lo sabes, ¿no?

—Lo sé —contesté. Ni siquiera me ofendí.

—Y tampoco vamos a acostarnos.

—Ya veremos.

Alzó los ojos con exasperación.

—No veremos nada, Charles.

—Vale. —dije—. Puede que sí, puede que no.

Aunque estaba tomándole el pelo. Yo tampoco tenía ningún interés especial en acostarme con él.

En fin, solo quería ponerte al corriente. Estoy seguro de que tendrás preguntas, así que no te reprimas. De todas maneras, nos vemos dentro de pocos días. ¿Y si me echas una mano con la mudanza? (Es broma).

Besos,

CHARLES

3 de septiembre de 2065

Querido Peter:

Muchas gracias a Olivier y a ti por los juguetes: llegaron justo a tiempo, y a Charlie le encantan, y con eso me refiero a que se metió el gato en la boca y empezó a rechupetearlo a las primeras de cambio, lo cual diría que es una señal bastante indiscutible de cariño.

No tengo mucha experiencia en fiestas de cumpleaños de niños de un año, pero esta fue íntima: solo estábamos Nathaniel y yo, además de David. Y Charlie, claro. Quizá hayas oído la última conspiranoia, eso de que la enfermedad del mes pasado la inventó el Gobierno (para hacer qué y con qué fin son cosas que nunca se explican, ya que en esas teorías la lógica suele estorbar), pero parece que David la cree a pies juntillas y a lo largo de la tarde procuró hablar conmigo lo menos posible.

Yo tenía a Charlie en brazos cuando él llegó con pinta desaliñada y sin afeitar, aunque no más de lo habitual, y después de quitarse el traje y lavarse las manos, se acercó, la cogió de mi regazo como si yo solo fuera un lugar donde estaba depositada, y se tumbó con ella en la alfombra.

¿Recuerdas a David de bebé? Era muy poquita cosa y muy callado, y solo abría la boca para llorar. Cuando yo tenía ocho años, mi madre, poco antes de abandonarme, me dijo que un padre decide lo que piensa de su hijo durante sus primeras seis semanas (¿o eran meses?) de vida, y aunque yo intentaba con todo mi ser no recordar esas palabras, durante la infancia de David acudían a mí en los peores momentos sin yo quererlo. Aún ahora me pregunto si, siendo sincero conmigo mismo, alguna vez me gustó David, y si él, siendo sincero consigo mismo, lo sabe.

Ese recuerdo explica en parte que Charlie represente para mí un tesoro, y no solo un tesoro, sino un alivio. Es tan fácil quererla, achucharla, abrazarla... David solía retorcerse y arqueaba la espalda para escapar de mis brazos (lo mismo le hacía a Nathaniel, para ser justos), pero Charlie se pega a ti, y cuando tú —yo— le sonríes, te devuelve la sonrisa. Si está ella, todos somos más cariñosos, más amables, como si hubiéramos acordado ocultarle nuestro verdadero ser, como si fuéramos a decepcionarla si nos conociera de verdad, como si fuera a levantarse y a salir por la puerta para no volver. Todos los apelativos que usamos con ella están relacionados con la carne. «Chuletita mía», la llamamos; «costillita», «jamoncito», cosas que llevamos meses sin comer, desde que empezó el racionamiento. A veces fingimos que le damos un mordisquito en la pierna mientras gruñimos igual que un perro. «Ay, que te como», le dice Nathaniel, dándole bocados en el muslo mientras ella ríe y suelta grititos ahogados. «¡Ay, que te como enterita!». (Sí, ya sé que es un poco inquietante si lo piensas un poco).

Nathaniel ha tirado la casa por la ventana y ha hecho un pastel de limón que todos hemos probado menos Charlie, porque Nathaniel aún no le deja comer azúcar, y puede que sea lo mejor, ya que quién sabe cuánto azúcar quedará cuando tenga nuestra edad.

—Vamos, papá, solo un poquito —dijo David, tendiéndole una miguita a la niña, como si fuera un perro, pero Nathaniel negó con la cabeza.

—Ni hablar —rechazó, y David sonrió y suspiró, casi con orgullo, como si él fuera el abuelo y desaprobara la educación exageradamente estricta de su hijo.

—¿Qué se le va a hacer, Charlie? —le dijo a su hija—. Lo he intentado.

Y entonces llegó el inevitable momento en que David, tras acostarla y volver a reunirse con nosotros en el salón, se lanzó de cabeza a una de sus típicas diatribas contra el Gobierno, los campos de refugiados (que está convencido de que siguen operativos), los centros de reubicación (que insiste en llamar «campos de internamiento»), la ineficacia de las cámaras y los cascos de descontaminación (cosa en la que le doy la razón para mis adentros), la efectividad de la fitoterapia (cosa en la que no) y varias teorías conspirativas que afirman que el CDC, así como «otros institutos de investigación financiados por el estado» (por ejemplo, la Rockefeller), no se dedican a curar enfermedades, sino a crearlas. Cree que existe una gran conspiración, que el estado está dirigido por decenas de vejestorios blancos de gesto adusto y vestidos de militares que nos controlan desde búnkeres de paredes acolchadas, con hologramas y dispositivos de escucha... La verdad es tan banal que le resultaría demoledora.

Fue el mismo discurso que, con algunas variaciones, llevo escuchando los últimos seis años. Aunque ya ni me molesta, o al menos ya no me molesta por los mismos motivos. Esa vez, igual que la anterior, miré a mi hijo, que no había perdido un ápice de su pasión, que hablaba tan deprisa y alzando tanto la voz que tenía que secarse la saliva de la boca, inclinado hacia Nathaniel, quien asentía cansado, y me invadió una pena un tanto perversa. Sabía que él creía en lo que representaba La Luz, pero también que en parte se había unido a ella buscando un lugar donde encajar, un lugar donde sentir que por fin había encontrado a los suyos.

Aun así, a pesar de su entrega a La Luz, La Luz no parecía tan entregada a él. Como sabes, la organización tiene una estructura cuasimilitar de poder y sus miembros van acumulando estrellas tatuadas en la parte interior del brazo derecho a medida que el comité los asciende. Eden tenía tres cuando la conocimos y había añadido una cuarta la última vez que Nathaniel la vio. Pero David llevaba la muñeca decorada con una única estrella solitaria. Era un eterno soldado raso, relegado (lo sé por tus informes) a labores menores: conseguir los distintos materiales que los ingenieros necesitaban para fabricar bombas. Su nombre jamás se mencionaba en los agradecimientos de los grandilocuentes discursos que lanzaban desde el cuartel general después de cada atentado con éxito. No era nadie, solo una persona anónima, un olvidado. Por descontado, eso me alegraba: su irrelevancia, que no le prestaran atención. Eso lo mantenía a salvo, de esa manera no estaba implicado. Pero también era consciente de que yo había acabado aborreciendo La Luz no solo por los ideales que difundía, sino porque se negaba a reconocer los esfuerzos de mi hijo. Se había unido a ellos en busca de un hogar y al final lo habían tratado igual que todos los demás. Como digo, sé que es retorcido: ¿estaría más satisfecho si tuviera el brazo atestado de estrellas azules? No, por supuesto que no. Pero sería una insatisfacción distinta, una insatisfacción mezclada, tal vez, con un orgullo distorsionado, con el alivio de saber que, si no nos consideraba su familia a Nathaniel y a mí, al menos había encontrado otra, por equivocada o peligrosa que fuera. Aparte de Eden, nunca había llevado a casa a nadie para que lo conociéramos, no hablaba de amigos, nunca había echado mano al teléfono en plena cena porque estuviera recibiendo tantos mensajes que tenía que contestarlos, ni había sonreído a la pantalla mientras enviaba una respuesta. A pesar de que nunca lo había visto en acción, por así decirlo, siempre lo imaginaba en los márgenes de los grupos, escuchando conversaciones sin que nadie le pidiera nunca su opinión. No puedo demostrarlo, claro, pero creo que esa falta de amigos era uno de los motivos por los que no pasaba más tiempo con su hija: era como si temiera infectarla con su soledad, o como si también ella fuera a considerarlo alguien intrascendente.

Y eso me partía el corazón. Volví a recordarlo de pequeño, como hacía a menudo —demasiado a menudo, dado que ya tiene veinticinco años y es un hombre adulto, e incluso padre—, aquel día en el parque, en Hawai'i, cuando los demás niños lo dejaron solo y se dio cuenta ya entonces de que algo pasaba con él, de que algo en él repelía a la gente, algo que lo señalaría y marginaría el resto de la vida.

Lo único que me queda ahora es esperar que todo le vaya bien, y hacer las cosas mejor con y por su hija. No digo que vaya a ser capaz de enmendar mi fracaso con él a través de ella, pero sí tengo la responsabilidad de intentarlo. Muchas cosas han cambiado desde que David era un niño; casi todo se ha ido al garete. Nuestro hogar, nuestra familia, nuestras esperanzas. Pero los niños necesitan adultos. Eso no ha cambiado, de manera que puedo intentarlo de nuevo. No solo puedo: debo.

Besos,

CHARLES

7 de enero de 2067

Mi querido Peter:

Es el final de un día muy largo, al final de una semana muy larga. He vuelto tarde del Comité; la niñera ya había acostado a Charlie hacía horas y el cocinero me había dejado un cuenco con arroz, tofu y pepinillos en vinagre. Junto al cuenco había una hoja de papel en la que se veía una gruesa línea verde dibujada con ceras que se bifurcaba. «De Charlie, para su papá», había escrito la niñera en la esquina inferior derecha. La he metido en el maletín para llevármela al laboratorio el lunes.

En el Comité habíamos debatido lo que ha estado ocurriendo en el Reino Unido —perdón, Nueva Bretaña— desde las elecciones. Te alegrará saber que todo el mundo estaba convencido de que la transición parecía mucho más armoniosa de lo que cuentas. Y no te sorprenderá en absoluto que todo el mundo creyera que, aun así, habéis tomado la decisión equivocada, que habéis sido demasiado indulgentes con la población y cedido ante los manifestantes. También coincidían en que es una locura que abráis el metro de nuevo. Ya sabes que en eso podría estar de acuerdo con ellos.

Después de cenar, me paseé por la casa. Es algo que me ha dado por hacer cuando acaba la semana. Empezó el primer sábado después del incidente, tras despertarme de un sueño en el que Nathaniel y yo estábamos en Hawai'i, en la casa donde vivíamos, pero con nuestra edad actual. No sé si David existía en ese sueño y vivía en su propia casa o con nosotros, pero estaba por ahí dedicándose a lo suyo, o si había nacido siquiera. Nathaniel buscaba una foto, una de poco después de conocernos. «He visto algo raro en ella —decía—. Tengo que enseñártelo. Ahora no recuerdo dónde la he puesto».

En ese momento desperté. Sabía que había sido un sueño, y aun así algo me empujó a levantarme y empezar a buscarla también. Estuve una hora recorriendo la casa planta por planta —ocurrió antes de que la niñera y el cocinero se instalaran arriba de todo—, abriendo cajones al azar, sacando libros de las estanterías sin ton ni son y hojeando sus páginas. Rebusqué en el cuenco lleno de cachivaches que hay en la encimera de la cocina: cintas de cierre, gomas elásticas, clips, imperdibles; objetos pequeños, humildes y básicos que recordaba de mi infancia, esas cosillas que habían sobrevivido a pesar de tantos cambios. Miré en el armario de Nathaniel, entre sus camisas, que aún olían a él, y en el armarito de su cuarto de baño, entre las vitaminas que tomaba incluso mucho después de que estuviera claro que no servían de nada.

Durante las primeras semanas, ni podía ni quería entrar en la habitación de David, pero mantuve la puerta cerrada aun después de que acabara la investigación, y me trasladé abajo, a la antigua habitación de Nathaniel, para no tener que volver a pisar la segunda planta. Solo dos meses más tarde reuní el ánimo suficiente para hacerlo. El departamento había dejado la habitación muy ordenada. En parte se debía a una cuestión de reducción de volumen: habían desaparecido los ordenadores y los teléfonos de David, las montañas de libros y papeles que solían cubrir el suelo, el armarito de plástico con ruedas que contenía decenas de cajoncitos llenos hasta arriba de clavos, tachuelas y trozos de cable destinados a cosas en las que yo prefería no pensar demasiado, porque, de haberlo hecho, hacía tiempo que debería haber denunciado a David ante el departamento. Era como si hubieran borrado la última década por completo, de manera que lo que quedaba —la cama, algunas prendas de ropa, unas estatuillas de monstruos que había hecho cuando era adolescente, la bandera hawaiana que había colgado en todas las habitaciones que había ocupado desde bebé— era el David adolescente, justo antes de que se uniera a La Luz, antes de que la unidad formada por Nathaniel, él y yo se desintegrara, antes de que nuestro experimento de familia fracasara. La única prueba del inexorable paso del tiempo eran dos imágenes enmarcadas de Charlie que había sobre la mesa, cerca de la cama: en la primera, un regalo de Nathaniel, aparecía ella en su primer cumpleaños, sonriendo de oreja a oreja, con papilla de melocotón por toda la cara. La segunda era un vídeo corto que Nathaniel había tomado unos meses después y en el que se veía a David agarrando a Charlie por los brazos y haciéndola girar. La cámara enfocaba primero el rostro de él y luego el de ella, y se los veía riendo a carcajadas, con una amplia sonrisa de felicidad.

Ahora, casi cuatro meses después de ese día, descubro que puedo pasar horas sin pensar en ellos, que las fugaces ilusiones engañosas —ese instante en que, en mitad de una reunión aburrida, me pregunto qué estará preparando Nathaniel para cenar, por ejemplo, o si David se pasará ese fin de semana para ver a Charlie— ya no me dejan destrozado. Lo que no consigo es dejar de pensar en ese momento, a pesar de que no estaba allí, a pesar de que, cuando me ofrecieron ver las imágenes reservadas, dije que no: la explosión, la gente que estaba más cerca del artefacto estallando en pedazos, los tarros haciéndose trizas alrededor. Sé que ya te he comentado alguna vez que la única imagen que vi antes de cerrar el expediente para siempre fue tomada esa noche. Era del suelo, cerca de donde había explotado el artefacto, en el pasillo de las sopas y las salsas. Estaba cubierto de una sustancia roja y viscosa, aunque no se trataba de sangre, sino de tomate, y había en él esparcidos cientos de tornillos, chamuscados y retorcidos por el calor de la explosión. En la parte derecha de la imagen se veía una mano y parte de un brazo separados del cuerpo de un hombre, con el reloj aún en la muñeca.

Lo que también vi fue el vídeo que recoge el momento en que David irrumpe en la tienda. No tiene sonido, pero por la manera en que gira la cabeza de un lado a otro es obvio que está alterado. Luego abre la boca y se ve que grita algo, solo un par de sílabas: «¡Papá! ¡Papá! ¡Papá!». Después se adentra en la tienda, no ocurre nada más, y entonces la imagen de la puerta, que en ese momento está cerrada, tiembla y se vuelve blanca.

Es el vídeo que llevo meses enseñándoles a investigadores y a ministros, desde que lo tengo, tratando de demostrarles que David no pudo haber sido el responsable de la explosión, que quería a Nathaniel, que jamás habría pretendido matarlo. David sabía que Nathaniel compraba allí, así que cuando se enteró de lo que planeaba La Luz y recibió un mensaje de Nathaniel diciendo que iba a la tienda, ¿acaso no entró corriendo a buscarlo, para salvarlo? No puedo asegurar de manera tajante que no quisiera matar a los demás —aunque fue lo que dije—, pero sabía que jamás querría matar a Nathaniel.

Sin embargo, el estado no está de acuerdo conmigo. El martes, el ministro del Interior vino a verme en persona y me explicó que, dado que David era un miembro «prominente y conocido» de una organización rebelde responsable de la muerte de setenta y dos personas, tendrían que dictar un voto de castigo *post mortem* por traición. Eso significaba que estaba prohibido enterrarlo o inhumarlo en un cementerio, y que sus descendientes no podrían heredar sus bienes, que pasarían a engrosar las arcas del estado.

A continuación, puso una cara extraña y añadió:

—Por eso mismo es una suerte, si se me permite la expresión en una situación tan espantosa, que su exmarido especificara en el testamento que legaba la casa y todos sus bienes directamente a su nieta, pasando por alto a su hijo.

Estaba tan aturdido por lo que acababa de decirme sobre el voto de castigo de David que no entendía lo que intentaba transmitirme.

—No, no, eso no es cierto —repuse—. Todo iba a ser de David.

—No —insistió el ministro, y me tendió algo que extrajo del bolsillo del uniforme—. Creo que se equivoca, doctor Griffith. En el testamento dice claramente que deja todos sus bienes a su nieta y lo nombra a usted su albacea.

Desdoblé los papeles y allí estaba, como si yo no hubiera estado presente hacía un año durante la redacción y la firma de ese testamento, según el cual se establecía un fideicomiso para Charlie, pero David heredaba la casa a condición de que se la legara a Charlie a su propia muerte. Sin embargo, de pronto tenía ante mí un documento, firmado por Nathaniel y por mí, con marca de agua y estampado con nuestros sellos personales —el del abogado, el de Nathaniel y el mío— que avalaba lo que había dicho el ministro. Y no solo eso: Charlie no aparecía oficialmente en el documento como «Charlie Bingham-Griffith», sino como «Charlie Griffith»; el apellido de su padre, el de Nathaniel, se había eliminado. Alcé la vista y el ministro me dirigió una mirada, larga e inescrutable, antes de levantarse.

—Le dejo ese ejemplar para sus archivos, doctor Griffith —dijo, y a continuación se marchó.

No fue hasta llegar a casa esa noche cuando lo miré a trasluz y pude comprobar la perfección de las firmas, la exactitud de los sellos. De pronto tuve miedo, estaba convencido de que el documento en sí estaba pinchado de alguna manera, aunque hace una década como mínimo que no se utiliza esa tecnología.

Desde entonces intento encontrar el testamento original, aunque sea inútil, y hasta peligroso. He sacado todos los documentos que Nathaniel guardaba en la caja fuerte, y cada noche reviso unos cuantos y, al hacerlo, veo pasar la vida hacia atrás: documentos que conceden a Nathaniel la tutela formal y legal de Charlie, firmados tres semanas antes del ataque; documentos firmados por Eden en los que renuncia a presentar cualquier reclamación legal sobre su hija; el certificado de nacimiento de Charlie; la escritura de la casa; el testamento de Aubrey; nuestra sentencia de divorcio.

Y después me pongo a deambular por la casa. Me digo que estoy buscando el testamento, pero dudo de que sea eso porque, para empezar, Nathaniel nunca lo habría guardado en los lugares en los que busco, y si de verdad conservaba una copia en la casa, hace mucho que debieron de llevársela, sin que nos diéramos cuenta. No tenía sentido buscar, igual que tampoco lo había tenido llamar a nuestro abogado para oírlo asegurar que no, que yo estaba equivocado, que el testamento que yo describía nunca había existido. «Estás sometido a mucha presión, Charles —dijo—. El dolor hace que la gente... —Se interrumpió un momento y luego dijo—: No recuerde bien las cosas». Y volví a asustarme, de modo que le dije que tenía razón y colgué.

Soy afortunado, lo sé. Hay parientes de rebeldes a quienes les han sucedido cosas mucho peores, personas relacionadas con atentados mucho menos mortíferos que ese en el que se vio implicado David. Yo sigo siéndole útil al estado. No hace falta que te preocupes por mí, Peter. Aún no. No me encuentro en peligro inminente.

Pero a veces me pregunto si en realidad, en lugar del testamento, no estaré buscando un testimonio de la persona que era antes de que esto empezara. ¿A cuándo tendría que remontarme? ¿A antes de que se instaurara el estado? ¿A antes de responder a esa primera llamada del ministerio preguntándome si quería ser uno de los «arquitectos de la solución»? ¿A antes de la enfermedad del 56? ¿A antes de la del 50? ¿A antes aún? ¿A antes de entrar en la Rockefeller?

¿Hasta dónde debo remontarme? ¿De cuántas decisiones debo arrepentirme? A veces creo que en algún lugar de esta casa se esconde una hoja de papel con las respuestas y que, si lo deseo con la fuerza suficiente, me despertaré en el mes o en el año en que empecé a desviarme, solo que esta vez haré lo contrario de lo que hice. Aunque duela. Aunque me parezca que está mal.

Besos,

CHARLES

21 de agosto de 2067

Querido Peter:

Saludos desde el laboratorio una tarde de domingo. Solo he venido para ponerme al día con un par de cosas y leer algunos informes de Beijing. ¿Qué piensas de lo del viernes? No lo hemos comentado, pero dudo de que tampoco te sorprenda. Joder, constatar sin lugar a dudas que no solo esas malditas cámaras de descontaminación sino también los cascos son completamente inútiles provocará disturbios. La gente lleva quince años invirtiendo un dinero que no tiene en su instalación, mantenimiento y sustitución, ¿y ahora les decimos que «Ay, vaya, nos equivocamos, ya podéis tirarlos»? El anuncio está programado para dentro de una semana a contar desde el lunes, y habrá problemas.

Aunque lo peor llegará después, durante los cinco días siguientes. El martes anunciarán que internet «se suspenderá» por un periodo indefinido. El jueves, que todos los viajes internacionales, a y desde otros países, incluidos Canadá, México, la Federación Occidental y Texas, también quedarán suspendidos.

He estado muy nervioso, y Charlie lo nota. Se sienta en mi regazo y me da palmaditas en la cara. «¿Estás triste?», me pregunta, y le digo que sí. «¿Por qué?», insiste, y contesto que porque la gente de este país se pelea y hay que intentar que no se pelee. «Ah. No estés triste, papá», dice. «Contigo nunca estoy triste», le aseguro, aunque sí lo estoy, triste porque este es el mundo donde ella vive. Al fin y al cabo, tal vez debería decirle la verdad: que sí estoy triste, a todas horas, y que no pasa nada por estar triste. Pero es una niña tan feliz que me parece inmoral.

El Ministerio de Justicia y el del Interior están bastante convencidos de que pueden sofocar las protestas en tres meses. El ejército está listo para desplegarse, pero, como sé que has visto en el último informe, el número de infiltrados en sus filas se ha vuelto alarmante. El ejército dice que necesita tiempo para «poner a prueba las lealtades» de sus miembros (a saber qué significará eso); Justicia e Interior dicen que no hay tiempo que perder. El informe más reciente asegura que muchos «grupos de ciudadanos históricamente desfavorecidos» están apoyando los esfuerzos de los rebeldes, pero no se ha hablado de ningún castigo especial, y menos mal; sé que estoy protegido, sé que soy una excepción, pero de todas maneras no puedo evitar ponerme nervioso.

No te preocupes por mí, Peter. Sé que lo haces, pero intenta no preocuparte. Todavía no pueden deshacerse de mí. Evidentemente, aún no me han restringido el acceso digital —para empezar, lo necesito para comunicarme con Beijing—, y aunque todas las comunicaciones están encriptadas, tal vez empiece a enviarte cartas a través de nuestro amigo común, solo por precaución. Eso significa que es probable que sean menos frecuentes (qué suerte), pero también más largas (mala suerte). A ver qué tal. De todos modos, ya sabes cómo ponerte en contacto conmigo en caso de emergencia.

Besos para ti y para Olivier,

C.

6 de septiembre de 2070

Mi querido Peter:

Te escribo desde el laboratorio, muy temprano por la mañana. Por cierto, gracias a Olivier y a ti por los libros y los regalos; quería escribirte la semana pasada, cuando llegaron, pero se me olvidó. Esperaba que le dieran el alta a Charlie a tiempo de celebrar su cumpleaños en casa, pero sufrió otro ataque epiléptico el martes, así que decidimos mantenerla ingresada unos días más. Si sigue estable el fin de semana, el lunes la dejarán salir.

He pasado todos los días con ella, obviamente, y casi todas las noches. El Comité se ha mostrado casi demasiado humano al respecto. Es como si supieran que alguno de nosotros acabaría teniendo un hijo o un nieto que se contagiaría —las probabilidades de que ocurriera eran altísimas— y se sintieran aliviados de que le hubiera tocado a mi nieta, no a la suya. El alivio hace que se sientan culpables, y la culpabilidad los vuelve generosos: ya no caben más juguetes en la habitación de Charlie, como si los regalos fueran una especie de sacrificio con que apaciguar a una diosa menor para proteger a sus allegados.

Llevamos dos meses en el Frear. De hecho, mañana hará nueve semanas. Hace muchos años, cuando Nathaniel y yo nos mudamos a esta ciudad, esto era el pabellón para pacientes de cáncer adultos. Más adelante, en el 56, lo convirtieron en el ala de enfermedades infecciosas, y luego, el pasado invierno, en la de enfermedades infecciosas de pediatría. Los demás pacientes están en lo que fuera la unidad de quemados, y a los quemados los han trasladado a otros hospitales. Durante los primeros días de la infección, antes de que se pusiera en conocimiento de la población, procuraba pasar junto al hospital sin detenerme, sin mirarlo siquiera, porque sabía que era el lugar mejor equipado para tratar a los niños que enfermaban y porque creía que, si nunca lo miraba por fuera, nunca tendría que verlo por dentro.

El ala, que está en la décima planta, da al este, al río, y por lo tanto a los crematorios, cuyos hornos llevan funcionado sin pausa desde marzo. En otros tiempos, cuando acudía como observador, no como visita —o «ser querido», como se nos llama en el hospital—, al mirar fuera se veían las furgonetas llenas de cadáveres, que cargaban en las embarcaciones. Los cuerpos eran tan pequeños que podían apilarse cuatro o cinco en una misma camilla. Después de las primeras seis semanas, el estado levantó una valla en la orilla este del río porque los padres saltaban al agua cuando la embarcación se alejaba y trataban de llegar a nado hasta allí gritando el nombre de sus hijos. La valla lo impedía, pero no podía evitar que la gente de la décima planta (padres en gran parte, ya que la mayoría de los niños estaban inconscientes) mirara por la ventana para distraerse y, en cambio, en la más cruel de las ironías, se encontrara con el lugar al que casi todos sus hijos irían a continuación, como si el Frear fuera solo una parada antes de su destino final. De manera que el hospital decidió tapar todas las ventanas que daban al este, tanto las de esa planta como las del resto, y contrató a estudiantes de Bellas Artes para que las pintaran. Pero con el paso de los meses, las escenas que los estudiantes habían dibujado —de la Quinta Avenida, bordeada de palmeras y con niños felices paseando por la acera; de los pavos reales de Central Park, a los que unos niños felices echaban migas de pan— también empezaron a parecer crueles, así que acabaron cubriéndolas con pintura blanca.

El ala está pensada para acoger a ciento veinte pacientes, pero ahora aloja a unos doscientos. Charlie es la más antigua. A lo largo de las últimas nueve semanas, han pasado por allí muchos niños. La mayoría se quedan solo unas noventa y seis horas, aunque la semana pasada murió un pequeño, puede que un año mayor que Charlie —aparentaba unos siete años, tal vez ocho—, que había ingresado tres días antes que ella. Era el segundo interno más antiguo. Aquí todo el mundo es pariente de alguien que trabaja para el estado o de alguien a quien el estado le debe un favor, un favor lo bastante grande para no tener que entrar en un centro de reubicación. Durante las primeras siete semanas estuvimos en una habitación privada, y aunque me aseguraron que no nos cambiarían a otra mientras la necesitáramos, llegó un momento en que ya no pude encontrarle ninguna justificación moral. Así que ahora Charlie tiene dos compañeros de habitación en un espacio que podría acoger a otros tres. Los demás padres y yo nos saludamos con un gesto de la cabeza —todo el mundo lleva tanta ropa protectora que solo nos vemos los ojos—, pero, a excepción de eso, fingimos que los otros no existen. Solo existen nuestros hijos.

He visto cómo lo hacéis allí, pero aquí las camas de los niños están rodeadas de plástico transparente, como aquel tras el que vivieron Ezra y Hiram; los padres nos sentamos fuera y metemos las manos en los guantes instalados en una de las paredes de plástico para poder tocarlos de alguna manera. Los pocos padres que, por el motivo que sea, nunca se vieron expuestos al primer virus, el que ofrece inmunidad cruzada frente al actual, tienen prohibido el acceso al Frear porque son tan vulnerables como sus hijos; en realidad, ellos también deberían estar aislados. Pero no lo están, claro. Así que esperan frente al hospital, incluso a pesar del calor, que estos últimos meses ha sido insoportable, alzando la vista hacia las ventanas. Hace años, de pequeño, vi unas imágenes antiguas de una multitud esperando frente a un hotel de París a que un cantante de pop saliera al balcón de su habitación. Aquí se reúne tanta o más gente, pero mientras que aquellas personas parecían nerviosas, cercanas a la histeria, estas permanecen calladas, guardan un silencio casi sepulcral, como si hacer ruido pudiera desbaratar sus oportunidades de entrar a ver a sus hijos. Aunque no tienen ninguna posibilidad, al menos mientras los niños sigan siendo contagiosos o susceptibles de propagar el contagio. Los más afortunados como mínimo pueden ver una transmisión en directo de sus hijos tendidos en la cama, inconscientes; los más desafortunados, ni siquiera eso.

Los niños entran en el Frear con sus rasgos característicos particulares, pero tras dos semanas de tratamiento con Xychor todos se parecen mucho. También sabes a qué me refiero: las caras chupadas, los dientes reblandecidos, la pérdida de pelo, las extremidades cubiertas de forúnculos. Leí el informe de Beijing, pero aquí la tasa de mortalidad es mayor entre los menores de diez años; los adolescentes tienen más posibilidades de sobrevivir, a pesar de que sus índices de supervivencia —dependiendo de quién haya redactado el informe que leas— también son desoladores.

Lo que no conocemos aún, ni lo conoceremos hasta dentro de diez años o más, son las secuelas del Xychor a largo plazo. No se desarrolló para niños, y desde luego no se les debería administrar en las dosis en que se está haciendo. Una cosa que sí sabemos, desde la semana pasada, es que su toxicidad altera —ignoramos cómo— el desarrollo de la pubertad, lo que significa que existen muchas posibilidades de que Charlie acabe siendo estéril. Cuando lo oí en una de las reuniones del Comité a las que pude asistir, casi no logré llegar al baño sin echarme a llorar. La había mantenido a salvo durante tantos meses... Si lo hubiera conseguido solo nueve meses más, tendríamos una vacuna. Pero no pude.

Sabía por los informes que Charlie sufriría cambios, y ha cambiado, aunque entre las muchas cosas que todavía no sé está el cuánto. «Habrá daños», leí en el último informe, que a continuación perfilaba, en términos vagos, de qué daños podrían tratarse: diferencias cognitivas, reflejos físicos ralentizados, retraso en el crecimiento, esterilidad, cicatrices. El primero es el más aterrador, porque «diferencias cognitivas» no dice nada de por sí. Su repentino silencio, cuando antes hablaba por los codos, ¿es eso una diferencia cognitiva? Su repentina indiferencia, ¿es eso una diferencia cognitiva? Su repentina formalidad...

—¿Quién soy, Charlie? —le pregunté el primer día que recuperó la conciencia—. ¿Me conoces?

—Sí —contestó, tras mirarme con atención—. Eres mi abuelo.

—Sí —dije, y sonreí de oreja a oreja, sonreí con tanta fuerza que me dolieron las mejillas, pero ella se quedó mirándome como si nada, callada e inexpresiva—. Soy yo. Tu papá, que te quiere.

—Abuelo —repitió, pero eso fue todo, y luego volvió a cerrar los ojos.

¿Es eso una diferencia cognitiva? Su conversación titubeante, su repentina falta de sentido del humor, la manera en que estudia mi cara, su expresión serena pero ligeramente desconcertada, como si yo fuera de otra especie y ella estuviera tratando de entenderme, ¿es eso una diferencia cognitiva? Anoche le leí un cuento que antes le encantaba sobre un par de conejos que hablaban y, cuando terminé, en lugar de prorrumpir en un «¡Otra vez!», como solía hacer, me miró con ojos inexpresivos.

—Los conejos no hablan —dijo al final.

—Es verdad, cariño, pero es un cuento. —Y, al ver que no contestaba y se limitaba a mirarme con gesto inescrutable, añadí—: Es de mentira.

«¡Léelo otra vez, papá! ¡Y esta vez haz mejor las voces!».

—Ah —acabó diciendo.

¿Es eso una diferencia cognitiva?

¿O es su repentina seriedad —cuando pronuncia la palabra *abuelo*, suena ligeramente a desaprobación, como si fuera consciente de que el título me queda demasiado grande— resultado inevitable de haberse visto rodeada por tantas muertes? Aunque he procurado no hablarlo con ella, la gravedad de su enfermedad, los ya cientos de miles de niños fallecidos...; de todas maneras, debe de haberlo intuido, ¿no? Ha cambiado de compañeros de habitación siete veces en dos semanas. Los niños se convertían en cadáveres como una exhalación, y entonces se apresuraban a sacarlos de la habitación cubiertos por una muselina para que Charlie, que de todas maneras está dormida, no los viera irse... Todavía sigue habiendo ciertas consideraciones.

Le acaricié el cuero cabelludo, que tiene lleno de costras y en el que empiezan a asomar los primeros pelitos finos, y volví a pensar en una frase del informe que ahora me repito varias veces al día: «Estos hallazgos, así como la duración de sus efectos, continúan siendo especulativos hasta que dispongamos de una muestra más amplia de supervivientes que estudiar».

—Duerme un poco, pequeña Charlie —le dije, y así como antes se habría hecho la remolona y me habría rogado que le contara otro cuento esta vez cerró los ojos de inmediato, en una muestra de sumisión que me estremeció.

El pasado viernes, estuve viéndola dormir hasta más o menos las once de la noche (o las 23.00, como ahora prefiere el estado), hasta que al final me obligué a marcharme. Fuera, las calles estaban desiertas. Durante el primer mes, los padres que esperaban en la calle quedaron exentos del toque de queda y dormían en el suelo, en mantas que traían de casa; normalmente, el otro progenitor, si lo había, relevaba al alba al que había dormido en la calle, le llevaba comida y ocupaba su lugar. Pero luego el estado temió los disturbios y prohibió las reuniones nocturnas, a pesar de que lo único que quería esa gente era lo que había dentro del hospital. Por descontado, yo estuve a favor de que los dispersaran, aunque solo fuera desde un punto de vista epidemiológico, pero solo cuando se hubo marchado todo el mundo fui consciente de que el murmullo humano que producía aquel grupo de personas —los suspiros, los ronquidos y los susurros; el brusco pasar la página de un libro; el trago de agua al beber de una botella— equilibraba de algún modo aquellos otros ruidos: los camiones refrigerados que esperaban ociosos en los muelles, el golpe sordo y algodonado de los cuerpos envueltos en sábanas cuando los apilaban unos encima de otros, el constante ir y venir de los barcos. Todo el que trabajaba en la isla había sido formado para hacerlo en silencio, por respeto, pero a veces los oías exclamar algo o soltar una palabrota o, muy de vez en cuando, gritar, y no sabías si era porque se les había caído un cadáver o porque una mortaja se había soltado y había asomado un rostro, o simplemente porque los superaba el trabajo de quemar tantos cadáveres, cadáveres de niños.

El chófer sabía adónde me dirigía esa noche, así que pude recostar la cabeza contra la ventanilla y dormir una media hora antes de oírle anunciar que habíamos llegado al centro.

El centro se encuentra en una isla que, medio siglo antes, sirvió de reserva natural para aves en peligro de extinción: charranes, colimbos, águilas pescadoras. En el 55 ya no había charranes, y al año siguiente se erigió otro crematorio en la orilla sur. Pero, tras la tormenta, la isla quedó inundada y permaneció abandonada hasta el 68, cuando el estado intentó recuperarla discretamente, para lo que construyó bancos de arena artificiales y muros de contención de hormigón.

Los muros sirven para proteger la isla de inundaciones futuras, pero también de pantalla necesaria. A pesar de que esa nunca fue su intención, el centro ha acabado atendiendo principalmente a niños. Se habló sobre si debíamos permitir la entrada de padres o no. Yo defendí que sí, ya que la mayoría de ellos eran inmunes, pero los psicólogos del Comité consideraron que no debíamos hacerlo: según ellos, el problema radicaba en que nunca se recuperarían de lo que verían allí, y que ese trauma, a una escala tan grande, podía conducir a cierta inestabilidad social. Al final les construyeron una residencia en el extremo norte de la isla, pero luego tuvimos aquel incidente en marzo, y ahora ya no se permite el acceso a ningún padre. Así que, en su lugar, los propios padres han erigido una barriada de chabolas —de hecho, los que tienen más medios se han construido casitas de ladrillo, y los más pobres, de cartón— en la costa de New Rochelle, aunque lo único que se ve desde allí es el muro que rodea la isla y los helicópteros descendiendo desde el cielo.

Como recordarás, hubo mucho debate acerca de dónde deberíamos emplazar el centro. Casi todo el Comité abogaba por uno de los antiguos campos de refugiados: Fire Island, Block Island, Shelter Island. Pero yo peleé por esa isla: está lo suficientemente lejos, al norte de Manhattan, de manera que recibiría pocas visitas inesperadas, pero no demasiado para los helicópteros y los barcos, que podrían navegar sin dificultades río abajo hasta el crematorio, ahora que se han reabierto las vías fluviales.

Sin embargo, aunque en ningún momento lo mencioné, el verdadero motivo por el que escogí ese lugar fue su nombre: Davids Island. No en singular —David—, sino en plural, como si la isla no estuviera habitada por una población cambiante de (en su mayoría) niños, sino de Davids. Mi hijo, replicado, de todas las edades, haciendo todo aquello que le habría gustado hacer en distintos momentos de su vida. Construir bombas, sí, pero también leer y jugar al baloncesto y correr por todas partes como un cachorro enloquecido para hacernos reír a Nathaniel y a mí y hacer girar a su hija y meterse en la cama a mi lado cuando tronaba y tenía miedo. Los Davids mayores harían de padres de los Davids más pequeños, y cuando al final muriera alguno —aunque eso tardaría en ocurrir, ya que los residentes de más edad solo tenían treinta años, los que tendría mi David si aún estuviera vivo—, sería reemplazado por otro, de manera que la población de Davids se mantendría estable: ni aumentaría ni disminuiría. No habría desacuerdos, y a nadie le preocuparía que los Davids más jóvenes pudieran ser un tanto distintos, o un tanto raros, porque los Davids mayores los entenderían. No existiría la soledad, porque esos Davids nunca habrían sabido de padres, ni de compañeros de clase, ni de extraños, ni de gente que no hubiera querido jugar con ellos. Solo se conocerían los unos a los otros, que es como decir a sí mismos, y su felicidad sería completa porque jamás padecerían el sufrimiento de desear ser otra persona, pues no habría ningún otro a quien admirar, ningún otro a quien envidiar.

Vengo aquí a veces, tarde, cuando hasta los habitantes de las chabolas se han ido a dormir, me siento a orillas de estas aguas negruzcas y ligeramente salobres a contemplar la isla, que siempre está iluminada, y pienso en lo que estarán haciendo mis Davids: puede que los mayores estén tomándose una cerveza. Puede que algunos adolescentes estén jugando al voleibol bajo esas potentes luces blancas, esas que nunca se apagan y transforman el agua que rodea la isla en un centelleo aceitoso. Puede que los más pequeños estén leyendo cómics debajo de las sábanas con una linterna, o lo que sea que hagan los niños hoy en día cuando están gandules. (¿Aún se gandulea? Seguro que sí, ¿no?). Puede que estén recogiendo después de cenar, porque a los Davids pequeños les han enseñado a ser útiles, les han enseñado a ser buenas personas, a ser amables los unos con los otros; puede que haya una pila de ellos desplomados en una cama de varios metros de ancho en la que duermen todos hechos un revoltijo, con el aliento cálido de unos en la nuca de otros, mientras alguien alarga una mano para rascarse el muslo y en su lugar rasca el del vecino. Y no importaría, porque ambos lo sentirían de todas maneras.

«David —le digo al agua, en voz baja, como si no quisiera despertar a los padres que duermen a mi espalda—. ¿Me oyes?». Y luego presto atención.

Pero nunca responde nadie.

Besos,

CHARLES

5 de septiembre de 2071

Mi querido Peter:

Hoy hemos celebrado la fiesta del séptimo cumpleaños de Charlie, lo que no pudimos hacer el jueves, como habíamos planeado, porque no se encontraba bien. No llegué a comentártelo cuando hablamos, pero durante el último mes ha sufrido algunos episodios de ausencia: duran poco, de ocho a once segundos, pero los sufre con mayor frecuencia de lo que yo creía. De hecho, tuvo uno en la consulta de la neuróloga, pero no me percaté hasta que la doctora me lo señaló: se queda mirando a lo lejos en silencio, con la boca entreabierta. «Son esas cosas en las que debe fijarse», comentó la mujer, pero yo me sentía demasiado abochornado para reconocer que Charlie estaba así a menudo, que la había visto antes con esa expresión y me había limitado a considerarlo parte de quien es ahora, no una señal de un trastorno neurológico. Una vez más, una secuela del Xychor, presente sobre todo en niños a quienes se les administró el fármaco antes de la pubertad. La doctora creía que se recuperaría sin necesidad de medicación —soy incapaz de plantearme siquiera la idea de someterla a un nuevo tratamiento, sobre todo si cabía la posibilidad de que la insensibilizara aún más—, pero no se sabe «cuáles serán los daños en el desarrollo».

Después de los ataques, se queda como sin fuerzas, dócil. Desde que ha vuelto a casa, está agarrotada; cuando le tiendo la mano, retrocede tambaleándose con una rigidez que resultaría cómica si no fuera tan triste. Ahora sé que debo rodearla con mis brazos y estrecharla contra mí, y cuando empieza a retorcerse —ya no le gusta que la abracen— sé que se ha recuperado.

Intento facilitarle las cosas cuanto puedo. El Rockefeller Child and Family Center ha cerrado por falta de alumnos, así que la he apuntado a una pequeña y prohibitiva escuela de primaria que hay cerca de Union Square, en la que cada estudiante cuenta con un profesor particular, y donde accedieron a que empezara a finales de septiembre, en cuanto gane un poco más de peso y el pelo le crezca un poco más. A mí, claro está, me da igual si tiene pelo o no, pero es lo único de su aspecto que parece cohibirla. De todas maneras, me alegré de tenerla en casa conmigo un poco más. El director de la escuela sugirió que le buscara una mascota, algo con lo que interactuar, así que el lunes le llevé un gato, una bolita de pelo gris, y se lo di cuando se levantó. No puede decirse que sonriera —ya apenas sonríe—, pero enseguida mostró interés por él, lo cogió en brazos y lo miró a la cara.

—¿Cómo vas a llamarlo, Charlie? —le pregunté.

Antes de la enfermedad, le ponía nombre a todo: a las personas que veía por la calle, a las plantas de las macetas, a las muñecas de la cama, a los dos sofás de abajo, que según ella parecían hipopótamos. Se volvió hacia mí con esa mirada nueva e inquietante suya en la que tanto puede verse profundidad como vacío.

—Gato —dijo, al fin.

—¿Y algo más... descriptivo? —la animé. («Oblíguela a que le describa cosas», había dicho su psicóloga. «Oblíguela a seguir hablando. Tal vez no consiga volver a despertar su imaginación, pero puede recordarle que está ahí, a su disposición»).

Se quedó callada tanto rato, mirando al gatito y acariciándolo, que pensé que había sufrido otro ataque. Luego volvió a hablar.

—Gatito —dijo.

—Sí —repuse, y noté que me escocían los ojos. Sentí, como suele pasarme cuando la observo, un dolor profundo, uno que se extiende desde mi corazón a todas las partes de mi cuerpo—. Es pequeñito, ¿verdad?

—Sí.

Ha cambiado mucho. Antes de la enfermedad, la miraba desde la puerta de su habitación, sin decir nada para no interrumpirla mientras jugaba, y escuchaba cómo hablaba con los peluches y usaba una voz para darles órdenes y otra para cada uno de ellos, y sentía que el pecho se me hinchaba. Cuando estudiaba en la facultad de Medicina, recuerdo que una mujer, madre de una niña con síndrome de Down, fue a dar una charla sobre cómo los médicos y los genetistas habían abordado con ella el diagnóstico posnatal de su hija; tuvo que enfrentarse a la insensibilidad y la ignorancia más absolutas. Pero entonces, dijo, el día que les dieron el alta, el residente responsable del servicio fue a despedirse de ellas. «Disfrútela», le dijo a aquella mujer. Disfrútela. Hasta ese momento, nadie le había dicho que también podía disfrutar de su bebé, que su hija podía ser una fuente de alegría en lugar de una fuente de problemas.

Del mismo modo, yo siempre había disfrutado de Charlie. Siempre fui consciente de ello, de que ese deleite, la alegría que me reportaba, formaba parte integral de mi amor por ella. Ahora, en cambio, ese deleite no existe, lo ha sustituido otra sensación, más profunda y dolorosa. Es como si no pudiera mirar a Charlie sin verla por triplicado: la sombra de quien fue, quien es y la proyección de quién podría ser. Lloro a una, me desconcierta la otra y temo por la tercera. Nunca había sido consciente de todo lo que había dado por sentado acerca de su futuro hasta que salió del coma tan cambiada. Sabía que no podría predecir cómo serían Nueva York, este país o el mundo, pero siempre había supuesto que ella sería capaz de enfrentarse a ese futuro de frente y con valentía, que poseía la entereza, el carisma y la intuición necesarios para sobrevivir.

Pero ahora temo por ella constantemente. ¿Cómo vivirá en este mundo? ¿Quién será? Esa imagen que ni siquiera sabía que tenía de ella entrando en casa con un portazo, de adolescente, después de haber quedado con alguien, y yo sermoneándola por llegar tarde... ¿Eso aún podría suceder? ¿Podrá cruzar el Village —perdón, la Zona Ocho— sola? ¿Tendrá amigos? ¿Qué será de ella? A veces, mi amor por Charlie se me antoja terrible, desaforado, oscuro: una ola imponente y silenciosa ante la que no cabe lucha ni esperanza alguna, ante la que solo puedes plantarte y esperar a que arramble contigo.

Soy consciente de que este amor espantoso se compone de un convencimiento cada vez mayor de que el mundo en que vivimos —un mundo que, sí, he ayudado a crear— no será indulgente con los frágiles, los diferentes y los damnificados. Siempre me he preguntado cómo sabía la gente que había llegado el momento de irse de algún sitio, ya fuera ese sitio Nom Pen, Saigón o Viena. Qué tenía que ocurrir para que lo abandonaras todo, para que perdieras la esperanza de que las cosas mejoraran, para correr hacia una vida que ni siquiera alcanzabas a imaginar. Siempre había supuesto que se llegaba a esa conclusión poco a poco, sin prisa pero sin pausa, de manera que la frecuencia de los cambios, aterradores por sí solos, te inmunizaba frente a ellos, como si su asiduidad normalizara las advertencias.

Y entonces, de pronto, era demasiado tarde. A lo largo de todo ese tiempo, mientras dormías, mientras trabajabas, mientras comías o le leías un cuento a tus hijos o hablabas con tus amigos, las puertas se cerraban, las carreteras se bloqueaban, las vías de tren se desmantelaban, los barcos se amarraban, los aviones se desviaban. Un día ocurre algo, algo sin importancia incluso, como que el chocolate desaparece de las tiendas, o te das cuenta de que ya no queda ninguna juguetería en toda la ciudad, o ves cómo destruyen el parque de la acera de enfrente, cómo desmontan las barras metálicas y las cargan en un camión, y comprendes, de pronto, que estás en peligro. Que la televisión no va a volver. Que internet no va a volver. Que, aunque se haya superado la peor parte de la pandemia, se siguen construyendo campos. Que en la última reunión del Comité, cuando alguien dijo que «por una vez en la historia se agradecía la procreación crónica de ciertas personas» y nadie reaccionó, ni siquiera tú, todo eso que habías sospechado sobre este país —que Estados Unidos no era para todo el mundo; que no era para personas como yo, o personas como tú; que América es un país que alberga el pecado en su corazón— era cierto. Que cuando se aprobó la Ley de Cese y Prevención del Terrorismo, por la cual los rebeldes de ámbito nacional declarados culpables podían escoger entre la prisión o la esterilización, era inevitable que Justicia acabara encontrando la manera de extender ese castigo primero a los hijos y luego a los hermanos de los rebeldes hallados culpables.

Y entonces te das cuenta: «No puedo quedarme aquí. No puedo criar a mi nieta aquí». Así que echas mano de tus contactos. Indagas con discreción. Llamas a tu mejor amigo, tu amigo de toda la vida, tu antiguo amante, y le pides que te ayude a salir de aquí. Pero no puede. Nadie puede. Tu Gobierno te dice que tu presencia resulta esencial. Te dicen que se te permitiría viajar con un pasaporte por tiempo limitado, pero que no pueden expedir otro para tu nieta. Sabes que ellos saben que nunca te irás sin ella, sabes que ella es la razón por la que tienes que irte; sabes que ella es su forma de asegurarse que no lo harás.

Pasas las noches en vela; piensas en tu difunto marido, en tu difunto hijo, en el proyecto de ley que ilegalizaría una familia como la que tuviste una vez. Piensas en lo orgulloso que fuiste antaño: en cómo alardeabas de ser un joven jefe de laboratorio, en que te prestaste voluntario para ayudar a construir el sistema del que ahora quieres escapar. Piensas que continuar participando es lo único que garantiza tu seguridad. No hay nada que desees más que retroceder en el tiempo. Ese es tu sueño y tu deseo más preciado.

Pero no puedes. Solo te queda tratar de mantener a tu nieta a salvo. No eres un hombre valiente, eso lo sabes. Pero, por muy cobarde que seas, nunca la abandonarás, aunque se haya convertido en alguien a quien no consigues llegar y no entiendes.

Pides perdón todas las noches.

Sabes que jamás lo obtendrás.

Besos,

CHARLES

Parte VII

Verano de 2094

El día que conocí a mi marido estaba nerviosa. Fue en la primavera de 2087; yo tenía veintidós años. La mañana que iba a reunirme con él, desperté antes de lo normal y me puse el vestido que el abuelo había conseguido no sé dónde: era verde, como el bambú. En la cintura llevaba una cinta que até en un lazo, y como las mangas eran largas, ocultaban las cicatrices que me dejó la enfermedad.

En la agencia matrimonial, que estaba en la Zona Nueve, me llevaron a una sala blanca y sencilla. Le había preguntado al abuelo si él estaría conmigo durante la cita, pero me dijo que debía verme con el candidato a solas, y que él se quedaría al otro lado de la puerta, en la sala de espera.

Pasaron unos minutos y el candidato entró. Era guapo, igual de guapo que en la fotografía, y eso me entristeció, porque yo sabía que no era guapa, y su atractivo haría que lo pareciera menos aún. Pensé que a lo mejor se reiría de mí, o apartaría la mirada, o daría media vuelta y se marcharía.

Pero no hizo nada de eso. Me saludó inclinando la cabeza, mucho, y yo hice lo mismo y luego nos presentamos. Entonces se sentó, y yo también me senté. Había una tetera de té en polvo, dos tazas y un platito con cuatro galletas. Me preguntó si me apetecía un té, le dije que sí y me lo sirvió.

Estaba inquieta, pero él intentó que la conversación resultara fácil. Ya estábamos al corriente de todas las cosas importantes del otro. Yo sabía que sus padres y su hermana habían sido declarados culpables de traición y los habían enviado a campos de trabajo, y que luego los habían ejecutado. Sabía que había estudiado un posgrado de biología, y que había empezado el doctorado antes de que lo expulsaran por estar emparentado con traidores. Él sabía quién era el abuelo, y quién era mi padre. Sabía que la enfermedad me había dejado estéril; yo sabía que él había escogido la esterilización para evitar los campos de rehabilitación. Sabía que había sido un estudiante prometedor. Sabía que era muy listo.

Me preguntó qué me gustaba comer, qué música prefería, si estaba contenta trabajando en la Rockefeller, si tenía alguna afición. Las reuniones entre parientes de traidores al estado solían grabarse, incluso las de ese tipo, así que ambos debíamos ser muy cautelosos. Me gustó que él lo fuera y que no me preguntara nada que no pudiera contestar; me gustó su voz, que era suave y agradable.

Pero, aun así, no sabía si quería casarme con él. Era consciente de que algún día tendría que casarme, pero mi matrimonio implicaría que ya no seríamos solo el abuelo y yo, y quería retrasar eso todo lo que pudiera.

Al final, no obstante, decidí que sí. Un día después, el abuelo visitó al agente matrimonial para acabar de cerrar el trato y, al cabo de nada, ya había pasado un año y estábamos en la víspera de la boda. Preparamos una cena especial, y el abuelo encontró zumo de manzana, que bebimos en nuestras tazas de té preferidas, y también naranjas, que estaban secas y ácidas, pero las mojamos en miel artificial para endulzarlas. Al día siguiente volvería a ver al hombre que se convertiría en mi marido; habían rechazado la apelación de su expulsión, pero el abuelo le había encontrado un trabajo en el Estanque, donde empezaría la semana siguiente.

—Gatito, quiero contarte una cosa sobre tu futuro marido —me anunció el abuelo hacia el final.

Había estado serio y callado durante la cena, pero cuando le pregunté si estaba enfadado conmigo sonrió y negó con la cabeza.

—No, enfadado no —dijo—, pero es un momento agridulce. Mi gatito, tan mayor y a punto de casarse. —Y a continuación añadió—: Me he debatido entre contarte esto o no, pero creo... creo que debo hacerlo, por motivos que ahora te explicaré.

Se levantó para encender la radio y luego volvió a sentarse. Estuvo un buen rato callado, y luego dijo:

—Gatito, tu futuro marido es como yo. ¿Entiendes lo que quiero decir?

—Que es científico —respondí, aunque eso ya lo sabía. O que aspiraba a serlo, al menos. Era algo bueno.

—No —dijo el abuelo—. Bueno, sí, pero no me refería a eso. Me refería a que es como... es como yo, pero también como tu otro abuelo. Como él era. —Y calló hasta que vio que entendía lo que intentaba decirme.

—Es homosexual —dije.

—Sí.

Sabía alguna cosa sobre la homosexualidad. Sabía lo que era, sabía que el abuelo era homosexual y sabía que en tiempos eso había sido legal. Ahora no era ni legal ni ilegal. Podías ser homosexual. Podías mantener relaciones homosexuales, aunque no se fomentaba. Pero no podías casarte con alguien de tu mismo sexo. En teoría, cualquier adulto podía vivir con otra persona con quien no estuviera emparentado, lo cual implicaba que dos hombres o dos mujeres podían convivir, pero muy poca gente elegía hacerlo así; si otra persona y tú decidíais vivir juntos sin estar casados, solo recibíais cupones de comida y vales de agua y electricidad para uno. No existían más que tres clases de viviendas: para solteros, para matrimonios (sin hijos) y para familias (unas para familias con un hijo; otras para familias con dos o más hijos). Hasta los treinta y cinco años podías vivir en una residencia para solteros. Pero luego, según la Ley de Matrimonio de 2078, tenías que casarte. Si estabas casado y te divorciabas o enviudabas, te daban cuatro años para casarte otra vez, y al cabo de dos pasabas a ser candidato para que el estado volviera a emparejarte. Se hacían algunas excepciones, por supuesto, con personas como el abuelo. El estado respetó también todas las uniones homosexuales legales preexistentes, pero solo hasta veinte años después de la aprobación de la ley. Aun así, resultaba ilógico decidir vivir con alguien con quien no estuvieras casado; era casi imposible que dos personas sobrevivieran con las prestaciones de una sola. Una sociedad era más estable y sana cuando sus ciudadanos estaban casados, por lo que el estado intentaba disuadir a la gente de adoptar formas de vida alternativas.

Otros países habían proscrito la homosexualidad por motivos religiosos, pero no era nuestro caso. Aquí se desaconsejaba porque el deber de los adultos era tener hijos, ya que el índice de natalidad había caído a unos niveles catastróficos y porque en las enfermedades del 70 y del 76 habían muerto muchísimos niños, y muchos de los supervivientes habíamos quedado estériles. Es más, la forma en que murieron esos niños fue tan terrible que muchos padres o antiguos padres se mostraron reacios a tener más hijos, convencidos de que estos sufrirían una muerte igual de horrible. Pero el otro motivo por el que los homosexuales estaban en el punto de mira era que muchos de ellos habían participado en la rebelión del 67; se pusieron del lado de los rebeldes, y el estado tuvo que castigarlos por ello, y no solo eso, sino también mantenerlos controlados. Una vez, el abuelo me contó que muchos miembros de minorías raciales se habían unido a la rebelión, pero que a ellos era contraproducente castigarlos de la misma forma, ya que el estado necesitaba que todo el mundo contribuyera a recuperar la población.

De todas formas, pese a que la homosexualidad no era ilegal, tampoco se hablaba de ello. Aparte de al abuelo, yo no conocía a ningún homosexual. No tenía ninguna opinión formada sobre ellos. Sencillamente no eran personas que influyeran en mi vida de manera significativa.

—Ah —le dije al abuelo entonces.

—Gatito... —empezó a decir, aunque se interrumpió. Luego empezó otra vez—: Espero que algún día comprendas por qué me ha parecido que esta pareja era la mejor opción para ti. Quería encontrarte un marido de quien supiera que siempre te cuidará, que siempre se ocupará de ti, que nunca te levantará la mano, que nunca te gritará ni te menospreciará. Estoy seguro de que este joven es esa persona.

»Podría no habértelo dicho, pero quiero hacerlo porque no deseo que pienses que es culpa tuya que tu marido y tú no mantengáis relaciones sexuales. No deseo que pienses que es culpa tuya que no te quiera de esa forma. Te querrá de otras, o al menos te mostrará amor de otras, y esas son las que importan.

Lo pensé un poco. Ninguno de los dos dijo nada durante un buen rato.

—A lo mejor cambia de opinión —comenté entonces.

El abuelo me miró, primero a mí y luego al suelo. Hubo otro silencio.

—No —dijo en voz muy baja—. No lo hará, gatito. No es algo que él pueda cambiar.

Sé que esto parecerá muy tonto, porque el abuelo era inteligentísimo y, como ya he dicho, yo creía a pies juntillas todo lo que me decía, pero, aunque me había avisado de lo contrario, siempre esperé que con mi marido se hubiera equivocado y que un día empezara a sentirse atraído físicamente por mí. No estaba muy segura de cómo podría ocurrir eso; sabía que no era atractiva, pero también sabía que, aunque lo hubiese sido, a mi marido le habría dado igual.

Y a pesar de todo, más o menos durante los dos primeros años de matrimonio soñé que a lo mejor se enamoraba de mí. No era un sueño de verdad, sino más bien una fantasía, porque nunca lo soñé mientras dormía, aunque siempre deseaba que sucediera. En ese sueño estaba tumbada en mi cama y, de repente, notaba que mi marido se metía bajo las sábanas, a mi lado. Me abrazaba y luego nos besábamos. Así acababa el sueño, aunque a veces tenía otros en los que mi marido me besaba estando los dos de pie, o íbamos al centro a escuchar un poco de música cogidos de la mano.

Entendía que el abuelo me había contado la verdad sobre mi marido antes de que me casara con él para que no pensara que era culpa mía que no se sintiera atraído por mí. Pero saber la verdad no lo hacía más fácil; no hacía que dejara de desear que tal vez él fuese una excepción, que a lo mejor nuestra vida acabaría siendo diferente de como me la había descrito el abuelo. Y aunque no había ocurrido, resultaba difícil dejar de desearlo. Siempre se me había dado bien aceptar las cosas tal como venían, pero aceptar eso me costaba más de lo que había esperado. Todos los días lo intentaba; todos los días fracasaba. Algunos días, o incluso semanas enteras, conseguía no desear que el abuelo se hubiera equivocado con mi marido, que quizá algún día me correspondiera. Sabía que era más realista, y a fin de cuentas menos angustiante, dedicar mi tiempo a aceptarlo en lugar de esperar un cambio, pero esa esperanza, aunque me hacía sentir peor, también me hacía sentir mejor.

Sabía que quien le escribía aquellas notas a mi marido era un hombre, por la letra. Saber eso me hacía sentir mal, pero no tanto como si las notas se las hubiera escrito una mujer: significaba que el abuelo tenía razón, que mi marido era como me había dicho. Pero, aun así, me entristecía. Aun así, por mucho que el abuelo me hubiera dicho que no debía pensar eso, me hacía sentir que había fracasado. En cierta forma, no necesitaba saber quién era ese hombre, igual que no necesitaba saber lo que pasaba en la casa de Bethune Street; cualquier cosa que descubriera sería inútil, solo detalles innecesarios. No estaría en mi mano cambiar nada; no estaría en mi mano corregir nada. Sin embargo quería saber. Era como si saber fuese mejor que no saber, por muy duro que pudiera resultarme. Supongo que ese también fue el motivo por el que el abuelo me lo contó.

Aunque la incapacidad de mi marido para amarme me entristeciera, sin embargo, la incapacidad de David era peor. Era peor porque yo aún no sabía muy bien lo que sentía por él; era peor porque sabía que en algún momento había empezado a pensar que tal vez yo también le gustaba, que podía gustarle de una forma imposible con mi marido; y era peor que peor porque me había equivocado: no sentía por mí lo mismo que yo por él.

El sábado siguiente, a las 16.00, me quedé en casa. Mi marido estaba echando una siesta en el dormitorio; me había dicho que últimamente se sentía cansado y que quería tumbarse un rato. Pero diez minutos después bajé y abrí la puerta del edificio. Hacía un día resplandeciente y caluroso, y el Washington estaba muy concurrido. Una muchedumbre se había congregado frente al herrero, cuyo puesto era el más cercano al límite norte, pero entonces algunas personas se apartaron y de repente vi a David. Aunque hacía calor, la calidad del aire era buena, así que él llevaba el casco en la mano. Con la otra se protegía los ojos y volvía la cabeza de un lado a otro, despacio, como buscando algo, o a alguien.

Entonces comprendí que me buscaba a mí, y me apreté contra la puerta antes de recordar que nunca le había dado mi dirección; David solo sabía que vivía en la Zona Ocho, igual que él. Estaba pensando eso cuando pareció mirarme directamente; contuve la respiración como si así fuese a volverme invisible, pero él siguió girando la cara hacia otra parte.

Al final, después de dos minutos más o menos, se marchó y miró atrás una última vez mientras se dirigía al oeste.

El sábado siguiente ocurrió lo mismo. En esa ocasión, yo ya esperaba en el portal a las 15.55 en punto para verlo llegar, detenerse en mitad del límite norte del Washington y buscarme durante unos once minutos, antes de irse por fin. El sábado siguiente, lo mismo; y otra vez al otro.

Me hacía sentir bien que todavía quisiera verme, incluso después de haberme puesto en ridículo. Pero también me entristecía, porque sabía que nunca podría volver a verlo. Sé que parecerá tonto, o incluso infantil, porque aunque David no sintiera por mí lo mismo que yo por él, todavía deseaba ser mi amigo, y ¿no había dicho yo siempre que quería un amigo?

Pero no podía volver a verlo, y punto. Sé que parecerá ilógico, pero recordar que no debía esperar que mi marido me quisiera requería tanta energía y disciplina que no creía poseer fuerza suficiente para recordar que tampoco debía esperar que David me quisiera. Me resultaba muy difícil. Tendría que aprender a olvidar o a desoír lo que sentía por David, y no lo lograría si continuaba viéndolo. Era mejor fingir que nunca lo había conocido.

En lo alto del edificio donde trabajaba había un invernadero. No era el invernadero que llevaba el nombre del abuelo; ese estaba en lo alto de otro edificio.

El del Centro Larsson no era un invernadero operativo, sino más bien un museo. Allí, la universidad conservaba un espécimen de cada una de las plantas que habían creado en la UR para su uso en fármacos antivíricos, y que se remontaban hasta 2037. Las plantas crecían en macetas individuales de arcilla y estaban colocadas en hileras, y aunque no parecían nada del otro mundo, cada una tenía debajo una etiqueta en la que ponía su nombre en latín, el nombre del laboratorio que la había producido y el fármaco al que había contribuido. Aunque hacía tiempo que la mayor parte de la investigación botánica se había transferido a la Granja, en la UR todavía quedaban algunos científicos que colaboraban en el programa de desarrollo.

Cualquiera podía subir a visitar el invernadero, aunque pocas personas lo hacían. De hecho, casi nunca subía nadie a la azotea, lo que me parecía un misterio, porque era un lugar muy agradable. Como ya he dicho, todo el campus se encuentra debajo de una biocúpula, lo cual significa que el clima siempre está controlado, y cerca del invernadero había unas cuantas mesas y unos bancos para poder sentarse y contemplar el East River o las azoteas de otros edificios, algunas de las cuales están dedicadas al cultivo de frutas, verduras y hierbas aromáticas que la cafetería utiliza para preparar la comida de los empleados de la universidad. Todo el que trabajaba en la Rockefeller podía comprarse la comida en la cafetería a un precio subvencionado, y yo a menudo me la subía a la azotea, donde podía comer sola sin sentirme cohibida por ello.

En verano era cuando la azotea resultaba más agradable. Casi parecía que estuvieras en el exterior, solo que mejor, porque, al contrario que el exterior de verdad, allí no tenías que llevar puesto traje de refrigeración. Podías sentarte simplemente con el mono y comerte el bocadillo contemplando el agua marrón de abajo.

Como muchas otras veces, pensé en David mientras comía. Había pasado casi un mes desde la última vez que lo había visto, y aunque hacía lo posible por olvidarlo, todos los días seguía viendo cosas que creía que podrían interesarle y me costaba un gran esfuerzo repetirme que no volvería a verlo y que tenía que dejar de memorizar observaciones para compartirlas con él. Aunque entonces recordé que el abuelo decía que no había que memorizar observaciones solo para contárselas a otra persona; que hacerlo solo porque sí también era bueno.

—¿Por qué? —le pregunté, y él pensó un momento la respuesta.

—Porque podemos —contestó entonces—. Porque es lo que nos distingue como humanos.

A veces me preocupaba que mi falta de interés por realizar observaciones significara que no era humana, aunque sé que no era eso lo que había pretendido decir el abuelo.

Estaba dándole vueltas a esas cosas cuando las puertas del ascensor se abrieron y de él salieron tres personas: una mujer y dos hombres. Por cómo iban vestidos, al instante supe que eran empleados estatales; me fijé en que estaban en plena discusión, ya que uno de los hombres se inclinaba hacia el otro y todos hablaban en susurros. Entonces la mujer miró en mi dirección, me vio y dijo:

—¡Mierda! Gente, busquemos otro sitio...

Y antes de que pudiera ofrecerme a dejarlos solos, volvieron a meterse en el ascensor y se marcharon.

El abuelo siempre decía que a quienes trabajaban para el estado y a quienes no los unía el deseo de no encontrarse nunca los unos con los otros: el estado no quería vernos y nosotros no queríamos ver al estado. Y, en gran medida, no solía ocurrir. Todos los ministerios estaban en una misma zona, y los trabajadores estatales tenían sus propias lanzaderas y tiendas de alimentación y grupos de bloques de apartamentos. No vivían en una única zona, aunque muchos de los miembros de mayor rango lo hacían en la Catorce, igual que la mayoría de los científicos de la UR y de los ingenieros e investigadores de la Granja y del Estanque que ocupaban los puestos más altos.

Todo el mundo sabía que en todos los centros de investigación biológica del país había una oficina de empleados estatales. Era necesario para que pudieran vigilarnos. Pero, aunque sabíamos que en la UR existía esa oficina, nadie sabía dónde estaba ni cuántas personas trabajaban en ella. Algunos decían que eran menos de diez, pero otros aseguraban que más, muchas más, puede que hasta un centenar, casi dos por cada director de equipo de investigación. Corría el rumor de que la oficina se encontraba a varios niveles bajo tierra, incluso por debajo de los supuestos laboratorios adicionales con sus supuestos ratones adicionales, y de los supuestos quirófanos, y que esas oficinas subterráneas estaban conectadas a unos túneles especiales donde había trenes especiales que podían llevarlos de vuelta a sus ministerios, o incluso hasta el Municipio Uno.

Pero otros decían que solo ocupaban unas cuantas salitas en uno de los edificios menos usados, lo cual probablemente fuera cierto, aunque el campus de la UR no era tan grande para no cruzarte con todo el mundo en algún momento, y aun así no había visto a ninguno de esos empleados estatales antes, aunque los reconocí nada más encontrármelos.

Su presencia allí, en realidad, era más bien reciente. Cuando el abuelo empezó a trabajar en la Rockefeller, por ejemplo, solo era un centro de investigación. Los laboratorios recibían financiación del estado y a veces trabajaban con diversos ministerios, sobre todo con los de Sanidad e Interior, pero el estado no tenía jurisdicción sobre su trabajo. Eso cambió después del 56, sin embargo, y en el 62, cuando se fundó el estado, se le otorgó la supervisión de todos los centros de investigación del país. Al año siguiente, los cuarenta y cinco estados se dividieron en once prefecturas, y en el 72, el año después de que se establecieran las zonas, el estado fue uno de los noventa y dos países que firmaron el tratado con Beijing, por el que le condecían acceso absoluto a todas las instituciones científicas a cambio de financiación y otros recursos, entre ellos alimentos, agua, medicamentos y otros productos humanitarios. Eso significaba que, aunque todos los proyectos federales estaban controlados por el estado, solo los empleados estatales que supervisaban instituciones como la UR eran quienes informaban en última instancia a Beijing; Beijing no estaba interesado en las empresas nacionales, solo en las que trabajaban con enfermedades y prevención de enfermedades, como nosotros.

Aparte de las personas que eran sin duda empleados estatales, también debíamos dar por hecho que cierto número de científicos y otros investigadores trabajaban tanto para el centro como para el estado. Eso no significaba que fueran informantes; el centro estaba al tanto de su dualidad de responsabilidades. El abuelo había sido uno de ellos: empezó siendo científico, pero al final acabó trabajando también para el estado. Cuando yo nací, era un hombre muy poderoso, aunque luego su poder fue disminuyendo y, cuando los rebeldes tomaron brevemente el control del país por segunda vez, lo mataron a causa de su vinculación con el estado y por lo que había hecho para intentar evitar la propagación de enfermedades.

El caso es que era extraño ver a esos funcionarios moverse por el campus con tanta libertad y comportándose de una forma tan rara. Supongo que más o menos una semana después, cuando regresaba de comer en la azotea, no debería haberme sorprendido encontrar a cinco de los doctorandos susurrando emocionados en un rincón de la sala de descanso acerca de un anuncio que acababa de llegar del Ministerio de Sanidad, según el cual todos los centros de contención de nuestra prefectura debían cerrarse, con efecto inmediato.

—¿Qué crees que significa? —preguntó uno de los doctorandos, que siempre empezaba las conversaciones con la misma pregunta y a quien a veces oía repetir después a otras personas las respuestas que le habían dado.

—Es evidente —contestó otro, un tipo grandullón y alto de cuyo tío se rumoreaba que era uno de los adjuntos del ministro del Interior—. Significa que esta nueva cosa no solo es real, sino que prevén que será altamente mortífera y de fácil propagación.

—¿Por qué dices eso?

—Porque sí. Si fuera fácil de tratar, o de contener, el viejo sistema de siempre continuaría siendo válido: alguien enferma, lo aíslas una o dos semanas para ver si mejora, y luego, si no es el caso, lo trasladas a un centro de reubicación. Ha funcionado a la perfección los últimos..., ¿cuánto?, ¿veinticinco años?

—En realidad —dijo otro de los doctorandos, uno que miraba hacia arriba exasperado cada vez que el sobrino del adjunto del ministro del Interior decía algo—, a mí el sistema nunca me ha parecido tan eficiente. Demasiado margen de error.

—Sí, el sistema tiene sus fallos —opinó el sobrino del adjunto del ministro del Interior, molesto porque lo contradecían—, pero no olvidemos lo que han conseguido los centros de contención. —Ya había oído al sobrino del adjunto del ministro del Interior defender los centros de contención antes; siempre les recordaba a los demás que, gracias a esos centros, los científicos tenían la oportunidad de realizar investigaciones con humanos en tiempo real, y de seleccionar entre los residentes en esos centros a sujetos para pruebas de fármacos—. Ahora suponen que, sea lo que sea esto, o bien no habrá tiempo para establecer medidas provisionales como el centro de contención, o bien no tendrán sentido porque la morbilidad será tan elevada, y tan rápida, que lo mejor y lo más eficaz será enviar a todos los casos directamente a los centros de reubicación y sacarlos de la isla lo antes posible.

Parecía muy emocionado. Igual que todos ellos. Una nueva gran enfermedad estaba a punto de estallar, y esta vez tendrían el honor de presenciar e intentar solucionar todo aquello. Ninguno parecía asustado, a ninguno parecía preocuparle la posibilidad de enfermar. Tal vez tenían razón al no sentir miedo. Tal vez la enfermedad no les afectaría; sabían más que yo sobre ella, así que tampoco podía asegurar que se equivocaran.

Mientras regresaba a casa en la lanzadera, pensé en aquel hombre al que había visto hacía dos años, el que había intentado escapar del centro de contención y a quien los guardias se lo habían impedido. Desde entonces, cada vez que pasábamos por delante del centro, siempre miraba por la ventanilla. No sé por qué lo hacía; aquel centro ya no existía, y de todas formas la fachada era toda de espejo, por lo que no se veía nada del interior. Aun así, yo seguía mirando, como si algún día aquel mismo hombre pudiera reaparecer, solo que esta vez saldría a pie y con ropa normal porque se habría curado, saldría como si regresara a donde fuera que viviese antes de enfermar.

En el laboratorio, las siguientes semanas fueron de muchísimo trabajo para todo el mundo, yo incluida. Eso me puso más difícil el enterarme de nada, porque había muchas más reuniones entre los científicos, gran parte de ellas convocadas por el doctor Wesley, así que los doctorandos disponían de menos tiempo para comentar lo ocurrido en esas sesiones, y yo, menos tiempo para prestar atención a lo que decían.

Tardé varios días en entender que incluso los científicos de mayor edad estaban pasmados ante la situación. Muchos de ellos habían sido doctorandos o posdocs durante la enfermedad del 70, pero el estado era mucho más fuerte ahora que entonces, y la presencia constante y cada vez mayor de empleados estatales —esas tres personas a las que había visto en la azotea, pero también varias decenas más y de muchos ministerios diferentes— los confundía e incluso los agobiaba. Iban a encargarse de organizar cómo afrontar la enfermedad, y no solo tomarían el mando de nuestro laboratorio, sino de todos los de la UR.

Aún no le habían puesto nombre a la nueva enfermedad, pero todos teníamos órdenes estrictas de no hablar de ella con nadie. Si lo hacíamos, podían acusarnos de traición. Por primera vez me alegré de que David y yo hubiéramos dejado de quedar, porque nunca le había ocultado un secreto a un amigo y no estaba segura de que se me diera bien. Así que eso ya no era un problema.

Desde que había dejado de ver a David, había retomado la vigilancia de mi marido los jueves por la noche. No es que ocurriera nada nuevo —solo se acercaba a la puerta de la casa de Bethune Street, llamaba con su golpeteo especial, decía algo que yo no alcanzaba a oír a quien abría y luego desaparecía en el interior—, pero aun así seguía espiándolo, oculta bajo la escalera de la casa de enfrente. Una vez, la puerta se abrió un poco más de lo habitual y vi a la persona de dentro, un hombre blanco más o menos de la edad de mi marido, con el pelo castaño claro, que asomó la cabeza fuera y miró un instante a izquierda y derecha antes de cerrar otra vez. Cuando la puerta se cerraba de nuevo, me quedaba allí unos minutos más, esperando por si ocurría alguna otra cosa, pero nunca pasaba nada. Después regresaba a casa.

De hecho, todo había vuelto a ser como antes de conocer a David, y, aun así, también era diferente, porque cuando tenía a David de amigo me había sentido como si fuera otra persona, y ahora que ya no lo tenía me costaba recordar quién era yo en realidad.

Una noche, unas seis semanas después de la última vez que había quedado con David, mi marido y yo estábamos cenando cuando me preguntó:

—Cobra, ¿te encuentras bien?

—Sí —dije—. Gracias —recordé añadir.

—¿Cómo está David? —continuó tras un silencio.

Alcé la cabeza.

—¿Por qué lo preguntas?

Él levantó un hombro y luego lo dejó caer.

—Me he acordado de él, nada más —repuso—. Ahora hace tanto calor que..., ¿seguís saliendo a pasear, o estáis más tiempo en el centro?

—Ya no somos amigos —contesté.

Al otro lado de la mesa, mi marido se quedó callado.

—Lo siento, Cobra —dijo después, y entonces fui yo quien se encogió de hombros.

De pronto estaba enfadada: enfadada porque no estuviera celoso de David, ni de mi amistad con él; enfadada porque no se sintiera aliviado al saber que David y yo ya no éramos amigos; enfadada porque no le sorprendiera.

—¿Adónde vas en tus noches libres? —le pregunté, y me sentí satisfecha al ver que se sobresaltaba.

Se reclinó en el respaldo de la silla.

—A visitar a unos amigos —dijo tras un silencio.

—¿Y qué haces con ellos? —pregunté, y de nuevo se quedó callado.

—Charlamos —contestó al final—. Jugamos al ajedrez.

Entonces guardamos silencio los dos. Yo seguía enfadada. Deseaba hacerle más preguntas, pero eran tantas que no sabía por dónde empezar y, además, tenía miedo. ¿Y si me contaba algo que yo no quería saber? ¿Y si se enfadaba conmigo y me gritaba? ¿Y si se marchaba corriendo del apartamento? Me quedaría sola y entonces no sabría qué hacer.

Al final se levantó y se dispuso a recoger los platos. Esa noche habíamos cenado caballo, pero ninguno de los dos se terminó la ración de su plato; sabía que mi marido envolvería las sobras en papel para aprovechar los huesos y darles más sabor a las gachas.

Era martes, mi noche libre. Me dirigí a mi dormitorio y entonces mi marido dejó los platos para llevarme allí la radio, pero lo detuve.

—No quiero escuchar la radio —dije—. Quiero irme a dormir.

—Cobra —repuso él, acercándose a mí—, ¿seguro que te encuentras bien?

—Sí.

—Pero estás llorando —dijo, aunque yo no me había dado cuenta—. ¿Te ha... te ha hecho daño David de alguna forma, Cobra?

—No —contesté—. No me ha hecho daño. Solo estoy muy cansada y me gustaría estar sola, por favor.

Se apartó de mí, y yo fui al baño y luego me metí en la cama. Unas horas después entró mi marido. No era habitual que se acostara tan temprano, pero los dos habíamos estado trabajando más de lo normal, por lo que se encontraba muy cansado, igual que yo. El día anterior, al alba, habían realizado una redada que nos había despertado, pero, aunque los dos estábamos cansados, solo él se durmió enseguida mientras que yo seguí despierta, mirando cómo se movían los focos por el techo. Imaginé a mi marido en Bethune Street, jugando al ajedrez con otra persona, pero por mucho que lo intentaba solo lograba imaginar el interior de esa casa como si fuera nuestro propio apartamento, y la única persona a quien conseguía ver jugando con mi marido no era el hombre que le había abierto la puerta, sino a David.

A mediados de julio, me parecía vivir en dos mundos. El laboratorio se había transformado: la azotea del Larsson se había convertido en la oficina de un equipo de epidemiólogos del Ministerio de Sanidad, y toda una sección de los pasillos más grandes del sótano se había habilitado como oficina para empleados del Ministerio del Interior. Los científicos corrían de un lado para otro con cara de preocupación, e incluso los doctorandos estaban muy callados. Yo solo sabía que lo que habían descubierto era muy peligroso, tanto que incluso había eclipsado el entusiasmo generado por su hallazgo.

Pero fuera de la UR todo seguía siendo como siempre. La lanzadera me recogía; la lanzadera me dejaba. En la tienda había alimentos, y hasta tuvimos una semana con el caballo en oferta, lo que ocurría alguna que otra vez, cuando en las fábricas del oeste había excedente de carne. En la radio ponían música cuando tocaba y retransmitían los boletines cuando tocaba. No se veía ninguno de los preparativos que yo, porque lo había aprendido en el colegio, sabía que se realizaron antes de la enfermedad del 70: no incrementaron el personal militar, no requisaron edificios, no reinstauraron el toque de queda. Los fines de semana, el Washington se llenaba de gente, como siempre, y aunque David había dejado de esperarme, yo todavía bajaba al portal todos los sábados, a la misma hora en que solíamos quedar, y miraba por la ventanita, buscándolo igual que él me había buscado a mí. Pero nunca lo veía. A veces me preguntaba si no debería haberle comprado aquellos polvos a la vendedora ambulante para echárselos a David en la bebida, como me dijo que hiciera, antes de recordar que no era David quien había decidido dejar de verme; fui yo quien decidió dejar de verlo. Entonces me planteaba salir al Washington y esperar a que aquella mujer volviera a abordarme, no para ofrecerme esos polvos que harían que David se enamorara de mí, sino otros diferentes, unos que me hicieran creer que alguien podría llegar a quererme.

Lo que sí había cambiado fuera del trabajo, supongo, era que mi marido pasaba más tiempo en casa que antes, a menudo tumbado durmiendo en su cama o echando una siesta en el sofá. Incluso en sus noches libres llegaba más temprano a casa, y cuando lo hacía, oía que se movía despacio, casi con pesadez. Siempre había sido muy ágil, pero sus andares habían cambiado, y cuando se metía en la cama gemía en voz baja, como si le doliera, y muchas veces tenía la cara algo hinchada. Había estado trabajando horas extras en el Estanque, igual que yo en el laboratorio, pero no sabía si él sabía lo que yo sabía, lo cual tampoco era mucho, de todas formas. La gente que trabajaba en el Estanque y en la Granja desempeñaban tareas fundamentales, pero igual que yo no sabía qué hacían exactamente, con frecuencia ellos tampoco lo sabían. Podía ser que mi marido se quedara hasta tan tarde, por ejemplo, porque un laboratorio —tal vez incluso uno de la UR— hubiera solicitado cierto tipo de material de cierto tipo de planta con urgencia, pero igual que yo no sabía para qué preparaba los ratones tampoco él sabría para qué preparaba una muestra. Solo le ordenaban que lo hiciera, y él obedecía. La diferencia era que yo no sentía curiosidad por la razón de las cosas que me ordenaban hacer; a mí me bastaba con saber que mi trabajo era necesario, que era útil y que tenía que hacerse. Pero a mi marido le quedaban dos años para terminar el doctorado cuando lo declararon enemigo del estado y lo expulsaron de la universidad; a él sí le habría gustado saber cuál era la razón por la que le pedían que hiciera algo. Incluso quizá le habría gustado contribuir con su opinión. Y sin embargo, jamás podría hacerlo.

Recuerdo una vez que yo estaba muy enfadada después de una de las lecciones con el abuelo sobre el tipo de preguntas que debía hacerle a la gente. A menudo me sentía frustrada después de aquellas sesiones, porque me recordaban lo difícil que me resultaba hacer y decir y pensar cosas que a los demás no parecían costarles ningún esfuerzo.

—No sé hacer las preguntas adecuadas —le dije al abuelo, aunque eso no era exactamente lo que quería decir, pero no sabía cómo expresar lo que quería decir en realidad.

Él se quedó callado un momento.

—A veces, no preguntar algo es bueno, gatito —repuso—. No preguntar puede mantenerte a salvo. —Entonces me miró. Me miró de verdad, como si estuviera memorizando mi cara porque tal vez no volviera a verla más—. Pero otras veces es necesario preguntar, aunque sea peligroso. —Se interrumpió de nuevo—. ¿Lo recordarás, gatito?

—Sí —dije.

Al día siguiente, en el trabajo, fui a ver al doctor Morgan. El doctor Morgan era el posdoc de mayor rango del laboratorio y supervisaba a todos los técnicos. Pero, aunque era el de mayor rango, los doctorandos no querían ser como él. «Ojalá no acabe nunca como Morgan», oía que a veces les decía uno a los demás. Eso era porque el doctor Morgan no tenía un laboratorio propio y, siete años después, seguía trabajando para el doctor Wesley. De hecho, el doctor Morgan y yo entramos en el laboratorio del doctor Wesley el mismo año. El abuelo me explicó que en todos los laboratorios habría por lo menos un posdoc que no se iría, que se quedaría toda la vida, pero que yo no debía hacerles ningún comentario al respecto ni recordarles cuánto tiempo llevaban allí ni preguntarles por qué no se habían marchado a ningún otro sitio.

Así que nunca lo había hecho. Pero el doctor Morgan siempre era amable conmigo y, al contrario que muchos de los demás científicos del laboratorio, siempre me saludaba cuando nos cruzábamos por los pasillos. Aun así, rara vez iba a verlo más que para pedirle permiso para salir temprano o entrar tarde, y como no sabía cuál era la mejor forma de abordarlo solía pasarme unos cinco minutos esperando indecisa cerca de su puesto de trabajo, cuando la mayoría del laboratorio había salido a comer, y aguardaba hasta que al final dejaba lo que tuviera entre manos y levantaba la cabeza.

Por fin lo hizo.

—Alguien me está mirando —declaró, y se volvió—. Charlie —dijo—, ¿qué haces ahí de pie?

—Perdón, doctor Morgan.

—¿Ocurre algo?

—No. —Y luego no se me ocurrió qué más decir—. Doctor Morgan —añadí, deprisa, antes de perder el valor—, ¿podría contarme lo que está pasando?

El doctor Morgan me miró fijamente, y yo a él. Siempre me había recordado en algo al abuelo, aunque durante mucho tiempo no supe en qué: era bastante más joven, solo unos años mayor que yo; era de otra raza; y, al contrario que el abuelo, no tenía fama ni influencia. Pero entonces me di cuenta de que era porque siempre contestaba a las preguntas que le hacía. En el laboratorio había otras personas que, aunque les preguntara, me decían que no lo entendería, pero el doctor Morgan nunca hacía eso.

—Se trata de una zoonosis y sin duda de una fiebre hemorrágica —explicó entonces—. Se propaga tanto por aerosoles respiratorios y gotículas como por fluidos corporales, lo cual hace que sea sumamente contagiosa. Todavía no tenemos una idea clara de cuál es el periodo de incubación, ni del tiempo que transcurre entre el diagnóstico y la muerte. Se identificó en Brasil. El primer caso en nuestro país se descubrió hará un mes, en la Prefectura Seis. —No le hizo falta añadir que aquello era una suerte, porque la Prefectura Seis era la menos poblada de todas—. Pero desde entonces sabemos que ha ido extendiéndose, aunque todavía ignoramos a qué velocidad. Y eso es cuanto puedo decirte.

No le pregunté si era porque el doctor Morgan no sabía más o porque no le permitían decir más. Solo le di las gracias y regresé a mi sección para poder darle vueltas a lo que me había contado.

Sé que lo primero que alguien se preguntaría es cómo llegó aquí esa enfermedad, para empezar. Uno de los motivos por los que no habíamos tenido ninguna pandemia en casi veinticuatro años era porque, como ya he dicho, el estado cerró todas las fronteras, además de prohibir todos los viajes internacionales. Muchos países hicieron lo mismo. De hecho, solo había diecisiete países en total —Nueva Bretaña, un grupo de Antigua Europa y un segundo grupo del Sudeste Asiático— con derechos de circulación recíprocos para sus ciudadanos.

Sin embargo, que no se permitiera entrar a nadie y no se permitiera salir a nadie no significaba que realmente no entrara ni saliera nadie. Hacía cuatro años, por ejemplo, corrió el rumor de que habían encontrado a un polizón de la India en un contenedor marítimo en un puerto de la Prefectura Tres. Y como decía siempre mi abuelo, un microbio puede viajar en cualquier garganta: en la de una persona, claro, pero también en la de un murciélago, en la de una serpiente o en la de una pulga. (Es una forma de hablar, ya que las serpientes y las pulgas no tienen garganta). Como solía decir el doctor Wesley, bastaba con uno.

Luego había otra teoría, una que yo jamás repetiría por ahí —aunque otros sí lo hacían—: la de que el propio estado creaba las enfermedades, de que la mitad de todos los institutos de investigación, incluso la UR, se dedicaba a producir enfermedades nuevas mientras la otra mitad se dedicaba a descubrir cómo destruirlas, y que cada vez que el estado lo consideraba necesario, hacía circular una de esas enfermedades nuevas. Por mucho que me pregunten, no podría decir cómo sé que la gente pensaba esas cosas; lo sé, y punto. Lo que sí puedo decir es que mi padre estaba de acuerdo, y ese fue uno de los motivos por los que lo declararon enemigo del estado.

En cualquier caso, aunque había oído esas teorías otras veces, no me las creía. Si hubiesen sido ciertas, entonces ¿por qué el estado no hizo circular una enfermedad en el 83 o en el 88, durante los levantamientos? El abuelo seguiría vivo y yo todavía podría hablar con él.

Eso tampoco lo diría nunca, pero a veces deseaba que llegara una enfermedad de muy lejos. No porque quisiera que muriera nadie, sino porque así tendría una prueba. Quería tener la certeza de que existían otros lugares, otros países donde vivía gente que subía a sus propias lanzaderas y trabajaba en sus propios laboratorios y se preparaba sus propias hamburguesas de nutria roedora para cenar. Sabía que jamás me permitirían visitar esos sitios, y ni siquiera deseaba poder hacerlo.

Pero a veces quería saber que estaban ahí, que todos esos países que había visitado el abuelo, todas esas calles por las que había caminado, seguían existiendo. A veces incluso me gustaba fingir que él no había muerto, que yo no había visto con mis propios ojos cómo lo mataban, sino que, cuando cayó por el agujero de la plataforma, en lugar de morir había aterrizado en una de las ciudades a las que había viajado de joven: Sídney, o Copenhague, o Shanghái, o Lagos. Tal vez estuviera allí, acordándose de mí, y aunque yo seguiría echándolo de menos me bastaría con saber que estaba vivo y que pensaba en mí desde un lugar que yo ni siquiera sabía cómo empezar a imaginar.

———————

A lo largo de las semanas siguientes se produjeron los primeros cambios. No fue nada que saltara a la vista de inmediato —no es que se vieran hileras de camiones de transporte ni movilizaciones militares—, pero de todos modos era evidente que ocurría algo.

La mayor parte del trabajo se realizaba de noche, así que fue en la lanzadera que cogía para ir a la UR en dirección norte donde empecé a encontrar diferencias. Una mañana, por ejemplo, nos detuvimos más rato del habitual en un puesto de control; otra, antes de subir al vehículo, un soldado nos escaneó la frente con un nuevo lector óptico de temperatura que nunca había visto. «No se detengan —dijo el soldado, aunque no de mala manera, y luego, pese a que nadie había preguntado, aclaró—: Solo es un nuevo equipo que quiere probar el estado». Al día siguiente ya no estaba, lo había sustituido otro soldado, que nos observaba con una mano en el arma mientras subíamos a la lanzadera. No decía nada, no hacía nada, pero paseaba la mirada rápidamente entre nosotros, y cuando el hombre que iba delante de mí quiso subir el escalón el soldado levantó la mano.

—Alto —dijo—. ¿Qué es eso? —Y señaló una mancha del color de las uvas machacadas que tenía en la cara.

—Una marca de nacimiento —respondió el hombre, que no parecía asustado, y el soldado sacó un dispositivo del bolsillo, le apuntó a la mejilla con una luz, luego leyó lo que decía el aparato y asintió, tras lo cual le indicó al hombre que subiera a la lanzadera moviendo el cañón del arma.

No tengo la menor idea de qué notaron o dejaron de notar los demás pasajeros de la lanzadera de mi línea. Por un lado, en la Zona Ocho cambiaban tan pocas cosas que era imposible no fijarse en las que sí. Por el otro, la mayor parte de la gente no estaba sobre aviso para prestar atención a si se producían cambios o no. Aun así, debo dar por sentado que la mayoría sabíamos o sospechábamos lo que ocurría: a fin de cuentas, todos trabajábamos en instituciones de investigación operadas por el estado y quienes además lo hacíamos en centros donde se estudiaban ciencias biológicas tal vez supiéramos más que quienes trabajaban en el Estanque o la Granja. De todos modos, nadie decía nada. Si te empeñabas, era fácil pensar que no ocurría nada.

Un día, estaba en mi asiento de siempre en la lanzadera, mirando por la ventanilla, cuando de pronto vi a David. Llevaba su mono gris y caminaba por la Sexta Avenida. Fue justo antes de que tuviéramos que parar en el puesto de control de la calle Catorce, y mientras esperábamos en fila a que nos llegara el turno, vi que torcía en dirección oeste y desaparecía por la calle Doce.

La lanzadera empezó a moverse y yo me volví en mi asiento. Me di cuenta de que, en realidad, no podía ser David; pasaba una hora de su horario habitual para la lanzadera, así que debía de estar trabajando ya en la Granja.

Y aun así, aunque fuera imposible, estaba convencida de haberlo visto. Por primera vez sentí una especie de miedo ante todo lo que estaba ocurriendo: la enfermedad, lo poco que sabía, lo que sucedería a continuación. No me asustaba caer enferma —no sabía muy bien por qué—, pero ese día en la lanzadera tuve la extraña sensación de que el mundo se dividía en dos, y que en uno de esos mundos yo iba de camino al trabajo para cuidar a los minis, mientras que en el otro David iba a un lugar completamente diferente, un lugar que yo nunca había visto y del que no había oído hablar, como si la Zona Ocho fuera en realidad mucho mayor de lo que yo creía, y contuviera sitios cuya existencia todos conocían, pero por algún motivo yo no.

———

Aunque siempre tenía presente al abuelo, había dos días en que su recuerdo era especialmente persistente. El primero era el 20 de septiembre, el día que lo mataron. El segundo era el 14 de agosto, el día que lo separaron de mí, el último día que pasé con él, y, aunque sé que sonará extraño, esa fecha se me hacía aún más difícil que la del día de su muerte en sí.

Esa tarde había estado con él. Era sábado, y fue a verme al que había sido nuestro apartamento pero que ya era el apartamento donde vivíamos mi marido y yo. Mi marido y yo solo llevábamos casados desde el 4 de junio, y de todo lo que me resultaba extraño y difícil de estar casada, lo más extraño y lo más difícil era no ver al abuelo a diario. Lo habían trasladado a un piso diminuto cerca del límite este de la zona, y durante las dos primeras semanas de mi matrimonio fui a su edificio todos los días después de trabajar y esperé en la calle, a veces durante varias horas, hasta verlo llegar. Todos los días, él me sonreía pero negaba con la cabeza.

—Gatito —decía, acariciándome el pelo—, si vienes aquí todas las tardes, nunca te resultará más fácil. Además, tu marido estará preocupado.

—No, no está preocupado —decía yo—. Le he dicho que venía a verte.

Entonces el abuelo suspiraba.

—Sube —decía, y yo lo seguía por la escalera y él dejaba su maletín, me daba un vaso de agua y luego me acompañaba a casa.

Por el camino me hacía preguntas sobre cómo me iba en el trabajo, qué tal era mi marido y si estábamos cómodos en el apartamento.

—Todavía no entiendo por qué has tenido que irte —decía yo.

—Ya te lo he explicado, gatito —insistía el abuelo, pero con cariño—. Porque es tu apartamento, y porque ahora estás casada... y no querrás hacerle compañía a tu viejo abuelo el resto de la vida.

Al menos seguía pasando los fines de semana con él. Todos los viernes, mi marido y yo lo invitábamos a cenar. Mi marido y él hablaban sobre temas científicos complejos, y yo no entendía nada más allá de los primeros diez minutos de la conversación. Luego, el sábado y el domingo estábamos él y yo solos. Por entonces, las cosas en el trabajo se habían complicado mucho para el abuelo: seis semanas antes, la capital había caído a manos de los rebeldes, que habían realizado enormes redadas con la promesa de restituir la tecnología a todos los ciudadanos y castigar a los dirigentes del régimen. Al oír eso me preocupé, porque el abuelo siempre había formado parte del régimen. No sabía si era un dirigente, pero sí alguien importante. Hasta la fecha, sin embargo, no había ocurrido nada, aparte de que el Gobierno había decretado un toque de queda a las 23.00. Pero todo lo demás parecía seguir exactamente igual que antes. Ya empezaba a pensar que al final no cambiaría nada, porque en realidad nada había cambiado. A mí no me importaba quién estuviera al mando del estado: solo era una ciudadana, lo sería de todos modos, y preocuparme por esos asuntos no era cosa mía.

Aquel sábado, 14 de agosto, era un día normal y corriente. Hacía mucho calor, así que mi abuelo y yo quedamos a las 14.00 en el centro para escuchar un cuarteto de cuerda. Al salir, compró un poco de leche helada y nos sentamos a una de las mesas para comérnosla con unas cucharitas. Me preguntó cómo me iba en el trabajo y si me caía bien el doctor Wesley, que había trabajado para el abuelo, hacía muchos años. Le dije que el trabajo me gustaba y que el doctor Wesley me caía bien, y las dos cosas eran ciertas. Él asintió.

—Bien, gatito —dijo—. Me alegra saberlo.

Nos quedamos un rato bajo el aire acondicionado, y luego el abuelo dijo que el calor más fuerte ya habría empezado a remitir y que podíamos ir a ver qué ofrecían los vendedores ambulantes del Washington, como hacíamos a veces, antes de volver a casa.

Solo estábamos a tres manzanas de la entrada norte cuando la furgoneta paró junto a nosotros y tres hombres vestidos de negro salieron de ella.

—Doctor Griffith —le dijo uno al abuelo, y el abuelo, que se había detenido al ver que se acercaba una furgoneta, de pie junto a mí y con una mano en mi hombro, me tomó una mano, la apretó y me giró para que lo mirara.

—Tengo que irme con estos hombres, gatito —dijo con calma.

Yo no entendía nada. Sentía que estaba a punto de derrumbarme.

—No —dije—. No, abuelo.

Me dio unas palmaditas en la mano.

—No te preocupes, gatito. No me pasará nada. Te lo prometo.

—Suba —dijo otro de ellos, aunque el abuelo no le hizo ningún caso.

—Vete a casa —me susurró—. Solo estás a tres manzanas. Vete a casa y dile a tu marido que han venido a buscarme, y no te preocupes, ¿de acuerdo? Pronto estaré otra vez contigo.

—No —dije, pero el abuelo me guiñó un ojo y subió a la parte de atrás de la furgoneta—. No, abuelo —repetí—. No, no.

El abuelo me miró desde el interior del vehículo, sonrió y empezó a decir algo, pero entonces el que le había ordenado que subiera cerró las puertas de golpe, y luego los tres hombres se sentaron en la parte delantera y la furgoneta arrancó.

A esas alturas yo estaba gritando, y aunque algunas personas se pararon a mirarme la mayoría no lo hizo. Eché a correr demasiado tarde tras la furgoneta, que se alejaba en dirección sur, pero entonces torció al oeste, y hacía tanto calor y yo iba tan lenta que tropecé y me caí, y me quedé un rato allí en la acera, meciéndome.

Al final me levanté. Entré en nuestro edificio y subí al apartamento. Mi marido estaba en casa, y cuando me vio, abrió la boca, pero antes de que pudiera decir nada le conté lo ocurrido y él de inmediato fue al armario, buscó la caja de nuestra documentación y sacó unos cuantos papeles. Después fue al cajón que había bajo mi cama y sacó unas monedas de oro. Lo metió todo en una bolsa y luego me sirvió un cucharón de agua en una taza.

—Tengo que ir a ver si consigo ayudar a tu abuelo —dijo—. Volveré en cuanto pueda, ¿de acuerdo?

Asentí.

Esperé toda la noche a que mi marido volviera, sentada en el sofá con el traje de refrigeración puesto. La sangre de los rasguños que tenía en la frente se me secaba en la piel y hacía que me picara. Por fin regresó, muy tarde, justo antes de que empezara el toque de queda.

—¿Dónde está el abuelo? —pregunté, pero él agachó la mirada.

—Lo siento, Cobra —dijo—. No han querido soltarlo. Seguiré intentándolo.

Entonces me puse a gemir, a gemir y a mecerme, y al final mi marido fue a buscarme la almohada a la cama para que pudiera gemir contra ella y se sentó en el suelo a mi lado.

—Seguiré intentándolo, Cobra —repitió—. Seguiré intentándolo.

Y lo hizo, pero entonces, el 15 de septiembre, me notificaron que el abuelo había perdido su juicio y que iban a ejecutarlo, y cinco días después lo mataron.

Ya era el sexto aniversario del día que se llevaron al abuelo. Mi marido y yo siempre lo conmemorábamos con una botella de zumo con sabor a uva que comprábamos en la tienda. Mi marido servía un vaso para cada uno, los dos decíamos el nombre del abuelo en voz alta y luego bebíamos.

Siempre pasaba ese día sola. Todos los 13 de agosto de los últimos cinco años, mi marido me preguntaba: «¿Mañana querrás estar sola?», y yo contestaba: «Sí», aunque el último año o así había empezado a preguntarme si de verdad era eso lo que quería, o si solo lo decía porque así era más fácil para ambos. Si mi marido, en cambio, me hubiera preguntado: «¿Mañana querrás compañía?», ¿no habría contestado también con un «Sí»? Pero no había forma de saberlo con seguridad, porque la noche anterior me había preguntado como siempre si querría estar sola y, como siempre, le había dicho que sí.

Ese día solía dormir hasta lo más tarde posible, porque eso significaba que me quedaban menos horas que llenar. Cuando por fin me levanté, sobre las 11.00, mi marido ya se había ido, su cama estaba tan bien hecha como siempre y me había dejado en el horno un tazón de gachas tapado con otro puesto del revés para que la superficie no se secara. Todo igual que siempre.

Sin embargo, al ir al baño después de fregar el tazón vi un trozo de papel en el suelo, cerca de la puerta de entrada. Me quedé mirándolo un instante porque me dio miedo cogerlo, no sé por qué. Deseé que mi marido estuviera en casa para ayudarme. Luego me di cuenta de que tal vez fuera una nota para él de la persona a quien amaba, y eso me dio más miedo aún; era como si, al tocarla, estuviera demostrando que esa otra persona existía, que de alguna forma había entrado en nuestro edificio, subido la escalera y dejado una nota. Y entonces me enfadé, pues aunque sabía que mi marido no me amaba, ¿cómo podía importarle yo tan poco que no le hubiera dicho a esa persona que ese día era el peor de mi vida, que ese día, todos los años, solo pensaba en lo que tuve una vez y en cómo me lo arrebataron? Al final esa ira hizo que me agachara y recogiera el papelito del suelo con rabia.

Pero entonces mi ira se esfumó, porque la nota no era para mi marido. Era para mí.

> Charlie: ven a verme hoy donde nuestro cuentacuentos de siempre.

Aunque no iba firmada, solo podía ser de David. Desconcertada, empecé a caminar en círculos mientras reflexionaba en voz alta sobre cómo debía actuar a continuación. Me daba demasiada vergüenza verlo: había malinterpretado lo que sentía por mí y me había comportado como una tonta. Cuando pensaba en él, recordaba la expresión de su cara antes de poner fin a mi abrazo, y también que no había sido cruel, sino algo peor:

había sido amable, incluso triste, y eso era aún más humillante que si me hubiera empujado o se hubiera reído o burlado de mí.

Pero también lo echaba de menos. Quería verlo. Quería volver a sentirme como cuando estaba con él, como solo me había sentido con mi abuelo, como si fuera especial, como si fuera una persona interesante.

Estuve dando vueltas un buen rato. Una vez más, deseé tener algo que limpiar en el apartamento, algo que organizar, algo que hacer. Pero no había nada. Las horas pasaban despacio, tan despacio que estuve a punto de ir al centro para distraerme, pero no quería ponerme el traje de refrigeración y tampoco salir del apartamento... No sé por qué.

Por fin dieron las 15.30, y aunque solo tardaría cinco minutos en llegar a la carpa del cuentacuentos, o incluso menos, de todas formas me fui. Solo cuando estaba a medio camino se me ocurrió preguntarme cómo sabía David dónde vivía y cómo había entrado en el edificio, pues hacían falta dos llaves para acceder a él, además de pasar por un escáner de huella dactilar, y de repente me detuve y casi di media vuelta. ¿Y si mi marido tenía razón y David era un informante? Pero entonces volví a recordar que yo no sabía nada, que no era nadie, que no tenía nada que ocultar ni nada que contar, y que de todas formas había otras explicaciones: podía haberme visto volver a casa algún día, podía haberle dado la nota a algún vecino que estuviera entrando en el edificio y haberle pedido que la deslizara bajo mi puerta. Habría sido una petición fuera de lo común, pero David era una persona fuera de lo común. Aun así, ese razonamiento me llevó a otra pregunta incómoda: ¿por qué quería verme después de tanto tiempo? Y, si sabía dónde vivía, ¿por qué no había intentado comunicarse conmigo antes?

Estaba tan absorta en mis elucubraciones que no me di cuenta de que había llegado a la carpa del cuentacuentos y de que estaba allí quieta hasta que reparé en que alguien me hablaba.

—¿Va a entrar, señorita? —preguntó el ayudante del cuentacuentos, y yo asentí y extendí mi trozo de tela en el suelo, en las últimas filas.

Estaba colocando la bolsa a mi lado cuando noté que alguien se detenía cerca, y al levantar la mirada vi que era David.

—Hola, Charlie —dijo, y se sentó junto a mí.

El corazón me iba a toda velocidad.

—Hola.

Pero ninguno de los dos pudo decir nada más, porque entonces el cuentacuentos empezó con su relato.

No sabría decir de qué iba la historia de ese día porque no conseguí concentrarme —solo podía pensar en mis preguntas y mis dudas—, así que me sorprendió oír el aplauso del público.

—Vayamos a los bancos —propuso David entonces.

Los bancos no eran bancos de verdad, sino una fila de bloques de cemento que se habían usado hacía años para el control de las multitudes. Cuando los rebeldes fueron derrotados, el estado dejó una hilera delante de un edificio que había en el lado este del parque, y a veces la gente, sobre todo la gente mayor, se sentaba allí a contemplar a la manada que daba vueltas alrededor del Washington. La ventaja que tenían los bancos era que, aunque estaban a la vista de todos, ofrecían intimidad y podías aprovecharlos para descansar. La desventaja era que se calentaban mucho, y en verano notabas el calor que desprendía el cemento aun llevando el traje de refrigeración.

David escogió uno de los bancos del extremo sur; durante un rato ninguno de los dos habló. Ambos llevábamos los cascos puestos, pero cuando quise quitarme el mío me detuvo.

—No —dijo—. Déjatelo puesto. Déjatelo y mira al frente, y no reacciones cuando oigas lo que voy a decir.

Así que le hice caso.

—Charlie —empezó, y se interrumpió—. Charlie, voy a contarte una cosa —dijo luego.

Su voz sonaba diferente, más seria, y de nuevo sentí miedo.

—¿Estás enfadado conmigo?

—No —respondió—. No, ni mucho menos. Solo necesito que me escuches, ¿vale?

Volvió la cabeza hacia mí, pero solo un poquito, y yo asentí, solo un poquito también, para demostrarle que lo había entendido.

—Charlie, yo no soy de aquí —dijo.

—Ya lo sé. Eres de la Prefectura Cinco.

—No —repuso—. Esa no es la verdad. Soy de... de Nueva Bretaña. —Me miró otra vez, deprisa, pero no reaccioné, así que prosiguió—: Sé que esto te parecerá... extraño —dijo—, pero me ha enviado aquí mi jefe.

—¿Por qué? —pregunté en un susurro.

Entonces sí me miró.

—Por ti —contestó—. Para dar contigo. Y para cuidar de ti, hasta que fuera seguro. —Y entonces, como no dije nada, siguió—: Ya sabes que se avecina otra enfermedad.

El asombro me dejó sin habla un momento. ¿Cómo sabía David lo de la enfermedad?

—Entonces ¿es de verdad? —pregunté.

—Sí —contestó—. Es de verdad, y será muy, muy grave. Tanto como la del 70... o más aún. Pero ese no es el motivo por el que tenemos que marcharnos enseguida, aunque sin duda complica las cosas.

—¿Qué? —dije—. ¿Marcharnos?

—Charlie, la vista al frente —susurró enseguida, y yo me recoloqué. No era aconsejable demostrar enfado o alarma—. Nada de emociones malas —me recordó.

Asentí y volvimos a quedarnos callados.

—Trabajo para un hombre que era buen amigo de tu abuelo —explicó—. Su mejor amigo. Antes de que tu abuelo muriera, le pidió a mi jefe que te ayudara a salir del país, y durante seis años hemos estado intentándolo. Hace unos meses, por fin pareció que era factible, que tal vez habíamos dado con la solución. Y ahora la tenemos. Podemos sacarte de aquí y llevarte a un lugar seguro.

—Pero si aquí estoy segura —dije cuando recuperé la voz, y de nuevo sentí que su cabeza se movía, solo un poco, en mi dirección.

—No, Charlie. No estás segura. Aquí nunca lo estarás. Y, además —añadió, moviéndose sobre el bloque—, ¿no deseas otro tipo de vida, Charlie? ¿Un lugar donde puedas ser libre?

—Aquí soy libre —dije, pero él prosiguió.

—¿Un lugar donde puedas..., no sé, leer libros o viajar o ir a donde tú quieras? ¿Un lugar donde puedas... hacer amigos?

Yo era incapaz de hablar.

—Aquí tengo amigos —logré decir, y al ver que no contestaba, añadí—: Todos los países son iguales.

Y entonces sí se volvió hacia mí, y a través de su pantalla facial tintada vi sus ojos, que eran grandes y oscuros, como los de mi marido, y me miraban fijamente.

—No, Charlie —dijo con suavidad—, no lo son.

Me levanté. Me sentía extraña; las cosas sucedían demasiado deprisa y no me gustaba.

—Tengo que irme. No sé por qué me estás diciendo todo esto, David. No sé por qué lo haces, pero lo que dices es traición. Inventar ese tipo de historias se considera traición. —Sentí que me ardían los ojos y empezaba a moquearme la nariz—. No sé por qué haces esto —dije, y me oí hablar en una voz cada vez más fuerte y asustada—. No sé por qué, no sé por qué.

David se puso de pie enseguida e hizo algo increíble: me atrajo hacia sí y me abrazó sin decir nada, y al cabo de un momento yo lo abracé también, y aunque al principio sentía que llamábamos la atención e imaginaba que la gente debía de estar mirándonos, al cabo de un momento dejé de pensar en ellos.

—Charlie —oí que decía David por encima de mí—, sé que esto te descoloca. Sé que no me crees. Lo sé, y lo siento. Ojalá pudiera ponértelo más fácil. —Y entonces noté que me metía algo en el bolsillo del traje de refrigeración, algo pequeño y duro—. Quiero que lo abras cuando estés otra vez en casa, y sola —dijo—. ¿Me entiendes? Solo cuando estés absolutamente segura de que nadie te ve. Ni siquiera tu marido. —Asentí contra su pecho—. Vale —dijo—. Ahora vamos a separarnos, yo me iré hacia el oeste y tú te irás al norte, a tu apartamento, y dentro de poco te enviaré un mensaje diciéndote dónde quedamos la próxima vez, ¿de acuerdo?

—¿Cómo? —pregunté.

—No te preocupes por eso. Solo has de saber que lo haré, y si lo que tienes en el bolsillo no te convence entenderé que no vengas. Pero, Charlie... —Y entonces inspiró con fuerza; sentí cómo se le contraía el vientre—. Espero que vengas. Le prometí a mi jefe que no regresaría a Nueva Bretaña sin ti.

Luego bajó los brazos de repente y se alejó en dirección oeste. No caminaba demasiado deprisa ni demasiado despacio, como si fuera solo un comprador más del Washington.

Me quedé allí quieta unos segundos. Tenía la extraña sensación de que lo que había ocurrido era un sueño y que aún seguía soñando. Pero no era así. En lo alto, el sol abrasador refulgía con fuerza, y yo sentía el sudor corriéndome por el costado.

Subí la temperatura del traje de refrigeración al máximo e hice lo que me había pedido David. Ya en el apartamento, sin embargo, con la puerta cerrada con llave y después de quitarme el casco, sentí que estaba a punto de desmayarme y me senté en el suelo, allí mismo, con la espalda contra la puerta, e inhalé grandes bocanadas de aire hasta que me encontré mejor.

Entonces me levanté. Volví a comprobar los cerrojos de la puerta y luego llamé a mi marido en voz alta, pero era evidente que no estaba en casa. Aun así, miré en todas partes: en la cocina, en la habitación principal, en nuestro dormitorio, en el baño. Incluso comprobé los armarios. Después de eso regresé a la habitación principal. Cerré los postigos de las ventanas, una de las cuales daba a la parte trasera de otro edificio, y la otra, a un respiradero. Solo entonces me senté en el sofá y metí la mano en el bolsillo.

Era un paquete del tamaño de una cáscara de nuez con algo duro envuelto en papel marrón. Al retirar la cinta adhesiva con que estaba pegado el papel, descubrí que bajo la primera capa había una segunda, y luego otra de fino tisú blanco, que también rompí. Entonces me quedé con una bolsita negra de un tejido suave y grueso, y cerrada por un cordón que la fruncía. Aflojé el cordón, abrí la mano y sacudí la bolsita, de la que cayó el anillo de mi abuelo.

No sabía qué esperar, y solo después comprendí que debería haber tenido miedo, porque en el bolsillo podría haber llevado cualquier cosa: un explosivo, un vial de virus, una Mosca.

Pero, en cierto sentido, el anillo era peor aún. No sé si seré capaz de explicar por qué, pero lo intentaré. Era como si, de pronto, descubriera que algo que yo conocía de una forma determinada, en realidad, era de otra. Eso ya había ocurrido, desde luego: David me había confesado que no era quien había dicho ser, pero, hasta que vi el anillo, había tenido la opción de no creerlo. Había podido recurrir a lo que el abuelo llamó una vez «negación plausible», que significa que puedes fingir no saber algo aunque al mismo tiempo lo sepas. En cambio, si David había sido sincero sobre sí mismo, ¿eran también ciertas las otras cosas que decía? ¿Cómo sabía lo de la enfermedad? ¿De verdad lo habían enviado a buscarme?

¿De verdad había otros países que no eran como el nuestro?

¿Quién era David?

Miré el anillo, que pesaba tanto como recordaba, con su tapa de perla todavía suave y brillante.

—Se llama nácar —me había explicado el abuelo—. Es una especie de carbonato de calcio que producen los moluscos, que generan una capa tras otra alrededor de un cuerpo extraño, como un granito de arena que se ha metido en su concha. Ya ves que es muy duro.

—¿Los humanos pueden fabricar nácar? —pregunté, y el abuelo sonrió.

—No —dijo—. Los humanos tienen que protegerse de otras maneras.

Habían pasado casi veinte años desde la última vez que había visto ese anillo, y de pronto lo tenía apretado en el puño, cálido y duro. «Tuve que dárselo al hada como pago —me había explicado mi abuelo—. El hada que te cuidó cuando estabas enferma». Y aunque siempre supe que lo decía en broma, aunque sabía que las hadas no existían, creo que eso fue lo que más me entristeció de todo: que, al final, el abuelo no había tenido que entregarlo para tenerme de nuevo junto a él. Que yo había vuelto junto a él de todas formas y que, un día, él envió el anillo a otro lugar, a otra persona, y ahora que me lo habían devuelto yo ya no sabía qué significaba, ni dónde había estado, ni qué había representado en su día.

———————

Nos vimos de nuevo el jueves siguiente. Esa mañana, en el trabajo, fui al baño y, cuando regresé a mi mesa, encontré un papelito doblado debajo de uno de los recipientes de solución salina. Lo saqué mirando alrededor por si me veía alguien, aunque nadie me miraba, claro: solo estábamos los minis y yo.

Cuando llegué al centro, a las 19.00, él ya estaba esperando allí fuera y me tendió una mano.

—He pensado que podríamos ir a dar unas vueltas a la pista —dijo, y yo asentí.

Dentro, compró un zumo de fruta para cada uno y luego nos pusimos a caminar, despacio pero no demasiado, a nuestro ritmo habitual.

—No te quites el casco —dijo, así que no lo hice. Solo abría la ranura de la boca cuando quería beber. Dentro del centro, la temperatura era agradable, pero había gente que se dejaba el casco puesto de todas formas, por pereza, de modo que no llamábamos la atención—. Me alegro de verte —dijo David en voz baja—. Tu marido está en su noche libre —añadió. No fue una pregunta, sino una afirmación, y cuando me volví hacia él negó con la cabeza, solo un poco—. No muestres sorpresa, ni enfado, ni alarma —me recordó, así que redirigí la mirada.

—¿Cómo sabes lo de nuestras noches libres? —pregunté, intentando mantener la calma.

—Tu abuelo se lo contó a mi jefe —me aclaró.

Tal vez parezca raro que David no propusiera que nos reuniéramos en mi apartamento, o en el suyo. Pero, aparte del hecho de que yo no querría que entrara en el mío y que tampoco estaba dispuesta a ir al suyo, el motivo era que sencillamente resultaba más seguro vernos en público. El año de los levantamientos, antes de que el estado recuperara el poder, todo el mundo daba por hecho que la mayoría de los espacios privados estaban vigilados, e incluso ahora había que confiar muchísimo en alguien antes de ir a su apartamento.

Ni él ni yo dijimos nada durante un rato.

—¿No tienes ninguna pregunta que hacerme? —se interesó entonces, con esa voz calmada que parecía tan impropia del David al que yo conocía. Pero, claro, tuve que recordarme que el David al que yo conocía no existía. O quizá sí, pero no era con el que estaba hablando en ese momento.

Tenía muchísimas preguntas, por supuesto, tantas que era imposible saber por dónde empezar: qué decir, qué preguntar.

—¿No habla la gente de Nueva Bretaña de otra manera?

—Sí —contestó—. Así es.

—Pues tú hablas como si fueras de aquí.

—Imito vuestra forma de hablar —explicó—. Si estuviéramos en un lugar seguro, usaría mi acento normal, y te parecería diferente.

—Ah —dije. Volvimos a callar un rato. Después le pregunté algo a lo que llevaba tiempo dándole vueltas—. Tu pelo —dije—. Lo tienes largo. —Me miró con sorpresa, y me sentí orgullosa por haberlo sorprendido—. Se te escapó un mechón del gorro el primer día que te vi en la cola de lanzadera —expliqué, y él asintió.

—Es verdad, llevaba el pelo largo. Pero me lo corté hace unos meses.

—¿Para encajar? —pregunté, y él volvió a asentir.

—Sí —dijo—, para encajar. Eres muy observadora, Charlie.

Sonreí, solo un poco, satisfecha porque David pensara que era observadora, y satisfecha porque sabía que el abuelo estaría orgulloso de mí por haberme fijado en algo que tal vez nadie más habría visto.

—¿La gente de Nueva Bretaña lleva el pelo largo? —pregunté.

—Algunos sí —dijo—. Otros no. La gente lo lleva como le gusta.

—¿Incluso los hombres?

—Sí, incluso los hombres.

Pensé en eso, en un lugar donde podías llevar el pelo largo si querías, o más bien si podías dejártelo crecer.

—¿Conociste a mi abuelo? —pregunté entonces.

—No, nunca tuve esa suerte.

—Lo echo de menos —dije.

—Lo sé, Charlie. Sé que lo añoras.

—¿De verdad te enviaron a buscarme? —quise saber.

—Sí. Es el único motivo por el que estoy aquí.

Entonces no se me ocurrió qué más decir. Sé que pareceré vanidosa, y yo no soy una persona vanidosa, pero oír que David estaba allí solo por mí me hizo sentir ligera como una pluma. Deseé oírselo decir una y otra vez; deseé poder contárselo a todo el mundo. Alguien estaba allí por mí: yo era su único motivo. Nadie me creería. Ni yo misma lo hacía.

—No sé qué más preguntar —dije al final, y de nuevo sentí que me miraba, solo un momento.

—Bueno —repuso—, ¿por qué no empiezo por contarte el plan? —Me miró otra vez, y yo asentí, y él se puso a hablar.

Fuimos dando una vuelta tras otra a la pista; a veces adelantábamos a otros paseantes, a veces nos adelantaban ellos. No éramos ni los más rápidos ni los más lentos, ni los más jóvenes ni los más viejos, y si alguien nos hubiera observado a todos desde lo alto no habría podido adivinar quiénes hablaban sobre temas seguros y quiénes, en ese preciso instante, trataban sobre algo tan peligroso, tan imposible, que ni siquiera parecía concebible que pudieran seguir vivos.

Parte VIII

Verano, veinte años antes

17 de junio de 2074

Queridísimo Peter:

Gracias por tus bonitas y amables palabras, y disculpa por la demora en la respuesta. Quería escribirte antes porque sabía que estarías preocupado, pero no he encontrado un enlace en quien pudiera confiar del todo hasta ahora.

Claro que no estoy enfadado contigo, en absoluto. Has hecho cuanto has podido. Es culpa mía: debería haber dejado que me sacaras de aquí cuando tuve (tuvimos) la oportunidad. No dejo de pensar en que, si te lo hubiera pedido solo cinco años antes, ahora estaríamos en Nueva Bretaña. No habría sido fácil, pero al menos sí posible. Y acto seguido, inevitablemente, mis pensamientos toman caminos más nocivos y desesperanzados: si nos hubiéramos ido, ¿habría enfermado Charlie? Y si no hubiera enfermado, ¿ahora sería más feliz? ¿Y yo?

Luego se me ocurre que quizá su nueva forma de pensar, de ser, esa que ya ha dejado de ser nueva, la haya preparado al final para las realidades de su país. Quizá su insensibilidad sea una especie de impasibilidad que la ayude a manejarse en lo que acabará siendo este mundo. Quizá esas capacidades perdidas por las que lloré —cierta complejidad emocional, cierta efusividad, incluso cierta rebeldía— sean precisamente las que debería agradecer que hayan desaparecido. Cuando me siento algo más optimista, casi me convenzo de que, en cierto modo, ha evolucionado y se ha convertido en la clase de persona que se adaptará mejor a nuestra época y nuestro territorio. A ella no le entristece ser quien es.

Pero entonces el viejo ciclo empieza de nuevo: si no hubiera enfermado... Si no hubiera tomado Xychor... Si hubiera crecido en un país donde la ternura, la vulnerabilidad, el amor, no digo ya que se fomentaran, sino que al menos se toleraran... ¿Quién sería ella? ¿Quién sería yo, sin esta culpabilidad, este dolor y el dolor de la culpabilidad?

No te preocupes por nosotros. O, mejor dicho, preocúpate, pero no más de lo habitual. No saben que intenté huir. Y, como reconozco que no dejo de recordarnos a ambos, aún me necesitan. Mientras haya enfermedades, aquí seguiré.

Con cariño y agradecimiento (como siempre),

CHARLES

21 de julio de 2075

Querido Peter:

Te escribo deprisa y corriendo porque no quiero que se me escape el enlace antes de que se vaya. Hoy he estado a punto de llamarte, y puede que lo haga, aunque cada vez es más difícil encontrar una línea segura. Pero si descubro cómo hacerlo a lo largo de estos días te llamaré.

Creo que te comenté que, al principio del verano, empecé a dejar que Charlie saliera a dar cortos paseos sola. Y cuando digo cortos, son cortos: puede subir hacia el norte hasta Mews, allí doblar al este hasta llegar a University, luego al sur hasta Washington Square North y luego al oeste para volver a casa. Yo era muy reacio, pero una de sus tutoras me animó a hacerlo, me recordó que en septiembre cumplirá once años y que debería dejarla salir, aunque sea solo un poco.

Así que claudiqué. Durante las tres primeras semanas les pedí a los de seguridad que la siguieran, para estar tranquilo. Pero Charlie hizo exactamente lo que le había dicho, y yo la veía subir los escalones de la entrada desde la ventana de la primera planta.

El primer día no quise que supiera los nervios que había pasado, así que esperé hasta la cena para sacar el tema.

—¿Qué tal el paseo, gatito? —pregunté.

Me miró.

—Bien —dijo.

—¿Qué has visto?

Lo pensó.

—Árboles.

—Qué bien. ¿Y qué más?

Otro silencio.

—Edificios.

—Y en esos edificios, ¿has visto a alguien en las ventanas? ¿De qué color eran las casas? ¿Alguna tenía macetas fuera? ¿De qué color eran las puertas?

Esos ejercicios la ayudan, pero también me hacen sentir como si estuviera entrenando a una espía: ¿has visto a alguien sospechoso? ¿Qué estaban haciendo? ¿Cómo iban vestidos? ¿Podrías identificarlos en estas fotografías que te muestro?

Ella se esfuerza todo lo que puede para ofrecerme lo que cree que quiero, pero lo único que yo quiero es que vuelva a casa un día y me cuente que ha visto algo curioso o bonito o emocionante o espeluznante, lo único que quiero para ella es que sea capaz de contar una historia por sí misma. Mientras habla, me mira de vez en cuando, y yo asiento con la cabeza o sonrío para que sepa que me parece bien, y cada vez que lo hago, siento una horrible opresión en el pecho, esa sensación que solo ella es capaz de provocarme.

A finales de junio empecé a dejar que saliera sola. Cuando no estoy en casa, es la niñera quien la espera; solo tarda siete minutos en dar la vuelta a la manzana, y eso le deja tiempo de sobra para detenerse a mirar cosas por el camino. Nunca ha sentido curiosidad por ir más lejos y, además, hace demasiado calor. Pero entonces, a principios de mes, preguntó si podía ir al Washington.

Una parte de mí se entusiasmó con la idea: mi pequeña Charlie, que nunca pide nada, ni ir a ninguna parte, que a veces parece que carezca de apetitos, deseos o preferencias. Aunque no es cierto: sabe diferenciar lo dulce de lo salado, por ejemplo, y prefiere lo salado. Sabe diferenciar una camiseta bonita de una fea, y prefiere la bonita. Sabe diferenciar una risa cruel de una alegre. No sabe explicar por qué, pero lo sabe. Yo no dejo de recordarle que está bien que uno pida lo que quiere, que está bien que te guste alguien o algo o un lugar más que otro. Y que también está bien que no te guste. «Tú solo tienes que decirlo —insisto—, tú solo tienes que pedirlo. ¿Lo entiendes, gatito?».

Me mira, pero no logro adivinar lo que piensa. Me dice que sí, aunque no sé si lo entiende de verdad.

Hace seis meses, no la habría dejado ir al Washington de ninguna de las maneras, pero ahora que el estado se ha hecho cargo de él solo tienen acceso los residentes de la Zona Ocho y en las entradas hay guardias apostados que comprueban la documentación de la gente. Tras la conversión del resto de Central Park del año pasado, me preocupaba que transformaran todos los parques en centros de investigación, aunque ese nunca habría sido el plan original. Pero, en una rara alianza, los ministros de Sanidad y Justicia hicieron frente común para convencer a los demás miembros del Comité de que la falta de lugares públicos de reunión haría que aumentara la actividad contraria al estado y forzaría a los posibles grupos rebeldes a buscar lugares clandestinos, donde sería más difícil controlarlos. Así que hemos ganado esta mano, aunque por los pelos, pero ahora parece que tarde o temprano Union Square acabará igual que Madison Square y lo convertirán, si no en un centro de investigación, sí en un espacio de pruebas multiuso dirigido por el estado: un mes será una morgue improvisada, y al siguiente, una prisión provisional.

Washington Square, sin embargo, es distinto. Se trata de un parque pequeño en una zona residencial, por lo que nunca ha supuesto un quebradero de cabeza para el estado. A lo largo de los años, se han levantado en él chabolas, las han destruido, luego se han vuelto a levantar y las han vuelto a tirar abajo; incluso desde mis ventanas con vistas privilegiadas se apreciaba algo repetitivo en su destrucción, cierta desgana en la manera en que el joven soldado de la puerta norte volteaba la porra, en la manera en que el operario de la excavadora echaba la cabeza atrás y bostezaba con una mano en los controles y la otra colgando por fuera de la ventanilla.

Sin embargo, hace cuatro meses me despertó el ruido de un golpe sordo, de algo grande al caer, y cuando eché un vistazo fuera vi que había vuelto la excavadora, pero esta vez para arrancar los árboles del lado oeste del Washington. Dos excavadoras trabajaron durante dos días, y cuando acabaron, el equipo de trasplantes llegó y envolvió las raíces de los árboles caídos en grandes marañas de arpillera y terrones de tierra, tras lo que también desaparecieron, según cabe suponer en dirección a la Zona Catorce, donde estaban reubicando muchos árboles adultos.

Ahora el Washington está vacío, despojado de árboles salvo por una franja que se extiende desde la esquina noreste a la sureste. En esa zona aún quedan bancos, senderos y algún vestigio del parque infantil. Aunque imagino que será temporal; en el resto del parque, los trabajadores se pasan el día vertiendo cemento en partes que antes estaban cubiertas de césped. Un colega del Ministerio de Asuntos Interiores me ha dicho que van a convertirlo en una especie de mercado al aire libre, con vendedores ambulantes que compensarán la pérdida de tiendas.

Pues fue allí, en ese último espacio verde que han respetado, donde dejé aventurarse a Charlie. Debía limitarse solo a esa zona y no debía hablar con nadie, y si alguien se le acercaba, debía volver directa a casa. Durante las dos primeras semanas, la vigilé: había instalado una cámara en una de las ventanas de arriba, y así, mientras estaba en el laboratorio, podía ver en la pantalla cómo apretaba el paso hasta el extremo sur del parque, sin detenerse a mirar alrededor, y luego descansaba unos segundos antes de regresar. No tardaba nada en llegar a casa, donde la segunda cámara la grababa mientras entraba, cerraba la puerta con llave e iba a la cocina a por un vaso de agua.

Suele salir hacia el final de la tarde, cuando el sol ya está bajo, aunque aún puedo seguir sus movimientos mientras hablo o escribo: una rayita en la pantalla que primero se aleja y luego se acerca a la cámara, su cuerpecito redondo y su carita redonda que desaparecen de vista y vuelven a aparecer.

Luego ocurrió lo del pasado jueves. Estaba con una llamada del Comité, tratando el tema del traje de refrigeración, que seguramente se presentará el año que viene y difiere de vuestra versión porque el nuestro lleva un casco duro con un filtro integrado que protege de la contaminación. ¿Ya los has probado? Más que caminar, vas dando bandazos como un pato, y el casco es tan pesado que el fabricante va a incorporar un refuerzo para el cuello. Pero al menos son efectivos. Unos cuantos los probamos una noche y, por primera vez en años, no volví a entrar en el laboratorio tosiendo, resollando y sudando de inmediato. Aunque serán caros, y el estado está estudiando si puede reducir el precio de astronómico a desorbitado.

El caso es que estaba medio prestando atención a la reunión y medio vigilando a Charlie, que había salido a dar su paseo por el parque. Fui al baño, me preparé un té y volví a la mesa. Uno de los ministros del Interior estaba soltando una perorata todavía en su presentación sobre los problemas de la fabricación de trajes a escala industrial, así que eché un vistazo a mi pantalla... y vi que Charlie no estaba.

Me levanté, como si fuera a servir de algo. Cuando llega al extremo sur del parque, suele sentarse en un banco. Si se ha llevado algo para picar, aprovecha ese momento. Luego se levanta y emprende el camino de regreso al norte. Pero no se veía nada: solo un empleado estatal barriendo la acera y, al fondo, a un soldado vuelto hacia el sur.

Accedí a la cámara y la giré a la derecha, pero solo vi a unos soldados vestidos de uniforme azul marino, un cuerpo de ingenieros, por lo que parecía, que tomaban medidas del Washington. Luego giré la cámara a la izquierda, todo lo que permitía.

Al principio no vi nada. Solo al barrendero y al soldado y, en la esquina noreste, a otro soldado que se balanceaba sobre los talones, uno de esos gestos despreocupados y tranquilos que nunca dejan de sorprenderme; eso de que, a pesar de lo mucho que ha cambiado todo, la gente siga balanceándose, hurgándose la nariz, rascándose el trasero y eructando.

Pero entonces, justo en el límite de la esquina sudeste, vi que algo se movía. Amplié la imagen cuanto pude. Había dos chicos, jovencitos, adolescentes, pensé, de espaldas a la cámara, hablando con alguien que estaba de cara a la cámara. Solo veía los pies de esa otra persona, calzados con unas deportivas blancas.

«Ay —me dije—. No, por favor».

Y entonces los chicos se movieron y vi que la tercera persona era Charlie, con sus deportivas blancas y el vestido de camiseta rojo, y que seguía a los chicos, que ni siquiera miraron alrededor cuando echaron a andar hacia el este por Washington Square South.

—¡Oficial! —le grité a la cámara, en vano—. ¡Charlie!

Pero nadie se detuvo, claro está, y me senté para ver cómo los tres desaparecían de mi vista y salían de la pantalla. Uno de los chicos le había pasado el brazo por los hombros en actitud desenfadada; era tan bajita que la cabeza le llegaba justo por debajo de la axila de él.

Le dije a mi secretaria que movilizara una unidad de seguridad y luego bajé la escalera corriendo para ir a buscar el coche, desde donde llamé a la niñera una y otra vez mientras nos dirigíamos al sur. Cuando por fin respondió, le grité.

—Pero, doctor Griffith —dijo ella con voz temblorosa—, si Charlie está aquí. Acaba de volver del paseo.

—Pásemela —le pedí con brusquedad, y cuando el rostro de Charlie apareció en la pantalla, con la misma expresión de siempre, estuve a punto de echarme a llorar—. Charlie. Gatito. ¿Estás bien? —pregunté.

—Sí, abuelo —dijo.

—No te vayas —pedí—. Quédate donde estás. Voy para casa.

—Vale.

En casa, le dije a la niñera que ya podía irse (sin concretar, con toda la intención, si me refería a ese día o para siempre) y subí a la habitación de Charlie, que estaba sentada en su cama, acariciando al gato. Había temido encontrarme con ropa desgarrada, moretones, lágrimas, pero tenía el mismo aspecto de siempre, un poco sonrojada, quizá, pero podía deberse al calor.

Me senté a su lado, tratando de tranquilizarme.

—Gatito —empecé—, hoy te he visto en el Washington. —No apartó la mirada—. Por la cámara —proseguí, pero ella permaneció callada—. ¿Quiénes eran esos chicos? —pregunté y, al ver que no decía nada, añadí—: No estoy enfadado, Charlie. Solo quiero saber quiénes son.

Continuó callada. Después de cuatro años, me he acostumbrado a sus silencios. No lo hace por rebeldía, ni por terquedad, solo está tratando de encontrar la manera de responder, y necesita tiempo.

—Los conocí —dijo al fin.

—Muy bien. ¿Cuándo los conociste? ¿Y dónde?

Frunció el ceño, concentrándose.

—Hace una semana —dijo—. En University Place.

—¿Cerca de Mews? —pregunté, y asintió—. ¿Cómo se llaman? —insistí, pero ella negó con la cabeza y vi que empezaba a alterarse, que o no lo sabía o no lo recordaba. Era una de las cosas que le decía a todas horas: «Pregúntale a la gente su nombre. Y si lo olvidas, vuelve a preguntar. Puedes preguntar todas las veces que quieras»—. No pasa nada —la tranquilicé—. ¿Los has visto todos los días desde que los conociste?

De nuevo negó con la cabeza.

—Me dijeron que quedáramos hoy en el parque —respondió al fin, con un hilo de voz.

—¿Y qué habéis hecho? —pregunté.

—Dijeron que iríamos a pasear. Pero entonces... —Y de pronto se interrumpió y apretó la cara contra el lomo de Gatito. Empezó a mecerse adelante y atrás, cosa que hace cuando está alterada, y le acaricié la espalda—. Dijeron que eran mis amigos —prosiguió al fin, y abrazó al animal con tanta fuerza que este lanzó un maullido—. Dijeron que querían que fuéramos amigos —repitió, casi en un gemido.

La estreché contra mí y ella no se resistió.

La doctora ha dicho que no habrá daños permanentes: desgarros leves, abrasiones leves, algo de sangrado. Sugirió que visitara a un psicólogo, y estuve de acuerdo, aunque no le dije que Charlie ya va a uno, además de a sesiones de terapia ocupacional y de terapia cognitiva conductual. Luego entregué el vídeo a Interior y solicité una investigación exhaustiva: encontraron a los chicos —de catorce años, ambos residentes de la Zona Ocho, hijos de becarios de investigación del Memorial, uno blanco y el otro asiático— en cuestión de tres horas. Uno de los padres es amigo de un amigo de Wesley, y le envió una nota pidiendo clemencia para su hijo; Wesley llegó ayer para entregármela en mano, con expresión neutra.

—Haz lo que quieras, Charles —dijo, y cuando la arrugué y se la devolví, se limitó a asentir con la cabeza, me deseó buenas noches y se fue.

Esta noche, igual que he hecho las tres últimas, me sentaré junto a la cama de Charlie. El jueves, una media hora después de que se durmiera, empezó a emitir un gruñido grave que procedía de lo más hondo de su garganta mientras contraía los hombros y agachaba la cabeza, pero luego paró, y después de estar vigilándola otra hora o así al final me acosté. Como me pasa a menudo, deseé que Nathaniel estuviera aquí. Y también Eden, lo que no me pasa casi nunca. Aunque supongo que lo que realmente deseaba era que alguien se responsabilizara de Charlie además de mí.

No puedo decir que le haya ocurrido lo que más me temía —lo que más temo es que muera—, pero se le acercó bastante. Había intentado hablar con ella de su cuerpo, inculcarle que era suyo y de nadie más, que no tenía que hacer nada que no quisiera. No, miento. No lo había intentado, lo había hecho. Sabía que era vulnerable, sabía que podía ocurrir algo así. No solo eso: sabía que ocurriría. Y que habíamos tenido suerte, que, por malo que hubiera sido, podría haber sido peor.

Cuando iba a la universidad, uno de mis profesores decía que había dos tipos de personas: las que lloraban por el mundo y las que lloraban por sí mismas. Llorar por tu familia, decía, era una forma de llorar por uno mismo. «Quienes se enorgullecen de los sacrificios que realizan por su familia en realidad no realizan ningún sacrificio, porque su familia es una extensión de sí mismos y, por lo tanto, una manifestación del ego». La verdadera generosidad, según él, consistía en darse a un extraño, a alguien cuya vida nunca se viera vinculada a la de uno.

¿Acaso no era lo que yo había intentado? Había tratado de mejorar las condiciones de personas a quienes no conocía, con el coste de perder a mi familia y perderme a mí mismo. Y aun así, todas esas mejoras están ahora en entredicho. No puedo hacer nada más por el mundo, lo único que me queda es intentar ayudar a Charlie.

En fin, estoy muy cansado. Y llorando, supongo que de manera egoísta, por supuesto. Aunque no conozco a nadie que, en la actualidad, no llore por sí mismo: la enfermedad hace al individuo indivisible de los extraños, y por eso, aunque pienses en ellos, en esos millones de personas junto a las que te mueves por la ciudad, por definición te preguntas cuándo se cruzarán sus vidas con la tuya, cada encuentro una infección, cada contacto una muerte en potencia. Es egoísmo, pero no parece que haya alternativa, ya no.

Besos para ti y para Olivier,

CHARLES

3 de diciembre de 2076

Mi querido Peter:

Hace años, de viaje en Asjabad, conocí a un hombre en una cafetería. Fue en la década de 2020, cuando la República Turkmena todavía se conocía como Turkmenistán y seguía bajo un Gobierno autoritario.

Yo acababa de terminar la carrera; el hombre en cuestión había entablado conversación conmigo y quería saber qué me había llevado a Asjabad y qué me parecía. Ahora soy consciente de que probablemente se trataba de un espía o algo similar, pero entonces, inexperto y bobo como era, además de lo solo que me sentía, estaba ansioso por compartir mis opiniones acerca de la falta de humanidad de un estado autocrático y, aunque tampoco defendía la democracia, de la diferencia que existía entre una monarquía constitucional como en la que vivía yo y la distopía en la que vivía él.

Me escuchó con paciencia mientras yo pontificaba, y luego, cuando acabé, me dijo: «Ven conmigo». Nos acercamos a una de las ventanas abiertas. La cafetería se ubicaba en la primera planta de un edificio situado en una callejuela estrecha, un atajo para llegar al Mercado Ruso, una de las pocas calles de la ciudad que no habían demolido para reconstruir a base de cristal y acero.

—Mira ahí fuera —dijo el hombre—. ¿A ti te parece que tiene aspecto de distopía?

Miré. Uno de los grandes contrastes de Asjabad era ver a gente vestida como en el siglo XIX moviéndose por una ciudad construida para el XXII. A mis pies había mujeres envueltas en pañuelos y vestidos de estampados llamativos acarreando abultadas bolsas de plástico, hombres pasando a toda velocidad en carretillas motorizadas y escolares gritándose unos a otros. Era un día fresco y soleado, y aún ahora, a pesar de que ya nadie recuerda el invierno, todavía soy capaz de evocar el frío rememorando la escena: una bandada de chicas adolescentes con las mejillas moteadas de escarlata; un anciano que se pasaba una patata recién asada de una mano a otra mientras el humo se alzaba ante su rostro con un delicado brillo; la bufanda de lana de una mujer que se agitaba alrededor de su frente.

Sin embargo, no era el frío lo que el hombre quería que viese, sino la vida que palpitaba en él. A las mujeres de mediana edad con bolsas de la compra a rebosar que charlaban delante de una puerta pintada de azul; al grupo de niños que jugaban al fútbol; a las dos chicas que paseaban por la calle mientras comían bollitos de carne, cogidas del brazo... Al pasar bajo nosotros, una le dijo algo a la otra y las dos empezaron a soltar risitas, tapándose la boca con la mano. Había un soldado, pero estaba apoyado contra la pared de un edificio, con la cabeza recostada en el ladrillo, los ojos cerrados y un cigarrillo que a duras penas se sostenía en el labio inferior, relajándose a la pálida luz del sol.

—Ya lo ves —dijo mi acompañante.

Últimamente pienso mucho en esa conversación, así como en la cuestión subyacente: «¿Tiene este lugar aspecto de distopía?». Es algo que suelo preguntarme sobre esta ciudad, donde, a falta de tiendas, sigue habiendo actividad comercial, solo que ahora se lleva a cabo en el Washington, pero continúa habitada por el mismo tipo de personas que antes: parejas que pasean, niños que berrean porque se les ha negado un capricho, una mujer vocinglera que regatea con un vendedor agresivo por el precio de una sartén de cobre. A falta de teatros, sigue habiendo gente que asiste a las salas de conciertos de los centros comunitarios que están estableciéndose en todas las zonas. A falta de tantos niños y jóvenes como deberíamos tener, a los que quedan se les prodigan más cuidados y más amor, aunque sé de primera mano que esos cuidados pueden considerarse más dictatoriales que cariñosos. La respuesta, implícita en la pregunta del hombre, era que una distopía no tiene aspecto de nada; en realidad, puede tener el mismo aspecto que cualquier otro lugar.

Y sin embargo, sí tiene un aspecto determinado. Las cosas que he descrito forman parte del estilo de vida autorizado, la vida que puede vivirse en la superficie. Pero con el rabillo del ojo se atisba otra, una que vislumbras de manera fugaz, que intuyes en ciertos movimientos. No hay televisión, por ejemplo, no hay internet, y aun así siguen enviándose mensajes y los disidentes todavía pueden comunicarse telegráficamente. A veces aparecen en nuestras sesiones informativas diarias, y aunque no solemos tardar más de una semana en descubrirlos —una cantidad sorprendente de ellos, o quizá no tan sorprendente, están emparentados con funcionarios— siempre se nos escapa alguno. No hay viajes al extranjero y, aun así, todos los meses nos llegan informes de intentos de deserción, de lanchas neumáticas que vuelcan frente a la costa de Maine, de Carolina del Sur, de Massachusetts o de Florida. Ya no hay campos de refugiados y, aun así, siguen llegando informes —cada vez menos, eso es cierto— de personas que huyen de países peores que este, a las que, cuando las encuentran, meten en embarcaciones precarias para devolverlas al mar bajo la mirada de guardias armados. Vivir en un lugar como este conlleva saber que no has imaginado ese movimiento fugaz, ese tic, ese leve zumbido como de mosquito, sino que se trata de la prueba de que existe otra forma de vida, ese país que conociste y que a la fuerza debe seguir existiendo y palpitando más allá de donde alcanzan tus sentidos.

Datos, investigaciones, análisis, noticias, rumores: una distopía amalgama todos esos términos en uno. Está lo que dice el estado y luego todo lo demás, y todo eso otro se engloba en una categoría: información. Quienes viven en una distopía reciente ansían información: están ávidos de ella, matarán por ella. Pero con el tiempo esa ansia disminuye, y al cabo de pocos años olvidas su sabor, olvidas la emoción de ser el primero en enterarte de algo, de compartirlo con los demás, de guardar secretos y pedir a otros que hagan lo mismo. Te liberas de la carga del conocimiento; aprendes, más que a confiar en el estado, a rendirte ante él.

Y nosotros intentamos hacer que ese proceso de olvido, de desaprendizaje, sea lo más fácil posible. Por eso todas las distopías tienen una organización y una apariencia tan genéricas: eliminas los medios de información (la prensa, la televisión, internet, los libros; aunque opino que deberíamos haber conservado la televisión, por lo fácil que resulta utilizarla en tu provecho) y, en su lugar, haces hincapié en lo elemental: las cosas experimentadas de primera mano, las cosas hechas a mano. Al final, los dos mundos, el primitivo y el tecnológico, confluyen en iniciativas como la Granja, que parece un proyecto agrario, pero que estará operado por los sistemas climatológicos y de riego más sofisticados que el estado pueda permitirse. Con el tiempo, o eso esperas, la gente que trabaje allí olvidará cómo se utilizaba antes esa tecnología, qué era capaz de hacer, para cuántas cosas dependíamos de ella y qué información podía ofrecernos.

Os miro y veo lo que estáis haciendo allí, Peter, y sé que estamos abocados al fracaso. Vaya si lo sé. Pero ¿qué quieres que haga? ¿Adónde quieres que vaya? La semana pasada cambiaron mi profesión en todos los documentos oficiales: ahora ya no soy «científico» sino «director gerente». «Un ascenso, enhorabuena», dijo el ministro del Interior. Lo es y no lo es. Si continuaran considerándome científico, en teoría eso me permitiría asistir a simposios y conferencias internacionales, aunque no es que me hayan llovido invitaciones precisamente. Pero como director gerente del estado, no hay motivo ni necesidad de que abandone nunca este lugar. Soy un hombre poderoso en un país del que no puedo salir, lo que por definición me convierte en prisionero.

Motivo por el que te envío esta carta. Dudo de que me despojen de mis bienes, pero es un patrimonio considerable, y supongo que si llegara el día en que Charlie y yo pudiéramos irnos, nos impedirían sacar el dinero y nuestras cosas. Es probable que no pudiéramos llevarnos nada de nada. Por eso te pido que nos guardes esto a buen recaudo. Tal vez algún día tenga la oportunidad de reclamártelo o de pedirte que lo vendas y, así, usar el dinero para establecernos en alguna otra parte. Soy consciente de lo ingenuo que suena todo esto, pero también sé que eres bueno y no te ríes de tu amigo. Sé que estás preocupado por mí. Ojalá pudiera decirte que no es necesario. Por el momento, sé que lo protegerás en mi nombre.

Besos,

CHARLES

29 de octubre de 2077

Mi querido Peter:

Disculpa que no te haya escrito antes y, sí, te pondré al día con mayor frecuencia, aunque solo sea para decirte que sigo aquí, vivito y coleando. Eres muy amable mostrando tanto interés. Y gracias por el nuevo enlace, creo que es mucho más seguro que se encargue alguien de los tuyos y no de los nuestros, sobre todo ahora.

Todo el mundo sigue asombrado de que rompáis relaciones con nosotros. No lo digo a modo de acusación, aunque daría lo mismo, pero parecía una de esas amenazas que nunca se cumplen. En cualquier caso, lo que más temen no es tanto vuestra falta de reconocimiento como que podáis inspirar a otros a hacer lo mismo.

Aun así, entendemos muy bien los motivos. Hace seis años, cuando se debatió por primera vez la Ley de Matrimonio, no solo parecía imposible que se aprobara, sino una estupidez. Según un estudio de la Universidad de Kandahar, las tasas crecientes de agitación social de tres países distintos estaban relacionadas con su porcentaje de varones solteros mayores de veinticinco años. El estudio no tenía en cuenta otros factores socialmente desestabilizadores como la pobreza, el analfabetismo, las enfermedades o los desastres climáticos, así que acabó quedando en entredicho.

Pero supongo que en ciertos miembros del Comité caló más de lo que yo (y tal vez ellos) habría imaginado, aunque cuando la propuesta se recuperó y volvió a presentarse el verano pasado se formuló de manera distinta: el matrimonio sería una forma de incentivar la repoblación y de hacerlo dentro de una institución apoyada por el estado. La propuesta fue presentada en colaboración por una ministra adjunta del Interior y otra de Sanidad, y resultó absoluta y casi inquietantemente racional, como si el sentido último del matrimonio no fuera el de manifestar devoción, sino el de acatar las necesidades de la sociedad. Y tal vez sea así. Las ministras adjuntas explicaron el sistema de recompensas e incentivos al matrimonio, que podría utilizarse, defendieron, como una manera de introducir poco a poco entre la población el concepto de un estado benefactor total. Habría subsidios para el pago de la vivienda, también lo que llamaron «incentivos a la procreación», que en esencia significaba que la gente recibiría una gratificación, ya fuera en forma de prestación o de dinero, por tener hijos.

—Jamás creí que llegaría a ver el día en que nos alegraríamos de que los negros libres hicieran más negros libres —comentó uno de los ministros de Justicia con aspereza, y todo el mundo se puso tenso.

—La sociedad necesita a todas las personas, de todo tipo, para que contribuyan a su reconstrucción —repuso la ministra adjunta del Interior.

—Supongo que los tiempos desesperados exigen medidas desesperadas —insistió el ministro de Justicia en voz baja, y se hizo un silencio incómodo.

—Bien —añadió la ministra adjunta del Interior al final, como si diera la cuestión por zanjada.

Se hizo un nuevo silencio, igual de triste que el anterior, pero también colmado de expectativas, como si fuéramos actores y, en un momento de gran carga emocional, uno de nosotros hubiera olvidado su papel.

Finalmente alguien habló.

—Bueno, y ¿cuál sería la definición de matrimonio en ese caso? —preguntó.

Todo el mundo bajó la vista a la mesa o la alzó al techo. El hombre que había formulado la pregunta era un adjunto del Ministerio de Farmacología, recién llegado del sector privado. Apenas sabía nada de él, salvo que era blanco, que debía de rondar la cincuentena y que sus dos hijos y su marido habían muerto en el 70.

—Bien —dijo la ministra adjunta del Interior por fin, aunque en lugar de proseguir paseó la mirada por la mesa casi de manera suplicante, como si alguien pensase responder por ella. Pero nadie lo hizo—. Por descontado, respetaremos los contratos matrimoniales preexistentes —concluyó tras una pausa.

»Pero la Ley de Matrimonio pretende fomentar la procreación —continuó después— y, por lo tanto... —de nuevo dirigió una mirada a su alrededor en busca de ayuda; de nuevo, nadie acudió en su rescate—, las prestaciones solo se concederán a las uniones entre varones biológicos y mujeres biológicas. Lo cual no significa —se apresuró a añadir antes de que el adjunto de Farmacología pudiera objetar nada— que estemos proponiendo... sanciones morales para aquellos que no encajen en esa definición, sino que esas parejas no reunirán los requisitos necesarios para recibir los incentivos estatales.

Todos empezaron a lanzarle preguntas a gritos de inmediato. De las treinta y dos personas congregadas en la sala, al menos nueve de nosotros —incluida, estaba completamente seguro, una de las autoras de la propuesta, una mujer menuda y con cara de roedor— no reuniríamos los requisitos necesarios para recibir las prestaciones estatales si se aprobase esa ley. Si solo hubiéramos sido dos o tres, me habría preocupado más, ya que, en ese tipo de situaciones, la gente tiende a votar contra sus propios intereses porque cree que eso le ofrece una mayor protección personal. Pero en este caso somos demasiados para que una propuesta así llegue a buen término, por no mencionar el hecho de que hay demasiadas preguntas imposibles de contestar: ¿eso significaría que los matrimonios de parejas estériles tampoco reunirían los requisitos necesarios para recibir las prestaciones estatales? Y ¿qué ocurriría con los progenitores del mismo sexo que tenían hijos biológicos o disponían de medios para tener más? ¿Qué ocurriría con los viudos, de los que nunca había habido tantos? ¿De verdad estábamos planteándonos pagar a los ciudadanos para que tuvieran hijos? ¿Y si tenían hijos y estos morían? ¿Conservarían las prestaciones? ¿No eliminaba esa medida, a efectos prácticos, el derecho de una persona fértil a elegir si quería o no tener hijos? ¿Y si la persona fértil estaba incapacitada física o mentalmente? ¿Aun así la animaríamos a tenerlos? ¿Y el divorcio? ¿Acaso no estaríamos desalentando a las mujeres a terminar con un matrimonio en el que sufrieran malos tratos? ¿Se permitiría el matrimonio entre una persona estéril y una fértil? ¿Y si alguien había hecho la transición a otro sexo? ¿No lo dejaría esa ley en un vacío legal irresoluble? ¿De dónde saldría el dinero para respaldar esta medida, sobre todo teniendo en cuenta que se esperaba que dos de nuestros principales socios comerciales rompieran relaciones con nosotros? Si la procreación es tan esencial para la supervivencia del país, ¿no tendría más sentido indultar a los traidores al estado y animarlos a tener hijos, aunque fuera en un entorno controlado? ¿Por qué no adoptamos a los hijos de los refugiados, ahora huérfanos, o importamos niños de países arrasados por el clima y, así, separamos la idea de la paternidad de la biología? ¿De verdad pretendían las proponentes que explotáramos un trauma nacional y existencial, la desaparición de toda una generación de niños, para promover un programa moralista? Al final de la sesión, las dos autoras de la propuesta parecían al borde de las lágrimas, y todo el mundo salió de la reunión con un humor de perros.

Me encaminaba hacia el coche cuando oí que alguien me llamaba y, al volverme, vi que se trataba del adjunto del Ministerio de Farmacología.

—No saldrá adelante —dijo, con tanta firmeza que casi sonreí: era tan joven y parecía tan convencido... Luego recordé que había perdido a toda su familia y que solo por eso merecía mi respeto.

—Espero que tengas razón —dije, y él asintió.

—No me cabe ninguna duda —insistió, y se alejó en dirección a su coche tras despedirse con una leve reverencia.

Veremos. A lo largo de los años, nunca ha dejado de asombrarme, consternarme y asustarme lo conformista que es la gente; el miedo a enfermar, el instinto humano por conservar la salud, ha eclipsado casi todos los deseos y valores que una vez atesoraron, así como muchas de las libertades que creían inalienables. Ese miedo fue el caldo de cultivo que necesitaba el estado, y ahora el estado produce su propio miedo cuando intuye que el de la población decae. El lunes empieza la tercera semana consecutiva de debates sobre la Ley de Matrimonio y, después de todo, parece que podremos pararla; vuestra condena ayudó, no cabe duda. No veo la forma de que esto siga adelante sin distanciarnos por completo de la Antigua Europa, pero es verdad que ya me he equivocado otras veces.

Cruza los dedos por nosotros. Volveré a escribirte la semana que viene.

Besos para Olivier. Y otros tantos para ti también.

CHARLES

3 de febrero de 2078

Querido Peter:

Han aprobado la ley. Se anunciará mañana. No sé qué más decir. Te escribiré pronto.

CHARLES

15 de abril de 2079

Querido Peter:

Es muy temprano, apenas ha amanecido, y no puedo dormir. Tengo la sensación de llevar meses sin pegar ojo. Intento acostarme antes, más cerca de las once en lugar de pasada la medianoche, pero aun así continúo despierto. A veces caigo, más que me deslizo, en un estado liminal entre la vigilia y el sueño en el que soy plenamente consciente tanto del colchón que tengo debajo como del ruido desquiciante del ventilador que da vueltas sin parar sobre mi cabeza. Durante esas horas paso revista a los acontecimientos del día, pero en ese repaso unas veces soy participante y otras testigo, y nunca sé en qué momento girará la cámara sobre su plataforma y cambiará mi perspectiva.

Anoche volví a quedar con C. No acaba de ser mi tipo, e imagino que yo tampoco soy el suyo, pero ambos disfrutamos del mismo rango y autorización de seguridad, lo que significa que él puede venir a mi casa y yo ir a la suya, y que ambos podemos dejar nuestros coches esperando en la entrada para que luego nos lleven de vuelta a casa sin preguntas ni contratiempos.

A veces olvidas lo mucho que necesitas que te toquen. No es como el alimento, el agua, la luz o el calor, sino algo de lo que puedes prescindir durante años. El cuerpo no recuerda la sensación; tiene la deferencia de permitirte olvidarla. Las primeras dos veces fueron encuentros rápidos, casi salvajes, como si no fuéramos a tener otra oportunidad, pero las últimas tres ocasiones han sido más pausadas. Vive en la Zona Catorce, en una casa designada por el estado, desprovista de todo lo que no es indispensable, una habitación prácticamente vacía tras otra.

Después de nuestros encuentros, fingimos que los dispositivos de escucha no existen —también disfrutamos de ese privilegio— y charlamos. Tiene cincuenta y dos años, veintitrés menos que yo, solo doce más de los que tendría David. A veces habla de sus hijos; el pequeño habría cumplido dieciséis este año, solo uno más que Charlie este septiembre. Y también de su marido, que trabajaba en el departamento de marketing de la misma compañía farmacéutica que él. C. se planteó el suicidio después de que murieran, todos ellos en apenas seis meses, pero al final no lo hizo y ahora, dice, no recuerda por qué.

—Yo tampoco recuerdo por qué no lo hice —le aseguré, aunque nada más decirlo comprendí que era mentira.

—Por tu nieta —repuso él, y asentí—. Tienes suerte —añadió.

Recordarás que fue C. quien estaba tan seguro de que la Ley de Matrimonio no se aprobaría. Aún ahora, mientras nos vemos en semisecreto, sigue convencido de que la anularán en cualquier momento. «¿Qué sentido tiene lo del matrimonio para gente que no va a tener hijos? —se pregunta—. Si el objetivo es criar a más niños en general, ¿por qué no nos utilizan como cuidadores infantiles, o nos asignan otras labores de apoyo? ¿Acaso no se trata de aprovechar al máximo el potencial de todos los ciudadanos?». Una vez le insinué el final inevitable —que, a pesar de las promesas del Comité, la Ley de Matrimonio solo conducirá a la futura criminalización de la homosexualidad por razones morales— y reaccionó contra mis argumentos con tanta virulencia que no me quedó más remedio que recoger mis cosas e irme. «¿Con qué objetivo?», no hacía más que preguntarme, y cuando respondí que el objetivo era el mismo dondequiera y cuandoquiera que se criminaliza la homosexualidad —para disponer de un chivo expiatorio útil a quien responsabilizar de la suerte dispar de un estado tambaleante— me acusó de ser un amargado y un pesimista. «Creo en este estado», declaró, y cuando le aseguré que hubo un tiempo en que yo también, me dijo que me marchara, que nuestras posturas filosóficas estaban muy alejadas. No volvimos a hablar hasta semanas después. Pero la necesidad nos reunió de nuevo, aunque la causa de nuestro acercamiento fuera precisamente aquello que ya no podíamos comentar.

A partir de entonces, me acompaña a la puerta, nos damos un abrazo en lugar de un beso y quedamos para la siguiente ocasión. En las reuniones del Comité nos mostramos cordiales. Ni muy distantes ni muy amables. Dudo de que nadie vea nada más. En nuestro último encuentro me dijo que habían empezado a proliferar casas seguras, casi todas en los barrios más alejados del oeste de la Zona Ocho, para gente que, a diferencia de nosotros, no puede quedar en una casa particular.

—No son prostíbulos —me aclaró—. Se parecen más a lugares de reunión.

—¿Qué hacen allí? —pregunté.

—Lo mismo que nosotros aquí —contestó—. Pero no es solo sexo.

—¿No?

—No. También hablan. Van allí y hablan.

—¿Sobre qué?

Se encogió de hombros.

—De lo que habla la gente —dijo, y entonces me di cuenta: ya no sé de qué habla la gente.

Si nos escucharas en el Comité, pensarías que la gente solo habla de cómo derrocar el estado, de cómo huir del país, de cómo provocar el caos. Aunque ¿de qué otra cosa va a hablar? No hay cine, ni televisión, ni internet. No puedes pasarte la noche comentando un artículo o una novela, o alardeando de unas vacaciones en un lugar lejano, como hacíamos antes. No puedes hablar de la persona con la que acabas de acostarte, ni de que te has presentado a una entrevista de trabajo, ni de las ganas que tienes de comprarte un coche o un apartamento o unas gafas de sol. No puedes hacer nada de eso porque nada de eso es ya posible, al menos de manera pública, y con su desaparición también se han erradicado horas, días enteros de conversaciones. El mundo en el que ahora vivimos gira en torno a la supervivencia, y la supervivencia siempre se vive en presente. El pasado ya no es relevante; el futuro aún no ha logrado materializarse. La supervivencia deja margen a la esperanza —de hecho, se fundamenta en ella—, pero no al placer, y como tema es aburrida. Hablar, tocar: las cosas que C. y yo buscábamos constantemente en nuestros encuentros mientras, en algún lugar del centro, en una casa junto al río, personas como nosotros conversaban solo para oír que alguien respondía a lo que decían y, así, comprobar que ese yo que recordaban aún existía, después de todo.

Más tarde, volví a casa. Una guardia de seguridad la vigilaba las noches que sabía que iba a estar fuera; después de darle permiso para retirarse, subí a la habitación de Charlie y me senté en el borde de su cama, a mirarla. Es uno de esos niños que no se parecen ni a su madre ni a su padre. Puede que se dé un aire a Eden en la nariz, y supongo que tiene los labios alargados y finos de David, pero es como si ninguno de sus rasgos me recordara a ninguno de ellos dos, y lo agradezco. Solo se parece a sí misma, no la lastran pesadas herencias. Llevaba un pijama de manga corta, y le acaricié los brazos, picados de los pequeños cráteres que le dejaron las cicatrices. A su lado resollaba Gatito; la llaga de la pata delantera derecha estaba supurando y comprendí que pronto tendría que llevarlo a la clínica para que le pusieran una inyección de veneno e inventarme algo que contarle a Charlie.

Ya en la cama, pensé en Nathaniel. Con suerte, consigo evocarlo no para infligirme vergüenza o autocastigo, sino con ecuanimidad. Cuando estoy con C., a veces cierro los ojos e imagino que es Nathaniel con cincuenta y dos años. El físico, el olor, la voz y el sabor de C. no tienen nada que ver con Nathaniel, pero la piel es la piel. Nunca me atrevería a reconocer algo así ante nadie que no fueras tú (aunque tampoco queda nadie a quien contárselo), pero cada vez son más recurrentes los sueños en los que revivo escenas y momentos de mi vida con Nathaniel, pero en los que David, y luego Eden, y más tarde Charlie no aparecen, como si nunca hubieran existido. Suelen ser sueños banales en los que Nathaniel y yo envejecemos juntos y discutimos sobre si deberíamos plantar girasoles o no, o uno en el que tratamos de sacar un mapache que se había colado en el ático. Por lo visto vivimos en una casa de campo, junto al mar, en Massachusetts, y aunque nunca la veo por fuera, sé qué aspecto tiene.

Durante el día, a veces hablo con Nathaniel en voz alta. Por respeto, casi nunca de trabajo, porque eso lo alteraría mucho, pero sí le consulto sobre Charlie. Tras el primer incidente con aquellos chicos, ella y yo mantuvimos una charla sobre sexo, y sobre los peligros asociados con el sexo, mucho más extensa que hasta entonces. Le pregunté si tenía alguna duda y, al cabo de un rato, negó con la cabeza y dijo que no. Sigue sin gustarle que la toquen, y aunque a veces siento una gran pena por ella, también la envidio: hubo un tiempo en que vivir sin deseo (y ya no digamos imaginación) era algo que compadecer, pero ahora podría garantizarle la supervivencia, o al menos aumentar sus posibilidades. De todas formas, su aversión no le ha impedido volver a salir a pasear y desviarse de su camino, de modo que tras el segundo incidente volví a sentarme con ella. «Gatito...», empecé a decir, y no supe cómo continuar. ¿Cómo iba decirle que esos chicos no se sentían atraídos por ella? ¿Que solo la veían como un cuerpo de usar y tirar? No podía, no era capaz, me sentía como un traidor solo por pensarlo. En momentos así, ansiaba que alguien la deseara; aunque ese deseo estuviera empañado de crueldad, al menos habría pasión, o una expresión de ella, significaría que alguien la consideraba adorable, especial, deseable, significaría que cabía la posibilidad de que, algún día, alguien la quisiera tanto como yo y, al mismo tiempo, de una manera distinta.

Últimamente no hago más que pensar en que, de todos los horrores que acarrearon las enfermedades, uno de los que menos se comentan es la expeditiva crueldad con que nos separó en categorías. La primera y la más obvia fue la de los vivos y los muertos. Luego estaban la de los enfermos y los sanos, la de los dolientes y los aliviados, la de los curados y los incurables, la de los asegurados y los no asegurados. Hacíamos un seguimiento de todas esas estadísticas, lo anotábamos todo, pero también había otras divisiones, unas que no considerábamos necesario que quedaran registradas: la de quienes vivían acompañados y quienes vivían solos, la de quienes tenían dinero y quienes no, la de quienes tenían contactos y quienes no, la de quienes tenían otro lugar adonde ir y quienes no.

Al final, tampoco tuvo tanta importancia como creíamos. Los ricos de todas formas acabaron muriendo, quizá no con tanta rapidez como si no lo hubieran sido; algunos pobres sobrevivieron. Después de que la primera ola del virus arrasara la ciudad cebándose en las presas más fáciles —los indigentes, los enfermos y los jóvenes—, volvió en una segunda, y en una tercera, y en una cuarta, hasta que solo quedaron los más afortunados. Aunque en realidad nadie podía considerarse tal cosa: ¿la vida de Charlie es afortunada? Quizá sí, al fin y al cabo sigue aquí, habla, camina, aprende, no tiene ningún impedimento físico y está lúcida, recibe amor y sé que es capaz de darlo. Pero no es quien podría haber sido, igual que nos ocurre a los demás: la enfermedad nos quitó algo, y por eso nuestra definición de suerte es relativa, como lo es siempre la suerte, y sus parámetros los establecen otros. La enfermedad dejó al descubierto quiénes somos, puso de manifiesto las ficciones que habíamos construido sobre nuestras vidas. Puso de manifiesto que el progreso, que la tolerancia no engendran ni más progreso ni más tolerancia forzosamente. Puso de manifiesto que la bondad no engendra más bondad. Puso de manifiesto cuán frágil es la poesía con que adornamos nuestras vidas: reveló que la amistad es algo endeble y condicional, que la colaboración es contextual y circunstancial. No hubo ley, ni acuerdo, ni amor más fuerte que nuestra necesidad de sobrevivir, o, para los más generosos de entre nosotros, la necesidad de que los nuestros, fueran quienes fuesen, sobrevivieran. A veces percibo una leve vergüenza recíproca entre los que seguimos vivos: ¿quiénes, siendo conscientes de lo que hacíamos, habíamos privado a otros, quizá incluso a un conocido, o a un familiar de un conocido, de medicación u hospitalización o alimento para con ello salvarnos a nosotros mismos? ¿Quiénes habíamos delatado a alguien con quien nos relacionábamos, quizá incluso a quien apreciábamos —un vecino, un conocido, un compañero de trabajo—, al Ministerio de Sanidad? ¿Y quiénes habíamos subido el volumen de los auriculares para amortiguar las suplicantes peticiones de ayuda de ese alguien mientras lo conducían a la furgoneta que lo esperaba, los gritos de que alguien los había informado mal, de que la erupción que se había extendido por el brazo de su hija solo era un eccema, de que la úlcera de la frente de su hijo solo era un grano?

Ahora que la enfermedad está bajo control, una vez más volvemos a prestar atención a las pequeñeces cotidianas: si encontraremos pollo en lugar de tofu en la tienda, si admitirán a nuestros hijos en tal universidad y no en tal otra, si tendremos suerte en el sorteo anual de viviendas y nos trasladaremos de la Zona Diecisiete a la Ocho, o de la Zona Ocho a la Catorce.

Pero tras todas esas preocupaciones y dilemas menores hay algo más profundo: quiénes somos en realidad, nuestro yo verdadero, lo que emerge cuando todo lo demás ha quedado arrasado. Hemos aprendido a contemporizar con esa persona cuanto hemos podido, a desentendernos de quiénes sabemos que somos. Casi siempre lo conseguimos. No nos queda otra: el engaño es lo que nos mantiene cuerdos. Pero todos sabemos quiénes somos en realidad. Si seguimos vivos es porque somos peores de lo que jamás imaginamos, no mejores. De hecho, a veces da la sensación de que quedamos los que fuimos suficientemente astutos, tenaces o taimados para sobrevivir. Sé que esta idea resulta bastante novelesca, pero en mis momentos más fantasiosos cobra un perfecto sentido: somos los que quedamos atrás, la escoria, las ratas peleando por un pedazo de comida podrida, los que decidimos quedarnos aquí mientras aquellos mejores y más listos que nosotros se marcharon a otro mundo con el que aquí solo podemos soñar y cuya puerta nos da demasiado miedo abrir, ni siquiera para echar un vistazo al otro lado.

CHARLES

15 de septiembre de 2081

Querido Peter:

Gracias, como siempre, por los regalos de cumpleaños de Charlie, que este año son especialmente bien recibidos. El racionamiento ha sido tan riguroso que hace catorce meses que no tenía ropa nueva, y no digamos ya un vestido. Gracias también por dejar que me arrogara el mérito. Me habría gustado, como me pasa a menudo, poder hablarle de ti, poder decirle que hay otra persona, lejos de aquí, que también se preocupa por ella. Pero sé que no es seguro.

Hoy he ido a hablar con la directora de su instituto. El año pasado, cuando Charlie estaba en decimoprimero, empecé a sospechar que le recomendarían que no fuera a la universidad, a pesar de que sus profesores siempre la han apoyado, y aunque no lo hubieran hecho, y de que sus notas en matemáticas y física le garantizarían como mínimo el acceso a una universidad politécnica.

Llevo años tratando de determinar el alcance de las limitaciones de Charlie. Como sabes, se ha investigado muy poco sobre las secuelas a largo plazo del Xychor en los niños que recibieron el fármaco en el 70, en parte porque, claro está, hay relativamente pocos supervivientes, y en parte porque los tutores y los padres de los que sobrevivieron son reacios a someter a sus hijos a más exámenes y pruebas. (Yo mismo soy una de esas personas egoístas que están poniendo cortapisas al avance científico al denegar el permiso para que analicen a mi niña). Pero los estudios que se han publicado, tanto los nuestros como los de varios institutos de la Antigua Europa, mejor financiados que los de aquí, han sido de escasa utilidad, y todavía no he visto a mi Charlie reflejada en ninguna de las descripciones que he leído. Aun así, quiero dejar claro que no he buscado una explicación porque sienta que necesito comprender mejor lo que le ocurre para quererla más. De todos modos, una parte de mí no puede dejar de pensar que, si hay otros como ella, entonces aún cabe la esperanza de que algún día se reconozca en alguien, alguien con quien se sienta a gusto. Nunca ha tenido amigos. No sé hasta qué punto es consciente de esa soledad, ni si —a diferencia de su pobre padre— es capaz de reconocerla. Pero mi más profundo deseo es que, algún día, alguien la haga desaparecer, preferiblemente antes de que ella sea capaz de identificarla.

Hasta el momento, sin embargo, no ha habido nadie. Sigo sin saber hasta dónde comprende cuánto no comprende, no sé si me explico. A veces temo haber estado engañándome, haber buscado en ella una humanidad que ha sido aniquilada por completo, y entonces dice algo de una clarividencia sorprendente, tan profundo que me horroriza que ella pueda haber sentido que en algún momento he dudado de su humanidad. Una vez me preguntó si me gustaba más como era antes de estar enferma, y fue como si alguien me hubiera golpeado en el pecho. Tuve que abrazarla y estrecharla contra mí para que no me viera la cara. «No —le dije—. Siempre te he querido igual, desde el día en que naciste. No desearía que mi gatito fuera de ninguna otra forma». Lo que no podía decirle, porque la habría desconcertado, o podría haberlo tomado por un insulto, era que la quería más ahora que antes; que mi amor por ella era espantoso porque era más fiero, era algo oscuro y exacerbado, una monstruosa masa de energía.

En el instituto, la directora repasó conmigo la lista de las tres politécnicas de matemáticas y ciencias que consideraba más apropiadas para Charlie: todas estaban a menos de dos horas de la ciudad, todas eran pequeñas y se hallaban bien defendidas. Las tres garantizaban empleo a sus graduados en una instalación de Grado Tres o superior. La más cara era solo para chicas, y fue la que escogí para Charlie.

La directora tomó nota. Luego hizo una pausa.

—La mayoría de los funcionarios de Grado Uno optan por el servicio de seguridad de veinticuatro horas para sus hijos —dijo—. ¿Prefiere utilizar el que ofrece el centro o mantener el suyo?

—Mantendré el mío —respondí. Al menos eso lo pagaría el estado.

Discutimos unos cuantos detalles más y luego la directora se levantó.

—Charlie debe de haber acabado su última clase —comentó—. ¿Quiere que vaya a buscarla para que vuelvan juntos a casa?

Dije que sí, y ella salió del despacho para avisar a su ayudante.

Mientras tanto, yo también me levanté y miré las fotografías de sus alumnas que colgaban en la pared. En la ciudad quedan cuatro institutos privados solo para chicas; este es el más pequeño, y atrae lo que el centro llama chicas «estudiosas», aunque se trata de un eufemismo, ya que no todas están especialmente dotadas. En realidad, la palabra pretende transmitir el retraimiento intrínseco de sus pupilas, su «sociabilidad tardía», como lo llama el centro.

La directora regresó con Charlie, tras lo que nos despedimos y nos fuimos.

—¿A casa? —le pregunté una vez que estuvimos en el coche—. ¿O algo especial?

Lo pensó.

—A casa —dijo.

Los lunes, miércoles y viernes tiene una clase individual adicional de habilidades básicas en la que trabaja la comunicación verbal y no verbal con un psicólogo. Siempre acaba muy cansada, así que recostó la cabeza en el asiento y cerró los ojos, tanto porque estaba realmente agotada como, creo, porque quería evitar las preguntas que sabía que le haría y el esfuerzo que conllevaría contestarlas: ¿cómo ha ido hoy en la escuela? ¿Qué tal la clase de música? ¿Qué habéis escuchado? ¿Cómo te ha hecho sentir la melodía? ¿Qué crees que el músico trataba de transmitir? ¿Cuál ha sido tu parte preferida de la composición, y por qué?

—Abuelo —decía, frustrada—, no sé qué responderte.

—Claro que sí, gatito —insistía yo—. Y lo estás haciendo muy bien.

Cada vez me pregunto más a menudo cómo será de adulta. Durante los tres años que siguieron a su recuperación, mi única preocupación en la vida fue mantenerla viva: controlaba lo que comía, cuánto dormía, le miraba el blanco de los ojos, el rosado de la lengua. Luego, después del primer incidente con aquellos chicos, prácticamente solo pensaba en protegerla, aunque esa supervisión resultó ser más complicada, ya que dependía tanto de mi atención como de esperar que Charlie entendiera en quién podía confiar y en quién no. La obediencia garantizaría su supervivencia, pero ¿le había enseñado a ser demasiado obediente?

Más adelante, tras el segundo incidente, empecé a plantearme cómo sería su vida futura: cómo podía defenderla de las personas que trataran de aprovecharse de ella, cómo viviría Charlie cuando yo muriera. Siempre había dado por sentado que estaría conmigo toda la vida, aunque también sabía que no sería durante toda su vida, sino durante toda la mía. Ahora estoy a punto de cumplir setenta y siete años, y ella tiene diecisiete, y aunque yo viva otros diez —si no muero antes, o me hacen desaparecer, como a C.—, aún le quedarán décadas por delante a las que enfrentarse sola.

Sin embargo, por otro lado, puede que la sociedad futura se lo ponga más fácil en algunos aspectos. Están surgiendo despachos de agentes matrimoniales (todos autorizados por el estado) que prometen encontrarle pareja a cualquiera. Wesley le garantizará un empleo, y el sistema de puntos, para que nunca le falte ni comida ni techo. Preferiría seguir vivo para ocuparme de ella a medida que se acerque a la madurez, pero solo necesito vivir hasta asegurarme de dejarla a cargo de una persona que cuide de ella, hasta encontrarle un trabajo en un lugar donde sepa que la tratarán bien. Este convencimiento facilita mi tarea. Hace mucho que dejé de creer que estaba haciendo algo para ayudar a la ciencia, a la humanidad, a este país o esta ciudad, pero saber que lo hago para ayudarla a ella, para protegerla, hace que la vida sea llevadera.

O al menos eso consigo creer... unos días más que otros.

Besos para ti y para Olivier,

CHARLES

1 de diciembre de 2083

Mi querido Peter:

¡Feliz cumpleaños! Setenta y cinco. Sigues siendo prácticamente un chaval. Ojalá tuviera algo que enviarte, y en cambio eres tú quien me envía regalos a mí, si esa foto tuya de vacaciones con Olivier puede considerarse un regalo. Gracias también por el precioso chal, que le daré a Charlie cuando venga a pasar las fiestas, dentro de dos semanas. El nuevo enlace funciona de maravilla, por cierto; es incluso más discreto que el último, y también mucho más rápido.

La reconversión de la casa está a punto de terminar. Aunque en las reuniones del Comité ya han agradecido mi generosidad en dos ocasiones, en realidad tampoco es que me quedara alternativa: cuando el ejército solicita una vivienda privada, no solicita nada: lo ordena. De todas maneras, he sido afortunado por haber podido disfrutar de ella tantos años, sobre todo en tiempo de guerra. Lo que sí pedí fue poder elegir la vivienda que quisiera, cosa que me concedieron: han creado ocho apartamentos, y el nuestro está en la segunda planta, tiene vistas al norte y ocupa lo que antes era el dormitorio y el cuarto de juegos de Charlie, que ahora es la sala de estar. De momento duermo en el dormitorio, hasta que venga Charlie; después me trasladaré a la sala de estar. Como la casa estaba a su nombre, conservará el apartamento cuando se case, y a mí me realojarán en otro piso de la misma zona, lo cual también formaba parte del acuerdo.

A pesar de que ahora vivo en lo que, a efectos prácticos, es un cuartel militar, no hay soldados atractivos paseándose de aquí para allá, sino que han destinado los demás apartamentos a unos cuantos técnicos de operaciones, hombres que se escabullen y apartan la mirada cuando me los cruzo en la escalera, y de cuyas viviendas oigo salir a veces el ruido estridente de mensajes de radio distorsionados.

En la última carta comentabas que te parecía que me tomaba la situación con optimismo. Es probable que «resignación» se acerque más: hallarme entre las últimas tres personas del Comité a quienes se les ha confiscado la casa aplacó mi orgullo, y mi parte pragmática sabía que, de todas maneras, con Charlie en la universidad, tampoco necesitaba una residencia tan grande. Además, en realidad la casa nunca ha sido mía: era de Aubrey y Norris, y luego fue de Nathaniel. Pero en mi caso —igual que con la colección de Aubrey, que fui donando poco a poco al Metropolitan y luego, cuando se cerró el museo, a varias organizaciones privadas— solo puede decirse que he ocupado el lugar, no que alguna vez haya sido mío. Con los años, esta casa, en su momento tan simbólica para mí —depositaria de mi rencor; una proyección de mis miedos—, acabó convirtiéndose en una casa sin más: en un techo, no en una metáfora.

Lo que me preocupa de verdad es cómo reaccionará Charlie. Sabe lo que ha sucedido; fui a verla a su facultad hace unas semanas, y cuando le pregunté si tenía alguna duda negó con la cabeza. Estoy intentando ponérselo lo más fácil posible. Por ejemplo, hoy en día no existe una gama muy amplia de colores para elegir, pero le dije que podría escoger el que quisiera, y que a lo mejor hasta podríamos pintar algo bonito en la pared del dormitorio, aunque a ninguno de los dos se nos da muy bien dibujar. «Lo que tú quieras —le digo—. Es tu apartamento». A veces asiente y dice que lo sabe, pero otras niega con la cabeza. «No es mío —protesta—, es nuestro. Tuyo y mío, abuelo», y entonces sé que, aunque trata de evitarlo, ha estado pensando en su futuro, y que le asusta. Cuando eso ocurre, cambio de tema y hablamos de otra cosa.

C. siempre estuvo convencido de que había más de los nuestros trabajando en los altos escalafones del estado de lo que creíamos, lo cual, según él, nos colocaba en una situación más delicada, no menos, ya que esas personas se encargarían de someter a un castigo ejemplar a cualquiera que desobedeciera las leyes de manera flagrante para protegerse a sí mismas, siguiendo la lógica irracional de los vulnerables. Aseguraba que la Ley de Matrimonio jamás se habría aprobado si no constituyéramos una mayoría relativa en el Comité y más arriba, y que la vergüenza y la culpa interiorizadas que arrastrábamos por no poder reproducirnos había conducido a una forma peligrosa de patriotismo compensatorio, la clase de patriotismo que nos llevó a redactar leyes que al final nos pusieron en peligro. «Aunque, por mal que vayan las cosas, siempre encontraremos resquicios legales —decía—, mientras en público cumplamos las normas». Eso fue poco antes de lo hicieran desaparecer. Un año después, como sabes, empecé a frecuentar una de las casas seguras de las que me había hablado, la cual aún resiste, intacta, mientras tantas otras cosas han sido destruidas o expropiadas o reinventadas. Con Charlie en la universidad, la visito con mayor frecuencia, y ahora que han reconvertido la casa sospecho que iré aún más.

Los cambios también me han hecho recordar a Aubrey y Norris. Hacía años que no pensaba en ellos, pero hace poco me descubrí hablando en voz alta con Aubrey. A pesar del tiempo que llevo viviendo aquí, ahora mismo casi tanto como él, tengo la sensación de que la casa sigue siendo suya. En nuestras conversaciones, está enfadado, aunque trate de disimularlo. Pero al final ya no puede más. «¿Qué coño has hecho, Charles? —me pregunta de un modo que jamás habría usado en vida—. ¿Qué le has hecho a mi casa?». Y aunque me digo que nunca me ha importado la opinión de Aubrey, no sé qué responder.

«¿Qué has hecho, Charles? —no deja de preguntar, una y otra vez—. ¿Qué has hecho?». Pero cuando abro la boca para contestar, no me sale nada.

Besos para ti y para O.,

CHARLES

12 de julio de 2084

Querido Peter:

Anoche soñé con Hawai'i. Una noche antes, estaba en mi casa de mala reputación preferida, durmiendo junto a A., cuando empezaron a sonar las sirenas.

—Joder. Joder... Es una redada —dijo A., rebuscando la ropa y los zapatos.

Los hombres empezaron a asomar por las puertas, abotonándose las camisas y abrochándose los cinturones, inexpresivos o con cara de espanto. Durante ese tipo de redadas, lo mejor es no decir nada, y aun así había alguien —un joven que se dedica a no sé qué en Justicia— que no dejaba de repetir: «Lo que estamos haciendo no es ilegal; lo que estamos haciendo no es ilegal», hasta que otro le replicó entre dientes que se callara, que ya lo sabíamos.

Nos quedamos allí, esperando. Éramos más o menos unos treinta repartidos en cuatro plantas. La persona a la que estuvieran buscando no sería culpable de homosexualidad —debía de ser sospechosa de contrabando, falsificación o robo—, pero, aunque no podían acusarnos por ser quiénes éramos, sí podían humillarnos por ello. ¿Por qué, si no, iban a detener a esa persona cuando sabían que se encontraba allí, en lugar de hacerlo discretamente en su residencia? Era por el espectáculo de sacarnos de la casa en fila de a uno, con las manos sobre la cabeza igual que si fuéramos delincuentes; por el placer morboso de atarnos las manos y hacer que nos arrodilláramos en el suelo; por el sadismo de pedirnos que repitiéramos nuestro nombre: «Más alto, por favor, no le he oído», y gritárselo a su colega para que lo buscara en las bases de datos: «Charles Griffith. Washington Square North trece. Dice que es científico de la UR. Edad: ochenta en octubre». (Y entonces esa sonrisita: «¿Ochenta? ¿Y sigue haciendo estas cosas a su edad?», como si fuera absurdo, obsceno, que alguien tan mayor siguiera deseando que lo tocaran, cuando en realidad es la sensación que más acabas anhelando). Y luego estaba la incomodidad de pasar horas arrodillado en la calle, con la cabeza agachada como si te avergonzaras, cuando ya hacía rato que habían detenido y trasladado al sospechoso, a la espera de que aquel teatrillo acabara, de que alguno de ellos se aburriera y dejara que nos fuéramos, soportando las risas de los demás soldados mientras volvían a subir a los vehículos. Nunca empleaban la violencia con nosotros, nunca nos insultaban —no podían, muchos teníamos demasiado poder—, pero estaba claro que nos despreciaban, y cuando por fin nos levantábamos y dábamos media vuelta para regresar a la casa, notabas que la calle se oscurecía de nuevo a medida que los vecinos que habían estado mirando por las ventanas, sin decir una palabra, volvían a sus camas porque el espectáculo ya había terminado. «Ojalá lo ilegalizaran de una vez», masculló alguien, un joven, tras la última redada, y unos cuantos empezaron a increparle y a preguntarle cómo podía ser tan ignorante y estúpido, pero yo entendí lo que quería decir: si ilegalizaban lo que hacíamos, sabríamos a qué atenernos. Tal como estaba la situación, no éramos nada: se conocía nuestra existencia, pero no se nos nombraba; se nos toleraba, pero no se nos reconocía. Vivíamos en un constante estado de incertidumbre, esperando el día en que nos declararan enemigos, esperando la noche en que nuestros actos pasaran de lamentables a delictivos, en cuestión de una hora, con la firma de un solo documento. Hasta la propia palabra que nos designaba había desaparecido en algún momento del habla coloquial, no sé cómo. Para nosotros, únicamente éramos «personas como nosotros»: «¿Conoces a Charles? Es de los nuestros». Incluso nosotros empleábamos eufemismos, nos habíamos vuelto incapaces de decir lo que éramos.

Casi nunca irrumpían en la casa —como he dicho, muchos teníamos demasiado poder, y era como si supieran que procesar la cantidad de contrabando que encontrarían les llevaría tanto tiempo que apenas podrían hacer nada más en toda la semana siguiente—, pero en todas las habitaciones había colectores por los que podías arrojar tus posesiones, así que el primer lugar al que acudíamos cuando volvíamos dentro era a la caja fuerte del sótano, donde recuperábamos nuestros libros, relojes, dispositivos y todo lo que hubiéramos tirado por el colector, y luego nos marchábamos, probablemente sin despedirnos siquiera de la persona con la que habíamos estado, y en la siguiente visita nadie mencionaba nada, fingíamos que no había sucedido.

Hace dos noches, llevábamos tres minutos esperando oír el golpe en la puerta y el nombre de alguien por un altavoz cuando comprendimos que, al final, las sirenas no eran por nosotros. Hubo otro intercambio mudo de miradas —los de las plantas baja y primera se volvían hacia los que estábamos en la segunda y la tercera, todos desconcertados por igual— cuando, finalmente, un joven de la planta baja descorrió el pestillo con cuidado y luego, tras una pausa, abrió la puerta de golpe, con mucha teatralidad, y se plantó en el vano.

Lanzó un grito; todos nos apresuramos a bajar y entonces vimos que Bank Street se había convertido en un río que discurría hacia el este a gran velocidad. «El Hudson se ha desbordado», oí que alguien susurraba sobrecogido, y luego, justo después, otra persona que añadía: «¡La caja fuerte!», lo que provocó una carrera hasta el sótano, que ya estaba inundándose de agua. Formamos una cadena para trasladar al ático los libros y cuanto teníamos allí, y luego nos quedamos junto a las ventanas de la planta baja, viendo subir el agua. A. usó el dispositivo de comunicación que llevaba, diferente del mío y que yo no había visto nunca; no le he preguntado a qué se dedica y él tampoco me lo ha contado—, para enviar una orden sucinta con un tono seco. Diez minutos después apareció una flotilla de lanchas neumáticas.

—Fuera —dijo A., de quien solo conocía una faceta pasiva y un tanto quejosa, transformándose de pronto en alguien tajante y expeditivo; su faceta profesional, imaginé—. Que todo el mundo haga cola para subir a las lanchas.

El agua empezaba a salpicar los escalones de la entrada.

—¿Y la casa? —preguntó alguien, aunque todos sabíamos que se refería a los libros del ático.

—Yo me ocupo —dijo un hombre bastante joven al que no conocía personalmente, aunque tenía entendido que era el propietario, o el encargado, o el cuidador, esas cosas nunca quedaban claras; en cualquier caso, sabía que se trataba del responsable—. Marchaos.

Y eso hicimos. Esta vez, se debiera al rango de A. o a la naturaleza igualadora de la crisis, no hubo mofas ni sonrisas burlonas por parte de los soldados: nos tendieron las manos, nosotros nos agarramos a ellas y nos ayudaron a subir a las lanchas, y todo el proceso fue tan prosaico, hubo tanta camaradería —nosotros necesitábamos que nos salvaran y ellos estaban allí para salvarnos— que casi cualquiera habría dicho que el asco que nos tenían era puro teatro, que nos respetaban tanto como a los demás. Detrás de nosotros llegaba otra flota de lanchas, y entonces oímos un anuncio por los altavoces: «¡Residentes de la Zona Ocho! ¡Evacúen sus viviendas! ¡Desciendan a sus portales y esperen ayuda!».

Para entonces el agua subía tan deprisa que la lancha cabeceaba, como si hubiera oleaje, y las hojas y las ramas empezaban a estrangular la birria de motor que teníamos. Una manzana al este, en Greenwich Street, se nos unieron otras lanchas motorizadas procedentes de Jane Street y la 12 Oeste, que iban en la misma dirección que nosotros, y continuamos avanzando penosamente hacia Hudson Street, donde varios cuerpos de soldados apilaban sacos terreros intentando contener el río.

Allí esperaban vehículos de emergencia y ambulancias, pero yo bajé de la lancha y me fui, eché a caminar hacia el este sin mirar atrás: era mejor no participar en lo que no era imprescindible; ni tenía nada de honroso ni valía la pena. Aunque no me había mojado mucho, oía el ruido de mis calcetines empapados al caminar y, a pesar del calor, me alegré de no llevar puesto el traje de refrigeración. En la 10 Oeste con la Sexta Avenida, un pelotón de soldados pasó corriendo junto a mí. Iban de cuatro en cuatro, sosteniendo en alto balsas hinchables. Pensé que se les veía cansados, aunque ¿cómo no iban a estarlo? Hacía dos meses, los incendios; el mes anterior, las lluvias; ese mes, las inundaciones. Cuando por fin llegué a casa, todo estaba en silencio, aunque no supe si se debía a la hora o a que habían reclutado a algunos de sus ocupantes para que echaran una mano.

Al día siguiente —el martes, ayer—, fui a trabajar, pero apenas hice más que seguir por la radio las noticias sobre la inundación, que se había tragado buena parte de la Zona Ocho y las Zonas Siete y Veintiuno al completo, desde la autovía hasta, en algunos casos, Hudson Street. Era probable que la casa de Bank Street ya no existiera; alguien me lo confirmará por alguna vía. Habían muerto dos personas: una anciana había caído por la escalera de su casa en la 11 Oeste cuando trataba de alcanzar la barca y se había roto el cuello; en Perry Street, un hombre se había negado a desalojar el apartamento del sótano donde vivía y se había ahogado. Dos calles se habían salvado hasta cierto punto por pura casualidad: el lunes, a primera hora de la mañana, el ejército había talado tres árboles gigantescos y enfermos en Bethune y Washington, y sus troncos habían ayudado a contener la inundación. En el caso de Gansevoort, el ejército había empezado a cavar una zanja en Greenwich para desviar un colector de basura deteriorado, y eso también había contribuido a minimizar los daños. Aunque hace unos años me habría indignado con la inundación —teniendo en cuenta que es la consecuencia inevitable de décadas de inacción y arrogancia gubernamental—, descubrí que esta vez apenas me afectaba. De hecho, lo único que sentía era cierto hastío que ni siquiera experimentaba como una sensación, sino como la ausencia de toda emoción.

Escuchaba la radio sin dejar de bostezar mientras por la ventana de mi despacho contemplaba el East River, ese río del que David siempre decía que parecía un batido de chocolate, y la pequeña embarcación que lo remontaba poco a poco en dirección norte, tal vez con destino a Davids Island, tal vez no.

En cualquier caso, aunque la inundación no suscitaba en mí sentimiento alguno, en otros sí lo haría: los manifestantes que se reunían en el Washington todos los días y eran dispersados todas las noches. Había esperado encontrarme con una caterva de ellos al regresar a casa; hacía tiempo que habían descubierto quiénes formábamos parte del Comité, y poseían un instinto infalible para adivinar cuándo llegaríamos a casa al final de la jornada. No importaba las veces que cambiáramos de chófer o lo que nos esforzáramos por modificar nuestros horarios: el coche se acercaba al edificio y allí estaban ellos, con sus carteles y eslóganes. Está permitido. No pueden congregarse frente a edificios estatales, pero sí ante los nuestros, lo cual supongo que es más adecuado: odian a los arquitectos incluso más que lo que estos hemos construido.

Anoche, sin embargo, no había nadie, solo el Washington con sus vendedores ambulantes y la gente que compraba en sus puestos. Eso significaba que con la excusa de las inundaciones el estado había realizado una redada entre los manifestantes, y a pesar del calor me entretuve un momento en la calle, observando a la gente normal hacer cosas normales, antes de entrar en casa y subir al apartamento.

Esa noche soñé con cuando era adolescente y estaba en la granja de mis abuelos, en Lāʻie. Era el año del primer tsunami, y aunque nos encontrábamos (justo) lo bastante tierra adentro para que no nos hubiera afectado directamente, ellos siempre decían que ojalá nos hubiera tocado, porque así habríamos cobrado el dinero del seguro y empezado de nuevo, o bien lo habríamos abandonado todo. En cambio, la granja había quedado demasiado entera para renunciar a ella, pero también demasiado perjudicada para conseguir que volviera a ser productiva. La colina que daba sombra al jardín aromático de mi abuela estaba arrasada; los canales de regadío habían quedado llenos de agua salada, y aunque los drenaban, volvían a inundarse, y así durante meses. La sal se había fijado a todas las superficies: los árboles, los animales, las plantas, los laterales de la casa estaban cubiertos de vetas blancas. Esa sal volvía el aire pegajoso, y cuando los árboles echaron fruto en primavera, los mangos, los lichis, las papayas, todo sabía a sal.

Mis abuelos nunca habían sido unas personas muy alegres; compraron la granja en un extraño arrebato de romanticismo, pero los romances son efímeros. Aun así, continuaron trabajando la tierra más allá del punto en que dejaron de disfrutarlo, en parte porque eran demasiado orgullosos para reconocer su fracaso, y en parte porque tenían una imaginación limitada y no se les ocurría a qué otra cosa podrían dedicarse. Habían querido vivir como sus propios abuelos habían soñado, antes de la Restauración, y sin embargo, hacer algo porque quisieron hacerlo tus ancestros —cumplir la ambición de otra persona— es una motivación condenada al fracaso. A mi madre le reprochaban que no era lo bastante hawaiana, y cuando se marchó, tuvieron que criarme ellos. También a mí me reprochaban que no fuera lo bastante hawaiano, a la vez que me aseguraban que jamás llegaría a serlo, y sin embargo, cuando también yo me marché —porque ¿para qué iba a quedarme en un lugar donde me decían que nunca encajaría?—, también eso me lo echaron en cara.

Pero mi sueño no fue tanto sobre ellos como sobre una historia que me había contado mi abuela de pequeño y que trataba de un lagarto hambriento. El lagarto se pasaba el día recorriendo el monte en busca de alimento. Comía fruta y hierba, insectos y peces. Cuando salía la luna, el lagarto se iba a dormir y soñaba con comida. Luego la luna se ponía, el lagarto despertaba y empezaba a comer de nuevo. La maldición del lagarto era que jamás se saciaba, aunque él no sabía que eso supusiera una maldición; no era tan inteligente.

Un día, después de que pasaran muchos miles de años, el lagarto despertó, como siempre, y empezó a buscar comida, como siempre. Pero ocurría algo. Entonces se dio cuenta: no quedaba nada que comer. Ya no había más plantas, ni más aves, ni más hierba, flores o moscas. Se lo había comido todo; se había comido las piedras, las montañas, la arena y el suelo. (En ese instante, mi abuela se ponía a entonar la letra de una antigua canción protesta hawaiana: «Ua lawa mākou i ka pōhaku / I ka ʻai kamahaʻo o ka ʻāina»). Lo único que quedaba era una fina capa de ceniza, y bajo esa ceniza —y el lagarto lo sabía— estaba el núcleo de la tierra, que era de fuego, y aunque el lagarto podía comer muchas cosas, eso no podía comérselo.

Así que el lagarto hizo lo único que podía hacer. Se tumbó al sol y esperó, durmiendo y reservando energías. Y por la noche, cuando salió la luna, se irguió sobre la cola y la engulló.

Por un instante se sintió de maravilla. No había bebido en todo el día, y la luna le cayó fresca y suave en el estómago, como si se hubiera comido un huevo enorme. Pero mientras disfrutaba de esa sensación algo cambió: la luna seguía ascendiendo, intentaba escapar de su interior para retomar su recorrido por los cielos.

«Esto no puede ser», pensó el lagarto, y enseguida cavó un agujero, estrecho pero hondo, o todo lo hondo que pudo antes de llegar al fuego del centro de la tierra, y metió allí todo el morro. «Así evitaré que la luna vaya a ninguna parte», se dijo.

Pero se equivocaba. Porque, igual que el lagarto comía por naturaleza, la luna ascendía por naturaleza, y con independencia de la fuerza con que el lagarto cerrara la boca, la luna seguía ascendiendo. Aun así, el agujero de la tierra donde el lagarto había metido el morro era tan estrecho que la luna no lograba salir de su boca.

De manera que el lagarto explotó y la luna salió disparada de la tierra y prosiguió su camino.

Después de eso no ocurrió nada durante muchos miles de años. Bueno, digo que no ocurrió nada, pero en ese tiempo todo lo que el lagarto había comido regresó a su lugar. Volvieron las piedras y el suelo. Volvieron las hierbas y las flores y las plantas y los árboles; volvieron las aves y los insectos y los peces y los lagos. Y observándolo todo desde lo alto estaba la luna, que cada noche salía y se ponía.

Así terminaba la historia. Yo siempre había supuesto que se trataba de un cuento popular hawaiano, pero no lo era, y cuando le preguntaba quién le había contado esa fábula ella siempre me contestaba: «Mi abuela». En la universidad, tuve una asignatura de etnografía y le pedí que me escribiera el cuento. Me puso mala cara. «¿Por qué? —preguntó—. Si ya te lo sabes». Sí, le dije, pero para mí era importante oírlo como lo contaba ella, no como lo recordaba yo. Aun así, no llegó a hacerlo, y fui demasiado orgulloso para volver a pedírselo, y después las clases de etnografía terminaron.

Más adelante, años después —por entonces apenas nos comunicábamos ya, distanciados a causa de una falta de interés y una decepción mutuas—, me envió un correo electrónico y en él encontré el cuento. Aquello fue durante el año que dediqué a viajar, y recuerdo que lo recibí estando en una cafetería de Kamakura con unos amigos, aunque no lo leí hasta una semana después, llegado a Jeju. Ahí estaba aquel viejo cuento, inexplicable y familiar, tal como lo recordaba. El lagarto moría, igual que había hecho siempre, pero en esta ocasión había una diferencia: después de que todo creciera otra vez, escribía mi abuela, el lagarto regresaba, pero ya no era un lagarto, sino «he mea helekū»: una cosa que va erguida. Y esa criatura se comportaba exactamente igual a como lo había hecho su difunto ancestro: comía sin cesar, hasta que un día miró a su alrededor y se dio cuenta de que no quedaba nada, y también él se vio obligado a tragarse la luna.

Sabes lo que estoy pensando, por supuesto. Durante mucho tiempo supuse que al final un virus nos destruiría a todos, que los humanos seríamos derrotados por algo mayor y al mismo tiempo mucho menor que nosotros mismos. Ahora comprendo que no será así. Somos el lagarto, pero también somos la luna. Algunos moriremos, pero otros seguiremos haciendo lo que siempre hemos hecho, seguiremos actuando con nuestra misma inconsciencia, haremos lo que nuestra naturaleza nos empuja a hacer, dejándonos llevar por nuestro propio ritmo silenciosa, incognoscible, inexorablemente.

Besos,

CHARLES

2 de abril de 2085

Querido P:

Gracias por tu nota y por la información. Esperemos que sea verdad. Por si acaso, lo tengo todo listo. Pensar en ello me aturulla un poco, así que prefiero no comentar el asunto por aquí.

Sé que dijiste que no te diera las gracias, pero de todos modos te lo agradezco. Porque ahora necesito que suceda de verdad, y más que nunca. Enseguida te lo explico.

Charlie ha estado bien, o al menos todo lo bien que cabría esperar. Le he explicado la Ley de Enemigos y, aunque sé que la entiende, no sé si comprende en toda su magnitud la repercusión que tendrá en su vida. Solo sabe que es el motivo por el que la han expulsado de la facultad tres meses antes de graduarse y por lo que hemos tenido que ir a ver al secretario de zona para que nos selle su documento de identidad. Pero no parece especialmente preocupada, afectada ni deprimida, lo cual es un alivio. «Lo siento, gatito, lo siento», no hacía más que decirle, y ella negaba con la cabeza. «No es culpa tuya, abuelo», me contestaba, y a mí me entraban ganas de llorar. Están castigándola por unos padres a los que nunca conoció. ¿Acaso no es ese castigo suficiente? ¿Cuánto más va a tener que sufrir? También es absurdo, porque esa ley no detendrá a los rebeldes. Nada lo conseguirá. Mientras tanto, tenemos a Charlie y a su nueva tribu de extralegales: hijos y hermanos de enemigos del estado, la mayoría de ellos muertos o desaparecidos hace tiempo. En la última reunión del Comité nos dijeron que, si no se logra sofocar a los rebeldes, o al menos controlarlos, tendrán que implementarse «restricciones más severas». Nadie aclaró qué significaba eso.

Como sin duda intuirás, yo lo he pasado bastante peor que ella. No hago más que darle vueltas a su futuro, que es algo que a veces —huelga decirlo— me produce pavor. Los estudios le iban muy bien, los disfrutaba. Yo hasta había soñado que se sacaba un máster, puede que incluso un doctorado, y que encontraba trabajo en algún pequeño laboratorio; no tenía por qué ser uno exclusivo, ni ostentoso, ni prestigioso. Tal vez un centro de investigación de un municipio pequeño, donde llevaría una vida agradable y tranquila.

Pero ahora le han prohibido que se saque un título. De inmediato acudí al contacto que tengo en Interior, a quien le supliqué que hiciera una excepción.

—Vamos, Mark —le dije. Vio a Charlie una vez, hace años; acababa de salir del hospital y ya estaba en casa, y él le llevó un conejito de peluche. Su propio hijo había muerto—. Ya está bien. Dadle otra oportunidad.

Suspiró.

—Si los ánimos no estuvieran como están, lo haría, Charles, te lo prometo —repuso—. Pero tengo las manos atadas... incluso contigo.

Luego dijo que Charlie era «una de las afortunadas», que ya había «movido algunos hilos» por ella. No sé qué significa eso, y de repente tampoco quise saberlo. Pero lo que sí tengo claro es que están apartándome. Hace un tiempo que lo noto, pero esto me lo ha demostrado. No sucederá de forma inmediata, pero sucederá. Lo he visto antes. No pierdes toda la influencia de golpe, la pierdes paulatinamente, a lo largo de meses y años. Si tienes suerte, te conviertes en alguien insignificante y te asignan un puesto intrascendente en el que no puedes causar ningún daño. Si no la tienes, te conviertes en un chivo expiatorio y, aunque suene a alardeo retorcido, sé que a causa de lo que llevé a cabo, de lo que planeé, de lo que supervisé, soy buen candidato para algún tipo de escarnio público.

Así que, por si acaso, debo actuar con rapidez. Lo primero es encontrarle un trabajo en una institución del estado. Me costará conseguirlo, pero sería para siempre y tendría la vida asegurada. Acudiré a Wesley, que no se atreverá a negarse, ni siquiera ahora. Y luego, por absurdo que parezca, debo encontrarle un marido. No sé cuánto tiempo me queda. Quiero asegurarme de que la dejo en una buena situación y, si al final no lo fuera, quiero tener la posibilidad de enmendarlo. Es lo menos que puedo hacer.

Espero recibir noticias tuyas.

Besos a ti y a Olivier,

C.

15 de enero de 2086

Mi querido Peter:

Ayer la ola de calor nos dio un breve respiro, y se espera que mañana se desplace al norte. Estos últimos días han sido una agonía: más muertes. Y además he tenido que usar varios cupones para cambiar el aire acondicionado. Había estado reservándolos para comprarle algo bonito a Charlie, algo que pudiera ponerse para ir a nuestras citas. Ya sabes que no me gusta pedirte estas cosas, pero ¿te importaría enviarme algo para ella? ¿Un vestido, o una blusa y una falda? La sequía hace que llegue muy poco género a la ciudad y, cuando lo hace, está a precios prohibitivos. Te adjunto una fotografía suya, y también su talla. En circunstancias normales podría comprárselo, claro, pero estoy intentando ahorrar todo el dinero posible para dárselo a ella cuando se case, sobre todo porque todavía me pagan en oro.

Sin embargo, hay algunos gastos que no puedo evitar. Fue A. quien me presentó a un nuevo agente matrimonial, la misma persona a quien él recurrió para su propia boda, con una lesbiana viuda. Por si necesitaba prueba alguna de lo mucho que se ha menoscabado mi reputación, la encontré al no conseguir cita inmediata con ese agente, y eso que es conocido por ayudar a cualquiera que ostente un alto cargo relacionado con algún ministerio estatal. Aun así, tuve que echar mano de A., a quien ahora apenas veo, para conseguir que me recibiera.

No me gustó, ya desde el principio. Era alto y espigado, incapaz de mantener el contacto visual, y dejó claro de todas las formas posibles que me atendía solo por hacer un favor.

—¿Dónde vive? —preguntó, aunque yo sabía que conocía los pormenores básicos de mis circunstancias.

—En la Zona Ocho —respondí, siguiéndole la corriente.

—Normalmente solo recibo a candidatos de la Zona Catorce —dijo, lo que yo también sabía ya, porque me lo había dicho por carta antes de vernos siquiera.

—Sí, y le estoy muy agradecido —repuse con toda la afabilidad de que fui capaz.

Por un instante se hizo el silencio. Yo no decía nada, él no decía nada, hasta que al final suspiró —¿qué otra cosa podía hacer, en realidad?— y sacó su libreta para empezar con la entrevista. En su despacho hacía un calor sofocante, aun con el aire acondicionado. Le pedí un vaso de agua y él pareció ofendido, como si le hubiera pedido algo imposible, un brandy o un whisky escocés, y luego llamó a su secretaria para que me lo trajera.

Entonces empezó la auténtica humillación. ¿Edad? ¿Profesión? ¿Rango? ¿Exactamente dónde vivía, dentro de la Zona Ocho? ¿Bienes personales? ¿Etnia? ¿Dónde había nacido? ¿Cuándo me había nacionalizado? ¿Cuánto llevaba en la UR? ¿Estaba casado? ¿Lo había estado alguna vez? ¿Con quién? ¿Cuándo murió? ¿Cómo? ¿Cuántos hijos habíamos tenido? ¿Era hijo biológico mío? ¿De qué etnia era su padre? ¿Y su madre? ¿Vivía mi hijo? ¿Cuándo murió? ¿Y cómo? Yo estaba allí por mi nieta, ¿correcto? ¿Quién era su madre? ¿Por qué, dónde estaba? ¿Seguía viva? ¿Era mi nieta hija biológica de mi hijo? ¿Tenían ella o mi hijo algún problema o trastorno de salud? Con cada respuesta, sentía que a mi alrededor el aire cambiaba una y otra y otra vez, que se empañaba más y más y más a medida que los años chocaban y se estrellaban unos contra otros.

Después llegaron las preguntas sobre Charlie, aunque él ya había visto sus documentos con el sello escarlata de PARIENTE DE ENEMIGO cruzándole la cara. ¿Qué edad tenía? ¿Hasta cuándo había estudiado? ¿Cuánto pesaba y cuánto medía? ¿Qué aficiones tenía? ¿Cuándo se había quedado estéril, y cómo? ¿Durante cuánto tiempo había tomado Xychor? Y, por último, ¿podía describirla?

Había pasado mucho tiempo desde la última vez que tuve que explicar con tanta precisión cómo era y cómo no era Charlie, lo que sabía hacer y lo que no, lo que se le daba de maravilla y lo que le costaba; creo que fue para conseguirle una plaza en su instituto. Pero después de relatarle lo fundamental como mejor supe, de pronto continué hablando: sobre lo atenta que había sido con Gatito y cómo, cuando el animal estaba muriéndose, lo había seguido de una habitación a otra, hasta que comprendió que no quería que lo siguieran, que quería estar solo; sobre cómo arrugaba la frente cuando dormía, de una forma que no la hacía parecer enfadada, sino curiosa y reflexiva; sobre cómo, a pesar de que no le gustaba abrazarme ni darme besos, siempre sabía cuándo estaba triste o preocupado, y entonces me traía un vaso de agua o, cuando aún lo había, una taza de té; sobre cómo, de pequeña, justo después de salir del hospital, a veces se apoyaba en mí después de sus ataques y dejaba que le acariciara la cabeza, con ese pelo suave y fino que tenía, como de plumón; sobre lo único que conservaba de su vida anterior a la enfermedad, que era su aroma, cálido y animal, como un pelaje caliente y limpio tras haber estado expuesto al sol; sobre lo bien que se las apañaba a veces, y de formas que no esperarías... Rara vez se daba por vencida, siempre lo intentaba. Al cabo de un rato, una parte de mí se dio cuenta de que el agente matrimonial había dejado de tomar notas, de que en el despacho no se oía nada más que mi voz, y aun así seguí hablando, a pesar de tener la sensación de que con cada frase me arrancaba el corazón del pecho y luego volvía a meterlo allí dentro, una y otra vez: ese dolor terrible, espantoso, esa dicha y esa pena tan abrumadoras que sentía siempre que hablaba de Charlie.

Por fin me interrumpí, y en el silencio, tan absoluto que casi vibraba, aquel hombre dijo: «¿Y qué espera ella de un marido?». Y entonces, de nuevo, sentí angustia, porque el hecho mismo de que fuera yo, y no ella, quien había acudido a esa cita era lo único que el agente necesitaba saber, en realidad, un hecho que eclipsaría todo lo demás que le había contado sobre Charlie, todo eso otro que también era.

Pero contesté. Alguien amable, dije. Alguien protector, alguien decente, alguien paciente. Alguien sensato. No tenía que ser rico, ni culto, ni listo, ni guapo. Solo tenía que prometerme que siempre la protegería.

—¿Qué puede usted ofrecer a cambio? —preguntó el agente. Se refería a una dote. Me habían dicho que, dada las «circunstancias» de Charlie, seguramente tendría que ofrecer una dote.

Le comuniqué mi oferta con todo el aplomo del que fui capaz, y su bolígrafo se detuvo sobre el papel antes de anotarla.

—Será mejor que la conozca —dijo por fin—, y así sabré hacia dónde dirigir mi búsqueda.

De manera que ayer volvimos. Tras debatirme entre preparar a Charlie o no, decidí no hacerlo porque sería inútil, además de estresante para ella. En consecuencia, estaba mucho más nervioso que mi nieta.

Lo hizo muy bien, todo lo bien que pudo. He vivido con ella y la he querido durante tanto tiempo que a veces me desconcierta observar su primera toma de contacto con otras personas, porque de nuevo comprendo que no la ven como yo. Es algo que tengo asumido, desde luego, pero me permito el lujo de ignorarlo. Hasta que observo sus rostros y ahí está otra vez esa sensación: como si me arrancaran el corazón y lo despojaran de sus venas y arterias; como si lo devolvieran a su sitio y bombeara otra vez en mi pecho.

El agente le dijo a Charlie que él y yo íbamos a hablar, y que ella podía esperar en la recepción, y yo sonreí y asentí antes de seguirlo a su despacho, casi arrastrando los pies, como si hubiera regresado al colegio y el director me hubiera llamado porque me había metido en líos. Deseé desmayarme, o tropezar y caer al suelo, que algo desbaratara el momento, que me valiera cierta compasión, alguna señal de humanidad. Pero mi cuerpo cumplió con su deber, como siempre, y me senté y miré a los ojos a ese hombre que podía procurar la seguridad de mi niña.

Por un momento ninguno dijo nada, solo nos miramos mutuamente, y entonces fui yo quien rompió el silencio: estaba cansado de tanta teatralidad, de que aquel hombre entendiera lo vulnerables que éramos y pareciera disfrutarlo. No quería oírle decir lo que ya sabía que diría, pero al mismo tiempo deseaba que lo dijera, porque así ese momento habría llegado a su fin, se habría convertido en pasado.

—¿Tiene a alguien en mente? —pregunté.

Otro silencio.

—Doctor Griffith —dijo—. Lo siento, pero no creo que yo sea el agente adecuado para ustedes.

Otro desgarro de corazón.

—¿Por qué no? —repliqué aunque no quería preguntar, porque tampoco quería oír la respuesta. «Dilo —pensé—. Dilo si te atreves».

—Se lo digo con respeto, doctor —contestó entonces, aunque no había respeto alguno en su voz—, con todo el respeto: creo que tendría que ser usted realista.

—¿Y puede saberse qué significa eso? —pregunté.

—Doctor, perdóneme —dijo—, pero su nieta es...

—¿Mi nieta es qué? —espeté, y se produjo otro silencio.

No dijo nada. Vi que reparaba en lo enfadado que estaba yo; vi cómo cobraba conciencia de que buscaba un motivo para pelearme con él; vi que se preparaba para contestar con cautela.

—Especial —dijo al cabo.

—En efecto. Sí que es especial, es muy especial y necesitará un marido que comprenda lo especial que es.

Debí de transmitirle toda la ira que sentía, porque su voz, hasta entonces carente de compasión, cambió un tanto.

—Me gustaría enseñarle una cosa —dijo, y sacó un sobre fino de debajo de un taco de papeles que tenía en el escritorio—. Estos son los candidatos que he encontrado para su nieta.

Lo abrí. Dentro había tres fichas como las que se le entregan a un agente. Fichas de papel grueso, de unos dieciocho centímetros de lado, con la fotografía del solicitante en una cara y sus datos en la otra.

Los miré. Todos eran estériles, por supuesto, con la E roja cruzándoles la frente en bajorrelieve. El primero tenía cincuenta y tantos años y era tres veces viudo, y mi antigua parte irracional —la parte que recordaba aquellos macabros programas de la

televisión sobre hombres que asesinaban a sus esposas, se desha-
cían de los cadáveres y eludían a la justicia durante décadas— se
encogió al verlo; dejé su ficha boca abajo y lo descarté antes de
llegar a leer el resto de sus datos, que seguramente me habrían
desvelado que todas sus esposas habían fallecido a causa de una
enfermedad, y no a manos suyas (aun así, ¿qué mala suerte era
esa de que se te murieran tres esposas, sino una rayana en la cri-
minalidad?). El segundo era un hombre al que le eché veintimu-
chos años, pero con una expresión tan furiosa —una boca que
era una línea fina y siniestra, unos ojos desorbitados y salto-
nes— que tuve una visión, de nuevo salida de uno de aquellos
viejos programas de la tele que todavía veo a veces a altas horas
de la noche en el despacho, en la que pegaba a Charlie y le hacía
daño; fue como si en su rostro pudiera ver su potencial violento.
El tercero era un hombre de treinta y tantos con una cara corriente y plácida, pero al estudiar sus datos vi que lo habían registrado como «MI»: mentalmente incapacitado. Se trata de una
denominación amplia que se usa para abarcar toda esa clase de
deficiencias que antes se conocían como «enfermedades mentales», pero también la discapacidad mental. Charlie no entra
dentro de esa denominación. Hasta estaba dispuesto a pedirte
que me enviaras dinero para sobornar a quien hiciera falta para
impedirlo, pero al final no fue necesario; pasó los exámenes, se
salvó ella sola.

—¿Qué es esto? —pregunté, y mi voz sonó estridente en
aquel silencio.

—Son los únicos tres candidatos que he encontrado que se
plantearían aceptar a su nieta —dijo.

—¿Por qué ha empezado a buscar candidatos antes de conocerla siquiera? —le recriminé, y entonces comprendí que ese
hombre había decidido quién era Charlie por su expediente,

mucho antes de conocerla, quizá antes incluso de conocerme a mí. Verla en persona no le había hecho cambiar de opinión, solo había confirmado la idea que ya se había formado de ella.

—Creo que debería probar suerte en otra agencia —insistió, y me tendió un papel con los nombres de otros tres agentes escritos a máquina. Entonces comprendí que, antes incluso de esa reunión, él ya sabía que no me ayudaría—. Estas personas tendrán candidatos más... en la línea de sus necesidades.

Gracias a dios que no sonrió, o habría hecho una tontería muy masculina y visceral: soltarle un puñetazo, escupirle, tirar al suelo todo lo que había sobre el escritorio... La clase de cosas que habría hecho alguien en uno de esos viejos programas de televisión. Pero ya no quedaba nadie ante quien actuar, no había más cámaras que el dispositivo minúsculo que yo sabía que parpadeaba escondido tras los paneles del techo y grababa sin emoción alguna la escena que se desarrollaba allí abajo: dos hombres, uno anciano, el otro de mediana edad, intercambiando hojas de papel.

Recompuse mi expresión y salí de allí con Charlie. La abracé todo lo que ella me permitió. Le aseguré que le encontraría a alguien, aunque por dentro estaba desmoronándome: ¿y si nadie quería a mi gatito? Por fuerza tenía que haber algún hombre que viera lo adorable que es, el amor que inspira, la valentía que demuestra. Sobrevivió y, sin embargo, la castigan por haber sobrevivido. No era como esos otros candidatos: los desechos, los despojos, los rechazados. Y mientras pensaba eso, al mismo tiempo comprendía que, para otros, tampoco ellos eran desechos ni rechazados, que —y ahí volvió a desgarrárseme el corazón— también esos otros podían mirar la fotografía de Charlie y pensar: «¿Con esto esperan que se conforme? Por fuerza tiene que haber alguien mejor. Por fuerza tiene que haber alguien más».

¿Qué mundo es este? ¿Para qué mundo ha sobrevivido? Dime que todo irá bien, Peter. Dímelo y te creeré, esta última vez.

Con cariño,

CHARLES

21 de marzo de 2087

Ay, querido Peter:

Cómo desearía poder hablar contigo por teléfono. Lo deseo a menudo, pero esta noche más que nunca, tanto que, antes de sentarme a escribirte, me he pasado la última media hora hablando contigo en voz alta, susurrando apenas para no despertar a Charlie, que duerme en la otra habitación.

No te he escrito todo lo que podría sobre las perspectivas matrimoniales de Charlie porque quería esperar a tener algo más alegre que contar, pero hará un mes encontré a un nuevo agente, Timothy, conocido por haberse especializado en lo que un compañero de trabajo llama «casos poco habituales». Él recurrió a Timothy para encontrarle pareja a su hijo después de que lo declararan MI. Tardó casi cuatro años, pero Timothy dio con alguien adecuado.

En todas las agencias a las que había acudido había procurado actuar con más seguridad de la que sentía. Reconocía que ya había consultado con algunos otros agentes, pero nunca especificaba cuántos. Según la persona, intentaba que Charlie pareciera exigente, misteriosa, genial, distante. Sin embargo, todas mis tentativas acababan igual, a veces incluso antes de tener ocasión de llevar a Charlie para que la conocieran: me presentaban la misma clase de candidatos, en ocasiones a algunos que ya había visto. Me habían mostrado la ficha del joven pálido y plácido calificado como MI hasta en tres ocasiones, y cada vez que me topaba con su cara sentía una mezcla de pena y alivio: pena porque también seguía sin encontrar pareja, alivio porque Charlie no era la única. Imaginaba la ficha de mi gatito, que ya tendría los bordes desgastados de la cantidad de veces que la habrían ofrecido, imaginaba a los clientes o a sus padres apartándola. «Esta no —dirían—, ya la hemos visto antes». Y luego, por la noche, comentarían entre sí: «Esa pobre niña, todavía en el mercado. Al menos nuestro hijo no está tan desesperado».

Pero esta vez fui sincero. Detallé exactamente a qué agentes había recurrido ya. Le hablé de todos los candidatos que me habían ofrecido o a los que había conocido y de quienes había tomado nota. Fui todo lo sincero que pude sin echarme a llorar ni mostrarme desleal con Charlie. Y cuando Timothy dijo: «Pero la belleza no lo es todo. ¿Tiene encanto?», esperé a estar seguro de poder controlar la voz antes de contestar que no.

En nuestra segunda cita me mostró cinco fichas, ninguna de las cuales había visto antes. Cada una de las cuatro primeras tenía algo que me inquietó, pero entonces llegué a la última. Era un hombre joven, solo dos años mayor que Charlie, tenía los ojos grandes y oscuros, la nariz prominente, y miraba directo a la cámara. Irradiaba algo incontestable: apostura, para empezar, pero también aplomo, como si alguien hubiera intentado convencerlo de que se avergonzara de sí mismo y él hubiera decidido no hacerlo. Sobre su fotografía se veían dos sellos: uno indicaba que era estéril, el otro indicaba que era pariente de enemigo.

Levanté la mirada y me encontré con los ojos de Timothy.

—¿A este qué le pasa? —pregunté.

Se encogió de hombros.

—Nada —dijo, y calló un momento—. Escogió la esterilización —añadió.

Me estremecí un poco, como siempre que me enteraba de que alguien había hecho eso: significaba que no había quedado estéril debido a una enfermedad o a un fármaco; significaba que había preferido que lo esterilizaran para evitar que lo enviaran a un centro de reeducación. Elegías entre tu cuerpo o tu mente, y él había elegido su mente.

—Bueno, pues me gustaría concertar una cita —dije, y Timothy asintió, aunque cuando me disponía a marcharme me retuvo.

—Es una gran persona —dijo, usando un giro idiomático extraño en estos tiempos. Había investigado a Timothy antes de concertar la primera cita: en su vida anterior había sido trabajador social—. Intente acudir sin prejuicios, ¿de acuerdo?

No sabía qué quería decir con eso, pero accedí, aunque ir sin prejuicios también fuera un anacronismo, otro concepto de antaño.

Llegó el día de la cita y yo volvía a estar nervioso, más de lo habitual. Tenía la sensación de que, aunque Charlie todavía era joven, se acercaba al final de sus opciones. Después de eso, tendría que extender mi búsqueda más allá de nuestro municipio, más allá de nuestra prefectura. Tendría que confiar en que Wesley me concediera otro favor después del que ya me había concedido y gracias al que Charlie había conseguido trabajo, un trabajo que le gustaba. Tendría que arrebatarle ese trabajo y reubicarla en otro lugar, y luego tendría que encontrar la forma de seguirla, y para eso necesitaría la ayuda de Wesley. Lo lograría, desde luego, pero no me resultaría fácil.

Cuando llegué, el candidato ya estaba allí, sentado en la pequeña sala anodina que todas las agencias matrimoniales tenían para esos encuentros, y cuando entré, se puso en pie y nos saludamos con una leve inclinación de cabeza. Lo miré mientras él volvía a sentarse en su silla y yo lo hacía en la mía. Yo había supuesto que la petición de Timothy respondería a que su aspecto sería muy diferente del de la foto, peor, pero no era así. Se parecía mucho a la imagen: un joven esbelto y atractivo, con los mismos ojos oscuros y vivaces, la misma mirada valiente. Su padre había sido del África Oriental y de la Europa del Sur; su madre, del Asia del Sur y del Este; se parecía a mi hijo, solo un poco, y tuve que apartar la mirada.

Aunque conocía todos sus datos porque aparecían en su ficha, le hice las mismas preguntas: dónde había crecido, qué había estudiado, a qué se dedicaba ahora. Sabía que a sus padres y a su hermana los habían declarado enemigos; sabía que eso le había costado los últimos años de sus estudios de doctorado; sabía que estaba apelando esa decisión, ahora que habían aprobado la Ley de Perdón; sabía que había tenido un profesor, un microbiólogo de renombre, que lo ayudaba a sacar adelante su caso; sabía que, si accedía al matrimonio, querría retrasar su celebración unos dos años para poder terminar sus estudios. Me confirmó toda esa información, su relato no difirió de lo que yo ya conocía.

Le pregunté por sus padres. No le quedaba familia cercana. La mayoría de los parientes de los enemigos del estado, cuando les preguntaban por su familia, se enfadaban o se avergonzaban; veías que reprimían algo, un excedente de emoción, veías que ponían en práctica lo que habían aprendido sobre mantener los sentimientos a raya.

Pero él no estaba ni enfadado ni avergonzado.

—Mi padre era médico, mi madre se dedicaba a las ciencias políticas —dijo.

Me dio el nombre de la universidad donde habían enseñado, un centro prestigioso antes de quedar bajo el control del estado. Su hermana había sido profesora de literatura inglesa. Todos se habían unido a los rebeldes, menos él. Le pregunté por qué, y por primera vez pareció agitado, aunque no supe interpretar si era porque pensaba en la cámara oculta del techo o en su familia.

—Decía que era porque quería ser científico —contestó tras un silencio—, porque creía... creía que se conseguiría más desde la ciencia, que ayudaría más de esa forma. Pero al final... —Y entonces se interrumpió, y comprendí que esta vez era por la cámara y la grabadora.

—Pero al final te equivocaste —concluí yo por él. Me miró y echó un raudo vistazo a la puerta, como si un escuadrón de agentes estuviera a punto de derribarla para llevarnos a rastras a una Ceremonia—. No pasa nada —dije—, soy lo bastante viejo para decir lo que quiera. —Aunque yo sabía que no era cierto.

Él también era consciente de ello, pero no me contradijo.

Seguimos hablando, esta vez sobre su tesis inacabada, sobre el trabajo que esperaba conseguir en el Estanque mientras apelaba su caso. Hablamos de Charlie, de quién era, de lo que necesitaba. Fui sincero con él —aunque en aquel momento no sabía por qué—, más sincero de lo que había sido incluso con Timothy. Pero nada parecía sorprenderle; era como si ya la hubiera visto, como si ya la conociera.

—Tendrás que cuidarla siempre —me oí decir una y otra vez, y él no dejaba de asentir, y al verlo comprendí que ese hombre estaba accediendo al matrimonio, que al fin había encontrado a alguien para mi nieta.

Y en algún momento, no sé cómo, comprendí otra cosa. Comprendí qué era lo que Timothy había intentado insinuarme; comprendí que me reconocía en él; comprendí por qué estaba dispuesto a casarse con Charlie. Era evidente, una vez lo sabías... Y yo lo había sabido incluso antes de conocerlo.

Lo interrumpí a media frase.

—Sé quién eres —dije, y al ver que no reaccionaba, añadí—: Sé lo que eres.

Entonces abrió la boca, solo un poco, y hubo un silencio.

—¿Tan evidente es? —preguntó en voz baja.

—No —repuse—. Solo lo sé porque también yo lo soy. —Y entonces se irguió en su asiento y vi que algo cambiaba en sus ojos, vi que me miraba como por primera vez, de una forma diferente—. ¿Puedo pedirte que lo dejes? —pregunté, y él me miró con esos ojos de niño resuelto, desafiante, valiente, insensato.

—No —respondió sin alzar la voz—. Le prometo que siempre cuidaré de ella, pero no puedo dejarlo. —Hubo otro silencio.

—Prométeme que nunca harás nada que pueda acarrearle problemas —pedí, y él asintió.

—No lo haré —dijo—. Sé ser discreto.

Discreto... Qué palabra más deprimente en labios de alguien tan joven. Era una palabra de antes de la época de mi abuelo, una palabra que no debería haber reaparecido en nuestro vocabulario.

Mi gesto debió de delatar mi desagrado, porque el suyo expresó preocupación.

—¿Señor? —preguntó.

—No es nada —dije. Entonces pregunté—: ¿Adónde vas?

Se quedó callado.

—¿Adónde voy? —repitió.

—Sí —dije, y me temo que soné impaciente—. ¿Adónde vas?

—No lo entiendo.

—Sí me entiendes —dije—. ¿Vas a Janet Street? ¿Horatio? ¿Perry? ¿Bethune? ¿Barrow? ¿Gansevoort? ¿Adónde? —Tragó saliva—. Lo descubriré de todos modos —le recordé.

—A Bethune —contestó.

—Ah —dije.

Tenía sentido. Bethune atraía a un tipo más amante de los libros. El hombre que lo llevaba, Harry, una reinona quisquillosa que estaba en las altas esferas de Sanidad, había dedicado dos plantas enteras a bibliotecas que parecían salidas de una anticuada comedia de salón; los dormitorios estaban arriba del todo. También circulaban rumores de que contaba con un calabozo, pero, francamente, creo que los había hecho correr el propio Harry para que todo el montaje pareciera más emocionante de lo que era en realidad. Yo había empezado a frecuentar Jane Street, un lugar mucho más prosaico: entrabas, te divertías y te marchabas. De cualquier forma, fue un alivio; no me entusiasmaba la idea de levantar la vista y encontrarme al marido de mi nieta mirándome.

—¿Te ves con alguien? —pregunté.

De nuevo tragó saliva.

—Sí —respondió en voz baja.

—¿Lo amas?

Esta vez no hubo vacilación. Me miró a los ojos.

—Sí —contestó con voz firme.

De repente me sentí muy triste. Mi pobre nieta, a quien iba a casar con un hombre que la protegería pero que jamás la amaría, o al menos no de la forma que todos necesitamos ser amados; y ese pobre chico, que jamás podría llevar la vida que merecía. Solo tenía veinticuatro años, y a los veinticuatro tu cuerpo está hecho para el placer, estás constantemente enamorado. De repente vi el rostro de Nathaniel cuando nos conocimos, su piel tersa y oscura, su boca abierta, y aparté la mirada porque temí echarme a llorar.

—¿Señor? —oí que me llamaba con delicadeza—. ¿Doctor Griffith? —Era el tono que utilizaría para hablar con Charlie, pensé, y me obligué a sonreír y volverme hacia él.

Esa tarde llegamos a un acuerdo. No parecía importarle mucho la dote, y después de firmar la declaración de intenciones, bajamos juntos a la calle, yo con su ficha matrimonial en el maletín.

En la acera, volvimos a despedirnos con un gesto de la cabeza.

—Estoy deseando conocer a Charlie —dijo, y yo contesté que sin duda Charlie también estaría emocionada por conocerlo.

Ya se iba cuando lo llamé por su nombre, y se volvió y se acercó de nuevo a mí. Durante unos segundos no supe cómo plantearlo.

—Dime... —empecé, pero me interrumpí. Entonces supe lo que quería decir—: Eres un hombre joven. Eres apuesto. Eres inteligente. —Bajé la voz—. Estás enamorado. ¿Por qué haces esto ahora, tan pronto? No me malinterpretes, me alegra que te hayas decidido —añadí enseguida, aunque su expresión no había cambiado—. Me alegro por Charlie. Pero ¿por qué?

Se acercó más a mí. Era alto, aunque no tanto como yo, y por un instante pensé, ridículamente, que tal vez fuera a besarme, que sentiría el roce de sus labios contra los míos, y cerré los ojos apenas un momento, como si al hacerlo pudiera provocar que sucediera.

—Yo también quiero sentirme seguro, doctor Griffith —dijo apenas en un susurro. Luego retrocedió un paso—. Necesito sentirme seguro. Si no, no sé qué haría.

Fue al llegar a casa cuando me eché a llorar. Gracias a dios, Charlie seguía en el trabajo, así que estaba solo. Lloré por mi nieta, por lo mucho que la quería y porque esperaba que supiera que hacía lo que consideraba mejor para ella, que por eso había antepuesto su seguridad a su realización personal. Lloré por su posible marido, por su necesidad de protegerse, por lo mucho que este país le había limitado la vida. Lloré por el hombre al que este amaba, que jamás tendría ocasión de construir una vida con él. Lloré por los candidatos de las fichas que había visto y rechazado en nombre de Charlie. Lloré por Nathaniel, y por David, e incluso por Eden, todos ellos desaparecidos hacía tiempo y a ninguno de los cuales Charlie recordaba. Lloré por mis abuelos, y por Aubrey y Norris, y por Hawai'i. Pero sobre todo lloré por mí, por mi soledad y por este mundo que había contribuido a crear, por todos estos años: todos los muertos, todo lo perdido, todo lo desaparecido.

No lloro a menudo, y había olvidado que más allá del malestar físico también tiene algo vivificante y en lo que participa hasta la última célula de tu cuerpo, la maquinaria de todos tus sistemas se pone lentamente en movimiento y llena los conductos de líquidos, llena los pulmones de aire, los ojos se vuelven brillantes, la piel se congestiona. Me descubrí pensando que aquello era el fin de mi vida, que si Charlie aceptaba a ese chico ya habría cumplido con mi deber último: la habría protegido de todo mal, la habría visto llegar a la edad adulta, le habría encontrado un trabajo y un compañero. No me quedaba nada más por hacer, no podía esperar nada más. Todo el tiempo que me quedara a partir de ese momento sería bienvenido, pero innecesario.

No hace tantos años, Peter, creía de verdad que lograría volver a verte. Comeríamos juntos, tú y yo, con Charlie y Olivier, y tal vez luego ellos dos se irían a alguna parte, a visitar un museo o a ver una obra (estaríamos en Londres, por supuesto, no aquí), y entonces tú y yo pasaríamos la tarde solos, haciendo algo cotidiano para ti pero que para mí se habría vuelto exótico: ir paseando hasta una librería, por ejemplo, o un café, o una boutique donde compraría algo frívolo para Charlie, un collar, tal vez, o unas sandalias. Al avanzar la tarde regresaríamos a tu casa, la que jamás veré con mis propios ojos, donde Olivier y Charlie estarían haciendo la cena y donde yo tendría que explicarle a ella qué eran algunos de los ingredientes: «Eso son gambas, eso es un erizo, eso son higos». De postre habría pastel de chocolate, y los tres la observaríamos mientras lo probaba por primera vez, presenciaríamos cómo afloraba a su rostro una expresión que yo no le habría visto jamás, y nos reiríamos y aplaudiríamos como si hubiera hecho algo maravilloso. Cada uno tendría su propia habitación, pero ella vendría a la mía porque esa noche sería incapaz de dormir de lo abrumada que estaría por todo lo que habría oído y olido y probado, y yo la abrazaría igual que cuando era una niña y notaría la electricidad que le recorría el cuerpo. Al día siguiente nos levantaríamos y lo repetiríamos todo otra vez, y al siguiente también, y al otro, y aunque gran parte de su nueva vida acabaría resultándole normal —yo apenas tardaría unos días en volver a acostumbrarme, en cuanto se impusieran los viejos recuerdos—, ella jamás perdería esa nueva expresión de asombro, miraría alrededor con la boca siempre entreabierta y el rostro vuelto hacia el cielo. Sonreiríamos al verla; cualquiera lo haría. «¡Charlie! —la llamaríamos cuando se sumiera en uno de sus trances, para despertarla y recordarle dónde estaba y quién era—. ¡Charlie! Todo esto es tuyo».

Te quiere,

C.

5 de junio de 2088

Mi queridísimo Peter:

Bueno, ya es oficial. Mi gatito se ha casado. Como puedes imaginar, fue un día emocionalmente complicado. Mientras estaba allí, mirándolos a ambos, experimenté uno de esos episodios de salto temporal que he empezado a sufrir cada vez más a menudo con un realismo insólito: me vi de nuevo en Hawai'i, dándole la mano a Nathaniel mientras los dos contemplábamos el mar, ante el cual Matthew y John habían colocado aquella jupá de bambú. Debí de poner una expresión extraña, porque en cierto momento mi nuevo nieto político me miró y me preguntó si me pasaba algo. «Solo la vejez», dije, y él aceptó esa respuesta; para los jóvenes, cualquier cosa desagradable puede atribuirse o achacarse a la vejez. Fuera se oía marchar a las tropas, y también los gritos de los rebeldes a lo lejos. Tras la firma, regresamos juntos a lo que ahora es su apartamento y disfrutamos de un pastel hecho con miel de verdad que llevé como detalle especial. Hacía meses que ninguno comía pastel, y aunque había temido que la conversación resultase algo forzada, no tendría que haberme preocupado, porque estábamos tan concentrados saboreándolo que poca necesidad había de decir nada.

Los rebeldes han tomado el Washington, y aunque el apartamento da al norte, se les oía entonar sus consignas, que los estruendosos altavoces se encargaron de acallar recordando a todo el mundo que había toque de queda a las 23.00 y advirtiendo de que cualquiera que no obedeciera la orden sería detenido de inmediato. Aquella fue mi señal para irme a casa, a mi nuevo apartamento de una única habitación en un viejo edificio de la 10 con University, a solo cuatro manzanas de Charlie, al que me trasladé la semana pasada. Ella quería que me quedara con ellos, solo una semana más, pero le recordé que ya era adulta, una adulta casada, y que iría a verlos a su marido y a ella al día siguiente para cenar, tal como habíamos acordado. «Ah», dijo, y por un momento pensé que quizá se echaría a llorar, mi valiente Charlie que nunca llora, y casi cambié de opinión.

Hacía muchos años que no dormía solo en ningún sitio. Allí tumbado, pensé en Charlie, en su primera noche como mujer casada. Por ahora solo tienen una cama individual, muy estrecha, la que usaba Charlie, y el sofá de la sala de estar. No sé qué harán, si buscarán una cama de matrimonio o si él preferirá que duerman separados; no he sido capaz de preguntárselo. En cambio, intenté concentrarme en la imagen de los dos de pie en la puerta abierta de su apartamento, despidiéndose de mí con la mano mientras bajaba la escalera. En cierto momento volví la mirada atrás y vi que él le ponía una mano en el hombro a Charlie, con delicadeza, tanto que quizá ella no se diera ni cuenta. Ya había hablado con mi nieta y le había dicho lo que podía esperar..., o, mejor dicho, lo que no debía esperar. Pero ¿le bastaría con esa explicación? ¿Desearía, aun así, que su marido llegara a amarla de otra forma? ¿Desearía que la tocara? ¿Se culparía al ver que no ocurría? ¿Me había equivocado al decidir por ella? Le había ahorrado mucho dolor, pero ¿le había negado también el éxtasis?

Sin embargo —debo recordármelo—, al menos tendrá a alguien. Y no solo me refiero a alguien que la cuide, que se plante ante el mundo para protegerla, que le explique esas cosas que le resultan indescifrables. Me refiero a que ahora es parte de una unidad, igual que ella y yo éramos una unidad antes, igual que

Nathaniel y David y yo lo fuimos. Esta sociedad no está hecha para solteros y personas sin ataduras. Aunque tampoco es que la sociedad de antes lo estuviera, por mucho que nosotros quisiéramos creer lo contrario.

Cuando tenía la edad de Charlie, me burlaba del matrimonio por considerarlo una estructura opresora; no creía en la legislación de las relaciones por parte del estado. Siempre había pensado que una vida sin pareja no me parecía una vida inferior.

Y de pronto, un día me di cuenta de que sí. Ocurrió durante la tercera cuarentena del 50, y si vuelvo la vista atrás comprendo que fue una de las épocas más felices de mi vida. Sí, fue una época inestable y peligrosa, y sí, todo el mundo tenía miedo. Pero fue la última vez que estuvimos los tres juntos, como familia. Fuera estaba el virus, estaban los centros de contención, la gente moría; dentro estábamos Nathaniel y David y yo. Durante cuarenta días, y luego ochenta, y luego ciento veinte, no salimos del apartamento. Aquellos meses, David se mostró más dócil y pudimos estrechar de nuevo nuestra relación. Tenía once años y, ahora que lo pienso, entiendo por fin que intentaba decidir qué persona quería ser: ¿alguien que llevaría el mismo tipo de vida que habían llevado sus padres, el tipo de vida que nosotros esperábamos que llevase? ¿O alguien distinto, y buscaría otro modelo de quién y cómo podía ser? ¿En quién se convertiría? ¿En el niño de un año antes, el que amenazaba a sus compañeros de clase con una jeringuilla, o en un niño que tal vez un día usara una jeringuilla de otra forma, de la forma en que deben usarse las jeringuillas, en un laboratorio o un hospital? Después de aquello, durante años lamenté no haber dispuesto de unas cuantas semanas más con él pegado a nosotros, aislados del mundo; no haber sabido convencerlo de que la seguridad era valiosa y de que nosotros podíamos ser quienes se la garantizáramos. Pero no habíamos dispuesto de más semanas y no habíamos sabido convencerlo.

Fue hacia la mitad de los segundos cuarenta días cuando recibí un correo electrónico de una vieja amiga de la facultad de Medicina, una mujer que se llamaba Rosemary y que se trasladó a California para hacer el posdoc cuando yo regresé a Hawai'i. Rosemary era brillante y divertida, y desde que la conocía siempre había estado soltera. Empezamos a escribirnos y nuestros mensajes consistían, por un lado, en detalles cotidianos y, por el otro, en una exhaustiva puesta al día de los últimos veinte años. Dos miembros de su personal habían enfermado, me escribía; sus padres y su mejor amiga habían muerto. Yo le hablaba de mi vida, de Nathaniel y David, de que estábamos juntos en nuestro pequeño apartamento. Me daba cuenta, le escribía, de que hacía casi ochenta días que no veía a otra persona, y, aunque pensarlo me había dejado pasmado, lo que más me había asombrado era que no añoraba ver a nadie. David y Nathaniel eran las únicas personas con las que quería estar.

Me contestó al día siguiente. ¿De verdad no echaba de menos a nadie?, me preguntó. ¿No había alguien a quien estuviera ansioso por ver cuando se levantaran las restricciones? No, respondí, no lo había. Y era sincero.

No volvió a escribirme. Dos años después, me enteré por un conocido mutuo de que había muerto un año antes, durante uno de los rebrotes de la enfermedad.

Desde entonces he pensado en ella muchas veces. He llegado a comprender que se sentía sola, y aunque no puedo haber sido la única persona a quien intentó encontrar que se sintiera tan sola como ella —habíamos hablado tan pocas veces que debía de haber probado suerte con una docena más antes de escribirme a mí— deseé haberle mentido; deseé haberle dicho que sí, que echaba de menos a mis amigos, que con mi familia no bastaba. Deseé que se me hubiera ocurrido buscarla a ella antes de que se viera impelida a buscarme a mí. Deseé no haberme sentido, después de su muerte, tan agradecido por no haber tenido que vivir su vida, por contar con un marido y un hijo, por no estar nunca tan solo. «Gracias a dios —pensé—, gracias a dios que no soy esa persona». Esa bonita ficción que nos contamos cuando somos más jóvenes, eso de que nuestros amigos son nuestra familia, que están al mismo nivel que cónyuges e hijos, se reveló como falacia en esa primera pandemia. En realidad, las personas a las que más querías eran aquellas con quienes habías decidido vivir; los amigos solo eran un capricho, un lujo, y si descartarlos contribuía a proteger mejor a tu familia, entonces los descartabas sin dudarlo. Al final, elegías, y nunca elegías a tus amigos, no si tenías un compañero o un hijo. Seguías adelante y los olvidabas, y tu vida no era más pobre por ello. A medida que Charlie crecía, me avergüenza decir que cada vez pensaba más en Rosemary. Me repetía que debía evitarle ese destino a mi nieta: me aseguraría de que nadie la compadeciera como yo había compadecido a Rosemary.

Y ya lo he hecho. Sé que la soledad no se erradica por completo con la mera presencia de otra persona, pero también sé que un compañero es un escudo y que, sin ese alguien, la soledad se cuela sigilosamente, como un fantasma que entra por los resquicios de las ventanas, desciende por tu garganta y te llena de una pena que nada es capaz de contrarrestar. No puedo prometer que mi nieta no vaya a sentirse sola, pero he evitado que lo esté. Me he asegurado de que su vida tenga un testigo.

Antes de salir ayer hacia el juzgado, revisé su partida de nacimiento, que teníamos que llevar para confirmar su identidad.

Era la partida de nacimiento nueva, la que el ministro del Interior me entregó en el 66, la que renegaba de su padre; le había servido de protección durante un tiempo, pero limitado.

Cuando borraron la ascendencia de Charlie, borraron también su nombre: Charlie Keonaonamaile Bingham-Griffith, un nombre bello, escogido con amor y acortado por el estado a Charlie Griffith. Una reducción de quien era ella, porque en este mundo, este mundo que yo contribuí a crear, no sobraba la belleza. La que quedaba era fortuita, accidental, residía en cosas irreducibles: el color del cielo antes de que lloviera, las primeras hojas verdes de la acacia de la Quinta Avenida antes de que las recolectaran.

Así se había llamado la madre de Nathaniel: Keonaonamaile, la fragante maile. Una vez te regalé esa planta: una enredadera cuyas hojas olían a pimienta y limón. En nuestra boda llevábamos leis hechos con ella; el día anterior habíamos salido de excursión a las montañas, con David entre ambos, el aire que nos rodeaba era húmedo y cortamos un largo tallo que crecía entre dos acacias koa. Era un lei típico de bodas, pero también de graduaciones y aniversarios: una planta para ocasiones especiales, de cuando había tantísimas plantas que unas se consideraban especiales y otras no, y podías arrancarlas de un árbol sin más y al día siguiente tirarlas a la basura.

Aquel día regresamos colina abajo con los zapatos encharcados de barro; David iba entre nosotros dos, agarrado de la mano de cada uno. Nathaniel había cortado maile suficiente para que todos pudiéramos lucirla alrededor del cuello, pero David prefería llevar la suya en la cabeza, como una corona. Nathaniel le ayudó a trenzar el tallo sobre sí mismo y a ponérselo sobre la frente.

—¡Soy un rey! —exclamó nuestro hijo, y los dos nos reímos con él.

—Sí, David, eres un rey: el rey David.

—El rey David —repitió—. Ahora me llamo así. —Y se puso serio—. Que no se os olvide —dijo—. Tenéis que llamarme así, ¿vale? ¿Lo prometéis?

—Vale —contestamos—. No se nos olvidará. Te llamaremos así. —Fue una promesa.

Pero nunca lo hicimos.

CHARLES

Parte IX

Otoño de 2094

A lo largo de las siguientes semanas, David y yo hablamos de nuestro plan. O, mejor dicho, del plan de David, que compartía conmigo.

El 12 de octubre me iría de la Zona Ocho, pero él no me diría exactamente cómo hasta justo antes. Mientras tanto tenía que seguir haciendo lo de siempre. Tenía que mantener mis rutinas diarias: tenía que ir a trabajar, tenía que ir a la tienda, tenía que salir a pasear de vez en cuando. Continuaríamos viéndonos todos los sábados donde el cuentacuentos, y si David necesitaba comunicarse conmigo entre esos encuentros, ya se las arreglaría para avisarme. Pero si no recibía noticias suyas, no tenía que preocuparme. No tenía que preparar nada, y solo podría llevarme lo que cupiera en una bolsa de tela. No necesitaría ropa, ni comida, ni siquiera la documentación: me proveerían de todo cuando estuviera en Nueva Bretaña.

—Tengo vales de sobra que he guardado durante años —le dije a David—. Podría cambiarlos por cupones de agua extras, o incluso de azúcar. Eso sí podría llevármelo.

—No los necesitarás, Charlie —repuso David—. Llévate solo cosas que signifiquen algo para ti.

Al final del primer encuentro después de la charla en los bancos, cuando empecé a confiar en él, le pregunté qué sería de mi marido.

—Tu marido puede venir, naturalmente —dijo—. Lo hemos preparado todo para él también. Pero, Charlie..., quizá no quiera.

—¿Por qué no? —pregunté, pero David no contestó—. Le encanta leer —añadí.

Ese día, por el camino, le hice un montón de preguntas sobre Nueva Bretaña, pero dijo que me contaría más cosas durante el viaje, que era muy peligroso compartir tanta información en esos momentos. En cualquier caso, una de las cosas que sí dijo fue que en Nueva Bretaña podías leer lo que quisieras y cuanto quisieras. Pensé en mi marido, en que se esforzaba por leer despacio porque solo podía llevarse un libro cada dos semanas, y tenía que hacerlos durar. Pensé en él sentado a la mesa, con la mejilla apoyada en la mano derecha, muy quieto, y una sonrisilla en la cara, incluso cuando el libro era sobre el cuidado y el cultivo hidropónico de plantas tropicales comestibles.

—Sí —dijo David, despacio—, pero, Charlie..., ¿estás segura de que querrá irse?

—Sí —afirmé, aunque no estaba nada segura—. Allí podrá leer todos los libros que quiera. Incluso los ilegales.

—Eso es cierto —reconoció David—. Pero, al fin y al cabo, también podría haber otros motivos por los que prefiera quedarse.

Estuve pensando, pero no se me ocurrió ninguno. Aparte de mí, a mi marido no le quedaba familia aquí. ¿Qué otro motivo tendría para quedarse? Aun así, igual que David, no sabía muy bien por qué, pero tampoco estaba tan segura de que quisiera marcharse.

—¿A qué te refieres? —pregunté, pero David no contestó.

En el siguiente encuentro, antes de que empezara la sesión del cuentacuentos, David se ofreció a ayudarme a hablar con mi marido.

—No, puedo hacerlo yo sola.

—Tu marido es un hombre discreto —dijo David, pero no le pregunté cómo lo sabía—, por eso creo que actuará con inteligencia.

Tuve la impresión de que quería añadir algo, pero al final no lo hizo.

Tras la sesión del cuentacuentos, paseamos. Yo había dado por sentado que nuestros encuentros serían complicados, con mucha información que tendría que memorizar, pero no fue así. La mayoría de las veces, solo parecían destinados a que David se asegurara de que yo estaba tranquila, de que no estaba haciendo nada, de que confiaba en él, aunque nunca me preguntaba si era así.

—¿Sabes, Charlie? La homosexualidad es completamente legal en Nueva Bretaña —comentó de pronto.

—Ah —contesté. No supe qué más decir.

—Sí —confirmó. De nuevo, tuve la sensación de que iba a añadir algo y, de nuevo, no lo hizo.

Esa noche pensé en todo lo que David sabía ya de mí. En cierta manera, era inquietante, incluso me asustaba un poco. Pero también era tranquilizador, y hasta reconfortante. Me conocía como el abuelo, por quien sabía todo lo que sabía de mí, claro. David no lo conoció en persona, pero su jefe sí, y por eso, de alguna manera, era como si en realidad el abuelo estuviera vivo y siguiera conmigo.

Aunque había ciertas cosas que no quería que David supiera. Me había percatado de que él sabía que mi marido no me quería, y que nunca me querría, ni de la manera que un marido supuestamente quiere a su mujer ni de la manera que yo había esperado que me quisieran. Eso me hacía sentir vergüenza porque, aunque querer a alguien no es nada de lo que avergonzarse, sí lo es que no te quieran.

Sabía que tenía que preguntarle a mi marido si quería venir conmigo, pero los días pasaban y no se lo preguntaba.

—¿Ya lo has hecho? —insistió David en el siguiente encuentro, y negué con la cabeza—. Charlie —dijo, no de manera brusca, pero tampoco agradable—. Necesito saber si va a venir. Influye en ciertas cosas. ¿Quieres que te ayude?

—No, gracias.

Quizá mi marido no me quisiera, pero seguía siendo mi marido y era responsabilidad mía hablar con él.

—Entonces ¿me prometes que se lo preguntarás esta noche? Solo nos quedan cuatro semanas.

—Sí —dije—. Lo sé.

Pero no lo hice. Esa noche, en la cama, apreté con fuerza el anillo del abuelo, que guardaba debajo de la almohada, donde sabía que estaría seguro. Mi marido dormía en la otra cama. Volvía a estar cansado, cansado y con dificultades para respirar, y de camino a la cocina, cargado con los platos, había tropezado, aunque se había apoyado en la mesa antes de que se le cayeran.

—No es nada —me aseguró—. Ha sido un día largo.

Le dije que se acostara, que ya fregaría yo, y protestó un poco, pero al final me hizo caso.

Lo único que tenía que hacer era decir su nombre: él se despertaría y yo se lo preguntaría. Pero ¿y si se lo preguntaba y decía que no? ¿Y si contestaba que prefería quedarse? «Siempre cuidará de ti», había dicho el abuelo. Pero si me iba ya no sería siempre, y entonces estaría sola, sola del todo, y ya no habría nadie que me protegiera salvo David, ni nadie que me recordara, ni que supiera quién era, ni dónde había vivido, ni quién había sido. Corría menos riesgos si no preguntaba nada: si no preguntaba, yo seguía estando aquí, en la Zona Ocho, y a la vez no, y conforme el 12 de octubre se acercaba, no se me ocurría mejor sitio donde estar. Como si volviera a ser una niña, cuando solo tenía que hacer lo que me decían y no necesitaba pensar en lo que podría suceder a continuación porque sabía que el abuelo ya había pensado en todo por mí.

———

Durante muchas semanas había mantenido dos cosas en secreto: la primera era que tenía conocimiento de la nueva enfermedad; la segunda, que estaba enterada de mi marcha. Pero, aunque solo había otra persona que conociera la segunda, muchos otros —todos los de mi laboratorio; mucha gente de la UR; varios funcionarios; generales y coroneles; personas invisibles de Beijing y del Municipio Uno cuyas caras ni siquiera llegaba a imaginar— conocían la primera.

Y cada vez lo sabía más gente. No se había comunicado de manera oficial a través de los distintos boletines informativos de las zonas, ni por anuncio radiofónico, pero todo el mundo sabía que ocurría algo. Un día, a finales de septiembre, salí a pasear y descubrí que el Washington estaba completamente vacío. Ya no quedaban ni vendedores, ni tiendas, ni siquiera el fuego que nunca se apagaba. Y no solo estaba vacío, sino limpio: no había virutas de madera en el suelo, ni fragmentos de metal, ni hilos arrastrados por el viento. Todo había desaparecido, pero yo no había oído nada durante la noche, ni excavadoras, ni barredoras industriales, ni basureros. Tampoco se veían cabinas de refrigeración, y habían vuelto a colocar las puertas de las cuatro entradas, que habían quitado tiempo atrás, y las habían cerrado.

Esa mañana se respiraba un ambiente muy tenso en la lanzadera, no tanto por el silencio en sí como por la ausencia absoluta de cualquier tipo de ruido. No existía un protocolo reconocible de preparación frente a enfermedades, porque el estado había cambiado mucho desde el 70, pero era como si todo el mundo supiera ya lo que ocurría y nadie quisiera que se confirmaran sus sospechas.

En el trabajo, encontré una nota esperándome debajo de una de las jaulas de ratones, la primera desde que David y yo habíamos empezado a encontrarnos donde el cuentacuentos. «Invernadero de la azotea, 13.00», decía, así que a las 13.00 subí a la azotea. Allí no había nadie más que un jardinero vestido con su traje verde de algodón, regando los ejemplares. Antes de que tuviera tiempo de preguntarme cómo iba buscar la siguiente nota de David por el invernadero si el jardinero no se iba, este se volvió y vi que se trataba de él.

Se apresuró a llevarse el dedo a los labios, haciéndome una señal para que guardara silencio, pero yo ya me había echado a llorar.

—¿Quién eres? —pregunté—. ¿Quién eres?

—Charlie, calla —dijo, y se acercó y se sentó en el suelo, donde yo había caído, y me rodeó los hombros con el brazo—. No pasa nada, Charlie —dijo—, no pasa nada. —Me estrechó contra sí y me acunó, y por fin me tranquilicé—. He desactivado las cámaras y los micrófonos, y tenemos hasta las 13.30 antes de que vuelvan las Moscas —dijo—. Ya has visto lo que ha pasado hoy —continuó, y asentí—. La enfermedad ya se ha extendido por toda la Prefectura Cuatro y no tardará en llegar aquí también. A medida que empeore, más difícil resultará irnos —dijo—. Así que la fecha se ha adelantado: el 2 de octubre. El estado hará un anuncio oficial un día después; los tests y las evacuaciones a los centros de reubicación empezarán esa noche. Impondrán el toque de queda al día siguiente. Para mi gusto, es apurar demasiado, pero había que reorganizar tantas cosas que no he podido evitarlo. ¿Lo entiendes, Charlie? Tienes que estar preparada para irnos el 2 de octubre.

—¡Pero eso es este sábado!

—Sí, y lo siento —dijo—. Había calculado mal. Me dijeron que el estado no lo anunciaría hasta el 20 de octubre como mínimo, pero no es así. —Tomó aire—. Charlie, ¿has hablado con tu marido? —preguntó, y al ver que no respondía, me volvió hacia él sujetándome por los hombros para que lo mirara—. Escúchame, Charlie —prosiguió, muy serio—, tienes que decírselo. Esta noche. Si no lo haces, entenderé que te irás sin él.

—No puedo irme sin él —protesté, y rompí a llorar otra vez—. No me iré sin él.

—Entonces tienes que decírselo —insistió David. Luego miró la hora—. Tenemos que bajar ya. Tú primero.

—¿Y tú? —pregunté.

—No te preocupes por mí.

—¿Cómo has entrado aquí?

—Charlie, ya te lo contaré otro día —dijo, impaciente—. Ahora vete. Y habla con tu marido. Prométemelo.

—Lo prometo.

Pero no lo hice. Al día siguiente, me esperaba otra nota: «¿Lo has hecho?». Pero la arrugué, hice una pelota con ella y la quemé con un mechero Bunsen.

Eso fue el martes. El miércoles ocurrió lo mismo. Luego llegó el jueves, tres días antes de que tuviéramos que irnos, la noche libre de mi marido.

Y esa noche mi marido no volvió a casa.

———

En fin, si alguien me preguntara, no sabría decir por qué había decidido confiar en David. La verdad era que, en realidad, no confiaba en él, o al menos no del todo. Ese David era distinto del David que conocía: era más serio, menos imprevisible, y daba más miedo. Aunque el otro David también me había dado miedo por lo imprudente y lo poco corriente que era. Algunos días me resultaba más fácil aceptar a ese David, pese a que tenía la sensación de conocerlo cada vez menos. A veces sacaba el anillo del abuelo, pensaba en todo lo que David sabía de mí, y me decía que se trataba de alguien en quien podía confiar, que se trataba de alguien que me protegería, que lo había enviado alguien en quien el abuelo confiaba. Otras veces examinaba el anillo con la linterna debajo de las sábanas mientras mi marido dormía, y me preguntaba si era o no el del abuelo. ¿El suyo no era más grande? ¿No tenía una muesca en el lado derecho? ¿Era el auténtico o una falsificación? ¿Y si al final no se lo había enviado a ese amigo? ¿Y si se lo habían robado? Luego pensaba: ¿qué ganaba David mintiéndome? ¿Qué iba a ganar nadie secuestrándome? Nadie pagaría mi rescate, nadie me echaría de menos. David no tenía ningún motivo para querer llevárseme.

Aunque tampoco tenía ningún motivo para querer salvarme. Si no ganaba nada secuestrándome, tampoco ganaba nada salvándome.

Así que no sé decir por qué decidí ir; en realidad, ni siquiera puedo decir que lo hubiera decidido. Parecía tan lejano, tan irrealizable, tan fantasioso... Lo único que sabía era que iría a un lugar mejor, un lugar al que mi abuelo quería que fuera. Pero no sabía nada sobre Nueva Bretaña, solo que era un país, y que en tiempos había tenido una reina, y luego un rey, y que allí también hablaban inglés, y que el estado había roto relaciones con ellos a finales de los 70. Supongo que se parecía un poco a un juego, como ese al que jugaba con el abuelo y en el que fingíamos mantener conversaciones: eso también era una conversación de mentira, igual que lo sería mi marcha. En nuestro último encuentro, discutía de nuevo con David sobre lo de dejar los vales extras (porque ¿y si los necesitaba más adelante, cuando volviera?), cuando él me interrumpió.

—Charlie, no vas a volver —dijo—. Una vez que te vayas de este lugar, no volverás nunca. ¿Lo entiendes?

—¿Y si quiero?

—No creo que quieras —contestó despacio—. Y, en cualquier caso, no podrás. Si lo intentaras, te capturarían y te matarían en una Ceremonia, Charlie.

Le dije que lo entendía, porque eso creía, pero a lo mejor me equivocaba. Un sábado le pregunté a David qué pasaría con los minis, y él me contestó que dejara de pensar en los minis, que estarían bien: otro técnico cuidaría de ellos. Y entonces me alteré porque, aunque sabía que no era la única que podía encargarse de los minis, a veces me gustaba pensar que sí. Me gustaba pensar que nadie los preparaba mejor, que yo era la más cuidadosa, la más meticulosa, que nadie era tan bueno en eso como yo.

—Tienes razón, Charlie, tienes razón —dijo, y al cabo de un rato me tranquilicé.

Ese jueves, mientras esperaba a mi marido, pensé en los minis. Eran una parte muy importante de mi vida, así que decidí que cuando fuera a trabajar al día siguiente, el que David me había recordado que sería mi último día en la Universidad Rockefeller por siempre jamás, robaría una placa de Petri. Solamente una, con apenas unos cuantos minis en un poco de solución salina. David había dicho que solo podía llevarme lo que fuera verdaderamente importante para mí, y los minis lo eran.

En la bolsa había sitio de sobra. Lo único que había metido era la mitad de las monedas de oro que guardábamos debajo de la cama, cuatro mudas de ropa interior y el anillo del abuelo, así como las tres fotografías que tenía de él. David me había dicho que no llevara ropa, ni comida, ni siquiera agua, que ya me darían de todo eso. Mientras iba metiendo cosas, de pronto se me ocurrió que también podría llevarme las notas que guardaba mi marido, pero luego cambié de opinión, igual que había cambiado de opinión sobre lo de llevarme todas las monedas de oro. Me dije que, cuando mi marido decidiera venir conmigo, él llevaría la otra mitad. Al terminar, la bolsa seguía siendo tan pequeña y ligera que podía enrollarla formando un cilindro y meterla en el bolsillo de mi traje de refrigeración, que estaba colgado en el armario.

Sabía que tenía que hablar con mi marido esa noche, así que, en lugar de cambiarme y ponerme el pijama, me tumbé en la cama completamente vestida, creyendo que si estaba menos cómoda no me dormiría. Pero aun así me dormí, y cuando desperté tuve la impresión de era muy tarde, y cuando miré el reloj eran las 23.20.

Sentí miedo al instante. ¿Dónde se había metido? Nunca había estado fuera hasta tan tarde, nunca.

No sabía qué hacer. Me puse a dar vueltas por la habitación principal, juntando las manos y preguntándome en voz alta dónde estaría, una y otra vez. Hasta que caí en que sabía dónde encontrarlo: en la casa de Bethune Street.

Antes de que el miedo volviera apoderarse de mí, me metí la documentación en el bolsillo por si me paraban, saqué la linterna de debajo de la almohada, me puse los zapatos y luego salí del apartamento y bajé la escalera.

Fuera, todo estaba en silencio y, sin la luz del fuego del Washington, muy oscuro. De vez en cuando, un foco descendía dibujando círculos lentos e iluminaba un lado de un edificio, un árbol, una ranchera aparcada, solo un momento, antes de volver a dejarlos sumidos en la oscuridad.

Nunca había salido tan tarde, y aunque no era ilegal andar por la calle a esas horas, tampoco era lo acostumbrado. Solo tenía que parecer que sabías adónde ibas, y yo sabía adónde iba. Eché a andar hacia el oeste; crucé Pequeño Ocho mirando los apartamentos y preguntándome cuál sería el de David, después crucé la Séptima Avenida y luego Hudson. Estaba cruzando Hudson cuando un escuadrón de soldados pasó por mi lado y se volvieron para echarme un vistazo, pero cuando vieron de quién se trataba, nada más que de una asiática de piel oscura, menuda y anodina, continuaron sin pararme siquiera. En Greenwich Street torcí a la derecha y empecé a caminar calle arriba, y poco después doblé a la izquierda en Bethune y me dirigí al número 27.

Estaba a punto de subir los escalones cuando me detuve, paralizada de miedo, y empecé a mecerme, incluso me oí gimotear. Pero luego seguí adelante, tropecé debido al trozo de piedra que faltaba en el segundo escalón y llamé imitando la cadencia que había memorizado meses atrás: toc-to-toctoc-toc-toc-toc-to-toc-toctoc.

Al principio solo hubo silencio. Y entonces oí que alguien bajaba una escalera, y la ventanita corrediza se abrió, y el rostro de un hombre de cara rojiza y ojos azules se asomó al resquicio y me echó una ojeada. Él me miró a mí y yo a él. Se hizo un breve silencio. Luego dijo:

—Nunca hubo otro comienzo que el de ahora; ni otra juventud o vejez que las de ahora. —Y al ver que yo no contestaba, lo repitió.

—No sé qué tengo que decir —reconocí, y antes de que cerrara la ventanita añadí—: Espera..., espera. Me llamo Charlie Griffith. Mi marido no ha vuelto a casa y creo que está aquí. Se llama Edward Bishop.

Al oír aquello, el hombre abrió mucho los ojos.

—¿Eres la mujer de Edward? —preguntó—. ¿Cómo has dicho que te llamas?

—Charlie —repetí—. Charlie Griffith.

Entonces la ventanita se cerró de golpe y la puerta se abrió, solo unos centímetros, y el que estaba al otro lado, un hombre de mediana edad, alto, blanco, con el pelo rubio claro y muy fino, me hizo una seña para que entrara y luego cerró con llave.

—Arriba —dijo, y al seguirlo miré a mi izquierda y vi una puerta entornada unos centímetros, de donde salía el resplandor de una lámpara.

Una alfombra con un intrincado estampado de formas y líneas rojo y azul oscuro cubría la escalera, que crujía a medida que ascendíamos. En el primer descansillo había otra puerta, y comprendí que habían dividido la casa en una serie de apartamentos, uno por planta, aunque seguía usándose como una única casa, tal como había sido concebida en sus orígenes: habían pintado rosas en la pared de la escalera, y el dibujo se extendía más allá de la primera planta, hasta arriba del todo. En la barandilla había ropa puesta a secar: calcetines, camisas y ropa interior masculina.

El hombre llamó a la puerta al tiempo que accionaba el picaporte, y lo seguí al interior.

Lo primero que pensé fue que, de alguna manera, había regresado al estudio del abuelo, o al menos a la versión que recordaba de antes de ponerme enferma. Todas las paredes estaban cubiertas de estanterías que contenían lo que parecían miles de libros. Había una alfombra en el suelo, un modelo más grande y con un estampado más intrincado que la que cubría la escalera, y también sillas acolchadas y un caballete en un rincón, con el cuadro del rostro de un hombre a medio terminar. Las grandes ventanas quedaban ocultas tras unas cortinas grises y oscuras, y en una mesa bajita había más libros apilados, así como una radio y un tablero de ajedrez. Y en el rincón del fondo, frente al caballete, un televisor, un aparato que no había visto desde niña.

Justo delante de mí había un sofá, no como el que teníamos en casa, sino algo de aspecto mullido y cómodo, y en ese sofá había un hombre, y ese hombre era mi marido.

Me acerqué corriendo y me arrodillé junto a su cabeza. Tenía los ojos cerrados y sudaba, con la boca un tanto abierta porque le costaba respirar.

—Mangosta —susurré. Le tomé una de las manos, que tenía cruzadas sobre el pecho y la noté pegajosa y fría—. Soy yo —dije—. Cobra.

Lanzó un quejido débil, pero nada más.

Luego oí que alguien decía mi nombre y levanté la vista. Era un hombre en el que no me había fijado antes, con el pelo rubio oscuro y ojos verdes, más o menos de mi edad, que también estaba arrodillado junto a mi marido y que, según vi entonces, le sostenía la cabeza con una mano mientras le acariciaba el pelo con la otra.

—Charlie —repitió el hombre, y me sorprendió descubrir que tenía lágrimas en los ojos—. Charlie, me alegro de conocerte al fin.

—Tienes que llevártelo de aquí —dijo otra persona, y, al volverme, vi que era el hombre que me había abierto la puerta.

—Joder, Harry —dijo otra voz, y al levantar la mirada vi que había tres hombres más en la habitación, todos de pie, a unos pasos del sofá, observando a mi marido—. No seas tan insensible.

—No me vengas con sermones —contestó el hombre de la puerta—. Es mi casa. Si se queda aquí, nos pone a todos en peligro. Tiene que irse.

Uno de los hombres empezó a protestar, pero el que había estado acariciándole el pelo a mi marido los interrumpió:

—No pasa nada —dijo—. Harry tiene razón, es demasiado peligroso.

—Pero ¿adónde iréis? —preguntó uno de los otros, y el hombre rubio me miró.

—A casa —contestó—. Charlie, ¿me ayudas? —Y yo asentí.

Harry salió de la habitación, y dos de los hombres ayudaron al rubio a incorporar a mi marido, a pesar de los quejidos de este.

—No pasa nada, Edward —dijo el hombre rubio, que le había rodeado la cintura con un brazo—. No pasa nada, corazón. Todo irá bien.

Juntos, lo ayudaron a bajar la escalera poco a poco mientras mi marido gemía y jadeaba a cada paso y el hombre rubio lo tranquilizaba y le acariciaba la cara. Al pie de los escalones, la puerta del apartamento de la planta baja estaba abierta; el hombre rubio dijo que tenía que recoger su bolsa y la de mi marido, y entró.

Lo seguí, aunque no fui consciente de lo que hacía hasta que me encontré en la habitación y con las miradas de sus ocupantes, todos hombres, vueltas hacia mí. Había seis, pero fui incapaz de retener sus caras, solo reparé en la habitación, que estaba decorada igual que la de arriba pero con más opulencia, los muebles eran más lujosos, las telas eran más suntuosas. Entonces me fijé en que todo tenía un aspecto ajado: el borde de la alfombra, las costuras del sofá, los lomos de los libros. Allí también había un televisor, aunque también apagado, como el de arriba, con la pantalla en negro. Allí también habían tirado las paredes y habían transformado lo que podría haber sido un apartamento de una habitación en una única sala, grande y espaciosa.

Entonces los hombres se acercaron a la puerta, y uno de ellos abrazó al hombre rubio con fuerza.

—Fritz, conozco a una persona que podría echar una mano —dijo—, deja que hable con él.

Pero el hombre rubio negó con la cabeza.

—No puedo hacerte eso —repuso—. Te colgarán o te lapidarán, seguro, y a tu amigo también.

Y el otro hombre, como si reconociera que tenía razón, asintió y se alejó.

Estaba mirándolos cuando sentí que alguien me observaba y, al volverme hacia la izquierda, vi a uno de los doctorandos, el que siempre ponía los ojos en blanco ante el sobrino del ministro adjunto del Interior.

Se acercó a mí.

—Charlie, ¿verdad? —preguntó en voz baja, y asentí. Echó un vistazo al vestíbulo, donde aquellos otros dos hombres aún sostenían a mi marido en pie, rodeados de otras personas—. ¿Edward es tu marido? —preguntó.

Asentí. No podía hablar, apenas podía mover la cabeza, apenas podía respirar.

—¿Qué le pasa? —pregunté.

Negó con un gesto.

—No lo sé —dijo, preocupado—. No lo sé. A mí me parece un fallo cardiaco. Pero sé que no es... que no es la enfermedad.

—¿Cómo lo sabes?

—Hemos visto a algunos afectados —contestó—. Y no es eso, lo sé. Si lo fuera, estaría sangrando por la nariz y la boca. Pero, Charlie, hagas lo que hagas, no lo lleves al hospital.

—¿Por qué no? —pregunté.

—Porque no. Darán por sentado que se trata de la enfermedad, no la conocen tanto como nosotros, y lo enviarán derecho a uno de los centros de contención.

—Ya no hay centros de contención —le recordé.

Pero él volvió a negar con la cabeza.

—Sí los hay —aseguró—. Solo que ya no los llaman así, pero es a donde están enviando a los primeros casos, para... para estudiarlos. —Miró de nuevo a mi marido y luego se volvió hacia mí—. Llévalo a casa —dijo—. Que muera en casa.

—¿Que muera? —repetí—. ¿Va a morirse?

Pero en ese momento se acercó el hombre rubio, esta vez con su bolsa y la de mi marido colgadas al hombro.

—Charlie, tenemos que irnos —dijo, y lo seguí sin ser consciente de ello, como antes.

Algunos hombres besaron al hombre rubio en la mejilla; otros, a mi marido.

—Adiós, Edward —dijo uno.

Y luego todos dijeron:

—Adiós, Edward... Adiós.

—Te queremos, Edward.

—Adiós, Edward.

Entonces la puerta se abrió y los tres salimos a la noche.

———

Pusimos rumbo al este. El hombre rubio iba a la derecha de mi marido y yo a la izquierda, y lo sosteníamos por la cintura mientras él nos pasaba los brazos por detrás del cuello. Apenas podía caminar, así que arrastraba los pies la mayor parte del tiempo. No pesaba mucho, pero como el hombre rubio y yo éramos más bajos que él nos costaba mucho avanzar.

Cuando llegamos a Hudson Street, el hombre rubio echó un vistazo alrededor.

—Atajaremos por Christopher y luego pasaremos Pequeño Ocho y doblaremos a la derecha por la calle Nueve antes de bajar por la Quinta Avenida —dijo—. Si nos paran, diremos que es tu marido, que yo soy un amigo suyo y que él... Que está borracho, ¿vale?

Era ilegal estar borracho en público, pero yo sabía que, en tales circunstancias, era mejor decir que mi marido estaba borracho que enfermo.

—Vale —dije.

Continuamos avanzando en silencio por Christopher Street. Las calles estaban tan vacías y oscuras que apenas veía hacia dónde íbamos, pero el hombre rubio se movía deprisa y con seguridad, y yo intentaba no quedarme atrás. Al final llegamos a Waverly Place, una calle bien iluminada con focos que delimitaba Pequeño Ocho por el oeste, y nos pegamos al edificio más cercano para evitar que nos vieran.

El hombre rubio me miró.

—Solo un poco más —me dijo, y luego se lo repitió con delicadeza a mi marido, que tosía y gemía—. Ya lo sé, Edward —le dijo—. Casi hemos llegado, te lo prometo... Ya casi estamos.

Íbamos todo lo deprisa que podíamos. A mi izquierda veía las torres de Pequeño Ocho, con casi todas las ventanas ya a oscuras. Me pregunté qué hora sería. Por delante veía el gran edificio construido como cárcel varios siglos antes. Después se convirtió en una biblioteca. Luego otra vez en una cárcel. Ahora era un edificio de apartamentos. Detrás tenía un parque infantil de cemento, pero solía desprender demasiado calor para que los niños jugaran en él.

Fue justo cuando nos acercábamos a ese edificio cuando nos pararon.

—Alto —oímos, y nos detuvimos bruscamente. Mi marido casi se nos cae. Un guardia, todo vestido de negro, lo cual significaba que era de la policía municipal, no un soldado, apareció ante nosotros apuntándonos a la cara con el arma—. ¿Adónde van a estas horas de la noche?

—Agente, aquí tengo la documentación —empezó a explicar el hombre rubio echando mano a su bolsa.

—No le he pedido la documentación, he preguntado que adónde van —insistió el guardia.

—Lo llevamos a su apartamento —dijo el hombre rubio. Noté que tenía miedo pero que intentaba contenerlo—. Su marido... su marido ha bebido demasiado y...

—¿Dónde? —preguntó el agente, y me pareció que estaba ansioso. Recibían puntos extras cuando detenían a gente por delitos contra la calidad de vida.

Pero antes de poder contestar, oímos otra voz que decía: «¡Por fin os encuentro!», como si estuviera saludando a alguien, a un amigo con quien hubiera quedado y que llegaba tarde a un concierto o a dar una vuelta, y el hombre rubio, el agente y yo nos volvimos y vimos a David. Se acercaba desde el oeste y no llevaba su mono gris, sino una camisa y unos pantalones azules de algodón, parecidos a los del hombre rubio, y aunque avanzaba deprisa tampoco iba apresurado. Sonreía y negaba con la cabeza. En una mano llevaba un termo; en la otra, un pequeño estuche de cuero.

—Os he dicho que os quedarais donde estabais... He estado buscándoos por todo el complejo —le dijo sin dejar de sonreír al hombre rubio, que había abierto la boca por la sorpresa, aunque entonces la cerró y asintió—. Lo siento, agente —le dijo David al hombre de negro—. Estos son el bobo de mi hermano mayor y su mujer, y un amigo nuestro —señaló con un gesto al hombre rubio—. Me temo que mi hermano se lo ha pasado demasiado bien esta noche. He ido a nuestro apartamento a buscarle un poco de agua, y cuando he vuelto, estos tres —nos sonrió con cariño— habían decidido largarse sin mí. —Y entonces sonrió al agente, sacudió un poco la cabeza y luego puso los ojos en blanco—. Mire, yo tengo la documentación de los tres —dijo, y le tendió el estuche al agente, que seguía sin bajar el arma y había ido mirándonos a todos por turnos mientras David hablaba, pero que aceptó el estuche y abrió la cremallera.

Mientras el agente sacaba los carnets, vi un destello plateado.

El agente los revisó y, al leer el último, de pronto se irguió e hizo un saludo militar.

—Discúlpeme —le dijo a David—. No lo sabía, señor.

—No hace falta que se disculpe, agente —repuso David—. Está haciendo exactamente lo que debe.

—Gracias, señor —dijo el agente—. ¿Necesita ayuda para llevarlo de vuelta a casa?

—Es muy generoso por su parte, pero no. Aquí está haciendo un buen trabajo.

El hombre volvió a dirigirle un saludo militar a David, que le correspondió. Después me sustituyó a la izquierda de mi marido.

—Mira que eres idiota —le riñó—. Vamos a llevarte a casa.

Ninguno de nosotros dijo nada hasta que atravesamos la Sexta Avenida.

—¿Quién..? —empezó a preguntar el hombre rubio. Pero luego dijo—: Gracias.

Y David, que ya no sonreía, negó con la cabeza.

—Si nos cruzamos con otro agente, dejad que me ocupe yo —advirtió en voz baja—. Si nos paran, no tienen que veros preocupados. Tenéis que parecer... hartos, ¿de acuerdo? Pero no asustados. Charlie, ¿lo entiendes? —Asentí—. Soy un amigo de Charlie —le dijo al hombre rubio—. David.

El hombre rubio asintió.

—Yo soy Fritz —se presentó—, soy... —Pero no pudo terminar.

—Sé quién eres —dijo David.

El hombre rubio me miró.

—Fritz —repitió, y asentí con la cabeza para indicarle que lo había entendido.

Llegamos a casa sin que volvieran a pararnos y, en cuanto cerramos la puerta del portal, David me dio el termo y levantó a mi marido en brazos para subirlo por la escalera. No entendí cómo fue capaz, porque los dos eran más o menos de la misma estatura, pero pudo con él.

Dentro, llevó a mi marido al dormitorio. Pese a todo lo que estaba ocurriendo, sentí una punzada de vergüenza porque tanto David como Fritz verían cómo dormíamos, sin tocarnos, en camas separadas. Luego recordé que ya lo sabían, y me sentí más avergonzada aún.

Pero ninguno de ellos pareció prestar atención a ese detalle. Fritz se había sentado en la cama, junto a mi marido, y volvía a acariciarle la cabeza. David le sostenía la muñeca y miraba su reloj. Un momento después, posó con cuidado el brazo de mi marido a su lado, como si se lo devolviera.

—Charlie, ¿quieres traerme un poco de agua? —me pidió, y eso hice.

Al regresar, vi que David estaba arrodillado junto a la cama. Cogió el agua que le tendí y se la acercó a mi marido a los labios.

—Edward, ¿puedes tragar un poco? Bien... Bien. Un poco más. Así. —Dejó la taza en el suelo, a su lado—. Sabes que esto es el final —dijo, aunque no quedó claro a quién le hablaba, si a mí o a Fritz.

Fue Fritz quien contestó.

—Lo sé —dijo sin apenas voz—. Se lo diagnosticaron hace un año, pero pensaba que le quedaría más tiempo.

—¿El qué? —me oí preguntar—. ¿Qué le diagnosticaron? Los dos me miraron.

—Insuficiencia cardiaca congestiva —explicó Fritz.

—Pero eso es tratable —dije—. Tiene solución.

Fritz negó con la cabeza.

—No. Para él no. No para parientes de traidores al estado. —Mientras lo decía, se echó a llorar.

—No me había dicho nada —repuse cuando pude hablar otra vez—. No me lo había dicho. —Y empecé a caminar, a agitar las manos, a repetirme—: No me lo había dicho, no me lo había dicho... —Hasta que Fritz se apartó de mi marido y me sostuvo las manos entre las suyas.

—Intentaba encontrar el momento apropiado para contártelo, Charlie —me explicó—. Pero no quería que te preocuparas. No quería que te disgustaras.

—Pues estoy disgustada —dije, y esta vez fue David quien tuvo que hacerse cargo de mí y sentarse conmigo en mi cama y mecerme adelante y atrás, como solía hacer el abuelo.

—Charlie, Charlie, has sido muy valiente —dijo acunándome—. Ya queda poco, Charlie, ya queda poco.

Y yo lloré sin parar, a pesar de que me avergonzaba estar llorando, y de que me avergonzaba estar llorando tanto por mí como por mi marido. Lloraba por lo poco que sabía, y por lo poco que entendía, y porque, aunque mi marido no me quería, yo sí lo quería a él, y creo que él era consciente de ello. Lloraba porque él sí quería a alguien, ese alguien que lo sabía todo sobre mí y sobre quien yo no sabía nada, y lloraba porque de pronto ese alguien también lo estaba perdiendo. Lloraba porque estaba enfermo y no se le había ocurrido contármelo o no había sido capaz de contármelo; no sabía cuál de las dos cosas, pero no importaba: el caso era que yo no lo sabía.

Pero también lloraba porque mi marido era el único motivo por el que me habría quedado en la Zona Ocho, y ahora que se estaba muriendo yo tampoco me quedaría. Lloraba porque los dos partiríamos, hacia lugares diferentes, y lo haríamos cada uno por su lado, y ninguno de los dos regresaría a ese apartamento de esa zona de ese municipio de esa prefectura, jamás.

Pasamos el resto de la noche y todo el viernes esperando a que mi marido muriera. Al alba, David salió para dar parte de nuestra ausencia de nuestros puestos de trabajo en el centro. Fritz, que no estaba casado, también vivía en el Edificio Seis, igual que David, según había dicho, así que no hacía falta que nos preocupáramos por si su esposa lo echaba de menos, puesto que no tenía.

Cuando David regresó, le dio a mi marido un poco más de líquido del termo, que hacía que relajara la cara y que su respiración fuera más larga y profunda.

—Podemos suministrarle más si empieza a sufrir de verdad —dijo, pero ni Fritz ni yo contestamos.

A mediodía hice algo de comer, pero nadie comió. A las 19.00, David recalentó el almuerzo en el horno, y esta vez los tres dimos algún bocado, sentados en el suelo de nuestro dormitorio, viendo dormir a mi marido.

Ninguno decía nada, o no mucho. En cierto momento, Fritz le preguntó a David:

—¿Eres de Interior?

Y David sonrió, solo un poco.

—Algo parecido —contestó, lo cual hizo que Fritz dejara de preguntar.

—Yo estoy en el Ministerio de Economía —dijo, y David asintió—. Supongo que ya lo sabías —añadió, y David asintió de nuevo.

Imagino que es natural querer saber si le pregunté a Fritz cómo y cuándo conoció a mi marido, y cuánto tiempo llevaban juntos, y si él era la persona que le enviaba aquellas notas. Pero no lo hice. Lo pensé, por supuesto, durante muchas horas, pero al final no lo hice. No necesitaba saberlo.

Esa noche dormí en mi cama. David durmió en el sofá de la habitación principal. Fritz durmió al lado de mi marido, en su cama, abrazándolo, aunque mi marido no podía devolverle el abrazo. En cierto momento oí que alguien decía mi nombre, abrí los ojos y vi a David de pie a mi lado.

—Ha llegado la hora, Charlie —dijo.

Miré hacia donde estaba tumbado mi marido, muy quieto. Ya apenas respiraba. Me acerqué y me senté en el suelo, junto a su cabeza. Tenía los labios de un suave azul violáceo, un color muy raro que nunca había visto en un humano. Le sostuve la mano, que seguía caliente, pero entonces me di cuenta de que solo era porque Fritz la había tenido entre las suyas todo ese rato.

Continuamos así mucho tiempo. Cuando el sol empezó a salir, la respiración de mi marido se volvió ronca y sibilante, y Fritz miró a David, que estaba sentado en mi cama.

—Ya, por favor, David —dijo, y luego me miró a mí, porque yo era la esposa, y también yo asentí.

David le abrió la boca a mi marido. Se sacó del bolsillo un trozo de tela y lo metió en el termo para empaparlo, y después remetió la tela en la boca de mi marido antes de pasársela por las encías, la parte interior de las mejillas y la lengua. Entonces, todos oímos que su respiración se volvía más lenta, y profunda, y pausada, hasta que al final se detuvo del todo.

Fritz fue el primero en decir algo, aunque no hablaba con nosotros, sino con mi marido.

—Te quiero —dijo—. Mi Edward.

En ese momento caí en la cuenta de que él había sido la última persona que había hablado con mi marido, porque cuando por fin lo encontré, el jueves por la noche, ya no respondía. Se inclinó para darle un beso en los labios y, aunque David apartó la mirada, yo no: nunca había visto a nadie besar a mi marido y nunca volvería a verlo.

Después se puso de pie.

—¿Qué hacemos ahora? —le preguntó a David.

—Yo me encargo de él —dijo David.

Fritz asintió.

—Gracias —dijo—. Muchas gracias, David. Gracias. —Pensé que iba a llorar otra vez, pero no lo hizo—. Bueno... —Entonces me miró—. Adiós, Charlie. Gracias por... por ser tan amable conmigo. Y con él.

—Yo no he hecho nada —repuse, pero él negó con la cabeza.

—Sí que lo has hecho —insistió—. A él le importabas. —Exhaló un suspiro largo y tembloroso y cogió su bolsa—. Ojalá tuviera algo suyo —dijo—, algo para recordarlo.

—Puedes quedarte su bolsa —ofrecí.

Horas antes habíamos mirado dentro como si pudiera contener una cura, u otro corazón, pero solo encontramos su uniforme de trabajo, su documentación, un cucurucho de papel con unos anacardos y su reloj.

—¿Estás segura? —preguntó Fritz, y yo le dije que sí—. Gracias. —Y metió con cuidado la bolsa en la suya.

David lo acompañó a la puerta.

—Bueno... —volvió a decir Fritz, y entonces sí que se echó a llorar. Inclinó la cabeza para despedirse de David, y luego de mí, y nosotros la inclinamos también—. Lo siento —dijo, porque estaba llorando—. Lo siento, lo siento. Lo quería muchísimo.

—Lo entendemos —repuso David—. No tienes por qué disculparte.

Y entonces recordé las notas.

—Espera —le pedí a Fritz, y fui al armario, saqué la caja, abrí el sobre y recuperé las notas—. Son tuyas —dije, y se las di.

Fritz las miró y se echó a llorar otra vez.

—Gracias —me dijo—, gracias.

Por un instante pensé que me tocaría, pero no lo hizo porque eso no se hacía.

Y entonces abrió la puerta y salió con sigilo. Lo oímos bajar la escalera y cruzar el vestíbulo, y luego abrir la puerta de entrada, que se cerró de nuevo tras él, y así desapareció y todo quedó otra vez en silencio.

———————

Después ya solo me quedaba esperar. A las 23.00 en punto tenía que estar esperando en la orilla de Hudson Street con Charles Street, donde una barca iría a buscarme. Esa barca me llevaría a otro barco, mucho más grande, y ese otro barco me llevaría a un país del que nunca había oído hablar, llamado Islandia. En Islandia me tendrían tres semanas en aislamiento para asegurarse de que no era portadora de la nueva enfermedad, y luego subiría a un tercer barco, y ese barco me llevaría a Nueva Bretaña.

Pero David no estaría conmigo en la orilla. Tendría que hacerlo sola. Él debía zanjar algunos asuntos aquí, de manera que no volvería a verlo hasta que desembarcara en Islandia. Cuando me lo dijo, me eché a llorar otra vez.

—Puedes hacerlo, Charlie —dijo—. Sé que puedes. Has sido muy valiente. Eres muy valiente.

Así que al final me sequé los ojos y asentí.

Hasta que llegara la hora, dijo David, debía quedarme en casa e intentar dormir, aunque debía procurar salir con tiempo suficiente. Él se aseguraría de que recogieran el cuerpo de mi marido y lo incineraran, pero no hasta después de que yo me hubiera ido. Por suerte el tiempo estaba de nuestra parte, dijo, pero aun así vistió a mi marido con el traje de refrigeración y lo encendió, aunque no le puso el casco.

—Es hora de que me vaya —dijo. Estábamos en la puerta—. ¿Te acuerdas del plan? —preguntó, y yo asentí—. ¿Tienes alguna pregunta? —dijo, y yo negué con la cabeza. Entonces me puso las manos en los hombros y me estremecí, pero no me soltó—. Tu abuelo estaría orgulloso de ti, Charlie —dijo—. Y yo también lo estoy. —Después se apartó—. Nos veremos en Islandia —dijo—. Serás una mujer libre.

No sabía qué significaba eso, pero contesté con un «Hasta entonces», y él me dirigió un saludo como el que le había hecho al agente el jueves por la noche, y luego se marchó.

Regresé a la habitación que compartía con mi marido, que ahora era solo mía y que al día siguiente sería de otra persona. Saqué tres monedas de las que quedaban en el cajón de debajo de mi cama. Recuerdo que el abuelo me había contado que en ciertas culturas se ponían monedas de oro en los ojos de los difuntos y que en otras se les ponían debajo de la lengua. No recuerdo por qué lo hacían, pero de todos modos se las puse: una moneda sobre cada ojo, una bajo la lengua. El resto las metí en mi bolsa. Ojalá me hubiera acordado de darle a Fritz los vales extras que teníamos guardados, pero no lo pensé.

Luego me tumbé junto a mi marido. Lo rodeé con los brazos. El traje de refrigeración lo ponía un poco difícil, pero aun así lo conseguí. Era la primera vez que estaba tan cerca de él, la primera vez que lo tocaba. Le di un beso en la mejilla, que estaba fría y lisa, como si fuera de piedra. Le di un beso en los labios. Le di un beso en la frente. Le toqué el pelo, los párpados, las cejas, la nariz. Lo besé y lo toqué durante mucho rato. Hablé con él. Le dije que lo sentía. Le dije que me iba a Nueva Bretaña. Le dije que lo echaría de menos, que nunca lo olvidaría. Le dije que lo amaba. Recordé que Fritz había dicho que yo le importaba. Nunca había imaginado que llegaría a conocer a la persona que le escribía notas a mi marido, pero al final lo hice.

Cuando desperté, estaba oscuro, y me inquieté porque había olvidado poner el despertador, pero solo pasaban unos minutos de las 21.00. Me di una ducha, aunque no era día de agua. Me lavé los dientes y guardé el cepillo en la bolsa. Tenía miedo de volver a quedarme dormida si me tumbaba, así que en lugar de eso me senté en mi cama y miré a mi marido. Al cabo de unos minutos le puse el casco de refrigeración para que la cara y la cabeza no empezaran a descomponerse antes de que lo incineraran. Sabía que a él no le importaba, ni a él ni a nadie, pero no quería imaginar su cabeza poniéndose negra y blanda. Nunca había pasado tanto tiempo con una persona muerta, ni siquiera con el abuelo; fue mi marido quien supervisó su incineración, no yo, porque estaba demasiado afectada.

A las 22.00 me levanté. Llevaba una camiseta y unos pantalones sencillos, todo negro, como me había indicado David. Me eché la bolsa al hombro. En el último momento añadí mi documentación, que David decía que no necesitaría, pero pensé que tal vez me haría falta si me paraban de camino a la orilla oeste. Luego la saqué otra vez y la dejé debajo de mi almohada. Pensé en la placa de Petri con minis que ya no tendría ocasión de llevarme.

—Adiós, minis —dije en voz alta—. Adiós.

El corazón me latía tan deprisa que me costaba respirar.

Cerré el apartamento por última vez. Pasé las llaves por debajo de la puerta.

Y luego ya estaba fuera y eché a andar hacia el oeste, casi como había hecho dos noches antes. En lo alto, la luna brillaba tanto que conseguía guiarme, aunque el haz de los focos no barriera la calle en ese momento. David me había dicho que, después de las 21.00, la mayoría de las Moscas se habrían dispersado para agruparse alrededor de los hospitales y controlar zonas de alta densidad en previsión del anuncio del día siguiente, y era cierto, porque solo vi una o dos, y en lugar de su habitual zumbido solo había silencio.

Llegué a la orilla sobre las 22.45. Me senté en un trozo de tierra seca para no andar caminando de un lado a otro. No se veía nada de nada. Hasta las fábricas del otro lado del río estaban a oscuras. Solo se oía el agua lamiendo las barreras de cemento.

Entonces, muy a lo lejos, percibí algo. Sonaba como un susurro, o como el viento. Y luego vi algo: una mancha tenue de luz amarillenta que parecía flotar igual que un ave sobre el río. Pronto se hizo más grande, y más definida, y vi que se trataba de una pequeña barca de madera, como las que conocía por fotografías y que la gente había usado para remar en el Estanque cuando aún era un estanque de verdad.

Me puse de pie y la barca se acercó a la orilla. Dentro iban dos personas, ambas vestidas completamente de negro, y una sostenía un farol que bajó cuando se aproximaron a tierra. Incluso llevaban los ojos cubiertos por retales de fina gasa negra, y con tan poca luz me costaba verlos.

—¿Cobra? —preguntó uno de ellos.

—Mangosta —contesté, y el hombre que había hablado me tendió una mano y me ayudó a subir a la barca, que se balanceó bajo mi peso, y creí que iba a caerme.

—Quédate aquí agachada —dijo, y me ayudó a colocarme en el espacio que quedaba entre el otro remero y él. Me acurruqué todo lo posible y me taparon con una lona—. No hagas ningún ruido —dijo, y yo asentí, aunque no podía verme.

Entonces la barca empezó a moverse, y lo único que oía era el ruido de los remos surcando el agua y la respiración de los hombres al tomar y expulsar el aire.

Cuando David me dijo que él no iría a buscarme a la orilla, le pregunté cómo sabría que las personas que me recogerían eran quienes debían ser.

—Lo sabrás —contestó—. A esas horas no hay nadie más en la orilla. Ni nunca, en realidad.

Pero yo insistí en que debía estar segura.

Dos semanas después de que mi marido y yo nos casáramos, hubo una redada en nuestro edificio. Era la primera redada que yo vivía sin el abuelo, y pasé tanto miedo que no había podido dejar de gemir; de gemir, de agitar los brazos en el aire y de mecerme. Mi marido no sabía qué hacer, y cuando intentó agarrarme las manos lo aparté a manotadas.

Aquella noche soñé que regresaba a casa después de trabajar, estaba haciendo la cena y oía las llaves que giraban en la cerradura. Pero cuando la puerta se abría no era mi marido, sino un grupo de policías que gritaban y me ordenaban que me tumbara en el suelo, y sus perros intentaban abalanzarse sobre mí sin dejar de ladrar. Desperté llamando al abuelo, y mi marido me llevó un vaso de agua y luego se sentó a mi lado hasta que volví a quedarme dormida.

La noche siguiente, estaba preparando la cena cuando oí el ruido de las llaves en la cerradura y, aunque por supuesto solo era mi marido, en ese momento sentí tanto miedo que toda la sartén de patatas se me cayó al suelo. Después de ayudarme a limpiarlo, mientras cenábamos, mi marido me dijo:

—Tengo una idea. ¿Por qué no pensamos un par de palabras clave, algo que podamos decir cuando entremos en el apartamento para saber que somos nosotros? Yo diré mi palabra y tú dirás la tuya, y así los dos sabremos que somos quienes decimos ser.

Lo medité.

—¿Qué palabras usaremos? —pregunté.

—Bueno —dijo mi marido tras pensar un poco—. ¿Por qué tú no eres..., no sé..., una cobra? —Debí de mirarlo sorprendida, u ofendida, porque me sonrió—. Las cobras son muy feroces —dijo—. Pequeñas pero rápidas, y mortales si te muerden.

—Y tú ¿qué serás? —pregunté.

—Veamos... —dijo, y vi cómo pensaba.

A mi marido le gustaba la zoología, le gustaban los animales. El día que nos conocimos, en la radio dieron la noticia de que habían declarado oficialmente extintos los pingüinos de Magallanes, y él se lamentó, dijo que eran unos animales resilientes, más de lo que la gente creía, y también más humanos de lo que la gente imaginaba. Cuando estaban enfermos, explicó, se apartaban de su manada para morir solos, sin que ninguno de los suyos lo viera.

—Yo seré una mangosta —dijo al fin—. Una mangosta puede llegar a matar a una cobra si quiere..., pero rara vez lo hace. —Volvió a sonreír—. Es demasiado trabajo. Así que se respetan. Pero seremos una cobra y una mangosta que no solo se respetan; tú y yo seremos una cobra y una mangosta que se unen para protegerse mutuamente de todos los demás animales de la selva.

—Cobra y Mangosta —repetí tras una pausa, y él asintió.

—Suena un poco más temible que Charlie y Edward —comentó. Volvió a sonreír, y comprendí que se burlaba de nosotros, pero sin intención de molestar.

—Sí —dije.

Le había contado a David esa historia en uno de nuestros primeros paseos, cuando él todavía era un técnico de la Granja y mi marido aún vivía. Así que, cuando estábamos en mi puerta antes de que se marchara, dijo:

—¿Qué te parece si usamos palabras clave, como Cobra y Mangosta? Así sabrás que la gente que vaya a recogerte es quien dice ser.

—Sí —accedí. Era una buena idea.

Me quedé bien acurrucada bajo el tablón del asiento central. La barca cabeceaba y se balanceaba, pero aun así seguía avanzando, el ruido que hacían los remos al acariciar el agua era veloz y regular. Y entonces, atravesando el fondo de la embarcación, oí el rugido de un motor, que fue haciéndose más y más fuerte.

—Mierda —oí maldecir a uno de los hombres.

—¿Es de los nuestros? —preguntó el otro.

—Está muy lejos para saberlo —dijo el primero, que volvió a jurar.

—¿Qué cojones hace aquí esa embarcación?

—Y yo qué coño sé —contestó el primero. De nuevo maldijo—. Bueno, no hay escapatoria. Habrá que arriesgarse, y punto. Esperemos que sea de los nuestros. —Me dio un golpecito con el pie, nada fuerte—. Señorita, estese quieta y muy muy calladita. Si no son de los nuestros...

Pero ya no pude oír más, porque el ruido del motor era demasiado fuerte. Caí en la cuenta de que no le había preguntado a David qué tenía que hacer si me atrapaban, y él tampoco me lo había dicho. ¿Tan seguro estaba de que todo saldría tal como me lo había descrito? ¿O acaso era ese el plan, de hecho, y pensaban entregarme a unas personas que me harían daño, que me llevarían a otro lugar y me harían cosas? ¿Cómo era posible que David, que sabía y había previsto tantas cosas, no me hubiera dicho qué hacer si algo iba mal? ¿Cómo era posible ser tan inútil que ni siquiera se me hubiese ocurrido preguntárselo? Empecé a llorar, en silencio, metiéndome la lona en la boca. ¿Me había equivocado al confiar en David? ¿O había hecho bien, y le había ocurrido algo malo? ¿Lo habrían detenido, le habrían pegado un tiro o habría desaparecido? ¿Qué haría yo si me atrapaban? Oficialmente no era nadie; ni siquiera llevaba la documentación encima. Por supuesto, aun yendo documentada podían hacer lo que quisieran conmigo, pero sin documentación les resultaría mucho más fácil. Ojalá tuviera el anillo del abuelo en la mano para apretarlo y engañarme diciendo que así no me pasaría nada. Ojalá estuviera en casa, y mi marido estuviera vivo, y yo no hubiera visto ni vivido ninguna de las cosas de esos últimos tres días. Ojalá nunca hubiera conocido a David; ojalá estuviera allí conmigo.

Pero entonces comprendí algo: pasara lo que pasase, aquel era el final de mi vida. Tal vez fuera el final definitivo. O tal vez solo el final de la vida que conocía hasta ese momento. Pero, de uno u otro modo, ya no me importaba tanto, porque la persona a quien más le había importado ya no estaba.

—Eh, tú —oí que decía alguien, pero con el ruido del motor no supe si se trataba de uno de los hombres que iban conmigo en la barca o uno del otro barco, que notaba que se estaba colocando a nuestro lado, ni a quién se lo decían.

Entonces apartaron la lona de un tirón y sentí la brisa en el rostro, y levanté la cabeza para ver quién me hablaba y adónde me llevarían a continuación.

Parte X

16 de septiembre de 2088

Queridísimo Peter:

Te escribo deprisa porque sé que es la última oportunidad que tendré; quien buscará la forma de entregarte esto está esperando en la puerta de mi celda, pero solo dispone de diez minutos.

Sabes que me ejecutarán dentro de cuatro días. La rebelión necesita alguien a quien ponerle cara y el estado necesita un chivo expiatorio, y yo les voy bien a ambos. Aun así, conseguí sacarles algunas concesiones a los dos a cambio de que me colgaran públicamente ante una muchedumbre enardecida: que dejarán tranquilos a Charlie y a su marido, que nunca la castigarán por mí; que Wesley siempre la tratará bien. No importa qué bando gane, estará protegida. O al menos no la acosarán.

¿Me fío de ellos? No. Pero no me queda otra. No me importa morir, pero no soporto dejarla en este lugar, sola. Sí, no estará sola, pero él tampoco puede quedarse aquí.

Peter, te quiero. Sabes que te quiero, desde siempre. Sé que tú también me quieres. Por favor, ocúpate de ella, de mi Charlie, de mi nieta. Por favor, encuentra la forma de sacarla de este país. Por favor, dale la vida que debería haber tenido si la hubiera sacado antes de aquí, si hubiera podido salvarla. Sabes que necesita ayuda. Por favor, Peter. Haz todo lo posible. Salva a mi gatito.

¿Quién habría imaginado que Nueva Bretaña, nada menos, sería un día el cielo, y que este lugar se corrompería hasta estos extremos? Bueno, tú, ya lo sé. Y también yo. Lo siento. Lo siento por todo. Tomé decisiones equivocadas, y luego continué equivocándome una y otra vez.

Mi única otra petición —no para ti, sino para alguien, o algo— es esta: que me permitan regresar un día a la tierra como buitre, como arpía, como un murciélago gigante repleto de microbios, una bestia ululante de alas correosas que sobrevuele las tierras abrasadas en busca de carroña. Despierte donde despierte, lo primero que haré será volar hasta aquí, comoquiera que lo llamen entonces: Nueva York, Nueva Nueva York, Prefectura Dos, Municipio Tres, lo que sea. Pasaré junto a mi vieja casa de Washington Square buscándola a ella, y si no la encuentro, volaré al norte, a la Rockefeller, y la buscaré allí.

Y si tampoco allí la encuentro, daré por hecho que ha ocurrido lo mejor. No que la hicieron desaparecer, ni que la mataron, ni que la internaron en algún lugar, sino que la tienes tú, que al final conseguiste salvarla. Ni siquiera volaré en círculos sobre Davids Island, los crematorios, los vertederos, las cárceles, los centros de reeducación o contención, intentando localizar su aroma en vano, graznando su nombre al pasar. En lugar de eso, lo celebraré. Mataré una rata, un gato, lo que encuentre, y lo devoraré para reunir fuerzas, extenderé mis alas nervadas y soltaré un chillido cargado de esperanza y expectación. Y luego me volveré hacia al este y comenzaré mi largo vuelo a través del océano, batiendo las alas camino a ti, a ella y puede que incluso a su marido, camino a Londres, a mis amores, a la libertad, a la seguridad, a la dignidad..., al paraíso.

Agradecimientos

Mi más profundo agradecimiento al doctor Jonathan Epstein de EcoHealth Alliance y a los científicos de la Universidad Rockefeller por el acceso a los valiosos conocimientos que me proporcionaron durante la primera etapa de mi investigación: los doctores Jean-Laurent Casanova, Stephanie Ellis, Irina Matos y Aaron Mertz. También deseo dar las gracias al doctor David Morens de los Institutos Nacionales de Salud y el Instituto Nacional de Alergias y Enfermedades Infecciosas, quien no solo propició las presentaciones, sino que además tuvo a bien dedicar parte de su tiempo durante una pandemia del mundo real a la lectura de una imaginaria.

Estoy profundamente agradecida a Dean Baquet, Michael «Bitter» Dykes, Jeffrey Fraenkel, Mihoko Iida, Patrick Li, Mike Lombardo, Ted Malawer, Joe Mantello, Kate Maxwell, Yossi Milo, Minju Pak, Adam Rapp, Whitney Robinson, Daniel Schreiber, Will Schwalbe, Adam Selman, Ivo van Hove, Sharr White, Ronald Yanagihara y Susan Yanagihara, así como a Troy Chatterton, Miriam Chotiner-Gardiner, Toby Cox, Yuko Uchikawa y a todo el personal de Three Lives Books de Nueva York por el apoyo, la confianza y la generosidad extraordinarios que me han brindado en el ámbito personal y profesional. Gracias también a Tom Yanagihara y a Haʻalilio Solomon por su ayuda con el 'Ōlelo Hawai'i. Cualquier error —por no mencionar la decisión de volver a trazar la topografía de O'ahu para que se adaptara a la narración— es mío.

Me siento sumamente afortunada por contar con dos agentes, Anna Stein y Jill Gillett, que, lejos de animarme a hacer concesiones, han demostrado una paciencia y una dedicación inquebrantables. También deseo dar las gracias a Sophie Baker y a Karolina Sutton, quienes protegieron este libro y lucharon por él con fervor, y a todos mis editores, correctores y traductores en el extranjero, especialmente a Cathrine Bakke Bolin, Alexandra Borisenko, Varya Gornostaeva, Kate Green, Stephan Kleiner, Päivi Koivisto-Alanko, Line Miller, Joanna Maciuk, Charlotte Ree, Daniel Sandström, Victor Sonkine, Susanne van Leeuwen, Maria Xilouri, Anastasia Zavozova y el personal de Picador UK.

Gerry Howard y Ravi Mirchandani apostaron por mí cuando nadie más lo habría hecho; siempre les estaré agradecida por su apoyo, su pasión y su confianza. Doy las gracias por contar con Bill Thomas, por su calma y su constancia; gracias, Bill, y gracias a todo el equipo de Doubleday y Anchor, en particular a Lexy Bloom, Khari Dawkins, Todd Doughty, John Fontana, Andy Hughes, Zachary Lutz, Nicole Pedersen, Vimi Santokhi y Angie Venezia, así como a Na Kim, Terry Zaroff-Evans y, siempre, Leonor Mamanna.

No habría concebido este libro, y mucho menos lo hubiera escrito, de no ser por una serie de conversaciones e intercambios que mantuve con Karsten Kredel, a quien tengo el privilegio de considerar tanto un editor de confianza como un amigo querido, y que hicieron que me replanteara muchas de mis ideas. Uno de los mayores regalos de los últimos cinco años ha sido la amistad con Mike Meagher y Daniel Romualdez, que con su hospitalidad, asesoramiento y generosidad me han proporcionado un consuelo y un placer inconmensurables. Kerry Lauerman ha sido una fuente de alegría y buenos consejos durante más de una década.

Por último, me siento inmensamente afortunada por haber conocido a Daniel Roseberry, cuyas sabiduría, empatía, agudeza, imaginación, humildad y constancia hacen que mi vida sea más rica y maravillosa. No podría haber soportado los dos últimos años sin él. Y nada de lo que soy —como editora, escritora y amiga— sería posible sin el primero y el más querido de mis lectores, Jared Hohlt, cuyos amor y compasión me han mantenido a flote más veces y de más maneras de las que alcanzo a contar. Mi más honda estima, y por descontado este libro, van dedicados a ellos.

Este libro
acabó de imprimirse
en Madrid
en febrero de 2022

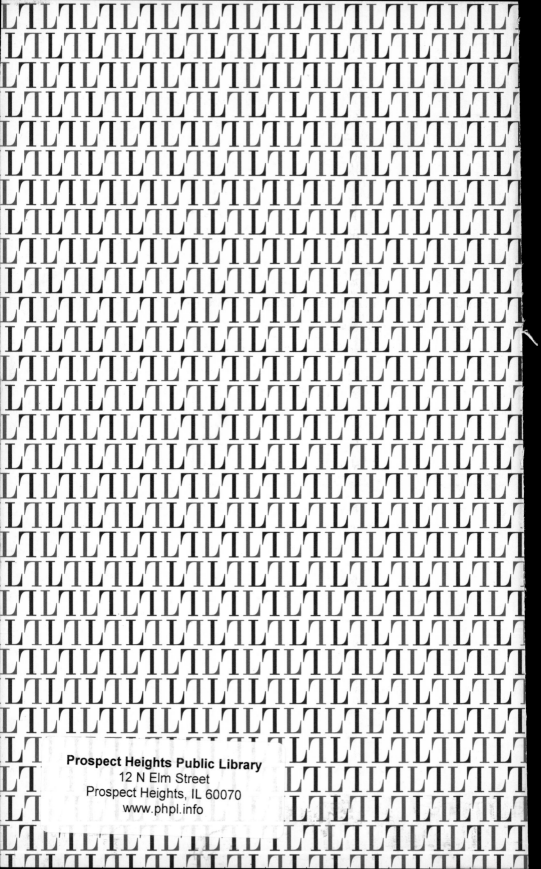